SUSAN SALLIS

Die Halbschwestern

Roman

Ins Deutsche übertragen von
Sandra Leibrich

BASTEI
LÜBBE

BASTEI LÜBBE TASCHENBUCH
Band 14 574

1. Auflage: Juli 2001

Bastei Lübbe Taschenbücher ist ein Imprint der Verlagsgruppe Lübbe

Deutsche Erstveröffentlichung
Titel der englischen Originalausgabe: An ordinary woman
Bantam Press London

Einbandgestaltung: Tanja Diekmann
Titelfoto: Bavaria
Satz: hanseatenSatz-bremen, Bremen
Druck und Verarbeitung: Elsnerdruck, Berlin
Printed in Germany
ISBN 3-404-14574-7

Für meine Familie

1

Aus der Sicht einer Vierjährigen sah das Haus wie ein Palast aus. Schon allein wegen der Marmorsäulen vor dem Eingang und wegen des Treppenaufgangs, der sich auf der einen Seite des riesigen Cinderella-Ballsaals hinaufschwang und auf der anderen wieder hinunter. Unter dem Deckengewölbe in der Eingangshalle schwebte majestätisch ein kristallener Kronleuchter mit echten Kerzen – Rose beobachtete, wie ein Mann diese seltsame Konstruktion, die aussah wie eine gigantische Torte aus Eis, an einem Seil herunterließ. Er säuberte die Kerzenhalter und steckte mindestens Millionen von Kerzen hinein. Als später ein anderer Mann das gläserne Monstrum mit einer Art Flammenwerfer anzündete, kreischte sie vor Schreck auf. Sie stand unter der Treppe, blinzelte hinauf und versuchte sich auszumalen, was wohl passieren würde, wenn das ganze Ding herunterkrachte. Wenigstens lag kein Teppich am Boden, der hätte Feuer fangen können. Viele Möbel standen auch nicht in der Nähe herum. Die Stühle, Tische, Teppiche, Büffets, Cocktailschränke, chinesischen Glasvitrinen und all die anderen Sachen waren bereits am Morgen ins Nebenzimmer geschafft worden. Am Abend sollten dort unter dem Kronleuchter schließlich die Gäste tanzen. Und wer wollte dabei schon gegen herumstehende Gegenstände stoßen? Aber wenn der Kronleuchter auf sie heruntergefallen wäre, dann hätten sie es »schon gesehen«. Denn Tante Mabes Facktotum und Mädchen für alles sagte immer: »Mädchen, wenn du nicht aufpasst wo du hinläufst, wirst du schon sehen!« Oft, sehr oft, hätte ihm Rose in diesem Punkt gerne widersprochen, aber sie mochte ihn zu sehr, als dass sie seine Gefühle hätte verletzen können. Sie schenkte ihm stattdessen stets ihr niedlichstes Lächeln und säuselte: »Ich weiß Fak, ich hab's kapiert.« Er hieß natürlich nicht wirklich Fak. Tante Mabe und Onkel Joe nannten ihn Tom – wie in *Onkel Toms Hütte*. Aber Rose hatte sich die Bilder in diesem Buch angesehen und konnte sich einfach nicht vorstellen, dass er Tom sein sollte. Er war ein Facktotum und für alles im Haus zuständig. Das war ein schwieriges und wichtiges Wort und hob ihn von der restlichen Dienerschaft ab. Und weil Rose ihn täglich daran erinnern wollte, nannte sie ihn Fak.

Fak war an diesem Abend auch da. Er hatte sie in diesem Chrysler hingebracht, der aussah, als hätte man ihn mit einer Luftpumpe aufgeblasen, so dick und rund war er. Sie wohnten gleich die Straße runter und waren den ganzen Tag hin und her gelaufen, um bei den Vorbereitungen für das Fest zu helfen. Aber am Abend hatten sie im Wagen kommen müssen, weil es bewölkt war und regnen könnte. Und sie hatten schließlich alle ihre besten Kleider angezogen.

Nicht, dass es ausgerechnet an dem Abend, an dem sie das Ende des Krieges feiern wollten, tatsächlich hätte regnen können. Rose konnte sich nicht vorstellen, dass der liebe Gott das zugelassen hätte. Ihre Mutter hatte ihr einige Zeilen aus dem letzten Brief von zu Hause vorgelesen, und dort war an dem Tag, als sie das Ende des Krieges in Europa gefeiert hatten, schönes Wetter gewesen. Und wenn der liebe Gott das hatte einrichten können – wo doch England dafür bekannt war, dass es dort andauernd regnete –, dann wäre es ihm sicherlich auch nicht schwer gefallen, einen dieser berühmten Wirbelstürme von Connecticut auf einen anderen Tag zu verschieben.

Abgesehen davon war es ausgesprochen schön, im Chrysler kutschiert zu werden, unter diesem von mächtigen Säulen umgebenen Portal vorzufahren und beim Aussteigen von Fak wie eine Königin die Hand gereicht zu bekommen. Nein, eher wie Cinderella. Denn auf der Farm rannte sie meist in Latzhosen und einem ausgefransten Strohhut herum. An diesem Abend trug sie allerdings ein Festkleid, das bis hinunter zum Boden reichte. Sie hatte den Stoff und den Schnitt selbst aussuchen dürfen. Rosaroten Satin, passend zu ihrem Namen. Dazu trug sie eine grüne Samtschärpe um den Bauch und grüne Samtstreifen auf dem passenden Bolerojäckchen. Dass sie bei ihrer Auswahl von Disneys Schneewittchen beeinflusst gewesen sein musste, war ihr nicht bewusst – bis sie dann in dem Kleid vor dem Spiegel stand. Ihr Haar war dunkel und ausnahmsweise für diesen besonderen Anlass in der Mitte gescheitelt. Ihre Augen waren tiefblau und funkelten vor Aufregung. Sogar ihre Lippen wirkten voller als sonst.

»Mummy, sehe ich nicht ein bisschen aus wie Schneewittchen?«, fragte sie kleinlaut.

Worauf ihre Mutter antwortete: »Du bist das hübscheste Mädchen, das ich jemals gesehen habe.«

Aber ihre Mutter sagte andauernd solche Dinge. Jede Mutter hätte das getan. Tante Mabe behandelte sie ohnehin wie Luft, und Onkel Joe wusste nichts Besseres, als sie immerzu sein »kleines Küken« zu nennen. Und wenn sie Fak nach seiner Meinung fragte, antwortete der streng: »Es ist wichtiger gut zu sein als hübsch, Mädchen. Und wenn du dich nicht danach richtest, dann wirst du schon sehen! Eines Tages wirst du schon sehen.«

Sie seufzte. »Ja. Ich weiß. Jetzt weiß ich's. Ich hab's schon zu spüren bekommen.«

Denn insgeheim vermutete sie, es sei ihre eigene Schuld, dass Daddy vom Atlantik verschluckt worden war. Wenn ihre Mutter nämlich nicht mit ihr schwanger gewesen wäre, und nicht zu Tante Mabe geflüchtet wäre, um sich vor den Bomben in Sicherheit zu bringen, dann hätte Daddy auch nicht versucht, das Meer zu überqueren, um sie zu besuchen, und dann wäre er sicherlich nicht ...

Sie hörte plötzlich Faks Stimme hinter sich: »Du siehst nicht übel aus, Mädchen. Kannst du mir glauben.«

Sie schlang ihre Arme um seine Knie und drückte ihn ganz fest. Er verlor dabei das Gleichgewicht und fiel rückwärts auf ihr Bett. Und ausgerechnet als sie sich gerade vor Lachen kugelten, kam Tante Mabe ins Zimmer geplatzt.

»Was zum Teufel geht hier vor?«, fragte sie mit einer Stimme, die so sauer war wie eine Zitrone, die zwei Jahre in einem Eisfach eingesperrt war.

Rose sagte: »Ich habe Faks Knie umarmt, Tante Mabe. Und dann ist er umgefallen. Und das hat so lustig ausgesehen. Da haben wir gelacht.«

Sie war überrascht, dass Tante Mabe dafür eine Erklärung brauchte. Es war doch offensichtlich, was passiert war. Doch Fak stand verlegen auf und sagte: »Ist sonst noch etwas, Missee Mabel?«

Und Tante Mabe sagte: »Ich denke nicht. Sie etwa?«

Da verschwand Fak schleunigst aus dem Zimmer.

☆

Mutter und Tante Mabe betraten den Festsaal durch eine der großen Flügeltüren mit Mr. und Mrs. Laben und deren beiden Enkeln an ihrer Seite. Der eine hieß Eric, der andere Lennox. Sie waren nicht viel älter als Rose und trugen schwarze Anzüge wie erwachsene Männer und weiße gestärkte Hemdkragen wie Kellner.

Mrs. Laben sagte: »Keine Panik Mädels, sie muss hier irgendwo stecken. Aileen, ich kann dir gar nicht sagen, wie hübsch du aussiehst. Reizend. Dieser grauenvolle Krieg ist vorbei, meine Liebe. Jetzt beginnt etwas Neues. Besonders für dich, oder?«

Mutter sagte: »Nun, England ist natürlich nicht neu für mich. Aber du hast schon recht. Ich muss jetzt nach vorne schauen.«

Tante Mabe fragte: »Warum bleibst du nicht hier, meine Liebe? Soviel ich gehört habe, ist England momentan ein furchtbar ödes Land.«

Rose hielt die Luft an. Sie hatte England nie gesehen, aber ihre Mutter sprach jeden Tag davon. Dort sollte es Kinderzimmer mit Kaminfeuer geben – mit Ofenschirmen aus Messing davor. Und warmes Buttergebäck zum Tee. Und alles war immer gleich. Das war es, wonach Rose sich sehnte: Alles sollte immer gleich sein.

Eric rief: »Oh, da ist ja Rosie-Posie schon wieder! Hey, du freche Göre!«

Mrs. Laben zischte: »Benimm dich, Eric! Du bist heute Abend Roses Begleiter, denk' dran. Wenn der Senator nachher kommt, möchte ich, dass du sie ihm anständig vorstellst. Miss Rosamund Harris. Kannst du dir das merken?«

»Ach, Großmutter!«, stöhnte Eric.

Und sein Bruder Lennox sagte: »Ich freue mich, dich begleiten zu dürfen, Miss Harris. Du siehst einfach zauberhaft aus.«

Lennox redete immer so altklug daher. Deshalb beschloss Rose auch, dass ihr alles in allem Erics Benehmen doch lieber war. Sie bezog neben ihm »Stellung«, wie Onkel Joe es nannte, schüttelte den Neuankömmlingen die Hand, wurde mit ihnen bekannt gemacht und heimste Komplimente ein. Keiner ließ jedoch eine Bemerkung darüber fallen, dass sie wie Schneewittchen aussehen würde. Und Mutter hatte Tante Mabes Frage, ob sie nicht doch in Connecticut bleiben wollte, noch immer nicht beantwortet.

Im Speisesaal wartete die Siegestorte. Sie stand auf einem eigenen, extra hierfür gezimmerten Tischchen. Sie war genauso groß wie der Sandkasten zu Hause auf der Farm. Aber sie war nicht komplett aus Kuchen. Man konnte nur den Rand essen. Innen war ein Hohlraum, der oben mit weißer Pappe abgedeckt war, die wie

Zuckerguss aussehen sollte. Deshalb stand die Torte auch auf diesem speziellen Tischchen, mit einer Tischdecke, die bis zum Boden reichte. Man konnte nämlich unter die Tischdecke kriechen und in der Mitte der Torte aufstehen. Zu einer verabredeten Uhrzeit sollte eine Schauspielerin – eine richtige Schauspielerin vom Sommertheater – aus der Torte springen: Sie sollte ein Kleid und einen Hut tragen, die komplett aus dem Stoff einer amerikanischen Flagge gemacht waren. Zuerst hatte Mrs. Laben vorgeschlagen, dass Rose diese Rolle übernehmen sollte. Sie sagte, Rose würde die neue Generation des Friedens repräsentieren. Außerdem sei sie ja gewissermaßen englisch und symbolisiere somit eine Art »Brücke über den Atlantik«. Doch glücklicherweise hatte ihr Mutter erklärt, dass Rose so etwas unmöglich fertig gebracht hätte, weil sie dazu viel zu schüchtern sei. Also wurde diese Schauspielerin engagiert.

Sobald die Gäste den Tanz unter dem Kronleuchter eröffnet hatten, ließ Eric Rose allein stehen und machte sich auf die Suche nach Lennox. Rose schaute sich nach ihrer Mutter um und war beruhigt, als sie diese mit Onkel Joe tanzen sah. Sie verzog sich wieder unter die Treppe, visierte minutenlang den Kronleuchter an und versuchte nicht daran zu denken, dass Tante Mabe sie adoptieren wollte. Dann entdeckte sie Fak, der gemächlich in Richtung Speisesaal schritt. Fak schien es nie eilig zu haben, aber er trödelte auch nie. Doch jetzt war jeder seiner Schritte so exakt bemessen, dass es verdächtig nach Trödeln aussah. Sie folgte ihm.

Im Speisesaal war es mucksmäuschenstill. Alarmierend still. Die Gäste schienen sich allesamt im Schockzustand zu befinden. Um das Tischchen herum standen ein halbes Dutzend Dienstmädchen. Sie waren mit einem Loch in der Torte beschäftigt. Nicht das richtige Loch, aus dem die Schauspielerin schlüpfen sollte, nein, ein keilförmig herausgerissenes Stück vom Rand. Auf dem Teppich waren Zuckergusssplitter verstreut, und überall lagen Krümel. Es sah aus, als hätte eine Riesenmaus die Torte verwüstet. Im nächsten Augenblick tauchte am anderen Ende des Saales noch ein weiteres Dienstmädchen auf mit einem Staubsauger im Schlepptau.

Einer der Diener – es war Mr. Labens »Mann für alle Fälle« – rief aufgebracht: »Wer ist für diese Schande verantwortlich?« Und er sagte dies nicht nur einmal. Eigentlich war es nicht einmal eine Frage. Er peitschte diesen Satz über die geduckten Köpfe der Mädchen in ihren weißen Häubchen und Schürzen hinweg.

Bis Fak endlich zur Stelle war, um einzugreifen.

»Sollen wir die Schuldfrage nicht auf später verschieben?«, fragte er mit besänftigender Stimme. Rose fiel auf, dass sich sein Akzent dabei irgendwie verändert hatte – er hörte sich nicht im Geringsten wie Onkel Tom an.

»Es muss sauber gemacht werden, und wir müssen gewisse Veränderungen vornehmen«, fuhr er weniger ernst fort. »Wenn ich die Ladys einen Schritt zur Seite bitten darf. Lasst uns wenigstens den Teppich saugen.«

Er hat »Ladys« gesagt, nicht »Missies«.

Der Staubsauger wurde in Gang gesetzt. Mr. Labens »Mann für alle Fälle« stand wie versteinert da und runzelte die Stirn. Als Fak auf allen vieren unter die Tischdecke kroch, wichen die Mädchen zurück und starrten ihn entgeistert an. Rose verschanzte sich hinter einem Stuhl. Sie wusste, dass Fak ganz sicher eine Lösung finden würde. Und er fand eine.

Als er wieder auftauchte, hielt er ein keilförmiges Stück weißer Pappe in der Hand. Der Staubsauger war inzwischen wieder ausgeschaltet.

»Da drunter ist jede Menge von diesem Zeug. Ich schätze mal, damit sollte das Ganze von innen gestützt werden.« Er ging zu der kaputten Stelle. »Wenn wir damit das Loch zubauen, sieht es aus wie Zuckerguss. Wir könnten auch diese Girlanden hier nehmen ...«, begann er zu improvisieren. »Wenn Sie bedenken, was sonst noch alles hätte passieren können, ist der Schaden doch eigentlich gar nicht so groß. Und selbst wenn Sie sich nicht ausmalen können, wie tragisch das hier hätte enden können, ist es immer noch nicht so schlimm.«

»So ein Unsinn!«, sagte Mr. Labens »Mann für alle Fälle«.

Doch ein anderer Diener meinte: »Das ist gar keine schlechte Idee. Wir können die Torte darum herum immer noch anschneiden. Niemand würde etwas merken.«

Mr. Labens »Mann für alle Fälle« sagte: »Ich werde alles daransetzten, den Täter zu finden. Wer nach der Wahrheit sucht, der wird sie finden.«

Rose lief ein Schauer über den Rücken. Seine Worte klangen wie aus der Bibel. Sie kniete sich auf den Boden und versuchte unters Sofa zu kriechen. Ihr langes Kleid war ihr dabei ziemlich im Weg; sie krempelte es bis zur Taille hoch und steckte ihren Kopf unter den Chintzvolant. Sie blickte in ein Paar schwarzer, funkelnder Augen, die von einem sehr weißen Weiß umgeben waren, und nur eine Hand breit von ihrem Gesicht entfernt. Sie quiekte.

»Sei still!«, zischte eine Stimme ärgerlich. »Duck dich, und sei um Himmels willen still.«

Sie legte sich auf den Bauch, wusste aber sehr wohl, dass jeder, der hinter das Sofa geschaut hätte, ihre weißen Strümpfe und ihre verräterischen Schuhe entdeckt hätte.

Sie hörte, wie Fak sagte: »Wir können doch ohnehin nichts mehr daran ändern. Nicht wirklich. Wenn es Master Eric war –«

Rose fragte sich, wo Eric eigentlich steckte. Sie hielt es für wahrscheinlicher, dass Lennox es gewesen war, der auf diese Weise nur versuchte, Eric in Schwierigkeiten zu bringen.

Mr. Labens »Mann für alle Fälle« wechselte prompt den Tonfall: »Nun, in diesem Fall natürlich ...« Er räusperte sich und schnappte nach Luft: »Mädels, steht doch um Gottes willen nicht so unnütz um diese Schande von Torte herum. Mimi, dir wird das

Grinsen gleich vergehen. Ich will wissen, wo du vor einer halben Stunde warst. Ja – das gilt für euch alle. Ein Mucks, und ihr macht euch verdächtig. Habt ihr das verstanden?«

Roses Augen hatten sich inzwischen an die Dunkelheit unter dem Sofa gewöhnt, und sie erkannte, dass um den Besitzer dieser schwarzen Augen Berge von Krümeln verstreut waren. Und dass er ein Pinguin-Kostüm trug und wahrscheinlich ein Kellner war, den man extra für diesen Abend eingestellt hatte.

Sie vernahm Faks Stimme über sich. »Ich frage mich, was du da unten zu suchen hast, kleines Fräulein?« Sie robbte rückwärts hervor und stand auf. Fak fielen beinahe die Augen aus dem Kopf – an ihrem rosaroten Kleid klebten Kuchenkrümel.

»Gar nichts, Fak«, versicherte sie ihm mit Unschuldsmiene. Er begutachtete sie von oben bis unten. Dann sagte er: »Dann lass uns jetzt zu deiner Familie zurückgehen, Schätzchen. Ich glaube, da draußen gibt es einige junge Gentlemen, die nur darauf warten, mit dir zu tanzen, ehe sie zu Bett geschickt werden!«

Sie kicherte und nahm folgsam Faks Hand, ohne noch einmal zum Volant hinunterzusehen. Niemand brauchte etwas von diesem Kellner zu erfahren.

☆

Sie tanzte erst mit Onkel Joe und dann mit Mr. Laben. Sie hoben sie hoch und tanzten feierlich mit ihr einen Walzer übers Parkett. Die Leute riefen entzückt: »Ach, ist das nicht einfach süß! Ist das nicht das kleine englische Mädchen? Ihr Vater ... ja, Sie wissen schon.«

Lennox tanzte mit Roses Mutter und sah sie dabei so seltsam an, als hätte er sie noch nie zuvor gesehen. Rose strich sich über ihr Kleid, doch Fak hatte sie sorgfältig abgebürstet, ehe sie in den Raum mit dem Kronleuchter zurückgegangen waren. Sie konnte sich darauf verlassen, dass kein Krümel mehr zu finden war.

Mr. Laben stellte sie sanft auf den Boden zurück – genau vor Erics Nase.

»Komm, mein Enkel«, forderte er ihn auf. »Tanz mit der kleinen Lady.« Und als ihm auffiel, dass seine Worte so ähnlich wie dieses berühmte Lied klangen, begann er völlig falsch zu trällern: »Tanz, tanz, tanz, kleine Lady«, und lachte aus vollem Halse. Eric schaute einen Moment skeptisch drein. Doch dann erblickte er die Frau des Senators, die gerade schnurstracks auf ihn zukam und griff schnell nach Roses Hand.

»Wenn's denn sein muss!«, sagte er und presste sie an seine Brust. »Ich bin zu alt, um mit dir zu tanzen, Rose Harris! Und ich wette, du hast noch nie eine Tanzstunde gehabt, stimmt's?«

»Habe ich doch«, keuchte sie, während sie so schnell rückwärts lief, wie es ihre kurzen Beinchen erlaubten. »Ich besuche die Schule von Miss Millward in New Haven.« So, wie sie das Wort »Schule« betonte, klang es, als wollte sie sagen: »Jungs sind doof.« Eric lachte sie nur aus und machte etwas schrecklich Kompliziertes mit seinen Füßen. Sie stolperte und fiel in seine Arme.

»Du lieber Gott!«, sagte er.

Seine Worte verschlugen ihr die Sprache. Sie wartete praktisch ehrfürchtig darauf, dass der Herr mit einem Schwert auftauchen würde. Aber es war Lennox.

»Darf ich stören?«, fragte er mit seiner typisch aalglatten Stimme. »Ich glaube, ich bin jetzt an der Reihe, Cousinchen.«

Aber Rose sträubte sich heftig und hätte beinahe vergessen, wie schüchtern sie eigentlich war.

»Ich bin gar nicht deine Cousine«, sagte sie. »Onkel Joe und Mr. Laben waren zusammen im alten Land, und du –«

Er lachte und packte sie mit beiden Händen an der Taille.

»Du kleiner Papagei«, sagte er. »Das alte Land. Was weißt du schon vom alten Land? Stell dich auf meine Schuhe. Trau dich ruhig. Du tust mir schon nicht weh. Wir werden allen zeigen, was wir können.« Ihr Kleid war lang genug, um ihre Schuhe zu verdecken, so konnte wenigstens niemand sehen, dass sie tricksten. Es sah aus, als würde sie wunderbar mit Lennox Laben harmonieren – obwohl ihr das ganz und gar nicht passte. Bei Eric wäre es ja gar nicht so schlimm gewesen, aber Lennox presste sie so fest an sich, dass sie kaum Luft bekam. Sie konnte ihn riechen. Er roch salzig. Und nach Wein. Lennox hatte den Wein geklaut, und das war noch schlimmer als der Junge, der vom Kuchen stibitzt hatte.

Alle dachten, es sei zauberhaft gewesen, sogar Mummy.

»Ihr habt ausgesehen wie Schneewittchen und der Prinz«, schwärmte sie. Sie drückte Rose an sich und lächelte. »Ich hatte ja keine Ahnung, wie fleißig du bei Miss Millward geübt hast, Kleines. Ich werde wohl Tante Mabe sagen müssen, dass sie dich im nächsten Jahr zweimal in der Woche hinschicken soll.«

»Aber der Krieg ist vorbei, Mummy. Wir können nach Hause gehen«, sagte Rose mit weinerlicher Stimme. »Du hast doch gesagt, dass wir nach Hause gehen können, wenn der Krieg vorbei ist –«

»Aber meine Süße, Connecticut ist dein Zuhause. Du bist hier geboren.« Ihre Mutter sprach plötzlich mit übertrieben amerikanischem Akzent. Und sie roch ebenfalls nach Wein. Sie hatte wieder den Kopf in den Nacken gelegt und lachte zum Kronleuchter hinauf. Nur dass man den Kronleuchter nicht sehen konnte, weil der Kopf des Mannes im Weg war, der sich über ihre Mutter beugte.

»Ich hasse Miss Millward«, sagte Rose. »Sie glaubt, ich könne nicht zählen, und deshalb lässt sie mich andauernd ›eins, zwei, drei‹ sagen!«

Mutter schien der Ansicht, das sei das Lustigste, was sie je in ihrem Leben gehört hatte. Sie lachte und lachte. Und der Mann fing ebenfalls an zu lachen. Doch sie lachten eigentlich überhaupt nicht über Rose, sondern über ein Geheimnis, das sie miteinander teilten.

Lennox sagte: »Auf geht's, Kleines. Lass uns wieder tanzen.«

»Nein, danke, Lennox«, sagte Rose höflich. »Ich werde mich hinlegen, bis die Torte angeschnitten wird. Trotzdem, vielen Dank.«

Sie ging zu der geschwungenen Treppe und nahm langsam Stufe um Stufe. Sie konnte sehen, wie ihre Mutter immer noch zu diesem Mann aufblickte und lachte. Und sie konnte sehen, wie Lennox hinter ihr herstarrte. Und wie Tante Mabe mit dem Senator tanzte. Und wie Onkel Joe Drinks für mindestens sechs Damen eingoss. Und sie entdeckte – ganz plötzlich – den Kuchendieb, wie er sich zwischen den herumstehenden Gästen durchschlängelte und dabei fachmännisch ein Tablett über dem Kopf balancierte. Sie blieb stehen, weil sie wollte, dass er zu ihr hinaufsah. Sie war sich sicher, dass er das tun würde. Dann raffte sie wohlerzogen mit einer Hand ihren Rock, legte die andere Hand lässig aufs Geländer und ging weiter, bis sie oben den Korridor erreichte. Sie hätte dabei beinahe ihren Schuh verloren – aber das war schließlich Cinderella, nicht Schneewittchen. Sie öffnete die Tür zu dem Schlafzimmer, das Mrs. Laben für sie hergerichtet hatte, knipste das Licht an und erblickte ihr Spiegelbild in der Vitrine.

Nein, sie war weder Schneewittchen, noch Cinderella; und auch nicht irgendeine andere Prinzessin. Sie war Rose Harris, die sich die meiste Zeit vor irgendetwas fürchtete und am liebsten in der Nähe ihrer Mutter sein wollte, daheim in ihrem eigenen Haus, und die nicht wollte, dass jemals wieder irgendetwas passierte.

Sie ging zum Bett, das von üppig drapierten Vorhängen umgeben war. Ohne vorher die Schuhe auszuziehen, sprang sie aufs Bett und gab sich dort – ganz genüsslich – einem Tränenausbruch hin.

☆

Sie wusste nicht mehr, ob sie eingeschlafen war oder nicht. Aber plötzlich war Lennox da, der sich über sie beugte und wie ein Kater grinste.

»Hallo, Cousinchen«, flüsterte er. »Na, hast du deinen Schönheitsschlaf gehalten?«

»Ich bin nicht deine Cousine«, protestierte sie und versuchte sich aufzusetzen.

Doch er packte sie bei den Schultern und drückte sie aufs Kopfkissen zurück.

»Du kannst ruhig noch ein bisschen weiterschlafen. Ist es so besser?«

»Nein, lass mich los«, flehte sie.

»Noch nicht. Erst hörst du mir zu.« Er grinste immer noch, doch sein Blick war äußerst böse, beinahe wahnsinnig. »Du bist meine Cousine. Wenn ich es dir doch sage. Die Engländer und die Amerikaner sind Vettern. Wusstest du das nicht?«

Sie hatte durchaus schon gehört, wie Leute herablassend von »unseren Vettern in England« gesprochen hatten. Seine Lippen waren feucht. Er hatte wieder Wein getrunken.

Er sagte: »War ich nicht ein freundlicher Cousin? War ich da unten nicht nett zu dir? Als ich mit dir getanzt habe und du keine Füße hattest? Hast du etwa schon vergessen, was ich für dich getan habe? Ich habe mit dir getanzt und du hattest keine Füße, Cousinchen!« Er kicherte, als wäre er geisteskrank. »Alle haben dich angeschaut. Alle haben gedacht, du seist das süßeste Geschöpf auf zwei Beinen im ganzen Saal! War ich also etwa kein freundlicher Cousin?«

Als sie ihm keine Antwort geben wollte, presste er sie noch fester aufs Kissen. Das tat sehr weh, auch wenn die Matratze weich war.

Sie krächzte erstickt: »Vermutlich schon!«

»Vermutlich?«, äffte er sie nach. »Du vermutest also, dass ich Recht habe. Aber glauben willst du mir nicht. Nicht wahr, mein englisches Cousinchen? Du vermutest es!«

Sie stammelte: »Lass mich aufstehen. Ich will zu meiner Mutter.«

Er grinste wieder. »Wer will das nicht? Alle wollen diese Eislady. Aber ich vermute mal, sie wird noch heute Abend schmelzen.« Er sperrte seinen Mund weit auf. »Ich *glaube* daran, dass sie schmelzen wird!« Er warf seinen Kopf zurück, genauso, wie es Mutter vorher getan hatte. »Ich glaube es nicht nur, meine Süße! Ich weiß es. Ich weiß, dass sie schmelzen wird. Ich habe sie gerade gesehen!«

Rose hatte nicht die leiseste Ahnung, wovon Lennox sprach. Und doch schnürte ihr eine gewisse Vorahnung die Luft ab. »Ich will zu meiner Mutter«, rief sie aus vollem Halse.

Lennox drehte sich nervös zur Tür um, die noch immer offen stand. Doch der Lärm, der von unten zu ihnen heraufdrang, hatte Roses Schreie übertönt.

Er sagte: »Hör auf zu zetern. Ich werde dir das Schreien schon austreiben.« Er presste seine Lippen auf ihren Mund und drückte ihren kleinen Kopf grob nach unten.

Es war schrecklich. Rose wurde von dem Weingeschmack ganz schlecht. Sie warf ihren Kopf auf dem Kissen hin und her und trommelte mit den Fäusten gegen die Brust des Jungen.

Er hob seinen Kopf und keuchte. »Raste jetzt bloß nicht aus, Rosie. Was ist nur in dich gefahren? Ich habe mich in dich verliebt, das ist alles. Du solltest froh sein, dass du einen Typen in meinem Alter an der Angel hast! Wie alt bist du – fünf? Mein Gott, wenn hinter mir irgendwelche Flittchen her gewesen wären, als ich fünf war, hätte ich dem Himmel dafür gedankt!« Er stieß sie plötzlich mit einem Ruck von sich und schubste sie aus dem Bett. »Los – geh auf die Knie und danke Gott dafür, dass es mich gibt! Danke Gott für deinen Cousin Lennox aus den guten Vereinigten Staaten!«

Er presste sie mit dem Bauch gegen die Bettkante, und sie schluchzte: »Ich bin vier! Ich werde erst im Herbst fünf. Ich hasse dich –«

»Nach allem, was ich für dich getan habe? Das ist aber nicht nett, Rosie. Das ist überhaupt nicht nett.« Er hielt ihre Hände auf ihrem Rücken fest und presste ihr ein Knie ins Kreuz. Sie ließ ihre Stirn aufs Laken sinken und betete inständig.

Und als Lennox unerwartet sein Knie wegnahm, war sie fest davon überzeugt, dass der liebe Gott ihr Stoßgebet erhört hatte. Doch dann spürte sie, wie er versuchte, den Rock ihres wunderschönen Kleidchens hochzuschieben. Sie nahm all ihre Kraft zusammen, drehte sich mit einem Ruck um, schaute ihm ins Gesicht und schrie so schrill sie nur konnte. Er hielt ihr den Mund zu, aber dazu musste er ihre Hände loslassen. Sie schubste ihn wild von sich und rannte zur Tür. Er hatte sie noch eingeholt, ehe sie die Treppe erreichte. Er presste sie grob an sich, bis sie zu zappeln aufhörte, dann ließ er sie so abrupt los, dass sie rückwärts gegen die Wand taumelte.

»Ich will zu meiner Mutter«, wimmerte sie.

»Okay, du sollst zu deiner Mutter dürfen.«

Er zerrte sie die Treppe hinunter, einen weiteren Flur entlang, öffnete eine der Türen und schubste sie hinein. Sie schaute auf ein Bett – es war größer als ihres –, aber es hatte keine Vorhänge. In dem Bett lag ihre Mutter. Ein Mann hatte seine Arme um sie geschlungen. Sie lächelte mit geschlossenen Augen.

»Mummy! –« Rose lief zum Bett. Sie wollte an der Seite hineinklettern. »Mummy, Mummy!«

Ihre Mutter öffnete die Augen. Sie schien gar nicht böse zu sein. Sie sagte nur mit sanfter Stimme: »Mummy ruht sich jetzt ein bisschen aus, mein Spatz. Lauf und such Eric, und iss ein Stück von der Siegestorte. Es ist gleich Mitternacht.«

»Ich möchte lieber bei dir bleiben«, flüsterte Rose. »Kann ich nicht bei dir bleiben?«

»Nein, mein Schatz«, sagte sie. Der Mann hob seinen Kopf, sah Rose erstaunt an und verdrehte die Augen. Dann wandte er sich ab und küsste ihre Mutter in den Nacken. Es war, als wäre Rose überhaupt nicht da gewesen. Sie fürchtete sich davor, sich umzudrehen. Lennox lauerte vor der Tür. Sie hörte schon, wie er sich von hinten anschlich. Sie wollte gerade wieder losschreien, als sie eine Stimme sagen hörte: »Komm, Kleine. Es wird Zeit für die Torte.«

Als sie sich umdrehte, stand der Kellner mit den kohlrabenschwarzen Augen hinter ihr. Seine Fliege saß zwar schief, aber Rose konnte keine Kuchenkrümel mehr an ihm entdecken.

»Wo ist Lennox?«, fragte sie vorsichtig.

Und der Kellner sagte: »Ich habe ihm einen Tritt in den Arsch verpasst – für dich. Ist das in Ordnung?«

Sie nahm die Hand vor den Mund und kicherte.

Der Kellner grinste. »Dachte ich mir doch, dass das in Ordnung ist.« Er streckte ihr seine Hand hin, und sie griff danach – ohne jede Angst. Er sagte: »Weißt du, ich finde es sehr nett von dir, dass du mich dort unten nicht verpetzt hast. Danke. Du bist ein gutes Mädchen.«

Sie gingen den Flur entlang zurück.

»Warum hast du das gemacht? Warst du so hungrig?«, fragte sie.

»Nein, nur wütend auf die ganze Gesellschaft da unten. Dad eingeschlossen. Ich wünschte, ich hätte eine Bombe auf diesen Kuchen werfen können.«

Sie konnte das nicht verstehen. Der Kuchen war doch so schön.

Sie waren an der geschwungenen Treppe angelangt.

»Ich muss jetzt wieder zurück, meine Kleine. Und du nimmst dich vor diesem Lennox in Acht.«

»Ich möchte lieber bei dir bleiben«, sagte Rose, klammerte sich an seine große warme Hand und wollte mit ihm durch die Tür mit der Aufschrift PERSONAL gehen.

»Du weißt doch, dass du da nicht mit rein darfst. Komm, geh wieder nach unten. Über die Vordertreppe –«

Faks Stimme unterbrach den Kellner.

»Was zum Teufel glaubst du, wozu du hier bist, Bürschchen?«

Fak stand am Fuße der schmalen Hintertreppe, ein Geschirrtuch über dem Arm und Schweißtropfen auf der Stirn.

Rose sagte: »Fak, er ist mein Freund. Er trat Lennox für mich in den –«

Der Kellner sagte schnell: »Dad, es ist nichts Schlimmes passiert. Das Mädchen war in Schwierigkeiten –«

Fak sagte: »Miss Rose, du gehst jetzt brav zurück zu deinen Leuten und bleibst da auch, wo du hingehörst. Und vergiss am besten gleich wieder, dass du Abram hier gesehen hast. Schau nicht so sauer, Mädchen. Du kannst ja nichts dafür. Er ist schließlich mehr als doppelt so alt und hätte es besser wissen müssen.«

Der Kellner sagte: »Dad, hör auf so zu reden. Wir haben 1945, wir sind frei!«

»Sprich nicht so mit deinem Vater, Junge. Du gehst jetzt auf der Stelle in die Küche! Der Kuchen ist halb ruiniert. Die Schauspielerin ist sturzbetrunken. Wenn jetzt noch etwas schief geht, dann sind wir allerdings frei. Frei wie der Wind. Wir werden –«

Fak hatte inzwischen die oberste Stufe erreicht. Er packte den Kellner am Kragen und bugsierte – nein, schubste – ihn die Treppe hinunter. Dann waren beide verschwunden, und Rose blieb nichts anderes übrig, als über die geschwungene Vordertreppe hinunterzugehen, wo Eric mit beleidigter Miene neben Onkel Joe saß und Tante Mabe immer noch mit dem Senator tanzte.

Um Mitternacht kamen alle herbeigeströmt, um dabei zu sein, wenn die Torte angeschnitten wurde. Jeder wusste, dass die Torte innen hohl und der Deckel aus Pappe war. Und dennoch sollten sie nachher alle völlig überrascht tun. Der Senator hielt eine sehr feierliche Rede, in der besonders häufig die Worte »unsere Jungs« vorkamen. Dann küsste er aus irgendeinem Grund seine Frau. Und anschließend küsste er Tante Mabe. Das Licht wurde heruntergedreht, und ein Trommelwirbel erklang. Ein Lichtkegel streifte über den Boden und schwebte genau über der Spitze der Torte. Der Deckel sprang auf, und heraus kam – der Kellner.

Sein Oberkörper war nackt, und er sah aus, als hätte er sich mit Öl eingerieben, so glänzte er. Er stand dort oben mit weit ausgebreiteten Armen und schaute die Gäste erwartungsvoll der Reihe nach an.

»Brüder und Schwestern«, rief er ins vor Schreck verstummte Publikum. »Wir haben gemeinsam gekämpft! Wir sind gemeinsam gestorben! Lasst uns nun einander versprechen, dass wir gemeinsam leben werden!« Dann ließ er die Arme sinken, blickte jeden Einzelnen mit einem fragenden Grinsen an und sagte: »Oder?«

Dann wurde der Spot ausgeknipst, und die Lichter gingen wieder an. Fak zerrte den Jungen herunter und entschuldigte sich bei Mr. Laben. Und der Senator rief durch den Saal: »Wie alt? Vierzehn? Was hab ich nicht für verrückte Sachen gemacht, als ich vierzehn war!«

Und er küsste Tante Mabe noch einmal, was wohl bedeutete, dass er immer noch verrückte Sachen machte.

Rose drehte sich um. Ihre Wangen glühten vor Aufregung, und in ihren Augen blitzte so etwas wie Stolz. Sie blickte geradewegs ins Gesicht ihrer Mutter, die hinter ihr stand. Sie wollte ihr die Geschichte mit Lennox erzählen und auch von Faks Sohn, der Abram hieß. Aber sie war zum Umfallen müde und wusste, dass sie niemals die nötigen Worte gefunden hätte. Ihre Mutter hob sie hoch, brachte sie nach oben und flüsterte ihr dabei unentwegt etwas ins Ohr. Sie zog sie aus und hängte ihr Kleidchen auf einen Bügel. Dann legte sie sich zu Rose aufs Bett und wartete, bis diese in ihren Armen eingeschlafen war.

In dieser Nacht träumte Rose, dass ihre Mutter ihr eine Frage stellte. Sie wachte erschrocken auf und murmelte schlaftrunken: »Aber Mummy, du kannst gar nicht heiraten. Du bist doch schon mit Daddy verheiratet!«

Dann schlief sie wieder ein. England war noch genauso weit weg wie zuvor. Aber jetzt machte ihr das nicht mehr so viel aus. Abram mochte vielleicht verrückte Sachen anstellen, aber er gab ihr dieses Gefühl von Sicherheit und Geborgenheit, das sie so sehr vermisst hatte.

2

Roses Mutter hatte nicht geheiratet. Und so kam es, dass die beiden vier Monate später an Bord der *SS Orion* gingen, die nach Southampton auslief. Unter Aileens Schlabberpullover zeichnete sich bereits eine kleine Wölbung ab.

Rose hatte aus der angespannten Atmosphäre von Missbilligung auf der Farm geschlossen, dass sich nicht alle auf das neue Baby freuten. Tante Mabe war seit diesem Abend, an dem sie das Kriegsende gefeiert hatten, nicht mehr dieselbe gewesen. Sie war auf der Farm umhergelaufen wie ein aufgescheuchtes Huhn. Und immer mit fest zusammengekniffenen Lippen – außer, sie hatte gerade wieder einen ihrer Ausbrüche, die Mutter anfangs noch als »bloße Laune« bezeichnet hatte, im Laufe der nächsten Wochen dann allerdings als »Schikane«.

Als Onkel Joe dieses Theater eines Tages leid gewesen war, hatte er gesagt: »Na schön. Was passiert ist, ist passiert. Mein Gott, da kann mir doch wohl niemand widersprechen. Tut mir Leid, Mädels. Tut mir wirklich Leid, wenn ich jetzt unanständig werde. Aber Mabe, wenn ich mir dein Saure-Gurken-Gesicht noch länger anschauen muss ... Mein Gott, du ziehst ein Gesicht, als müsstest du einen Bleistift zwischen deinen Arschbacken festhalten!«

Tante Mabe war daraufhin in ohrenbetäubendes Geschrei ausgebrochen. Und wie so oft zuvor war Fak wie aus dem Nichts aufgetaucht und hatte Rose aus dem Zimmer getragen.

»Wo ist Abram?«, hatte sie ihn gefragt – und das bestimmt nicht zum ersten Mal. »Was habt ihr mit ihm gemacht, nach der Geschichte mit der Torte?«

»Er wurde weggeschickt, geht jetzt woanders zur Schule. Auf eine wirklich gute Schule.«

Doch Fak hatte nicht gerade ausgesehen, als wäre er darüber sehr glücklich. Rose war ebenso wenig glücklich gewesen. In den Wochen nach der Siegesfeier hatte Tante Mabe sie völlig ignoriert – was noch erträglich gewesen war, weil sie das schon vorher getan hatte. Aber dann hatte ihre Tante mit einem Mal angefangen, von Rose als »das arme Kind« zu sprechen. Jedes Mal, wenn Rose keine Lust gehabt hatte, zu den Labens zu gehen und mit Eric zu spielen, hatte sie gesagt: »Aileen, dieses arme Kind ist zweifellos zu introvertiert für sein Alter. Lass sie bei mir, wenn du zurückgehst. Das ist ohnehin das Mindeste, was ich für dich tun kann.«

Doch anders als sonst, hatte Mutter Tante Mabe diesmal heftig widersprochen: »Wir werden beide nach Hause gehen«, hatte sie fest entschlossen gesagt. »Ich mag dir Schande bereitet haben, Mabel, aber keine Sorge, ich werde dir nicht länger zur Last fallen. Ich mag keinen Ehemann haben, und ich habe mich vielleicht zum Trottel gemacht, aber ich habe eine Tochter und trage ein zweites Kind unter dem Herzen. Ich habe eine Familie. Und ich werde ganz allein für sie sorgen.«

»Wie du willst!«, hatte Tante Mabe barsch gesagt.

Onkel Joe hatte versucht, sie zu besänftigen: »Schaut her, Mädels. Ihr seid doch Schwestern. Ihr seid eine Familie. Die kleine Rose gehört doch auch zu uns. Und dieses neue Baby ... Schwamm drüber. Lasst uns doch alle darauf freuen und es verdammt noch mal gern haben.«

Tante Mabe hatte sich nicht beruhigen wollen. »Was wird bloß der Senator von uns denken?«, hatte sie gesagt. Dann war sie ans Fenster gestürzt und hatte zur Koppel hinübergeschaut, wo zwei Pferde weideten. Die beiden waren schon komisch – Farmer und Dinge wie gackernde Hühner oder vor Mist strotzende Kühe hätten sie am liebsten vor den Augen anderer versteckt. Zu Fremden sagte Tante Mabe zwar immer: »Was ich mache? Ich bin die Frau eines Farmers, wissen Sie das nicht? Ich lebe auf einer kleinen alten Farm in Connecticut!« Doch im Grunde führten sie und Onkel Joe nur die Leute herum und prahlten mit ihrem Besitz. Onkel Joe machte in Versicherungen, Tante Mabe war fürs Gesellschaftliche zuständig. Für sie spielte es also durchaus eine Rolle, was der Senator über sie dachte.

»Wen kümmert's?«, hatte Onkel Joe gefragt. Dass das allerdings eine ziemlich ungeschickte Frage war, wusste selbst Rose.

»Mich kümmert's!«, hatte Tante Mabe geschnaubt. »Mich kümmert es durchaus. Ich habe meine kleine Schwester bei mir aufgenommen, als sie mit Rose schwanger war. Ich habe sie all diese Zeit bei mir wohnen lassen – weißt du, es war nicht leicht für mich, als Jonathan umkam. Eine Frau im Haus, der der Mann genommen wurde, ein Waisenkind – die Leute wissen nicht, wie sie damit umgehen sollen. Das ist alles ziemlich schwierig für mich.«

Onkel Joe hatte ihr widersprochen. »Aber die Leute mögen doch Aileen. Und Rose. Jeder mag ihre englische Art, ihre Zurückhaltung –«

»Zurückhaltung! Du machst wohl Witze. Nach all dem, was an dem Abend der Siegesfeier passiert ist – ja, das ist wirklich das Komischste, was ich je gehört habe.« Und dann hatte Tante Mabe Mutter angefaucht: »Wenn ich nur daran denke – allein die bloße Erinnerung daran, wie betrunken du warst – wie hoffnungslos betrunken. Du hättest doch wohl jeden genommen, oder? Du warst – du warst sexbesessen!«

Rose hatte zur Tür geschaut, in Erwartung, Fak würde hereinkommen und sie aus dem Zimmer bringen.

»Mein Gott, wundert dich das etwa?«, hatte Onkel Joe sie gefragt. Dann hatte er seine Hand auf Mutters Arm gelegt und gesagt: »Weine nicht, Kleines. Das ist völlig normal! Nach fünf Jahren ... Hör zu, du brauchst mir nur zu sagen, wer es ist. Na schön, er ist verheiratet. Aber das ist sein Problem. Ich werde ihm die Fresse polieren, dass er ... komm, weine nicht vor dem Kind. Das ist nicht gut für dich.«

Rose hatte gar nicht bemerkt, dass ihre Mutter geweint hatte. Dann war die Tür aufgegangen, und Fak hatte sie hinausgetragen.

»Warum gehst du nicht hinüber zu den Labens und spielst mit dem kleinen Eric?«, hatte er gemeint. Dann hatte er ihr die Augen getrocknet und ihr sein Taschentuch zum Schnäuzen hingehalten.

»Lennox könnte vielleicht dort sein.« Sie hatte zu ihm aufgeblickt. »Ich bin okay, Fak. Wirklich. Denn wir gehen nach England zurück.«

»Ja.« Er hatte aus tiefstem Herzen geseufzt. »Glaub mir, Liebes, es ist besser für dich, wenn du von hier wegkommst. Und wenn du uns vielleicht eines Tages besuchen kommst, sehen wir uns wieder, ja?«

»Ja. Sicher, Fak. Und Abram sehe ich dann auch wieder, oder?«

Fak hatte – was sie von ihm gar nicht gewohnt war – schwermütig geantwortet: »Außer, er sitzt.«

Sie hatte lachen müssen, weil sich das so komisch angehört hatte. Und nach einer Weile hatte auch Fak gelacht.

☆

Auch wenn das neue Baby nicht bei allen willkommen war, wusste Rose, dass sie es schon allein deswegen für immer und ewig lieben würde, weil es sie endlich nach Hause führte. Sie lehnte neben ihrer Mutter an der Reling, betrachtete das Muster, das die *Orion* ins Wasser zog, und wusste: Sie würde nie mehr nach Amerika zurückkehren – nicht einmal, um Abram wiederzusehen. Sie konnte sich schon nicht mehr erinnern, wie er ausgesehen hatte. Abram und Fak durften ohnehin nur tun, was man ihnen sagte, genau wie bei ihr selbst. Ja, Amerika war das Land, wo etwas passierte. In England passierte nichts. Nicht wirklich. Von *passieren* konnte kaum die Rede sein.

Mutter sagte: »Ich hoffe, dir wird es zu Hause nicht zu langweilig, mein Schatz. Es wird nicht ein bisschen aufregend sein. Deine Großmutter Harris hat mich gefragt, ob wir nicht bei ihr wohnen möchten. Aber ich dachte, wir sollten besser unser eigenes kleines Haus haben.«

»Mit einem Kinderzimmer für das Baby?«, wollte Rose wissen.

»Kein richtiges. Ich vermute, das Wohnzimmer wird eine Weile als Kinderzimmer dienen müssen.«

»Und ich werde das Kindermädchen sein«, sagte Rose. »Und wir werden jeden Tag vor dem Kamin Tee trinken.«

»Abgemacht.« Mutter lächelte fröhlich. Sie schien wieder glücklich zu sein. »Der Tee wird fertig sein, wenn du von der Schule nach Hause kommst.«

»Schule?«

»Ja, mein Schatz. In England gehen die Kinder zur Schule, wenn sie fünf sind. Manchmal sogar schon früher. Wenn ich es mir recht überlege, sollte ich dich wohl besser von der Schule abholen. Also werden wir den Tee gemeinsam aufbrühen, wenn wir zurück sind.«

Mit Schule hatte Rose nicht gerechnet.

»Werden dort Millionen von Kindern sein?«

»Nicht Millionen. Aber einige werden es schon sein. Aber du wirst deinen eigenen Platz haben. Und dein eigenes Federmäppchen. Und ein Schreibheft. Und ein Lesebuch. Und du wirst eine beste Schulfreundin haben.«

»Und sie wird Margaret heißen«, sagte Rose verträumt. »Zusammen werden wir Margaret Rose sein. Wie die Prinzessin von England.«

»Das klingt wunderbar«, sagte ihre Mutter entzückt. Sie wirkte so zuversichtlich.

Tante Mabe hatte zum Abschied gesagt: »Du hast dich verändert, Aileen. So habe ich dich noch nie erlebt. So selbstbewusst.«

Und Mutter hatte geantwortet: »Das muss die Schwangerschaft sein. Ich fühle mich, als könnte ich Berge versetzen.«

Tante Mabe, die wohl nie schwanger werden würde, hatte spröde gesagt: »Ich hätte wohl besser ›eingebildet‹ sagen sollen. Ja, du bist zweifellos eingebildet, Schwesterchen.«

Mutter hatte ihr einen flüchtigen Kuss gegeben, Onkel Joe zugezwinkert und gesagt: »Pass auf dich auf, Mabe. Und lass den Bleistift nicht fallen!«

Rose fiel ihrer Mutter um den Hals und glaubte, Schwangerschaft müsse wohl etwas Versöhnliches an sich haben. Sie hatte keine Ahnung, was selbstbewusst oder eingebildet bedeutete. Aber sie war glücklich.

Erstaunlicherweise lief alles nach Plan. Großvater Harris war Sekretär einer Auktionatoren-Gesellschaft und fand ein kleines Reihenhaus für sie, das mit Jonathan Harris' Pension mühelos zu unterhalten war. Die Nachbarn hatten nie erfahren, dass Jonathan bereits im Jahre 1941 im Atlantik torpediert worden war. Sie schwänzelten um die junge Witwe herum und boten ihr ihre Hilfe an. Aileen lehnte höflich ab. Sie wollte von nun an unabhängig sein, so weit es nur möglich war.

Sie waren gerade noch rechtzeitig vor Weihnachten eingetroffen und verbrachten die ersten beiden Wochen bei den Großeltern Harris. Aileens Bemühungen, die Herzen ihrer Schwiegereltern für das neue Baby zu erwärmen, waren allerdings vergebens. Alles was sie taten, geschah für Rose. Diese selbst war sich zwar immer bewusst, dass sie Großeltern hatte, aber von dem Tag an, als sie und ihre Mutter in ihr eigenes Haus eingezogen waren, sahen sie die Großeltern kaum noch. Die alten Harris' wohnten in Cheltenham, das Reihenhaus von Aileen und Rose hingegen war in Churchdown, einem kleinen Dorf auf einem Hügel zwischen Gloucester und Cheltenham. Es war von beiden Orten aus mit dem Bus oder Zug zu erreichen und dennoch weit genug entfernt, damit sich niemand für Rose und ihre Mutter schämen musste. Das Dorf bestand aus der Bahnarbeiter-Siedlung, einigen Cottages, in denen die Leute wohnten, die auf den umliegenden Farmen arbeiteten, einem Pub, einer Kirche und einer Schule. Auf diese Schule gingen fünfzehn Kinder im Alter zwischen fünf und elf. Mit elf konnten sie entweder ein Stipendium für eines der Gymnasien in Gloucester und Cheltenham bekommen oder auf die nächstliegende Sekundarschule gehen. Dieses moderne Schulsystem war erst vor kurzem eingeführt worden. Die Leute hatten noch so ihre Zweifel daran. Doch Rose kam es sehr gelegen. Sie fand ihre beste Freundin in einem Mädchen namens Margaret Ellenbury, von der erwartet wurde, dass sie die Aufnahmeprüfung für das Stipendium bestand, um auf das Gymnasium gehen zu können, das bereits ihre Mutter und ihre Großmutter besucht hatten.

Doch bis es so weit war, wurde Rose in der kleinen Dorfschule reichlich mit dem nötigen Wissen versorgt. Der Lehrplan war eng mit den Jahreszeiten verknüpft, und die kamen und gingen mit einer beruhigenden Regelmäßigkeit; zunächst langsam, als sie älter wurde dann immer schneller. Mr. Brooking, der die älteren Kinder unterrichtete, las ihnen ein Gedicht von Wordsworth vor, in dem der Satz »die tägliche Umdrehung der Erde« vorkam. Gedichte vergaß Rose schnell wieder, aber sie merkte sich einzelne Sätze daraus. Als sie bei ihrer Aufnahmeprüfung fürs Gymnasium gefragt wurde, was ihr wichtig sei, antwortete sie nicht etwa Segeln oder Lesen oder Kino, sondern sie sagte: »Die tägliche Umdrehung der Erde.« Sie bestand natürlich die Aufnahmeprüfung und ging in dieselbe Klasse wie Margaret.

Doch bevor all dies geschah – während des Winters und Frühjahrs im Jahre 1946 – richteten sie sich in ihrem Haus ein. Es war das Haus Nummer 4, Railway Villas. Es hatte eine dunkelbraune Haustür. Und eine der ersten Arbeiten, die Aileen und Rose verrichteten, war es, diese Tür weiß anzustreichen. Von da an nannte Margaret das Haus »Nummer vier mit der schneeweißen Tür«, was Rose zu »das schneeweiße Haus« abkürzte und dann allmählich in »Schneewittchen-Haus« umwandelte. Und dabei sollte es für immer bleiben.

Am 3. Mai 1946, noch vor dem Frühstück, erschien die Hebamme und sagte, sie habe Aileens Nachricht erhalten. Rose hatte weder eine Ahnung davon wann, noch wie ihre Mutter eine Nachricht verschickt haben sollte. Ihr war nur klar, dass sie an diesem Tag niemand von der Schule abholen würde. Margaret begleitete sie nach Hause. Sie überquerten Hand in Hand den Kirchhof, gespannt, was sie im Schneewittchen-Haus wohl erwarten würde. Ihre Wangen glühten vor Aufregung. Was sie schließlich erwartete, war Mrs. Whittaker von nebenan, die nun endlich helfen durfte. Sie strahlte übers ganze Gesicht und küsste jeden, der ihr begegnete, als wäre das Baby ihr eigenes.

»Es ist das hübscheste kleine Mädchen, das ihr je gesehen habt!«, verkündete sie Rose und Margaret, während sie die beiden im »Kinderzimmer« mit Limonade und Schinkenbroten voll stopfte. »Sie ist ihrem Vater wie aus dem Gesicht geschnitten.«

Rose kramte ein Foto ihres Vaters hervor und drückte es Mrs. Whittaker in die Hand. Sein Haar war unter einer Marinemütze versteckt. Seine Augen waren so tiefblau wie die von Rose.

»Genau wie er!«, rief Mrs. Whittaker begeistert. »Habt ihr aufgegessen, Mädchen? Ich denke, die Schwester wird euch jetzt nach oben lassen. Ich werde mal nachsehen.«

Die Schwester empfing sie mit einem warmherzigen Lächeln.

Das Baby war dunkel wie Rose und ihre Mutter. Rose wusste genau, dass ihr Vater blond gewesen war.

»Was meinst du, Liebes? Wie sollen wir dein Schwesterchen taufen?«, fragte Aileen.

Rose dachte angestrengt nach. Sie wollte einen Namen, der wie »Jonathan« klang, nur eben einen Mädchennamen. Margarets Mutter hatte den Mädchen aus dem Buch *Katys Streiche* vorgelesen. »Joanna«, sagte Rose entschlossen.

Margaret kamen die Tränen. »Das ist so schön«, schniefte sie. »Und so traurig.« Ihre Mutter hatte ihr die ganze Geschichte erzählt. Sie dachte, Rose und Aileen, und jetzt auch Joanna, seien wie aus einem Buch.

Rose sagte verträumt: »Ich glaube, ich werde sie kurz ›Jon‹ nennen.«

Aileen schaute ihre ältere Tochter prüfend an. Sie fragte sich, wie viel Rose wohl wusste – oder ahnte. Doch sie widersprach ihr nicht. Sie hatte ihren Mann immer Jon genannt. Dieser Name würde die Leute in ihrem Glauben bestärken, dass das Baby von ihm war.

Jon wusste immer, dass sie ganz anders war als Rose. Mrs. Whittaker – bald nur noch Mrs. Whittie genannt – rieb es ihnen täglich unter die Nase.

»Feuer und Wasser«, wiederholte sie immerzu, »so verschieden wie Feuer und Wasser!«

Es lag gar nicht einmal so sehr daran, dass Rose fünf Jahre älter war als Jon; auch nicht daran, dass sie schüchtern war und Jon nicht; oder dass sie brav war und Jon nicht immer; oder daran, dass sie sich um alles Mögliche kümmerte, Jon hingegen eher faul war. Es lag vielmehr daran, dass Roses Eigenschaften alle zusammengenommen ein ganz gewöhnliches Mädchen ergaben. Wenn man allerdings Jons Eigenschaften addierte, dann kam alles andere als etwas Gewöhnliches heraus.

Die drei Frauen lebten so friedlich miteinander, dass es Mrs. Whittie einmal als »zu schön um wahr zu sein« beschrieb.

Schon als kleines Mädchen wusste Jon, dass diese Harmonie nur funktionierte, weil Mutter und Rose vor brenzligen Situationen lieber einen Rückzieher machten. Jedem Streit, jedem Problem begegneten die beiden mit unerschöpflicher Nachsicht. Sie konnte sich erinnern, wie nachsichtig ihre Mutter und ihre Schwester stets reagiert hatten, wenn sie Jon dabei erwischten, wie sie sich gerade Kohle in den Mund stecken wollte oder Erde aus dem Gemüsebeet. Sie erinnerte sich auch daran, dass Rose immer mit ihr spazieren ging, wenn die Großeltern zu einem ihrer seltenen Besuche kamen. Nicht etwa weil Rose vor ihnen flüchten wollte, sie wusste vielmehr, dass Jon die alten Harris' todlangweilig fand.

Sie verlebten eine behütete Kindheit. Jon wurde von ihrer Mutter und ihrer Schwester verwöhnt und hätte gut und gern eine unausstehliche Göre werden können. Doch bis zu ihrem fünfzehnten Lebensjahr hatte sie nichts verlangt, was sie ihr nicht hätten geben können. Jon war ein wahrer Wildfang und tobte am liebsten den ganzen Tag auf dem Hügel mit seinen Büschen und Höhlen herum, wo man sich so wunderbar verstecken konnte. Den Mangel an Kontakten zu anderen Kindern vermisste sie niemals, sie war zufrieden mit den von der Kirche veranstalteten Basaren und Ausflügen. Sie boten ihr das, was Mrs. Whittie »Zerstreuung« nannte.

Als sie sieben Jahre alt war, gingen sie zu einem Fest, das zu Ehren der Krönung der Königin veranstaltet wurde. Die Buben und Männer aus dem Kirchenchor errichteten auf der Südseite der Kirche ein Lagerfeuer. Am Nachmittag gab es Tee, am Abend ein Feuerwerk. Jon wollte unbedingt bis zum Ende bleiben, aber Aileen war strikt dagegen. Das Wetter war typisch für den Juni in England: kühl und regnerisch. Ihr selbst graute bei dem bloßen Gedanken daran, sich draußen aufhalten zu müssen – wie hätte sie es da ihrem Baby erlauben können?

»Das Kinderfest findet am Nachmittag statt, mein Schatz«, sagte Aileen.

Jon zog trotzig einen Schmollmund.

»Ich werde bei diesem Krach sowieso nicht schlafen können«, protestierte sie. »Und Rose geht schließlich auch hin.«

»Rose ist fast dreizehn. Und außerdem wird sie mit Margaret und ihren Eltern hingehen.«

»Ich will aber mit Rosie gehen!«, jammerte sie.

Wie üblich kam ihr Rose zu Hilfe: »Das ist okay Mum, Jon kann mit uns kommen. Du musst das Haus überhaupt nicht verlassen, wenn du nicht willst.«

Jon fand die Vorstellung, die ganze Zeit hinter Rose herzutrotten, zwar schrecklich, nickte aber eifrig. »Immerhin sind wir Schwestern!«, versuchte sie ihre Mutter zu uberzeugen.

Jon hatte aus früheren Erfahrungen gelernt, dass dieser Satz Wunder wirkte, wenn sie ihre Mutter zu etwas überreden wollte.

Rose lächelte dann immer und sagte: »Ja, Baby, das sind wir.« Und Mutter seufzte tief und blickte in den Himmel oder ins Kaminfeuer oder was eben gerade da war.

Natürlich zog diese Masche auch diesmal.

»Also gut. Aber denk daran, Liebes: Geh nicht zu nah ans Feuer. Und Rosie, wenn sie mit dem Feuerwerk anfangen, bringst du sie umgehend nach Hause.«

»Ja, Mutter.«

Jon gelang es mühelos, sich der Aufsicht der Ellenburys zu entziehen. Der Himmel war schon dunkel. Nur wenn ein Feuerwerkskörper explodierte, erhellte er sich für einige Sekunden. Alle Katzen waren grau. Jon beobachtete einige höchst interessante Dinge: etwa den Bahnhofsvorsteher, der jemanden küsste, der nicht seine Frau war, oder Margaret Ellenburys Tante ohne Bluse. Zwei der Chorknaben ließen sie an ihrer Zigarette ziehen, weil sie ihnen androhte, ansonsten loszuschreien. Und der Chorleiter schenkte ihr einen Lutscher und sagte, sie dürfe ihn John nennen.

»Sie heißen gar nicht so«, sagte sie und rollte den Lutscher mit der Zunge von einer Backe in die andere. »Ich habe nämlich gehört, wie die Frau Vikarin Sie Stephen gerufen hat. Mein Name ist Jon.«

»Deshalb habe ich mir diesen Namen ja ausgesucht. Damit du ihn dir merken kannst.«

»Ich bin doch kein Baby mehr. Ich bin sieben.«

»Ich weiß. Ich hab dich in der Sonntagsschule singen hören. Du hast eine gute Stimme.«

»Ehrlich?« Das hatte ihr noch niemand gesagt. Sie sagten ihr, dass sie hübsch sei und froh sein könne, so niedliche Locken zu haben; und dass sie für ihr Alter sehr gescheit sei. Aber sie hatte sich eigentlich damit abgefunden, dass sie nicht singen konnte.

»Ja, wenn ich es dir doch sage. Wenn ich Reverend Murchison dazu überreden könnte, auch Mädchen in den Chor aufzunehmen, würdest du dann mitmachen?«

»Was für Kleider würde ich da anhaben?«

»Blaue, denke ich. Und eine kleine blaue Mütze.«

»Ich glaube, das würde mir gefallen.«

»Du müsstest aber ein gutes Mädchen sein, sonst würde ich dich nicht mitmachen lassen.«

»Ich bin ein gutes Mädchen. Ich bin immer gut.«

»Kannst du auch ein Geheimnis für dich behalten?«

»Klar.«

»Also, dann ist mein Name jetzt unser Geheimnis. Ich meine, mein wirklicher Name. Du musst mich von jetzt an John nennen.«

»Na gut. Und weiter?«

Das Spiel wurde ihr langsam zu blöd. »John, John, John«, maulte sie.

Er sagte: »Und du musst mir einen Kuss geben.«

Sie tat es, ohne sich etwas dabei zu denken. Nicht im Geringsten. Und sie war überrascht, als er sie in den Arm nahm und wiegte wie ein Baby. Er küsste sie noch einmal. Und dann noch einmal. Sie wand sich in seinen Armen und konnte sich schließlich befreien.

»O Baby, du bist nicht gerade sehr kooperativ.« Sie konnte ihn schnaufen hören.

»Was heißt das, was Sie gerade gesagt haben?«

»Kooperativ? Du tust nicht das, was ich dir sage. Du musst mir viele, viele Küsse geben.«

Ihr war langweilig, und sie wollte zum Lagerfeuer zurück.

»Ich habe es mir überlegt, ich will doch nicht singen. Mir macht Singen keinen Spaß.«

Ein Feuerwerkskörper explodierte genau über ihnen. Sein Gesicht war plötzlich hell erleuchtet. Es war bleich und grimassenhaft.

Er sagte: »Es tut mir leid. Entschuldige, Jon. Vergiss es.«

Aber sie konnte ihren Blick nicht von seinem verzerrten Gesicht abwenden. Sie wollte weinen. Es war, als würde sie diesen verzerrten Ausdruck in ihrem eigenen Gesicht spüren.

Sie küsste ihn flüchtig auf die Nase und rannte davon.

In dieser Nacht kletterte sie aus ihrem Bett und schlüpfte zu Rose unter die Decke.

»Hast du irgendetwas, Jon?«, wisperte Rose ihr ins lockige Haar.

»Wünschst du dir auch manchmal, dass wir einen Daddy hätten?«, flüsterte Jon. Sie wagte es kaum, ihren Kopf unter der Bettdecke hervorzustrecken – sie hatte Angst, mit ihrer Frage Verrat zu begehen.

»Du hast einen Daddy, Dummerchen«, sagte Rose.

Das Foto auf dem Kaminsims war inzwischen noch vergilbter. Das machte es leicht, sich vorzustellen, dass Jonathan Harris genauso dunkel gewesen war, wie Jon und Rose es waren.

Jon sagte: »Ja, aber einen Daddy, der bei uns wohnt. Und nicht bei Jesus.«

»Ich weiß nicht so recht.«

Margaret hatte erzählt, ihre Eltern würden manchmal »kämpfen«. Rose war jung und naiv genug, um sich auszumalen, wie die beiden mit Stöcken und Schwertern oder sogar Pistolen aufeinander losgingen. Davon abgesehen war es ohnehin schwer, sich einen Mann im Schneewittchen-Haus vorzustellen.

Jon brachte etwas zur Sprache, worüber sie sich in letzter Zeit häufiger Gedanken gemacht hatte.

»Rosie, ist dir das auch schon aufgefallen? Wenn Menschen zu Jesus gehen und bei ihm wohnen, kommen sie nicht mehr zurück.«

»Ja.«

Rose drückte ihre kleine Schwester fest an sich.

»Heißt das, Daddy wird nie mehr zu uns zurückkommen und bei uns wohnen?«

»Ja.«

Es war still im Zimmer. Die beiden Mädchen kuschelten sich eng aneinander.

Jon murmelte schläfrig: »Wo ist der Himmel, Rosie? Wo gehen die Menschen hin, wenn sie bei Jesus einziehen?«

Und Rose, knapp dreizehn und ein ganz gewöhnliches Mädchen, murmelte: »Ich glaube, sie gehen nach Amerika.«

Dann schliefen sie ein.

In der folgenden Woche erzählte ihnen Mrs. Whittie, dass Stephen Manning, der Chorleiter, das Dorf verlassen hatte. Sie vermutete, es habe wahrscheinlich Ärger mit einem der Chorknaben gegeben.

Als Jon fünfzehn war, überredete sie ihre Mutter, einen Fernseher anzuschaffen. Aileens Warnung, sie würden viereckige Augen bekommen, war schon jahrelang auf taube Ohren gestoßen. Seit sie zehn war ging Jon zu Mrs. Whittie nach nebenan zum Fernsehen. Mrs. Whittie war immerhin ihre Patin. Jon hatte ihr feierlich erklärt, es gehöre zu ihren Patenpflichten, den Fernseher mit ihnen zu teilen.

Darüber hinaus versuchte sie ihre schlechten Noten damit zu rechtfertigen, dass sie ihren Mitschülern in Dingen wie aktuelle Ereignisse oder etwa Kunst weit hinterherhinke. Eben in allem, was anscheinend übers Fernsehprogramm vermittelt wurde.

»Rose scheint aber keinen Fernseher nötig gehabt zu haben«, erwiderte Aileen – allerdings ohne jede Hoffnung auf Erfolg. Sie wusste, dass sie mit Argumenten keine Chance hatte, wenn sich Jon einmal etwas in den Kopf gesetzt hatte.

»Rose ist eine Streberin«, erklärte Jon. »Weißt du nicht mehr, wie sie und Margaret Ellenbury vor ihren Prüfungen immer stundenlang in der Küche saßen und büffelten?«

Aileen sagte streng: »Was es Margaret immerhin ermöglichte, eine Ausbildung zur Lehrerin zu machen, und Rose, eine Stelle als Bibliothekarin zu bekommen.«

»Eben!«, sagte Jon triumphierend. »Ich meine, hast du schon jemals gehört, dass jemand freiwillig Lehrerin oder Bibliothekarin wird?«

»O Jon ...« Wie üblich musste Aileen lachen, und Jon wusste, dass sie gewonnen hatte. Als sie dann allerdings auch noch von einem Telefon anfing, schüttelte Aileen energisch den Kopf. »Niemals! Unsere Privatsphäre wäre für immer dahin«, sagte sie.

Jon wusste zwar nicht genau, was sie sich von einem Fernseher versprochen hatte, aber sie war maßlos davon enttäuscht. Er machte das Schneewittchen-Haus noch mehr zu einer Festung. In diesem Sommer des Jahres 1961 drehte sich ihr Leben ausschließlich um den neuen Fernseher, während sie sonst wahrscheinlich mit der Kirche einen Ausflug unternommen, unerträgliche Besuche bei den Harris' in Cheltenham gemacht, am großen Sommer-Picknick teilgenommen hätten oder an den Wochenenden nach Gloucester zum Bummeln gefahren wären. Zu Jons großem Bedauern interessierten Rose ausgerechnet die Sendungen, die sie eigentlich hätte schauen »sollen«. Sie kamen von ihren bequemen Sesseln in dem winzigen Wohnzimmer aus erstaunlich weit herum. Sie sahen die Kämpfe in Kuba und hätten den neuen Führer, Fidel Castro, bestimmt erkannt, wenn er ihnen in Churchdown auf dem Bahnsteig begegnet wäre. Rose war jedes Mal schrecklich aufgeregt, wenn die Bücher, die sie in der Bücherei im Regal stehen hatten, im Fernsehen besprochen wurden, und Aileen schrieb alle Rezepte mit, die Tony Stopani in seiner Kochsendung vorstellte. Jon hätte sich gern gelegentlich einen Film angesehen, wenn die nicht alle uralt gewesen wären. Sie verkündete eines Tages lauthals, Fred Astaire sei der unerotischste Mann, den sie je gesehen habe. Aileen und Rose kicherten amüsiert.

Es war Jon, die entschied, dass sie zu Roses einundzwanzigstem Geburtstag eine Party feiern sollten.

Rose war von dieser Idee allerdings alles andere als begeistert: »Kommt überhaupt nicht in Frage! Ich will Tee. Hier, zu Hause. Und marinierte Shrimps, bitte! Margaret kann kommen, falls sie zu Hause ist. Und meinetwegen die Großeltern. Alles, nur keine Party!«

»Jeder feiert eine Party, wenn er volljährig wird!«, meinte Jon theatralisch. »Mein Gott, sollen wir uns demnächst völlig vor der Welt verkriechen? Wir leben ja jetzt schon so abgeschieden, dass niemand so recht weiß, ob wir Bäume oder Menschen sind!«

»Oh, wie melodramatisch, Jon«, sagte Aileen, die gerade versuchte, ein Strickmuster zu entziffern.

»Ich sollte mit Großmutter Harris darüber reden«, sagte Jon zur großen Verwunderung der anderen.

Aileen schaute sie warnend an: »Du wirst nichts dergleichen tun!«, sagte sie.

Vorübergehend gab Jon Ruhe. Aber lange hielt sie nicht durch. Anstatt nach der Schule gleich nach Hause zu gehen, radelte sie eines Tages nach Cheltenham in die Höhle des Löwen, die eigentlich ein stattliches Haus in der Rodney Road war.

Ihre Großeltern begrüßten sie höchst überrascht, kehrten dann allerdings umgehend wieder zu ihrer gewohnten kühlen Distanziertheit zurück. Letztendlich konnte Jon sie jedoch tatsächlich von ihrem Plan überzeugen. Sie war selbst ganz erstaunt.

»Du hast Recht. Rosamund muss einfach eine Party feiern!«, sagte Großmutter Harris. Großvater wurde erst gar nicht gefragt. »Wir werden den Rathaussaal mieten, und die Mills können die Bewirtung übernehmen.«

Jon ahnte, dass dies zu weit gehen würde.

»Ich fürchte, Rose kennt gar nicht genug Leute, um den Rathaussaal zu füllen«, gab sie zu bedenken. »Außer – nein, das würde sie hassen.«

Großvaters Interesse war plötzlich geweckt.

»Du kennst Rose offensichtlich am besten. Was würdest du denn vorschlagen?«

»Nun, wir dürfen sie nicht erschrecken.« Jon wunderte sich, warum Großvater plötzlich ihre Bedenken kümmerten. »Ich denke, wenn wir es im Gemeindesaal machen würden ... Mutter und die Frau Vikarin könnten vielleicht das Essen machen. Und Mrs. Whittie könnte helfen.«

Großmutter gab sich enttäuscht. »Für den Gemeindesaal können wir aber keine Abendkleider anziehen«, quengelte sie.

»Von uns Dreien hat sowieso keine ein Abendkleid«, meinte Jon daraufhin nur.

Die Entscheidung war unwiderruflich. Nachdem alle Einwände abgeschmettert worden waren, wurde alles in die Wege geleitet. Jon war weitaus aufgeregter als Rose. Sie besorgte die Dekoration, kümmerte sich um die Gästeliste und den Speiseplan und bezahlte alles mit Roses Geld. Schließlich beschlossen sie, sich für diesen besonderen Anlass passende Kleider zu nähen.

Und dann, aus heiterem Himmel, passierte Jon etwas ganz Wunderbares. Im Alter von fünfzehn Jahren fand sie heraus, was sie sich vom Leben wirklich wünschte. Sie erinnerte sich vage an den Chorleiter, dessen Name Stephen war und der verlangte, dass sie ihn John nannte. Endlich wusste sie, was dieser Mann vom Leben gewollt hatte. Und genau das wollte sie jetzt auch: jemanden, den sie lieben konnte.

Zunächst bereitete ihr dieser Gedanke noch ein schlechtes Gewissen. Schließlich hatte sie Mutter und Rose, und die brauchten niemanden sonst. Warum also sie? Sie brauchte jemanden. Und so kam es, dass sie eines Tages Rick kennen lernte. Sie wusste gleich, dass er derjenige war, auf den sie gewartet hatte.

Es war bei einer dieser gähnend langweiligen Veranstaltungen, einem *thé dansant*. Jon ging gewöhnlich nie zu irgendwelchen Veranstaltungen, die nach der Schule stattfanden; dazu konnte sie es viel zu wenig erwarten, endlich nach Hause zu kommen. Aber wenn eine ganze Mädchenclique vorschlug, den Französischunterricht am Nachmittag zu schwänzen und zum Cadena-*thé dansant* – einem Relikt aus Vorkriegszeiten – zu gehen, dann ließ sie sich verlocken, ohne auch nur einen Moment zu zögern.

Die Mädchen versuchten das Beste aus ihren Schuluniformen zu machen: Sie schnallten die Gürtel enger um die Taille, machten die drei obersten Knöpfe ihrer Blusen auf, rollten die ellbogenlangen Ärmel bis zu den Schultern hoch und zogen diese verhassten Kniestrümpfe aus. Trotzdem waren sie noch immer unverkennbar Schulmädchen. Die Älteren würdigten sie keines Blickes. Und so tanzten die Mädchen eben miteinander und gaben vor, sich auch ohne Jungs prächtig zu amüsieren. Doch Jon begann allmählich zu verstehen, warum Rose eine Abneigung gegen Tanztees und Partys hatte: Sie waren lediglich eine weitere langweilige Möglichkeit, die Zeit totzuschlagen. Schlimmer als Tony Stopani und Fred Astaire zusammen.

Doch dann flog die Tür auf, und eine Gruppe neuer Gäste platzte herein; alle männlich, alle in langen Hosen, und offensichtlich alle – wie die Mädchen auch – auf der Suche nach Vergnügen.

Sie verteilten sich an zwei Tischen, bestellten Tee und blickten sich verstohlen um.

Jon ahnte sofort, dass der mit den roten Haaren als Erster zu ihnen herüberkommen würde. Ob er allerdings ausgerechnet sie zum Tanzen auffordern würde, war sie sich nicht so sicher. Immerhin war Sheila McConnery die unumstrittene Anführerin ihrer kleinen Runde. Sie war blond, hatte blaue Augen und sah ein bisschen aus wie Marilyn Monroe.

Jon beugte sich zu ihr hinüber.

»Hey, du. Wetten, du traust dich nicht, den Dunkelhaarigen zum Tanzen aufzufordern? Na los. Ich wette mit dir. Du traust dich nicht, stimmt's?«

Sheila setzte zwar schon mal ihre siegessichere Miene auf, rührte sich aber nicht vom Fleck. Jon linste zu den Jungs hinüber und sah, wie sich der Rothaarige gerade erheben wollte. Sie sagte schnell: »Na schön, wenn du nicht willst, mach' ich es eben!« Die anderen Mädchen hielten die Luft an, und Sheila sah aus, als würde sie jeden Augenblick mit der Kuchengabel auf sie losgehen. Jon stand auf und sagte lässig: »Du kannst meinetwegen den Dunkelhaarigen haben. Ich werde mir den armen kleinen Karottenkopf schnappen!«

Sie erwischte ihn gerade, als er seinen Stuhl zurückschob. Sein Blick ging an ihr vorbei. Sie lächelte ihn an und sagte schnell: »Ich mach' das nur für eine Wette. Tanzt du mit mir? Nur eine einzige Runde, Ehrenwort!«

Er war überrascht. Dann schaute er sie endlich an – und bemerkte ihre wilde dunkle Schönheit. Die anderen am Tisch lachten. Jetzt, wo sie direkt vor ihnen stand, erkannte Jon, dass sie gar keine Jungs mehr waren. Sie waren vermutlich sogar älter als Rose.

Er sagte: »Mit Vergnügen. Komm, Kleine. Was kannst du denn schon? Eine Dreivierteldrehung?«

»Ich glaube schon.« Sie hatte zwar in der Schule einige Tanzstunden genossen, aber Twist lag ihr eigentlich besser.

Sie probierten es mit einem langsamen Quickstepp. Als sie an dem Tisch vorbeitanzten, an dem die anderen Mädchen saßen, schmiegte sich Jon eng an ihn.

»Wir könnten doch eigentlich noch weitertanzen, bis das Stück zu Ende ist, oder?«, schlug sie vor.

Er lachte: »Klar, das Mädchen, das ich eigentlich auffordern wollte, tanzt sowieso gerade mit einem anderen.«

Jon schaute sich um. Sheila saß noch immer auf ihrem Platz – mit versteinerter Miene. Sie konnte er jedenfalls nicht gemeint haben.

Jon sagte: »Ich heiße Joanna Harris. Meine Freundinnen und ich schwänzen heute Französisch. Wir dachten, es würde Spaß machen, zu ... du weißt schon.«

Er lachte wieder. Sein Lachen war so umwerfend männlich.

»Ich weiß nur zu gut, was du meinst. Wir arbeiten alle bei der Versicherungsgesellschaft, weißt du. Die denken dort, wir wären zu einem Termin unterwegs.«

Sie kicherte. »Ich bin schockiert!«

Er schaute zu ihr hinunter: »Das nehme ich dir nicht ab.«

Sie sagte: »Ich sollte es aber sein. Ich bin ein wohlerzogenes Mädchen, musst du wissen. Wenn meine Familie wüsste, dass ich die Schule schwänze ... die würden ausflippen.«

»Was, wenn sie wüssten, dass du mit jemandem tanzt, der seine Arbeit schwänzt? Was würden sie davon wohl halten?«

Na schön, er machte sich über sie lustig. Aber das war ihr egal. Sie wollte für den Rest ihres Lebens in seinen Armen weitertanzen.

»Sie würden tot umfallen!«

Er lachte, und sie kam sich plötzlich schrecklich gemein vor. »Meine Familie«, sprach sie weiter, »das sind eigentlich Mutter und Rose, meine Schwester.«

Er nahm seinen Kopf zurück, um sie wieder anzusehen. »Drei Frauen? Interessant. Klingt nach einem kleinen Kloster.«

Sie nickte energisch. »Das ist es auch. Sehr ... zurückgezogen. Mein Vater ist im Krieg umgekommen, und ich glaube von diesem Tag an haben sich meine Mutter und Rosie vom Rest der Welt abgeschottet.«

»Ist Rosie älter als du?«

»Sie wird am einundzwanzigsten September einundzwanzig.«

»Wie ... passend.«

»Ja. Roses ganzes Leben ist so. Angepasst.«

Jetzt wollte er doch mehr wissen. »Und du bist die Hübsche von euch beiden, hab' ich recht?«, fragte er scheinheilig.

Sie wollte jetzt nicht ungerecht sein, und so antwortete sie ihm aufrichtig. »Ja, aber Rosie sieht irgendwie schön aus. Schöner als eine Nonne. Sie hat diese tiefblauen Augen. Und seit sie aus der Schule ist, trägt sie ihr Haar in einem Knoten. Mutter sagt, sie sieht aus wie Schneewittchen in dem Disney-Film. Unser Haus heißt auch Schneewittchen-Haus.«

Scheinbar hatte sie ihn jetzt endgültig in ihren Bann gezogen. Als das Lied längst zu Ende war, blieb er mit ihr auf der Tanzfläche stehen und hatte noch immer dieses Lächeln auf den Lippen.

Plötzlich sagte sie: »Warte hier. Ich bin gleich wieder da.«

Sie lief zu der Ecke hinüber, wo die Vier-Mann-Combo spielte – Klavier, Kontrabass, Violine und Schlagzeug. Sie sprach mit dem Mann am Klavier. »Könnten Sie etwas für mich spielen? Vielleicht etwas, was mehr swingt? Wir würden gern einen Twist tanzen, wissen Sie.«

Er warf einen Blick in die Runde. Die Mädchen und die Männer von der Versicherung machten etwa die Hälfte des Publikums aus.

Er sagte: »Aber nur eine Nummer. Ich will die anderen nicht verscheuchen.«

Sie flötete: »Sie wissen ja gar nicht, wie dankbar ich Ihnen bin. Vielen, vielen Dank.«

Ein Trommelwirbel erklang. Und der Mann am Klavier forderte sein Publikum auf: »Come on let's twist again, like we did last summer ...«

Und schon ging es los.

Rose hatte sich nicht so recht auf den einundzwanzigsten September freuen können. Als es dann allerdings so weit war, war alles so perfekt arrangiert, dass es geradezu undankbar gewesen wäre, noch etwas gegen die Party einzuwenden. Das Wetter war herrlich, es war spätsommerlich warm, die Blätter begannen sich allmählich in ihr schönstes Gelb und Rot zu färben. Am Morgen brachte der Briefträger einen ganzen Stapel von Glückwunschkarten. Sogar Miss Marchant und Miss Smithson von der Zentralbibliothek hatten jede eine Karte geschickt. Margaret, die in ihrem Abschlussjahr am College war, verlängerte den Besuch bei ihren Eltern und half Mutter und den Murchisons bei den Vorbereitungen im Gemeindesaal. »Du wirst dich bis heute Abend schön brav von dort fern halten! Hörst du Rose?« Sie fing schon an, sich wie eine Lehrerin anzuhören.

Sie aßen bei den Ellenburys zu Mittag. Dann gingen Rose und Aileen nach Hause, um sich eine Stunde hinzulegen. Um fünf kam Jon angehetzt. Ihre Wangen glühten. Nach einer Tasse Tee begannen sie sich fertig zu machen.

Sie trugen alle drei Blau: Aileen zog ein langes Schlauchkleid in französischem Marineblau an, Rose hatte sich ein sehr schlichtes Sommerkleid genäht, wofür Jon allerdings den Stoff ausgesucht hatte. Das Kornblumenblau ließ ihre Augen leuchten. Ihr eigenes Kleid hatte Jon eilig zusammengestückelt. Es hatte kein Muster und war für diese Gelegenheit im Grunde völlig unpassend – zwei Lagen Nylon übereinander mit einem großen Schalkragen, der ihre Schultern unbedeckt ließ.

Als Aileen ihre Töchter so betrachtete, dachte sie an diese schrecklichen vier Jahre zurück, die sie in Mabels Haus verbracht hatte; Mabel, die sich am Ende so für ihre eigene Schwester geschämt hatte. Sie seufzte. »Sind wir nicht glücklich, Mädels? So richtig glücklich?«

Rose sagte ohne zu zögern: »Wir könnten nicht glücklicher sein, Mutter. Mach dir wegen heute Abend keine Sorgen. Weißt du, eigentlich macht es mir ja gar nichts aus. Es ist nur ... ich denke eben, es wäre genauso schön gewesen, einfach nur ein Picknick oben auf dem Hügel zu machen.«

Aileen lachte. Und dann lachte auch Jon.

Sie gingen im Gänsemarsch an der Hecke entlang. Einen Gehweg gab es nicht. Damals, als sie hierher gezogen waren, war das auch noch nicht nötig gewesen. Doch inzwischen hatten die Leute aus der Stadt mit ihren Autos und Motorrädern den Charme des Dörfchens mit seinen gemütlichen Pubs entdeckt. In den Abendstunden und an den Wochenenden herrschte reger Verkehr auf den Straßen. Manchmal kam es Aileen vor, als sei ihr Versteck vom Leben entdeckt worden, als könnten sie diese Abgeschiedenheit, fern von allem Geschehen, nicht länger bewahren. Jon würde damit fertig werden. Bei Rose war sie sich nicht so sicher.

Die Großeltern warteten bereits vor dem Eingang auf sie. Rose wurde umarmt und geküsst. Großvater umarmte auch Aileen und Jon. Großmutter öffnete die Tür und betrat allen voran den Festsaal. Die Frau Vikarin hatte sogar eine Band organisiert – der Mann, der sonntags die Kirchenorgel spielte, saß am Klavier, und der örtliche Ruderverein hatte die verschiedensten Schlaginstrumente herangeschafft, um ihn lautstark zu begleiten. Rose musste sich einfach freuen. Jeder, den sie kannte, war da: ihre alten Schulfreundinnen, Margaret Ellenbury natürlich, Mr. Brooking und Mrs. Whittaker, ihre Kollegen von der Bezirksbibliothek. Die Band spielte »Happy Birthday«, und der Vikar forderte sie zum Tanzen auf. Es gab Fruchtpunsch, Kuchen und jede Menge leckerer Häppchen und Sandwiches.

Später sagte Großmutter: »So, nun bist du erwachsen, Rosamund. Herzlichen Glückwunsch!«

»Oh ... danke, Großmutter.« Rose fragte sich, was ihr das Erwachsensein wohl bringen würde.

Großvater sagte: »Bisher hast du doch alles gut gemeistert. Sehr gut sogar. Du hast dich um deine Mutter gekümmert und eine ordentliche Stelle bekommen. Wir sind stolz auf dich. Wir wissen, dass du es nicht leicht hattest.«

Rose war überrascht. »Nun, eigentlich war es gar nicht ... Ich meine, es war nicht schwer. Es ist einfach ... passiert.«

Großmutter sah sie streng an: »Nichts passiert einfach so, Rosamund. Außer, man ist Pessimist, und wir wollen nicht hoffen, dass du einer bist. Man kann aus seinem Leben das Beste machen. Oder das Schlechteste. Du hast das Beste daraus gemacht.« Sie schaute ihre Enkelin selbstzufrieden an.

»Das hast du natürlich von unserer Seite der Familie geerbt.«

»Dein Vater wäre stolz auf dich, meine Liebe. Das ist alles, was ich dazu sagen kann«, meinte Großvater.

Rose dachte an den blonden jungen Mann auf dem Foto zu Hause. Er war nicht viel älter gewesen als sie jetzt, als er gestorben ist. Es ist einfach passiert. Dem Tod kann man nicht entgehen.

»Danke schön«, sagte sie nochmals.

Großvater räusperte sich und fragte munter: »Hast du Lust, mit mir eine Runde aufs Parkett zu legen, meine Liebe? Sie spielen gerade einen Walzer. Das ist der einzige Tanz, den ich beherrsche.«

Sie zogen ihre gemächlichen Kreise unter der Papiergirlande, die zu jeder Feier aufgehängt wurde. Großvater hielt sie nicht eine Armlänge von sich weg, wie der Vikar es getan hatte. Er zog sie aber auch nicht eng an seine Brust, wie sie es nicht ausstehen konnte – wenngleich sie nicht wusste, warum. So konnten sie sich immer mal wieder anschauen und zulächeln. Und sie waren sich gerade noch nahe genug, dass er verstehen konnte, was sie sagte. Sie dachte, dass er – objektiv betrachtet – eigentlich ein netter Mann sei, und sagte: »Weißt du Großvater, ich glaube, ich hätte meinen Vater gemocht.«

»Ja, natürlich hättest du ihn gemocht, Rose!« Er schien überrascht. »Du wärst Feuer und Flamme für ihn gewesen!«

»Ja, schon. Ich weiß, was du meinst. Aber ich meine – ich denke ich hätte ihn als Menschen gemocht.« Sie lächelte. »Wenn man noch ein Kind ist, denkt man doch nicht über seine Familienmitglieder als individuelle Persönlichkeiten nach, oder? Also heißt das doch, dass ich jetzt erwachsen bin!«

Er lachte und sagte: »Was um alles in der Welt hat dich dazu bewogen, ausgerechnet jetzt über deinen Vater als Persönlichkeit nachzudenken, Rose?«

»Du«, antwortete sie schlicht.

Sie sah, wie sein Adamsapfel auf und ab hüpfte und hoffte inständig, ihn nicht verärgert zu haben, weil sie von seinem toten Sohn gesprochen hatte.

Als der Walzer zu Ende ging und sie auf der Tanzfläche stehen blieben und höflich applaudierten, sagte er: »Das ist das größte Kompliment, das ich je bekommen habe, Rose. Jonathan kann leider niemand mehr sagen, dass er nach seinem Vater kommt. Aber zu hören, dass ich nach ihm komme, das ist fast noch besser.«

Sie fühlte sich plötzlich eng mit ihm verbunden und nahm seinen Arm.

»Das Geburtstagsgeschenk, das ich von euch bekommen habe, ist sehr schön«, sagte sie. »Danke schön, Großvater.«

Sie hatten ihr die obligate goldene Uhr geschenkt, mit Schweizer Qualitätsuhrwerk und Gliederarmband. Sie musste ein Vermögen gekostet haben. Mutter und Jon hatten ihr ein silbernes Medaillon geschenkt. Sie hatten es in einem der Antiquitätenläden, die es rund um die Kathedrale von Gloucester gab, erstanden.

Rose mochte es sehr. Die Armbanduhr musste leider daneben verblassen. Und so förmlich wie das Geschenk fiel schließlich auch ihre Dank bei den Großeltern aus.

»Nun, es ist zwar nicht besonders originell, aber irgendjemand muss dir ja schließlich eine goldene Uhr schenken!«, sagte Großvater.

Großmutter kam mit einem strahlenden Lächeln zu ihnen.

»Du amüsierst dich«, sagte sie. Es war mehr eine Feststellung als eine Frage. »Ich wünschte nur, deine Schwester würde sich ein Beispiel an dir nehmen.«

Rose sah sich überrascht um. Jon tanzte mit einem jungen Mann, den sie noch nie zuvor gesehen hatte. Wahrscheinlich war es ein Verwandter von einem der Dorfbewohner. Groß, mit feuerrotem Haar und einem strahlenden, offenen Gesicht. Die beiden tanzten einen flotten Twist.

»Oh, ich glaube Jon amüsiert sich auch sehr gut, Großmutter.«

»Sie ist gerade mal fünfzehn«, erwiderte Großmutter streng.

»Aber die beiden tanzen noch nicht mal Arm in Arm.«

Großmutter Harris schnaubte empört. »Dieser neue Tanz erinnert mich an wilde Tiere, die jeden Augenblick ungeniert anfangen zu kop–«

Großvater räusperte sich. »Absolut. Absolut ... unbedenklich.«

»Blödsinn!«

Rose meinte: »Jon ist sehr sportlich, weiß du. Sie hat in diesem Sommer Tennis in der Schulmannschaft gespielt. Mutter und ich waren zweimal dort, um sie spielen zu sehen.«

»Hmph!«

»Du solltest auch mal hingehen, Großmutter. Du erzählst mir doch immer, wie gern du dir die Wimbledon-Turniere im Fernsehen ansiehst.«

Großmutter sagte gar nichts mehr, also übernahm Großvater wieder das Wort.

»Ja. Nun, wenn Jon auf der Schule bleibt, schaffen wir es ja vielleicht im nächsten Sommer mal, sie spielen zu sehen. Was meinst du, Liebling?«

Rose sagte eifrig: »Sie spielt auch Hockey – in der ersten Riege.«

»Aber im Winter. Das ist gar nicht gut für die Bronchien deiner Großmutter«, sagte Großvater diplomatisch.

Rose war sich nicht einmal sicher, ob Jon im nächsten Sommer überhaupt noch auf der Schule sein würde. Sie hatte vor, in diesem Winterhalbjahr den Steno- und Schreibmaschinenkurs zu belegen. Was bedeutete, dass sie ihre Prüfung im nächsten Sommer vermutlich sausen ließ, denn mit diesem Abschluss in der Tasche würde sie jederzeit von der Schule abgehen und sich einen Job suchen können.

Es passierte so unauffällig, dass es Mutter und Rose kaum merkten. Der rothaarige junge Mann, dessen Name, wie sich herausstellte, Rick war, rief am nächsten Tag wegen eines Taschentuchs an, von dem er glaubte, es gehöre Jon. Rose wusste, dass das nicht stimmte, doch Jon behauptete felsenfest, es sei ihres, und lud ihn ein. Die Diele des Schneewittchen-Hauses war schon für die drei Frauen allein ziemlich eng; als er dann auch noch vor der Garderobe stand, hatten sie das Gefühl, kaum noch Platz zum Atmen zu haben. Man konnte deutlich sehen, wie sich Jons Brust unter ihrem Pulli hob und senkte. Aileen und Rose verschwanden in der Küche, um Tee aufzusetzen. Als sie zurückkamen, stand Jon immer noch so dicht bei ihm, dass sie ihn praktisch berührte. Er war viel zu alt für sie.

»Liebling, mach doch bitte das Fenster auf«, bat Aileen Jon. »Rick, nehmen Sie Platz. Sie sind also, wenn ich das richtig verstanden habe, ein Freund der Ellenburys?«

»Ähm ... ja.« Rick schenkte ihnen dieses breite, offene Grinsen, das Rose schon am Vorabend so attraktiv gefunden hatte.

»Ich wäre auch gern ein Freund ihrer Familie. Das wäre mir wirklich eine große Ehre, Mrs. Harris.«

»Oh.« Aileen wurde leicht rot. Sie war stets sorgfältig darauf bedacht, die Privatsphäre, die sie so konsequent um sich und ihre Töchter aufgebaut hatte, zu bewahren. Aber es war schwer, diesem Jungen zu widerstehen. Es waren seine Sommersprossen. Jemand mit roten Sommersprossen konnte doch gewiss nicht verwegen oder gefährlich sein?

»Nun, ich wüsste nicht, warum ... wie war doch gleich ihr voller Name, Rick?«

Rick warf Jon einen kurzen Blick zu und sagte: »John. Seltsam, nicht wahr? Ich heiße Rick John.«

Alle lachten, und das Eis war damit gebrochen. Spät an diesem Abend kam Jon in Roses Zimmer geschlichen. »Denk doch nur mal. Wenn Rick und ich heiraten würden, hieße ich Jon John! Wäre das nicht absolut zum Schreien, Rosie?«

Rose musste lächeln. »Das wäre es allerdings. Denkst du wirklich, dass ihr vielleicht ... später ...?«

»Nun, er ist ein dufter Typ, findest du nicht?«

»Ich weiß nicht, was du mit dufte meinst«, sagte Rose und schaute gespielt unschuldig drein. Sie lachte. »Er ist nett. Man kann gut mit ihm reden. Insofern muss ich dir zustimmen!«

»Ich würde liebend gern heiraten. Bald. Willst du denn nicht heiraten, Rosie? Du bist schon einundzwanzig!« Jon war offensichtlich der Meinung, ihre Schwester sei eine alte Jungfer.

Rose seufzte. »Ich würde es nicht übers Herz bringen, von zu Hause wegzugehen. Von dir. Von Mutter.«

Jon stimmte ihr hastig zu: »Oh, ich auch nicht! Aber ich stelle es mir so schön vor, einen Mann zu haben – in der Familie. Eine männliche Sichtweise. Du weißt, was ich meine. Aber ... nein, ich will dich und Mutter auch nicht verlassen.«

Rose war erleichtert, dass Jon zu dieser Überzeugung gekommen war. Ihr selbst schien dies völlig selbstverständlich.

Am nächsten Wochenende stand Rick mit Blumen für Aileen und einem Picknickkorb vor der Tür. Der Spätsommer zeigte sich noch immer von seiner schönsten Seite. Sie gingen hinauf zur Kirche und folgten der Fährte einer Schafherde, bis sie die Silhouetten des Severn und des Robinswood Hill sehen konnten.

Rick pflückte einen Strauß Butterblumen und hielt ihn Jon unter die Nase. Er wollte angeblich herausfinden, ob sie Butter mochte. Aileen flüsterte Rose zu: »Meine Güte, ich erinnere mich noch, wie dein Vater vor vielen Jahren das Gleiche bei mir gemacht hat.«

Und als hätte Rick sie gehört, sagte er: »Kommen Sie, Mrs. Harris, lassen Sie uns mal sehen, ob Sie genauso ein Butterflöckchen sind wie Ihre Tochter!«

Dann war Rose an der Reihe. Sie blickte in diese sehr hellblauen Augen, die von unzähligen feinen Lachfältchen umgeben waren.

»Schneewittchen höchstpersönlich!«, sagte Rick, hob sanft ihr Kinn und kitzelte sie mit den weichen Blumen am Hals. Er konnte ihre Kieferknochen zwischen seinem Daumen und Zeigefinger spüren. »Dunkles Haar und blaue Augen. Wie Schneewittchen.«

Natürlich wollte er sie necken, es war nur ein dummes Kinderspiel. Rose hielt dennoch ganz still.

Aileen meinte melancholisch: »Rose hat diesen Film geliebt. Wir haben ihn in Amerika gesehen. Weißt du noch, Rose?«

Rose nahm seine Hand aus ihrem Gesicht und setze sich in sicherer Entfernung von ihm ins hohe Gras. In seinen Augen flackerte so etwas wie Verletztheit, und sie fühlte sich miserabel. Doch sie hätte diese Nähe nicht eine einzige Sekunde länger ausgehalten.

»Du kannst froh sein, dass du in Amerika warst, Rose«, meinte Jon. »Ich war noch nie irgendwo. Und ich habe noch nie irgendetwas unternommen!«

Rick drehte sich abrupt um: »Weißt du was, ich muss nächsten

Freitag geschäftlich nach Birmingham. Komm doch mit, dann nehme ich dich anschließend mit in die Eislaufhalle. Bist du schon mal Schlittschuh gelaufen?«

»Nein! Aber, ich würde es liebend gern ausprobieren. Kann ich mit, Mutter? Ich meine, darf ich? Bitte?«

»Sie würden sie mir doch anvertrauen, oder, Mrs. Harris? Sie könnte sich die Geschäfte rund um die Corporation Street anschauen, während ich mich mit den Kunden treffe. Und hinterher hätten wir noch eine Stunde Zeit, um aufs Eis zu gehen. Sie ist ganz bestimmt ein Naturtalent.«

»Du hast an diesem Tag Schule, Jon«, erinnerte Aileen ihre Tochter.

»Mutter, du musst mich einfach gehen lassen!« Jon ließ sich in Aileens Schoß fallen und warf sie rückwärts in die Butterblumen. »Hör zu – Freitag haben wir sowieso nur Tippen, und ich bin meisterhaft im Tippen! Und ich war noch nie in einer Eislaufhalle. Mutter, bitte. Bitte! Bitte! Bitte! – Ich lass dich nicht wieder hoch, bevor du nicht Ja gesagt hast! Bitte! Bitte! Bi–«

»In Gottes Namen, Jon! Also gut!«

»Danke, Mrs. Harris. Ich werde gut auf sie aufpassen.«

»Mutter, du bist ein Engel! Ich liebe dich! Rick, das wird ein Riesenspaß! Was soll ich anziehen?«

»Eine Hose, wenn du eine hast. Du kannst schon mal damit rechnen, dass du einige Male hinfallen wirst. Eine Hose wäre besser für deine Knie.«

»Ich dachte eigentlich eher an so ein Röckchen, wie es die Eiskunstläuferinnen im Fernsehen immer anhaben. Außerdem habe ich keine Hose.«

»Ich werde dir eine von meiner Schwester mitbringen. Du hast etwa ihre Größe.«

»Ich wusste nicht, dass du eine Schwester hast! Das hast du mir gar nicht erzählt!«

»Ja, ich habe eine Schwester. Sie ist achtzehn. Und mein Vater ist fünfzig. Wir wohnen alle zusammen in einem kleinen Cottage –«

»Du schwindelst!«

»Das ist die Wahrheit!« Er sah Aileen an und sagte ernst: »Meine Mutter starb, als ich siebzehn war. Deshalb weiß ich diese Stunden hier so sehr zu schätzen.«

Aileen lächelte und legte ihre Hand auf seinen Arm. Jons Stimmung war für einen Augenblick gedämpft, doch dann wälzte sie sich auch schon wieder in den Butterblumen und dachte daran, dass sie einen Tag schulfrei haben würde.

Rose fühlte sich ausgegrenzt, fast verzweifelt. Es war so lächerlich. Wenn Rick sie gefragt hätte, ob sie mit ihm nach Birmingham fahren möchte, hätte sie Nein gesagt. Und es auch so gemeint. Andererseits hatte sie am Freitag ihren freien Tag. Und sie hatte noch nichts vor. Sie hatte nie irgendetwas vor.

Der Tag in Birmingham war ein voller Erfolg. Die Hose, die Rick ihr von seiner Schwester geliehen hatte, war aus schwarzem Nylon und hatte einen Steg in der Ferse. Rick fuhr in einem Firmenwagen vor, einem imposanten schwarzen Riley, und trug einen grauen Anzug und ein weißes Hemd. Auf dem Rücksitz lag eine Sporttasche, in der, wie er sagte, ein paar alter Flanellhosen und ein Cricket-Pullover waren. Später erzählte Jon ihrer Schwester, er habe sich hinten im Auto umgezogen.

»Jon! Findest du nicht, dass das ein bisschen zu weit ging?«

»Ich habe ihm gesagt, dass er das machen soll, und ihm geschworen, nicht zu schauen oder so. Aber ich hab's natürlich doch gemacht. Im Rückspiegel.« Jon seufzte. »Er ist toll.«

»Jon. Du bist fünfzehn!«

»Und du hörst dich an wie Großmutter Harris! Wir haben fast 1962, Rose! Du benimmst dich wie eine Nonne!«

»Ich kritisiere ja gar nicht dich, Liebling. Ich meine nur, dass er es besser wissen müsste. Er ist schließlich viel älter als du.«

»Frauen sind früher reif als Männer. Ich kann die Jungs auf dem Gymnasium nicht ertragen. Sie benehmen sich wie Kinder!«

»Aber Rick ist doch älter als ich, nicht wahr? Ich schätze ihn auf dreiundzwanzig oder vierundzwanzig!«

»Gefällt er dir auch, Rose?«

»Er ist sehr charmant. Falls du das meinst.«

»Du weißt genau, was ich meine.« Jon grinste spöttisch. »Ha, du bist neidisch. Das ist es. Du bist neidisch!«

Sie warf sich rückwärts auf ihr Bett und wälzte sich vor Lachen in den Kissen. Rose hielt es für das vernünftigste, mitzulachen.

☆

Rick rief nach diesem Ausflug lange Zeit nicht mehr im Schneewittchen-Haus an. Rose wollte sich selbst nicht eingestehen, dass sie ihn vermisste, aber sie fragte sich, was in Birmingham wohl passiert war. Jon litt sichtlich. Kurz vor Weihnachten traf Rose sie zufällig in der St. John's Lane, als sie gerade auf dem Weg zum Bus nach Churchdown war.

»Was in aller Welt«, legte sie los, als sie Jon im letzten Moment im Licht einer Straßenlaterne erkannt hatte.

»Ach, tu jetzt bloß nicht so, als könntest du dir das nicht denken!« Jon schloss sich ihrer Schwester im Gleichschritt an. Sie gingen zum Kings Square und von dort zum Busbahnhof. »Rick John hat doch erzählt, er würde bei Providential arbeiten, erinnerst du dich? Ich habe gehofft, dass ich ihn nach Feierabend hier abpassen kann.«

Rose wurde sauer. »Ehrlich, Jon! Es ist sieben Uhr.«

»O Liebling, mein kleiner Liebling!«, spottete Jon.

»Im Ernst – ich persönlich hasse es, wenn ich so spät noch mit dem Bus nach Hause fahren muss. Und dann noch dieser Schnee!«

»Du bist ja auch eine Frau in mittleren Jahren«, wandte Jon ein.

Während sie in der Schlange auf den Bus warteten, schwiegen sie sich an. Doch sobald sie eingestiegen waren und einen Platz gefunden hatten, sagte Jon: »Ich vermute, es ist keine gute Idee, dich zu fragen, ob du nicht eine Versicherung bei der Providential abschließen möchtest, oder? Ich bin nämlich angeblich zu jung.«

»Jon, du warst doch wohl nicht etwa schon drinnen und hast dich erkundigt!«

»Nein, wir haben das diese Woche in Wirtschaftskunde durchgenommen. Genauer gesagt, ich habe den Lehrer danach gefragt. Die erste intelligente Frage, die ich in diesem Kurs gestellt habe!«

»Jon, du bist unverbesserlich«, sagte Rose. Ihre Zuneigung zu ihrer kleinen Schwester war stärker als ihre Verzweiflung.

»Ein *Enfant treibe*?« Jon sprach die Worte absichtlich mit einem grausigem Akzent aus. Dann umklammerte sie in einem Anflug von schlechtem Gewissen den Arm ihrer Schwester. »Ich bin schrecklich. Ich weiß. Ich weiß es sogar besser als du. Aber ... Rose, ich hab dich doch so lieb.«

Rose war einen Moment verblüfft. Sie erwiderte die Umarmung, dann schaute sie Jon allerdings mit strenger Miene an und sagte: »Glaub bloß nicht, dass du mich auf diese Weise rumkriegst. Ich werde trotzdem keine Versicherung abschließen!«

Jon lachte. Und Rose lachte auch.

☆

Es passierte im Februar, als der graue Winter sich langsam zu verabschieden begann. Sie war gerade dabei, Bücher für den großen Ansturm am nächsten Tag einzusortieren, als Rick John die

Zentralbibliothek betrat. Sie drehte sich viel zu schnell um, als sie seine Stimme hinter sich hörte, und wäre fast vom Hocker gefallen.

»Ich traue meinen Augen nicht! Schneewittchen persönlich!«

Da stand er also. Genauso, wie sie ihn in Erinnerung hatte. Sein rotes Haar war feucht und kringelte sich über den Ohren. Auf seinem winterblassen Gesicht hoben sich seine Sommersprossen noch deutlicher ab. Er lächelte so strahlend und ehrlich wie eh und je.

»Oh. Du bist es«, sagte sie unbeholfen.

»Ja. Ich bin's.« Er schaute sie so lange an, dass sie indessen im Stillen bis drei zählen konnte. Langsam. Alles, was er dann zu sagen hatte, war: »Hallo.«

»Hallo«, sagte sie.

Miss Marchant blieb neben ihnen stehen. »Kann ich Ihnen behilflich sein?«, fragte sie munter.

»Nein. Ich möchte, dass Schneewittchen mir hilft«, antwortete Rick und strahlte sie an.

Doch Miss Murchant war während der Arbeit prinzipiell nicht zu Späßen aufgelegt und sagte nachdrücklich: »Miss Harris ist hier nicht zuständig, mein Herr. Möchten Sie ein Buch zurückgeben?«

Er sagte eine Spur zu feierlich: »Ja, wahrlich, das möchte ich.« Er kramte ein Buch aus seiner Tasche und legte es auf den Tisch. Er wartete geduldig auf seinen Beleg, dann ging er in die Sience-Fiction-Ecke und winkte Rose zu sich herüber.

Miss Marchant seufzte: »Sie sollten besser zu ihm gehen und mit ihm sprechen, Rose. Aber lassen Sie sich um Himmels willen nicht von Miss Smithson erwischen, hören Sie!«

Rose wollte eigentlich sagen, dass ihr nichts daran lag, sich mit ihm zu unterhalten, doch sie lächelte ihre Kollegin nur dankbar an und eilte zu ihm.

Er saß auf einem Hocker und hatte ein aufgeschlagenes Buch

auf den Knien. »Rosie! Ich dachte schon, die lässt dich nie weg!«, sagte er.

Sie antwortete förmlich: »Schön, dich wiederzusehen, Rick. Wie geht es dir?«

Er nickte. »Tut mir sehr leid. Ich hätte mich gleich entschuldigen sollen.« Er grinste immer noch. »Ich habe auswärts gearbeitet.«

»Oh.« Sie schluckte und schämte sich ihrer Verdächtigungen bezüglich des Birmingham-Ausflugs.

»Oh, verstehe.« Er lächelte sie immer noch an und zog neckisch den Kopf ein, um kleiner und vermutlich unschuldiger zu wirken.

Sie sagte: »Du hättest wenigstens schreiben können. Wir haben uns schon gefragt, ob mit dir alles in Ordnung ist. Mutter war beunruhigt.«

»Und du, Rose?«

»Du hast uns besucht, um Mutter zu sehen. Und Jon.« Sie wandte ihren Blick von ihm ab, hinauf zu dem Regal über seinem Kopf. Sie zog zwei Bücher heraus, deren Einband dringend neu geklebt werden musste.

Er lachte: »Ja, sicher. Du hast Recht. Ich bin zu euch gekommen, um deine Mutter zu sehen. Und deine kleine Schwester.«

Sie klemmte die Bücher unter den Arm und brachte mit größter Mühe heraus: »Nun, sie werden sich freuen, zu hören ... Ich werde ihnen erzählen, dass du wieder zurück bist.« Dann strahlte sie. »Und auch, dass du fantastisch aussiehst.« Sie drehte sich um und ging weg.

Er sprang auf. »Rosie, ich muss dich sehen.« Seine Stimme klang plötzlich sehr eindringlich. »Du weißt, dass du es bist, die –«

Sie stammelte nervös: »Ich fürchte, ich muss jetzt gehen. Ich muss dir jetzt Auf Wieder–«

»Wann können wir uns sehen?«

»Du weißt, wo du uns findest. Und du weißt, dass du in unserem Haus ein willkommener Gast bist.«

Ohne sich noch einmal umzudrehen, schlüpfte sie durch die offene Tür in den Pausenraum. Miss Marchant brühte gerade Tee auf.

»Ist Ihr junger Mann wieder gegangen?« Sie schüttelte den Kopf. »Er kommt alle zwei oder drei Tage hier vorbei«, stichelte sie. »Ich habe mich schon gewundert, wonach er wohl sucht – in das Buch, das er heute zurückgebracht hat, hat er offensichtlich nicht einmal reingeschaut. Na ja, jetzt brauche ich mich ja nicht mehr zu wundern.«

Rose sagte: »Er hat einige Zeit auswärts gearbeitet.«

»Aber nicht während dieses Winters. Dazu war er zu oft hier. Außer, er ist an den Abenden wieder nach Gloucester zurückgekommen.«

So könnte es natürlich gewesen sein. Doch Rose kamen zum ersten Mal Zweifel an seiner aufrichtigen und offenen Art.

☆

Eines Tages, es war an einem Sonntag, rief er aus heiterem Himmel an. Er kam vorbei, und sie gingen alle zusammen spazieren. Jon hakte sich bei ihm unter und fragte ihn, ob er sie noch einmal zum Schlittschuhlaufen mitnehmen würde. Er sagte, er würde es irgendwann tun, und fragte Rose, wann sie ihren freien Nachmittag hätte, aber sie antwortete, sie habe keinen.

Er versuchte, sie nach ihren Arbeitszeiten auszufragen, wollte wissen, wann sie in der Stadt wieder Bücher einsammeln würde. Und sie antwortete – der Wahrheit entsprechend – sie wüsste nicht, zu welchen Zeiten sie in den nächsten Tagen arbeiten würde.

Sie erkundigte sich nach seiner Familie, was sein Vater denn beruflich mache.

»Er war in der Grube«, sagte er in breitem Walisisch.

»Wo um alles in der Welt ... auf dem Friedhof?«, fragte sie vorsichtig.

Er war verwirrt. »Auf dem Friedhof? Ach, du meinst als Totengräber? Nein, er war in Wales. Im Untertagebergwerk. Inzwischen ist er pensioniert.«

»Mit fünfzig?«, sagte sie und zog ihre Augenbrauen hoch.

»Arbeitsunfähig«, antwortete er knapp.

Ihre Mutter machte ihr später Vorhaltungen deswegen. »Du hast ihn mit deiner Fragerei bedrängt, Rosie. Er spricht nicht gern über seine Familie – das war doch wohl deutlich zu merken, oder?«

☆

Er rief etwa einmal im Monat an. Manchmal schaffte es Jon, ihm nach der Schule geschickt »über den Weg zu laufen«. Dann wickelte sie ihn so lange um den Finger, bis er sie zum Tee einlud oder mit ihr am Flussufer spazieren ging. Wenn sie mit anderen von ihm sprach, sagte sie »mein Freund«. Und wenn Aileen Jon deswegen rügte, sagte diese, Jon und Rick hätten eine tiefe Verbindung zueinander. Und sie hätten so viele gemeinsame Interessen: alle möglichen Sportarten, Tanzen, eben alles, was lebendig und ein bisschen verrückt war. Jon war sich ganz sicher, dass er nur ihren nächsten Geburtstag abwartete, um ihr einen Antrag zu machen. Sie waren schließlich ein ideales Paar. In diesem Sommer im Jahr 1962 schwebte Jon im siebten Himmel. Sie ging von der Schule ab, ohne auch nur eine einzige Prüfung abzulegen, und schrieb sich an einem Sekretärinnen-College nicht weit der St. John's Lane ein. Als Rick ihr vorwarf, sie würde ihm nachspionieren, war sie der Meinung, er wolle sie nur necken. Sie strahlte ihn an und nickte energisch.

»Wenn's dir nicht passt, kannst du ja jederzeit vom Schneewittchen-Haus wegbleiben!«, meinte sie.

Sie wusste, dass er das niemals tun würde. Er liebte die gemütliche Atmosphäre bei ihnen zu Hause. Er kam gut mit Rosie aus, und Mutter verehrte er abgöttisch.

Der Winter kam in diesem Jahr früh. Der erste Schnee fiel schon im November.

Jon setzte alles daran, immer früh nach Hause zu kommen. An seinen freien Tagen war Rick dann immer schon da, half Mutter beim Kuchenbacken oder schippte vor dem Haus Schnee. Wenn Rose Frühdienst hatte, holte er sie gewöhnlich mit dem Auto in Gloucester ab. Jon verkündete stolz: »Du gehörst praktisch zur Familie, Rick!«

Sie wünschte nur, ihre Schwester wäre ein bisschen netter zu ihm; wenn Rose ihn nur ebenfalls mögen würde, dann wäre alles perfekt.

Als das Wetter zunehmend schlechter wurde, kaufte er sich ein Paar gebrauchte Skier und fuhr damit von der Kirche direkt bis hinunter in ihren Garten. Das kalte, frostige Wetter schien ihm zu behagen. Er verbrachte Weihnachten mit ihnen, obwohl ihn Rose mehrmals gefragt hatte, ob das seinem Vater denn nichts ausmachen würde. Aber er sah sie nur mit einem dieser Blicke an, die, wie Jon ihr erklärt hatte, bedeuteten, dass er verletzt war. Dann sagte er leise: »Ihr seid für mich mehr meine Familie als irgendjemand dort unten im Tal, Rose.«

Jon war hin und weg von seinen Worten. Rose indes lief knallrot an und verzog sich rasch in die Küche.

Nach Weihnachten schien er den größten Teil seiner Freizeit in Churchdown zu verbringen. Jon war fast siebzehn und mit ihrer wilden, unbändigen Art sehr attraktiv. Selbst ihre Mutter schien ihn nun »offiziell« zu akzeptieren, nur Rose schien immer noch zu versuchen, ihm aus dem Weg zu gehen. Sie könne die Kälte nicht leiden, schob sie als Entschuldigung dafür vor, dass sie die beiden nicht auf den Hügel begleitete. Außerdem konnte sie sich ohnehin nicht auf den Skiern halten, geschweige denn sich einen Meter damit fortbewegen.

Doch dann, an einem Sonntag Ende Januar, brachte Rick einen Schlitten mit. Er konnte Aileen überreden, sich gemeinsam mit ihm draufzusetzen und die steile Abfahrt von der Kirche bis hinunter zur Farm der Ellenburys zu machen. Erstaunlicherweise war Aileen von diesem Abenteuer hellauf begeistert. Ihre glühenden Wangen und ihr Haar, das an den Schläfen schon leicht angegraut war und ihr ums Gesicht wehte, ließen sie an diesem Tag wieder jung aussehen.

»Jetzt bist du dran, Rose«, rief Rick.

»Nein, lass Mutter noch mal«, schrie Jon zurück. »Rose hat sowieso keine Lust.«

Und bis Rick mit dem Schlitten den Hügel heraufgestapft kam, war Rose schon nicht mehr da. Sie hatte sich wieder davongestohlen, wie sie es so oft in letzter Zeit getan hatte.

☆

Rose war nicht glücklich. Sie hielt an der Hoffnung fest, Jons Verliebtheit würde irgendwann aufhören; und sie versuchte, nicht an Rick zu denken. Etwas stimmte nicht, und sie wusste nicht, was es war. Zum ersten Mal seit Jon geboren wurde, fühlte sie sich als Außenseiterin in ihrer Familie. Sie ging zurück zum Haus, deckte den Tisch zum Tee und wünschte sich inständig, Rick wäre nie im Schneewittchen-Haus aufgetaucht.

Nach dem Tee rösteten sie Kastanien im Kaminfeuer und schauten die Nachrichten im Fernsehen an. Rick saß schweigend auf dem Sofa, und Jon war von all der frischen Luft so müde, dass ihr die Augen zufielen. Als sie gegen sieben die Haustür öffneten, um ihre Gummistiefel von der Veranda zu holen, herrschte draußen dichtes Schneetreiben.

Aileen meinte: »Jon, du wirst mit Rose in einem Bett schlafen müssen. Rick kann heute Abend unmöglich noch nach Gloucester zurückfahren.«

»Es wird schon gehen, wirklich Mrs. Harris.« Doch selbst Rick, der sonst so mutig war, klang in diesem Moment nicht besonders überzeugt.

Jon war hocherfreut und lief sofort nach oben, um ihr Bett frisch zu beziehen.

»Kommt Mädels, lasst uns eine Schneeballschlacht machen!«, schlug Rick vor.

Aileen lachte. »Also ehrlich, mein lieber Junge! Hast du dich für heute nicht schon genug ausgetobt?«

»Nein. Und du auch nicht, Rose. Komm schon!«

Ehe sie sich versah, mummelte er sie in ihren Mantel ein und streckte ihr die Gummistiefel hin. Sie hätte sich weigern können. Aber das hätte unter Umständen den Eindruck erweckt, sie wolle ihm eine Szene machen. Sie zögerte in der Hoffnung, Jon würde bald herunterkommen.

»Schnell, bevor Jon uns erwischt!«

Er schlüpfte in seine Gummistiefel, zog sich seine Mütze über die Ohren und nahm ihre Hand. Sie wollte ihn noch zurückhalten, doch im selben Augenblick schloss Aileen hinter ihnen die Tür, um sich vor einer Schneewehe in Sicherheit zu bringen. Rick schob sie mit einer Hand vor sich her durch den Garten, mit der anderen zog er den Schlitten. Sie rannten den Weg hinunter, hinter ihnen schlingerte der Schlitten an dem roten Seil, das sich leuchtend vom Schnee abhob. Und ganz plötzlich spürte Rose, dass sie wieder dazugehörte. Nicht unbedingt zu Jon und Aileen ... Sie drehte sich nach ihm um, sah sein breites Grinsen und den Schnee in seinen Augenbrauen und lachte.

Der Luft war voller Schneeflocken. Sie seiften sich gegenseitig ein, keuchten. Er packte sie am Arm, um ihr durch den tiefen Schnee zu helfen. Sie konnten Jon vom Haus her rufen hören. Rose wollte umkehren, doch Rick zog sie weiter. Sie vergaß völlig, dass er so etwas eigenartig Unerreichbares an sich hatte; sie vergaß, gegen seine Attraktivität anzukämpfen. Sie ließ sich einfach ziehen, und als sie am Zaun angekommen waren und er sie losließ, um den Schlitten darüberzuheben, kletterte sie über die Latten, und er fing sie auf der anderen Seite mit ausgebreiteten Armen auf. Sein lachendes Gesicht strahlte eine reine und jungenhafte Glückseligkeit aus, die einfach entwaffnend war.

»Ich habe beschlossen, dass du auch in den Genuss einer Rodelfahrt mit mir kommen sollst!«, sagte er. »Jon redet dir unentwegt ein, dass du nicht gern etwas im Freien unternimmst, und du glaubst ihr. Das ist doch lächerlich!«

Sie konnte ihm nicht widersprechen, dazu war sie zu sehr außer Atem. Sie stapften den schmalen Fußweg hinauf und durch das Tor des Kirchhofs hinaus auf die steil abfallenden Felder. Es gab nichts mehr zu überlegen, es gab nur noch den Schnee, den Schlitten und sie beide. Sie saß hinter ihm. Der Wind peitschte ihnen den Schnee ins Gesicht, den sie mit ihren Stiefelspitzen aufwühlten. Sie kreischte, und er hob ihre Beine und legte sie um seine Taille. Sie musste sich an ihn hängen wie eine Klette, um nicht rücklings hinunterzufallen, und klammerte sich fest an seinen Körper. Plötzlich wurde ihr bewusst, wo sich ihre Oberschenkel befanden. Sie waren zwar von ihrem dicken Mantel geschützt, aber nichtsdestotrotz gegen seine Hüften gepresst!

Sie rasten den steilen Abhang in halsbrecherischer Geschwindigkeit hinunter. Es war beängstigend und zugleich ein vollkommen erhebendes Gefühl. Zum ersten Mal an diesem Tag durchfloss ihr Blut warm ihren Körper, obwohl sie ihre Hände und Füße vor Kälte kaum spüren konnte. Lachend stapften sie den Berg wieder hoch.

»Jon wird bestimmt schon auf uns warten!«, japste Rick. Doch sie wartete nicht. Aileen musste sie dazu überredet haben, besser im Haus zu bleiben.

Wieder und immer wieder zogen die Kufen ihres Schlittens eine neue Spur hinunter zum Fuße des verschneiten Hanges, die sie mit ihren Fußstapfen durchkreuzten, wenn sie wieder hinauf eilten. Und dann endlich war es auch für Rose ein erfüllter Tag.

»Ich schaffe diesen Berg nicht noch einmal hoch«, keuchte sie. Sie krümmte sich vornüber und schluckte die eisige Luft. »Lass uns hier unten an der Straße entlang zurücklaufen, Rick. Bitte.«

Er nahm ihre Hand und zog sie dicht an seinen Körper.

»Sag noch einmal bitte, und ich werde alles tun, was du willst«, sagte er.

Sie antwortete scherzhaft: »Noch einmal bitte.«

Sie lachten wieder, dann wurde er still. Es schneite kaum noch, die Wolken brachen auf und ließen den Mond durchscheinen. Sein silbriges Licht brach sich glitzernd im Schnee. Es war wie auf einer Ansichtskarte: Schwarze Häuser ragten aus der weißen Landschaft. Sie ließen ihre Blicke am Horizont entlangschweifen. Ihr Atem hatte sich etwas beruhigt, und sie fühlten, wie die Kälte begann, ihre Körper zu durchdringen.

Dann sagte er: »O Rose«, und küsste sie.

Seine Lippen waren zunächst noch schüchtern, und sie hielt ganz still. Während ihrer wilden Abfahrten hatte sich eine körperliche Beziehung zwischen ihnen entwickelt, ob sie es wollte oder nicht. Und es missfiel ihr nicht. Ihre Lippen trafen seine und freuten sich über die zärtliche Begegnung. Als er seinen Kopf hob, flüsterte sie: »O Rick.«

Und dann hielt er sie fest und presste sie an sich. Sie wanderte mit ihrer Hand seinen Rücken hinauf, bis sich ihre Finger in seine Haare gruben, und sie wusste, dass es so hatte kommen müssen. Es schien unvermeidbar seit diesem Tag, an dem Margaret Ellenbury ihn zu ihrer Geburtstagsparty mitgebracht hatte. Sie fragte sich, warum sie so sehr dagegen angekämpft hatte. Es hatte etwas mit einem Schlafzimmer zu tun. Und mit einem Jungen, der an ihrem Kleid gezerrt hatte. Er ließ seine Lippen lange genug über ihre Wangen wandern, um noch einmal zu flüstern: »O Rosie ... liebste Rosie ... Wenn du wüsstest, wie sehr ich mir das gewünscht habe – es gebraucht –« Er küsste sie wieder. Und noch einmal. Und dann konnte sie seine Lippen nicht mehr fühlen, weil er sie so fest auf ihre presste. Er schien sie beinahe zu beißen. Sie konnte einen Moment Luft holen, als er sie etwas fragte – etwas verlangte? Sie konnte sich nicht mehr richtig erinnern. Als seine Zunge versuchte, sich ihren Weg in ihren Mund zu bahnen, schrie sie auf und zog ihren Kopf zurück.

»Rosie!«

»Ich – es tut mir leid. Ich mag das nicht.«

»Warum nicht? Ich will dich, Rose. Ich habe dich immer gewollt. Warum, glaubst du wohl, habe ich mich all die Zeit mit Jon abgegeben?«

»Abgegeben? Du sagst, du hast dich mit Jon abgegeben? Das ist herzlos! Sie – sie ist so vernarrt in dich!«

»Ich war auch in sie vernarrt. Aber du warst immer diejenige, die –«

»Es tut mir leid. Das wusste ich nicht. Lass uns nach Hause gehen. Es tut mir leid.«

Sie konnte nichts mehr sagen. Er entschuldigte sich. Er fragte, was er falsch gemacht habe. Sie wusste keine Antwort. Sie kam sich lächerlich vor, wie sie in ihrer dicken Kleidung und ihren Gummistiefeln übers Feld stapfte; so jämmerlich durchgefroren. Er zerrte den Schlitten hinter sich her. Schließlich verfiel er in tiefes Schweigen.

Sie gingen die Straße entlang, die unter der Schneedecke kaum noch auszumachen war. Rose fühlte sich elend, als hätte sie ihre Schwester verraten. Als sie zu Hause waren, reagierte sie nicht auf die bohrenden Fragen, warum sie sich ohne Jon aus dem Staub gemacht hatten. Sie wartete ab, bis sie endlich zu Bett gehen konnte, ohne dass ihre Mutter misstrauisch wurde, und ging dann nach oben. Sie rollte sich auf die hintere Seite ihres Bettes und quetschte sich eng an die Wand, um ihrer Schwester Platz zu machen. Und als Jon hereinkam und mit einem lässigen »Sorry,

Schwesterherz, aber ich kann überhaupt nichts sehen!«, das Licht anknipste, tat sie, als würde sie schon schlafen.

Sie wurde wach, ohne zu wissen, warum. Irgendetwas musste sie gestört haben. Sie fasste neben sich und fühlte im Halbschlaf, dass das Laken warm war. Sie schreckte auf. Dann kam schließlich die Erinnerung, und sie tastete nach dem Lichtschalter. Jon war weg. Sie setzte sich auf, in Erwartung, sie würde jeden Augenblick von der Toilette zurückkommen. Doch dann vernahm sie durch die dünne Wand Jons unverkennbares Lachen.

Am nächsten Morgen machte sie sich selbst Vorwürfe. Sie hätte hinübergehen und darauf bestehen sollen, dass Jon wieder ins Bett zurückkam. Doch sie hatte es nicht getan. Und als sie eine Stunde später hörte, wie sich die Tür vom Nachbarzimmer öffnete und leise wieder schloss, hatte sie schnell das Licht ausgemacht und sich schlafend gestellt.

☆

Jon wusste, dass sie einen schrecklichen Fehler begangen hatte, für den sie für den Rest ihres Lebens bezahlen würde. Sie versuchte Rose die Schuld dafür in die Schuhe zu schieben. Wenn Rose nicht mit Rick weggegangen wäre, hätte sie, Jon, sich seiner nicht versichern müssen. Sie hätte keine Angst bekommen und sich nicht ausgeschlossen gefühlt ... von Rose ebenso wie von Rick.

Sie weigerte sich standhaft, diese andere Möglichkeit, die so einfach war, in Betracht zu ziehen. Hätte sie die Tränen kullern lassen und Rose erzählt, wie sie sich fühlte, hätte Rose sie tröstend in den Arm genommen und ihr versichert, sie hätte nichts zu befürchten; nicht jetzt und auch nicht in Zukunft. Und wenn zwischen Rose und Rick tatsächlich etwas gewesen wäre, wäre es damit vorbei gewesen. Rose würde zurückstecken; sie würde Jon Zeit geben, erwachsen zu werden, und sie würde Rick Zeit geben, sich von der einen Schwester zu entlieben und sich in die andere zu verlieben.

Doch all das war für sie keine Alternative, es war ihr nicht einmal in den Sinn gekommen. Ihr Körper zersprang beinahe vor Verlangen nach etwas, das nur Rick ihr geben konnte. Sie wusste alles über Sex. Und das war es, was sie wollte.

Also war sie zu Rick hinübergegangen.

Er war zunächst furchtbar erschrocken, als er sie sah. Er saß senkrecht im Bett – in ihrem Bett – und zog die Decke bis ans Kinn wie ein viktorianisches Fräulein.

»Rick, ich glaube, ich habe mir die Schulter ausgerenkt, als ich heute Nachmittag hingefallen bin. Ich möchte Rosie nicht aufwecken.« Sie streifte ihr Nachthemd von der Schulter und drehte ihm den Rücken zu. Er setzte sich auf – die Decke rutschte auf seine Hüften hinunter. Er hatte nichts an. Natürlich nicht. Schließlich war er nicht darauf vorbereitet, über Nacht zu bleiben.

Er sagte: »Jon – was zum Teufel – zieh dein Nachthemd hoch, um Himmels willen!«

Sie bemerkte, dass er plötzlich mit walisischem Akzent sprach. Die Prüderie in seiner Stimme rührte offensichtlich von seiner Erziehung her. Sie versuchte, gelassen zu klingen. »Sei doch kein Dummkopf, Rick. Meine Güte, ich wollte doch nur, dass du mir die Schulter massierst!«

Sie setzte sich auf die Bettkante. An dieser Seite war ein Sprung im Bettgestell, deshalb quietschte es immer, wenn man sich draufsetzte. Sie hätte das locker vermeiden können. Aber sie tat es nicht. Also quietschte es, und sie musste lachen. Sie drehte sich zu ihm um und sah – ihn. Nicht, dass sie etwa schockiert war; Sheila McConnery hatte haufenweise Bilder davon. Sie war lediglich aus tiefstem Herzen dankbar, zu sehen, dass er eine Erektion hatte.

Danach war alles ganz einfach.

Der schlimmste Teil kam hinterher. Als er immer wieder wiederholte, was auch John, der Chorleiter, damals gesagt hatte: »Es tut mir Leid. Es tut mir so Leid ...«

☆

Es schneite und schneite immer weiter, und Rick kam sie nicht mehr besuchen. Jon zwang sich, den Mund zu halten. Sie wusste jetzt, dass ihre Mutter Recht hatte: Man fühlt sich billig, und die Männer wollen einen danach nicht mehr. Und das war das Ungerechte daran. Es war nie umgekehrt. Sie begehrte Rick mehr als je zuvor.

Dann schlug das Schicksal zu. Sie bekam ihre Tage nicht. Sie wusste nicht, was sie tun sollte. Sheila McConnery hatte ihr versichert, dass »es« niemals beim ersten Mal passieren würde. Sie wartete ab – mit einem Gefühl, als würde sie ununterbrochen die Luft anhalten. Vielleicht tat sie das wirklich vor lauter Anspannung? Das wäre auch eine einleuchtende Erklärung für das Herzflattern und die Übelkeit, unter der sie ständig litt.

Aileen sagte eines Abends: »Ich frage mich, was jetzt schon wieder mit Rick los ist.«

Rose meinte: »Er hat kein Interesse mehr an uns.«

Doch Aileen mochte Rick. »Er musste schon einmal weg«, gab sie zu bedenken. »Und er hat uns doch erzählt, dass er niemals Briefe schreibt.«

☆

Am 4. April war der letzte Schnee geschmolzen, und Mitte des Monats hielt endlich der Frühling Einzug.

Jon wollte Rose am Bahnhof treffen. Sie musste es jemandem erzählen, und Rose war weniger leicht zu schockieren als Mutter. Sie beobachtete, wie der Abendzug langsam einrollte. Der

Dampf, den die Lock ausspuckte, verhüllte die nachfolgendem Waggons. Rose sah aus wie ein Engel, als sie den weißen Wolken entstieg. Für den Bruchteil einer Sekunde erwog Jon, ihr nichts zu sagen – Rose war zu gut. Sie würde niemals etwas Sündhaftes tun. Doch noch ehe sie sich dieses Gedanken überhaupt richtig bewusst werden konnte, flog sie schon mit flehenden Armen den Bahnsteig entlang.

»Wo ist Mutter?«, fragte Rose mit einer gewissen Vorahnung. Manchmal kam Aileen sie abholen, manchmal kamen Aileen und Jon zusammen, aber Jon kam niemals allein.

»Ich muss mit dir reden.« Jon wartete ab, bis der Zugführer seine grüne Fahne geschwungen hatte und in den letzten Wagen des Zuges eingestiegen war. Sie holte tief Luft. Sie musste in den sauren Apfel beißen. Wie sie es auch immer verpackt hätte, es gab keine Möglichkeit, es Rose schonend beizubringen. Also sagte sie unverblümt: »Rose, ich glaube ich bin schwanger. Eigentlich bin ich sogar ganz sicher.«

Rose starrte sie mit ihren tiefblauen, weit aufgerissenen Augen an. Dann drehte sie sich um und schaute dem Zug nach, der dampfend aus dem Bahnhof tuckerte, als sähe sie ihn zum ersten Mal.

Ohne Jon dabei anzusehen sagte sie: »Wer ... wer?« Sie konnte sich nicht überwinden, ihre Frage zu beenden. Doch Jon wusste den Rest ohnehin.

»Wer, um alles in der Welt, glaubst du wohl? Rick natürlich!«

Rose schloss für einen Moment die Augen. Sie griff nicht nach Jons Hand. Sie schien eine Million Meilen entfernt – beinahe, als hätte sie Jons Worte gar nicht wahrgenommen. Jon schossen Tränen ins Gesicht.

»O Rosie, was soll ich jetzt nur machen?«, wimmerte sie.

Dann endlich erwachte Rose aus ihrer Trance und nahm ihre Schwester in die Arme.

»Komm, lass uns nach Hause gehen. Weine nicht. Nicht hier, wo dich jeder sehen kann. Wir schaffen das schon.«

Und Jon brach erneut in Tränen aus. Diesmal aus purer Dankbarkeit. Denn wenn Rosie sagte, dass sie es schaffen würden, dann schafften sie es auch.

3

Rose konnte das alles zunächst nicht begreifen. Es ergab keinen Sinn für sie. Rick hatte ihr an jenem Abend im Schnee gesagt, dass er sie »will« – sie hatte daraus geschlossen, dass er sie »liebt«. Sie erinnerte sich, wie sie in dieser Nacht aufgewacht war und gemerkt hatte, dass Jon nicht neben ihr lag. Doch wenngleich sie auch wusste, dass Jons Verhalten trotzig und unangemessen war, hatte sie nicht eine Sekunde daran gedacht, dass es darüber hinaus gehen könnte.

»Was soll ich bloß machen, Rosie? Ich habe ihn seitdem nicht mehr gesehen. Ich weiß weder wo er wohnt, noch sonst irgendetwas! Und ich will ihm auf keinen Fall nachlaufen! O mein Gott, was wird Mutter bloß dazu sagen? Sie wird tot umfallen – ich weiß, sie wird sterben. Und ich werde an allem schuld sein!« Ihr junges Gesicht sah im Licht der Aprilsonne schrecklich mager aus. Rose griff nach dem einzigen Strohhalm, der ihr in den Sinn kam.

»Bist du dir ganz sicher? Manchmal, wenn man gestresst ist, kann es schon mal vorkommen, dass eine ausbleibt, oder sogar zwei.«

Jon schnitt ihr das Wort ab. »Ich hätte schon gleich nachdem wir ... nachdem er ... O Gott, Rosie, es ist in der Nacht passiert, in der wir eingeschneit waren. Die erste und einzige Nacht, die er im Schneewittchen-Haus verbracht hat! Das war Anfang Februar. Ich war seitdem schon dreimal fällig.«

Rose versuchte, sich das alles gar nicht erst auszumalen. Sie fragte gezwungen sachlich: »Willst du ihn heiraten, Jon? Liebst du ihn?«

»Du weißt verdammt gut, dass ich ihn vergöttere!« Aus ihren braunen Augen quollen wieder die Tränen. »Rosie, ich wünsche mir mehr als alles andere auf der Welt, ihn zu heiraten! Aber ich bin erst sechzehn. Und er ist weg, fortgegangen – er wird nie wieder zurückkommen!« Sie schlug die Hände vors Gesicht und schluchzte laut.

Rose bugsierte ihre Schwester durch ein Gatter in der Hecke. Auf der anderen Seite hoben die Kühe, die dort grasten, die Köpfe. Jons Schluchzen hatte sie aufgeschreckt.

Rose sagte: »Nicht doch, Jon. Du musst jetzt erst einmal an dich selber denken.« Sie drückte das ihr so vertraute Gesicht an ihre Brust und starrte in die Ferne. Ein beklemmendes Gefühl stieg in ihr hoch: Nichts wird je wieder so sein, wie es einmal war. Sie holte tief Luft. »Hör zu. Du wirst nächsten Monat siebzehn. Viele Mädchen heiraten mit siebzehn. Und Mutter ... Sie wird sich natürlich fürchterlich aufregen, aber sie wird darüber hinwegkommen.« Als das Schluchzen immer noch kein Ende nehmen wollte, versuchte es Rose auf die etwas sanftere Tour. »Weißt du was? Ich werde dir ein tolles Kleid kaufen. Wir werden zusammen in die Stadt fahren, und du suchst dir ein Kleid aus. Und ich werde deine Brautführerin sein.«

Wütend heulte Jon los. »Die werden alle Bescheid wissen. Ich werde den Leuten nicht einmal ins Gesicht schauen können!«

»Sie werden bestimmt ihre Vermutungen anstellen. Aber wenn wir alles bis Ende Mai, Anfang Juni arrangieren könnten –«

»Hör auf, Rosie! Er würde mich sowieso nie heiraten, und das weißt du ganz genau! Du warst diejenige, in die er die ganze Zeit verknallt war!« Jon entzog sich der Umarmung ihrer Schwester und sah ihr fest in die Augen. Mit ihrem tränenverschmierten Gesicht sah sie jetzt noch jünger aus. »O Rosie, ich war an diesem

Abend so eifersüchtig! Es tut mir Leid, ehrlich. Aber ich dachte, er würde sich vielleicht für mich entscheiden. Als wir in Birmingham waren, habe ich ihm einen Kuss gegeben, und er hat sich überhaupt nicht gewehrt. Ich habe ihn richtig geküsst!« Sie hielt kurz die Luft an und sagte dann mutig: »Es war ein französischer Kuss. Ich nehme nicht an, dass du weißt, was das ist. Oder?«

Rose wurde rot. »Jon, ich will von alldem auch lieber gar nichts wissen. Was das angeht, bedeutet Rick mir überhaupt nichts. Ich finde es einfach verabscheuungswürdig, dass er ein Schulmädchen ausgenutzt hat – und das auch noch unter Mutters Dach. Aber der Schaden ist jetzt nun einmal angerichtet, und wir müssen uns überlegen, wie es weitergehen soll.«

»Aber ich will – ich muss es dir erklären! Ihr wart eine Ewigkeit allein dort draußen im Schnee. Und ihr wolltet mich nicht dabeihaben. Da dachte ich, er hätte dich gefragt, ob du seine Frau werden willst. Mir fiel ein Stein vom Herzen, als ihr dann endlich zum Tee gekommen seid und du ganz komisch zu ihm warst und dann früh zu Bett gegangen bist. Ich dachte, ich hätte doch noch eine Chance. Und in deinem Bett war ja eigentlich auch gar kein Platz für zwei. Also bin ich zu ihm rübergegangen ... Ich wollte nicht ... es war ganz allein meine Schuld. Das gebe ich zu. Ich habe angefangen, ihn zu küssen, und dann habe ich den Träger meines Nachthemds heruntergelassen und vorgegeben, ich hätte mir an der Schulter wehgetan.«

Rose sagte schroff: »Jon! Halt den Mund!« Sie vergrub ihre Hände so tief in ihren Manteltaschen, dass der Stoff straff über ihren Schultern spannte. »Nachdem, was du mir eben erzählt hast, empfindet Rick wohl sehr viel für dich. Sonst ... sonst hätte er dich doch –«

»Rausgeschmissen? Ich hätte gedroht, laut zu schreien, wenn er das versucht hätte.«

Rose schluckte. »Deshalb hätte er aber noch lange nicht ...

Jon, ich werde ihn finden und es ihm sagen. Er wird dann schon wissen, was er zu tun hat. Mach dir darum mal keine Sorgen.«

»Du findest ihn nie«, prophezeite Jon verzagt. »Ich wette, er hat längst das Land verlassen.«

Rose entspannte sich plötzlich und musste lachen. »O Jon, du bist so ...«, ihr wäre beinahe »jung« herausgerutscht, dann sagte sie aber: »dramatisch!«

☆

Rose rief bei Mrs. Ellenbury an und fragte, ob sie in letzter Zeit irgendetwas von Rick John gehört hätte.

»Rick John? Du meinst, der junge Mann, in den deine kleine Schwester so hoffnungslos verknallt ist? Hat seine Begeisterung etwa nachgelassen?« Mrs. Ellenbury lachte schallend in den Hörer. »Sag ihr, er wartet wahrscheinlich bloß darauf, dass sie erwachsen wird!«

Rose schüttelte den Kopf. »Wir machen uns ehrlich gesagt Sorgen um ihn. Und weil er doch ein Freund Ihrer Familie ist, dachten wir –«

»Ein Freund unserer Familie?« Sie klang erstaunt. »Wir haben ihn auf deiner Geburtstagsparty zum ersten Mal gesehen, Liebchen.«

Rose stammelte: »Ich dachte, er hätte Margaret erwähnt ... Tut mir ehrlich Leid.«

Am Nachmittag ging sie zu ihrer Chefin und bat um einen Tag Urlaub. Das war nicht einfach.

»Sie haben Ihren diesjährigen Urlaub für Oktober beantragt, Miss Harris. Unbezahlten Sonderurlaub kann ich nur in äußerst dringenden Fällen gewähren.«

»Es ist eine Familienangelegenheit.« Rose biss sich auf die Lippe. Was sie jetzt am allerwenigsten gebrauchen konnte, waren bohrende Fragen oder gar Mitleid.

»Ach. Wohl Ihre Mutter?«

Nun, im Grunde tat sie es für Mutter. »Ja«, sagte Rose.

»O, das tut mir natürlich Leid. Ich hoffe, es geht ihr bald wieder besser. In diesem Fall können Sie Mittwoch frei haben. Das ist ohnehin Ihr halber Tag, und ich denke, ich kann vielleicht Miss Marchant in der Gloucester-Filiale entbehren.«

Rose war zutiefst dankbar.

Am Mittwochmorgen radelte sie in aller Frühe nach Gloucester, kettete ihr Fahrrad im Hinterhof der Bücherei an und ging zu Fuß um die Ecke zum Vordereingang der Providential-Versicherung in der St. John's Lane. Sie hatte nicht die leiseste Ahnung, wann Rick Mittagspause hatte oder ob er womöglich sogar im Außendienst unterwegs war, um Geld einzutreiben – oder was auch immer die Aufgabe eines Versicherungsangestellten sein mochte. Ihr Plan war riskant. Aber sie war sich sicher, dass er aufgehen würde. Für so viel Einsatz musste sie einfach belohnt werden. Sie dachte an all die Überwindung, die es sie gekostet hatte, ihre Mutter anzuschwindeln, ihre Chefin davon zu überzeugen, dass sie unbedingt einen Tag frei haben musste, und schließlich sich überhaupt dazu durchzuringen, Rick persönlich auf das Problem anzusprechen. Doch im Grunde stand ein noch viel höherer Einsatz auf dem Spiel: ihr eigener Stolz. Rick hatte ihr seine Liebe gestanden und nun war sie auf dem Weg zu ihm, um für ihre kleine Schwester zu sprechen.

Als sie am frühen Morgen das Haus verlassen hatte, hatte noch die Sonne geschienen. Inzwischen war es halb zehn. Der Himmel hatte sich zugezogen, und ein kühler Wind war aufgekommen. Sie schlotterte in ihrem marineblauen Rock, der weißen Bluse und der dünnen Strickjacke und wünschte, sie hätte ihren Mantel mitgenommen. Sie schlang den Bund ihrer Jacke eng um die Taille und ging ein weiteres Mal die St. John's Lane auf und ab. Es kam ihr alles so erbärmlich vor. Erbärmlich und widerlich. Sie musste sich zwingen, all die anderen Gedanken, die ihr durch den Kopf schossen, zu verdrängen und sich auf ihre Mission zu konzentrieren: Sie musste Rick finden. Erst dann würde sie wieder anfangen zu denken. Sie bemühte sich vergebens. Sie spürte die Scham immer noch – körperlich, wie eine Last, die schwer auf ihr ruhte –, selbst dann, wenn sie keinen einzigen klaren Gedanken zuließ.

Als sie in die Westgate Street einbog, brach die Sonne für einen Moment durch die Wolken. Sie warf einen Blick ins Schaufenster von Timothy Whites und beschloss, etwas Schönes für Jon zu kaufen. Und für Mutter.

Sie hielt sich eine Ewigkeit in dem Laden auf. Schließlich kaufte sie ihrer Schwester eine riesige Puderquaste und einen Lippenstift, und Badesalz für ihre Mutter. Dann schaute sie auf ihre goldene Armbanduhr und stellte fest, dass sie Rick vermutlich verpasst hatte, falls er früh zum Lunch gegangen war.

Sie rannte die düstere Allee der St. John's Lane hinunter und kam gerade rechtzeitig, um zu beobachten, wie die Tür des Hauptausgangs aufging und drei junge Männer herauskamen. Keiner von ihnen war Rick. Einer hatte den gleichen offenen, wachen Blick wie er und war vom ähnlich hellen Typ. Die anderen waren kleiner als Rick, braunhaarig, unscheinbar. Einer von ihnen warf ihr einen Blick zu, drehte sich dann weg und ging mit seinen Kollegen in Richtung Northgate Street, die vom anderen Ende der Allee abging. Rose hatte das ungute Gefühl, dass er eine Bemerkung über sie gemacht hatte. Der Blonde hatte sich unverfroren nach ihr umgedreht. Sie kam sich vor wie auf dem Präsentierteller und fühlte sich gleich noch miserabler. Die sperrige Geschenkbox mit der Puderquaste war grellbunt verpackt, und sie hatte keine Tragetasche dafür. Sie versuchte, die Schachtel unter den Arm zu klemmen und ihre Handtasche davor zu halten. Sie machte sich ernsthaft Sorgen darüber, was sie wohl machen sollte, wenn Rick überhaupt keine Mittagspause hatte. Oder wenn er an diesem Tag zu einem auswärtigen Kunden geschickt worden war. Oder wenn er gar nicht mehr für diese Firma arbeitete.

Um drei ging sie in die Tudor-Teestube auf dem College-Gelände und bestellte Tee und ein Stück Butterkuchen. Sie wollte dort bis halb sechs ausharren und dann versuchen, Rick nach Feierabend abzupassen. Doch eigentlich war ihre Hoffnung auf ein Minimum gesunken. Während sie am Morgen noch verzweifelt überlegt hatte, wie sie es Rick sagen sollte, kam es ihr darauf inzwischen gar nicht mehr an. Jetzt wollte sie ihn einfach nur noch sehen.

Um vier sagte die Bedienung: »Haben Sie noch einen Wunsch, Madame?«, was wohl zu bedeuten hatte, dass sie den Tisch für neue Gäste räumen sollte. Sie erhob sich bewusst würdevoll und stolzierte über den unebenen Fußboden zur Tür. »Entschuldigen Sie, Madam. Sie haben ihren Pinsel liegen lassen.«

Es war die unsägliche Puderquaste, die inzwischen aus der zerknautschten Verpackung lugte. Mit hochrotem Kopf stürzte sie auf die Straße.

Sie wollte sich lieber nicht noch weiter vom Providential-Gebäude entfernen. Die Straße machte genau vor dem Haupteingang des Bürohauses einen Knick, sodass die antike Holztür schon aus einigen Yards Entfernung nicht mehr zu sehen war. Nervös schlich sie an der Tür vorbei, kehrte um und ging noch einmal zurück.

In diesem Moment ging die Tür auf, und ein Mann kam heraus. Auf den ersten Blick sah sie, dass es nicht Rick war. Trotzdem kamen ihr die stämmige Figur und diese gebürsteten braunen Haare bekannt vor. Ein Paar brauner Augen trafen ihre tiefblauen. Es war der junge Mann, der ihr fünf Stunden zuvor diesen verstohlenen Blick zugeworfen hatte. Sie drehte sich schnell weg und marschierte zielstrebig in Richtung Northgate Street.

»Verzeihung. Entschuldigen Sie, aber –«

Sie konnte seinen Atem förmlich im Nacken spüren. Als sie absichtlich abrupt stehen blieb, prallte er ihr in den Rücken.

»Entsch ... Ich bitte Sie um Verzeihung. Sind Sie okay?«

Sie wanden sich beide verlegen vor der roten Backsteinwand. Sie fand als Erste die Fassung wieder.

»Ja, natürlich. Meine Schuld.« Sie atmete hörbar. »Tut mir leid, dass Sie auf mich geprallt sind.«

Er lief knallrot an und sah noch verlegener aus, als sie selbst sich fühlte – und das sollte etwas heißen.

»Nochmals Verzeihung.« Er brachte ein Lächeln zustande. »Schauen Sie, das dort ist mein Arbeitszimmer.« Er zeigte auf das Fenster gleich neben dem Eingang. »Sie müssen mir glauben, dass ich Sie nicht absichtlich beobachtet habe, aber ich habe gesehen, wie Sie hier mehrmals auf und ab gegangen sind. Kann ich Ihnen irgendwie helfen?«

»Oh, Nein. Ich habe ... gewartet. Auf jemanden. Muss ihn verpasst haben. Ich glaube, es ist das Beste, wenn ich jetzt einfach nach Hause gehe. Es tut mir Leid, wenn ich Ihnen mit meinem Hin- und Hergelaufe auf die Nerven gegangen bin. Mir war gar nicht bewusst, dass mich tatsächlich jemand sehen könnte.«

Er entspannte sich mit einem Mal und ließ seine kräftigen Schultern sinken. Er trug eine Tweedjacke und graue Flanellhosen und sah absolut anständig aus ... irgendwie sicher.

»Nun ja, Sie sind nicht gerade unsichtbar.« Er grinste und schaute sie prüfend an. Und nach einem Moment des Zögerns erwiderte sie sein Lächeln.

»Nein, so habe ich das auch nicht gemeint.«

»Ich weiß. Und natürlich hätte ich Sie auch nicht bemerkt, wenn Sie einfach irgendjemand gewesen wären. Aber ...« Ihm schoss erneut die Röte ins Gesicht. Sie mochte ihn irgendwie.

Er räusperte sich. »Ich mache gerade Tee für den Geschäftsführer. Und mein Büro ist mein Büro. Ich meine, es ist nur ein

Kämmerchen, aber ich habe es ganz für mich allein. Möchten Sie vielleicht auch eine Tasse Tee?«

»Ich hatte gerade erst Tee. Und ich sollte mich jetzt wirklich langsam auf den Heimweg machen.«

»Von meinem Fenster aus hätten Sie die Straße im Blick. Nur für den Fall, dass Ihr Freund heute später dran ist, oder so.«

Ihre innere Stimme sagte ihr, dass sie ablehnen sollte. Es hatte etwas mit Unabhängigkeit zu tun; damit, niemandem irgendwelche Umstände zu bereiten. Aber jetzt, da die Sache mit Jon passiert war, war keine von ihnen mehr unabhängig. Nun waren sie alle drei vollkommen von Rick John abhängig.

Nachdem sie einen Augenblick zu lange gezögert hatte sagte er: »Wenn Sie in Eile sind, will ich Sie natürlich nicht aufhalten.«

Sie konnte an seiner Stimme hören, dass er enttäuscht war. Er hatte ihr offenbar einen Gefallen tun wollen.

»Wenn ich es mir recht überlege, würde ich Ihre Einladung liebend gern annehmen. Danke schön. Ehrlich gesagt wollte ich ohnehin bis fünf hier warten. Macht es Ihnen auch ganz bestimmt nichts aus? Angenommen, jemand käme in Ihr Büro?«

Er schob sie sachte durch die Tür. Sie standen in einer kleinen quadratischen Eingangshalle. Auf der gegenüberliegenden Seite führte eine Treppe nach oben. Links und rechts der Treppe befand sich jeweils eine Tür. Neben der rechten war eine Öffnung, die einem Fahrkartenschalter in einem Bahnhof ziemlich ähnlich sah.

Diese Tür öffnete er. »Mein kleines Reich«, sagte er und beschrieb mit der Hand einen Halbkreis. Der breite Sims auf der Innenseite des Schiebefensters schien auch gleichzeitig sein Schreibtisch zu sein. Neben dem Telefon lagen jede Menge Blätter, Unterlagen und Notizen. Auf dem Tischchen unter dem Fenster stand ein Gaskocher mit einem zerbeulten Wasserkessel darauf. »Sehen Sie? Jedes Mal, wenn ich mir heißes Wasser geholt habe, konnte ich Sie dort unten auf und ab gehen sehen. Ich habe mir ernsthaft Sorgen gemacht!«

Er lächelte entwaffnend. Dann zog er einen Hocker unter dem Schreibtisch-Sims hervor.

»*Voilà,* der Gästestuhl. Nehmen Sie Platz, während ich Tee koche. Wenn ich mich ducke, können Sie über meinen Kopf hinweg sogar die Straße sehen.«

Er kramte eine Teekanne aus dem Hängeschränkchen und löffelte Tee hinein. Dann ging er vor dem Kessel in die Hocke.

Sie musste lachen. »Bitte nicht. Ihnen wird heute Abend gehörig der Rücken wehtun!«

»Ich möchte doch nur, dass Sie die Straße im Auge behalten können.«

»Sie sind sehr freundlich.« Sie knabberte an ihrer Unterlippe und wartete, während er den Tee aufbrühte und schließlich die Kanne in ihre Richtung balancierte. Dann fasste sie einen Entschluss. »Eigentlich –« Sie schien ziemlich oft »eigentlich« zu sagen, was, wie ihr Miss Marchant erklärt hatte, ein Zeichen von Unsicherheit war – oder dafür, dass man etwas zu verbergen hatte. »Ich wollte sagen, dass ich eigentlich auf jemanden warte, der in dieser Firma arbeitet.« Sie lachte nervös. »Ich weiß, das klingt lächerlich. Aber diese Person hat eigentlich gar keine Ahnung, dass ich sie sehen will, und ich wollte diese gewisse Person nicht in Verlegenheit bringen, indem ich jemanden direkt nach ihr frage.«

»Aber warum, um alles in der Welt, haben Sie das denn nicht gleich gesagt? Ich bin die Diskretion in Person – das muss ich sein, wissen Sie. Wer ist es denn, den Sie treffen wollen?«

»Also. Sein Name ist Richard John.« Sie fühlte sich irgendwie verbunden, hinzuzufügen: »Er ist ein Freund der Familie. Eigentlich.«

»Ich verstehe.« Sein Gesichtsausdruck hingegen zeigte eher Verwirrung. »Richard John. Dieser Name sagt mir gar nichts, und ich dachte immer, ich kenne hier jeden.« Er schenkte Tee in eine Tasse und stellte sie zusammen mit einem Milchkännchen auf das Tablett. »Es gibt da natürlich noch einige Vertreter, die im Außendienst tätig sind. Die bekommen wir hier selbstverständlich nicht so häufig zu Gesicht. Lassen Sie mich das hier schnell nach oben bringen, dann besorge ich mir bei der Sekretärin eine Personalliste.«

»Nein, nein. Sie sollten meinetwegen wirklich nicht irgendetwas tun, was Sie nicht tun sollten.«

»Überhaupt kein Problem.« Er grinste. »Die Sekretärin ist meine Patentante.«

»Oh.«

Er zwängte sich hinter ihrem Rücken vorbei und balancierte das Tablett über ihren Kopf.

»Ich bin übrigens David Fairbrother.«

Ihr wäre es eigentlich lieber gewesen, ihren Namen nicht zu nennen. Andererseits fiel ihr spontan auch kein guter Grund ein, es nicht zu tun.

»Rosamund Harris.«

»Schön. Freut mich, Sie kennen zu lernen.«

Kurz nachdem er verschwunden war, konnte sie seine Schritte auf der Treppe hören. David Fairbrother. Wie angenehm es doch war, mit jemandem, der dem anderen Geschlecht angehörte, zu reden, mit ihm zusammen zu sein, ohne sich dabei beschämt zu fühlen. Mit Rick war es nie so gewesen. An diesem Abend im Schnee war sie aufgeregt und glücklich gewesen, aber eher auf diese dumme, schulmädchenhafte Art. Und was war letzten Endes für sie dabei herausgekommen? Sie war schockiert und fühlte sich von ihm zurückgewiesen. So etwas wollte sie nie wieder durchmachen müssen. Jetzt aber war sie nicht übermäßig aufgeregt, folglich war wahrscheinlich auch die Gefahr nicht besonders groß, zurückgewiesen zu werden.

Sie bezog am Fenster Stellung, nur für den Fall, dass Rick vielleicht doch noch erscheinen würde. Und dort stand sie auch noch, als David Fairbrother wieder zurückkam. Er runzelte die Stirn.

»Es gibt hier keinen Richard John.« Er streckte ihr ein Blatt Papier hin, das dicht mit Namen in alphabetischer Reihenfolge bedruckt war. Sie wusste, dass er ihr diese vertraulichen Informationen nicht so ohne weiteres zeigen sollte, und schüttelte rasch den Kopf.

»Ist schon gut. Ich glaube Ihnen auch so.« Sie brachte nur ein äußerst gequältes Lächeln zustande. »Er muss Jon einen falschen Namen genannt haben.«

»Jon?«

»Meine Schwester. Kurzform für Joanna.«

»Verstehe.« Er legte die Liste vor sich auf den Tisch und studierte sie nochmals eifrig. »Wir haben einen Robert Jones. Könnte er das vielleicht sein?«

»Ist er groß und hat rote Haare?«

»Nein. Er ist ziemlich klein und dunkel.«

»Ich fürchte, dann ist es nicht Rick.«

»Rick? Kürzt er seinen Namen mit Rick ab? Ich frage mich, ob sein Vorname in diesem Fall nicht eher Eric als Richard sein könnte. Wir haben nämlich einen Eric Johnson. Er arbeitet seit einem knappen Jahr hier.« Er schaute zu ihr auf. »Ich bin mir fast sicher, dass er rote Haare hat. Nicht, dass ich normalerweise besonders auf so etwas achte, aber ...«

Er griff zum Telefon, wählte eine zweistellige Nummer und wartete ab. Dann sagte er: »David hier. Der Name, nach dem ich gesucht habe, ist Eric Johnson. Aber ich bin mir noch nicht absolut sicher. Ist er der Bursche mit den roten Haaren? Ja?« Er warf Rose einen Blick zu und neigte seinen Kopf zur Seite. »Ist er heute im Büro?« Die Antwort war ganz offensichtlich negativ, denn er erwiderte: »Nein, nein. Ist schon okay. War nur eine Frage. Ich kann bis morgen warten. Ich bringe dir die Liste sofort wieder nach oben – vielen Dank noch mal.«

Er legte den Hörer auf und sah wieder zu Rose. Obwohl sie angestrengt versucht hatte, gefasst zu wirken, musste er ihr die Enttäuschung angesehen haben, denn er sagte: »Machen Sie sich keine Gedanken. Ich habe seine Adresse hier. Wenn Sie möchten, können Sie ihn zu Hause besuchen.«

»O nein.« Sie fühlte die Hitze in ihren Kopf steigen. »Er wohnt bei seinem Vater. Und seiner jüngeren Schwester. Nein, das kann ich nicht machen.«

David warf noch einmal einen Blick auf die Liste und schüttelte den Kopf. »Ich fürchte, da hat er Ihnen noch eine weitere falsche Auskunft gegeben. Er wohnt in einem Haus in der St. James' Street, in dem es, soviel ich weiß, nur Junggesellenwohnungen gibt.«

Rose schluckte. Sie fragte sich, ob es die Mühe überhaupt noch wert war, Rick nachzuspionieren. Er war offensichtlich ein kompletter Lügner – und ein Casanova noch dazu.

»Ich weiß nicht, was ich jetzt tun soll«, gestand sie. »Ich wollte ihn wirklich sehen. Rein geschäftlich. Aber da er offenbar versucht hat, uns hinters Licht zu führen, erscheint mir das nun ziemlich sinnlos.«

»Wenn es sich um etwas Geschäftliches handelt, könnte ich Ihnen doch vielleicht helfen«, sagte David Fairbrother eifrig.

»Keine Versicherungsangelegenheit. Aber trotzdem, danke. Herzlichen Dank. Sie waren so freundlich zu mir. Und wenigstens ... wenigstens weiß ich jetzt, wer er wirklich ist.«

Er machte ihr Platz, damit sie zur Tür gehen konnte, und folgte ihr in die Eingangshalle. Sein Gesicht war ganz rot vor Anstrengung, etwas Passendes zum Abschied zu sagen.

Immerhin brachte er einige Worte heraus. »Schauen Sie. Könnten wir nicht ... würden Sie mir erlauben ... gehen Sie manchmal ins Kino? Im Plaza zeigen sie Cliff Richard und –«

»O, Ich glaube nicht.« Ihr war das Risiko zu groß, von einem so hilfsbereiten und netten jungen Mann zurückgewiesen zu werden. »Aber vielen, vielen Dank für alles. Ich muss jetzt gehen. Auf Wiedersehen.«

Er wollte sie noch fragen, wo sie wohnte, aber sie rannte förmlich den Bürgersteig hinunter. Die Häuser schnitten ihm den Blick ab. Und er konnte ihr nicht hinterherlaufen, weil er im Büro stets erreichbar sein sollte.

Sie holte ihr Fahrrad. Es war inzwischen sehr kühl geworden. Je eher sie die London Road hoch radelte, umso eher würde ihr warm werden. Der ganze Tag war vertan. Aber das Gefühl, alles versucht zu haben, was in ihrer Macht stand, war irgendwie befriedigend. Abgesehen davon, dass Jon sich auf sie verlassen hatte. Und Mutter bestimmt auch – auch, wenn sie bisher noch nichts ahnte.

Sie verließ die Brunswick Road, schlängelte sich unsicher durch den regen Verkehr auf der Eastgate Street, bog dann allerdings links ab, anstatt rechts in die London Road. Ehe ihr überhaupt klar wurde, was sie tat, holperte sie über den Bahnübergang und bog in die Barton Street ein. Sie wusste in etwa, wo die St. James' Street war. Und falls sie es sich doch noch anders überlegt hätte, könnte sie links abbiegen und über die Derby Road nach Hause fahren, was wahrscheinlich ohnehin die ruhigere Route war.

Doch sie bog nicht links ab. Die Barton Street führte sie rechts am India House vorbei. Dahinter tauchte deutlich sichtbar das Straßenschild mit der Aufschrift ST. JAMES' STREET auf. Sie stieg vom Rad und wartete auf eine Lücke im fließenden Verkehr.

Ein Motorradfahrer hielt neben ihr an und nahm seine Brille ab. Es war David Fairbrother.

»Ich dachte, Sie würden vielleicht ...« Er stellte den Motor ab, damit sie ihn besser verstehen konnte. »Ich hoffe, es stört Sie nicht, dass ich hier einfach so aufkreuze. Es geht mich natürlich nichts an.« Sein Gesicht war immer noch gerötet. »Es ist nur –

ich habe Ihnen gar keine Hausnummer genannt, und deshalb dachte ich ... und es ist so kalt geworden ... Sie müssen in Ihrer dünnen Strickjacke erbärmlich frieren.« Er griff hinter sich und kramte einen Cricket-Pullover aus der Satteltasche. »Vielleicht möchten Sie den.«

Sie war schrecklich gerührt, wie zuvorkommend dieser junge Mann war. »Sehr freundlich von Ihnen, Mr. Fairbrother.«

»Oh, bitte. Alle nennen mich David. Ich bin der Anfänger-Anfänger-Anfänger-Teekocher –« Er brach mitten im Satz ab und grinste. Er hatte sie zum Lachen gebracht.

Sie zog sich umständlich den Pullover über, während er ihr Fahrrad am Lenker festhielt. Ihr war klar, dass der viel zu große Pullover über ihrer Strickjacke ziemlich merkwürdig aussehen musste. Aber wenigstens hielt er den kalten Wind ab.

»Sie sehen darin – ganz nett aus«, bemerkte er. Er stieg vom Motorrad ab und schob es über die Straße. Sie folgte ihm. Er sagte: »Ich würde Sie gerne nach Hause begleiten.« Und als er sah, wie sich ihr Gesichtsausdruck veränderte, fügte er rasch noch hinzu: »Aber ich werde mich natürlich nicht aufdrängen, wenn Sie das nicht wünschen.« Er zeigte mit dem Kinn die Straße hinunter. »Es ist Nummer zweiunddreißig. Und falls Sie überhaupt kein Glück haben, rufen Sie im Büro an. Versprochen? Ich werde mit ihm reden.« Er sah plötzlich viel älter aus als am Nachmittag. Älter und irgendwie sehr streng.

Sie bedankte sich, und sie gaben sich die Hand. Er trat mit voller Kraft den Anlasser durch, und sein Motorrad erwachte laut knatternd zum Leben. Im Anfahren drehte er sich noch einmal um und rief: »Machen Sie sich wegen des Pullovers keine Gedanken.« Aber er musste geahnt haben, dass sie das doch tun würde.

☆

Haus Nummer 32 hatte gewiss schon bessere Tage gesehen. Es war groß. Die Vorderfront war so verrußt, dass man die ursprünglich braune Farbe kaum ausmachen konnte. Hinter jedem Fenster waren graue Stores zu erkennen. Ein rostiger Maschendrahtzaun säumte den mit Gräsern zugewucherten Vorgarten. Neben der Haustür saß ein farbiger Mann, der scheinbar an einem Maschinenteil herumtüftelte.

»Entschuldigen Sie ...« Rose hatte keine Ahnung weshalb, aber sie fühlte sich instinktiv zu Farbigen hingezogen. »Ich suche Mr. Rick – Mr. Eric Johnson.« Ihr wäre beinahe Ricks richtiger Name nicht mehr eingefallen. »Ich dachte, Sie könnten mir vielleicht seine Zimmernummer sagen?«

Der farbige Mann ließ sich von ihrer Höflichkeit kaum beeindrucken. »Sechs«, sagte er knapp. »Und lassen Sie die Finger von dem Rohr, das oben im Flur liegt.«

Das Rohr sah aus wie ein Autoteil. Sie stieg umständlich darüber und ging zu der Tür am Ende des Ganges. Es war ziemlich düster, doch auf dem Türrahmen war in weißer Farbe eine große 6 zu erkennen. Rose klopfte an.

Als die Tür aufging, stand sie hell erleuchtet im Lichtkegel, der durch das Fenster ins Zimmer fiel. Von Rick dagegen waren nur die Umrisse zu erkennen. Die Anonymität des Schattens bot ihm noch für einige Augenblicke Schutz. Aber sie wusste, dass er es war; er roch noch genauso, und seine Haare standen wie immer wild vom Kopf ab.

»Rosie Harris. Um Gottes willen, Schneewittchen persönlich!« Ihr Besuch amüsierte ihn offensichtlich. Er lachte und trat einen Schritt zur Seite, um sie ins Zimmer zu lassen. »Und was hast du da in deiner Schachtel? Einen Hexenbesen? Rose, du bist gekommen, um mich zu verzaubern. Gib's zu.«

Sie hatte ganz vergessen, wie überwältigend er sein konnte. Plötzlich erinnerte sie sich auch wieder daran, wie schnell er seine Stimmung ändern konnte. Sie klemmte die Puderquaste fest unter den Arm und marschierte ins Zimmer, als würde sie die Höhle des Löwen betreten.

Was ihn ebenfalls amüsierte.

»O Rose. Rose. Du bist so außerordentlich hübsch, aber dieser Keuschheitsgürtel muss offensichtlich höllisch kneifen!«

Sie ging direkt zum Fenster und schaute hinaus. Der Hinterhof war kreuz und quer mit Wäscheleinen bespannt. Sie versuchte sich vorzustellen, wie Jon hier wohnen würde. Das Bett hing in der Mitte durch. Das Waschbecken war von grauen Rissen durchzogen. Die Wand dahinter war gefliest, aber es fehlten einige Kacheln.

Sie versuchte vernünftig zu klingen. »Rick, ich habe nicht die leiseste Ahnung, wer du eigentlich bist, und was für ein Leben du führst. Aber ich bin gekommen, weil ich dir etwas sagen muss. Jon bekommt ein – ein Baby.«

Für einen Moment herrschte absolute Stille. Dann sagte er nüchtern: »Das kann überhaupt nicht sein. Sie ist sechzehn. Es war schon im ... ich habe sie seitdem überhaupt nicht mehr gesehen. Ich war bei euch draußen, bevor –«

Rose starrte immer noch auf die Wäscheleinen. Sie sagte: »Ich glaube nicht, dass irgendwelche Zweifel bestehen. Und ich bin nicht gekommen, um über irgendjemanden zu urteilen. Wir müssen die Sache jetzt ganz praktisch angehen. Jon wird nächsten Monat siebzehn. Wenn wir die Hochzeitsvorbereitungen schnell genug über die Bühne bringen, könnten wir später sagen, es sei eine Frühgeburt gewesen. Das kommt bei jungen Mädchen durchaus häufiger vor – ich habe darüber gelesen.«

Er unterbrach sie barsch: »Ich will Jon nicht heiraten. Ich will überhaupt niemanden heiraten! Außerdem ist Jon noch ein Kind! Du weißt, dass du diejenige bist, die ich will, Rosie! Du weißt das ganz genau!«

Da war es wieder, dieses Wort ... »wollen«. Es schien wenig mit Liebe zu tun zu haben.

Sie sagte gefasst: »Jon ist sehr jung, und sie hat Angst. Meine Mutter wird am Boden zerstört sein. Du musst jetzt das Richtige tun, Rick. Das steht außer Frage.«

»Ich kann nicht! Wir wären beide unglücklich – ist es das etwa, was du willst?«

»Du kannst dir dein eigenes Glück schaffen, Rick«, sagte Rose überzeugt. »Und das musst du jetzt auch tun. Dem Baby zuliebe.« Sie drehte sich endlich um und schaute ihn an. Er hatte kein Hemd an. Und keine Schuhe. Seine Schultern hingen schlaff herunter. Sie sagte kühl: »Du arbeitest heute ja offensichtlich nicht. Warum ziehst du dich nicht an und fährst nach Churchdown? Mach Jon einen Heiratsantrag. Rede mit Mutter. Du wirst sehen, dann fühlst du dich besser.«

Er starrte sie an, als hätte er sie noch nie zuvor gesehen. Sie hielt seinem eindringlichen Blick mit Ausdauer stand. Ihre Knie zitterten, und ihr Herz hämmerte gegen ihren Brustkorb, doch sie blieb bei ihrem Vorschlag. Sie hatte nicht die Absicht, ihn anzubetteln, aber sie wollte auch nicht streng klingen.

Nach diesem endlosen Augenblick ließ er sich plötzlich auf die Bettkante fallen und senkte den Blick auf seine Knie. »Wie hast du mich gefunden?«, wollte er wissen. »Ich dachte, ich hätte meine Spuren verwischt.«

Sie war einen Moment lang verwirrt. Sie wollte David Fairbrother keinesfalls erwähnen. Sie räusperte sich und sagte sachlich: »Ich habe in deiner Firma angerufen. Glücklicherweise ist den Leuten dort aufgefallen, dass Rick John eigentlich nur Eric Johnson sein kann.«

Er sah geschockt aus. Mit leiser Stimme sagte er: »So habe ich dich noch nie erlebt, Rosie. Ich dachte, du wärst sanft und süß.«

»Nicht, wenn meine Schwester droht ins Unglück zu rennen.« Sie wünschte sich, sie würde nicht dieses Mitleid für ihn empfinden, und sagte etwas milder: »Rick, ganz ehrlich. Du hast keine Wahl.«

Er hob seinen Kopf und sagte mit einem ironischen Grinsen: »Nein? Glaubst du nicht? Ich könnte mich aus dem Staub machen, Rosie. Einfach so. Das habe ich schließlich schon mal gemacht.«

Er schnippte mit den Fingern. »Aber da bist ja auch noch du. Ich kann wegen dir nicht weggehen.« Er sah wieder zu ihr auf. »Deine Mutter ... Ich habe mich nie als Teil einer Familie gefühlt, seit meine Mutter gestorben ist. Bei deiner Mutter war es immer so ... gut.«

»Das wird es leichter machen, glücklich zu sein, wenn du mit Jon verheiratet bist«, warf sie schnell ein.

Er lachte wieder – bitter aber nachgiebig.

»Du bist wie eine Mauer aus Stein. Und ich glaubte schon – ich habe wirklich geglaubt, du würdest mich ein bisschen lieben.«

Das Zittern hörte auf, und ihr Herzschlag wurde wieder langsamer; doch das machte es noch schlimmer. Sie glaubte, sie müsste zerschmelzen und vor ihm auf den Boden sinken.

»Das tut mir Leid, Rick. Ich hatte nicht die Absicht, dich in die Irre zu führen. Ich habe dich immer als Jons Freund gesehen.«

Er schaute sie immer noch an. Es war beinahe so, als würde er sie berühren.

Sie eilte zur Tür. »Ich bin mit dem Fahrrad hier. Du wirst wahrscheinlich schon vor mir zu Hause ankommen. Natürlich werden wir dieses Gespräch nicht erwähnen.«

Sie ging. Diesmal nahm sie weder das Rohr im Flur noch den Mann vor der Tür wahr. Kurz vor der Kreuzung, an der die Derby Road in die Horton Road übergeht, begann sie zu weinen.

☆

Rick war tatsächlich schon da, als sie das Schneewittchen-Haus erreichte. Er überreichte Jon die Puderquaste, die Rose bei ihm vergessen hatte, als wäre sie ein Geschenk von ihm. Aileen bekam Blumen.

»Für dich habe ich leider nichts, Rosie. Nur noch mein letztes Hemd, das ich aber natürlich mit dir teilen würde!« Er lachte, als sei das ein Witz gewesen, und die anderen beiden stimmten ein.

Vor dem Tee machte er mit Jon einen Spaziergang auf den Hügel.

»Wenn Jon nicht noch so jung wäre, würde ich fast vermuten, er hat vor, ihr einen Heiratsantrag zu machen«, bemerkte Aileen.

»Mutter, sie wird nächsten Monat siebzehn. Und es ist doch offensichtlich, dass sie seit dem Tag meiner Geburtstagsparty in ihn verliebt ist.«

»Ach, das ist doch bloß eine erste Schwärmerei. Du bist diejenige, wegen der er herkommt, meine Liebe.«

Rose beugte sich tief über die Sandwiches, die sie gerade zubereitete.

»Das glaube ich nicht. Und was die ›Schwärmerei‹ angeht: Jon ist in vieler Hinsicht reifer als die meisten anderen Mädchen in ihrem Alter.«

»Ja, das ist sie. Weißt du etwas, was ich nicht weiß?«

Aileen klang zuerst noch neckend, dann allerdings besorgt. »Stimmt etwas nicht, Liebling?«

Rose hielt die Luft an. Vielleicht war jetzt der Moment gekommen, ihrer Mutter Jons Schwangerschaft ganz schonend beizubringen. Doch dann flog auch schon die Hintertür auf, und Jon platzte in die winzige Küche.

»Ratet mal, was passiert ist! Ihr würdet es sowieso nie erraten, also sage ich es euch gleich: Rick und ich werden heiraten!«

Stille. Rick, der hinter Jons Rücken stand, schien sich einmal in seinem Leben wirklich unbehaglich zu fühlen. Rose schielte zu ihrer Mutter. Aileen stand mit dem Rücken zum Herd, regungslos, fassungslos und immer noch mit besorgter Miene.

Rose sagte: »Warum gehen wir nicht ins Esszimmer? Jon, trag du das hier, ja?« Sie reichte ihr die Platte mit den Sandwiches und schob Jon vor sich her. Rick und Aileen blieb nichts anderes übrig, als den beiden zu folgen.

Sie saßen um den Esstisch. Jon hüpfte auf ihrem Stuhl auf und ab wie ein Kind auf einer Geburtstagsparty. »Was ist los? Wollt ihr uns nicht gratulieren? Ihr habt doch gehört, was ich gesagt habe, oder? Wir ... werden ... heiraten!«

Sie sprach diese drei Worte so übertrieben langsam aus, dass es sich lächerlich anhörte, und warf sich japsend an Ricks Schulter.

Aileen sagte mit Nachdruck: »Du bist sechzehn Jahre alt, Jon. Und Rick, du weißt, dass wir dich alle mögen, aber du musst dir darüber im Klaren sein –«

Jon gefror das Lachen im Gesicht. Sie kniff Rick in die Seite, weil sie ihn davon abhalten wollte, jetzt etwas zu sagen. Dann lehnte sie sich nach vorn.

»Dir wird gar nichts anderes übrig bleiben, als uns deine Zustimmung zu geben, Mutter. Und das meine ich ernst. Ich bin nämlich schwanger.«

Es war, als hätte es Aileen die ganze Zeit gewusst. Sie zuckte kurz zusammen, sagte aber kein Wort. Sie starrte Jon nur sekundenlang an und senkte dann den Blick auf ihren Teller.

Rose beugte sich über den Tisch, um die Kanne vom Stövchen zu nehmen. »Lasst uns alle erst einmal eine Tasse Tee trinken«, sagte sie matt, »und dann über die Vorbereitungen sprechen, was meint ihr?«

Rick lachte, was Jon nur ermunterte, erneut loszuprusten. Rose fragte sich, ob das wohl Hysterie sei. Aileen sagte immer noch nichts, aber sie akzeptierte schweigend die Tasse Tee, die Rose ihr hinhielt, und trank sie behutsam.

Jon, die pausenlos kicherte, musste sich eine ganze Weile die Hand auf den Mund pressen, bis sie sich so weit im Griff hatte, dass sie wenigstens die Platte mit den Sandwiches herumreichen konnte. Jeder nahm sich eines. Sie selbst schien offenbar darauf zu bestehen, diesen Nachmittagstee regelrecht zu zelebrieren, und versuchte beharrlich, eine feierliche Miene zu machen. Als Rick kopfschüttelnd das Sandwich ablehnte, fütterte sie ihn von ihrem eigenen Teller. Wäre Rose nicht so sehr damit beschäftigt gewesen, sich um ihre Mutter Sorgen zu machen, hätte sie sich angesichts dieser kindischen Darbietung sicher übergeben müssen. Abgesehen davon wusste sie aber auch genau, dass Jons Verhalten nur ein Zeichen unendlicher Erleichterung war.

Aileen war es irgendwie gelungen, ihr Sandwich und eine zweite Tasse Tee hinunterzubringen. Sie lächelte mit bebenden Lippen, als Jon ihr verkündete, Rose würde ihr ein Brautkleid kaufen. Lange später sagte sie: »Ich werde morgen zu Reverend Murchison gehen. Vielleicht kann er schon diesen Sonntag das Aufgebot bekannt geben.«

Jon und Rose waren beide erstaunt. Rose sah ihre Mutter prüfend an. Sie musste eine Art Schutzmauer um sich aufgebaut haben, und Rose hatte Angst, sie könne jeden Moment in sich zusammenfallen. Aber sie hielt diesem langen, langen Abend stand. Sie überlebte Jons alberne, schulmädchenhafte Aufgeregtheit, und sie hielt Roses schonungslos nüchternen Umgang mit der Wahrheit stand. Um zehn, als Rick endlich verkündete, er sollte wohl besser den letzten Bus nach Gloucester erwischen, hatte Rose mehr als genug. Sie sprang auf, um ihm seinen Mantel zu holen. Als er ihr in die enge Garderobe folgte, hätte sie vor Verzweiflung aufschreien können. Ehe er die Tür hinter sich zuzog, rief er den anderen noch geschwind etwas von Toilette zu. Aber er ging natürlich nicht nach oben.

»Danke, Rose.« Er nahm ihr den Mantel vom Arm und ließ ihn zu Boden sinken. »Weißt du, dass das mein Geschenk für dich ist, Rose? Keine Blumen. Nur mein Leben.«

Zum ersten Mal erkannte Rose, dass Jon und Rick eigentlich gut zusammenpassten. Sie schwieg.

Er legte ihr die Hände auf die Schultern. Ihr war bewusst, dass er versuchte, die Grenze zu überschreiten, die sie innerlich zwischen ihm und ihr gezogen hatte – und die offenbar so leicht zu bröckeln begann. Sie machte sich stocksteif. Er küsste sie und wurde dabei immer wütender. Er presste seine Lippen so fest auf ihre, dass es wehtat. Sie bewegte sich keinen Zentimeter.

Er zischte: »Du ... du Flittchen!«

Dann öffnete er die Tür zum Esszimmer und rief: »Okay. Ich bin so weit. Begleitest du mich zur Bushaltestelle, Jonny?«

Aileen meinte: »Meine Liebe, ich glaube nicht, dass das klug wäre. Es ist kalt und dunkel, und in deinem Zu–«

»Ich komme, Rickie«, rief Jon und kicherte erneut wie von Sinnen.

Rose war selbst völlig überrascht, als ihre Mutter sie fragte, was um Himmels willen sie da anhabe. Sie schaute an sich herunter. Ihr war die ganze Zeit überhaupt nicht bewusst gewesen, dass sie immer noch David Fairbrothers Pullover trug. Doch er gab ihr ein Gefühl der Geborgenheit; der Gedanke an ihn gab ihr einen Teil ihrer geschundenen Selbstachtung zurück. In seiner Gegenwart hatte sie sich als etwas Besonderes empfunden. Nicht billig. Nicht garstig. Und ganz bestimmt nicht als Flittchen.

4

Wenn sie nicht ein so anständiges Mädchen gewesen wäre, hätte sie den Pullover vielleicht nie zurückgebracht. Und David Fairbrother hätte möglicherweise auch nie angerufen, um danach zu fragen, und alles wäre überhaupt ganz anders gekommen. Doch

Rose verspürte plötzlich dieses dringende Bedürfnis, ihn wiederzusehen. Und sie fand ohnehin, dass sie den Pullover wirklich zurückgeben sollte. Und so kam es, dass sie zehn Tage später, als ihr freier Nachmittag auf einen Donnerstag fiel, nach Gloucester hinunter radelte und ihr Fahrrad die St. John's Lane entlangschob. Jon hatte sie gebeten, sie vom Sekretärinnen-College abzuholen – wo sie das Ende des Semesters jetzt ohnehin nur abwartete – und mit ihr bei Bon Marché ein Brautkleid auszusuchen. So konnte sich Rose wenigstens einreden, sie wäre sowieso in die Stadt gekommen.

Doch ausgerechnet in dem Moment, als sie ihr Rad an einer Laterne ankettete, öffnete sich die antike Holztür des Providential-Gebäudes – und Rick kam heraus.

Ein Leuchten ging über sein Gesicht.

»Rosie! Jon hatte mir zwar gesagt, dass du heute Nachmittag in die Stadt kommen würdest, aber ich hätte nicht im Traum daran gedacht, dass du kommen würdest, um mich zu sehen!«

»Ich ....« Aus irgendeinem, ihr unerfindlichen Grund wollte sie ihre Bekanntschaft mit David Fairbrother noch nicht preisgeben. Sie rang verzweifelt nach einer Erklärung, warum sie hier war. »Ich dachte, ich frage dich mal, ob du vielleicht irgendeine Idee wegen des Kleides hast. Das Brautkleid, weißt du. Wir wollen doch heute Nachmittag eines aussuchen. Nach der Schule.«

Obwohl das alles äußerst merkwürdig klang, nickte Rick. Das Brautkleid hatte offenbar bei den Diskussionen der beiden über die Hochzeit eine größere Rolle gespielt. »Ja, natürlich. Das Kleid. Ich denke nicht, dass ich früher hier weg kann, um euch beim Bummeln zu begleiten, Rosie. Ich habe hier einen Brief, den ich unbedingt zur Shire Hall bringen muss. In einer halben Stunde muss ich allerdings wieder im Büro sein. Lass uns zur Kathedrale rübergehen und uns dort einen Moment hinsetzen.«

»Sei nicht albern, Rick.« Seine Unbekümmertheit war beängstigend. »Ich will lediglich wissen, welche Farbe dir gefallen würde.« Ein wahrer Gedankenblitz!

»Farbe?« Rick schaute sie verdutzt an. »Meinst du etwa die Farbe von Jons Brautkleid? Du weißt doch verdammt gut, dass ich da nichts mitzureden habe! Weiß, vermute ich.«

Rose wurde rot und lachte verlegen.

»Oh, ich verstehe. Nach deinen Vorstellungen ist sie wohl nicht berechtigt, ein weißes Kleid zu tragen. Komm schon Rose, mach mal halblang!«

Rose beugte sich über ihr Fahrrad und verbarg ihr Gesicht in ihren Haaren, während sie das Schloss aufsperrte.

Er sagte: »Warte doch eine Minute. Ich bin ja froh, dass du vorbeigekommen bist. Wie du siehst, brauchten wir deine Überredungsgabe. Ich habe schon überlegt, wie ich es anstellen soll, mit dir einmal unter vier Augen zu sprechen.«

Sie ließ die Kette rasselnd in den Fahrradkorb gleiten. Sie wollte schleunigst aus dem Sichtfeld des Bürofensters neben dem Eingang verschwinden. Rick hielt mit ihr Schritt.

»Es ist so, Rose«, er hatte wenigstens den Anstand, seinen Tonfall zu ändern. »Ich bin ziemlich knapp bei Kasse. Du hast ja die Bude gesehen. Das ist nicht gut für Jon in ihrem Zustand. Ich habe mich gefragt – dein Großvater ist doch ein einflussreicher Makler. Ich würde –«

»O nein, Rick. In dieser Angelegenheit musst du mit Jon sprechen. Ich könnte ihn das nie fragen.«

»Du meinst, du würdest ihn nie fragen!«

Sie waren in der Westgate Street angelangt, und Rose schlug den Weg in Richtung College ein. »Tut mir leid, Rick. Ich muss gehen.«

»Es ist doch noch nicht einmal drei Uhr!«

»Rick. Wir sehen uns heute Abend.«

Sie stieg auf ihr Fahrrad und radelte davon. Obwohl der Himmel noch immer bedeckt war, war ihr heiß, und sie fühlte sich unwohl.

»Ich hasse dich, Eric Johnson«, murmelte sie.

Sie kehrte um und fuhr zur Providential zurück. Diesmal machte sie sich gar nicht erst die Mühe, ihr Rad abzuschließen. Sie stieß die ächzende Tür auf und stürzte hinein. Rick durfte ihr hier auf keinen Fall noch ein zweites Mal begegnen.

David Fairbrother musste alles beobachtet haben. Er stand bereits in seiner Tür und hielt sie für sie auf. Sie stürzte in das Kämmerchen. Vor sich hielt sie mit ausgestrecktem Arm die Tasche mit dem Pullover.

»Ich bringe das hier zurück«, sagte sie abrupt. »Sie waren so freundlich ... es war so freundlich von Ihnen. Danke.«

Er nahm die Tasche ganz langsam. Irgendwie schien er verändert. Er vermied es, ihr in die Augen zu schauen.

»Ich habe Sie vorhin gesehen und mir schon gedacht, dass sie noch einmal zurückkommen. Sie wollen nicht, dass er von mir erfährt?«, fragte er.

»Oh, nein. Das ist mir egal. Das spielt keine Rolle. Eigentlich.« Sie versuchte, gleichgültig zu klingen. Offenbar hatte sie sich auch in David Fairbrother getäuscht. Er war überhaupt nicht an ihr als Person interessiert. Irgendetwas musste mit ihr nicht in Ordnung sein. Sie drehte sich um und wollte gehen.

»Ähm ...« Er räusperte sich ausgiebig. »Er hat mich gefragt, ob ich sein Trauzeuge sein möchte. Bei der Hochzeit.«

Sie war überrascht und wurde aus ihrer gespielten Gleichgültigkeit gerissen.

»Aber Sie kennen ihn doch kaum!«

»Genauer gesagt, überhaupt nicht. Aber seine Familie scheint in Wales zu leben. Und er hat zu vielen seiner Freunde den Kontakt verloren. Er dachte wohl, ich wäre der Richtige dafür.« Er lachte gezwungen. »Ich glaube, er meint wohl eher, ich bin dumm genug, es zu tun.«

War es das, was ihn so verschreckt hatte? Er wollte in diese beschämende Angelegenheit nicht mit hineingezogen werden?

Sie lächelte. »Ich nehme an, Sie haben dankend abgelehnt.«

»Nein. Ich wollte Sie zuerst sehen. Ich dachte ... vielleicht ... Ich könnte helfen. Indem ich einfach nur da bin. Verstehen Sie?«

Er schaute sie jetzt aufrichtig an. Seine Augen sehen aus wie Tee ohne Milch, dachte sie. So klar, dass man praktisch durch sie hindurchsehen kann. Rose konnte einfach nicht mehr aufhören, direkt in sie hineinzuschauen.

Sie sagte leise: »Danke. Ja. Das wäre ... nett. Eigentlich.«

Seinem Gesichtsausdruck nach schien er vor Mitgefühl zu zerfließen. Er sagte: »Rosamund, es tut mir so leid. Ich ahnte ja nicht ... ich hätte es mir natürlich denken können. Ich würde diesen Schuft am liebsten umbringen, aber das würde die Sache auch nicht einfacher machen.«

Sie war zutiefst gerührt. Niemand zuvor hatte sie jemals Rosamund genannt. Es klang bezaubernd. Sie sagte: »So schlimm ist es gar nicht. Eigentlich. Ich meine, natürlich ist es das schon. Sie ist noch so jung. Zur Hochzeit wird sie gerade siebzehn sein. Und sie ist so glücklich darüber. Mir wird jetzt auch immer klarer, dass er wirklich ein Schuft ist, eigentlich. Aber sie liebt ihn. Und auf seine Art –«

»Wer?«, fragte er.

Und sie fragte: »Wer was?«

Er sagte: »Von wem sprechen Sie?«

Sie antwortete: »Rick und Jon. Eric meine ich. Und meine Schwester, Joanna.«

»Sie meinen, es geht gar nicht um Sie? Johnson wird gar nicht Sie heiraten? Sie meinen, Sie haben wegen Ihrer Schwester hier nach ihm gesucht?«

Rose beobachtete, wie eine Veränderung mit ihm vorging: Sein Gesicht hellte sich auf, und er strahlte sie förmlich an.

Sie sagte: »Dachten Sie ...«

»Ja.«

»Und Sie wären unter diesen Umständen bereit gewesen, Trauzeuge zu sein?«

»Selbstverständlich.«

Sie warf ihm einen Blick zu und schluckte den Kloß in ihrem Hals hinunter.

»Würden Sie jetzt immer noch Trauzeuge sein wollen? Bitte.«

Er erwiderte ihren Blick. »Selbstverständlich.«

Und sie sagte völlig unangemessen: »O, wie gut.«

☆

Sie verabredeten, sich nach dem Einkaufsbummel zu treffen und ins Kino zu gehen. Sie schob ihr Fahrrad zur Bücherei, schloss es dort an und machte sich auf den Weg zu Jon. Ihre Knie zitterten nicht, und ihr Herz hämmerte nicht. Aber genau wie David Fairbrother, glühte nun auch sie vor Freude, jemanden getroffen zu haben, der so unbeschreiblich ... nett war. Sie konnte in Gegenwart dieses Mannes so natürlich sein, ohne jede Angst. Sie dachte an seine ausgebeulten Flanellhosen und seine Tweedjacke und lächelte glücklich. Mutter würde ihn sehr mögen.

☆

Sie stimmte dem ersten Kleid zu, das Jon anprobierte.

»Aber wir können nicht das Erstbeste kaufen, Rosie«, protestierte Jon. »Wenn man ein Kleid aussuchen geht, muss man zumindest zwei anprobieren. Das ist doch der Sinn beim Aussuchen!«

»Tut mir leid, Liebling. Probier das Pinkfarbene an.«

»Ich nehme Weiß, Rose, und dabei bleibt es. Wenn ich irgendeine andere Farbe trage, denken die Leute doch gleich, dass ich heiraten muss.«

Rose hielt sich diesmal zurück, wie sonst die Augenbrauen hochzuziehen. Es spielte jetzt keine Rolle mehr.

Nachdem Jon in verschiedenen Geschäften noch in drei weitere Kleider geschlüpft war, hatte sie die Nase voll.

»Du hattest Recht. Das erste war das Beste. Lass uns zurückgehen.«

»Wann triffst du dich mit Rick?«

»Ich treffe mich heute nicht mit ihm. Er hat nach der Arbeit noch eine Besprechung. Er kommt dann anschließend zu uns.«

»Von einer Besprechung hat er gar nichts gesagt.«

»Hast du ihn getroffen?« Jons Blick war messerscharf.

Es wäre so einfach gewesen, Jon die Geschichte mit dem Pullover zu erzählen, und Rose fragte sich, warum sie dieses Bedürfnis verspürte, David Fairbrother zu schützen, ihn als ihr Geheimnis zu bewahren.

»Ich dachte, er hätte irgendeinen Vorschlag für dein Kleid.«

Jon starrte sie sekundenlang nur an. Dann sagte sie unverblümt: »Ich weiß, dass er dich mag. Magst du ihn auch?«

»Jon, wenn du auch nur eine Sekunde daran denkst, dass da irgendetwas zwischen uns ist, dann schlag es dir besser gleich aus dem Kopf. Wenn du die Wahrheit wissen willst: Ich kann ihn nicht besonders leiden. Denk nur daran, wie er uns wegen seines Namens angelogen hat.«

»Das hat doch gar nichts zu sagen. Eric ist ein furchtbarer Name. Du kannst ihn nicht dafür verurteilen, dass er sich anders nennt. Und vielleicht hat er sich uns ja anfangs sogar mit Johnson vorgestellt, und wir haben es nur nicht richtig verstanden!«

»Also, ich habe wirklich schon einige Entschuldigungen gehört. Aber die schießt wirklich den Vogel ab.«

»Wenn du ihn nicht ›besonders‹ magst, wie du sagst, warum bist du dann heute zu ihm gegangen? Und komm mir nicht mit diesem Blödsinn über das Kleid. Das schießt nämlich auch den Vogel ab!«

Rose überlegte, ob nun wohl der richtige Zeitpunkt gekommen sei, die Geschichte mit David Fairbrother zu erzählen und Jon dann zu sagen, dass sie fürs Kino verabredet waren, und sie jetzt eigentlich keine Zeit mehr hatte.

Dann sagte sie aber: »Hör zu. Er will, dass ich mit Großvater rede. Wegen eines Hauses oder einer Wohnung. Hast du das Loch gesehen, in dem er haust?«

»Nein.«

»Es ist furchtbar.«

»Und? Wirst du versuchen, ob du etwas für uns erreichen kannst?«

»Ich kann nicht, Jon. Du weißt, wie unsere Großeltern sind. Was sie für uns getan haben, haben sie immer als Wohltätigkeit angesehen.«

»Aber du bist doch ihr Liebling. Sie mögen dich viel lieber als mich. Sogar lieber als Mutter.«

»Blödsinn.«

»Das ist kein Blödsinn.« Jons Gesichtsausdruck war ernst. »Aber wenn du es sowieso nicht tun wirst, warum solltest du dann bei Providential gewesen sein, um Rick zu treffen?«

»Hör zu, Jon –«

»Du musst es dir noch einmal überlegen. Bitte versuch es wenigstens, Rosie. Bitte.«

Rose lächelte und schüttelte resigniert den Kopf. »Ich werde es dir nicht ausreden können, oder? Du bist unverbesserlich. Ich werde mit ihnen reden. Aber ich werde bestimmt nicht auf Knien vor ihnen liegen.«

»Oh, du bist ein Engel! Ich weiß nicht, warum du so gut zu mir bist – ich verdiene das gar nicht!« Plötzlich, ganz unerwartet, füllten sich ihre braunen Augen mit Tränen. »Rosie, ich liebe dich so sehr. Solange ich weiß, dass du mir beistehst, kann ich mit allem fertig werden.«

»Ein bisschen weniger Dramatik, Schwesterchen.«

Aber auch Rose konnte in diesem Augenblick diese tiefe Verbundenheit spüren, die zwischen ihnen war. So war es von dem Tag an, als Jon geboren wurde. Allerdings hatte sie bisher angenommen, dieses unsichtbare Band sei nur von ihrer Seite aus geknüpft und beruhe darauf, dass Jon sie allein durch ihre Geburt in den sicheren Schoß Englands zurückgebracht hatte. Es tat gut zu wissen, dass auch Jon so empfand.

Doch dann musste sie alles zerreden: »Ich bin nicht dramatisch, Rosie. Du musst das doch einsehen: Wenn ich Rick etwas bieten könnte, dann müsste er mich zwangsläufig lieben!« Und plötzlich kicherte sie los. »Ich meine natürlich: etwas außer dem Baby!«

☆

Der Titel des Films war *Summer Holiday*. Während der Programmvorschau und der Nachrichten war Rose noch schrecklich verkrampft. Sie hatte Angst, David Fairbrother könne versuchen, seinen Arm auf ihre Rückenlehne zu legen. Aber er versuchte es nicht. Und so begann sie nach einer angespannten ersten halben Stunde endlich, den Abend zu genießen. Der Vorspann war vorüber, und ein Doppeldecker-Bus rollte über die Leinwand. Cliff Richard sang durch die Nase, und Hank Marvin begleitete ihn dazu auf der Gitarre.

David zauberte im Dunkeln eine Schachtel Pralinen aus seiner Tasche und hielt sie ihr hin. Als in der Pause die Lichter angingen, diskutierten sie heftig über ihre Vorlieben, was die Füllungen anging.

»Alles, nur nicht Erdbeere«, sagte David ernst. »Das ist ekelhaft süß.«

»Türkischer Honig auch«, antwortete Rose.

»Was halten Sie von Zitronencreme?«

»Geht so. Kaffee ist am allerbesten. Oder nur Schokolade.«

»O ja, lecker. Und Marzipan.«

»Wir mögen genau die gleichen Sorten!«, stellte Rose aufgeregt fest. »Ich meine, das ist doch ungewöhnlich. Jemand, der Erdbeercreme nicht mag, mag gewöhnlich auch kein Marzipan. Aber ich liebe Marzipan und hasse Erdbeercreme. Genau wie Sie.«

Sie schauten sich in die Augen und lächelten voller Freude. Dann kramte David ein Taschenmesser aus seiner Jackentasche und halbierte mit größter Sorgfalt alle übrigen Pralinen, die mit Kaffeecreme oder Marzipan gefüllt waren. Rose lachte vergnügt. Seine Finger waren klebrig. Sie wischte sie mit ihrem Taschentuch ab und sagte, er könne es behalten. Er faltete es sorgfältig zweimal und steckte es in die Innentasche seiner Jacke.

»Schön, jetzt habe ich etwas von Ihnen. Sie hätten meinen Pullover behalten sollen, dann hätte jetzt jeder etwas vom anderen. Das hätte dann wirklich bedeutet, dass wir uns kennen, Rosamund.«

Das ging ihr entschieden zu rasant. Sie saugte die Kaffeecreme aus dem Loch in der Praline und sagte schnell: »Ein schöner Gedanke. Aber nicht sehr realistisch. Sie wissen kaum etwas über mich. Zum Beispiel wissen sie nicht einmal, dass mich niemals auch nur irgendjemand Rosamund nennt.«

Er sagte: »Oh, tut mir leid. Sie mögen das wohl nicht?«

»Oh, doch. Es ist viel schöner als Rose. Oder Rosie. Aber was ich damit sagen wollte, ist: Wir kennen uns überhaupt nicht. Nicht richtig.« Ihre Stirn begann sich heiß anzufühlen. Sie hatte sich ziemlich ungeschickt ausgedrückt.

»Lassen Sie uns einen Anfang machen. Mich nennt jeder David. Mein Vater arbeitet natürlich bei Providential. Und meine Mutter näht.«

»Sie näht?«

»Überwürfe. Vorhänge. Für Leute.«

»Meine Mutter bügelt ein bisschen. Aber eigentlich arbeitet sie nicht richtig.«

»Sie musste ja auch die Rolle Ihres Vaters mitübernehmen, hab' ich recht? Er ist im Krieg gefallen.«

»Ja. Woher wissen Sie das?«

Im Halbdunkeln konnte sie sehen, dass ihm offensichtlich auch warm geworden war. »Ich habe Johnson gefragt. Ich hatte das Gefühl, dass ich jetzt, da ich doch Trauzeuge sein werde, etwas mehr wissen sollte.«

»Oh, ja. Natürlich.«

Er blieb hartnäckig: »Ich habe auch noch einen Bruder. Martin. Er ist einige Jahre älter als ich, arbeitet bei einer Bank und ist verheiratet mit einem Mädchen namens June. Sie kann uns nicht besonders leiden. Die beiden haben zwei kleine Jungs. Der ältere heißt Charles, und das Baby Arnold. Sie haben es nach meinem Vater getauft. Wir nennen den Kleinen Arney.«

Sie überlegte, wie sie sich revanchieren könnte. Schließlich sagte sie: »Wir waren während des Krieges in Amerika. Und nachdem wir wieder zu Hause waren, wurde Jon geboren.« Und danach war gar nichts mehr passiert.

Der Saal verdunkelte sich wieder, und die zweite Filmspule lief an. Er flüsterte: »Jetzt wissen wir alles übereinander.«

Sie dachte an die tägliche Umdrehung der Erde in Churchdown oben auf dem Hügel, dann an den Schnee, dann an Rick. David wusste nichts von ihr. Rose ließ sich in ihren Sitz sinken. Jetzt konnte sie darauf vertrauen, dass dort kein aufdringlicher Arm sie erwarten würde. Es war wirklich ein ausgesprochen guter Film.

☆

Sie wartete bis einen Tag nach Jons siebzehntem Geburtstag, ehe sie die Großeltern Harris in Cheltenham besuchte. Jon hatte ihre übliche Glückwunschkarte bekommen und einen Scheck über zwanzig Pfund – was viermal soviel war wie sonst. Also nahmen sie an, es sei ein vorzeitiges Hochzeitsgeschenk. Es war bisher die einzige Reaktion, die sie auf die Einladung zeigten. Aileen hatte nur die Augen verdreht, und Jon hatte gereizt gemeint: »Na schön, dann werden sie eben nichts zu essen bekommen, falls sie überhaupt erscheinen. Man sollte doch wirklich denken, dass sie wenigstens den Anstand besitzen, uns eine Antwort zu geben, was meint ihr?«

»Ich werde sie besuchen und fragen, was los ist«, hatte Rose versprochen. Woraufhin sich Jons Laune gleich gebessert hatte. »Du bist wunderbar, Rosie«, hatte sie überschwänglich gemeint.

☆

Rose hatte völlig vergessen, dass Großmutter Überraschungsbesuche auf den Tod nicht ausstehen konnte. An diesem Tag war es sehr heiß, und die beiden Alten saßen in dem von hohen Hecken umgebenen Garten hinterm Haus und warteten auf Gäste, die sie zum Tee eingeladen hatten. Die Haushälterin – Jon hatte sie den ›Drachen‹ getauft, als sie noch ganz klein war – führte Rose hastig durch die Diele nach hinten. Sie war gerade dabei, Scones zu backen und Gurken-Sandwiches zu machen und konnte unerwarteten Besuch noch weniger leiden als Großmutter.

»Rose!« Großmutter konnte sich nur mit größter Mühe aus ihrem Liegestuhl erheben. »Mein liebes Kind! Wenn du uns nur vorher Bescheid gesagt hättest! Aber es ist nicht so schlimm, ich vermute, du kannst ohnehin nicht lange bleiben. Komm, setz dich wenigstens für ein halbes Stündchen zu uns und plaudere ein wenig mit uns, ehe die McIntyres kommen.«

Die McIntyres waren beide Rechtsanwälte gewesen und schon seit Jahren pensioniert. Mrs. McIntyre trug stets schwarze Kleider mit weißem Kragen und weißen Manschetten. Sie sah sehr streng aus.

Großvater holte einen Stuhl. Es war ihm anzusehen, dass er sich über ihren Besuch freute. Trotzdem hatte Rose das Gefühl, dass sie sich mit ihrem Blitzbesuch bei Großmutter einen dicken Minuspunkt eingehandelt hatte.

»Oh, danke schön. Aber ich wollte euch wirklich nicht aufhalten.«

»Tust du überhaupt nicht, Rose. Nimm dir Zeit.« Er warf seiner Frau einen Blick zu. »Edith, vielleicht würde sich Rose über eine Tasse Tee freuen.«

»Nein, wirklich nicht.«

Doch Großmutter war bereits im Haus verschwunden und schrie herrisch nach dem Drachen.

Rose platzierte ihren Stuhl neben ihren Großvater. Jetzt oder nie.

Er sagte: »Kind, du bist gekommen, um mich um etwas zu bitten?«

»Oh. Ja, das stimmt. Eigentlich.« Rose lächelte verunsichert. »War das so offensichtlich?«

»Nur für mich, mach dir keine Sorgen. Hat es etwas mit Joannas Hochzeit zu tun? Es ist schwer für dich, das kann ich durchaus verstehen. Aber Edith besteht darauf, dass wir uns da raushalten – die ganze Angelegenheit ginge uns nichts an, meint sie. Aber wenn es irgendetwas gibt, was ich tun kann, ganz unter uns, verstehst du?«

Rose war überrascht. »Selbstverständlich geht euch das etwas an. Wir verstehen natürlich, dass ihr das alles nicht gutheißt. Jon ist noch so sehr jung ...«

»Wir versuchen wirklich, niemanden zu verurteilen. Es wäre etwas völlig anderes, wenn es um dich gehen würde.«

Rose runzelte die Stirn. »Weshalb? Ist etwas nicht in Ordnung mit mir, Großvater?«

»Nein, mein Kind. Natürlich nicht. Hol ordentlich Luft und sag mir schon endlich, wie ich dir helfen kann.«

Rose sagte mit dünner Stimme: »Die beiden brauchen etwas zum Wohnen.«

»Ah.« Er nickte vielsagend. »Natürlich. Aber du weißt auch, dass ich nun schon viele Jahre pensioniert bin, Rose?«

»Ja, schon. Aber vielleicht kannst du dich ja mal unter deinen alten Kollegen umhören, wo etwas frei wird? In der Art wie unser Haus? Mutter sagt oft, wie toll es von dir war, das Schneewittchen-Haus für uns zu finden.«

»Sagt sie das?«

»Ja.« Rose hatte von ihrer Mutter nie wirklich etwas dergleichen gehört, aber bestimmt hatte sie irgendwann einmal etwas in dieser Richtung gesagt. »Ich habe Ricks Junggesellenbude in der St. James' Street in Gloucester gesehen. Es ist nicht gerade sehr wohnlich dort.«

»Glaubst du nicht, es wäre eine wichtige Erfahrung für Jon, sich aus eigener Kraft ein Zuhause zu schaffen?«

»Vermutlich schon.« Sie schaute ihren Großvater von der Seite an. »Es ist nur so, dass ...«

»Ein Kind unterwegs ist«, ergänzte er schnell.

»Wir dachten schon, dass ihr das vermuten würdet.« Rose konnte ihm nicht ins Gesicht sehen.

»Wir haben vermutet ...«

»Oh, Großvater, es tut mir Leid. Sie ist noch so jung.«

»Aber er ist wahrscheinlich gar nicht mehr so jung, oder?«

»Dreiundzwanzig«, murmelte sie.

»Alt genug.«

»Verstehst du, ich fühle mich irgendwie verantwortlich. Ich hätte ein Auge auf sie werfen sollen. Oder mit ihm reden.«

»Hat dir Jon etwa eingeredet, es würde dein schlechtes Gewissen beruhigen, wenn du mich um Hilfe bitten würdest?«

»Nein, keineswegs. Da kommt Großmutter.«

Er sagte schnell: »Ich werde tun, was in meiner Macht steht. Sag ihr aber, dass es bis zum nächsten Jahr dauern kann. Mietobjekte werden meist im März und September frei.«

»Oh Großvater!«

»Bedanke dich nicht. Noch nicht. Möglicherweise kann ich überhaupt nichts für die beiden tun. Es ist heutzutage nicht mehr so einfach. Die Immobilienpreise schießen in den Himmel, plötzlich ziehen Mieter aus, und die Besitzer nutzen die Gelegenheit, zu verkaufen. Man kann es ihnen nicht übel nehmen. Seit die Mietpreiserhöhung gesetzlich geregelt ist –«

Großmutter kam zurück, strich ihren Rock glatt und nahm graziös Platz.

»Doreen schlägt vor, du solltest bleiben und mit uns und den McIntyres Tee trinken, meine Liebe.« Sie war puterrot im Gesicht. Doreen, dieser Drache, hatte vermutlich die letzte Runde ihres Gefechts gewonnen. »Ich hätte selbst auf die Idee kommen können. Emily war ganz vernarrt in dich, als du noch ein Kind warst. Und sie liest gern.«

»Sie liest gern?«

»Bücher, mein Kind. Du könntest dich mit ihr über die Bücherei unterhalten.«

»Oh. Ja, wie schön.«

Großvater sagte heiter: »Ich habe dieser Tage einen alten Schnappschuss von Jonathan gefunden, Rose. Er ist darauf ein bisschen jünger, als du jetzt bist, beim Cricketspielen auf dem College-Sportplatz. Erinnere mich daran, dir das Foto zu zeigen, wenn wir nachher reingehen.«

»O ja, das wäre schön«, sagte Rose.

Sie machten beide ein enttäuschtes Gesicht. Rose wünschte in diesem Augenblick selbst, ihr würde etwas mehr einfallen, was sie zu ihren Vater zu sagen hätte. Aber sie hatte ihn nicht gekannt. Außer ... ja, irgendwie gab es da eine dunkle, entfernte Erinnerung an einen Mann und ihre Mutter. Als ihr Großvater ihr später ein zerknittertes Foto von einem Jüngling in Flanellhosen zeigte, hob sie den Kopf und schaute ihn mit leuchtenden Augen an.

»Ich glaube ... irgendwie erkenne ich ihn«, sagte sie.

Großvater lächelte traurig. »Ich glaube nicht, dass du ihn jemals gesehen hast, mein Kind. Aber du bist ihm so ähnlich, dass ich es gar nicht anders erwartet hätte, als dass dir sein Gesicht vertraut vorkommt.« Er legte eine Hand auf Großmutters Schulter. »Sie ist Jonathan sehr ähnlich. Nicht wahr, Edith?«

Großmutter sagte kühl: »Auch in ihrer Art, viel zu schüchtern.«

Rose seufzte. Manchmal tat es ihr um ihren Vater Leid. In solchen Momenten tröstete sie der Gedanke, dass er jemanden geheiratet hatte, der so weich und warmherzig war wie ihre Mutter.

5

Die Hochzeit fand am letzten Tag im Mai statt und war sehr besinnlich. Da die Großeltern tatsächlich nicht gekommen waren, musste Mr. Brooking, der Schuldirektor, Jon zum Altar führen. Entgegen ihrer Hoffnung zeichnete sich bereits eine kleine Wölbung unter ihrem Brautkleid ab. Als sie den Mittelgang zum Altar entlangschritt, konnte sie ihr Bäuchlein noch diskret unter dem Schleier verbergen. Auf dem Rückweg hatte sie allerdings den weißen Tüll zurückgeworfen, und ihr Geheimnis war enthüllt. Sie umklammerte den Arm ihres Ehemanns mit einer Mischung aus Trotz, Triumph und Selbstzufriedenheit.

Ihre Schulfreundinnen waren in großer Zahl in der Kirche erschienen, doch nicht eine von ihnen war zur Feier eingeladen. Aileen hatte ihre Tochter ziemlich deutlich wissen lassen, dass sie unmöglich mehr als zwanzig Leute verköstigen konnte, und Jon hatte daraufhin beschlossen, wenn sie nicht alle dabei haben könnte, dann wollte sie gar keinen einladen. Wenn sie geglaubt hatte, bei der Planung der Hochzeitsfeierlichkeiten ihren Kopf durchsetzen zu können, so wurde sie enttäuscht. Aileen war äußerst unnachgiebig. Sie hätte die Großeltern Harris niemals um Unterstützung gebeten, und ihre sorgsam gehüteten Ersparnisse wollte sie für das Baby und für Jon aufheben. Rose hatte das Brautkleid gekauft und die Blumen bezahlt. Und da Rick sowieso chronisch »knapp bei Kasse« war, musste die Hochzeit eben den Gegebenheiten angepasst werden.

Aileen richtete ein Büffet im Gemeindesaal aus, wo sie vor gar nicht allzu langer Zeit noch Roses Geburtstagsparty gefeiert hatten. Mrs. Whittaker von nebenan, Jons Patin, war mit ihrem Mann gekommen, und Roses Freundin Margaret Ellenbury hatte ihren brandneuen Verlobten mitgebracht. Er war Lehrer an der Grundschule in Worcester.

Ricks ziemlich zwielichtiger Vater, der mit seiner Tochter Trudie erschienen war, fasste die ganze Veranstaltung offensichtlich als Witz auf. »Du bist als nächste an der Reihe«, verkündete er lauthals und stupste seiner Tochter in den Bauch, sodass wirklich niemand seine Anspielung missverstehen konnte. Trudie fand das wohl ziemlich komisch, denn sie lachte schallend. Rose schaute zu Rick hinüber. Jetzt konnte sie zum ersten Mal verstehen, warum er nicht die Wahrheit über seinen Namen und seine Herkunft gesagt hatte.

Rick hatte jemanden aufgetrieben, der fotografieren konnte, und David, dessen Gesicht vor Konzentration ganz streng war, gruppierte die Gäste für das Foto. Er las außerdem die Glückwunschkarten vor, reichte dem Brautpaar der Reihe nach die Geschenke, die Aileen und Rose in der Mitte des Saales auf einem Tisch aufgebaut hatten, und erledigte überhaupt seine Aufgabe äußerst gewissenhaft.

Jon war nicht nur in der Schule, sondern im ganzen Dorf sehr beliebt und bekam Unmengen an Tischdecken und Servietten, Kochtöpfen und Schüsseln, Kissenbezügen, Bett-Tüchern und handgewebten Decken. Tante Mabe hatte eine Tagesdecke aus

Seide geschickt, Mutter und Rose hatten je einen mit grünem Samt gepolsterten Sessel gekauft. Die Frischvermählten hatten nun also ein Bett zum Schlafen und einen Platz, um sich gemütlich hinzusetzen – aber sie hatten weder einen Tisch für die vielen Tischdecken noch einen Herd für die vielen Töpfe und Pfannen. Jon hatte Rose und Aileen vorsorglich schon mal davon in Kenntnis gesetzt, dass sie und Rick nun wohl so lange zu jeder Mahlzeit nach Churchdown kommen mussten, bis Großvater »etwas auftreiben würde«.

David wurde allen der Reihe nach vorgestellt. Er hatte Rose in der Sakristei die Hand geschüttelt und war an ihrer Seite gemächlich den Gang zum Altar hinuntergeschritten. Allerdings hatten die beiden bisher kein Sterbenswörtchen miteinander geredet.

Jetzt, da sie umringt von anderen waren, sagte er: »Ich freue mich so sehr, Sie endlich kennen zu lernen.«

Rick lachte. »Ich habe David von dir erzählt. Ich habe ihm alles erzählt.«

»Ich hoffe, nur Nettes«, sagte Jon vorlaut und klimperte mit ihren Wimpern in Davids Richtung.

Sie spielten dieses unsinnige Spielchen eine ganze Weile. Rick mimte den krankhaft eifersüchtigen Ehemann, Jon gackerte und protestierte mit unsäglicher Babystimme. Und David sagte: »Ausschließlich nette Dinge. Natürlich.«

Rose getraute sich nicht, ihm in die Augen zu schauen. Aileen sagte: »Wir hatten noch gar keine Zeit, Ricks Freunde und Familie kennen zu lernen, sind sie mit ihm zur Schule gegangen?«

»Nein. Wir arbeiten in derselben Firma«, antwortete David höflich.

»Wie schön.«

Mr. Johnson brummte in tiefstem Walisisch: »Rick hatte Freunde in der Schule. Viele sogar. Aber die sind ihm jetzt nicht mehr gut genug. Wir sind ihm alle nicht mehr gut genug.« Die

Tatsache, dass sein Sohn ein siebenzehnjähriges Mädchen geschwängert hatte, berührte ihn anscheinend weniger. Dass sein Sohn sich von seinen Wurzeln getrennt hatte, schien ihm hingegen schwer zu schaffen zu machen. Seinen Worte waren voller Groll.

Rick sagte: »Nicht jetzt, Dad. Hör auf mit diesen alten Sachen!« Und an David gewandt sagte er grinsend: »Ich bin jetzt seit sieben Jahren von zu Hause weg! Wird Zeit, neue Freundschaften zu schließen, meinst du nicht auch?«

»Ja, klar.« David nickte Mr. Johnson zu. »Ich fühle mich geehrt, dass ich mich zu den neuen Freunden Ihres Sohnes zählen darf, Mr. Johnson.«

Rose konnte hören, wie Jon hinter vorgehaltener Hand zu Rick sagte: »Aber warum ausgerechnet er? Er ist so schrecklich gewöhnlich.« Und Rick antwortete: »Sei nicht albern, Butterblume. Er ist der Sohn des Filialleiters!«

Rose schaute sich erschrocken nach David um. Er war mit Aileens Lachsmousse beschäftigt und unterhielt sich dabei angeregt mit der Frau des Vikars. Rose fühlte sich betrogen. Dieses Geheimnis hatte er nicht mit ihr geteilt.

☆

Aileen war an diesem Abend und auch noch am nächsten Morgen unerwarteterweise tief deprimiert.

»Das ist völlig normal, nach all der Aufregung, Mutter«, versuchte Rose sie zu trösten, während sie eine Spitzendecke über den Teewagen warf. »Und Sonntage schlagen eben manchmal aufs Gemüt. Heute scheint einer dieser typischen Sonntage zu sein.«

»Vielleicht hätten wir lieber zum Abendgottesdienst ...« Aileen schaute auf die Uhr. »Jetzt ist es schon zu spät. Ich hoffe, Reverend Murchison hat dafür Verständnis. Er war gestern so ...

gut. Er muss es gewusst haben. Alle müssen es gewusst haben. Oh, mein Liebling.«

Rose nahm sie in den Arm. »Hör auf, Mutter. Natürlich haben es alle gewusst. Aber das passiert doch ständig.« Aileen stieß einen herzzerreißenden Klagelaut aus, geradeso, als hätte ihr Rose einen Hieb versetzt. »Beruhige dich doch, Mutter. Schließlich haben wir 1963.«

»Es war der strengste Winter seit Jahren«, unterbrach Aileen sie. »Dieser scheußliche Winter ist überhaupt an allem schuld. Wir waren ja vollkommen abgeschnitten und isoliert. Das hat sie in eine Art Rauschzustand versetzt.«

Rose beruhigte sie: »Aber dieser Winter war es doch auch, der uns einen so herrlichen Frühling gebracht hat. Das Wetter gestern war wunderschön. Ich hoffe nur, dass die Fotos –«

»Aber es liegt ihr natürlich auch im Blut«, sagte Aileen, offensichtlich völlig in ihren eigenen Gedanken verloren. »Schlechtes Blut.«

»Mutter, liebste Mutter. Jon wird in zwei Wochen wieder zu Hause sein. Und Bournemouth ist nicht weit. Und wenn sie erst einmal wieder hier ist –«

»Ich weiß. Natürlich weiß ich das alles, Rose. Es ist nur –« Sie blickte auf und lächelte unter Tränen. »Es ist der Gedanke an die Vergänglichkeit.«

Gegen eine solch geballte Traurigkeit war Rose machtlos. Sie kniete sich neben Aileens Sessel und hielt einfach nur ihre Hand. Und ihre Mutter begann – was sie sonst nie tat – von ihrer Vergangenheit zu erzählen.

»Ich war in gewisser Weise eine sehr egoistische junge Frau. Oh, ich weiß, dass du mich stets mit romantischen Augen gesehen hast, mein Liebling. Eine junge Witwe mit zwei Töchtern, die sie ganz allein großziehen muss. Aber das Ganze hat auch noch eine Kehrseite.« Sie wischte sich mit dem Handrücken über die Augen und lehnte sich zurück. Sie war vom vielen Weinen ganz erschöpft. »Meine Eltern haben spät geheiratet. Es war für beide die zweite Ehe. Deine Tante Mabe war die Tochter meines Vaters aus erster Ehe. Sie war fünfzehn, als ich zur Welt kam. Sie muss mir das sehr übel genommen haben. Aber meine Eltern ... sie waren vernarrt, absolut vernarrt in mich. Vater nannte mich seine kleine Prinzessin und solche Dinge. Ich träumte wirklich davon, eine Prinzessin zu sein. Dann brach der Krieg aus, und Jonathan wurde bei uns einquartiert. Wir wohnten damals in Plymouth. Er war ein junger Offizier bei der Navy. Du kannst dir vorstellen ... Eines Abends fuhren wir nach London, Mummy, Daddy und ich. Zu einem Konzert, glaube ich, von Jessie Matthews, Daddys Lieblingssängerin. Wir übernachteten in der Nähe von Paddington. Am nächsten Morgen ging ich im Hyde Park spazieren. Die Sirenen heulten. Ein Soldat brachte mich irgendwo in einen Luftschutzkeller. Die Pension gab es nicht mehr, sie war dem Erdboden gleich. Sie waren von den Angriff überrascht worden. Ich fuhr nach Hause und heiratete Jonathan. Ich liebte ihn, doch wie auch immer, ich hatte ja auch gar keine andere Wahl. Und dann warst du unterwegs, und er war irgendwo draußen auf dem Atlantik. Und Mabe sagte, wir wären drüben sicherer. Den Rest kennst du ja.« Sie seufzte aus tiefstem Herzen.

»Wenn mein Vater nicht versucht hätte, nach Amerika zu kommen, um uns zu sehen –«

»Oh nein, Liebling. So etwas solltest du überhaupt nicht denken. Er war mit seiner Flotte unterwegs. Er war im Dienst, der Zerstörer auf dem er diente, wurde torpediert.«

Rose setzte sich auf ihre Fersen und schaute ihre Mutter mit ihren tiefblauen Augen an.

»Natürlich! Wie dumm von mir. Ich habe mich all die Jahre über irgendwie schuldig gefühlt!«

Aileen war zutiefst betroffen. »Habe ich möglicherweise irgendwann einmal etwas gesagt, was dich dazu brachte, so etwas zu glauben? Ich war in der Zeit, die wir bei Mabe gewohnt haben, schrecklich bedrückt. Das ganze Umfeld dort hat mich ganz verrückt gemacht. Ich meine, das Haus ... Es war doch nicht wirklich eine Farm, oder? Es war vielmehr ein Gutsherrenhaus oder so.«

»Es war beängstigend«, sagte Rose und seufzte. »Ich hatte das Gefühl, es sei ... gefährlich. Ich war mir sicher, in England würden wir in Sicherheit sein. Und so war es dann ja auch.« Sie blieb ihrer Mutter die Antwort auf ihre Frage schuldig und wusste letztendlich selbst nicht mehr, warum sie sich für den Tod ihres Vaters verantwortlich gefühlt hatte. Es lag so lange zurück, und sie hatte all die Jahre überhaupt nicht mehr über ihre frühe Kindheit in Amerika nachgedacht.

»Ja, hier konnten wir endlich in Geborgenheit und Frieden leben«, sagte Aileen. »Alles ist genau so eingetroffen, wie ich es mir erhofft habe. Ich habe immer gewusst, dass Jon ein Wildfang sein würde. Nun scheint sich ihr Leben langsam in geregelten Bahnen abzuspielen. Und wenn Großvater bis zum Herbst etwas für sie finden kann, wird alles gut.«

Rose küsste ihre Mutter auf den Scheitel. Aileen war erst Mitte vierzig, doch ihr Haar fühlte sich bereits dünn an. Rose machte es traurig.

☆

Im Laufe der Woche kam ein Brief von David. Es war der erste Brief von ihm.

Aileen sagte: »Ich dachte erst, er sei von Margaret Ellenbury. Aber er wurde in Gloucester abgestempelt.«

»Er ist von David Fairbrother«, sagte Rose.

Aileen hob erstaunt die Augenbrauen. »Er hat dich am Sonntag zum ersten Mal gesehen, und vier Tage später schreibt er dir? Der muss sich ja ganz schön in dich verschossen haben!«

»Was für ein altmodisches Wort, Mutter. Er ist natürlich nicht in mich verschossen. Er schreibt lediglich, dass er gern mit mir bei Lawrence's Tee trinken würde, wenn ich mal wieder in Gloucester zu tun habe.«

Aileen war entzückt: »Liebling, wusstest du, dass sein Vater der Chef von Providential ist? Und er scheint so still und anständig zu sein.«

»Sein Vater ist der Filialleiter, Mutter.«

»Ach, das kommt doch aufs Gleiche heraus.«

Rose überflog den Brief noch einmal. »Komm jetzt bloß nicht auf dumme Gedanken, Mutter, bitte. Ich bin nicht die Sorte Frau, die um jeden Preis darauf aus ist, unter die Haube zu kommen. Ehrlich.«

Aileen wollte ihr eigentlich widersprechen, sagte aber dann: »Wer hat denn etwas von Heiraten gesagt? Er ist einfach ein netter junger Mann. Vielleicht ein Freund für dich, Liebling.«

Als Rose an diesem Abend schlafen ging, las sie Davids Brief noch ein letztes Mal, ehe sie das Licht ausknipste:

Liebe Rosamund.

Hatten Sie mir nicht erzählt, Sie müssten am Donnerstag Bücher für die Bücherei in Gloucester abholen? Hätten Sie Lust, sich um sechs Uhr mit mir bei Lawrence's zu einer Tasse Tee zu treffen? Ich werde dort auf Sie warten.

Liebe Grüße, David.

Sein Brief war so schlicht und so aufrichtig und so ehrlich. Wie David selbst. Sie fühlte einen sanften Schmerz der Zuneigung in der Brust. Es war nicht mit dieser schrecklichen Angst und dem Verlangen zu vergleichen, das sie an diesem Abend im Schnee für Rick empfunden hatte. Sie empfand Zuneigung für ihn, wollte ihn gern beschützen – eher in der Art, wie sie auch für Mutter fühlte.

☆

Er saß bereits bei Lawrence's an einem Tischchen gleich beim Fenster. So konnte er ihr zuwinken, als sie den Bürgersteig entlanggelaufen kam. Er trug seine Tweedjacke und Flanellhosen. Sein sorgfältig gebürstetes Haar fiel ihm auf der einen Seite übers Ohr, was ihn irgendwie jungenhaft aussehen ließ.

»Rose!« Sein Gesicht erhellte sich, als sie zur Tür herein kam. Als er aufstand, brachte er den Tisch gefährlich in Wanken. »Sie sehen ... gut aus!«

Genau das Gleiche dachte sie von ihm. Sie reichten einander die Hände und lächelten sich an wie gute, alte Freunde.

»Haben Sie schon etwas von Ihrer Schwester gehört?«, fragte er, als sie Platz genommen hatten.

»O nein. Sie würde nie schreiben. Und Rick?«

»Auch zu beschäftigt, vermutlich. Ich kenne ihn auch nicht gut genug für eine persönliche Postkarte, und an die Firma hat er noch nie etwas geschickt.«

Sie bestellten Rühreier mit Toast. Ihr Tee wurde in einer alten silbernen Kanne serviert. Und weil der Deckel nicht befestigt war, rann beim Eingießen Tee in die Untertasse. David versuchte ungeschickt, eine Serviette unter die Tülle zu halten, und verbrannte sich dabei die Finger. Rose kramte die Tube Aquaflavine hervor, die sie immer in ihrer Handtasche hatte. Als er sie daraufhin neckisch seine Pannenhelferin nannte, musste sie wieder lachen.

Nachdem sie genüsslich und entspannt ihren Tee getrunken hatten, sagte sie plötzlich: »Sie haben mir nicht erzählt, dass Sie für Ihren Vater arbeiten.«

Er schien überrascht. »Ich dachte, das hätte ich erwähnt. Der alte Herr lässt sich ohnehin kaum noch im Büro blicken. Tagungen und so weiter.«

Sie brachte mit Mühe hervor: »Ja. Aber mir war nicht klar, dass er der ... Chef ist.«

»Vielleicht habe ich nicht ...« Er sah sie entschuldigend an.

»Es ist nicht so einfach, zu sagen ›mein Vater ist der Filialleiter der Providential-Versicherung‹ – wenn Sie verstehen, was ich meine.« Er grinste. »Am Anfang war es ganz schrecklich. Alle dachten, ich würde bevorzugt behandelt werden. Inzwischen ist es mir gleichgültig, was die anderen denken.«

»Ist Ihnen klar, dass dies der eigentliche Grund war, warum Rick wollte, das Sie sein Trauzeuge sind?«

Er fiel aus allen Wolken. »Er wird doch wohl gescheit genug sein, um zu wissen, dass ihm das überhaupt nichts bringt? Er weiß doch, dass ich lediglich das viel gepriesene Mädchen für alles bin!«

»Ich bin mir ganz sicher, dass Sie das nicht sind. Aber ja, ich habe schon den Eindruck, dass er sich Hoffnungen macht, Sie würden ihm helfen. In Zukunft. Das tut mir Leid, David. Die ganze Sache ist mir furchtbar unangenehm.«

»Sie sollten keinen Gedanken mehr daran verschwenden. So weit wird es ohnehin nie kommen.« Er lächelte und sah sie mit seinen klaren Augen an. »Ich bin froh, dass Sie es jetzt wissen. Selbst eine Kleinigkeit wie diese sollte nicht zwischen uns stehen. Ich möchte, dass Sie alles über mich wissen, was es zu wissen gibt.« Er musste gespürt haben, dass sie diese Bemerkung ein bisschen erschreckt hatte, denn er sagte rasch: »Ich habe eine Warze auf meinem Ellbogen, seit ich acht bin!«

Sie lachten beide. Über diesen heiklen Punkt waren sie also unbeschadet hinweggekommen. Sie hatte sich mit niemandem je zuvor so unbeschwert gefühlt, nicht einmal mir Margaret. Nicht einmal mit Mutter oder Jon.

Sie schlenderten gemeinsam in Richtung Bücherei, wo Rose ihr Fahrrad abgestellt hatte. David kaufte eine *Citizen* bei dem Zeitungsjungen an der Ecke zur Brunswick Road. Die Schlagzeilen handelten ausschließlich von einem Minister namens John Profumo. Er begann Rose daraus vorzulesen, dann ließ er die Zeitung plötzlich sinken. Er war verlegen.

»Was ist da los?«, wollte sie wissen. »Ist etwas Schlimmes passiert?«

»Es scheint, als würde sich ein politischer Skandal anbahnen.«

»Das ist alles in London. Hier könnte so etwas nie passieren«, sagte sie erleichtert. Doch dann musste sie an Rick denken und sagte schnell: »War das heute nicht ein herrlicher Tag?«

Als ihre Blicke sich trafen, musste er plötzlich lachen. Sie dachte, er würde sie auslachen. Aber so war es nicht. Der Juniabend war schwül, und am Himmel schien sich ein Gewitter zusammenzubrauen. »Hier ist man doch wirklich nie auf das Wetter vorbereitet.« Voller Erleichterung darüber, dass sie so sauber und ehrlich das Thema gewechselt hatten, sagte sie: »Aber wie es der Zufall will, habe ich heute ein Regencape in meiner Satteltasche!«

Und sie lachten wieder. Dann seufzte er plötzlich und sagte: »O Rose. Ich glaube ... ich liebe Sie.«

Und sie hätte beinahe erwidert: »Ich liebe Sie auch«, aber etwas hielt sie zurück. Sicher, er hatte nicht gesagt: »Ich bin in Sie verliebt«, aber das hatte er vielleicht gemeint. Das hätte sie aber wiederum nicht gemeint.

Sie sagte standhaft: »Ich habe auch das Gefühl, dass sich zwischen uns eine gute Freundschaft entwickeln könnte.«

»Rose. Ich darf Sie duzen, ja? Bitte? Kommst du am Sonntag zu uns zum Tee? Ich möchte dich meinen Eltern vorstellen. Bitte?«

Und weil er merkte, dass sie zögerte, schob er schnell nach: »Bitte, Rose. Es gibt keinen Grund, zu denken, dass du ... na ja, sagen wir, zu irgendetwas verpflichtest bist, oder so. Ich möchte einfach nur, dass du sie kennen lernst. Sie sind wirklich in Ordnung.«

»Aber nur, wenn Sie – wenn du dir auch wirklich sicher bist, dass es in Ordnung ist, wenn ich komme. Es ist nur so, ich weiß nicht so recht, ob wir die Einladung erwidern können. Ich meine, ich weiß nicht, wie Mutter ...« Sie stockte. Er hatte ihre Mutter kennen gelernt. Er wusste, dass sie kein Drachen war.

»Rose. Nur das eine Mal, ehrlich«, sagte er.

Sie zögerte immer noch, seine Einladung anzunehmen. »Ich weiß überhaupt nicht, wo du wohnst.«

»Stroud Road. Aber ich werde dich genau hier an dieser Stelle abholen.« Sie standen im Fahrradschuppen der Bücherei – und der war sonntags geschlossen. Rose nickte trotzdem zustimmend. Schließlich konnte sie ja auch draußen auf ihn warten.

»Danke, David. Das ist sehr freundlich von deiner Mutter.«

»Um drei?«

»Lass uns vier sagen. Mutter und ich machen sonntags nach dem Mittagessen gern einen ausgiebigen Spaziergang.«

Ihr war klar, dass sie Aileen als Ausrede benutzte. Aber sie war irgendwie ängstlich und wusste nicht so recht, weshalb.

☆

Aileen freute sich über die Neuigkeiten.

»Ich hatte Recht, Liebling. Ich wusste, dass er ein netter Bursche ist. Du wirst sehen, dass er nichts Übereiltes versuchen wird. Nichts, was dich ängstigen sollte.« Sie nahm Roses Hand. »Du hast Angst, Rose. Habe ich Recht?«

»Natürlich nicht. Es gibt nichts zu befürchten. Tee an einem Sonntagnachmittag ...«

»Genau. Er scheint genau der Richtige für dich zu sein.«

Rose dachte mit Schaudern an diesen Tag voller Angst, an dem sie vor der Providential-Versicherung gelauert hatte. Und dann erinnerte sie sich daran, wie tröstend Davids spontane Hilfe in dieser Situation gewesen war.

»Mutter, da ist nichts dergleichen zwischen uns. Wir sind

Freunde, das ist alles. Er ist ein äußerst hilfsbereiter, netter Freund. Nicht mehr und nicht weniger.«

»Ich *weiß*, Liebling. Habe ich nicht genau *das* eben gesagt?« Aileen lächelte selbstzufrieden.

☆

Es war zehn vor vier, als Rose den Fahrradschuppen der Bücherei erreichte. Seit dem heftigen Gewitter am Donnerstagabend war das Wetter absolut scheußlich geblieben. Der Himmel war so grau wie im November, und es nieselte fast ununterbrochen. Sie schälte sich aus ihrem stickigen Regencape und kettete ihr Rad an eine Regenrinne. Ihr Haar war nass geworden. Jetzt stand sie unter dem Vordach der Bücherei und versuchte, es mit den Fingern einigermaßen zurechtzuzupfen. Sie hatte wohl einen Kamm in ihrer Tasche, aber schließlich kämmten sich Ladys nicht die Haare auf der Straße – und schon gar nicht an einem Sonntagnachmittag.

Um fünf nach vier überquerte sie die leere Straße und betrachtete sich bei Co-Op im Schaufenster. Der Saum ihres Kleides war tropfnass und schmutzig, und ihr dunkles Haar klebte strähnig an ihrem Kopf. Sie versuchte vergeblich, es aufzulockern und den Dreck aus ihrem Rocksaum zu klopfen. Dann drehte sie sich um und ließ ihren Blick von der Straßenecke zur Bücherei und wieder zurück schweifen, in der Gewissheit, dass David inzwischen eingetroffen war. Doch es war weit und breit nichts von ihm zu sehen.

Sie begann unter der Co-Op-Markise hin und her zu laufen. Das hielt sie warm, vertrieb ihr die Zeit, und nach zwanzig Längen würde er bestimmt da sein. Nach der dreißigsten war immer noch nichts von ihm zu sehen.

Sie schaute auf ihre goldene Uhr. Es war erst zwanzig nach vier. Doch wenn sie eines über David Fairbrother wusste, dann, dass er niemals zu spät zu einer Verabredung kommen würde.

Um halb fünf war sie sich ziemlich sicher, dass er sie sitzen gelassen hatte. Ihr Verstand setzte aus. David war nicht länger der freundliche und rücksichtsvolle Freund. Er schien vielmehr ein Mann wie alle anderen zu sein, der genauso versuchte, sie zu demütigen, wie es Rick getan hatte – lediglich mit dem Unterschied, dass er sie nicht anfasste und ihr das Gefühl gab, ein Flittchen zu sein. Nein, er ließ sie zappeln, bis sie heulen musste. Es kam ihr nicht in den Sinn, dass der Grund für ihre Tränen die Tatsache war, dass er ihr so viel bedeutete. Sie beschloss, nie wieder etwas mit ihm zu tun haben zu wollen. Selbst, wenn es einen guten Grund dafür gab, dass er sich verspätet hatte. Er hätte ihr wenigstens Bescheid sagen können.

Aber nach Hause ging sie auch nicht.

Es war fast fünf, als David aus Richtung Eastgate Street um die Ecke gebogen und auf sie zugerannt kam. Er sah fürchterlich aus. Sein Gesicht war rot vom Laufen, und er keuchte und hustete. Aber es war nicht allein die Anstrengung, die sein Gesicht verzerrte. Da war noch etwas anderes, eine Art Fassungslosigkeit. Oder ein Schock. Irgendetwas entstellte sein Gesicht.

Doch sie nahm sich nicht die Zeit, das alles wirklich wahrzunehmen, geschweige denn, ihn zu Wort kommen zu lassen.

»Ich warte hier seit einer Stunde! Ich wusste nicht, was los ist. Wie konntest du nur – schön, ich kann sehen, dass du gerannt bist – was um alles in der Welt ist denn passiert!«

Das war keine Frage, das war ein Vorwurf. Er stand vor ihr, wich ihrem Blick aus, versuchte Luft zu holen und starrte die Markise an, als würde er erwarten, dass dort oben die Antwort geschrieben stünde.

Endlich sagte er: »Mein Vater ... mein Vater ist tot.«

Er hätte ihr genauso gut einen Schlag in die Magengrube versetzen können. Die Luft entwich ihren Lungen mit einem verzweifelten Wimmern. Sie nahm die Hand vor den Mund und starrte auf seinen Kopf. Seine zerwühlten Haare sahen aus wie eine doppelte Krone. Dann ging sie wortlos weg, um ihr Fahrrad zu holen, und kam wieder zu ihm zurück.

»Oh David! Oh armer David ... Ich bin so ... Es tut mir so –«

»Sag jetzt nichts, Rose.« Seine Stimme war hart. Er stand immer noch vor ihr, rührte sich nicht vom Fleck. Sein Atem ging schwer, sein Körper schien erstarrt. Auch sie selbst war wie gelähmt, traute sich nicht, sich zu bewegen oder etwas zu sagen.

Nach diesen Minuten des Schweigens, die wie eine Ewigkeit erschien, nahm er ihren Arm und zog sie in Richtung Park. Noch nie zuvor hatte sie sich derart darauf konzentriert, jeden ihrer Schritte auf eine bestimmte Stelle des Gehwegs zu setzen, im Gleichschritt mit ihm zu gehen. Das war das einzige Zeichen des Mitgefühls, das sie ihm in diesem Moment geben konnte. Als sie nach seiner Hand greifen wollte, verstärkte er seinen Griff um ihren Ellbogen. Er schwieg, und sie rang vergeblich nach tröstenden Worten. Wenn er wenigstens geweint hätte, dann hätte sie einfach mit ihm weinen können. Doch wenigstens ihre Schritte waren in perfektem Einklang, wie sie Bürgersteige hinauf- und hinunterstiegen, Straßen überquerten und durch die Stille dieses Sonntagnachmittags gingen, vorbei an dem marmornen Kriegerdenkmal, vor dem Blumenkränze niedergelegt waren, und unter den vom Regen tropfenden Platanen hindurch.

»Wir werden uns auf die nächste freie Bank setzen«, sagte die ungewohnt heisere Stimme an ihrer Seite. Sie erwiderte nichts, hielt aber ihren Blick geradeaus gerichtet, auf der Suche nach einem Sitzplatz, der ihnen wenigstens vorübergehend die Ruhe bieten würde, die sie jetzt brauchten.

Die freie Bank, die sie schließlich fanden, stand völlig im Freien. Weit und breit war kein Baum, der ihnen Schutz vor dem sporadischen Nieselregen hätte bieten können. Ein garstiger Wind wehte ihnen um die Nase. Sie schienen nicht willkommen.

Sie setzten sich.

»Es ist so unbegreiflich«, sagte David. »Ich musste dich unbedingt sehen. Es ist, als hätte ich den Verstand verloren. Und du bist mein Verstand. Doch ich hätte nicht kommen sollen. Meine Mutter sitzt zu Hause und ist völlig verzweifelt.«

Rose sagte immer noch nichts. Sie nahm seine Hände zwischen ihre Handflächen.

»Er hatte sich zum Mittagsschlaf hingelegt«, begann David. »Sein Sonntagsnickerchen. Mutter sagte noch, er solle unten bleiben und ihr in der Küche helfen, weil du ja zum Tee kommen würdest. Aber er muss sich wirklich nicht wohl gefühlt haben, denn er hilft ihr sonst immer. Sie sind sich so nahe.« Er hob den Kopf. Ein stechender Schmerz durchfuhr seinen Körper und verzerrte sein Gesicht. »Rose, sie kann ohne ihn nicht leben! Was soll jetzt nur aus ihr werden?«

Ihre Blicke trafen sich. Dann ließ sie plötzlich seine Hände los und legte ihre Arme um seine Schultern. Er sank in ihren Armen zusammen, und sie konnte seine warmen Tränen durch ihr Baumwollkleid spüren. Sie berührte sein Ohr mit ihren Lippen und weinte mit ihm. Nun werde ich Davids Vater nie kennen lernen, dachte sie.

David vergrub seinen Kopf in ihren Armen. Mit seinen Händen umklammerte er ihre Taille. Seine Tränen ließen langsam nach. Sie flüsterte ihm ins Ohr: »Ich möchte dir helfen. Aber ich weiß nicht, was ich tun soll.«

Er antwortete ihr mit belegter Stimme: »Du hilfst mir schon. Du bist bei mir. Wenn du nur immer bei mir sein könntest.«

Und was sie ihm darauf antwortete, schien ihr in diesem Moment das Normalste auf der ganzen Welt zu sein. »Ich werde immer bei dir sein. Mach dir keine Sorgen.«

Er umfasste sie noch fester, sie bekam kaum noch Luft.

»Rose, das ist es, was ich will. Mehr als alles andere auf der Welt. Und jetzt ... oh, Rose.« Er streckte ihr sein tränenverquollenes Gesicht entgegen, und sie hatte das Gefühl, in seine Seele zu schauen. »Rose, willst du mich heiraten?«

Ihr Herz machte einen gewaltigen Satz, es war, als wäre es ihr in den Hals gesprungen und geradewegs dort stecken geblieben.

Sie schluckte und hauchte: »Ja. Natürlich werde ich dich heiraten, David.«

Und während er sich erneut seinen Tränen hingab, hielt er sie noch immer fest umklammert und flüsterte ihr Dinge wie »meine Retterin« und »mein kostbares Mädchen« ins Ohr. Aber Gott sei Dank versuchte er nicht, sie zu küssen.

Sie fragte sich, was sie da getan hatte. Es gab kein Zurück mehr. Vielleicht könnte sie sich ja in ein oder zwei Wochen aus der ganzen Sache zurückziehen? Sie wusste, dass sie ihm in diesem Augenblick keine andere Antwort hätte geben können.

Ihre Wege trennten sich vor der Bücherei. Er schüttelte ihr die Hand, als würde er einen Handel bestätigen, und schaute ihr dann noch so lange nach, bis sie um die Ecke geradelt war.

Der Nachhauseweg kam ihr endlos vor. Sie fuhr an ihrem Gartentor vorbei, den Hügel hinauf. Sie lehnte ihr Rad gegen den Zaun, stieg hinauf zum höchsten Punkt der ›Rodelbahn‹ und schaute auf Gloucester hinunter.

Ihr Verstand war glasklar und ruhig. Sie wusste, dass sie nicht in David Fairbrother verliebt war, sie liebte ihn vielmehr aus tiefstem Herzen. In gewisser Weise hatte er sie vor Rick gerettet. Vielleicht war es richtig, ihn zu heiraten.

Sie redete sich ein, es sei eine logische und vernünftige Entscheidung. Dieser Moment dort oben, wo ihr jeder Hügel am Horizont und dieser Blick ins Tal so sehr vertraut waren, kam ihr beinahe weihevoll vor. Hier oben, auf diesem Fleckchen Erde, im Schatten der jahrhundertealten Kirche, versprach sie sich ihm. Und sie fühlte, wie eine Woge der Stärke und des tiefen Friedens sie durchströmte.

6

Zwei Wochen lang hatte Rose nichts mehr von David gehört. Sie begann sich zu fragen, ob das, was im Park geschehen war, größtenteils ihrer Fantasie entsprungen war. Dieser Gedanke gab ihr ein Gefühl der Erleichterung, aber auch der Enttäuschung.

Rick und Jon kehrten aus Bournemouth zurück. Jon packte ihre Sachen und zog zu ihm in sein Ein-Zimmer-Apartment in der St. James' Street – Rick nannte ihre erbärmliche Behausung scherzhaft ihren ›vorübergehenden Unterschlupf‹. Die Hochzeitsgeschenke sahen in dem Zimmer völlig fehl am Platz aus. Da sich Jon jedoch ohnehin fast nie dort aufhielt, wenn Rick bei der Arbeit war, spielte das kaum eine Rolle. Rose hatte in dieser Woche Nachmittagsschicht und verließ das Haus nicht vor Mittag. Sie war also meistens noch da, wenn Jon ins Schneewittchen-Haus kam. Und manchmal war Jon auch noch dort, wenn sie von der Arbeit kam; meistens war dann auch Rick bei ihr.

Er war charmant wie immer, doch Rose kannte ihn inzwischen zu gut, um noch auf seine Masche hereinzufallen. Sie sagte sich, er sei verachtenswert. Dann wiederum fragte sie sich, ob ihre plötzliche Freundschaft zu David Fairbrother nur deshalb aufgeblüht war, weil sie Rick etwas beweisen wollte. Oder sich selbst.

Andererseits wollte sie Rick nicht unrecht tun – schließlich versuchte er nie, sie irgendwo allein zu erwischen, und er schaute ihr nur selten in die Augen. Er schien jetzt tatsächlich alles auf seine Ehe zu setzen. Er verhielt sich stets einwandfrei, und man hätte glauben können, er sei schon immer da gewesen. Er genoss seine Rolle als Hahn im Korb. Von Zeit zu Zeit lieh er sich den Riley von der Firma und führte die drei Damen zum Essen aus.

Rose konnte sehen, dass Jon und Aileen eine gute Zeit hatten. Sie selbst hingegen hatte Mühe, auch nur das Allernötigste zu sprechen, und es wurde immer schlimmer. Wenn Jon und Rick nicht bald ihr eigenes Zuhause fanden, würde sie selbst ausziehen müssen.

Nach dieser ersten, unerträglichen Woche beschloss sie, ihren Großvater noch einmal aufzusuchen. Er lag mit Bronchitis im Bett.

Großmutter meinte: »Du solltest besser nicht so lange bleiben, Rose. Er wird sich sehr freuen, dich zu sehen. Doch er will selbst nicht wahrhaben, wie sehr er geschwächt ist. Und ich habe schreckliche Angst, dass aus seiner Bronchitis noch eine Lungenentzündung wird.«

Rose saß bei ihm auf der Bettkante, hielt seine Hand und wollte ihn gar nicht mehr fragen, wie die Aussichten seien, für Jon und Rick ein Haus oder eine Wohnung zu finden. Doch der alte Mann brachte schließlich von sich aus das Thema zur Sprache.

»Bei den meisten Maklern war ich bereits, Rose«, sagte er. Er sprach in kurzen Sätzen, um sich seinen knappen Atem einzuteilen. »Es wird nicht einfach sein. Das neue Mietrecht schützt die Mieter so gut, dass man niemandem mehr einfach so kündigen kann.«

»Bitte, mach dir darüber jetzt keine Sorgen. Ich wünschte, ich hätte es nie erwähnt.« Rose war verzweifelt. Von ihrer Großmutter war sie Überängstlichkeit bis an den Rand des Pessimismus gewöhnt, aber als sie gekommen war, hatte Doreen, der Drache, weinend vor der Schlafzimmertür gesessen.

Der alte Mann hob mühsam den Kopf. »Ich will euch ja helfen, Rose. Aber ich würde vorschlagen, die beiden sollten sich auf die Warteliste für eine Sozialwohnung setzen lassen.«

»Ja. Gut, Großvater. Danke.« Rose zwang sich zu einem Lächeln. »Möchtest du, dass ich dir etwas vorlese? Die Abendzeitung liegt hier.«

»Die Cricket-Ergebnisse, Rose. Rückseite. Gloucestershire hat heute auf dem College-Platz gespielt.«

Während sie die Zeitung auf ihrem Schoß ausbreitete, beschloss sie, ihn von nun an häufiger zu besuchen. Sie würde diese unerklärliche Kluft zwischen den Familien schließen. Als sie umblätterte, fiel ihr die Todesanzeige von Arnold Fairbrother ins Auge. Die Beerdigung sollte am nächsten Tag im Krematorium von Gloucester stattfinden.

☆

Rose hatte sich in die hinterste Reihe der kleinen Kapelle gesetzt. Sie spürte, dass sie unter all den Freunden und Verwandten nicht dazugehörte. Sie wusste nicht einmal genau, warum sie überhaupt zu dieser Beerdigung gegangen war. Sie hoffte inständig, es um Davids willen getan zu haben.

Die Familie kam herein. Mrs. Fairbrother war groß und dürr, ihr Rücken steif wie ein Besenstiel. Sie behielt die Fassung – bis schließlich der Sarg hinter den Vorhängen verschwand. Da brach sie mit einem qualvollen Schrei auf dem roten Teppich zusammen. David und sein älterer Bruder mussten ihr links und rechts unter die Arme greifen und sie wieder auf die Beine stellen. Rose, abgeschirmt von mehreren Reihen schwarzbekleideter Rücken, fühlte Tränen in ihre Augen steigen. Sie dachte an ihre eigene Mutter – welche Qual war ihr doch letzten Endes erspart geblieben. Sie hatte vom Ende ihres Mannes überhaupt nichts mitbekommen; sie hatte keine Beerdigung durchstehen müssen. »Ich hätte nie die Kraft, das auszuhalten«, dachte Rose bei sich. »Ich würde es einfach nicht überstehen.«

Martins Frau war klein und blass. Rose wusste, dass unter den Trauergästen irgendwo zwei kleine Jungs sein mussten, die nach ihren Großvätern genannt waren: Arnold und Charles. Sie ließ ihren Blick zu dem Mann schweifen, von dem sie jetzt wusste, dass er Davids Bruder Martin war. Er war größer als David und dunkler. Wenn David und ich einmal zusammen Kinder haben würden, schoss es Rose durch den Kopf, würden sie die Bedeutung des Wortes Großvater nie kennen lernen. Nicht, dass Davids Heiratsantrag für sie mehr als einen Hilferuf bedeutet hätte; nicht, dass sie jemals Kinder haben würde; nicht, dass sie jemals überhaupt heiraten würde ... Dann schweiften ihre Gedanken plötzlich zu ihrem eigenen Großvater Harris, und ein Lächeln huschte ihr übers Gesicht. Wenn er das nur erleben könnte – wie sehr er doch Enkelkinder lieben würde. Enkelkinder würden bestimmt all die Wunden dieses unsinnigen Familienzwistes heilen.

In diesem Moment drehte sich Martins Frau um, bemerkte Roses Lächeln und schaute schnell wieder weg. Rose hatte das dumpfe Gefühlt, einen schlechten Eindruck gemacht zu haben. Während die Trauergemeinde die Kapelle verließ, quetschte sie sich noch weiter in ihre Ecke. Und als sie es dann endlich wagte, ins strahlende Sonnenlicht hinauszutreten, war die Familie noch im Hof versammelt und betrachtete die Blumen. Über die gesenkten Köpfe der anderen hinweg traf sie plötzlich Davids Blick und wusste, dass er sich freute, sie zu sehen. Als die Familie nach nicht enden wollenden Minuten schließlich in die Autos stieg, musste Rose noch einen letzten verurteilenden Blick von dieser kleinen, blassen Frau einstecken. Rose wartete, bis die letzten Trauergäste verschwunden waren, ehe sie über den Kiesweg hinüber zum »Garten der Erinnerung« ging. Die Kränze und Gestecke waren zahllos. Sie stand regungslos da und rang um den passenden Gedanken für einen solchen Anlass – ihr fiel nichts ein. Dann ging sie um die kleine Kapelle herum zur Rückseite, wo sie ihr Rad gegen die raue Steinmauer gelehnt hatte. Sie nahm den Strauß Vergissmeinnicht, den sie mitgebracht hatte, aus dem Fahrradkorb, ging zurück und legte ihn am Rand des Blumenmeeres nieder. Auf der Karte stand: *Für Davids Vater.*

☆

An diesem Tag war es noch bitterer als sonst, nach Hause zu kommen und zu sehen, wie Rick sich in Mutters Sessel herum lümmelte, ein Bein seitlich über die Lehne gehängt.

Er sprach sie zum ersten Mal direkt an: »Du warst auf der Beerdigung vom alten Fairbrother, stimmts?« Und Rose antwortete, sich beinahe rechtfertigend: »Ja, ich war dort.«

Jon kam aus der Küche und trug ein Tablett mit vier Sherrygläsern vor sich her – etwas, das vor Ricks Zeiten nie vorgekommen war; jetzt war es zu einem ganz normalen Bestandteil ihres Abends geworden. Jon schob sich seitlich am Sofa vorbei, sie schien mit einem Mal wirklich dick zu werden.

»Wie um alles in der Welt haben Sie das wieder erraten, Mr. Holmes?«, fragte sie erstaunt. »Ich selbst hab es ja nicht einmal gewusst. Und Mutter hat auch nichts gesagt.«

»Sie hat dieses graue Kostüm an und trägt einen Hut und Handschuhe, obwohl es draußen heiß ist. Außerdem war die ganze verdammte Firma heute wie ausgestorben – sie sind alle zu dieser Beerdigung gerannt.« Er zuckte mit den Achseln. »Aileen hat erzählt, David sei ein paarmal mit ihr ausgegangen. Also habe ich daraus halt so meine Schlüsse gezogen. Grundwissen, mein lieber Watson.«

Rose war durchaus aufgefallen, dass er es vermied, ihren Namen zu benutzen. Es versetzte ihr einen Stich in der Brust. Jon schien es nicht bemerkt zu haben. »Hey, was geht hier vor? Mir hat Mutter kein Sterbenswörtchen davon erzählt! Ich habe bei der Hochzeit überhaupt nichts davon gemerkt.« Und als hätte es Rose nicht schon genug verletzt, dass es ihre Schwester überhaupt nicht zu interessieren schien, dass Davids Vater gestorben war, meinte Jon auch noch: »Du bist ganz schön gerissen, Schwesterchen – auf der Beerdigung aufzutauchen war wirklich eine hervorragende Idee von dir. Hattest du Blumen dabei?«

Rose sagte schroff: »Halt den Mund, Jon.«

»Sorry. War geschmacklos. Du siehst auch ein wenig mitgenommen aus. Hier, trink das.« Sie goss ein Glas extra voll und reichte es Rose mit diesem schuldbewussten Blick, der es einem so schwer machte, ihr richtig böse zu sein. »Heute Abend gibt's Salat. Lasst uns essen und dann auf den Hügel hinaufgehen.«

Eine ausgesprochen gute Idee. Rose ging gemächlich neben ihrer Mutter her und dachte bei sich, sie sollte sich wohl besser daran gewöhnen, mit Rick und Jon unter einem Dach zu leben – jetzt, wo es beinahe aussichtslos schien, dass Großvater ein passendes Häuschen oder eine Wohnung für die beiden finden würde. Und wenn das Baby erst einmal da war, wäre für die junge Familie ohnehin nicht mehr genug Platz.

Als hätte sie ihre Gedanken gelesen, sagte Aileen: »Ich hoffe nur inständig, dass Großvater Harris etwas für die Kinder arrangieren kann, ehe das Baby kommt.«

Über »die Kinder« musste Rose einen Moment nachdenken. Jon freilich. Aber Rick?

Sie sagte: »Mutter, ich war am vergangenen Mittwoch bei ihm. Er ist krank. Ich glaube nicht, dass er viel für die beiden tun kann. Er schlägt vor, sie sollten sich auf die Warteliste für eine Sozialwohnung setzen lassen.«

Aileen war alles andere als überrascht. »Ich wusste, dass er der armen Jon nicht helfen würde.«

»Ihm geht es wirklich nicht gut«, verteidigte ihn Rose. »Er hat Bronchitis.«

»Das tut mir natürlich leid. Aber er hätte sie so oder so im Stich gelassen.« Aileen schaute zu ihrer älteren Tochter auf und lächelte; sie reichte Rose gerade bis zur Schulter. »Doch das ist kein Grund zur Sorge. Wenn die beiden bei uns hier einziehen, haben sie ausgezeichnete Chancen, eine Sozialwohnung zu bekommen. Wegen Überfüllung.«

Rose schluckte. »Meinst du, mit dem Baby?«

»Ja, das würde dir doch nicht so viel ausmachen, Liebling,

oder? Rick ist so ein netter Junge. Und es wäre ja nur für kurze Zeit.«

»Nein. Nein, natürlich würde mir das nichts ausmachen.«

Jon, die die ganze Zeit schweigend vor ihnen hergestapft war, drehte sich mit hochrotem Gesicht um. »Lasst uns umkehren, ihr Lieben. Ich kann diese zusätzlichen Kilos einfach nicht noch weiterschleppen!« Sie ließ sich demonstrativ auf einem Maulwurfshügel nieder und zog Ricks Kopf zu sich herunter. »Hört zu. Rick hatte eine tolle Idee. Warum laden wir nicht David Fairbrother zu uns ein? Zum Essen? Rick würde auch versprechen, zu kochen und den Abwasch zu übernehmen!« Sie lachte. »Und dieses Angebot sollten wir uns wahrlich nicht entgehen lassen!«

Aileen war gleich begeistert. »Würde dir das gefallen, Rose?«

Rose war entsetzt. »Ich denke – unter diesen Umständen – seine Mutter ist gerade erst verwitwet –«

Rick sagte eilig: »Dann warten wir eben noch zwei Wochen. Ich werde ja in der Firma merken, in welcher Verfassung er ist. Ich sage euch dann Bescheid.«

»Ich möchte nicht, dass er den Eindruck bekommt, ich – ich –«

»Dass du in ihn verknallt bist?« Jon lachte schrill. »So wie ich dich kenne, Schwesterherz, könnte ich mir vorstellen, dass dir das höchst unangenehm wäre! Deiner Vorstellung nach heißt es ja schon einen Kerl zu ermutigen, wenn man mit ihm nur übers Wetter plaudert!«

Jetzt musste auch Rick lachen. Er sagte: »Keine Sorge, Rosie. Die Einladung wird von mir kommen. Er war schließlich mein Trauzeuge.«

Es war das erste Mal, dass er sie seit seiner Hochzeit mit Jon mit ihrem Namen angesprochen hatte. Sie sah ihre Mutter von der Seite an, weil sie glaubte, ihr müsse das auch aufgefallen sein; es hatte so liebevoll geklungen, so zärtlich. Doch Aileen lächelte nur aufmunternd. Es sah ganz danach aus, als würden sie

Roses Einverständnis voraussetzen. Als sie zum Schneewittchen-Haus zurück wanderten, ging gerade die Sonne unter.

»Ich bin todmüde«, sagte Jon. »Wir könnten doch eigentlich genauso gut über Nacht hier bleiben. Was meinst du, Rick?«

»Meint ihr, ihr kommt mit dem Einzelbett aus?«, fragte Aileen in aller Unschuld.

Jon kicherte. »Nun, das haben wir schließlich schon einmal fertig gebracht, nicht wahr Rickie?«

Er schwieg für einen Augenblick, dann lachte er ebenfalls.

Jon knuddelte besitzergreifend seinen Arm. »Ich würde sagen, es ist ziemlich beachtlich, dass meine Schwester mit dem Chef der Providential-Versicherung ausgeht, was meint ihr?«

Rose schaute erschrocken zu Rick hinüber.

Seine Stimme klang überraschend entschuldigend. »Nun mach mal langsam, Baby. Noch ist er ja nicht der Boss, weißt du!« Doch für Rose war dies ein weiterer Verrat in einer langen Reihe.

☆

Das bedeutete, dass sie David sehen musste, ehe Rick mit ihm sprechen konnte. Montag hätte es vielleicht schon zu spät sein können. Also lief sie am Sonntagmorgen, bevor Rick und Jon zum Frühstück erschienen, zur Telefonzelle ins Dorf hinunter, weil sie von zu Hause nicht telefonieren wollte, und blätterte das zerfledderte Telefonbuch durch.

Sie konnte keinen Eintrag unter dem Namen Fairbrother finden und war verwirrt. Der Filialleiter einer Versicherung musste doch wohl einen Telefonanschluss zu Hause haben. Sie ließ ihren Finger eine Spalte von Fabers hinuntergleiten, dann ging es mit Faddenhursts und Fagins weiter – wohnten wirklich Fagins in Gloucester? Auf der gegenüberliegenden Seite fand sie bereits Gough und Goring. Nach sorgfältiger Überprüfung des Telefonbuches, fiel ihr auf, dass eine Seite herausgerissen war.

Sie knabberte an ihrer Unterlippe und wollte auf der ersten Seite die Nummer der Auskunft nachschlagen, und da war sie, die fehlende Seite: zusammengefaltet und hinter die Umschlagseite gesteckt. A. Fairbrother, 7 Stroud Road, war mit 2244 unter Gloucester aufgelistet. Erleichtert wählte sie die Vermittlung an und ließ sich mit der angegebenen Nummer verbinden. Noch viel erleichterter war sie, als sie Davids Stimme am anderen Ende vernahm. Er sagte: »Hallo, Gloucester zwei-zwei –«

Sie sagte hastig: »David. Ich bin's. Rosamund Harris. Wie geht es dir?«

»Rosamund! Es ist wundervoll, deine Stimme zu hören! Wie geht es dir?«

»Ich habe zuerst gefragt.«

»Oh ...« Sie konnte seiner Stimme anhören, dass er lächelte. »Ich bin okay«, sagte er. »Ja, eigentlich so weit in Ordnung.«

»Und deine Mutter?«

»Erstaunlich. Mehr kann ich jetzt nicht sagen. Hör zu. Kann ich dich sehen? In einer Stunde? Bei Lawrence's?«

»Es ist doch erst neun Uhr.«

»Würde es dir heute Nachmittag besser passen? Zum Tee?«

»Ich habe heute Nachmittag zu tun.«

»Dann doch heute Morgen«, sagte er hartnäckig. »Bitte, Rosamund.«

»Na schön. In Ordnung. Danke schön. Bei Lawrence's. Um zehn.«

☆

Sie waren unter den ersten Gästen, die zum Frühstück kamen. Die Innenstadt war mit Leuten überlaufen, die ihre Sonntagseinkäufe erledigten. Doch drinnen, in dem altmodischen Café, war es ruhig. Durch die grünen Flaschenglasscheiben sahen die vorbeigehenden Passanten aus wie Fische in einem Aquarium.

Nicht, dass David und Rose oft nach draußen geschaut hätten. Sie sahen viel lieber einander an oder senkten ihren Blick in ihre Tassen und schmunzelten.

»Deine dunklen Haare und dazu diese tiefblauen Augen ...«, meinte David, »das ist einfach so ungewöhnlich ... Bist du dir ganz sicher, dass kein irisches Blut in deinen Adern fließt?«

»Fast ganz sicher.«

Sie hob den Kopf und blickte ihn an, als wolle sie ihm diese außergewöhnliche Farbkombination noch einmal zeigen. Da saß er, mit seinem durchschnittlich braunem Haar, das ihm stets in die Stirn fiel, dem weißen Hemd, der dunklen Krawatte und der Sportjacke. Das außergewöhnlichste an ihm waren seine Augen: Wenn sie zu lange in sie hineinschaute, hatte sie das Gefühl, schnurstracks in seinen Kopf hineinspazieren zu können.

Er lehnte sich zurück, damit die Bedienung die Kaffeekanne auf den Tisch stellen konnte.

»Könnten wir bitte Scones haben? Oder Biskuits, oder so?«, fragte er. Und als sie weg war, lächelte er wieder. »Ich hab nämlich noch nicht gefrühstückt.«

Ich auch nicht, dachte sie. Mutter bekam beinahe einen Anfall, als ich ihr gesagt habe, dass ich auf der Stelle und mit leerem Magen nach Gloucester radeln würde.

Sein Grinsen reichte von einem Ohr zum andern. »Ich habe mich ... ich konnte es kaum aushalten, dich nicht zu sehen. Verstehst du?«

Sie nickte. Die Bedienung brachte die Scones. Sie entfaltete ihre Papierserviette mit größter Sorgfalt und legte sie auf ihren Schoß.

»Als ich dich auf der Beerdigung gesehen habe, habe ich so sehr gehofft, nicht nur geträumt zu haben. Ich wollte heute übrigens zu euch kommen.«

»Woher weißt du, wo wir wohnen? Ach ja, von Rick natürlich.«

Die Art, wie sie die Nase rümpfte, als sie Rick erwähnte, brachte ihn zum Lachen.

»Stört es dich, dass ich weiß, wo du wohnst? Möchtest du nicht, dass ich dich zu Hause besuchen komme? Ich hatte auf der Hochzeit den Eindruck, dass deine Mutter mich ganz gut leiden kann.«

»Deshalb habe ich dich ja eigentlich angerufen.« Ihr war das Lächeln jetzt vergangen. »Du wirst eine Einladung erhalten. Von Rick. Am Montag. Zum Abendessen. Oder Tee. Oder was weiß ich.«

»Und du möchtest nicht, dass ich komme?« Er lächelte inzwischen auch nicht mehr. »Was ist los, Rosamund? Bereust du, was du gesagt hast?«

»Ich mag es, wenn du mich Rosamund nennst«, meinte sie, ohne seine Frage zu beantworten. »Aber es klingt so förmlich.«

Er nickte. »Ist dir Rose lieber? Oder Rosie?«

»Nein!« Sie schüttelte energisch den Kopf. »Aber Ros. Ros wäre schön.«

Er nickte und schaute wieder in seine Tasse.

Sie fragte: »Soll ich uns noch einmal nachschenken? Trinkst du deinen Kaffee mit Milch?«

»Halb und halb«, sagte er leise. »Und du kannst genauso gut ehrlich zu mir sein, Ros. Es ist aus, hab ich recht? Unsere Verlobung?«

Sie war geschockt. »Verlobung? Ich wusste nicht, dass wir verlobt sind.«

Er klang plötzlich streng: »Ich habe dich gefragt, ob du mich heiraten möchtest, und du hast Ja gesagt. Also waren wir verlobt. Und ich frage dich jetzt, ob unsere Verlobung gelöst ist.«

»Nein. Ich meine, ich weiß nicht. Ich habe es nicht als richtige Verlobung angesehen.« Sie setzte die schwere Silberkanne ab. »Oh David, ich weiß es einfach nicht. Es ist so bald. Wir haben uns gerade erst kennen gelernt.«

»Und du bist gar nicht hierher gekommen, um mir zu sagen, dass du deine Meinung geändert hast?«

»Nein. Ich bin gekommen, um dich vorzuwarnen, dass Rick –«

»Und du möchtest nicht, dass ich diese Einladung annehme?«

»Ich dachte, du könntest darüber vielleicht entsetzt sein. Dein Vater ... Und Rick ist ohnehin nur darauf versessen, dich einzuladen, weil er glaubt, dass du sein neuer Chef wirst!«

Sie starrte ihn mit aufgerissenen Augen an, bestürzt über ihre eigene Unverblümtheit. Doch er sah sie nur offen und aufrichtig an, bevor sich wieder dieses Strahlen über sein ganzes Gesicht ausbreitete.

»Oh Ros. Hast du ihnen erzählt, dass wir ... du weißt schon.«

»Natürlich nicht!«

»Aha, sie wollen uns also verkuppeln!« Er sah aus, als würde er sich darüber freuen. »Sie denken, ich wäre eine gute Partie!« Er prustete los.

Sie fühlte sich verstanden. »Ich bin froh, dass du dich darüber lustig machst. Dass meine Familie so – so selbstsüchtig ist und unsensibel, und –«

»Und auf meiner Seite!«, beendete er ihren Satz.

Sie sah wieder in seine durchsichtigen Augen und lächelte geschlagen.

Doch dann wurde er plötzlich ganz ernst, klang beinahe schüchtern: »So weit wird es gar nicht erst kommen, Ros. Dass ich zum Filialleiter ernannt werde, verstehst du. Ich fange gerade erst an, mich einzuarbeiten. Ich bin dort wirklich nur der Laufbursche.«

Sie seufzte aus tiefstem Herzen. »O Gott sei Dank! Weißt du, es ist so: Es macht mir im Grunde nicht so viel aus, wenn du weißt, dass Jon und Rick – wie habe ich gleich gesagt – selbstsüchtig sind. Aber ich könnte den Gedanken nicht ertragen, dass du denken könntest, ich würde dich deiner Aussichten wegen – mögen!«

Sie lachten beide. Und wo sie einmal damit angefangen hatten, konnten sie nicht wieder aufhören.

☆

Er kam mit seiner Mutter. Rick hatte ihnen erklärt, er habe dies unter den gegebenen Umständen für eine gute Idee gehalten. Aileen brachte es völlig aus dem Konzept.

»Wir werden niemals alle um den Tisch passen!«, lamentierte sie. »Und wo sollen wir uns nur nach dem Essen hinsetzen? Das Wohnzimmer ist doch viel zu klein! O mein Gott, diese Frau gibt wahrscheinlich laufend ansehnliche Dinner-Partys!«

Rick nahm das Ruder in die Hand. »Wir sollten draußen essen. Oben auf dem Hügel. Aileen, du solltest gar keinen weiteren Gedanken daran verschwenden.«

Doch Aileen war noch immer nicht ganz beruhigt. »Und was ist, wenn sich das Wetter nicht hält?«, gab sie zu bedenken.

»Es wird sich schon halten.«

Und Rick behielt Recht. Es war Bankfeiertag. Die Straßen im Dorf waren leer, weil die Sonntagsschule einen Ausflug nach Weston-Super-Mare machte. Rick hatte Decken, Körbe, den alten Tapeziertisch und sechs Stühle den Gartenweg hinunter und den Hügel hinauf getragen und alles zwischen den Butterblumen plaziert. David kam mit seiner Mutter im Familienauto, einem Vorkriegs-Lagonda. Sie parkten auf der anderen Seite des Bahndamms und kamen wie zwei Störche den Pfad entlang gestakst, weil sie keine Blumen niedertreten wollten. Aileen und Rose gingen ihnen entgegen, um sie zu begrüßen. Rick und Jon waren in der Küche zugange.

Maud Fairbrother sah noch hagerer aus als am Tag der Beerdigung. Sie war deutlich älter als Aileen, und in ihrem blauen Leinenkleid und ihrem beigen Hut – beides augenscheinlich zu groß für sie – sah sie eher wie eine Lady aus den Zwanzigern aus. Ihr Haar war unter dem Hut versteckt, doch selbst, als sie ihn mit einer eigenartig mädchenhaften Handbewegung abnahm, war es kaum wahrzunehmen: Es war grau und weiß gesprenkelt, trocken und leicht gekräuselt und sah aus, als würde es aus einem einzigen Punkt ihres Kopfes herauswachsen und wäre rundherum auf gleicher Länge abgeschnitten. Trotzdem sah sie irgendwie sehr würdevoll aus. Und was noch viel auffälliger war: Sie hatte Davids Lächeln und seine hellbraunen Augen.

Aileen nahm ihre Hand. »Wir sind ja so glücklich, dass Sie sich imstande gefühlt haben, die Einladung anzunehmen, Mrs. Fairbrother.«

Maud Fairbrother schaute auf die hübsche dunkelhaarige Frau hinunter und schüttelte ihr förmlich die Hand. »Ich hätte es bestimmt nicht geschafft, irgendwoanders hinzugehen. Aber ich weiß, dass Sie mich verstehen werden. Wo uns doch das gleiche Schicksal verbindet, nicht wahr? Und mir lag natürlich auch daran, Davids Freunde kennen zu lernen. Vielen Dank für die Einladung.«

Aileen lächelte erleichtert. Zum ersten Mal in ihrem Leben fühlte sie sich wie eine Frau, die einmal geliebt worden war, die einmal verheiratet war und ihren Mann verloren hatte. Maud Fairbrother und sie waren durch das Band des gleichen Schicksals eng miteinander verbunden.

☆

Der Abend war ein voller Erfolg. Als sie einander vorgestellt wurden, hatte Mrs. Fairbrother Roses Hand länger gehalten als die der anderen, und so wusste Rose, dass David ihr von ihrer ›Verlobung‹ erzählt haben musste. Rick war noch zuvorkommender und unterhaltsamer als sonst, Jon gab sich niedlich und mädchenhaft. Nach dem Sherry zum Aperitif führte Jon sie durch die Küche in den Garten – Mrs. Fairbrother liebte Blumen. Und schließlich wanderten sie hinauf auf den Hügel, wo Rick den Tapeziertisch aufgestellt und unter einer dezenten grünen Tischdecke versteckt hatte.

Als Vorspeise gab es gekühlte Grapefruit, gefolgt von Hühnchen in Aspik mit Salat als Hauptgang, und schließlich Biskuits und Käse zum Dessert.

Ihre Gäste waren voll des Lobes. »Das ist alles Ricks Werk«, verkündete Jon stolz.

»Und ihm ist es schließlich auch zu verdanken, dass David und Rose sich kennen gelernt haben, nicht wahr?«, sagte Mrs Fairbrother glücklich.

Rick schien diese Situation nicht im Geringsten peinlich zu sein.

»Wahrscheinlich schon«, meinte er gelassen.

Doch darauf wollte Jon es nicht beruhen lassen. Sie hauchte ihm einen Kuss auf die Wange und sagte: »Wenn ich nicht gewesen wäre, hätten sich David und Rose nicht kennen gelernt«, stellte sie richtig.

»Oh, ich glaube, wir hätten auch so zueinander gefunden«, wandte David ein. »Irgendwie.« Und zog Roses Hand an seine Lippen.

Sie versuchte noch, sie zurückzuhalten, wollte es nicht einfach so geschehen lassen – nicht so schnell, nicht so zwangsläufig. Aber Mrs. Fairbrother sah so glücklich aus, und Mutter strahlte übers ganze Gesicht. Nur Rick war plötzlich ganz ernst und still geworden. Nun, das geschah ihm recht. Er sollte an diesem Abend die Quittung präsentiert bekommen. Also versuchte sie nicht länger, David ihre Hand zu entziehen, und sagte nur: »Oh, David.«

Es war, als hätte sie offiziell seinen Heiratsantrag angenommen. Alle klatschten freudig in die Hände, und Mrs. Fairbrother sagte: »Das ist das Schönste, was seit ... seit langer Zeit passiert ist.«

In den Nachrichten gab es an diesem Abend nur ein Thema: den Überfall auf den Postzug von Glasgow nach London.

»Zweieinhalb Millionen!«, rief Rick und pfiff durch die Zähne. »Das war wohl für einige Leute ein ganz besonderer Tag heute!«

Rose, die den Nachrichten nicht die geringste Aufmerksamkeit geschenkt hatte, nickte mit den anderen. Ja, das war es wirklich.

☆

Davids Werben hatte offiziell begonnen. Wenn sie Frühschicht hatte, trafen beide sich unter der Woche an zwei oder drei Abenden; für gewöhnlich bei Lawrence's. Sie war jedesmal froh, das Haus zu verlassen. Sie spürte zwar, dass nun ihre Zeit gekommen war, es Rick zu beweisen, andererseits wollte sie aber die Sache nicht noch beschleunigen. Als David sie eines Tages fragte, ob sie nicht langsam einen Hochzeitstermin festlegen sollten, lautete ihre Antwort: »Ich möchte lieber noch warten, bis es Großvater wieder besser geht. Damit er mich zum Altar führen kann, verstehst du?« Doch als es Großvater – dem Himmel sei Dank – tatsächlich wieder besser ging, sagte sie: »Ich möchte gern noch so lange warten, bis Jons Baby da ist, damit sie meine Brautführerin sein kann.«

»Trauzeugin«, verbesserte er sie.

»Trauzeugin. Mit siebzehn. Das ist doch lächerlich.«

»Lass uns Möbel anschauen gehen. Wäre das nicht toll? Anstatt ins Kino zu gehen?«

»Aber David, wir können uns keine neuen Sachen leisten.«

»Ich weiß. Aber lass sie uns trotzdem anschauen.«

☆

Als Rose vom großen Friedensmarsch der Farbigen in Washington hörte, schrieb sie einen Brief an Tante Mabe. Sie hatte in all den Jahren Geschenke aus Amerika bekommen und jedes Mal pflichtbewusst einen Dankesbrief zurückgeschickt. Das heißt, vor gar nicht allzu langer Zeit hatte sie einen Brief in Jons Namen geschrieben, um Tante Mabe für die hübsche Tagesdecke zu danken. Einen Brief wie diesen hatte sie allerdings noch nie geschrieben:

... Ich habe eine verschwommene Erinnerung an einen Mann, der damals als eine Art Butler bei euch auf der Farm gearbeitet hat. Ich kann mich nicht mehr an seinen Namen erinnern. Ich glaube, ich habe ihn Jack genannt. Wie auch immer, liebe Tante, den Nachrichten zufolge sind die Farbigen bei euch drüben im Aufbruch und im Kampf um ihre Rechte zum Äußersten entschlossen, und so habe ich mich gefragt, wie es Jack wohl geht, und wo ihn das Leben hingeführt haben mag ...

Sie erhielt keine Antwort.

☆

Zum Michaelistag schickten die Fairbrothers eine Einladung zum Gegenbesuch bei sich zu Hause.

Maud schrieb an Aileen:

Ich habe diesen Tag vor acht Wochen nicht vergessen. Ich wollte Sie wiedersehen, aber es gab so viel zu erledigen. Ich weiß, dass Sie all diese Erfahrungen selbst durchgemacht haben und mich deshalb verstehen werden. Der 25. September erscheint mir ein geeigneter Tag für ein Wiedersehen. Ich fürchte, wir werden nicht al fresco essen können, aber bei schönem Wetter kann ich die Türen zum Garten weit aufmachen. Ich freue mich darauf, Ihnen meinen Garten zu zeigen ...

Aileen war erfreut. »Rosie, es ist eine Ewigkeit her, seit ich das letzte Mal in Gloucester war! Wir könnten etwas früher losfahren und vorher noch ein bisschen bummeln gehen, was hältst du von dieser Idee? Ich weiß, du und David wollt noch warten, bis ihr etwas Geld gespart habt. Aber ich dachte, ich könnte mich vielleicht schon mal nach einem schönen Winterkleid umsehen. Ihr werdet euch doch sicher im Laufe des Winters dazu entschließen, oder?«

»Mutter, ich weiß es nicht. Denk daran, dass Davids Mutter ganz allein wäre, wenn wir heiraten würden. Und dafür ist es noch zu früh.«

»Nun, ich würde aber trotzdem gern wieder einmal einen Einkaufsbummel machen.«

»Jon wird dazu bestimmt keine Lust haben, Mutter. Sie ist in letzter Zeit sehr schnell erschöpft.«

»Dann werden wir eben ohne sie gehen, mein Schatz. Und anschließend holen wir Jon und Rick in ihrer Wohnung ab. Wir werden eine Tasse Tee bei ihnen trinken und uns dann alle gemeinsam am frühen Abend in die Stroud Road aufmachen.«

Also nahmen sie schließlich den Bus um zwanzig nach zehn und genossen einen ausgiebigen Bummel durch die Kaufhäuser und Boutiquen der Innenstadt. Aileen kaufte sich einen rosaroten Zweiteiler aus feiner Wolle.

»Erinnert dich das an etwas, Rosie?«

»Ich glaube nicht. Du hattest mal einen Faltenrock –«

»Nein, ich meine die Farbe. Es ist haargenau die gleiche Farbe, die auch das Kleid hatte, das du an diesem Abend getragen hast, als wir das Kriegsende gefeiert haben.«

»Als ob ich mich daran erinnern könnte! Ich war ungefähr zwei!«

»Du warst fast fünf.« Aileen hakte sich bei ihr unter, als sie in Richtung Ausgang gingen. »Du warst so süß.« Sie blieb stehen. »O mein Gott.«

Rose blinzelte an den hellen Scheinwerfern, die die Schaufenster beleuchteten, vorbei nach draußen. Es war schon beinahe dunkel. Ein Blitz zuckte über den Himmel, gefolgt von einem grollenden Donner, der das ganze Gebäude erzittern ließ.

Die beiden Frauen standen eng aneinander geschmiegt im Schutz der Arkaden vor der Boutique. Der Regen prasselte wie eine Wand vor ihnen herunter. Sie waren beide sommerlich gekleidet.

Glücklicherweise kam schon bald ein freies Taxi vorbei. Sie winkten es heran.

»Komm schnell, Rosie«, sagte Aileen. Sie stiegen in den Wagen. »Sie hat uns der Himmel geschickt«, brüllte Aileen nach vorne, um den Regen zu übertönen, der aufs Autodach trommelte. »St. James' Street, bitte. Oh, wenn wir doch nur einen Schirm dabei hätten!«

»Jon hat bestimmt einen.«

»Das bezweifle ich«, seufzte Aileen verdrossen.

Das Regenwasser staute sich in den Kanälen unter den Straßen und Bürgersteigen zu kleinen Bächen. Zunächst war das Wasser nur hier und da aus den Gullys gesprudelt, doch inzwischen war der Pegel über die Erde gestiegen. Die schmale Seitenstraße, in die der Taxifahrer schließlich einbog, war vollkommen überschwemmt. Der Regen hatte zwar inzwischen aufgehört, doch das Wasser hatte die Straße in der Mitte fast kniehoch unter sich begraben. Zwei Männer vom nahe gelegenen Kohlenhof hatten begonnen, für die Fußgänger Stege aus Autoreifen zu legen. Die meisten schienen die Situation gelassen zu nehmen und plauderten fröhlich miteinander. Eine Art Arche-Noah-Stimmung lag in der Luft.

Der Taxifahrer betrachtete das ganze Szenario skeptisch.

»Ich komme hier nicht durch, meine Damen. Zu tief für meinen Wagen«, sagte er über die Schulter. »Macht fünf Shillinge.«

Sie stiegen aus und sahen die schmale Seitenstraße hinunter.

»Wenn wir zu Haus Nummer zweiunddreißig wollen, müssen wir genau hier durch«, sagte Rose ängstlich. »Oje, ich darf gar nicht daran denken – das Haus selbst ist im Normalzustand schon feucht genug.«

»Mach dir keine Sorgen. Die beiden können heute Abend mit uns nach Hause kommen und bei uns schlafen«, sagte Aileen.

Das war es ja, was Rose Sorgen machte. »Wusstest du eigentlich, dass Jon immer noch nicht ihren Namen auf die Warteliste für eine Sozialwohnung hat setzen lassen?«, fragte sie.

»Ich weiß, Liebling. Aber wenn du David heiratest, dann haben es die beiden ja auch nicht mehr nötig, sich um eine Sozialwohnung zu bemühen.«

Rose sah ihre Mutter ungläubig an.

»Aber wir haben doch auch nichts, wo wir wohnen können!«, protestierte sie.

»Oh, ich bin sicher, ihr würdet etwas finden.«

Der Kohlenmann erschien und setzte dieser äußerst unangenehmen Unterhaltung ein Ende.

»Wollen Sie auch auf die andere Seite? Ich vermute, die Ladys werden einen starken Mann in ihrer Mitte brauchen. Die Reifen geraten genau dann ins Wanken, wenn Sie es am wenigsten erwarten!«

So war es tatsächlich. Rose spürte, wie das Wasser in ihre Schuhe lief, und beneidete die Frau, die ihnen in Gummistiefeln entgegengeschlurft kam. Aileen hatte es schlimmer erwischt. Sie blieb mit einem ihrer Absätze im Schlitz eines Reifens stecken und musste aus dem Schuh herausschlüpfen, bis der Kohlenmann ihn befreit hatte. Doch dann steckte auch der andere Schuh fest. Letzten Endes kam sie auf Strümpfen auf der anderen Straßenseite an.

Sie eilten zu Haus Nummer 32. Die feuchtkühle Luft ließ sie schaudern.

Aileen meinte: »Wir kriegen das nie wieder trocken. Ich bin nass bis auf die Haut.«

»Ich glaube, in dem Zimmer steht ein Ölofen. Wir werden uns schon etwas einfallen lassen.«

Ihre nassen Füße waren jedoch schnell vergessen, als sie das

Apartment betraten. Jon lag wie ein Igel zusammengerollt auf dem ungemachten Bett, noch immer im Nachthemd. Rick war gerade dabei, wahllos Sachen in einen Koffer zu werfen.

»Wir glauben, das Baby kommt!«, sagte er und schaute seine Frau mitleidslos an. »Sie liegt schon eine Ewigkeit so da.«

Aileen ging zum Bett. »O mein armes Baby. Wie geht es dir? Mutter ist jetzt bei dir.«

Jon antwortete mit einem Stöhnen. Dann sagte sie verkrampft: »Du hast mir nicht gesagt, dass es so schlimm ist. Ich will das nicht. Holt jemanden, der dafür sorgt, dass das aufhört. Schnell.«

»Das sagt sie jetzt seit Stunden«, sagte Rick. »Ich geh' ein Taxi rufen.«

Aileen meinte: »Ein Taxi würde nicht durchkommen. Dort unten ist alles überschwemmt.«

Daraufhin stieß Jon einen Schrei aus. »Ich brauch einen Arzt! Holt einen Arzt!«

Rose ging zum Bett. Behutsam schob sie ihren Arm unter Jons schweißgetränkte Haare.

»Komm schon, Schwesterchen. Vergeude deine Kraft nicht für so etwas. Denk an das Buch, das wir zusammen gelesen haben! Versuch dich zu entspannen.«

»Du hast doch keine Ahnung, wovon du da redest. Man kann sich nicht entspannen, wenn man –« Sie kreischte auf und schlang ihre Arme um Roses Hals. »O Gott, o Gott, o Gott –«

»Ist ja gut, Jon ... ist ja gut«, versuchte Rose sie zu beruhigen.

Dann war Aileen diejenige, die plötzlich loskreischte. »Das Fruchtwasser! Die Fruchtwasserblase muss geplatzt sein – o mein Schatz. Es scheint schneller zu gehen, als –«

Rick vergrub den Kopf in seinen Händen und stöhnte beinahe ebenso laut wie Jon.

Rose sagte: »Jetzt wird es etwas leichter gehen, Jon. Atme tief durch. Komm schon. Ein und aus. Ein und aus.«

»Ich habe die Schnauze voll von diesem Theater hier. Ich rufe jetzt den Krankenwagen.« Rick stürmte hinaus und warf knallend die Tür hinter sich ins Schloss.

Jon schrie erneut auf. Sie streckte die Arme über den Kopf, umklammerte mit beiden Händen das Kopfende des Bettes und zog sich nach oben – nur weg von den Schmerzen. Ihr Bauch krampfte sich sichtbar zusammen.

»Sie ist fast so weit, Mutter«, sagte Rose leise. »Sie sollte jetzt anfangen zu pressen.«

»Nein. Versuch sie davon abzuhalten!« Aileen bekam es plötzlich mit der Angst zu tun. »Es ist noch zu früh, Rosie! Lass sie um Himmels willen nicht pressen!«

»Dann lass es uns ihr wenigstens bequemer machen. Kannst du Zeitungspapier holen? Und ein sauberes Leintuch?«

»Rosie! Hilf mir!« Jons Augen sahen völlig schwarz aus, so sehr waren ihre Pupillen vor Schmerz geweitet. »Hilf mir, Rosie. Bitte.«

»Sicher, Schatz. Lass uns nur dieses Nachthemd ausziehen. Und ein frisches ...«

Sie machte sich unter Jons Po zu schaffen, während Aileen sagte: »Der Krankenwagen wird jeden Augenblick hier sein. Versuch durchzuhalten, Jon.«

»Sei doch still, du musst ja nicht hier liegen«, schluchzte Jon hilflos. »So schlimm kann es für dich gar nicht gewesen sein, Ma, sonst hättest du nie im Leben auch noch mich zur Welt bringen wollen – o Gott, es geht wieder los! Rosie!«

Die Wehe war weitaus heftiger als die vorhergehenden. Rose und Aileen standen auf je einer Seite des Bettes und versuchten, Jons Körper festzuhalten, der sich vor Schmerzen wand. Ihr Bauch bewegte sich von ganz allein auf und ab. Sie zerrte an ihrem Nachthemd. »Ich muss pr ... ich muss ...«, schrie sie.

Aileen rief: »Bleib du bei ihr, Rosie. Ich bin in zwei Minuten wieder da. Der Krankenwagen müsste längst da sein, und wir brauchen Rick, um sie hinunterzutragen.«

Rose nahm den Platz ihrer Mutter ein und hielt Jons Hände. Das Mädchen schluchzte. »Ich habe Angst, Rosie. Ich weiß nicht, was ich tun soll.«

Rose sagte ruhig aber bestimmt: »Hör zu, Jon. Wenn die nächste Wehe kommt, presst du nach unten. Halte dich an meinen Schultern fest und press so fest du nur kannst.«

»Aber Mutter hat doch gesagt, ich soll durchhalten. Vielleicht ist es ja noch gar nicht so weit –«

Jons Gesicht glänzte vor Schweiß. Rose fragte sich, ob das alles so seine Richtigkeit hatte. Das Baby wäre erst in zwei oder drei Wochen fällig gewesen. Dann traf sie die Entscheidung.

»Es ist so weit, Liebling. Hab keine Angst.«

Und als sich Jons Fingernägel in ihre Schultern bohrten, wusste Rose, dass die nächste Wehe im Anmarsch war. Jon zog sich an ihrer Schwester hoch, dass sie sich beinahe die Arme auszukugeln schien. Ihre Beine zuckten auf dem Laken. Rose wechselte ihre Stellung. Sie beugte sich zwischen die Beine ihrer Schwester. Und dort tauchte wie durch ein Wunder etwas auf.

Jon ließ sich wimmernd in die Kissen fallen.

»Es kommt, Jon«, keuchte Rose. »Ich kann den Kopf sehen. Kannst du noch einmal pressen?«

»Zu kaputt ...«, murmelte Jon.

Rose streifte Jons Arme von sich ab und hob Jons Beine auf ihre Schultern. Sie kniete zwischen den angewinkelten Beinen und ergriff wieder Jons Hände.

»Komm, Schwesterchen. Komm schon. Press, drück es nach unten!«

Vor ihren Augen verfiel Jons aufgeblähter Leib wieder in einen spastischen Krampf. Sie gab einen dünnen Schrei von sich. Ihre Finger hakten sich ineinander, Jons Fersen bohrten sich in Roses Schultern. Als sie klein waren hatten sie im Garten ›akrobatische Übungen‹ gemacht, was nicht sehr viel anders ausgesehen haben musste als das hier. Und Rose hatte sich in Jons Geburtsvorbereitungsbuch diese Diagramme angesehen ... sie zog mit aller Kraft, spürte Jons Widerstand, beobachtete, wie sich die Vagina bis zum Zerreißen mit einem kugelförmigen, haarigen Etwas füllte. Dann war der Kopf draußen, und Jon sank wieder in sich zusammen.

Rose wischte den Schleim aus dem winzigen Gesicht. Die Augen waren geschlossen. Sie hatte schreckliche Angst, das Kind würde hier vor ihren Augen sterben.

»Jon – noch ein einziges Mal!«

Doch Jon schien bereits alles gegeben zu haben.

Rose steckte ihre Finger hinter die klebrigen Öhrchen, ertastete glitschige Gelenke. Schultern. Sie bohrte einen Finger unter eine der winzigen Achselhöhlen. Ganz sachte begann sie, die Schulter zu drehen. Sie zuckte kurz und flutschte schließlich heraus. Und mit nur sanfter Hilfe seiner Tante bahnte sich das Baby ganz allein seinen Weg. Es holte Luft und stieß sie mit einem dünnen Schrei wieder aus. Es war ein Junge.

Bis zu diesem Moment war alles rasend schnell gegangen. Doch alles weitere schien wie im Schneckentempo zu gehen. Aileen kam ins Zimmer gerannt und schnappte nach Luft. »Ich kann Rick nicht finden! Aber der Krankenwagen ist jetzt –« Und dann: »O mein Gott!«

Rose stieg in Zeitlupe aus dem Bett und schaute sich nach einem sauberen Tuch um, während Aileen rief: »Ein Junge! Es ist ein Junge! Oh Jon!«

Jon weinte vor Erleichterung und schluchzte: »Ohne Rosie hätte ich es nie geschafft. O Schwesterherz!«

»Die Nabelschnur. Was sollen wir –«, fragte Rose.

»Die Sanitäter werden sich darum kümmern. Die wissen, was zu tun ist. Du musst dir jetzt um nichts mehr Sorgen machen«, entgegnete Aileen.

Und dann war alle Verantwortung von ihnen genommen. Zwei weiß gekleidete Männer kamen mit einer Trage herein und schauten sich um, um sich ein Bild von der Lage zu machen. Die drei Frauen lachten erleichtert. Aileen kochte Tee für alle, und als Rose meinte, der Tee schmecke wie Nektar, lachten sie wieder. Dann endlich kam Rick, und Jon musste ihm erzählen, dass Rose dies alles allein geschafft hatte, und dass sie einen gesunden Jungen hatten, und wo zum Teufel er gesteckt hatte.

»Ich habe den Krankenwagen gerufen, und dann habe ich gewartet.«

»Oh, das spielt doch jetzt keine Rolle mehr. Komm, setz dich hin und sag mir, wie gut ich das gemacht habe!«

Doch die Sanitäter waren bereits dabei, sie in Laken zu wickeln und auf die Trage zu heben. Aileen trug das Baby. Sie zwängten sich durch das enge Treppenhaus hinunter auf die Straße.

Rose schaute sich verwirrt in dem verlassenen Zimmer um. Sie vergewisserte sich, dass der Gasherd wirklich ausgeschaltet war, schüttelte das Bett auf und knäulte das blutige Laken zu einem Bündel zusammen. Das ganze Apartment hatte eine verdammt gründliche Reinigung nötig. Jon hatte in den vergangenen Wochen überhaupt nichts mehr getan.

Rick kam zurück.

»Sie will nicht gehen, ehe sie dich noch einmal gesehen hat«, keuchte er atemlos. »Was zum Teufel tust du hier eigentlich?«

»Ich versuche, ein bisschen aufzuräumen.«

»Lass das verdammt noch mal sein!« Und dann füllten sich plötzlich seine Augen mit Tränen. »O Rosie. Du hast meinen Sohn zur Welt gebracht. Wenn ich dich nicht schon vorher geliebt hätte, würde ich dich jetzt lieben. O du mein Liebling.«

Es war das erste Mal, dass er dieses Wort benutzt hatte: Liebe.

Sie sagte: »Sei nicht albern, Rick. Er ist einfach herausgekommen.«

Sein Atem roch nach Whisky. Er musste doch länger weg gewesen sein, als sie geglaubt hatte. Er hatte immerhin genug Zeit gehabt, zum India House zu gehen und sich einen hinter die Binde zu kippen.

»Es hätte dein Kind sein sollen, Rosie. Du bist es, die ich liebe. Immer lieben werde. Und das weißt du.«

Er taumelte auf sie zu und packte sie bei den Schultern. Sie wirbelte herum, wollte nach dem Türknauf greifen, aber er lehnte sich einfach gegen die Tür. Sie saß in der Falle.

»Lass das, Rick! Du bist betrunken. Lass mich auf der Stelle –«

Er küsste sie.

Sie versuchte, ihn wegzustoßen, aber sie hatte nicht mehr genug Kraft. Er blieb einfach so stehen, seinen Mund auf ihrem. Diesmal versuchte er allerdings nicht, seine Zunge zwischen ihre Lippen zu schieben wie damals im Schnee. Sie fühlte seine Tränen. Und sie wusste, wie rührselig er sein konnte. Dann hörte sie Aileen draußen im Flur nach ihr rufen.

»Rose! Wo steckst du denn? Jon will dich –«

Er ließ zwar von ihr ab, flüsterte aber: »Rose. Bitte –«

Und sie antwortete: »Nein. Niemals.«

Dann war sie auf dem Flur, endlich auf dem Weg ins Freie, in die wahrhaftige und vernünftige Welt der Wirklichkeit.

»Die Männer warten nur noch auf Rick«, sagte Aileen, während sie missbilligend das fleckige Gesicht ihrer älteren Tochter anschaute. »Ach, Rick. Da bist du ja. Sag mal, du hast doch wohl nicht getrunken, oder?«

»Musste auf den Krankenwagen warten ... India House ...«, keuchte Rick, als sei er in der Wohnung auf und ab gerannt.

»Hört zu.« Aileen klang jetzt erstaunlich gefasst. Rose hatte die albtraumhafte Wahnvorstellung, nichts von alledem wäre tatsächlich passiert. Sie hatte alles nur geträumt. »Wir werden allein zu den Fairbrothers gehen, mein Lieber«, sagte Aileen munter. »Sie haben ein Telefon, und wenn irgendetwas ist, kannst du uns dort anrufen. Ich rechne damit, dass wir uns so gegen sieben wieder auf den Heimweg machen werden, und auf dem Weg zum Bahnhof rufen wir dich dann noch mal im Krankenhaus an.«

Es war schwer zu sagen, ob Rick irgendetwas davon verstanden hatte.

Die Sanitäter hatten schon den Motor angelassen, und Rick spurtete los – es schien ihm nichts weiter auszumachen, dass er bis zu den Waden in den Pfützen versank.

Aileen und Rose standen vor dem Haus und sahen dem wegfahrenden Krankenwagen nach.

»Was für ein Nachmittag!«, sagte Aileen.

»Ja«, stimmte ihr Rose zu.

»Erst dieser Wolkenbruch, und dann –«

»Ja.«

»Und du hast das Baby auf die Welt geholt. Ist dir das überhaupt bewusst, mein Liebling?«

»Nicht richtig. Jon hat es doch auf die Welt gebracht.«

»Unsinn. Du hast dieses Kind von seiner Mutter entbunden. Das ist wichtig, liebe Rose. Zwischen euch beiden wird es immer eine besondere Verbindung geben.«

Rose, immer noch schockiert und verwirrt über ihre eigene Reaktion auf Ricks betrunkene Umarmung, schaute ihre Mutter völlig verständnislos an. Aileen sagte betont langsam: »Meine liebe Rose, wir wissen beide, dass dich dieses Kind brauchen wird.« Sie versuchte ein zaghaftes Lächeln. »Jon ist so ... jung.«

Rose zwang sich angestrengt, nicht an Ricks Gesicht zu denken.

»Ja, sicher. Aber sie wird schnell lernen.«

Ihre Stimme klang kräftiger, als sie sich momentan fühlte. In gewisser Hinsicht hatte Jon schon ihr ganzes Leben lang unter ihrer Verantwortung gestanden, und daran würde ihre Ehe wohl auch nichts ändern. Sollte sich diese Abhängigkeit etwa in der nächsten Generation fortsetzen?

Sie hakte sich bei ihrer Mutter unter.

»Komm, wir sollten uns jetzt wirklich in Richtung Stroud Road aufmachen.« Sie schaute auf die Uhr. »Du gütiger Himmel. Es ist erst fünf Uhr. Kannst du das glauben? Als wir in der Boutique waren, muss es ungefähr zwei gewesen sein.«

Rose half ihrer Mutter über die noch immer überschwemmte Straße. »Es wird gut tun, David zu sehen«, sagte sie. Und weil Aileen ihr nicht widersprach, nahm sie an, sie müsse wohl mehr zu sich selbst gesprochen haben.

☆

Maud und David Fairbrother kamen aus dem Staunen gar nicht heraus.

»Sie meinen, es ist vor Ihren eigenen Augen passiert?«

»Vor Roses Augen.« Aileen war über alle Maßen stolz. »Ganz allein ihr ist es zu verdanken, dass –«

»Mutter, bitte. Du sollst das nicht sagen!« Roses Erschöpfung verstärkte das Gefühl noch, dass alles so unwirklich war.

»Wir können einfach nichts dagegen tun, dass wir stolz auf unsere Kinder sind, Rosamund.« Maud lächelte glücklich. »Und wir beide haben zweifelsohne Kinder, auf die wir stolz sein können!«

Aileen lächelte ebenfalls. Dieses Bild, das Maud von ihnen kreiert hatte – sie beide als respektable Witwen –, wurde jetzt noch konkreter und stärker. Maud gab Aileen das Selbstbewusstsein zurück, das sie vor so vielen Jahren in Amerika verloren hatte.

Sie tranken ihren Tee auf der Terrasse. Anschließend zeigte David Rose den Garten. Er war ein wahres Feuerwerk der Farben, mit schmalen geheimen Pfaden hinter den Rhododendronbüschen. Die Wiese hinter dem Gartenhaus war herrlich verwildert. Dort kam das ganze Potpourri der Düfte zu seinem Höhepunkt.

»Du musst müde sein, Ros. Möchtest du, dass ich das Abendessen absage und dich und deine Mutter nach Hause fahre?«

»Nein. Ehrlich nicht. Wir wollen später ohnehin noch zu Jon.« Sie lächelte mechanisch. »Ich fühle mich gut.«

»Findest du es auch so schön, dass wir uns alle so gut verstehen?« David drehte sich nach ihren Müttern um, die es sich inzwischen in den Liegestühlen gemütlich gemacht hatten. Sie waren beide eifrig am Schwatzen und Nicken – offenbar amüsierten sie sich prächtig. »Sieh nur, wie angeregt sich unsere Mütter unterhalten. Ich wette, die beiden reden schon Enkelkinder herbei.«

»Wahrscheinlich.«

David räusperte sich. »Glaubst du, wie werden eines Tages ein Kind zusammen haben, Rose?«

»Ich weiß nicht. Ich habe mir darüber noch nicht sehr viele Gedanken gemacht.« Doch als sie Davids enttäuschten Gesichtsausdruck bemerkte, fügte Rose schnell hinzu: »Aber wenn, würde ich – glaube ich – nicht nur eines haben wollen. Und sie sollten auch nicht so weit auseinander sein. Der Altersunterschied zwischen Jon und mir ist zu groß.«

David lachte: »Ich werde dich daran erinnern!«

Rose schauderte; dies war eine Art Bemerkung, wie sie auch von Rick hätte kommen können.

»Ist dir kalt, Rose?«, fragte David besorgt. »Bist du sicher, dass du nicht lieber nach Hause möchtest? Ich könnte euch im Lagonda fahren.« Sie schüttelte nachdrücklich den Kopf, und er fuhr fort: »Ros, ich habe heute das Motorrad verkauft. Ich dachte, wir könnten von dem Geld etwas kaufen. Für uns, meine ich.«

Sie fühlte sich miserabel, ohne so recht zu wissen, warum. »Das hättest du nicht tun sollen. Du hast dein Motorrad doch über alles geliebt. O David –«

Er griff nach ihrem Arm. »Komm, du brauchst jetzt einen Drink, ein Glas Sherry.«

Sie kehrten zu ihren Müttern zurück, und David holte ein Tablett mit Gläsern und einer Flasche Sherry. Es war so viel schöner ohne Jon und Rick. Rose hätte angesichts ihrer eigenen verräterischen Gedanken jämmerlich heulen können.

»Sie sehen schon viel besser aus, Rosamund«, meinte Maud. »Sollen wir die Hausbesichtigung bis nach dem Essen verschieben, oder ist es Ihnen jetzt lieber?«

Überraschenderweise ergriff Aileen das Wort. »Lieber jetzt. Dann können wir uns während des Essens über ... verschiedene Dinge ... unterhalten.«

»Eine ausgezeichnete Idee, Aileen.« Maud stand auf. »David, warum räumst du nicht schon mal die Stühle herein? Wir sehen dich dann in etwa zehn Minuten bei Tisch.«

Es war so offensichtlich, dass sie ihren Sohn nicht bei der Besichtigungstour dabeihaben wollte, dass sich sogar Rose in ihrem Trancezustand fragte, was wohl im Gange war. Wie auch immer, bei der Führung durchs Haus passierte nichts Außergewöhnliches, wenn sie auch etwas zu ausführlich ausfiel, dafür, dass es doch eher eine Geste der Höflichkeit war.

Das Haus war im edwardianischen Stil erbaut, die Räume waren großzügig – vermutlich geradezu ideal, als die beiden Fairbrother-Buben noch jung waren und ihre Schulfreunde hier ein und aus gingen. Für zwei Personen allerdings war es wohl eher ungeeignet.

Maud Fairbrother sagte das selbst.

»Hier sehen Sie das volle Ausmaß meiner Probleme, Rosamund. Ja, mein Haus ist mein Problem. Es ist schon traurig. Ich liebe es sehr, aber ich werde jetzt natürlich nicht länger hier wohnen bleiben können. David und Martin meinen zwar, ich solle noch ein Jahr warten. Aber je länger ich noch hier bleibe, umso schwerer wird es mir letzten Endes fallen, auszuziehen.«

Sie führte sie durch den breiten Flur mit seiner gewölbten Decke zum Esszimmer, einem großen, quadratischen Raum mit Flügeltüren, die in den von hohen Mauern umgebenen Garten hinausführten. Der Tisch war für sechs Personen gedeckt.

»Das Haus war wie geschaffen für die unzähligen Gesellschaftsabende, die wir hier zu geben pflegten«, sagte sie, während sie die beiden überzähligen Teller in den Schrank zurückräumte. »An diesem Tisch konnten wir zwölf Personen unterbringen. Und im Sommer haben wir die Flügeltüren zum Garten weit aufgemacht. Ach, es war so eine Freude. Und jetzt ... schauen Sie sich nur den Staub auf dem Bücherregal an.«

Rose wandte sich zu dem Regal an der Wand zu und hatte instinktiv das Gefühl, es sei absichtlich unberührt geblieben. Aber warum?

Sie kehrten in den Flur zurück. In der Nische unter der Treppe stand ein antiker Sekretär, daneben eine Zimmerpalme in einem riesigen Tontopf. »Eine Art Schreibzimmer«, erklärte Mrs. Fairbrother, als sie ihnen den Weg ins Frühstückszimmer wies. Dahinter befand sich eine Spülküche, die allein schon doppelt so groß war wie die eigentliche Küche im Schneewittchen-Haus.

Als hätte sie Roses Gedanken gelesen, sagte Maud: »Bei ihnen zu Hause ist es so gemütlich und übersichtlich, meine Liebe. Ich habe mich gleich in ihr Schneewittchen-Haus verliebt. Schon der Name ist so passend.«

»Es ist ziemlich eng, wenn Rick und Jon da sind«, murmelte Rose und sah zu ihrer Mutter, die schweigend neben ihr stand und lächelte.

»Das kann ich mir vorstellen«, meinte Maud und sah ebenfalls zu Aileen.

Sie gingen nach oben. Vier große Schlafzimmer und ein Badezimmer. Die Badewanne stand auf geschwungenen Füßen, die beiden Waschbecken waren mit Mahagoni verblendet.

»Wir werden jetzt nicht noch weiter hinaufgehen, aber ich kann euch verraten, dort oben befindet sich noch ein geräumiger

Speicher. David hatte dort früher seine Modelleisenbahn aufgebaut.«

»Ein hübsches Zuhause für eine Familie, Mrs. Fairbrother. Es ist zu schade, dass Sie ausziehen müssen«, meinte Rose in Gedanken.

»Ach bitte, nennen Sie mich doch Maud, Rosamund. Ihre Mutter und ich nennen uns auch schon beim Vornamen.«

Sie gingen wieder nach unten und betraten den großen Salon. Maud Fairbrother stellte sich ins Erkerfenster. »Hier sind meine Wurzeln. Ich weiß wohl, dass mein geliebter Mann mir überallhin folgen wird, wo auch immer ich hingehe, aber dennoch ist dies hier der Platz, wo wir unser gemeinsames Leben verbracht haben.«

Rose wusste nicht, was sie sagen sollte. Sogar Mutters Lächeln war jetzt verschwunden. Nach einer Weile andächtigen Schweigens gingen sie ins Esszimmer hinüber, wo David schon für alle Fruchtsaft eingeschenkt hatte. Später, während des Essens, erzählte ihnen Maud von ihrer Idee. Und mit einem Mal erschien alles ganz klar.

»Ihr habt keine Ersparnisse, und Häuser und Wohnungen zur Miete sind zurzeit kaum zu bekommen.« Sie beschrieb mit der Hand einen Halbkreis. »Dieses Haus gehört der Firma. Und wenn David weiterhin hier wohnen bleiben würde, könnten wir den Pachtvertrag verlängern. Wir könnten zwei abgetrennte Wohnungen daraus machen, falls ihr es mit mir aushalten könntet.«

Davids Gesicht erhellte sich. »Mutter! Das wäre –« Er nahm sich in letzter Sekunde zusammen und wandte sich an Rose. Sie ließ ihren Löffel, den sie gerade auf halbem Wege zum Mund geführt hatte, wieder auf den Teller sinken. Er nahm ihre Hand. »Ros, was sagst du dazu? Es hängt natürlich ganz von dir ab. Aber das würde heißen, dass wir heiraten könnten ... sofort!« Er lachte. »Nächste Woche! Übernächste Woche! Und Mutter könnte in ihrem geliebten Haus wohnen bleiben!«

Rose saß in der Falle. Als sie prüfend zu ihrer Mutter hinüberschaute, konnte sie in ihrem Gesicht mehr als deutlich lesen, dass sie den Vorschlag bereits akzeptiert hatte: Aileen sah ihre Tochter mit leuchtenden Augen ermutigend an. Dann schweifte ihr Blick zu Maud, für die diese Lösung geradezu perfekt zu sein schien. Natürlich, es war perfekt. Jon und Rick könnten mit dem Baby ins Schneewittchen-Haus ziehen, und sie selbst hätte hier mit David genug Luft zum Atmen. Keine Busse mehr, die sie erwischen musste, um rechtzeitig in der Bücherei zu sein. Es war einfach rundum perfekt. Außer, dass Rose wieder einmal das Gefühl hatte, die Ereignisse würden sie zu schnell in etwas hineindrängen.

»Aber nur, wenn du auch nicht die geringsten Zweifel –«

Rose sah in Davids klare Augen. Er war es, den sie am allermeisten wollte. Er war das absolute Gegenteil von Rick. Bei ihm war sie in Sicherheit.

Sie sagte: »Es klingt wundervoll. Einfach wundervoll. Es kommt mir vor, als würde ich träumen. Könnte mich bitte mal jemand kneifen?«

David ließ sich das nicht zweimal sagen, aber natürlich war er dabei ganz zärtlich. Aileen klatschte in die Hände. »Ihr seid ein glückliches Paar.« Aber Maud meinte: »Ich bin die Glückliche.« David widersprach ihr: »Nein, ich bin der Glückliche.«

Und Rose meinte wohlerzogen: »Wir sind beide glücklich.«

Sie drückte zärtlich Davids Hand. Sie war sich ziemlich sicher, dass sie, nachdem sie erst einmal eine Nacht darüber geschlafen hatte, schon alles würde fassen können.

7

Aileen konnte an diesem Abend auf dem Weg von der Stroud Road zum Krankenhaus gar nicht oft genug betonen, wie wundervoll sich die Dinge doch gefügt hätten.

»Ich kann es wirklich kaum fassen, Rosie. Erst heute Nachmittag haben wir noch darüber gesprochen, erinnerst du dich – du hast mir noch gesagt, dass du und David nichts zum Wohnen hättet. Weißt du noch?«

»Ja, Mutter.«

»Und dann spielte die liebe Maud Schicksal.«

»Also wird Jon mit dem Baby ins Schneewittchen-Haus ziehen, wenn sie entlassen wird?«

»Nun, ich weiß nicht so recht. Wo wir jetzt noch eine Hochzeit –«

»Bitte keinen großen Wirbel. Ja, Mutter?«

»Aber Jons Hochzeit war doch schon so schlicht und beschaulich. Deine könnte bestimmt ein bisschen mehr –«

»Nein. David würde vermutlich ohnehin eine standesamtliche Trauung vorziehen.«

»Das bezweifle ich. Sie gehen regelmäßig in die Kathedrale zum Gottesdienst, die gesamte Familie.«

»Mutter, du denkst doch wohl nicht an die riesige Kathedrale am Marktplatz?«

»Natürlich nicht. Der alte Murchison wäre zutiefst beleidigt!« Aileen schmunzelte. »Und auch wenn ihr jetzt so kurzfristig heiraten werdet, wird er sicherlich wissen, dass ihr nicht heiraten *müsst*.«

Rose wurde plötzlich flau im Magen. »So bald wird es auch nicht sein. Wir werden nach Weihnachten darüber nachdenken.«

Aileen nahm den Arm ihrer Tochter. »Es wäre so schön, wenn wir uns alle bis Weihnachten eingerichtet hätten. Jon und das Baby zu Hause, du in deiner eigenen Wohnung.«

Rose fühlte sich in die Ecke gedrängt. Sie unternahm einen letzten Versuch des Widerstandes. »Mutter, ich glaube nicht, dass du stark genug bist, das Baby bei dir aufzunehmen.«

Es war zu bezweifeln, dass Aileen ihren Einwand überhaupt gehört hatte. Sie überlegte bereits, wie sie das Kind wohl nennen würden, und ob noch genug Zeit bleiben würde, Jons altes Zimmer neu zu tapezieren.

Rose sagte jetzt gar nichts mehr. Es war inzwischen dunkel. Sie gingen an der Midland Station vorbei und überquerten die Brücke über den Great Western. Im Licht der Laternen sah die lange Brücke gespenstisch und verlassen aus. Rose lief ein kalter Schauer über den Rücken.

Jon hingegen war obenauf und voll und ganz in ihrem Element. Sie war die jüngste Mutter auf der Entbindungsstation und ihr Baby selbstverständlich das niedlichste von allen. Mutter und Kind hatten erst einmal tief und fest geschlafen, und als sie aufgewacht waren, stand ›Daddy‹ – so nannte ihn Jon vom ersten Augenblick an – im Zimmer. Er hatte einen gigantischen Blumenstrauß mitgebracht, einen silbernen Becher mit Gravour für »Georgie« und Trauben, echten Schwarze-Johannisbeer-Saft und ein Spitzennachthemd für seine Frau.

Dieses Theater war selbst Aileen zu viel. »Wollt ihr das Baby tatsächlich George nennen?«, fragte sie ungläubig. »Nicht gerade ein sehr moderner Name.«

Jon grinste. »Das war natürlich Ricks Idee! Nach Großvater. Rick wollte seinen Sohn tatsächlich George Harris Johnson nennen. Aber ich dachte, das wäre etwas zu viel des Guten.«

»Das wäre es allerdings«, stimmte ihr Aileen zu.

Rose starrte gebannt in die Wiege. Georgies Haar sah aus wie Aprikosenflaum. Er würde bestimmt einmal ein Rotschopf.

»Was hättet ihr denn gemacht, wenn es ein Mädchen geworden wäre?«, fragte sie stichelnd. »Hättet ihr sie dann Edith genannt? Nach Großmutter?«

Jon zog eine Grimasse. »Na ja. Wenn sie dafür versprochen hätten, uns in ihrem letzten Willen zu berücksichtigen ...«

»Jon, du kannst nicht dein ganzes Leben das *enfant terrible* sein. Irgendwann muss einmal Schluss damit sein!« Doch Aileen lachte. »Du bist jetzt eine Mutter.«

»Ich weiß«, seufzte Jon gespielt schwermütig. »Das ist ganz schön deprimierend, oder? Wie um alles in der Welt soll ich bloß damit fertig werden?«

»Lass uns darüber bitte später reden.« Aileen verdrehte geheimnisvoll die Augen und griff nach Jons Hand. »Mach dir keine Sorgen, Liebes. Wir stehen hinter dir!«

Jon quiekte. »Hat sich Großvater etwa gemeldet?«, wollte sie wissen. »Hat Tante Mabe etwa Geld geschickt? Na los, rück schon raus mit der Sprache.«

Aileen erzählte ihr die Neuigkeiten. Jon sah Rose an und merkte, dass sie lächelte. Es klingt wundervoll, dachte sie.

»Ich habe immer geglaubt, dass du Rose unter allen Umständen bei dir im Schneewittchen-Haus haben möchtest«, sagte sie mit einem Hauch von Sehnsucht in der Stimme. »Ich habe mich immer ein bisschen als Außenseiterin gefühlt.« Sie schüttelte beharrlich den Kopf, als Rose und ihre Mutter ihr widersprechen wollten. »Nein, Mummy. Versteh mich bitte nicht falsch. Du hast Rose natürlich nie bevorzugt behandelt, aber ihr habt immerhin fünf Jahre ohne mich zusammen verbracht.«

Es klang schon sehr pathetisch. Aber Jon war einfach über alle Maßen erleichtert und überglücklich.

Aileen fragte: »Liebling, wo ist eigentlich Rick?«

Jon verzog das Gesicht. »Das Baby begießen. Er wollte sich eigentlich auf den Weg zu David machen. Seid ihr ihm nicht begegnet?«

»Nein, aber wir sind zu Fuß hergekommen und waren ziemlich lange unterwegs.«

»Es ist doch nicht betrunken, oder, Jon?«, fragte Rose.

»Nein, natürlich nicht. Na gut, vielleicht ein bisschen. Befürchtest du etwa, dein David könnte entsetzt über ihn sein?«

Rose wagte gar nicht, sich auszumalen, mit welch guten Gründen David entsetzt über Rick sein könnte. Sie schüttelte den Kopf.

»Auch wenn David vielleicht ein bisschen spießig ist, Rick denkt oft an ihn«, sagte Jon. »Ehrlich. Er wird dir schon keine Schande bereiten.«

»David ist überhaupt nicht –«, setzte Rose an, doch Jon fiel ihr ins Wort: »Vergiss, was ich gesagt habe. Erzähl mir lieber Wort für Wort, was Davids Mutter gesagt hat. Ich will alles wissen. Ich fand sie bei unserem Picknick damals recht sympathisch.« Sie hörte nur mit halbem Ohr hin, als Rose ihr beschrieb, welche Pläne Maud für sie und David hatte. Dann sagte sie ernst: »Ich bin so ... glücklich!«

Jon umarmte ihre Schwester voller Erleichterung und versicherte ihr, wie entzückt sie darüber sei, ihre Trauzeugin sein zu dürfen. Das Baby war von dem aufgeregten Geschnatter seiner Mutter aufgewacht und fing an zu schreien.

☆

Rose und David legten den Termin für ihre Hochzeit auf den ersten Samstag im November fest. Rose verbrachte schon gelegentlich eine Nacht im Haus in der Stroud Road und schmiedete mit Maud Pläne: Im oberen Stockwerk wollten sie eine zusätzliche Küche und im Erdgeschoss ein separates Bad einbauen lassen. Das ruhige und geregelte Leben, das sie gewöhnt war, hatte mit dem Tag, an dem Jon, Rick und das Baby eingezogen waren, ein Ende gehabt. Doch das edwardianische Haus versprach ihr eine Art neuen Frieden und neue Sicherheit. Der Gedanke, aus dem Schneewittchen-Haus auszuziehen, bereitete ihr nicht weiter Kopfzerbrechen, doch dafür fürchtete sie sich allerdings vor einer Menge anderer Dinge, die auf sie zukamen.

In den Herbstferien verbrachten sie einen Tag mit Martin, June und den beiden Jungs in Weston. June, Martins Frau, verhielt sich ihr gegenüber noch immer ziemlich steif und unfreundlich. Der kleine Charles hingegen war ganz vernarrt in Rose. Er wollte während der Fahrt im Lagonda auf ihrem Schoß sitzen, und sie musste ihm fest versprechen, am Strand eine Sandburg mit ihm zu bauen.

»Du willst doch nicht, dass ich ein Blumenkind sein muss wie Nigel Tredworth, oder?«, fragte er sie mehrere Male.

»Nicht, wenn du nicht willst«, versicherte sie ihm.

»Und wirst du das auch Mummy sagen?«

»Natürlich. Wenn du das möchtest.«

Er liebte sie heiß und innig und baute eine Sandburg nach der anderen, damit sie ihm ihre Bewunderung schenkte, doch der kleine Arney krabbelte immer wieder über die angefangenen Sandburgen und machte sie kaputt, noch ehe sie fertig waren. Rose strich dem weinenden Charles über den Kopf und ging mit ihm hinunter ans Wasser, außer Arneys Reichweite.

»Meine Schwester ist auch vier Jahre jünger«, tröstete sie ihn. »Eigentlich fünf. Es wird bestimmt nicht mehr lange dauern, bis ihr miteinander spielen könnt.«

»Aber ich werde immer der Ältere sein! Ich werde immer auf ihn aufpassen müssen!«, schluchzte er trotzig.

Rose konnte ihm darin nicht widersprechen. Sie blieb mit dem Kleinen an der Hand stehen, um auf David zu warten, der ihnen nachgelaufen kam.

»Meinst du, du bist zu alt, für Engelchen-flieg? Im seichten Wasser?«, fragte sie Charles.

Er schüttelte den Kopf. Und so ergriff David eine Hand, und sie die andere. Sie ließen Charles Beinchen im Wasser baumeln und schauten ihm dann nach, wie er zu den anderen zurücklief – wieder frohen Mutes.

»Du wirst eines Tages eine wundervolle Mutter sein«, meinte David.

»David, genau darüber wollte ich mit dir reden. Würdest du – wie würdest du dich fühlen, wenn wir niemals Kinder bekommen würden?«

Er schaute sie an. »Das ist jetzt schon das zweite Mal, dass du etwas in dieser Richtung sagst. Du kennst meine Antwort. Du genügst mir. Du bist alles, was ich mir vom Leben wünsche.«

Sie spürte, wie sich ihre Augen mit Tränen füllten, und sagte: »Sieh nur, June schimpft mit Charles, weil er sich schmutzig gemacht hat. Dabei war das doch meine Schuld.«

»June ist eben so.«

☆

Großmutter bestand darauf, die Feier in ihrem Haus in der Rodney Road auszurichten. Es war alles sehr fein, aber nicht förmlich. Doreen, der Drache hatte mithilfe zweier älterer Cousinen ein Büffet gerichtet. Da die hohen Mauern den Garten vor Wind schützten, war es draußen noch warm genug, um zwischendurch auf der Terrasse Luft zu schnappen. Großvater hatte sogar Stühle rausgestellt.

Maud Fairbrother hatte geholfen, Roses Kleid zu nähen: weich fallender Satin, in sich überkreuzenden Lagen geschnitten. Jon hatte gedrängt: »Sag ihr, du willst es figurbetont! So kannst du dir wenigstens sicher sein, dass niemand glaubt, du seist schwanger!« Das Kleid war zwar nicht gerade modern, aber es stand Rose sehr gut. Sie hatte immer weite Röcke getragen. Der eng fallende Stoff betonte zum ersten Mal wirklich ihren schlanken Körper.

Eigentlich hätte Rick sie zum Altar führen wollen, aber es war bereits ausgemacht gewesen, dass Großvater diese ehrenvolle

Aufgabe übernehmen sollte. Und Martin war Davids Trauzeuge. Am Morgen der Hochzeit bestellte Rick ein Taxi, damit Aileen mit dem Baby schon vorausfahren konnte. Als er seine Schwiegermutter auf dem Rücksitz verstaut und ihr Georgie auf den Schoß gesetzte hatte, beugte sich Jon oben aus dem Kinderzimmerfenster. Sie war immer noch ein wenig rundlich, sah aber äußerst hübsch aus in ihrem blauen Musselin.

»Geh sofort mit ihm raus, wenn er schreit, Mutter!«, rief sie ihnen zu. »Hast du das Fläschchen? Stopf es ihm am besten gleich in den Mund, sobald ihr in der Kirche seid.«

»Ich werde nichts dergleichen tun!«, sagte Aileen aufgebracht. »Du machst das viel zu oft, Jon. Er kriegt davon Blähungen, das arme Lämmchen. Wer ist denn Grannys kleines Lämmchen, hm?«

Als Rick mit Rose auch nur eine Minute allein im Wohnzimmer war, fragte er besorgt: »Ist alles in Ordnung mit dir, Rosie?«

»Natürlich.« Sie war kein bisschen nervös wegen der Hochzeit.

»Ich sollte derjenige sein, der dich zum Altar führt und aus der Hand gibt«, sagte er leise. »Genau so fühle ich mich nämlich.«

»Bitte, Rick.«

»Das ist die Wahrheit. Und ein Teil deines Herzens weiß, dass es wahr ist.«

»Rick, Großvater ist in der Küche.«

»Ich bezweifle, dass der Alte sich überhaupt noch die Umstände macht, eine Wohnung für uns zu finden«, war Ricks verbitterter Kommentar.

Er bemerkte ihren Gesichtsausdruck und griff reumütig nach ihrer Hand.

»Rose, ich weiß, was du über mich denkst. Aber ich bin gar kein so schlechter Kerl. Wenn ich dich schon nicht haben kann, dann bin ich froh, dass es David Fairbrother ist. So. Mehr kann ich doch wohl dazu nicht sagen, oder?«

»Rick, sei gut zu Jon. Bitte.«

»Ich bin gut zu ihr. Ich mag sie. Und ich mag deine Mutter. Ich mag alles hier. Aber ich liebe dich.«

Sie drehte sich um und lief in die Küche.

Großvater war gerade dabei, TCP zu gurgeln, und hob ertappt dem Kopf vom Spülbecken.

»Ich komme gleich, Rose.«

Sie hörte, wie Jon Rick zurief, er solle schon mal ins Auto steigen. Sie fragte: »Stimmt etwas nicht? Fühlst du dich nicht wohl, Großvater?«

»Ich bin ein bisschen heiser. Ich muss die Bronchitis verschleppt haben. Nichts Beunruhigendes.«

Jon platzte herein. »Rosie, ich bin so weit. Wie sieht's mit dir aus. Lass dich mal anschauen ... Ja, sieht gut aus. Heul bloß nicht. Du kannst heute alles machen, was du willst, aber tu mir bitte den einen Gefallen und heul nicht. Du würdest das ganze schöne Make-up ruinieren, ganz zu schweigen von dem Mascara. Und wage es nicht, alles abzuwaschen! Es war viel zu anstrengend, dich in den Schönheitssalon zu schleppen und dann auch noch dazu zu bringen, lange genug stillzusitzen ... Bist du okay, Liebling?«

Rose schaute ihre Schwester an. Sie wusste, dass mit Jon nichts Vernünftiges anzufangen war, aber sie liebte sie. Sie sagte: »Hast du dich genauso gefühlt? So ruhig und gelassen, während du alles von dir wegdriften siehst, was dir vertraut ist?«

»Das stimmt doch gar nicht, du Dummerchen! Was meinst du denn, wo wir hindriften sollen? Ich werde immer um dich sein – und Mutter ebenso.« Sie grinste Großvater an, der sich gerade mit seinem schneeweißen Taschentuch übers Gesicht wischte. »Und Großmutter und Großvater und Georgie.« Sie umarmte Rose. »Liebling, du und David seid wie füreinander geschaffen. Hör auf, dir Sorgen zu machen. Genieß dein Glück!«

☆

Das war möglicherweise der erste Ratschlag von Jon, den Rose tatsächlich in die Tat umsetzen konnte. In dem Augenblick, als sie David auf den Stufen des Altars, wo er auf sie wartete, erblickte, wusste sie, alles würde gut werden. Während der Trauung ergriff sie ein tiefes Gefühl von Freundschaft. Die Sorge, die sie so lange gequält hatte, ob die Liebe, die sie für David empfand, die richtige Art von Liebe war, schien plötzlich wie weggeblasen. Das war es, was sie für David empfand: Er war ihr Partner. Es war so einfach, so offensichtlich. Sie hatte das bisher nur nicht richtig erkannt.

Anschließend wurden vor dem Westportal Fotos gemacht – mit den Feldern im Hintergrund, die das Tal bis hinunter nach Cheltenham wie ein Fleckenteppich ausfüllten. Aileen hielt Georgies Arm hoch, der mit seiner kleinen Faust ein Hufeisen aus Pappe fest umklammert hielt. Margaret Ellenbury, inzwischen wieder mit einem anderen verlobt, fing wieder den Brautstrauß. Die McIntyres hatten David und seine Mutter sorgfältig unter die Lupe genommen und für gut befunden. Die beiden seltsamen Alten führten Maud später im Haus in der Rodney Road herum, als wäre es ihr eigenes.

Doreen sorgte dafür, dass alle ständig zu essen und trinken hatten. Großmutter sagte, ohne dabei anmaßend zu sein: »Ich war noch nie zuvor in meinem Leben auf solch einer schönen Hochzeit!« Charles nahm Roses Hand und sagte aus tiefstem Herzen: »Vielen, vielen Dank, dass ich kein Blumenkind sein musste.« Und Arney entdeckte plötzlich seine Begeisterung für Georgie. Er war ganz vernarrt in dieses kleine Wesen, das genauso pummelig und laut war wie er selbst. Er bestand darauf, das Baby auf seinen Schoß zu setzen, was im Grunde nicht das schlechteste war – so blieb er wenigstens einmal für ein paar Minuten auf einem Fleck sitzen.

»Ros, ich bin so glücklich«, sagte David und strahlte sie an. »Ich danke dir, mein Liebling.«

Rose hielt seine Hand, als würde sie sie schütteln wollen. »Ich denke, wir haben das Richtige getan, David.«

Es war etwas merkwürdig, dass eine Braut so etwas zu ihrem Bräutigam am Tag der Hochzeit sagte, doch es war niemandem aufgefallen. David ließ ihre Hand nicht los. Als er Rose an sich zog und sie küsste, kreischte Jon verzückt auf, Rick wandte sich ab: Es war diese Art Händedruck, diese Art Kuss, mit der man einen Handel besiegelt.

☆

Sie verbrachten ihre Flitterwochen in Paris und wohnten in einem Hotel nahe dem Place de la Concorde, von wo aus sie die meisten Sehenswürdigkeiten zu Fuß erreichen konnten. Vor ihrer Abreise hatten sie sorgfältig einen Finanzplan ausgearbeitet. David hatte ihr bereits gesagt, er befürchte, dass sich seine Beförderung bei Providential hinziehen könnte, jetzt, wo er auf die Unterstützung seines Vaters verzichten musste.

»Ich habe den Gedanken stets gescheut, Dad könne die ganze Sache beschleunigen. Aber er hätte ganz einfach seine Fühler für mich ausgestreckt. Er genoss hohes Ansehen in der Firma.« David zog die Stirn in Falten. »Ich hab nicht die leiseste Ahnung, wie ich ihm gerecht werden soll.«

»Du hast dir doch bereits selbst einen guten Ruf geschaffen!«, beteuerte Rose beherzt. »Miss Westlake hat mir das an unserer Hochzeit bestätigt.«

»Wenn ich doch nur auch draußen Erfahrungen gesammelt hätte ... Ich bin immer nur im Büro rumgesessen.« Er lächelte gequält, als wolle er sich entschuldigen. »Kannst du dir vorstellen, wie ich zu den Kunden nach Hause gehe und ihnen etwas aufschwatze?«

»Nein. Und ich würde dich auch nicht mögen, wenn du so einer wärst, der Leuten etwas ›aufschwatzt‹, wie du es ausdrückst! Wir werden auch so sehr gut zurechtkommen. Fünf Pfund Miete, kaum irgendwelche Möbel oder Haushaltsgegenstände, die wir anschaffen müssen. Und unter uns, wir verdienen fast fünfzehnhundert im Jahr! Ehrlich, David, wir sind reich!«

Und so hatten sie beschlossen, dass Paris nicht zu extravagant wäre, solange sie nicht mehr als 30 Pfund ausgeben würden.

Die erste Nacht verbrachten sie noch in London. Rose hatte sich mit einem Diaphragma ausgestattet. Sie tat sich fürchterlich schwer, es einzuführen. Die Ärztin, bei der sie sich vor ihrer Abreise noch heimlich hatte einen Termin geben lassen, war die Prozedur immer und immer wieder mit ihr durchgegangen. Und in der klinischen Umgebung der Praxis hatte es auch ganz gut geklappt. Aber so eingepfercht in eine winzige Hoteltoilette, die sich direkt neben einem Luftschacht befand, aus dem es erbärmlich nach Müll stank, kam ihr das Ganze schmutzig und schrecklich vor. Als sie ins Zimmer zurückkam, waren ihre Augen ganz rot. David drückte sie fest an sich und versicherte ihr, sie könnten ruhig noch damit warten, wenn ihr das lieber wäre. Doch Rose war fest entschlossen und sagte beinahe hysterisch: »Wir können jetzt nicht warten, wo ich schon diese ganzen Strapazen auf mich genommen habe!« Und er hielt sie mit ausgestreckten Armen von sich und verlangte ein Lächeln. Doch es half nichts.

Sie hatte eigentlich angenommen, ihr Jungfernhäutchen müsse bereits gerissen sein, als sie das Diaphragma eingeführt hatte, es musste einfach gerissen sein, so wie das wehgetan hatte. Doch der Schmerz, als David in sie eindrang, war noch viel heftiger. Sie bohrte ihre Fingernägel in seine Schulterblätter und presste ihre Augenlider fest zusammen, um nicht in Tränen auszubrechen. Er ahnte, dass etwas nicht stimmte. Er hätte hin und wieder unterbrochen, doch sie presste ihn mit nahezu wütender Gewalt an ihren Körper. Sie wollte, dass er sie genauso beben und zittern ließ, wie Rick es getan hatte. Vergeblich. Je länger er sich auf ihr auf und ab bewegte, desto heftiger schien das Elend dieser ganzen Sache über sie zu kommen. Er stöhnte vor Anstrengung, er schien vergessen zu haben, dass sie es war, die unter ihm lag. Er erschien ihr auf einmal so fremd. Sie versuchte, derartige Gedanken zu verdrängen, aber es war einfach nur schrecklich ... hässlich. Als alles vorüber war, stellte sie erleichtert fest, dass es doch David war, der in diesem verschwitzten Körper steckte. Er küsste sie sanft, und sie erwiderte seinen Kuss.

»Es tut mir Leid, Liebling«, flüsterte er.

»Es lag an mir, mir tut es Leid. Ich werde besser werden, vermute ich.«

In Paris schlug Rose vor, das Diaphragma wegzulassen: »Nur für die Flitterwochen.« In dieser Nacht spürte sie keinen Schmerz, aber auch keine Ekstase. Sie hasste sich selbst. Sie lief absichtlich nackt im Zimmer umher, obwohl sie sich scheußlich dabei fühlte. Als sie sah, dass er davon erneut eine Erektion bekam, schlüpfte sie blitzschnell in ihren Morgenmantel. Und hasste sich wieder.

In der zweiten Nacht fielen sie nur erschöpft ins Bett. Ehe sie Arm in Arm einschliefen, gaben sie sich noch einen Gutenachtkuss – um der Flitterwochen willen.

Nachdem sie noch zwei weitere Tage von einer Sehenswürdigkeit zur nächsten geschlendert waren, wurde David von einer Gallenkolik heimgesucht und war für den Rest der Woche ans Bett gefesselt. Rose konnte sich überwinden, allein eine Seitenstraße der Avenue Georges-Cinq hinunterzulaufen und fand dort eine Apotheke. »*Mon mari* ...«, stotterte sie in abscheulichem Schulmädchenfranzösisch, »*il est malade*.« Sie spielte dem Apotheker eine unmissverständliche Pantomime vor. »*A l'estomac!*«

Sie erhielt ein Tütchen Alka-Seltzer und eilte zum Hotel zurück, um herauszufinden, wie tief sich ihre Ausgaben in ihr Dreißig-Pfund-Budget gefressen hatten.

☆

Es tat gut, wieder in das große, stille Haus in der Stroud Road zurückzukehren. Dort übernahmen sie Mauds Ehebett mit dem aus Mahagoni geschnitzten Kopf- und Fußende und den Federdecken, die tagsüber wie zwei Berge aufplustert waren und nachts wie Wolken zusammensanken. Nach all den Jahren der Enge im Schneewittchen-Haus empfand Rose hier ein Gefühl der Geräumigkeit, das sie bisher nur erlebt hatte, wenn sie oben auf dem Hügel von Churchdown stand. Sie liebte es, einkaufen zu gehen und dann wieder in die Wärme zurückzukommen. Und sie wusste den großen Frühstückstisch zu schätzen, auf dem sie ihre vollbeladenen Taschen abstellen konnte, um sich erst einmal eine Tasse Tee zu machen, ehe es ans Auspacken ging. Manchmal, wenn sie früher als David von der Arbeit nach Hause kam, wandelte sie in ihrer neuen Domäne umher und lauschte genüsslich dem Ticken der Uhren, dem Flüstern des brennenden Kokses im Ofen, dem leisen Knarzen der Balken, wenn sie sich ausdehnten und wieder zusammenzogen.

Maud störte nur selten. Wenn sie das Haus verließ oder zurückkam, rief sie kurz vom Flur herein, um ihnen Bescheid zu geben. Rose und David baten sie dann jedes Mal in das große Vorderzimmer oder gingen zu ihr hinaus. Wenn Rose später arbeiten musste, nahmen sie und Maud manchmal ihr zweites Frühstuck gemeinsam ein und plauderten über Charles Furcht vor der Einschulung oder Junes mangelnde Geduld im Umgang mit Arney. Meistens konnte sie mit June fühlen, denn mit Arney hatte man definitiv alle Hände voll zu tun. Aber als Maud ihr einmal erzählte, wie Arney nach einer seiner Eskapaden verdienterweise den Hintern versohlt bekam, hatte sie seufzend hinzugefügt: »June hat so furchtbar große Hände.« Also betrachtete Rose sie sich genauer, als sie das nächste Mal zu Besuch kamen. Sie fand, dass Junes Hände auf den ersten Blick eigentlich absolut durchschnittlich groß aussahen. Doch dann beugte sich June hinunter und gab Arney einen Klaps auf seinen kleinen Po – und Rose wusste, was Maud gemeint hatte.

Der einzige Wermutstropfen in ihrem neuen Leben war ihr Ehemann. Sie wollte ihn als Freund und als Partner, wusste aber, dass zu einer Ehe mehr gehörte. David hätte es auf einer Freundschaft beruhen lassen, doch es war Rose selbst, die geradezu mit religiösem Eifer ihr Diaphragma einführte und ohne Nachthemd unter die Bettdecke kroch.

David ging sogar so weit, ihr vorzuschwindeln: »Ros, ich bin so müde ...«

Doch sie war unerbittlich.

Eines Abends setzte sie sich mit weit aufgerissenen Augen und gespreizten Beinen auf ihn. »Ich muss mich daran gewöhnen!«, sagte sie und fummelte und keuchte und hasste jeden Augenblick.

Als sich der November dem Ende zuneigte, fühlte sie sich krank.

Lange Zeit wollte sie es nicht zugeben. Sie wusste kaum, wie sie sich morgens aus dem Bett quälen und zur Arbeit schleppen sollte. Erst, als David sagte »Liebling, wenn man ins Bett geht, dann geht man schlafen!«, gab sie schließlich Ruhe. Sie hatte gehofft, das Ganze sei psychosomatisch und würde verschwinden, doch sie hatte sich getäuscht. Sie hatte ständig Kopfweh, stechende Schmerzen in den Beinen, und ihre Arme fühlten sich tonnenschwer an.

Aileen war zu beschäftigt, um etwas davon zu bemerken. Nun, da Georgie zahnte, saß sie oft die ganze Nacht an seinem Bettchen, damit Jon und Rick ihren Schlaf bekamen. Jon kam oft vorbei, um ihrer Schwester einen Besuch abzustatten – normalerweise jedoch nur, um ihr zu erzählen, was Rick für ein Schwein sei, und dass er in Cheltenham mit einer viel älteren Frau gesehen worden wäre.

Unter anderen Umständen hätte Rose diese Nachricht tief betroffen gemacht, doch momentan verbrauchte sie all ihre Energie allein dafür, sich irgendwie über jeden einzelnen Tag zu retten. Die einzige Person, die ihr jetzt möglicherweise helfen konnte, war Maud. Aber wie hätte sie Davids Mutter plausibel machen sollen, dass sie krank war, weil sie den Sex mit David nicht aushalten konnte? Sie versuchte, sich mehr für die aktuellen Ereignisse rund um den Globus zu interessieren, aber als Präsident Kennedy ermordet wurde, konnte sie tagelang nicht mehr aufhören zu weinen. Und sie mochte Harold Macmillan, während ihr Sir Alec Douglas-Home kaltschnäuzig und stur vorkam.

»Er ist ein guter Staatsmann, Ros. Sehr erfahren«, belehrte David sie.

»Ich glaube, es ist sein Mund«, entgegnete sie hilflos. »Ich kann seinen Mund nicht ertragen.«

»Das ist das Problem beim Fernsehen«, meinte David. »Wir werden förmlich dazu aufgefordert, nach dem äußeren Erscheinungsbild zu urteilen.«

Sie war unaussprechlich wütend auf ihn. »Red nicht so siebengescheit daher, David! Vor dem Fernsehen gab es immerhin auch schon Fotos in der Zeitung! Und abgesehen davon, kann man an den Gesichtszügen eines Menschen durchaus einiges ablesen!«

Er versuchte sie zu besänftigen. »Ja, selbstverständlich, Ros.« Aber selbst, wenn er ihr Recht gab, passte es ihr nicht.

Weihnachten kam. Und ging. Sie hatten die üblichen Familientreffen. Martin und June kamen mit den Buben zum Mittagessen. Sie gingen zu ihnen zum Tee. Aileen, Jon und Georgie kamen am zweiten Weihnachtstag. Rick war Gott sei Dank taktvoll genug, sich fern zu halten. Der Tag war dennoch kein Vergnügen, denn Georgie schrie und quengelte die ganze Zeit über.

Der Januar zog sich elend lange hin und endete schließlich in Hoffnungslosigkeit. Rose nahm sich eine Woche frei. Sie erzählte David und Maude, es sei vermutlich eine Grippe.

»Das wundert mich nicht bei dem scheußlichen, nasskalten Wetter.« Maud brachte ihr tragbares Fernsehgerät herunter, damit es David im Schlafzimmer anschließen konnte. Wenn David bei der Arbeit war, kochte sie die verlockendsten Gerichte und brachte sie Rose auf einem Tablett ans Bett. Rose quälten schon nach einem Tag so schlimme Schuldgefühle, dass sie dachte, sie müsse aufstehen.

»Bleib wenigstens noch einen einzigen Tag lang liegen«, bat David sie. »Und wenn es dir dann immer noch nicht besser geht, gehe ich mit dir zu Doktor Boardman.«

Dr. Boardman gehörte praktisch zur Familie Fairbrother. Rose war nicht gerade begeistert von ihm. Er war zu nüchtern und hatte sicher nicht die geringste Ahnung von ihrer ›Schuld‹-Krankheit, würde wahrscheinlich nicht einmal daran glauben.

Und als würde sie Roses Grippelüge noch schlimmer machen wollen, lag June mit einer echten Grippe darnieder, und Maud zog vorübergehend zu ihr, um sich um die Buben zu kümmern. Sie machte sich schreckliche Vorwürfe, Rose allein zu lassen, doch Rose schob sie praktisch zur Tür hinaus.

»Hör zu. Ich kann doch aufstehen und in die Küche gehen. Ich kann mir selbst etwas zu essen machen. Die Kinder sind wirklich auf dich angewiesen.«

Rose vermisste ihre Schwiegermutter. Es bedeutete, dass sie mit David allein im Haus war. Obwohl sie wusste, dass es furchtbar war, so zu denken, konnte sie nichts dagegen tun. Und die leckeren Mahlzeiten vermisste sie ebenfalls. Wenn sie irgendetwas gewollt hätte, hätte sie es sich mit Leichtigkeit selber holen können, aber sie wollte nichts. Maud hatte sie nicht gefragt, sie war einfach mit dem Tablett hereingekommen und hatte es ihr vor die Nase gestellt. Rose wusste, dass sie in einem Loch des Selbstmitleids versunken war, aber sie konnte nichts dagegen tun.

Am zweiten Nachmittag ohne Maud lag sie im Bett und lauschte den Geräuschen, die das Haus um sie herum machte. Sie versuchte vergeblich, die Kraft aufzubringen, ein Buch zu lesen. Sie schaltete das Radio ein und schaltete es wieder aus. Sie starrte aus dem Fenster, beobachtete, wie aus dem Graupel Schnee wurde. Nichts konnte sie interessieren. Sie dachte an die beiden Tweedsofas, die sie im Winterschlussverkauf erstanden hatten, und versuchte angestrengt, sich über die neuen Stücke zu freuen. Vergeblich. Sie fragte sich, ob sie möglicherweise ganz langsam den Verstand verlieren würde. Sie schloss die Augen, vergrub das Gesicht im Kissen und formte den Mund zu einem erzwungen Lächeln, bis es zur Grimasse geriet.

Plötzlich vernahm sie ein Geräusch, das nicht zum Haus gehörte. Es kam aus der Küche. Maud musste gekommen sein, um etwas zu holen.

Sie rief mit schwacher Stimme: »Maud? Bist du das?«

Die Tür ging auf, und Rick stand vor ihr.

Rose schrie auf und versuchte, sich aufzusetzen. Er kam zu ihr ans Bett und legte den Zeigefinger auf seine Lippen.

»Psst. Ist ja gut. Ich bin's nur. Verzeih mir. Verzeih mir, mein Liebling. Meine Liebe. Leg dich wieder hin. Geht es dir nicht gut? Was ist passiert? Warum bist du zu Hause? Ich dachte, du seist in der Bücherei. Ich wollte eigentlich hier auf dich warten. Hab's über die Terrasse versucht. Es tut mir Leid. Ganz ruhig. Ich bin ja da. Weine nicht.«

Er setzte sich zu ihr auf die Bettkante und holte ein Taschentuch hervor. Sie hatte gar nicht bemerkt, dass sie weinte. Er trocknete ihre Tränen und umschloss mit seiner Hand ihre Wange. Als sie ihren Kopf zurückzog, begann sich alles um sie herum zu drehen.

»Du solltest nicht herkommen! Was willst du hier?« Sie sah ihn an. »O mein Gott – ist etwas mit Jon? Oder Mutter?«

»Nein. Es geht ihnen gut.« In seinen Augenbrauen hing noch Schnee.

Er fragte hastig. »Was ist mit dir los?«

»Nichts, eine leichte Grippe.«

»Deine Mutter rühmt sich doch immer damit, dass du und Jon nie krank werdet. Zahnschmerzen ... mehr nicht.«

»Ich bin okay. Sag bitte nichts davon. Zu Hause, meine ich.«

Er holte tief und hörbar Luft. »Dann weißt du es also noch nicht? Ich dachte, Jon wäre hier gewesen und hätte es dir erzählt. Ich habe sie verlassen.«

»Du –« Sie erinnerte sich daran, dass er Weihnachten nicht mit ihnen verbracht hatte. Und dass Jon etwas von einer älteren Frau gesagt hatte. In Cheltenham. Sie hatte damals nicht richtig zugehört.

»Du kannst Jon nicht verlassen haben. Nicht schon nach so kurzer Zeit! Ihr seid jetzt gerade ein halbes Jahr verheiratet.«

»Acht Monate werden es in vier Tagen. Rosie, du musstest dir doch denken können, dass es nicht funktioniert.«

»Ich dachte, ihr kommt so gut zurecht.« In ihrer Stimme lag tiefe Reue.

»Ich hab's versucht. Sie ist so ein ... Kind.«

»Sie wird älter werden.«

»Ja, ich weiß. Ich auch.«

Sie fühlte sich elend. Noch etwas, was sie falsch gemacht hatte. Sie sagte: »O Rick, es tut mir so Leid.«

Er sah sie an. Und weil sie glaubte, er wolle sie berühren, hielt sie ganz still. Ihr Körper begann, sich wieder lebendig zu fühlen.

Doch er berührte sie nicht. »Ich habe schlechte Nachrichten, Rosie. Ich musste einfach kommen, um dich zu sehen. Ich wollte es dir selber sagen.« Er biss sich auf die Unterlippe. Seine Zähne waren strahlend weiß. Er schien sich einen Bart wachsen zu lassen, die Stoppeln waren so ingwerfarben wie sein Haar. Vielleicht hatte er sich an diesem Morgen aber auch nur nicht rasiert. »Ich wohne jetzt in Cheltenham. Ich bin vor einer halben Stunde die High Street entlanggelaufen, und da habe ich diese Frau auf der anderen Straßenseite gesehen und sie wiedererkannt. Es war das Hausmädchen eurer Großeltern, Doreen irgendwas.«

Sie nahm seine Stimme kaum wahr. Sie war hingerissen von seinen Händen, die auf dem Laken ruhten. Diese goldenen Haare – selbst auf dem Rücken seiner Finger.

Er fragte: »Hörst du mir zu, Rosie? Sieh mich an.«

Sie sah ihn an. Tief im Innern ihres Körpers begann sie zu beben.

Er sagte langsam: »Sie kam zu mir herüber. Sie konnte sich noch von der Hochzeit her an mich erinnern. Von deiner Hochzeit, meine ich.«

»Wer?«, flüsterte sie benommen.

»Doreen, die Haushälterin deiner Großmutter. Sie hat es mir erzählt. Sie hat mir erzählt ... Rosie, dein Großvater ist vor zwei Stunden gestorben.«

Ihr Kopf schnellte hoch, und ihre Blicke trafen sich. Sie rief: »O *nein!*«, und schlug die Hände vors Gesicht. Jetzt zitterte sie am ganzen Körper.

»O Gott. Rosie. Es tut mir so Leid. Ich weiß, dass ihr euch nahe gestanden seid. Ich musste kommen und es dir persönlich sagen. Ich musste dich sehen. Liebling, bitte –« Er umfasste sie mit seinen Armen, ganz vorsichtig, in Erwartung, sie würde versuchen, sich seiner Umarmung zu entziehen. Sie legte ihren Kopf auf seine Schulter und begann zu weinen.

Er streichelte ihr Haar.

»Er ist eingeschlafen und nicht mehr aufgewacht. Ohne Schmerzen, wie er es sich gewünscht hatte.«

Sie presste ihr Gesicht an seinen Hals und genoss es, mit ihrem Mund seine Haut zu berühren. Als er bemerkte, was geschah, festigte er seinen Griff. Ihr schmerzender Körper sank entspannt gegen seinen nassen Regenmantel, und es war, als würde er den Schmerz und das Unwohlsein aus ihrem Körper ziehen.

»Ich ertrage das nicht! Ich habe gerade erst angefangen, ihn richtig kennen zu lernen, und jetzt ist er tot!«

Er murmelte ihr etwas Unverständliches, aber unendlich Wohltuendes ins Ohr. Er ließ eine Hand ihre Wirbelsäule entlanggleiten und massierte ihren Rücken.

Ihr Kummer spitzte sich in dem plötzlichen Bewusstsein zu, wie sehr sie diesen Mann begehrte. Sie befreite sich aus seinen Armen und sah ihn erschrocken an. Dann berührten seine Lippen die ihren, und er drückte sie sanft in die Kissen zurück, die ihr Minuten zuvor noch so unbequem erschienen waren.

Sie war nicht länger das ängstliche Mädchen. Sie wusste, was sie zu tun hatte. Sie half ihm, sich auszuziehen, zerrte wild an seinen Kleidern und warf sie zu Boden.

»Er hat mich geliebt«, keuchte sie hysterisch. »Er war wie ein Vater für mich. Ich habe meinen Vater nie kennen gelernt. Großvater und ich konnten uns nicht näher kommen. Ich weiß nicht, warum. Wir konnten uns nicht näher kommen. Nie.«

Rick interpretierte ihre Worte richtig: Sie wollte Nähe. Jetzt.

Er hauchte: »Rosie, ich liebe dich, Rosie –«

Sie antwortete ihm nicht. Sie warf ständig ihren Kopf von einer Seite auf die andere, sodass sie ihm nicht ins Gesicht schauen musste. Sie wollte, er wäre ein anderer. Sie wollte, er wäre David.

Er ließ seine Hände zu ihren Brüsten gleiten und von dort hinunter zu ihren Hüften. Er blickte auf sie hinab, ebenso verwirrt wie sie, aber er war durch und durch Opportunist.

Sie liebten sich wild und leidenschaftlich. Sie schwebten im Niemandsland, wo der Gedanke an ihre Schuld ihre Leidenschaft nur noch mehr anfachte. Rose weinte zwischendurch wieder um ihren Großvater. Wie in einem flimmernden Stummfilm sah sie ihn, wie er in der Küche im Schneewittchen-Haus gegurgelt, ihr an ihrem Geburtstag die goldene Uhr überreicht, mit ihr getanzt hatte. Sie umklammerte Rick noch fester, als könnte sie so den Film abstellen. Und dann war endlich alles um sie herum vergessen – bis auf den Augenblick.

Danach lagen sie Seite an Seite auf dem Rücken und starrten an die Decke. Sie wusste, was sie getan hatte, und versuchte nicht, es zu erklären oder auf irgendeine Weise zu rechtfertigen. Sie hatte David betrogen, und sie hasste sich dafür. Sie wünschte, Rick würde sich in Luft auflösen. Ihr fiel nichts ein, was sie ihm jetzt hätte sagen können. Sie lag da und wartete darauf, dass die Krankheit wieder in ihren Körper zurückkehrte, schlimmer als je zuvor. Sie wollte bestraft werden für das, was sie getan hatte. Doch sie fühlte sich auf unbegreifliche Weise wohl. Sie hatte Hunger. Sie wollte eine Tasse Tee.

»Rosie? Bist du okay?«, fragte Rick besorgt.

Sie zwang sich, ihm zu antworten: »Ja. Ich bin okay.«

Das Schuldgefühl würde bald zurückkehren, und sie würde sich wieder krank fühlen, aber für den Augenblick ging es ihr gut. Wie konnte das nur sein?

»Rosie, du musst David verlassen. Wir werden fortgehen. Nach Frankreich oder Spanien oder Australien.«

Und sie entgegnete pragmatisch: »Ich habe keinen Reisepass, Rick. Und wir können nicht zusammen weggehen. Du weißt das genauso gut wie ich. Jon ist deine Frau.«

»Wie kannst du das nur sagen, nach dem, was eben zwischen uns passiert ist! Ich habe immer gewusst, dass du so für mich empfindest.«

Sie zwang sich, darüber zu sprechen. »Rick, ich kann das, was gerade passiert ist, nicht erklären. Möglich, dass du mir in meinen Fantasien im Kopf herumgeschwirrt bist. Aber diese Fantasien sind jetzt weg. Es tut mir Leid, aber so ist es nun einmal – ich muss ehrlich mit dir sein.« Sie setzte sich auf und zog ihren Morgenmantel über. Er versuchte, sie noch ein letztes Mal in die Arme zu nehmen, aber sie schob ihn sanft von sich.

»Hör zu, Rick. Ich hasse mich selbst für das, was gerade passiert ist.«

»Rosie, bitte – es war meine Schuld.«

»Nein. Ich war nicht imstande, dich aufzuhalten.«

»Es war der Kummer! Der Kummer über den Tod deines Großvaters –« Er kroch übers Bett. Er sah lächerlich aus, wie er ohne Hose vor ihr kniete.

Sie stand auf. »Rick, hör auf damit. Es macht doch nicht wirklich einen Unterschied, *warum* es passiert ist, oder? Es ist passiert. Und ich glaube wirklich nicht, dass ich das ertragen kann.« Ihre Stimme klang ruhig.

»Rosie, schick mich nicht weg! Ich muss dich wiedersehen!«

»Es ist vorbei. Aus. Bitte geh jetzt. Und komm nie wieder.«

»Du meinst das wirklich ernst! Du schickst mich fort!« Er umklammerte verzweifelt ihre Knie. »Lass mich dich ab und zu sehen. Nur ab und zu!«

»Nein. Wir dürfen uns nie mehr treffen, Rick.« Sie bückte sich und löste seine Arme von ihren Beinen. »Zieh dich jetzt an und geh.«

»Ich liebe dich, Rosie! Du kannst nicht so grausam sein.«

»Rick, du liebst mich nicht wirklich. Und ich liebe dich nicht. Wir wollten einander. Und jetzt hatten wir einander.«

»Du bist so nüchtern. So kalt. Ich hätte nie gedacht, dass du so sein kannst.«

»Ich weiß nur eines. Ich bin froh, dass du es warst, der mir gesagt hat, dass Großvater gestorben ist. Ich glaube, wenn es irgendjemand anders gewesen wäre ...« Rose knüpfte den Gürtel um ihren Morgenmantel enger. Sie fühlte sich tatsächlich erstaunlich stark. »Ich glaube, es hätte mich umgehauen.« Sie lächelte. »Vielleicht auch nicht.« Sie schaute ihn an. Er zog sich umständlich seine Hose an. »Verlass das Haus bitte durch den Vordereingang. Ich werde jetzt ins Badezimmer gehen.«

Er stand auf. »Rosie. Ich tue alles, was –«

»Dann kehr zu Jon zurück«, sagte sie schnell. »Erzähl ihr von Großvater, und sie wird dir auf der Stelle verzeihen. Bitte.«

»Wenn ich zu Jon zurückgehe, wirst du mir zwangsläufig begegnen. Ich werde dort sein, wenn du ins Schneewittchen-Haus kommst. Und ich werde dich hier mit Jon und Aileen besuchen kommen!«

Sie blieb in der Schlafzimmertür stehen. Daran hatte sie nicht gedacht.

Sie sagte gedehnt: »Rick, vielleicht ... vielleicht können wir ja Freunde sein. Einfach im Rahmen des Familienkreises, verstehst du?«

»Ja. Ja, ich verstehe«, sagte er eifrig.

»Jon und David dürfen niemals – *niemals!* – erfahren, was passiert ist. Verstehst du das ebenfalls?«

»Natürlich! Dachtest du etwa –? Rosie, es bleibt unser Geheimnis. Unser besonderes, wundervolles –«

»Also gut.« Die Angelegenheit als etwas zu betrachten, das sie mit ihm teilte, widerstrebte ihr. Sie wollte nicht noch mehr Intimität. Sie wusste, dass sie nie wieder am ganzen Leib zittern würde, wenn er ihr nahe kam.

Im Flur klingelte das Telefon. Sie zog die Tür vor seiner Nase zu und hob ab. Es war Emily McIntyre, Großmutters Busenfreundin.

»Die arme Edith liegt darnieder, meine Liebe. Aber sie wollte, dass du es als erste erfährst. Nach mir.«

Rose sagte irgendetwas und versprach ihr, die Nachricht ins Schneewittchen-Haus zu schicken.

Sie ging in die Küche und starrte in die Flammen unter dem Kessel. Sie schaute zu, wie die Schneeflocken sachte gegen das Küchenfenster fielen. Nach einer Weile hörte sie die Haustür aufgehen und wieder ins Schloss fallen. Sie ließ sich dankbar auf die Fensterbank sinken. Irgendwie würde sie mit diesem Geheimnis – tief in ihrem Innern eingeschlossen – durchs Leben kommen. Es begraben, beinahe vergessen. Wie sie auch zuvor schon so viele Dinge beinahe vergessen hatte. Der Kessel begann zu pfeifen, und sie drehte sich um und goss den Tee auf. Es war das erste Mal seit Wochen, dass sie eine Tasse Tee wirklich genießen konnte. Sie nippte langsam und genoss den Duft, der ihr von der Tasse in die Nase stieg. Das Haus knarzte wieder um sie herum. Sie setzte sich an den Küchentisch und weinte noch einmal um Großvater Harris. Doch selbst jetzt, da sie weinte, konnte sie ihren Körper wieder bewusst als einen Teil von sich selbst empfinden, frei von Schmerzen.

Das war es: Sie fühlte sich befreit.

8

Rose war zuerst selbst erschrocken, wie leicht es ihr fiel, mit ihrer Schuld zu leben. Vielleicht, weil es ihr gesundheitlich plötzlich viel besser ging, vielleicht auch, weil dieses Gefühl von Befreiung anhielt. Sie war befreit, um David zu lieben.

Es geschah nicht von heute auf morgen. Vielleicht hätte es schneller gehen können, aber da lag etwas in ihrer Natur – ein gewisser Anspruch –, der sie davon abhielt, allzu schnell von Rick zu David umzuschwenken. David merkte, dass sich etwas verändert hatte, als er an diesem Abend nach Hause kam. Er ahnte allerdings nicht im Geringsten, dass hinter ihrem plötzlich wiedererlangten Wohlbefinden mehr stecken könnte, als eine spontane Genesung von diesem myteriösen Virus, der sie seit dem ersten Monat ihrer Ehe geplagt hatte.

Sie erzählte ihm gefasst, dass Rick ihr die Nachricht von Großvaters Tod überbracht hatte. Dann holten sie den Lagonda aus der Garage, schlitterten die schneebedeckte Auffahrt hinunter zur Straße und krochen Meter für Meter auf der eisglatten Straße nach Cheltenham. Großmutter saß mit versteinertem Gesicht auf dem Sofa, stocksteif und durch und durch viktorianisch. Mit stoischer Ruhe nahm sie Roses und Davids Beileidsbekundung entgegen und sagte dann leise: »Bis zum heutigen Tag habe ich nie wirklich etwas für deine Mutter empfunden, Rose. Jetzt tut es mir Leid.« Sie nahm Davids Hand. »Es tut mir auch für deine Mutter Leid, junger Mann.« Sie schauderte plötzlich. »Die Welt erscheint so grausam, wenn aus Zweien wieder einer wird.«

In dieser Nacht vergoss Rose Tränenbäche an Davids Schulter. Um wen sie weinte, wusste sie nicht. Als Jon sie aus der Telefonzelle in Churchdown anrief, um ihr zu erzählen, dass Rick erst fortgegangen, dann aber wieder zurückgekommen war und ihr die traurige Nachricht von Großvaters Tod überbrachte, flüsterte Rose: »Gott sei Dank.«

Jon sagte: »Wie bitte? Diese Verbindung ist schrecklich, Rosie. Das muss der Schnee sein. Hast du verstanden, was ich gesagt habe? Unser armer alter Großvater ist gestorben.«

»Ja«, sagte sie. »Wir waren heute Abend schon bei Großmutter. Diese Frau ist wirklich erstaunlich.«

»Was hast du denn erwartet?«, fragte Jon ohne jedes Mitgefühl. »Na ja, ich kann jedenfalls nicht gerade behaupten, dass ich allzu traurig bin, Rosie. Rick ist wieder zurückgekommen, und die Welt ist wieder in Ordnung.«

Rose hätte beinahe noch einmal dem lieben Gott gedankt, aber sie bekam in letzter Sekunde noch ein einfaches »gut« über die Lippen.

Rick war also tatsächlich nach Hause zurückgegangen, wie sie ihn gebeten hatte. Er hatte offenbar nicht erwähnt, dass sie sich gesehen hatten. Der ganze »Fall« konnte mit Großvaters Verlust abgeschlossen und in ihrem Unterbewusstsein begraben werden.

In dieser Nacht versprach sie David, dass sich in Zukunft ganz bestimmt einige Dinge ändern würden. Er konnte ihren guten Absichten allerdings nicht so recht Glauben schenken, sondern küsste sie auf die Stirn und bat sie, endlich zu schlafen. Und wie durch ein Wunder fand sie in dieser Nacht einen geruhsamen Schlaf.

Ihr Wohlbefinden hielt an, die Schuld hatte sie erfolgreich in den Mantel des Verdrängens gehüllt. Bei Großvaters Beerdigung musste sie nicht einmal weinen. Sie wusste, dass das Schicksal sie eines Tages für das bezahlen lassen würde, was sie getan hatte. Aber es würde nicht jetzt sein, jetzt noch nicht.

Rose und David waren sehr darauf bedacht, ihre Ehe in Ordnung zu bringen, ehe Maud wieder zu Hause einzog. Diesmal war er derjenige, der Zuspruch brauchte.

»Liebling, bist du sicher, dass es dir wieder besser geht? Du weißt, dass wir auch so glücklich sind, ohne –«

Sie brachte ihn mit einem Kuss zum Schweigen. Und dann küsste sie ihn wieder und wieder.

Sie ließ sich viel Zeit dafür. Das Leuchten in seinen klaren Augen erfüllte sie mit Reue. Sie flüsterte: »Liebling, ich liebe dich. O mein Gott, ich liebe dich wirklich.«

Sie küsste ihn wieder. Er lag immer noch bewegungslos da, und sie hatte schreckliche Angst, zu lange gewartet zu haben. Abrupt sprang sie aus dem Bett, zog ihr Nachthemd aus und sagte einfach: »David. Bitte ... lass uns Liebe machen.«

Er lächelte zaghaft und setzte sich halb auf, um seinen Pyjama abzustreifen. »Du schaffst es immer wieder, mich zu überraschen, Ros«, sagte er. »Du bist so aufrichtig. So geradeheraus.«

Für einen Moment wäre die Schuld beinahe übermächtig geworden. Dann, als er sie bei den Schultern packte, schob sie sie weit von sich. Eine Woche hatte sie ihn nun so verzweifelt gewollt, und die Abstinenz hatte ihre Leidenschaft nur noch mehr entflammt. Jetzt zählte nichts anderes auf dieser Welt. Sie versuchte nicht, ihn mit Rick zu vergleichen. Sie wusste ganz einfach: Dies war die wahre, die echte Liebe. Dieses hastige, triebhafte Kopulieren mit Rick war nur ein körperlicher Akt gewesen. David und sie waren mit dem Körper, mit den Gedanken des anderen vertraut, und verschmolzen zu einer Einheit. Er konnte es kaum fassen, flüsterte ihren Namen und hatte Angst, ihr weh zu tun. Sie aber zog ihn nur noch fester an sich und beantwortete damit seine unausgesprochene Frage. Ohne ein Wort schliefen sie aneinander geschmiegt ein.

Am nächsten Morgen wachte David früh auf, ging in die Küche und kochte Tee. Draußen war es noch dunkel, über Nacht war die Schneedecke beinahe bis unters Fenster angestiegen. Es kam ihnen vor, als seien sie vom Rest der Welt abgeschnitten.

»Ich wünschte, wir würden auf dem Land wohnen«, sagte Rose. »Dann wäre es dir heute unmöglich, zur Arbeit zu gehen.«

Er nippte an seinem Tee. »Ich werde auch nicht fahren«, sagte er ungewohnt spitzbübisch. »Ich werde Miss Westlake anrufen und ihr sagen, dass ich heute den ganzen Tag mit dir verbringen muss. Wir können einfach nicht ohne einander sein.«

Sie musste lachen. Dann, aus heiterem Himmel, wurde ihr übel. Sie schaffte es gerade noch rechtzeitig ins Badezimmer. Der ganze Tee und die Reste vom Abendessen kamen wieder heraus. Danach ging es ihr gut – als wäre nichts gewesen.

David war völlig außer sich.

»Es ist bestimmt wegen vergangener Nacht. Ich hätte nicht –«

Sie unterbrach ihn: »David. Ich bin okay. Schau mich doch an!« Sie tanzte durchs Badezimmer, lüpfte ihr Nachthemd und krönte ihre Vorführung mit einem Can-Can.

Doch er wollte sich nicht so recht überzeugen lassen.

»Ich gehe auf gar keinen Fall zur Arbeit. Wir werden zu Dr.

Boardman fahren. Das hätten wir schon längst tun sollen. Schon vor Weihnachten.«

Er war nicht mehr aufzuhalten. Noch im Wartezimmer jammerte ihm Rose vor, sie würden hier bloß seinen freien Tag verschwenden. Doch er meinte, sie solle keinen Unsinn reden. Je eher sie damit anfange, sich endlich um sich selbst zu kümmern, desto lieber wäre es ihm. Was sie in der vergangenen Nacht getan hatten, hätte nie passieren dürfen. Sie zerrte an seinem Arm. »Das ist pure Zeitverschwendung. Lass uns nach Hause gehen«, versuchte sie es noch ein letztes Mal.

»Jetzt sei still«, wehrte er sie ab, und als sie aufgerufen wurde, stand er auf und schubste sie förmlich ins Behandlungszimmer.

Dr. Boardman war genau so, wie sie ihn sich vorgestellt hatte, bis hin zu der Brille auf seiner Nasenspitze, über die er sie streng anschaute. Er hätte sie wenigstens als neue Patientin begrüßen oder immerhin erwähnen können, dass er die Fairbrothers ja schon viele Jahre behandeln würde, aber alles, was er sagte, war: »Übelkeit? Periode ausgeblieben?«

»Nein.« Sie spürte, wie ihr Gesicht zu glühen begann. Wie hätte denn nach diesem Fiasko in Paris ihre Periode ausbleiben sollen?

Er meinte: »Ich sollte Ihre Frau näher untersuchen, Mr. Fairbrother. Wenn Sie bitte draußen warten und mir die Sprechstundenhilfe hereinschicken würden.«

Als David wieder hereingerufen wurde, setzten sie sich Seite an Seite, umklammerten gegenseitig ihre Hände und waren auf das Schlimmste gefasst.

Dr. Boardman sagte ohne große Aufgeregtheit: »Sie bekommen ein Baby. Alles, wie es sein sollte. Absolut normal. Ich werde für Sie einen Termin im Krankenhaus machen.«

Rose schaute zuerst zu David, dann zurück zu der Brille. »Wie kann ich denn schwanger sein, wenn nicht eine einzige Periode ausgeblieben ist?«

»Kommt vor«, sagte er ohne großes Interesse.

»Meine Frau benutzt ein Diaphragma«, erklärte ihm David höflich.

»Keine Verhütungsmethode ist hundertprozentig sicher. Sie sind schon über drei Monate schwanger, Mrs. Fairbrother. Ich werde Ihnen die Hebamme vorbeischicken, sie wird mit Ihnen dann alles besprechen.« Er stand auf, um ihnen zu signalisieren, dass der Besuch nun zu Ende war – und seiner Meinung nach ohnehin reine Zeitverschwendung.

Zu Hause zurück, sagte David: »Du hast dieses Ding nicht ordentlich reingemacht. Weißt du noch, wie weh es dir getan hat? Es hätte nicht weh tun dürfen. O Liebling, ist es sehr schlimm für dich? Wie fühlst du dich?«

»Wunderbar. Aber ich kann es einfach nicht fassen. David, hoffentlich macht es deiner Mutter nichts aus. Der Lärm ... die schlaflosen Nächte?«

»Sei nicht albern. Glaubst du wirklich, das würde ihr etwas ausmachen?«

»Nein.«

»Na also.«

Sie wollte ihn nicht fragen, ob es ihm etwas ausmachte. Sie hatten auf dem Nachhauseweg im Auto kaum ein Wort miteinander geredet. Offenbar machte es ihm aber etwas aus. Sie starrten einander an. Sie hatten ihre Mäntel und Stiefel noch nicht ausgezogen, und unter ihnen hatten sich Pfützen aus Schneewasser gebildet.

»David?«

»Ros!« Und da wusste sie, dass für ihn alles in Ordnung war.

Sie stürzte sich in seine Arme, und er fing sie auf. Sie wirbelten wild durch den langen Flur und stießen gegen den Sekretär unter der Treppe. Schnee rieselte von ihren Schultern.

»Ich liebe dich – ich liebe dich – ich liebe dich«, trällerte David.

Und Rose dachte: Wäre die vergangene Nacht nicht gewesen,

wären wir nicht so glücklich – nicht auf diese Weise. Es ist gerade so, als hätten wir das Baby in Wirklichkeit in der vergangenen Nacht gezeugt – bitte lieber Gott, fordere jetzt noch keine Vergeltung, nicht schon jetzt.

In den folgenden Monaten tat sie ihr Bestes, um ihn, den himmlischen Richter, zu besänftigen. Sie besuchte ihre Großmutter; kümmerte sich um Georgie, wenn Jon und Aileen eine Verschnaufpause brauchten; verbrachte lange Nachmittage mit June und Arney, bügelte und nähte für sie; entwickelte eine tiefe Liebe zu ihrer Schwiegermutter. Das Leben meinte es sehr gut mit ihr.

Als Prinz Edward geboren wurde, versuchte sie sich auszumalen, wie es wohl sein würde, einen Jungen zu haben. Als Prinzessin Margaret eine Tochter zur Welt brachte, musste sie sich im tiefsten Innern ihres Herzens eingestehen, dass sie sich ein Mädchen wünschte. Doch ihr Verstand sagte ihr, dass es nicht wirklich eine Rolle spielen würde. Wenn es nur gesund war, dann sollte es ihr recht sein, egal ob Mädchen oder Junge.

Bis Juni hatte sie sich weiterhin blendend gefühlt. Dann, nachdem der südafrikanische Bürgerrechtler Nelson Mandela gefangen genommen wurde, ging es ihr schlechter, aber sie sagte nichts. Der Juni schleppte sich zum dreißigsten Tag, dann war Juli.

Es war der heißeste Juli, an den sich Rose erinnern konnte. Die Sonne stach Tag für Tag aus einem wolkenlosen Himmel. Die brütend warmen Nachmittage machten sie schläfrig, ihre Beine schwollen an. David verstaute das Federbett auf dem Speicher, und Rose lag auf der bloßen Rosshaarmatratze, die Füße auf ein Kissen gebettet, damit sie höher lagen als der Kopf. Sie konnte kaum aufstehen, geschweige denn gehen, so schwer war ihr die Last ihres Bauches geworden.

Um sie zu trösten, versicherten ihr alle, welch unglaubliches Glück sie doch gehabt habe, den ganzen Winter und Frühling über so wohlauf gewesen zu sein; als ob dies eine Art Vorausentschädigung für diesen quälenden Monat gewesen wäre.

June, die sie die ganze Zeit um ihre Kraft und ihre blühende Gesundheit beneidet hatte, meinte nicht ohne Genugtuung: »Es war mir klar, dass du irgendwann dafür büßen musst. Schwangerschaft ist schließlich kein Zuckerschlecken.« Maud und Aileen waren besorgt, doch Mütter sind immer besorgt. Es kam äußerst ungelegen, dass David unter der Woche zu einem dieser neumodischen Management-Seminare musste. Und Rose fühlte sich nicht in der Lage, sich allein zu Dr. Boardman zu schleppen; sie fühlte sich schlicht außerstande, den Weg zu seiner Praxis auf sich zu nehmen. Das Baby sollte Ende August kommen, bis dahin war es ohnehin nicht mehr lange.

Vielleicht war es ein glücklicher Zufall, dass Jon und Rick am 16. August eine ihrer regelmäßigen Auseinandersetzungen hatten und Jon in ihrem Zorn mit knallenden Türen aus dem Haus rannte und nach Gloucester kam, um ihrem Ärger bei ihrer Schwester Luft zu machen.

Sie betrachtete Rose mit Entsetzen.

»Was ist passiert?«, fragte Jon vollkommen überflüssig.

Rose wusste, was sie meinte, stellte sich aber absichtlich dumm.

»Ich weiß es nicht, ehe du es mir nicht erzählt hast.« Sie bat sie ins Esszimmer. Die Terrassentüren standen weit offen. »Wo ist Georgie? Hältst du es für vernünftig, ihn so oft bei Mutter zu lassen? Vergiss nicht, dass sie nicht sehr belastbar ist.«

»Wenn du vorhast, zickig zu sein ...« Jon schmiss sich auf eines der Tweedsofas. »Mein Gott, es ist brütend heiß draußen. Georgie ist zu Hause besser aufgehoben. Mutter liegt im Liegestuhl, und er planschelt neben ihr.« Jon grinste. »Planscheln ist eine Mischung aus plantschen und krabbeln, musst du wissen. Rick hat ihm eines dieser aufblasbaren Plantschbecken gekauft. Du müsstest ihn sehen.«

»Werde ich bestimmt.« Rose ließ sich langsam und mit größter

Anstrengung auf einen Stuhl sinken. »Nun. So, wie du hier hereingeplatzt bist, nehme ich an, du und Rick hattet wieder Krach. Was ist es denn diesmal?«

Jon war an diesem Tag ausnahmsweise weniger gesprächig. Vielleicht waren Ricks Seitensprünge für sie auch schon zu sehr zur Normalität geworden, als dass sie noch darüber sprechen wollte; nicht einmal mehr mit ihrer Schwester. Sie sagte lediglich: »Zerbrich dir über uns mal nicht den Kopf. Sag mir lieber, was mit dir los ist. Du siehst absolut zum Fürchten aus, Rosie. Das letzte Mal, als ich dich gesehen habe, warst du voller Schwung. Schau dich jetzt mal an.«

»Es ist das Wetter. Und es dauert jetzt ja auch nicht mehr lange.«

»Schwesterherz, mit dir ist doch etwas nicht in Ordnung.« Jon war ungewöhnlich besorgt. »Nimm es mir nicht übel, ich will ja nicht den Teufel an die Wand malen, aber schau mal deine Beine an! Ich glaube, du gehörst ins Krankenhaus.«

Plötzlich fing Rose an zu weinen. Sie war vom Anblick ihrer Beine ebenso erschrocken wie Jon.

»Tut mir leid. Ich weiß auch nicht, warum ich heule! Gütiger Gott, ich sollte doch so glücklich sein! Es ist nur ... ich fühl' mich wieder so schlapp. Genau wie am Anfang. Ich weiß, dass das am Ende einer Schwangerschaft normal ist. Und ich hatte ja auch das Glück, dass es mir bis jetzt so gut gegangen ist.« Sie wischte sich mit dem Handrücken über die Augen und rieb ihr Gesicht am Arm ihrer Schwester. Es war das allererste Mal, dass Jon sich um ihre ältere Schwester kümmerte. Rose zwang sich zu einem Lächeln und schniefte dramatisch. »Komisch. Die ersten drei Monate waren so schlimm – ich dachte wirklich, ich würde an einer heimtückischen Krankheit leiden! Doch dann ...« Sie erinnerte sich an den Tag, an dem sie begann, sich wieder besserzufühlen, und biss sich auf die Lippe. »... Nachdem Großvater ... es war fast, als hätte er mir seine Kraft hinterlassen. Und jetzt fühle ich mich wieder so schlapp. Mein Kopf ... meine Beine ...« Sie hatte bisher niemandem erzählt, wie schlecht es ihr tatsächlich ging. Sie lehnte ihren Kopf an Jons Schulter und weinte wieder.

Und das beunruhigte Jon noch mehr als Roses bloßer Anblick.

»Schau. Ich weiß, dass du etwas gegen den alten Boardman hast. Kann dir ja niemand übel nehmen. Aber ich werde jetzt versuchen, irgendwie diese Hebamme zu erreichen. Du fandest sie doch ganz sympathisch. Und es kann keinesfalls schaden, jemanden um Rat zu fragen, der sich auskennt. Was hältst du davon?«

Rose murmelte: »Meinetwegen ... mir ist jetzt wirklich alles recht. O Jon, ich hab ganz vergessen, wie ... wie sehr ich dich liebe.«

Daraufhin musste auch Jon heulen. Maud, die gerade durch das Gartentor gekommen war, sah die beiden durch die Terrassentür. Sie kam hereingestürzt und erstarrte vor Entsetzen.

So warteten die drei Frauen auf Miss Jenkins, die Hebamme. Und bereits eine Stunde später fand sich Rose im Krankenhaus wieder. Sie hatte eine Blutvergiftung.

☆

Sie durfte niemanden außer David sehen, aber jeden Tag erhielt sie Blumen und Karten, und ihr Einzelzimmer glich bald einem Gewächshaus. David berichtete ihr, das Telefon würde nicht mehr stillstehen. Die Leute riefen ihn sogar im Büro an, um sich nach ihr zu erkundigen. Er richtete ihr all die Grüße und Genesungswünsche aus, brachte die Blumen mit, las die Karten vor. Sein Gesicht war kreidebleich, und über seinen Wangenknochen spannte die Haut, aber seine Stimme schwankte nicht und seine Hand war warm und ruhig, wenn er die ihre hielt. Sie wünschte so sehr, ihm versprechen zu können, dass sie nicht sterben würde; ihm erklären zu können, dass das alles nur wegen ihres Seitensprunges mit Rick passierte. Doch sie wusste, dass sie das niemals tun durfte. Und so flüsterte sie: »Ich liebe dich, David. Ich liebe dich so sehr.« Und er strich ihr das strähnige Haar aus der Stirn.

Nach drei Tagen war sie kräftig genug, um eine gründliche Untersuchung über sich ergehen lassen zu können. Sie wusste, das etwas nicht stimmte, auch wenn alle sie immer nur aufmunternd anlächelten. Als David dann kam, wurde er umgehend ins Schwesternzimmer gerufen, und sie wartete mit einer Art fatalistischer Ruhe auf ihn. Er sollte ihr die Wahrheit sagen.

Mr. Campion, der Gynäkologe, und ihr Ehemann standen beide an ihrem Bett. Vielleicht dachten sie, sie würde in Ohnmacht fallen. Oder einen Anfall bekommen. Sie hatte gelesen, dass Frauen mit Ödemen im fortgeschrittenen Stadium manchmal Anfälle bekamen. Sie hoffte so sehr, nicht eine von ihnen zu sein.

David hatte Mühe, sich auf die Bettkante zu setzen; Roses Bauch ließ nicht gerade viel Platz. Er strahlte sie mit seinen teebraunen Augen an.

»Mr. Campion würde uns zu einem Kaiserschnitt raten, Ros«, sagte er. »Er hat nämlich etwas festgestellt, was einen solchen Eingriff ... sagen wir ... notwendig macht.« Er glühte vor Aufregung. »Liebling, da drinnen sind zwei Babys. Zwillinge.« Er nahm ihre Hände und hielt sie fest umschlossen. »Kannst du dich noch daran erinnern, als du gesagt hast, wir sollten zwischen den Babys nicht zu lange warten? Nun werden wir überhaupt nicht warten müssen, mein Liebling. Kannst du dir das vorstellen?«

Sie wusste, dass seine Freude nur gespielt war. Sie glaubten nicht, dass die Babys noch am Leben waren.

Sie sagte ruhig und ohne im Geringsten überrascht zu klingen: »Ich hätte es besser wissen und regelmäßig zur Untersuchung gehen müssen.«

Mr. Campion beugte sich zu ihr. »Soviel ich weiß, haben Sie

sich die ganze Zeit über bester Gesundheit erfreut, Mrs. Fairbrother ... Bei einer Routineuntersuchung hätte man allerdings möglicherweise ...«

»Ja.« Es gab keinen Grund, noch länger darüber zu sprechen. Wenn die Babys tot waren und entfernt werden mussten, war überhaupt alles sinnlos. Bloße Zeitverschwendung.

David wisperte: »Bist du okay, Ros?«

»Natürlich. Ich bin mit dem Kaiserschnitt einverstanden. Wirklich, David. Ich werde schon darüber hinwegkommen.«

Er küsste sie zärtlich. Erst, als sie seine warmen Lippen spürte, merkte sie, wie kalt ihr selbst war. Sie schwitzte vor Kälte.

Das musste ein schlechtes Zeichen gewesen sein, denn gleich darauf gaben sie ihr eine Beruhigungsspritze. Sie war bereits rasiert, und sie wuschen sie, während sie selbst ins Niemandsland der Medikamente hinüberglitt. Zwei Männer hievten sie auf eine fahrbare Liege. Und dann wachte sie wieder auf, ihr war schlecht, ihr Unterleib schmerzte, und sie wusste, dass alles vorbei war.

David war da. Sie wusste, dass er da sein würde. Er hielt ihr eine Nierenschale hin, als sie sich übergeben musste. Er legte sie sanft ins Kissen zurück, als die Nähte quälend zogen, wischte ihr das Gesicht mit einem feuchten Tuch ab, schüttelte ihr Kopfkissen auf und legte es ihr in den Nacken.

Sie stammelte: »Es tut mir Leid, David. Es tut mir so Leid.«

Tränen überströmten sein Gesicht, als er strahlend lächelte.

»Dir wird es bald schon wieder gut gehen, mein Liebling. Und den Babys geht es auch gut. Alles ... alles ist in Ordnung. Es ist alles gut gegangen.« Er fing an zu schluchzen, und seine Erschütterung übertrug sich durch seine Hand auf ihren Körper. »O Liebling, wir haben zwei Töchter bekommen. Sie sind gesund, und dir geht es bald wieder gut. O Ros ... Ros ...«

Sie hielt seinen Kopf an ihren Hals gepresst. Er weinte für sie beide. Sie stand immer noch unter dem Einfluss der Medikamente, fühlte sich schläfrig, und ihr Rücken und ihr Unterleib schmerzten bei jedem Atemzug. Aber es war doch keine Zeitverschwendung gewesen. Der Zeitpunkt der Vergeltung war noch einmal aufgeschoben worden. Sie küsste die Spitze seines Ohres in der Gewissheit, er würde so etwas nie wieder zulassen.

☆

Sie nannten die kleinen Mädchen Elizabeth nach der Queen und Ellen, als eine Abwandlung von Aileen. Rose und die Babys mussten sechs Wochen ›drinnen‹ bleiben, bis sich Roses Blutdruck wieder normalisiert hatte. Sie musste jetzt sehr geschont werden, und obwohl Aileen und Maud und sogar Jon sie gelegentlich besuchen kamen, erzählten sie ihr nichts von alledem, was in der Welt draußen vor sich ging. Und sie und David sprachen ohnehin über nichts anderes als die Zwillinge.

David badete Elizabeth und Rose Ellen.

»Kleine Betty Blue, wo ist dein roter Schuh«, sang David, mehr um sich selbst, als das Baby aufzumuntern. »Sie wird jeden Tag dicker.« Er tippte auf den winzigen, runzeligen Nabel. »Schau dir nur diesen Bauch an!«

Und Rose, die ihre Freude in Davids Freude fand, sagte: »Aber diese kleine Ellie hier hat den allerdicksten, fettesten Bauch!«

Roses ungewohnt vulgäre Ausdrucksweise brachte ihn zum Lachen. Wusste er doch, dass dies ihre Art von Draufgängertum war. Er reimte und sang ausgelassen weiter und nannte die Babys in seinen Liedern Ellie Belly und Betty Blue. So kam es, dass die beiden Mädchen schon bald darauf von der ganzen Familie Ellie und Blue genannt wurden. Eigenartigerweise war Ellie proper und aufgeweckt, Blue hingegen eher still und ernst.

Während dieses Herbstes und Winters kam Rose nach und nach wieder zu Kräften, wobei Maud ihr eine große Hilfe war. Einmal in der Woche kam Aileen und ging mit den Mädchen spazieren. Rick, der wieder in den Schoß der Gemeinde zurückgekehrt war, erschien bei der Taufe und kam sogar einmal im Monat mit zum Familientee. Seine Tage als »der Mann im Hause Harris« waren allerdings vorbei. Jon vertraute ihr an, dass er immer noch diese »Cheltenham-Frau« hatte – aber das würde ihr nicht viel ausmachen, solange er jeden Abend wiederkommen und den guten Ehemann und Vater mimen würde.

Rose ertappte sich dabei, ihn zu verteidigten.

»Du weißt doch gar nicht, ob er sich tatsächlich immer noch mit dieser Frau trifft, Jon.«

»Genau. Und was ich nicht weiß, macht mich nicht heiß.«

Rose entschied, an dieser Stelle das Thema wohl besser auf sich beruhen zu lassen. Umso mehr war sie überrascht, als ihr Jon ganz unvermittelt um den Hals fiel und sie fest drückte.

»Wofür war das denn?«, fragte sie verdutzt.

»Ich weiß, dass du es warst, die Rick zu mir zurückgeschickt hat.« Jon hatte Tränen in den Augen. »Alle denken, es sei, weil Großvater gestorben ist. Aber er hat mir erzählt, dass er zuerst bei dir war und du ihn davon überzeugt hast, nach Hause zurückzugehen.« Sie boxte Rose mit der Stirn. »Ich hab keine Ahnung, was du getan oder gesagt hast, Schwesterherz. Aber ich danke dir dafür.« Sie trat einen Schritt zurück und schniefte verlegen. Dann, ehe Rose irgendetwas sagen konnte, meinte sie lachend »Komisch. Obwohl du die Ruhige von uns beiden bist, bist du diejenige, die alles zusammenhält.«

Diese schreckliche Ironie des Ganzen war einfach zu viel. Rose wandte sich ab. »Ich sitze doch hier fest. Mit Ellie und Blue«, sagte sie.

»Ja. Aber du und David ... ihr macht deine Schwiegermama so glücklich. Und Mutter kommt liebend gern zu euch. Du hast zwischen Rick und mir vermittelt und Georgie zur Welt gebracht. Ich weiß nicht, was wir ohne dich machen würden.«

»So etwas darfst du nicht sagen. Du machst mich völlig verlegen, und ich fühle mich schrecklich.« Rose versuchte, zu lachen. »Du weißt ganz genau, dass ich die normalste Frau der Welt bin.«

»Genau. Und das macht dich so außergewöhnlich. Stimmt's, Georgie-Porgie?« Jon gab dem Baby einen Klaps auf den Po, als es vorbeikrabbelte.

Rose wechselte das Thema. »Du hast doch einmal gesagt, dass du noch ein Baby möchtest, Jon. Georgie wäre gerade im richtigen Alter für ein Brüderchen oder ein Schwesterchen.«

Jon zucke die Achseln. »Ich glaube nicht, dass ich allein eines machen kann, Schwesterherz.« Sie schaute zu Rose, bemerkte ihren Gesichtsausdruck und sagte schnell: »Außerdem will ich auch gar keines mehr. Nicht jetzt. Ich bin achtzehn. Ich sollte eigentlich meinen Spaß haben.«

Rose schüttelte kaum merklich den Kopf. Jon und Rick waren sich so ähnlich; vielleicht sogar zu ähnlich.

☆

Auf den Tag genau ein Jahr nach Großvaters Tod starb Winston Churchill.

An diesem verschneiten Nachmittag saßen Rose und Maud vor dem Fernseher, schauten die Übertragung des Trauerzuges an und fütterten dabei jeder ein Baby. Richard Dimbleby führte sie mit eintöniger Stimme durch die Prozession.

Plötzlich stieß Rose einen tiefen Seufzer aus und nickte. »Das Leben ist eine tägliche Umdrehung«, zitierte sie unvermittelt aus ihrer Kindheit.

Dann begann auch Maud im gleichen Takt zu nicken. »Ja, Ja. Wie tröstend es doch ist, zu wissen, dass sich das Leben weiterdreht. In diesem Lied – *Let the great big world keep turning* – steckt die ganze Wahrheit.«

»Du bist einfach wunderbar, Maud«, sagte Rose. »Ich glaube

nicht, dass ich mich jemals richtig bei dir dafür bedankt habe, dass du uns dieses Zuhause geschaffen hast.«

»Ihr zahlt Miete dafür, mein liebes Mädchen!« Mauds Gesicht war vom Kaminfeuer gerötet. Sie drückte das Baby an sich und seufzte wieder. »Ich bin glücklich, Ros. Ich hätte nicht gedacht, dass ich jemals wieder glücklich sein könnte. Aber ich bin es wirklich. Und ich hoffe, du bist es auch.«

»O ja. Ich bin glücklich.«

Sie schauten zu, wie der Sarg auf ein Boot getragen wurde. Es schien beinahe, als würde der Anblick des trauernden Volkes ihre eigene Zufriedenheit nur noch verstärken.

☆

Jon beobachtete diese anscheinend so vollkommene Zufriedenheit ihrer Schwester mit äußerst gemischten Gefühlen.

In vielerlei Hinsicht tat ihr Rose leid. Sie war viel zu schnell erwachsen geworden, und ihre Heirat hatte sie mit einem Schlag zu einer Frau mittleren Alters gemacht. Aber da war noch etwas anderes. Irgendetwas musste um die Zeit von Roses Schwangerschaft herum passiert sein. Etwas, das David und Rosie förmlich in ihrer eigenen kleinen Welt einzementierte.

Diese ruhige, nahezu ereignislose Ehe machte Jon ganz kribbelig. Sie sagte sich, sie würde unter allen Umständen die Höhepunkte ihres eigenen Ehelebens vorziehen, auch wenn sie sich danach meistens wieder stritten. Aber zurzeit kam es ohnehin gar nicht erst so weit. Die wenigen Male, die Rick in letzter Zeit mit ihr geschlafen hatte, waren wohl eheliche Pflichterfüllung. Er ging dabei äußerst gewissenhaft mit seinen Vorsichtsmaßnahmen um und sagte ihr auch immer wieder klipp und klar, dass er auf keinen Fall noch mehr Kinder haben wollte.

Vermutlich erging es Rose in punkto Sex nicht viel anders – wie eben den meisten verheirateten Frauen dieser Zeit. Und überhaupt, wer wollte heutzutage schon Kinder in diese Welt setzen, die von Wasserstoffbomben bedroht war? Aber wenn es Rose tatsächlich genauso ging wie ihr, musste Rose irgendetwas haben, womit sie ihre Bedürfnisse kompensierte. Jon kam einfach nicht dahinter, was das sein könnte, denn Zufriedenheit war etwas, das ihrem Wesen völlig fremd war.

So beschloss sie, einfach anzunehmen, dass Rick im Bett nur streikte, weil er immer noch ein Verhältnis mit dieser seltsamen Frau aus Cheltenham hatte. Auch wenn es dafür überhaupt keine Beweise gab. Wenn sie ihm Untreue vorwarf, machte er sich schließlich nicht einmal die Mühe, es abzustreiten – was einerseits eine Art Geständnis war, andererseits aber auch auf ganz subtile Weise bedeuten konnte, dass es da wirklich niemanden gab.

Jon konnte sich gar nicht begeistern, als sie Roses Einladung zum ersten Geburtstag der Zwillinge erhielt. Martin und June würden da sein, und die waren beide unglaublich langweilig. Und Arney und Charles waren auch nicht viel besser. Großmutter Harris würde die ganze Zeit nur missbilligend in die Gegend schauen, und Maud und Aileen würden im Duett ihr Entzücken über die Zwillinge verkünden. Und Rick würde voll und ganz damit beschäftigt sein, Georgie zur Ordnung zu rufen.

Als Rick allerdings sagte: »Ich werde da auf keinen Fall hingehen!«, waren diese Bedenken schnell vergessen.

»Was meinst du damit? Wir können unmöglich nicht auf Blues und Ellies erster Geburtstagsparty erscheinen! Mein Gott, wir gehen überhaupt nirgends mehr zusammen hin. Sicherlich wirst du nicht –«

»Du wirst allein hingehen, Jon. Ich will dich nicht abhalten – auf gar keinen Fall.« Er klang so verdammt vernünftig. Sie hatte noch nicht einmal die Chance, sich einzuschmeicheln! »David wird dich abholen.« Sein versöhnliches Lächeln versetzte ihr einen stechenden Schmerz der puren Zärtlichkeit. »Aileen wird auch hingehen wollen. Du wirst also Begleitung haben.«

Weil sie diesen Anflug von Zärtlichkeit unterdrücken wollte – er hatte nichts mit ihrer Beziehung zu tun –, sagte sie stur: »Ich werde da nicht ohne dich hingehen, und dabei bleibt's.«

Doch anstatt ihre Aufforderung zum Kampf anzunehmen, verlor er das Interesse, noch weiter mit ihr zu diskutieren. »Nun, die Entscheidung hängt natürlich ganz von dir ab.«

Sie waren in Roses altem Zimmer. Georgie hatte Jons ehemaliges Zimmer bekommen, weil es am weitesten von Mrs. Whitties Haus entfernt lag, die einen äußerst leichten Schlaf hatte. Rick hatte bereits sein todschickes Sechziger-Jahre-Nachthemd an, das sie ihm zu Weihnachten geschenkt hatte, und blätterte jetzt demonstrativ in seinem Buch, um dem Thema endgültig ein Ende zu setzen.

Jon stand vor dem Spiegel, immer noch im Petticoat. Es hatte Zeiten gegeben, da hätte sie gute Lust gehabt, sich langsam auszuziehen und sich nackt weiterzustreiten. Doch jetzt empfand sie es einfach nur als demütigend, so vor Rick zu stehen. Er ignorierte sie komplett. Außerdem verhüllte der Petticoat praktischerweise die Tatsache, dass sie nicht mehr dieses schlanke Schulmädchen war, das er einst kennen gelernt hatte.

Sie wechselte den Tonfall und sagte gerade so weinerlich, dass es noch überzeugend klang: »Rick, ich kann unmöglich ohne dich da hingehen. Daraus würden bloß alle blöde Schlüsse ziehen.«

»Hm?« Er legte seinen Daumen an die Stelle, die er gerade gelesen hatte, und blickte über den Rand seines Buches. »Mach mal halblang, Jon. Diese Feier ist für die Familie doch ohnehin nur ein Vorwand, zusammenhocken zu können. Die Zwillinge sind noch viel zu klein, um zu verstehen, was vor sich geht.«

»Ja, aber du gehörst doch zur Familie! Du hast sie praktisch mitgeheiratet!«

»Hab ich das?« Er sah sie an und schien sich zu entsinnen. »Ach ja. Es war deine Familie, die so attraktiv war.« Er lächelte nicht. »Nein, ganz ehrlich, wir reden hier nicht mehr von den Harris'. Rose hat jetzt eine eigene, viel größere Familie. David, Maud, dieser Martin und seine unsägliche Frau June. Rose gehört jetzt zu denen.«

»Nein, das tut sie nicht.« Jon hasste den Gedanken, Rose könnte zu irgendjemand anderem gehören. Rose gehörte auf ganz besondere Weise ihr. »Sie ist immer noch meine Schwester. Und ich will zu ihrer Party gehen!«

Er antwortete schläfrig: »Schön, Jon. Ich gehe jedenfalls nicht hin.«

Aus lauter Verzweiflung zog sie sich plötzlich den Petticoat über den Kopf.

»Hör zu. Ich will nicht, dass die Fairbrothers darüber tratschen, wie unsere Ehe den Bach hinunter geht. Das ist wichtig für mich. Lebenswichtig.« Sie setzte sich aufs Bett, nahm ihm das Buch aus der Hand und küsste ihn fest auf den Mund. Als sie nach einer Weile endlich seine Erwiderung spürte, lächelte sie. »O Liebling«, murmelte sie in seinen Hals.

»Warte, ich muss erst ...« Er stieg aus dem Bett und ging zur Kommode. Sie hätte heulen können vor Frust.

»Rick, lass das doch. Bitte. Ich hätte so gern noch ein Baby. Es würde mir überhaupt nichts ausmachen, noch einmal schwanger zu werden.«

»Natürlich nicht. Aileen würde sich ja schließlich um das Baby kümmern.«

Er kam zu ihr ins Bett zurück, und sie liebten sich leidenschaftlich, jedoch ohne mit dem Herzen dabei zu sein. Danach überlegte sie, wie es eigentlich überhaupt möglich sei, leidenschaftlichen Sex ohne Liebe zu haben. Jedenfalls war es eben passiert.

Und dann, als würde er sie für einen Gefallen bezahlen, sagte er plötzlich: »Also gut. Ich gehe mit dir zu Rose.«

Sie hatte gewonnen. Doch wie nach den meisten ihrer kleinen

Siege verspürte sie keinerlei Befriedigung. Ganz im Gegenteil. Sie war wütend, und ihre Selbstachtung war schwer angekratzt. Das erzählte sie am nächsten Morgen im Badezimmer auch ihrem Spiegelbild und fügte beinahe scherzhaft noch hinzu: »Wieverflixt-noch-mal-immer!«

☆

Im Nachhinein versuchte sie ihm die Schuld für das zu geben, was in der Stroud Road passiert war. Hätte sie nicht so angestrengt daran arbeiten müssen, sein Interesse wachzuhalten, wäre es ihr überhaupt nicht in den Sinn gekommen, sich so schlecht zu benehmen, sagte sie sich. Aber es war viel mehr als das. Sie hatte sich selbst etwas beweisen müssen, als hätte ihre Weiblichkeit auf dem Spiel gestanden.

Es war ein herrlicher Sommertag. Sie trug das Kleid, das sie sich damals für Roses Einundzwanzigsten genäht hatte, und hatte ihr Haar so oft zurückgekämmt, bis es ihr in einer weichen Welle ums Gesicht fiel. Aileen versicherte ihr, sie sehe umwerfend aus. Rick sagte nichts.

David fuhr zuerst nach Cheltenham, um Großmutter abzuholen, und kam dann zu ihnen. Jon brachte Georgie dazu, den Gartenweg hinunterzulaufen und Großmutter einen seiner feuchten Schmatzer zu geben. Er sah ausgesprochen süß aus in seinem baumwollenen Matrosenanzug und konnte jetzt schon alles Mögliche nachplappern. Als sie ihn auf den Rücksitz des alten klapprigen Lagonda neben Großmutter setzte, schaute er sie mit großen Augen an und griff nach der Feder auf ihrem Hut. Sie löste seine Hand und sagte: »Das ist eine Feder, mein Lieber. Und man spielt nicht damit.« Aileen, die auf der anderen Seite neben Georgie einstieg, meinte: »Es ist schön, wieder einmal einen Hut zu sehen.« Und dann, nur für den Fall, dass Großmutter dachte, sie hätte damit gemeint, dass Hüte eigentlich aus der Mode seien, fügte sie hastig hinzu: »Und was für einen schönen Tag Ellie und Blue doch für ihre Geburtstagsparty erwischt haben!«

»Ja«, sagte Großmutter nachdrücklich. »Wollen wir bloß hoffen, dass sie sich zu benehmen wissen!« Jon versuchte, Ricks Blick auf sich zu ziehen. Vergeblich. Vor noch gar nicht allzu langer Zeit hätten sie sich in einer solchen Situation angesehen und sich das Lachen verkneifen müssen. Das war nun vorbei.

David drehte sich um. »Seid ihr da hinten auch nicht zu eng zusammengepfercht? Jon, hier vorne zwischen Rick und mir wäre auch noch genug Platz für dich, wenn dir das lieber wäre.«

Jon machte Anstalten, wieder auszusteigen, doch Großmutter sagte: »Das ist völlig in Ordnung so, mein Guter. Wir sind auch so schon recht spät dran.«

Natürlich ließ David daraufhin sofort den Motor an, und Jon hatte die Chance verpasst, hautnah neben ihrem eigenen Ehemann zu sitzen. Die Enttäuschung nagte an ihr, und sie machte keinerlei Anstrengung, sich an der Unterhaltung der anderen zu beteiligen. Sie fixierte lieber Davids Nacken und fragte sich, ob sie sich vielleicht die ganze Zeit getäuscht hatte und er gar nicht so spießig war.

In der Stroud Road ging es drunter und drüber. Trotzdem schien paradoxerweise alles irgendwie unter Kontrolle zu sein. Jon kam alles merkwürdig vor. Charles und Arney schlichen mit Maud ins Kinderzimmer und warteten darauf, dass die Mädchen aus ihrem Mittagsschlaf erwachten. Martin stellte Sonnenschirme und Liegestühle im Garten auf. June half Rosie, den Tisch zu decken. Überall schwebten Luftballons, und auf dem Tisch standen kleine Schalen mit Gummibärchen und ein Kuchen in Form eines Hauses.

»Kann ich irgendetwas helfen?«, fragte Jon, und June meinte spitz: »Du behältst wohl besser deinen Sohn im Auge.« Sie klopfte Georgie auf die Finger, der gerade etwas von einem der Hochstühle zupfte, das an den Beinen heruntergelaufen war.

Dann holte sie einen Lappen und begann ostentativ die Stühle zu schrubben.

Jon schaute zu Rose, die nur milde lächelte.

»Arney wird in einer Minute unten sein, Jon. Er wird sich um Georgie kümmern. Ist Großmutter so weit okay?«

Jon nickte. Georgie zerrte an dem dünnen Saum ihres Kleides, und sie nahm ihn auf den Arm.

»Und Mutter?«

»Ja. Uns geht es allen bestens.«

Sie schwirrte in den Garten ab. Dort hatten sich David und Rick zu Martin gesellt. Sie setzte Georgie ab.

»Lauf zu Daddy«, sagte sie. Er rannte los, und sie lächelte Martin an. »Du stellst dich ja beinahe genauso ungeschickt an wie ich!« Er hatte einen Liegestuhl verkehrt herum aufgeklappt. »Lass mich mal.« Sie nahm ihm den Stuhl aus der Hand und stellte ihn neben einen anderen. »Komm, lass uns probesitzen!«

Er lachte und setzte sich neben sie. Sie wandte ihm den Kopf zu und betrachtete ihn. Er sah aus wie David.

»Weißt du, Martin Fairbrother, du bist ein äußerst attraktiver Mann!«

Er wurde rot. Armes Lämmchen, wenn David langweilig war, war er noch langweiliger. Er war zum Flirten einfach nicht zu gebrauchen.

Und dann sagte er: »Und du ... du bist das hübscheste Wesen, das ich seit langem gesehen habe!«

Ihr wäre beinahe der Kiefer heruntergeklappt, aber sie bekam sich gerade noch in den Griff und formte ihren offenen Mund zu einem Lächeln. Sie drehte den Kopf zur anderen Seite. So kam die lange Linie ihres Halses, die vorher im Kragen versteckt war, voll zur Geltung.

June rief aus der Küche: »Martin! Sitz da nicht einfach so rum! Die Jungs benehmen sich wie kleine Monster – geh und nimm sie auseinander!«

Er sprang auf, als stünde der Liegestuhl in Flammen. Wenigstens konnte er so in ihr hübsches Gesicht blicken, das sie in den Himmel streckte. Sie blinzelte ihn lachend an. Er zögerte kurz, ehe er zurückzwinkerte.

Es würde June recht geschehen. Was diese Frau doch für eine Kuh war.

☆

Der Nachmittag verlief weiterhin sehr berechenbar: Tee, Gekreische, Geschrei, Gelächter. Die beiden Großmütter rannten wie Katzenmütter hinter den Kindern her, und Ellie und Blue quietschten vergnügt in ihren neuen Laufställchen. Doch jetzt war es Jon nicht mehr langweilig. Sie spürte, wie das Leben in ihr kribbelte; und das, obwohl sie viel weniger redete als sonst. Es war, als könnte sie sich selbst sehen: neunzehn Jahre alt, ihr Gesicht zierlich, von dunklen Locken umrahmt, ihr hauchdünnes Kleid ... Und dann betrachtete sie die anderen: alle viel älter und auf ihre Art sehr gesetzt. Und einer von ihnen beachtete sie, sah sie wirklich. Dass Martin über dreißig war, machte die ganze Sache noch aufregender. Er streckte ihr eine Schale hin. »Gummibärchen, Jon?« Sie konnte ihm nicht in die Augen sehen. Er sprach absichtlich wie ein kleines Kind. Arney schnappte seine Worte natürlich sofort auf: »Gummibärchen, Jon? Bärchen-Jon!« Er kicherte. Und alle lachten, ohne zu wissen, dass es für sie und Martin komischer als komisch war. Als sie aufstand, um Georgie auf den Topf zu setzen, streifte sie im Vorbeigehen Martins Schulter. Er hatte den gleichen Nacken wie David. Sie erinnerte sich von der Autofahrt her noch daran. Sie ließ ihre Fingerspitzen knapp über seinem Kragen entlanggleiten und spürte einen Schauder.

Später spielten sie Cricket. Martin war vor dem Gartenhaus positioniert. Sie gesellte sich zu ihm. Als Charles den Softball ins

Gebüsch geworfen hatte, machten sie sich gemeinsam auf die Suche.

Aileen rief ihnen nach: »Was habt ihr beiden denn, bitte schön, vor?«

»Den Ball suchen, Mutter – siehst du das denn nicht?«

Aileen stand es ins Gesicht geschrieben, dass sie diese Aktion gar nicht guthieß.

»Er liegt hier vor meinen Füßen. Du kommst jetzt besser wieder heraus, Martin.«

Er hob seinen Schläger auf, und Jon sagte: »Ehrlich, Mutter. Ein harmloser Flirt!«

»June würde das nicht so sehen!«

Das machte es ja gerade so spannend. Und natürlich nicht zu vergessen war die Tatsache, dass Rick möglicherweise ebenfalls eifersüchtig werden könnte. Nicht, dass Rick auch nur das Geringste mitbekommen hätte. Er genoss dieses verdammte Spiel, er hatte tatsächlich seinen Spaß daran.

Sie murmelte etwas von Affenhitze und verschwand im Haus. Sie spürte, wie dieses alte Gefühl der Unzufriedenheit wieder in ihr hochkam. Sie ging den langen Flur entlang und beneidete Rose um diese Geräumigkeit. Sie setzte sich in die Nische unter der Treppe wo immer noch der Schreibtisch des alten Mr. Fairbrother mit dem altmodischen Telefon stand. Daneben lag noch ein Stapel ungeöffneter Geburtstagskarten. Rose schien niemanden zu kennen, und dennoch überschütteten sie so viele Menschen bei Anlässen wie diesem – oder etwa damals, als sie mit den Zwillingen im Krankenhaus war – mit Aufmerksamkeiten. Ihre plötzliche Heirat mit einem älteren Mann und dann Georgies Geburt hatten Jon irgendwie von ihren Schulfreundinnen abgeschnitten. Seitdem hatte sie auch keine Zeit gefunden, neue Bekanntschaften zu schließen.

Sie schüttelte sich heftig. Da war sie doch tatsächlich nahe daran gewesen, Rosie um all das zu beneiden! Ihr wurde blitzschnell wieder klar, dass sie Roses Leben keinen Tag aushalten könnte.

Jemand kam in die Küche. Sie lugte aus ihrem Schlupfloch. Es war Martin. Und im Nu war ihre Unzufriedenheit verflogen.

»Puh!«, machte sie. Er drehte sich um und sah sie direkt an. Sein Gesicht erfüllte sich plötzlich mit Freude. War sie wirklich dazu fähig, irgendjemandem Freude zu bereiten?

Sie sprang glucksend unter der Treppe hervor, und er kam den Flur entlang zu ihr gelaufen.

»Du hattest aber keine sehr große Ausdauer«, bemerkte sie neckend und strahlte ihn an. Er blieb kurz stehen und holte Luft.

»Ich habe meinen Fuß vors Tor gesetzt. Ich wusste, dass mich Charles sofort dabei erwischen würde.«

Er machte noch zwei Schritte vorwärts und stand nun so nah bei ihr, dass ihr Rock seine Beine streifte. Er wusste nicht, was er als Nächstes sagen oder tun sollte, und sie würde selbst die Initiative ergreifen müssen. Es hing ganz von ihr ab. Sie würde ja später noch Gelegenheit zu einer Entscheidung haben.

Sie sagte im Plauderton: »Ich bin fest entschlossen, mit dir ins Bett zu gehen, Martin Fairbrother.« In ihren Ohren klangen ihre eigenen Worte nicht gerade sehr entschlossen. Für sie waren sie nichts weiter als ein Schachzug. Sie wartete auf seine Reaktion.

Wollte er etwa tatsächlich einen Rückzieher machen? Nein. Endlich sagte er: »O mein Gott ... du wundervolles Mädchen. Du verrücktes, wundervolles Ding.«

Sie lachte. »Das ist alles deine Schuld. Du bist unglaublich ...« Sie zögerte. Sollte sie »sexy« oder »männlich« sagen? Sie wollte ihn nicht erschrecken und flüsterte nur: »Könntest du mich bitte küssen?«

Er küsste sie. Vermutlich lag es an seiner Trainingspartnerin June, dass sein Kuss weder befriedigend ausfiel noch mit Herz gegeben wurde. Sie feilte an seiner Technik, bis er verrückt nach ihr war. Ihr war zu diesem Zeitpunkt immer noch nicht bewusst, dass die Entscheidung längst gefallen war.

Er öffnete die Tür zum früheren Wohnzimmer, inzwischen Davids und Roses Schlafzimmer. Das Bett war unter einem Berg aus Jacken, Handschuhen, Handtaschen und einem Hut – Gott sei dank nicht Großmutters – begraben.

Er sagte mit belegter Stimme »O mein Gott ...«

Jon lachte und räumte das Bett ab, indem sie einfach die Tagesdecke mitsamt den Sachen mit einem Ruck auf den Boden zog. Dann sprang sie mitten hinein ins Bett – Federbetten, bei diesem Wetter! Sie versank darin wie in einem Vogelnest. Eigentlich wollte sie verführerisch auf und ab wippen. Aber der bloße Versuch ließ sie nur noch tiefer in den Federn versinken.

Martin war schon weit über die Vorbereitungsphase hinaus. Er setzte ein Knie neben sie und öffnete den Reißverschluss seiner Hose. Er schluchzte. Sie nahm seinen Kopf zwischen die Hände und sagte: »Es ist alles in Ordnung.« Sie küsste ihn, und im nächsten Augenblick lag er auf ihr.

Sie erschrak zu spät. Wenn sie ihn jetzt noch gestoppt hätte, hätte sie ihm fürchterliche Schmerzen zugefügt. Und das wollte sie dann auch nicht; letzten Endes war er ein netter Kerl. Ihm hatte sie es zu verdanken, dass sie sich an diesem Tag so wahrhaftig und lebendig fühlte. Es war das mindeste, was sie tun konnte ... Ihre Angst wich purer Resignation. Es bedeutete letzten Endes gar nichts. Leidenschaft ohne Herz, das kannte sie ja bereits. Sie rechnete ohnehin damit, dass er kurzen Prozess machen würde. So würde ihr kaum Zeit bleiben, sich überhaupt gewahr zu werden, dass sie Rick untreu war – der es letzten Endes nicht anders verdient hatte, nach seiner Herumpoussiererei mit dieser Frau aus Cheltenham.

Aber es war nicht schnell vorbei. Martin hatte Angst, ihre Gefühle zu verletzen. Und als sie ihm dann unmissverständlich zeigte, dass in dieser Hinsicht überhaupt kein Grund zur Sorge bestand, verfiel er in eine Art religiöse Ekstase, die ihm wieder die Tränen in die Augen trieb. Sie versuchte, ihn zu trösten, und spielte ihm vor, verrückt nach ihm zu sein; sie krümmte sich und stöhnte und bohrte ihre Zähne in seinen Nacken – genau über diesen weißen Kragen. Dieser Kragen und dieser Nacken hatten am Nachmittag die ganze Sache ins Rollen gebracht. Sie wollte sich einreden, wie schrecklich komisch es doch sei, dass sie während der Geburtstagsparty von Rosies Töchtern mit Rosies Schwager in Rosies Bett Liebe machte. Doch es half nichts – als Martin von ihr herunterrollte und keuchend neben ihr lag, weinte sie. Warum, wusste sie nicht.

»Jon. Meine Liebe, was ist denn los?«, fragte er schnaufend.

Sie rieb sich wie ein Kind die Augen. »Ich weiß auch nicht. Ich weine sonst nie. Tut mir leid.«

»Das hier ist kein ... du weißt schon ... One-night-stand – oder wie man das auch immer nennt.«

»O Martin ...« Jetzt schüttelte sie sich vor Lachen. »Es ist ja noch nicht einmal Nacht!«

»Wir werden heiraten, Jon. Ich habe noch nie so für eine Frau empfunden. Ehrlich.«

Er versuchte, sie in seine Arme zu schließen, doch das wollte sie nicht. Dieses Gefühl der Macht, ihr eigenes Schicksal beeinflussen zu können, war verschwunden. Sie zog sich im Bett hoch. Ihr schönes Kleid hing ihr jämmerlich zusammengeschoben wie eine Ziehharmonika um die Hüften. Martin hatte keine Vorsichtsmaßnahmen ergriffen, und das Bett war verwüstet. Sie bekam es wieder mit der Angst zu tun.

»Hör zu, mein Liebling«, sagte er hastig. »Ich liebe dich. Wenn ich mit dir zusammen bin, fühle ich mich ganz wundervoll. Ich könnte Berge versetzen, Jon! Ich meine es ernst!«

»Ich weiß.« So hatte sie sich auch schon einmal gefühlt.

»Es wird eine hässliche Angelegenheit werden, mein Schatz. Rick ... June ... sie werden uns die Hölle heiß machen. Aber wir werden es überleben. Wir werden heiraten. Wir werden für die Jungs ein neues Zuhause schaffen – für alle drei.« Er lachte, glaubte wohl, mit allem fertig werden zu können. »Wir werden unsere eigene Familie haben, Jon. Wäre das nicht zauberhaft?«

Ihr schauderte beim Gedanken an diese Horrorvorstellung. Sie wünschte sich nichts dergleichen. Sie wünschte, sie könnte die Zeit zurückdrehen, zu ihrem Kuss im Flur, als sie noch für ihr eigenes Schicksal verantwortlich war.

»Sie würden mir Georgie wegnehmen«, sagte sie matt.

»Wir werden um ihn kämpfen, Jon. Und June wird Charles und Arney nicht wollen. Alles, was die beiden von ihr bekommen, ist ständig einen Klaps auf den Po.«

Sie wollte sie allerdings auch nicht.

»Rick –« Es klang fast nach einem Hilfeschrei, aber er konnte sie nicht hören.

»Liebling, hör auf, dir Gedanken zu machen. Er wird schon zurechtkommen. Vermutlich. Und June auch.«

Das war ja das Schlimme. Rick würde zurechtkommen, und das schon nach kürzester Zeit. Er würde wahrscheinlich nach Cheltenham zu dieser Person ziehen – wer auch immer sie sein mochte.

»Rosie ... David ...«, flehte sie.

»Ich weiß, sie werden verletzt sein. Und meine Mutter auch. Aber das müssen wir ihnen überlassen. Wir werden darüber hinwegkommen.«

Er hatte für alles eine Antwort. Sie hätte ihn beinahe hassen können. Sie schloss ihre Augen und schickte ein Stoßgebet zum Himmel, und schon stand ihre Mutter gleich einem gottgesandten Racheengel vor ihr.

Aileen wusste sofort, was geschehen war, was nicht weiter verwunderte, da Jon noch nicht einmal ihr Kleid geordnet hatte. Martin kroch mehr oder weniger unversehrt aus dem Bett und setzte zu einer Rede an. Aileen ignorierte ihn. Jon ignorierte ihn.

Aileen sagte: »Steh auf und geh ins Badezimmer. Ich kümmere mich um das Bett.«

Jon sagte: »Mutter, es tut mir leid. Ich wollte nicht –«

Aber Aileen verhielt sich geradeso, als würde so etwas jeden Tag vorkommen. Sie warf einen kurzen Blick auf Martin, der gerade bei ... »und wir sind sehr verliebt ...« angekommen war, und raunzte ihn an: »Bis jetzt hat dich noch niemand vermisst. Geh schon nach draußen.«

Aber er war nicht zu bremsen. Gott weiß, wie lange er noch weiter so pathetisch dahergeredet hätte, wenn nicht Rosie in der offenen Tür aufgetaucht wäre. Sie war deutlich begriffsstutziger als ihre Mutter und hätte möglicherweise nie erahnt, was sich wirklich abgespielt hatte, wenn Martin den Mund gehalten hätte. Als schließlich der Groschen bei ihr fiel, riss sie den Mund weit auf; in ihrem Gesicht stand das blanke Entsetzen. Sie reagierte völlig entsetzt, wie es Jon nicht anders erwartet hatte. Es hätte nicht schlimmer sein können, wenn sie sie in flagranti im Bett erwischt hätte. Ihre Haut färbte sich aschgrau, und ihre Lippen bebten.

Aileen ging zu ihr, und Martin machte nach unendlich lang erscheinender Zeit eine Atempause.

In die Stille hinein fing Jon noch einmal an: »Ich wollte nicht ...«

Sie schaute zu Martin, der sie wie von Sinnen anstarrte. Sie beendete ihren Satz: »Ich wollte nicht, dass es so weit geht. Es tut mir Leid.«

Er konnte nicht glauben, was er gehört hatte. Er stammelte etwas wie »Jon – meine Liebste« und klammerte sich an den Bettpfosten.

»Bist du okay, Liebling?«, fragte Aileen. Sie meinte damit Rose.

Jon sagte: »Ich liebe Rick. Verzeih mir, Martin.«

»Ein Ausrutscher. Nichts weiter. Jon ist lediglich ein Ausrutscher passiert.« Aileen sagte es zu Rose, deren Taille sie fest umklammerte. Es war, als wäre Jon überhaupt nicht da gewesen.

Martin sagte: »Das kannst du doch nicht ernst meinen, Jon. Gerade eben ... du hast gesagt, du liebst mich ...«

»Nein. Das habe ich nicht gesagt.«

»Aber was wir getan haben – das bedeutet doch wohl –«

»Irgendwie. Vielleicht. Aber Rick ...«

Aileens Tonfall war plötzlich sehr streng. »Jon ist zu jung, um zu verstehen, was in ihr vorgeht, Martin. Zu egoistisch, um auf die Gefühle anderer Rücksicht zu nehmen. Sie wollte einen Flirt. Mehr nicht.«

Martin sah krank aus. Er versuchte es noch ein letztes Mal. »Jon?«

Jon stand einfach nur da und ließ den Kopf hängen. Sie konnte ihm nicht ins Gesicht sehen. Wenn Mutter sie schon als dummes Schulmädchen hinstellen musste, dann verhielt sie sich auch so.

Als sie aufsah, war er gegangen.

☆

Aileen und Rose begannen, das Bett in seinen ursprünglichen Zustand zurückzuversetzen. Rose hatte sich offensichtlich wieder im Griff. Obwohl sie immer noch nicht sprach, war ihre Gesichtsfarbe schon fast wieder normal. Mutter war absolut bewundernswert. Man hätte denken können, sie hätte Erfahrung in einer solchen Angelegenheit.

Sie machten das Bett und verteilten alles wieder so auf der Tagesdecke, wie es war.

Dann brach Rose endlich ihr Schweigen und sagte leise: »Davon darf niemand jemals etwas erfahren. Solange das Ganze ein Geheimnis bleibt, sollte es Martin wohl nicht schwer fallen, es schnell wieder zu vergessen. Habt ihr das verstanden?«

»Natürlich«, sagte Aileen. »Jeder macht seine Fehler. Es ist wirklich besser, gar nicht erst darüber zu sprechen.«

Jon traute ihren Ohren nicht. Was sie da eben von den beiden vernommen hatte, war geradezu, als würden sie ihr den Rand des Teppichs hochhalten, damit sie drunterkehren konnte, was in der vergangenen Stunde passiert war. Aileen bückte sich nach Jons zusammengerolltem Slip und reichte ihn ihr. Dann sagte sie freundlich: »Du gehst dich jetzt besser sauber machen, Liebling – und richte dein Kleid ordentlich. Ich werde uns solange eine schöne Tasse Tee machen.«

Aileen und Rose gingen aus dem Zimmer und ließen sie allein.

☆

Sie erwartete von Martin geradezu, dass er versuchen würde, sie allein zu erwischen. Doch als sie aus dem Badezimmer kam, konnte sie aus dem Fenster im Flur sehen, wie er unten gerade dabei war, seine Söhne ins Auto zu packen. Die beiden hatten sich während des Cricketspiels in die Haare bekommen und wurden zur Strafe nach Hause gebracht.

Aus dem Schlafzimmer vernahm sie Junes wütende Stimme. »Ich hab doch meine Strickjacke hier aufs Bett gelegt, als wir gekommen sind. Jetzt kann ich sie nirgends mehr finden.«

Martin sah kurz auf, sah sie hinter dem Fenster und blickte schnell wieder weg. Sie fragte sich, warum sie ihn nur so sehr begehrt hatte. Er war so ... gewöhnlich. Als er sich hinunterbeugte, um etwas aus dem Wagen zu holen, sah sie den Abdruck ihrer Zähne in seinem Nacken. Vielleicht war er ja für ein oder zwei Stunden doch außergewöhnlich gewesen. Sie schaute sich nach Rick um. Er war immer noch im Garten und feuerte Ellie und Blue in ihren Laufställchen an. Die Sonne, die inzwischen tief über dem Gartenhaus stand, setzte sein rotes Haar in Flammen und ließ kleine glitzernde Punkte auf seinen Armen und Handrücken tanzen. Sie erinnerte sich daran, wie sie ihn beim Tanztee vor vier Jahren zum ersten Mal gesehen hatte. Sie hatte damals sofort gewusst, dass er der einzig Richtige für sie war. Aber er hatte sie nie richtig ernst genommen. Sie fragte sich, wie er wohl reagieren würde, wenn sie ihm von der Sache mit Martin erzählen würde. Darüber wollte sie später noch ausgiebig nachdenken ... Schließlich hatte sie ja nicht versprochen, es geheim zu halten.

9

Jon bekam Martin den ganzen Rest des Augusts nicht mehr zu Gesicht. Ihre Mutter hatte das, was auf der Geburtstagsparty passiert war, nie wieder erwähnt, und Rose hatte sie seitdem nur sehr selten gesehen. Was natürlich allein Jon zuzuschreiben war. Schließlich hatte Rose stets alle Hände voll mit den Zwillingen zu tun. Es wäre also an ihr gewesen, Rose zu besuchen. Aileen machte seltsamerweise auch nie den Vorschlag, nach Gloucester zu fahren. Abgesehen davon wollte Jon das Haus überhaupt immer seltener verlassen.

Sie wurde immer frustrierter. Na schön, sie hatte gesündigt. Das war nicht abzustreiten. Aber es war doch niemand wirklich ernsthaft verletzt worden. Und Aileen fiel es offenbar ja auch nicht schwer, so zu tun, als sei nichts passiert. Nur mit Rose war seitdem irgendetwas nicht mehr in Ordnung. Sie machte den Eindruck, als habe das Vergehen ihrer Schwester sie körperlich verletzt. Es hatte nicht lange gedauert, ehe Jon für sich das Wort »Sünde« gegen »Vergehen« ausgetauscht hatte. Schließlich lebten sie ja mitten in den Swinging Sixties – das Wort Sünde gab es damals schlichtweg nicht.

Was Martin anging: Wenn er wirklich so verknallt gewesen wäre, hätte er bestimmt versucht, Kontakt zu ihr aufzunehmen. Diesen Schreckensmoment, als sie dachte, es sei ihm so ernst, dass er mit Rick reden und ihre Ehe für immer zerstören würde, hatte sie längst verdrängt. Sicher stand er gerade jetzt wieder unter Junes Pantoffel. Er war ein solcher Waschlappen.

Georgie war fast zwei und machte allerhand Arbeit. Sie überließ ihn mehr und mehr ihrer Mutter und trat einem Tennisclub in Cheltenham bei. Sie nutzte jedes gemischte Doppel zu einem Flirt und erzählte Rick lang und breit davon, wenn sie nach Hause kam. Aber das schien ihn nicht weiter zu berühren. Als er sie eines Tages vom Tennisplatz abholte, gab sie ihrem Matchpartner einen Abschiedskuss. Rick sagte nichts dazu.

»Er ist mein ganz spezieller Freund«, sagte sie und verstaute ihre Sporttasche auf dem Rücksitz. »Zusammen sind wir Dynamit.«

Rick ignorierte die zweideutige Anspielung und meinte: »Ich muss auf dem Nachhauseweg noch bei ein paar Kunden vorbei.«

»Kann das nicht warten? Mutter hat Georgie schon seit heute Morgen um neun.«

»Das liegt nicht an mir, Jon. Ich muss heute noch arbeiten, sonst hätte ich schließlich nicht den Riley.«

»Ist ja schon gut.« Sie ließ sich auf das heiße Leder sinken. »Ich verstehe sowieso nicht, warum du den Riley nicht immer hast. Wir brauchen doch ein Auto.«

»Du meinst, du brauchst ein Auto.«

»Nun, es ist in der Tat nicht leicht, draußen in Churchdown zu leben, solange Georgie noch so klein ist.«

»Du lässt ihn doch ohnehin immer bei deiner Mutter. Er wird dich bald nicht mehr erkennen.«

»Mein Gott, du hast aber miese Laune! Hast du irgendetwas?«

»Nein«, war alles, was er dazu sagte. Er bog in die Winchcombe Street ein, von dort in die Evesham Road. Nachdem sie sich eine ganze Weile angeschwiegen hatten, sagte er: »David ist zum Chef befördert worden. Er ist jetzt anscheinend der jüngste Filialleiter, den Prov je hatte. Das ist eine ganz schöne Herausforderung.«

»Rick!« Jon richtete sich im Sitz auf und schaute ihn von der Seite an. »Jetzt wird es uns gut gehen! David wird uns den Firmenwagen überlassen! Er wird dir eine Gehaltserhöhung geben! Rick, das ist fantastisch!«

»Ich sehe das nicht ganz so, Jon. Wenn du denkst, dass ich meinem Schwager jetzt in den –«

»Sei doch nicht blöd, Liebling! Wenn du willst, kann ich ja mit ihm reden! Oh Rick, das sind tolle Neuigkeiten!«

»Wage es niemals und bitte David Fairbrother um einen Gefallen! Ist das klar?«

Er hatte seinen Blick nicht von der Straße genommen. Aber sie konnte förmlich fühlen, wie verärgert er war. Seine Knöchel waren ganz weiß, so fest umklammerte er das Steuer mit seinen Händen.

Sie lachte. »Schatz, ich müsste noch nicht einmal selber fragen. Martin würde das für mich tun. Für uns.«

Er schwieg, noch immer wütend. Es war, als hätte er eine Mauer zwischen ihnen aufgebaut, und sie musste sich strecken, um drüberschauen zu können.

Endlich sagte er: »Martin Fairbrother kennt uns kaum. Wie auch immer, er und seine Frau sind total versnobt. Sie schauen sogar auf David und Rose hinunter.«

»Die natürlich die Allerbesten sind«, sagte Jon, die plötzlich ebenfalls wieder sauer war.

»Besser als die beiden allemal.« Rick fuhr am Friedhof vorbei und hielt den Wagen vor einer frei stehenden Villa an. Er sah sie zum ersten Mal an, seit sie eingestiegen war. »Was geht hier vor, Jon? Warum glaubst du, dass sich Martin Fairbrother für uns ins Zeug legen sollte?«

Sie versuchte es auf die Schmolltour. Früher hatte er es immer so niedlich gefunden, wenn sie schmollte.

»Er hat eine Schwäche für mich. Weißt du. Lolita. So in der Art.«

Seine Reaktion war völlig anders als erwartet. Er starrte sie so eindringlich an, dass sie schon dachte, er würde gleich explodieren und sie in einem Anfall von Wut durchschütteln, vielleicht sogar schlagen – was sie im Grunde ja noch hätte verstehen können. Aber nein, stattdessen brach er plötzlich in schallendes Gelächter aus.

»Was ist denn daran so komisch. Warum lachst du?«, wollte sie wissen.

Er konnte sich gar nicht mehr einkriegen. Und auch als er sich dann endlich beruhigt hatte, erhielt sie keine richtige Antwort auf ihre Frage.

»Martin Fairbrother ... dieser alte Schwerenöter!«, war alles, was ihm dazu einfiel.

Darauf konnte sie es nicht beruhen lassen. Martin mochte vielleicht ein hoffnungsloser Langweiler sein, aber doch kein Schwerenöter. Sie sagte: »Es ist nicht so, wie du denkst. Da steckt mehr dahinter, Rick. Er liebt mich.« Sie versuchte das Gespräch wieder aufs eigentliche Thema zurückzulenken. »Er würde alles für mich tun. Das weiß ich. Er könnte David ganz nebenbei darauf ansprechen – David würde nicht einmal auf die Idee kommen, dass ich dahinter stecken könnte. Ehrlich. Ich krieg' das hin. Ich versprech's dir.«

Das Lachen war aus seinem Gesicht gewichen. Er sagte langsam: »Er liebt dich. Das hat er dir gesagt?«

»Ja.«

»Und du hast ihm geglaubt.«

»O ja. Er war ... ja. Ich habe ihm geglaubt.«

»Auf der Geburtstagsparty, stimmt's?«

Sie wusste nicht weshalb, aber dieses Gefühl der Angst kam

wieder in ihr hoch. Als würden ihr die Zügel aus der Hand gleiten. »Ja. Ich glaube, es war an diesem Tag.«

»Du weißt verdammt gut, dass es an diesem Tag war. Ihr wart beide verschwunden. Nach dem Tee. Und dann ist er Hals über Kopf aufgebrochen.«

»Die Jungs hatten sich gekabbelt. June –«

»Er ist gegangen. Und Rose sah ganz krank aus. Und Aileens Rücken war steif wie ein Besenstil.«

»Das ist mir gar nicht aufgefallen. Aber Martin würde auf jeden Fall –«

»Ihr wart zusammen im Bett. In David und Roses Bett?«

Als ob das einen Unterschied machte. »Hör zu. Rickie, Liebling. Ich kann es dir erklären. Es war nicht so schlimm, wie es dir jetzt vorkommen mag. Und alles, was ich danach gespürt habe, war, wie sehr ich dich doch liebe.«

Er fing wieder an zu lachen. »Du und Martin Fairbrother. In Roses Federbett. O mein Gott!«

»Warum lachst du?«

»Es ist nur ... ein Déjà-vu.«

»Aber das ist überhaupt nicht komisch, Rickie!« Jetzt, da er es wusste, wollte sie, dass er wütend wurde; dass er vor Eifersucht brannte. Sie sagte matt: »Wir hatten Sex, verstehst du? Wir haben es zum Äußersten kommen lassen, Rickie. Ich habe es gleich danach bereut – das gebe ich zu –, aber es ist passiert!«

Er nickte, immer noch lachend. »Oh, ich hab's schon kapiert, Jon. Kein Wunder, dass Rose so krank aussah. Das wundert mich verdammt noch mal überhaupt nicht!«

Er stieg aus, angelte nach dem Ordner auf dem Rücksitz und folgte dem geschwungenen Pfad, der zur Villa hinaufführte. Während sie ihm nachschaute, schnürte ihr der Frust beinahe die Luft ab. Warum, um alles in der Welt, hatte er gelacht? Scherte es ihn denn wirklich einen Dreck, wenn sie mit einem anderen Mann ins Bett ging? Was war so amüsant daran, dass es Martin war? Dass es Rose krank machte, dass ihre Schwester und ihr Schwager ... außer natürlich, Rose wollte etwas von Martin. Aber nein, Rose und David waren praktisch eine Person, sie waren wie zusammengeschweißt.

Jemand kam an die Tür, ging aber wieder weg und ließ Rick auf dem Treppenabsatz stehen. Was für ein lausiger Job – Versicherungen verkaufen. Ein Klinkenputzer. Die Frau tauchte wieder auf, Geld ging von Hand zu Hand, ein Buch wurde unterschrieben. Transaktion abgeschlossen. Warum konnte er nicht einsehen, dass er, wenn sie nur einige Fäden ziehen würde, nicht nur den Wagen für immer haben könnte, sondern auch noch mehr Geld verdienen würde? Und vielleicht würde er auch einen Job im Büro bekommen.

Er kam zurück. Das Lachen war ihm inzwischen gänzlich vergangen. Er stieg ein, knallte die Tür zu, ließ den Motor an und machte mit quietschenden Reifen eine 180-Grad-Kurve. »Ich dachte, du müsstest noch einen weiteren Kunden besuchen?«, bemerkte sie.

»Das spielt jetzt keine Rolle mehr.«

Das klang vielversprechend. Würde er jetzt etwa mit ihr nach Hause fahren und wilden, leidenschaftlichen Sex machen?

Sie sagte: »Nach dem Abendessen könnten wir einen Spaziergang machen, wenn du möchtest. Hinauf zur alten Rodelbahn.«

Offensichtlich hatte sie wieder etwas Falsches gesagt. »Bis du Georgie ins Bett gebracht hast, wirst auch du müde sein. Nach all dem Tennis.«

»O Rickie. Mutter würde ihn doch bestimmt ins Bett bringen, wenn wir sie nett fragen.«

»Aileen tut schon viel zu viel für uns. Wenn du unseren Sohn nicht ins Bett bringst, mache ich es.«

»Ist ja schon gut. Ich werde ihn ins Bett bringen. Mutter ist gerade mal fünfzig, weißt du. Keineswegs altersschwach oder so.«

Er erwiderte nichts, und sie wartete ab, bis er durch die Stadt und nach Staverton hinaus gefahren war, ehe sie wieder den Mund aufmachte.

»Rickie, lass uns einen Spaziergang machen. Ich bringe vorher auch Georgie ins Bett und lese ihm eine Gutenachtgeschichte vor. Ich werde bestimmt nicht zu müde sein. Lass uns einen Spaziergang machen.«

»Ich bin müde.«

»Bitte. Bitte, Rickie.«

»Gibst du denn niemals auf?«

»Nicht, wenn mir etwas wichtig ist.«

Das Getriebe machte ein ohrenbetäubendes Geräusch, als er herunterschaltete. Sie schrie auf: »Pass auf, Liebling! Wenn das Auto bald uns gehören soll, wollen wir doch nicht die Gangschaltung kaputt machen!«

Er blickte sie kurz von der Seite an und fing wieder an zu lachen.

☆

Sie hätten genauso gut zu Hause bleiben und sich einen Film im Fernsehen ansehen können. Der Abend verlief äußerst unkonstruktiv. Sie fragte ihn noch einmal, warum er so gelacht hatte, und er antwortete, er wüsste es nicht. Sie fragte ihn, warum er nicht wollte, dass sie mit Martin sprach, und er betonte nochmals nachdrücklich, dass er ihr dies absolut verbieten würde.

»Ich würde ihm dafür auch bestimmt nicht irgendwelche Gefallen erweisen müssen«, sagte sie und setzte dabei ihren typischen Unschuldsengelblick auf. »Es würde vermutlich absolut ausreichen, wenn ich ihm androhe, seinem unfehlbaren Bruder von der Sache zu erzählen. Er wird alles für mich tun!«

Rick sah sie fassungslos an. »Schreckst du denn vor gar nichts zurück, wenn es darum geht, deinen Kopf durchzusetzen, Jon?«

»Zumindest nicht vor vielem. Ich würde es ja außerdem für dich tun, Rickie Johnson!«

Da lächelte er doch tatsächlich. »O natürlich. Das habe ich ganz vergessen«, sagte er liebenswürdig. Dann fand er wohl, dass sein Grinsen zu breit und seine Stimme zu liebenswürdig war. »Du willst mir also weismachen, dass du um meinetwillen mit Martin Fairbrother ins Bett gegangen bist?« Er klang wieder böse.

Ihr Herz machte einen kleinen Satz. Letzten Endes war er also doch eifersüchtig.

»Er hat mich verführt, wenn du es genau wissen willst.«

»Darauf wette ich!«

»Du hast das schon eine ganze Weile nicht mehr versucht, mein Liebster.« Sie versuchte, gelassen zu klingen. »Bei dir läuft's eher geschäftlich ab – zumindest, wenn du mit mir im Bett bist. Mit deiner speziellen Freundin in Cheltenham mag es vielleicht anders sein.«

Er blieb stehen und blinzelte mit zusammengekniffenen Augen ins Tal. Sie waren auf der Seite des Hügels angekommen, von der aus man nach Gloucester hinunterschauen konnte. Es schien, als würde er in dem Durcheinander von Straßen unter ihnen nach der Stroud Road suchen.

Er sagte ruhig: »Ich habe mich schon seit achtzehn Monaten mit keiner anderen Frau mehr getroffen, Jon. Seit damals, als Rose mich zu dir zurückgeschickt hat ... Ich war dir seitdem treu.«

Sie schluckte, sagte aber immer noch trotzig: »Du verbringst aber trotzdem nicht viel Zeit zu Hause!«

»Ich versuche mehr zu arbeiten, um mehr Provision zu bekommen. Ich dachte, wir könnten mit dem Geld vielleicht von hier weggehen.«

»Weggehen? Vom Schneewittchen-Haus?«

»Ja.«

Sie starrte ihn an. Er hatte sich so sehr verändert, seit sie ihn kennen gelernt hatte. Damals war er genauso verrückt gewesen wie sie selbst. Und jetzt ... er war natürlich auch schon sechsundzwanzig.

Sie sagte: »Ich dachte, es gefällt dir hier. Ich dachte, du wohnst gern bei Mutter.«

»Tu ich auch. Aber ich hasse meinen Job bei Prov. Und jetzt, wo David der Chef ist ... Ich bin eher praktisch veranlagt. Ich dachte, ich würde vielleicht lieber etwas mit meinen Händen arbeiten.«

Etwas hielt sie davon ab, eine flapsige Bemerkung darüber fallen zu lassen, was er möglicherweise mit seinen Händen machen könnte. Sie ließ sich auf einen Baumstumpf plumpsen. Ein Leben woanders als im Schneewittchen-Haus konnte sie sich einfach nicht vorstellen. Die wenigen Monate, die sie in der St. James' Street gewohnt hatte, waren schrecklich gewesen. Er kniete sich neben sie und legte eine Hand auf ihren Arm.

»Aileen würden wir natürlich mitnehmen. Aber ich möchte, dass es unser Haus ist. Ich möchte, dass Aileen bei uns wohnt, und nicht umgekehrt.«

»Welchen Unterschied würde das denn machen?«, fragte sie. Ihr Mund war trocken.

»Einen himmelweiten Unterschied.«

»Denkst du ...« Sie versuchte jetzt angestrengt, sarkastisch zu klingen. »Denkst du dabei an eine bestimmte Stadt?«

»Newcastle. Sie suchen Schweißer in der Werft dort. Ich hab' in Wales mal als Schweißer gearbeitet.«

»Rick!« Sie war entsetzt. »Alle Leute, die wir kennen – die haben alle Schreibtischjobs!«

Er stand auf und lachte wieder. »Du bist genauso ein Snob wie all die anderen, Jon!«

»Bin ich nicht! Bin ich nicht – wirklich!« Sie fühlte sich wehrlos. Irgendwie schien alles schief zu gehen, und sie schien nichts dagegen tun zu können. Sie sagte hartnäckig: »Mutter würde niemals nach Newcastle ziehen.«

»In diesem Fall würdest du dich entscheiden müssen.«

Obwohl seine Stimme scherzhaft klang, hatte sie nicht unbedingt das Gefühl, dass er einen Witz gemacht hatte.

☆

Sie brachte es nicht übers Herz, ihrer Mutter zu erzählen, was Rick gesagt hatte. Aber sie wollte mit jemandem darüber reden. Und so fragte sie Aileen, ob diese mit ihr nach Gloucester hinunter gehen, und Rosie besuchen würde.

Aileen sagte: »Es ist heute schrecklich heiß draußen, Schatz. Lass Georgie hier bei mir und lauf zum Bus.«

Doch Jon wollte auf den Begleitschutz ihrer Mutter nicht verzichten.

»Ich will aber, dass wir alle zusammen hingehen. Wir könnten für David eine Glückwunschkarte kaufen. Rosie würde sich bestimmt freuen. Und Maud natürlich auch.«

Aileen nickte. »Tut mir leid. Ich hatte ganz vergessen, welch wunderbare Neuigkeiten es in der Stroud Road gibt. Ist das nicht fantastisch, Jon? Jetzt werden sie es gut haben. Nicht, dass sie es nicht vorher schon gut gehabt hätten. Aber das macht alles ... perfekt!«

»Genau. Perfekt.«

Aileen nahm Georgie an der Hand und ging mit ihm zum Postamt, um eine Karte zu kaufen. Am Nachmittag fuhren sie nach Gloucester.

Es war in der Tat ein sehr heißer Tag. In der Stadt – Gloucester lag in einem Talkessel – war es so stickig, dass man kaum Luft bekam. Das große, alte Haus, umgeben von den riesigen Bäumen, war die reinste Wohltat. Die Zwillinge sprangen nackt im Garten umher, krabbelten über den Rand ihres aufblasbaren

Planschbeckens und patschten quietschvergnügt im knöcheltiefen Wasser. Georgie gesellte sich juchzend zu ihnen. Alles schien plötzlich wieder normal zu sein. Die vier Frauen schauten den spielenden Kindern zu, lachten zusammen. Rose legte einen Arm um Jons Schulter – wie sie es immer getan hatte, als sie Kinder waren. Einzig und allein weil sie wusste, dass Rose nicht nachtragend sein würde, traute sich Jon leise zu sagen: »Ich möchte mit dir reden, Rosie. Unter vier Augen.«

Rose zog ihren Arm zurück und schaute sie alarmiert an. Jon sagte schnell: »Nicht wegen ... nicht was du vielleicht denkst. Es hat etwas mit dem Haus zu tun.«

»Mit dem Schneewittchen-Haus?«

»Mit welchem sonst?«

»Komm und hilf mir in der Küche den Lunch vorzubereiten.«

Sie gingen ins schattige, kühle Haus zurück und begannen, die Sachen aus dem Kühlschrank zu räumen. Jon erzählte Rose mit matter Stimme, dass Rick nach Newcastle gehen wolle, um dort zu arbeiten. Rose schien nicht besonders überrascht.

»Was ist mit Mutter?«, wollte sie als Erstes wissen.

»Das ist es ja gerade. Ich bin überzeugt, dass sie nicht gerade von der Idee begeistert sein wird, von hier wegzugehen.«

»Sie sollte herkommen. Ich bin mir sicher, Maud wäre damit einverstanden.«

Jon schmierte Streichkäse auf die Kräcker. »Das ist gut gemeint, Rose«, sagte sie nachdenklich. »Aber Mutter liebt das Schneewittchen-Haus.«

»Sie kann ja auch dort wohnen bleiben, wenn sie will. Die Entscheidung hängt doch wohl allein von ihr ab, oder?«

Jon war überrascht. »Klingt ziemlich hart.«

Rose knallte die Teller auf den Tisch, als würde sie Karten austeilen.

»Ich wollte nicht hart klingen, Jon. Aber wir haben einfach kein Recht, über Mutters Leben zu bestimmen. Vielleicht ist sie ja sogar heilfroh, das Schneewittchen-Haus für sich allein zu haben«

Jon schwieg. Irgendwie gab ihr Rose nicht die Antworten, die sie hören wollte. Obwohl sie andererseits auch gar nicht so recht wusste, was sie hören wollte. Es war alles so schwierig.

Sie wartete, bis der Teekessel ausgepfiffen hatte, dann sagte sie: »Rosie, ich bin ehrlich gesagt selbst nicht gerade scharf darauf, wegzugehen.«

Rose goss vorsichtig das kochende Wasser in die Teekanne. Der Dampf umhüllte sie. Genau wie damals, als sie aus dem Zug gestiegen war, als Jon auf sie gewartet hatte, um ihr zu erzählen, dass Georgie unterwegs war.

»Warum nicht?«, fragte sie.

Jon antwortete gereizt: »Weil das Schneewittchen-Haus nun einmal das einzige Zuhause ist, das ich kenne. Und außerdem möchte ich nicht von meiner Familie getrennt sein!«

»Rick und Georgie sind jetzt deine Familie, Jon.« Rose sprach langsam und bedacht. »Und es mag vielleicht gar nicht so schlecht sein, schon bald von hier fortzugehen, einen neuen Anfang zu machen.«

Jon war zutiefst getroffen. »Du willst mich loswerden, oder? Natürlich, ich weiß ja selbst, dass ich eine Nervensäge bin. Ich kann mich nicht so zurückhalten wie du. Ich bin nicht so angepasst und auch nicht –«

»Du weißt, dass ich das nicht deshalb gesagt habe, Liebling.« Rose trug die Teekanne zum Esstisch hinüber. Sie sah angespannt aus. »Ich würde dich schrecklich vermissen. Wir würden euch alle vermissen – die Zwillinge lieben Georgie. Und du bist ihre Lieblingstante. Das weißt du aber doch alles selber!«

»Ich habe ja wohl auch kaum Konkurrenz, oder? June wird niemals eine Lieblingsirgendetwas sein!«

Rose schwieg.

»Oh, jetzt verstehe ich. Du willst mich von Martin weghaben.«

»Jon, sei bitte ein wenig feinfühliger. Es ist doch vielleicht wirklich besser. Meinst du nicht?«

»Für wen? Für ihn? Oder für mich?«

»Für euch beide, könnte ich mir vorstellen.«

»Es war ein Flirt, Rosie! Um Himmels willen! Hast du denn niemals irgendetwas Impulsives gemacht?«

Rose wollte gerade Tee einschenken, aber sie stellte die Kanne plötzlich wieder ab. Jon musste lachen.

»Natürlich hast du nicht! Du musstest ja sogar ewig hin und her überlegen, ob du David nun heiraten solltest oder nicht!«

Rose hatte sich wieder gefasst und sagte: »Für Martin war es nicht nur ein Flirt. Er hat sich in dich verliebt, Jon.«

Jon war nicht unerfreut über diesen Satz. »Hat er mit dir darüber gesprochen?«, fragte sie neugierig.

»Ja. Er ist sehr unglücklich. Es wäre einfacher für ihn, wenn du ... weg wärst.«

»Mein Gott. Du scheinst mich doch loswerden zu wollen!«

»Ich will, dass du und Rick glücklich seid. Ich war es, die eure Heirat arrangiert hat, Jon. Und ich will, dass das mit euch gut geht. Um deinetwillen, Jon. Und um Ricks willen. Und ganz besonders um Georgies willen.«

»Ja, ja, ja!« Jon wurde ungeduldig. »Und um Martins willen auch noch, wie mir scheint. Oh, und vergiss Mutter nicht! Und Maud und David. Eigentlich ... um der ganzen verdammten Welt willen!«

Rose sagte sanft: »Jon, du bist erst neunzehn. Es ist wichtig für dich, deine Ehe wieder hinzubiegen. Du liebst Rick.«

Jon setzte sich plötzlich hin. »Ja.« Sie klang sarkastisch. »In mancher Hinsicht wäre es einfacher, wenn ich ihn nicht lieben würde. Ich glaube nämlich nicht, dass er mich liebt.«

»Sag das nicht.«

»Er weiß über Martin Bescheid. Er hat überhaupt nicht eifersüchtig reagiert. Nicht einmal besonders wütend.«

Jetzt musste auch Rose sich hinsetzen. »Du hast es ihm erzählt?« Sie fixierte das Muster auf der Tischdecke. Jon ahnte, dass Rose jetzt etwas ganz Wundervolles sagen würde. Etwas, das alles wieder in Ordnung bringen würde. Und das tat sie auch.

»Jon, verstehst du denn nicht? Wenn er über dich und Martin Bescheid weiß und dennoch ein neues Leben mit dir in Newcastle anfangen will, dann ... muss er dich lieben.«

Irgendwie schienen sie ein und dasselbe aus verschiedenen Blickwinkeln zu betrachten. Rose hatte keine Ahnung, wie kompliziert Jons Beziehung mit Rick war. Andererseits war Rose viel älter und viel weiser.

Voller Hoffnung fragte Jon: »Meinst du wirklich? Ganz ehrlich?«

»Mir scheint das ganz offensichtlich.«

»Nun, vielleicht hast du ja recht, und eine Veränderung würde wirklich nicht schaden; vielleicht würde es ja sogar ganz interessant.« Dann kam wieder ihre alte Leier: »Und überhaupt. Ich war noch nie irgendwo. Und du hast schon in Amerika gelebt!«

Rose musste lachen und umarmte Jon impulsiv.

Jon sagte: »O Rosie, ich werde dich vermissen. Du bist das einzig Normale in meinem Leben.«

»Blödsinn!« Rose löste die Umarmung, beinahe, als hätte sie ein schlechtes Gewissen. »Du hast doch Mutter.«

»Was ist denn an Mutter bitte schön normal?«, frotzelte Jon. Dann fügte sie seufzend hinzu: »Mutter ist der einsamste Mensch, den ich kenne.«

Für einen Augenblick schien Rose furchtbar erschrocken zu sein. Doch dann kam Aileen vom Garten herein. Sie musste in der plötzlichen kühlen Dunkelheit der Küche blinzeln, dann strahlte sie ihre beiden Töchter übers ganze Gesicht an und begann zu erzählen, was Georgie und die Zwillinge draußen trieben. Es erschien in diesem Augenblick so lächerlich, zu denken, sie könnte einsam sein, dass die beiden Mädchen zu lachen anfingen.

☆

Es wurden Pläne gemacht. Aileen beschloss, im Schneewittchen-Haus zu bleiben und das noch für mindestens ein Jahr. Sie sagte, sie wolle unabhängig sein. Die Mädchen wussten beide, dass sie nicht nur der Meinung war, Rick und Jon sollten in der ersten Zeit besser allein sein. Sie fürchtete zudem, Großmutter könne das kleine Cottage verkaufen wollen, wenn es erst einmal leerstehen würde.

Rick fuhr nach Newcastle und fand dort in den Anhöhen über dem Fluss tatsächlich eine Wohnung. Und nicht nur das, er fand vorübergehend Arbeit in der Werft. Der Kiel einer skandinavischen Fähre sollte dort gebaut werden, und die Werftarbeiter rechneten damit, gut ein Jahr lang beschäftigt zu sein. Rick plante, mit seiner Familie Ende September umzuziehen. Jon kündigte ihre Mitgliedschaft im Tennisclub, packte, malte für Georgie Bilder von »Daddys Schiff«. Sie war aufgeregt, aber auch nervös. Sie hatte in den letzten paar Wochen einige Pfund abgenommen, und ihr lockiges Haar wurde glatt. Aileen bestand darauf, dass sie sich untersuchen lassen sollte. Rick würde erst am frühen Abend aus Newcastle kommen; am nächsten Morgen wollten sie dann den Neun-Uhr-fünfzehn-Zug nehmen.

»Die Ärzte dort sind möglicherweise nicht so ... gut«, gab ihr Aileen zu bedenken. »Außerdem könnte ich heute Vormittag mit dir kommen und solange auf Georgie aufpassen.«

Wie sich schon kurze Zeit später herausstellen sollte, tat Jon gut daran, Aileens Angebot abzulehnen. »Nicht nötig. Ich glaube, ich lasse Georgie lieber hier. Wenn ich jetzt gleich losgehe, bin ich auch längst wieder da, bis Ricks Zug ankommt.«

Sie konnte nicht glauben, was der Arzt ihr sagte.

»Bei mir ist keine einzige Periode ausgeblieben! Und ich nehme ab, nicht zu!«

»Das kann vorkommen, Joanna. Jetzt beruhigen Sie sich erst einmal. Ich werde Ihnen einen Bericht mitgeben, den zeigen Sie Ihrem neuen Arzt in Newcastle. Der wird sie dann bei der örtlichen Geburtsklinik anmelden. Sie sind bei bester Gesundheit. Noch nicht einmal zwanzig – ein Brüderchen oder ein Schwesterchen für Georgie –, die Umstände könnten kaum besser sein!«

Sie starrte ihn an. Ihr ganzes Leben lang hatte sie so gut wie nie einen Arzt gebraucht. Sie hatte Georgie untersuchen und impfen lassen, aber das war auch schon alles. Wie hätte sie ihm erklären sollen, welch furchtbare Katastrophe das für sie war?

Den ganzen Nachhauseweg über probte sie in Gedanken, wie sie es Rick beibringen sollte. Um dann schließlich zu beschließen, es ihm zunächst überhaupt nicht zu sagen. Würden sie erst einmal in ihrem neuen Zuhause wohnen, vergaß er bestimmt seine üblichen Sicherheitsvorkehrungen. Dann könnte sie das Baby immer noch als Frühgeburt ausgeben.

Es kam ihr nicht gerade gelegen, dass Rick sich offenbar bereits in der Morgendämmerung in den ersten Zug gesetzt hatte. Von Cheltenham aus hatte er dann ein Taxi genommen, und so kam es, dass er schon da war, als sie nach Hause kam. Georgie saß auf seinem Schoß, und er begrüßte sie beinahe erfreut. Sie schlang ihre Arme um alle beide, den Tränen nahe.

»Jon? Ist alles in Ordnung mit dir? Was hat der Arzt gesagt?«, erkundigte sich Aileen.

»Natürlich ist mit mir alles in Ordnung!« Sie war schweißgebadet, doch schließlich war es auch noch sehr warm für September. »Er sagt, ich wäre über den Umzug wohl zu sehr in Aufregung geraten. Wenn wir erst einmal eingerichtet sind, wird es mir schnell wieder besser gehen.«

Es klopfte an die Tür. Es war Mrs. Whittaker. Aileen bat sie herein und kochte Kaffee für alle.

»Ich habe Rick kommen sehen. Hast du es ihm schon erzählt?« Mrs. Whittaker war ganz aus dem Häuschen.

»Was erzählt?« Jon knuddelte Ricks Arm. Alles würde gut werden.

»Von dem Baby!« Die alte Nachbarin schaute sie verschämt an. »Das stimmt doch, oder? Ich weiß es schon über einen Monat. Ich habe Schwangerschaften schon immer sehen können. Komisch, nicht wahr? Wo ich doch selber nie Kinder hatte. Wann ist es denn so weit? Lass mich raten ... April? Am ersten April?«

Jon lachte laut. »Also ehrlich! Mrs. Whittie! Vor hundert Jahren hätte man Sie als Hexe verbrannt! Ja. Erster April. Ein Aprilscherz sozusagen!« Ihren nächsten Lacher versuchte sie weniger schrill klingen zu lassen. »Der Arzt sagt, es ist nichts, was in Newcastle nicht wieder in Ordnung kommen würde! Der Umzug hat mich offensichtlich zu sehr in Aufregung versetzt.«

Mrs. Whittie machte ein enttäuschtes Gesicht. »Oh, oh, wie schade! Na ja, ihr seid ja beide noch jung, habt noch reichlich Zeit. Wo steckt eigentlich deine Mutter, meine Liebe? Ich werde ein Auge auf sie haben, wenn du weg bist. Mach dir keine Sorgen.«

»Sie ist noch in der Küche.« Jon spürte, wie Rick versuchte, ihr seinen Arm zu entziehen. Sie umklammerte ihn noch fester. »Ich glaube, sie wollte mir und Rick ein wenig Zeit geben, einander zu begrüßen.«

Mrs. Whittie kicherte. »Hab schon kapiert, meine Liebe. Ich werde ihr Gesellschaft leisten.«

Rick stand auf und nahm Georgies Hand. »Daddy ist ganz lange in einem großen Zug gefahren, Georgie. Lass uns frische Luft schnappen gehen, ja?«

Jon saß allein im engen Wohnzimmer. Ob sie Rick nachlaufen sollte? Nein, das könnte so aussehen, als würde sie sich schuldig fühlen. Oder vielleicht gerade nicht? Wie hätte sie sich wohl verhalten, wenn Mrs. Whitties Gefasel bloßer Humbug gewesen wäre ...? Sie schüttelte verärgert den Kopf. Verflixte Mrs. Whittie! Mutter hätte so etwas nie vor allen gesagt, nicht einmal dann, wenn sie eindeutige Beweise gehabt hätte. Rose genauso wenig. Noch dazu war Mrs. Whittie die Einzige, die nichts von ihrer verdammten Affaire mit Martin wusste. Wenn doch nur ... Martin war genauso schuld daran. Aber eigentlich musste sie noch weiter ausholen. Rick! War nicht er selbst derjenige, der sie überhaupt erst so weit getrieben hatte? Ja! Im Grunde war es Ricks eigene Schuld.

Sie stand auf. Sollte sie etwas unternehmen, auf irgendeine Weise die Initiative ergreifen? Sie konnte die anderen hören, wie sie mit Georgie draußen zwischen den Blumenbeeten herumtollten. Er und Rick waren sich so nahe. Rick vergötterte dieses Kind. Er würde doch sicherlich nicht riskieren, es zu verlieren.

Die Kaminanzünder, mit denen sie die ganze Zeit herumgespielt hatte, fielen auf den Boden. Jon kniete sich hin, um sie wieder in die Schachtel zu legen. Da wurde ihr zum ersten Mal übel, und sie wusste, dass der Arzt Recht gehabt hatte. Das Ungeheuerliche ihrer Situation wurde ihr erneut wieder bewusst. Martins Kind. Sie trug ein Fairbrother-Baby unter ihrem Herzen. Im Grunde war es gar nicht so übel; sie war gleich beim ersten Mal mit Rick schwanger geworden und jetzt mit Martin. Gott im Himmel. Was sollte sie denn jetzt machen? Wie sollte sie damit fertig werden? Die Ungerechtigkeit des Ganzen schmerzte sie. Sie hatte sich so sehr ein zweites Baby gewünscht, und Rick hatte nicht gewollt. Und nun bekam sie eines. War das nicht auch seine Schuld?

Die anderen kamen vom Garten herein. Aileen war überrascht, als sie Jon still auf dem Sofa sitzen sah. Das war sie von ihrer Tochter gar nicht gewöhnt.

Mrs. Whittie wünschte ihnen alles Gute und verschwand endlich. Aileen verkündete, sie würde rasch ins Dorf gehen, um Koteletts fürs Mittagessen zu kaufen.

Rick sagte: »Gehst du mit Großmutter, mein großer Junge?«

Georgie schüttelte den Kopf und meinte nur: »Daddy.«

Rick fand eine halbe Krone in seiner Hosentasche. »Du darfst dir dafür etwas kaufen.« Er ging vor dem Kleinen in die Hocke. »Kauf dir ein Spielzeugauto, ja?«

Georgie kannte die Bedeutung der kleinen silbernen Scheiben bereits. Er umschloss die Münze mit seiner Faust und trottete hinter Aileen her. Jon schaute ihnen nach, wie sie den Gartenweg hinuntergingen. Ihr wurde wieder schlecht.

Sie meinte gespielt munter: »Er hat nächste Woche Geburtstag, Schatz. Er sollte bis dahin auf seine Geschenke warten können.«

Rick ließ sich in einem Sessel ihr gegenüber nieder, stützte die Ellbogen auf die Knie und starrte auf den Teppich. Etwas an seinem Verhalten hatte etwas Endgültiges, machte ihr Angst. Dies war der Mann, der beim Cadena-Tanztee mit ihr getanzt hatte; der in Birmingham mit ihr Schlittschuh gelaufen war; der während dieses strengen Winters 1962 mit ihr Ski gelaufen war. Sie musste sich das alles selbst wieder ins Gedächtnis rufen. Sie hatte gewusst, dass er sich verändert hatte, aber sie merkte erst jetzt, wie sehr.

»Rick? Ist etwas nicht in Ordnung?«, fragte sie zaghaft.

Er hob seinen Kopf, als wäre er über ihre Frage erstaunt. »Nicht in Ordnung? Mein Gott, Jon. Was heißt das schon? In Ordnung? Nicht in Ordnung? Du erwartest ein Kind von Martin Fairbrother. Das scheint für dich in Ordnung zu sein. Für ihn wahrscheinlich auch.« Er lächelte tatsächlich. »Jetzt sind wir also am Ende des Weges angekommen – es war kein langer Weg, aber er wäre irgendwann ohnehin zu Ende gewesen. In gewisser Hinsicht hat das etwas Befreiendes. Empfindest du das nicht auch so?«

Sie war entsetzt. Sie erhob sich vom Sofa und ließ sich vor ihm auf die Knie fallen.

»Rick – Liebling –, was redest du da? Du hast doch gehört, was ich zu Mrs. Whittie gesagt habe.«

»Steh auf, Jon!« Seine Ton wurde barsch. Und als sie keine Anstalten machte, sich zu bewegen, sprang er auf und ging von ihr weg. »Lass uns doch um Himmels willen einmal ehrlich zueinander sein! Du bist schwanger, und das Baby kann nicht von mir sein. Wenn es also nicht Martins Kind ist –«

»Rick! Hör auf! Bitte!« Sie schluchzte ohne Tränen. »Spricht nicht so mit mir, als wäre ich ... jemand anderes! Du sprichst doch mit mir! Deiner Frau!«

Er drehte sich wieder zu ihr um und zog sie auf die Füße. »Ich weiß. Aber Jon, deine dramatischen Vorstellungen nützen jetzt nichts mehr. Merkst du das denn nicht? Kannst du uns nicht beide damit verschonen? Es ist vorbei!«

»Sag, dass das nicht wahr ist – bitte nicht, Rick!« Sie versuchte, sich an ihn zu klammern, doch er hielt sie auf Armlänge von sich weg. »Rick, ich liebe dich! Ich habe dir die ganze Sache mit Martin gestanden; und auch, wie ich dadurch erst gemerkt habe, dass du es bist, den ich wirklich liebe! Ich habe dir alles erklärt – war ich denn nicht ehrlich genug?«

»Ja. Auf bestimmte Weise schon. Setz dich hin. Du solltest dich jetzt nicht so aufregen.« Er drückte sie zurück aufs Sofa – allerdings ganz behutsam. »Letzten Endes lief es mit uns beiden damals genauso. Und jetzt ist es eben mit einem anderen passiert.« Er lächelte: »Wirst du auch diesmal wieder Rose vorschicken, damit sie für dich spricht?«

Sie wurde wütend. Sie griff nach seinen Händen und bohrte ihre Fingernägel so tief in seine Handrücken, wie sie nur konnte.

»Du Schwein. Das mit Martin war etwas ganz anderes! Und das weißt du ganz genau! Du hattest mich und meine Familie damals angelogen, und Rose war die Einzige, die dir auf die

Schliche gekommen ist und dich dazu bringen konnte, das Richtige zu tun!«

Jetzt wurde auch er wütend. »In diesem Punkt muss ich dir Recht geben!« Er zog seine Hände zurück und leckte sich aufgebracht die Knöchel. »Sie war die Einzige auf der ganzen Welt, die mich dazu überreden konnte, mich zu opfern! Sie wusste, dass ich alles für sie getan hätte! Mein Gott – ihr beide – von euch ist die eine nicht besser als die andere! Rose ist vielleicht subtiler als du, aber nicht minder berechnend!«

»Was meinst du damit? Du hast Rose mehr geliebt als mich? Ist es das, was du damit sagen willst? Ich ahnte ja, dass du ein Auge auf sie geworfen hattest, aber ich war es doch, die du geliebt hast! Ich, die dir einen Sohn geschenkt hat!«

Wieder streckte sie die Arme nach ihm aus, um ihn festzuhalten. »Rick, du weißt, dass das zwischen uns etwas ganz Besonderes ist, du weißt das doch! Rose hätte niemals erkannt, wie du wirklich bist – sie und David, zwischen ihnen ist es nicht dasselbe wie zwischen uns. Rose ist so ein kalter Fisch.«

Er schlug ihr ins Gesicht, und sie fiel rückwärts aufs Sofa. Sie hatte sich weniger wehgetan, als dass es ihr die Sprache verschlagen hatte. Sie fasste sich an die Brust.

»Rose ist nicht kalt. Und sie und David haben eine ganze Menge mehr als wir. Sprich nie wieder so von Rose, hast du mich verstanden?«

Sie starrte ihn an. Beide rangen sie nach Luft. Sie flüsterte: »Du warst ... du warst mit ihr zusammen. Mit Rosie.«

Rick schien innerlich zusammenzufallen wie ein Kartenhaus. »Ich verlasse dich. Versuch nicht, Kontakt mit mir aufzunehmen. Du kannst Georgie haben«, sagte er matt.

Dann drehte er ihr den Rücken zu. »Rick!«, schrie sie. »Das kannst du mir nicht antun!« Doch er ging einfach. Sie sprang auf und rannte ihm nach.

Am Gartentor blieb er stehen, und als sie bei ihm war, sagte er leise: »Worüber wir heute gesprochen haben, bleibt unter uns, Jon. Wenn du versuchst, Roses Ehe zu zerstören, werde ich davon hören. Und dann komme ich zurück und nehme dir Georgie weg.«

»Rick, hör mir zu, das ist mir alles egal – geh nicht!«

Er öffnete das Tor und machte sich auf den Weg, ohne sich noch einmal umzudrehen. Mrs. Whitties Vorhänge bewegten sich. Jon ging wieder ins Haus. Sie hatte sich noch nie zuvor in ihrem Leben so einsam gefühlt.

10

In den folgenden Jahren blieb Rose nichts weiter übrig, als Jons Glück nach der Tatsache zu beurteilen, dass Jon in Newcastle blieb – und Rick auch. Für ihre eigene Ehe mit David war dies ein großer Schritt; sie waren jetzt allein. Aileen hatte entschieden, in Churchdown wohnen zu bleiben, und Jon kam nur selten zu Besuch – abgesehen von den wenigen Malen, wenn sie Georgie brachte. Der Kleine plauderte fröhlich über die Tage in Whitley Bay und Tynemouth, und über die Magpies – die Fußballmannschaft von Newcastle, von der er und sein Vater begeisterte Fans waren. Es klang so vollkommen anders als das abgeschiedene Landleben, das sie in Churchdown geführt hatten. Dennoch wies nichts darauf hin, dass es zu einem von ihnen nicht passen würde. Mrs. Whittie beschwerte sich, Georgie würde »außer Kontrolle geraten«, aber sie war schließlich mittlerweile schon eine alte Dame von Mitte siebzig und konnte sich nicht mehr an dieser Ausgelassenheit erfreuen, die Kindern nun einmal eigen ist.

Es war kurz bevor Georgie eingeschult wurde, als er ihnen erzählte, Jon würde arbeiten gehen. Wie es schien hatte sie Kurse an einer Abendschule für Kosmetikerinnen belegt. Mrs. Raschid hatte ihr ein Bewerbungsgespräch bei dem Friseursalon vermitteln können, in dem sie selbst putzen ging. Der Besitzer mochte Jon und hatte sie für einen seiner weiteren Salons in der Stadt eingestellt. Aileen sagte hoffnungsvoll: »Nun hat Jon wirklich festen Fuß gefasst. Meinst du nicht auch, Rosie?« Und Rose nickte dankbar.

☆

Rose selbst war wirklich sehr glücklich. Sie genoss diese Art tiefer Zufriedenheit, die schon allein deshalb versprach immer so weiterzugehen, weil nicht viel dazu nötig war. Zu wissen, dass es Jon, Rick und Georgie in Newcastle gut zu gehen schien, war eine Art von Besänftigung des Schicksal. Solange sie glücklich waren, hatte auch sie selbst verdient, dass es das Schicksal gut mit ihr meinte. Die Sühne war aufgeschoben.

Und das Schicksal war wirklich auf Roses Seite. Die Zwillinge kamen in die Schule und brachten gleich die Masern mit nach Hause; sie waren jedoch nicht so schlimm und bald überstanden. Tollpatsch Ellie fiel die Treppe hinunter und hatte nicht einmal blaue Flecken. Wenn Georgie zu Besuch war, ließ sich Blue jedes Mal auf einen Faustkampf mit ihm ein, musste aber bisher nur einmal eine aufgeplatzte Lippe in Kauf nehmen.

Maud blühte richtig auf. Sie begann wieder zu nähen und machte neue Vorhänge und Kissenbezüge fürs Schneewittchen-Haus, zur großen Freude für Aileen. Sie ließ alte Freundschaften wiederaufleben, gab gelegentlich kleine Dinnerpartys in der oberen Wohnung und lud Rose und David ein.

Und was Aileen anging: Sie machte regelrecht eine Kunst daraus, allein zu leben. Mrs. Whittie und die Murchisons waren ihr zwar gute Freunde, aber sie konnte sich manchmal tagelang in ihre selbstgewählte Einsamkeit zurückziehen. Sie machte dann lange Spaziergänge auf den Hügel, schrieb Briefe, werkelte im Garten. Sie hatte wieder diese Art von besonderer Atmosphäre geschaffen, die im und ums Schneewittchen-Haus herrschte, als sie damals eingezogen waren. Darin lag ihr besonderes Talent. So wie sie damals für Rose und Jon einen Himmel der Geborgenheit geschaffen und sie stets mit Liebe und Respekt umgeben hatte, so hatte sie sich jetzt selbst eine Oase der Ruhe und Erholung für den Herbst ihres Lebens geschaffen. Die Mädchen liebten es, sie zu besuchen. Im Sommer picknickten sie draußen, pflückten Wiesenblumen und pressten sie dann zwischen den Seiten von *Die wunderbare Welt des Wissens.* Im Winter rösteten sie Marshmallows an langen Stöcken über dem Kaminfeuer, erzählten sich von früher, vervollständigten Fotoalben und beschrifteten sie. Sogar Georgie passte sich der häuslichen Routine an. Davon abgesehen, dass er jeden Morgen seinen Fußball durch den Garten – und einmal durch Mrs. Whitties Fenster – kickte, machte er das Beste aus den Ferien bei seiner »Gran« und beschränkte seine Ausbrüche auf freche Bemerkungen zum Fernsehprogramm.

Doch in Roses Augen war der Zufriedenste in ihrer Familie ihr geliebter David. Sie genoss es zu sehen, wie er in allem, was er tat, seine Freude finden konnte. Er entwickelte sich zu einem wahren Rosenexperten, und jedes Frühjahr stutzte er die Büsche fachgerecht, sodass sie sich im Laufe des Sommers in einer wilden Blütenpracht entfalteten. Jeden Morgen, wenn er aufwachte, lächelte er, als sei Weihnachten. Und abends vor dem Einschlafen bettete er Roses Kopf auf seiner Schulter und atmete in ihr Haar. Dann redeten sie darüber, was tagsüber geschehen war – über die Zwillinge, das Büro, Charles und Arney. Martin erwähnte er nur selten; June ging es besser, seitdem sie die Jungs ins Internat gesteckt hatte. »Sie hat sie nie wirklich lieb«, sagte David spitz.

David machte sich gut als Filialleiter, das wusste Rose, weil Miss Westlake es ihr erzählt hatte – und Miss Westlake war eine

Wahrheitsfanatikerin. Eines Sonntags, als sie aus der Kirche kam, sagte sie: »Ihr Mann hat eine glückliche Hand im Büro.« Und Rose antwortete: »Und zu Hause auch.«

Miss Westlake war eine der Säulen der Methodistengemeinde in Gloucester und nahm die Mädchen manchmal mit in die Sonntagsschule. Sie waren jetzt in dem Alter, in dem sie Bildergeschichten für ihre Bibeln sammelten. Die Bibel von Ellie hatte Eselsohren und sah an den Rändern aus wie angeknabbert, die von Blues war tadellos.

Miss Westlake betrachtete Rose, wie sie das Bild vom See Genezareth glatt strich, und sagte: »Ich glaube, Sie sind in Wahrheit für das häusliche Glück zuständig, Rosamund. Und das machen Sie ganz wunderbar.«

Aus Miss Westlakes Mund war das eine wahre Lobpreisung. Rose lächelte sanft und hoffte inständig, Blue würde das zerknitterte Blatt nicht ins Kaminfeuer schmeißen – oder wenigstens nicht, ehe Miss Westlake verschwunden war.

»Das geht ganz von allein«, winkte sie ab. »Wir haben einfach nur Glück.«

»Ein jeder ist seines Glückes Schmied.« Miss Westlake erhob sich und strich ihren Sonn- und Feiertagsmantel glatt. »Viele junge Frauen würden sich langweilen, wenn sie das Leben führten, das Sie hier haben.« Sie stülpte ihre Oberlippe mit Mühe über ihre Zähne. »Doch das Geheimnis einer –«

Blue streckte die Hand aus, und der See Genezareth segelte über den Ofenschirm ins Kaminfeuer. Ellie heulte los, und so erfuhren sie nie, von welchem Geheimnis Miss Westlake gesprochen hatte. Doch Rose konnte sich auch so denken, wer mit »viele junge Frauen« gemeint war. Miss Westlake war zweimal gezwungenermaßen in Jons eheliche Schwierigkeiten verwickelt worden und hatte keinen Hehl daraus gemacht, wie sehr sie das Verhalten von Roses Schwester missbilligte.

Rose brachte sie zur Tür und versuchte sie zu besänftigen.

»Jon hat jetzt eine neue Stelle, müssen Sie wissen. Sie arbeitet als Kosmetikerin für eine Friseursalon-Kette.«

»Das habe ich schon gehört«, bemerkte Miss Westlake mit unheilschwangerer Stimme.

☆

Als die Mädchen eingeschult wurden, kauften Rose und David ein zweites Auto. Angeblich als Geburtstagsgeschenk für Ellie und Blue. Es war eine alte Klapperkiste, die die Mädchen nach Herzenslust dekorieren durften. Sie nannten sie ihre »Zauberkutsche«. Und als Georgie dann in den Sommerferien kam, war der Wagen mit Spitzenvorhängen ausstaffiert, und auf der Hutablage stand ein Tablett mit einem Puppen-Teeservice. Georgie war aufrichtig neidisch.

»Das ist nicht fair«, beschwerte er sich. »Wir haben gar kein Auto, und Onkel Stan würde mich nicht einmal meinen Fußball mit in seines nehmen lassen!«

»Onkel Stan?« Rose zupfte ihn an seinem Sweatshirt, als er sich auf den Rücksitz quetschte – was nicht einfach war, hatten doch Ellie und Blue die Hälfte ihrer Puppen dort platziert.

»Mums Boss«, antwortete er knapp und mit dieser gewissen Gleichgültigkeit in der Stimme – ganz wie seine Mutter.

»Oh.«

Blue kreischte: »Georgie, lass Miranda in Ruhe! Du brichst ihr noch den Arm!«

Ellie säuselte: »Du kannst neben Teddy sitzen, wenn du willst, Georgie.«

Georgie meckerte: »Ihr Arm piekst mich in den –«

Blue zerrte quietschend an Miranda, als sie merkte, dass Georgie ihr den Plastikarm verdreht hatte, und gab ihm umgehend am eigenen Leib zu spüren, wie weh er Miranda getan haben musste. Er revanchierte sich. Rose wies Blue an, sich zu benehmen.

Ellie meinte: »Ich mag Streiten nicht. Georgie, mit mir würdest du dich doch nicht streiten, oder?«

Georgie wollte keine leeren Versprechungen abgeben, legte seiner Cousine aber beschützend den Arm um die Schultern. Blue schnaubte beleidigt.

Rose winkte Maud und verdrehte dabei die Augen. Sie tuckerten durch das Tor in Richtung Bristol Road und machten sich auf nach Severn Wildfowl Trust, ihrem Ausflugsziel.

»Siehst du Onkel Stan oft?«, erkundigte sich June wie nebenbei, sobald sie aus dem Stadtverkehr heraus waren.

Georgie lachte. »Zu oft, sagt Daddy.« Er beugte sich vor und steckte seine Nase zwischen den Vordersitzen durch. »Onkel Stan hat mal für Newcastle gespielt.« Blue stöhnte genervt, und er sagte verteidigend: »*Ich* mag ihn!«

Rose überfiel die gleiche Vorahnung auf kommendes Unheil wie Miss Westlake.

☆

Jon kam, um Georgie zum Beginn seines zweiten Schuljahres nach Hause zu holen. Es war wieder einmal einer ihrer seltenen und stets sehr kurzen Besuche. Sie sah verändert aus. Irgendwie zerbrechlich. Ihre Haare waren kastanienbraun gefärbt, die Augenbrauen hatte sie zu dünnen, eleganten Bögen gezupft, ihren Lidstrich so gezogen, wie es gerade Mode war, und sie trug falsche Wimpern, die beinahe ihre Wangen streiften, wenn sie blinzelte. Sie konnte nur für eine Nacht bleiben.

»Ma würde es nicht länger mit mir aushalten!«, witzelte sie und schaute Rose dabei unter ihren Wimpern hervor an, als würde sie nach etwas suchen.

»Wie auch immer, wie geht es dir, Rose? Wie geht's Maud? Wie geht's David? Wie ich sehe, geht's Ellie und Blue wie immer fabelhaft!«

Sie hatte ihnen kleine Täschchen mitgebracht, auf die ihre Namen gedruckt waren. Sie quietschten vor Freude im Duett; sie liebten Jon und diese Aura von Aufregung und Glamour, die sie umgab.

Rose antwortete mit einem einzigen Nicken auf diese Flut von Nachfragen: »Und du? Du siehst irgendwie sehr professionell aus!«

»Nun, ich bin ja auch die beste Werbung für mein Können!« Jon verzog das Gesicht. »Es scheint zu funktionieren. Ich kann mich vor Arbeit kaum retten.«

»Ist alles ... in Ordnung?« Rose hatte sich nie direkt nach Jons Ehe erkundigt, und Jon hatte ihr nie etwas davon erzählt. Sie war vor vier Jahren mit Georgie nach Newcastle gezogen, als sei nie etwas geschehen.

»Prima. Läuft alles ganz prima«, sagte sie, gefolgt von einem weiteren Klimpern. »Und bei dir? Ist bei dir alles in Ordnung?«

»Ja. Aber dann wiederum denke ich manchmal, wir sind so ...« Rose fand nicht die richtigen Worte, um ihr Familienleben zu beschreiben. »Wir sind so gar nicht außergewöhnlich.«

Jons Lachen klang beinahe erleichtert. »Das kannst du laut sagen!« Sie schluckte und fügte ernst hinzu: »Hör zu, Rose. Die Mädchen gehen jetzt zur Schule, du könntest wieder arbeiten gehen.«

Rose nickte. »Die Bücherei bietet natürlich auch Halbtagsstellen an. Aber manchmal sind die Arbeitszeiten etwas ungünstig, wenn man Familie hat.«

»Du hast doch Maud abrufbereit! Das ist mehr, als ich habe!« Jon zog einen Schmollmund wie ein kleines Mädchen.

Rose sagte: »Ich dachte, Mrs. Raschid würde dir vielleicht ab und zu mit Georgie helfen. Sie war so eine nette Frau.«

»Sie ist ein Engel.« Jon lachte. »Und da liegt der Hase im Pfeffer! Ich bin nämlich keiner. Ich bin immer noch –« Sie zuckte mit den Schultern. »Ali ist einfach ein Schatz. An manchen

Abenden setzt er sich mit seinen Studierbüchern in unser Zimmer und passt auf Georgie auf.«

Rose wollte viele Fragen stellen. Wo war Rick an diesen Abenden? Ging er mit Jon aus oder war sie allein unterwegs? Oder mit jemand anderem?

Doch was, wenn Jon ihr dann – ausnahmsweise – die bittere Wahrheit ins Gesicht gesagt hätte? Also sagte sie stattdessen: »Ich würde Maud nicht ausnutzen wollen. Sie tut jetzt schon so viel für uns.«

»Maud würde jederzeit herunterkommen. Und du musst auch mal raus, Rosie. Du bist ... du wirst sonst noch ... eingleisig.«

Rose sagte: »Wir werden sehen«, nur um sie zufrieden zu stellen.

Die Mädchen gingen gern zur Schule. Sie waren beliebt – die beiden schienen doppelten Schutz für jeden zu versprechen, der Freundschaft suchte –, aber auf der anderen Seite waren sie auch selbstgenügsam und wollten keine anderen Kinder zum Tee zu sich nach Hause einladen, geschweige denn, sie ins Innere der Zauberkutsche lassen. Rose war unabhängig; seit die Zwillinge auf der Welt waren, war sie zu beschäftigt gewesen, um Freundschaften zu schließen oder ein geselliges Leben zu führen. Nun hatte sie plötzlich Zeit dafür.

☆

Es schien, als hätte David es geahnt. »Ich habe mit deiner Mutter geredet – und mit meiner natürlich. Wir werden künftig ab und zu etwas allein unternehmen, Ros. Würde dir das gefallen?«

Sie waren dabei, die frühen Chrysanthemen abzuschneiden, die den ersten Frost des Jahres nicht überstanden hatten. David war unerwartet zum Mittagessen nach Hause gekommen und hatte ihr mitgeteilt, er würde sich den Nachmittag freinehmen. Rose freute sich.

Während sie in ihren dicken Handschuhen unsicher mit der Gartenschere hantierte, meinte sie: »Ja, ich glaube schon. Aber warum?«

Er hob einen Plastiksack mit den verdorrten Blumen von der Erde auf und lachte.

»O Ros! Was für eine Frage! Brauchen wir einen bestimmten Grund, um Zeit miteinander zu verbringen?«

Sie war ehrlich verwirrt. »Aber wir verbringen doch Zeit miteinander. Jetzt gerade. Hier.«

Er verschwand hinter dem Schuppen, um die Blumen auf den Komposthaufen zu werfen, und sie folgte ihm beinahe beunruhigt.

»Ja.« Er schüttelte den Sack tüchtig aus. »Und in einer Stunde wirst du schon wieder die Kutsche aus der Garage holen und die Mädchen von der Schule abholen, und dann –« er machte eine Pause, um den Sack noch ein letztes Mal zu schütteln – »und dann werden wir wieder alle zusammen sein!«

Er lachte wieder und kam zu ihr. Er umschloss sie sanft mit seinen Armen, und sie schaute ihn an und fand ihre eigene Liebe in seinen Augen wieder. Sie dachte plötzlich: Wenn ich David nicht kennen gelernt hätte, hätte ich nie geheiratet – es gibt auf der ganzen Welt keinen anderen für mich.

Er sagte leise: »Ich hätte dich gern für mich allein, Liebling. Nur hin und wieder für ein verlängertes Wochenende. Vielleicht sogar noch, ehe der Winter anbricht, und im nächsten Frühjahr ... Wir werden sehen.«

Sie sagte ebenso leise: »Danke, mein Schatz.«

Er küsste sie sehr zärtlich, und als er seinen Kopf hob, schaute sie in diese klaren braunen Augen und konnte zum ersten Mal, seit sie verheiratet waren, nicht lesen, was darin stand.

Sie fragte hastig: »David, ist alles in Ordnung?«

Er lächelte. »Natürlich.«

»Bist du dir sicher?«

»Hör zu, Ros. Solange ich dich habe, wird es mir immer gut gehen.«

Sie zog einen Handschuh aus und legte ihre Hand auf seine Wange. Er fühlte sich kühl an. Doch schließlich wehte auch ein kalter Wind.

»Dann wird es dir nie schlecht gehen. Du wirst mich nämlich nie mehr los!«

Sie lächelte ihn an, und er lächelte zurück. Sie zog seinen Kopf zu sich herunter und küsste ihn.

»Ganz sicher?«, flüsterte er.

Und sie antwortete feierlich: »Absolut sicher.«

☆

Sie fuhren nach Lynmouth und übernachteten dort im »Lobster Pot«, gleich beim Hafen. Sie spazierten zum Leuchtturm an die Spitze der Mole hinaus und schauten zurück aufs Festland.

»Und später fahren wir noch mit der Zahnradbahn nach Lynton hoch«, sagte David voller Unternehmungslust. »Ist das nicht herrlich, Ros?«

»Ja, das ist es«, stimmte sie ihm zufrieden zu. Und dann glühte sie plötzlich innerlich und sagte: »Wir haben ein solches Glück, David. Bei uns läuft alles gut.«

Er drückte ihre Hand. »Ich glaube, wir werden schon noch ein Problem bekommen«, feixte er. »Besser gesagt, gleich zwei: Ellie wird einen Taugenichts mit nach Hause bringen, und Blue wird unbedingt die erste Premierministerin des Landes werden wollen.«

»Und Mutter macht beim Pferdewetten eine Million«, spann Rose weiter – Aileen war in der vergangenen Woche zum ersten Mal auf der Rennbahn gewesen und hatte dort, wie es schien, eine neue Leidenschaft entdeckt. »Und dann wird sie mit Maud eine Kreuzfahrt um die ganze Welt machen.«

»Auf der die beiden zwei alternde Filmstars kennen lernen, die sie ihres Geldes wegen heiraten werden!«

Sie krümmten sich vor Lachen. Eine Welle schlug gegen den Damm und durchnässte sie bis auf die Haut. Sie rannten zum Hafen zurück, um sich dort bei einer Tasse Tee aufzuwärmen. Als sie die Kneipe betraten, schüttelten sie sich wie zwei Hunde. Und er küsste sie vor den Augen der anderen Gäste.

Am Nachmittag fuhren sie mit der Zahnradbahn nach Lynton, bummelten durch die Geschäfte, und fuhren später zum Dinner wieder zurück. Man hatte extra für sie einen Tisch nahe am offenen Feuer in der Hotel-Lounge gedeckt. Die Saison war vorüber, sie waren die einzigen Gäste im Haus. Es erschien ihnen lächerlich, aber irgendwie kamen sie sich vor wie zwei Verschworene. Sie kicherten und hielten ihre Hände und ließen einander erst los, als die Frau des Wirtes die Steaks und den Kidneypudding hereinbrachte.

»Weißt du, Rose, irgendwie haben wir das verpasst. Jung zu sein. Herumzualbern. Sorglos zu sein.«

Sie dachte darüber nach und nickte. »Es gab Zeiten, da sind wir ins Kino gegangen.«

»Wir mochten beide Pralinen mit Kaffeecreme.«

»Und Tee bei Lawrence's.«

»Aber als Vater dann starb –«

»Und dann die Geschichte mit Rick und Jon. Sie waren so jung und unvernünftig. Ich glaube, wir hätten uns ganz anders verhalten.«

»Schon möglich.« Er grinste. »Vielleicht sollten wir das jetzt zu unserem Plan machen – so manches nachzuholen, meine ich.«

Es klang verrückt – und verlockend.

☆

Als sie am späten Sonntagabend zurückkamen – immer noch mit einem Gefühl im Bauch, als hätten sie Schule geschwänzt –, waren sie tief gerührt von der Nachricht, die Maud ihnen auf die Treppe gelegt hatte: »Schlaft gut. Blue und Ellie waren wahre Engel.«

☆

Im November verbrachten sie ein Wochenende – inklusive Musicalbesuch – in London. Dann wurde es Weihnachten, und Jon brachte Georgie, um ihn bei Aileen für einige Tage zu lassen. Die beiden Familien feierten gemeinsam Weihnachten. Rose fand, es sei fast wie in alten Zeiten, außer dass Aileen nur wenig zu erzählen wusste, Jon hingegen viel zu viel.

Rose hatte vorgeschlagen, Martin, June und die Jungs könnten, wie auch in den vergangenen Jahren, am zweiten Weihnachtstag in die Stroud Road kommen. Sie war sehr darauf bedacht, dass Jon und Martin sich nicht über den Weg liefen, und dankbar, dass David dies nie infrage gestellt hatte. Charles und Arney waren inzwischen viel leichter zu haben als Georgie, und Blue meinte: »Ich glaube, Arney wird mal ein netter Kerl. Ich mag ihn lieber als Georgie.« Ellie sprang überraschend für Georgie ins Feld: »Arney kann uns nicht so gut leiden wie Georgie. Georgie ...« Sie suchte nach den passenden Worten. »Georgie gehört uns. Er gehört zu uns. Nicht wahr, Mummy?«

Es war David, der ihr antwortete: »Mummy war bei seiner Geburt dabei. Deshalb ist er in der Tat etwas Besonderes für uns.« Er lächelte. »Charles ist eher still, Georgie überdreht, und Arney liegt so dazwischen!«

Die Mädchen kicherten beide. »Seit Charles und Arney ins Internat gehen, sehen wir sie kaum noch. Tante June sagt, sie konnte sie zu Hause nicht mehr ertragen!« Rose wagte es nicht, Davids Blick zu begegnen. Blue war ein Naturtalent darin, andere nachzumachen, und June hätte das sicher ganz und gar nicht gefallen.

Jon fuhr am nächsten Tag wieder zurück, Georgie blieb noch im Schneewittchen-Haus. Rose brachte die Mädchen in der Kutsche nach Churchdown. Sie hatte Schwierigkeiten, den Berg hochzukommen. Obwohl noch kein Schnee lag, war die steile Straße mit gefährlichem Glatteis überzogen.

Aileen sah blass aus und redete immer noch sehr wenig.

»Stimmt irgendetwas nicht, Mutter? Sind wir dir zu viel, alle auf einmal? Ich kann mit den Kindern auf den Hügel gehen. Da können sie sich austoben – ihre überschüssige Energie loswerden.«

»Lass uns alle zusammen gehen. Mit mir ist alles in Ordnung. Trotzdem würde ich gern mit dir reden.«

Rose war sich fast sicher, dass es etwas mit Jon zu tun hatte, und dieses Gefühl einer gewissen Vorahnung wurde immer stärker.

Sie gingen zur Kirche hinauf, von wo aus mehrere Pfade auf der anderen Seite des Hügels hinunterführten. Das Gras war rutschig vom Frost. Georgie hatte ein Plastiktablett mitgenommen, und die Kinder hatten ihren Spaß damit, darauf die alte Skipiste hinunterzugleiten und schnaubend und lachend den Hügel wieder hinaufzustapfen. Rose und ihre Mutter gingen den Hucclecote-Pfad hinunter zu der Stelle, wo Baumstämme den Weg entlang aufgeschichtet waren.

»Geht es David gut?«, erkundigte sich Aileen und lehnte sich mit dem Rücken gegen eine Silberbirke. Von dort aus konnte sie die Kinder aus der Ferne im Auge behalten.

»Ja, bestens. Er hat heute wieder angefangen zu arbeiten. Aber er hat im Februar noch einmal ein paar Tage Urlaub. Warum fragst du?«

»Jon hat mir etwas erzählt.«

Bei Rose gingen die Alarmglocken an. »Was denn? Ihm fehlt doch nichts. Er hat an Weihnachten bei unserem Festessen zwar nur die Hälfte gegessen, aber –«

Aileen schüttelte den Kopf. »Nichts Wichtiges. Sie hat sich nur gefragt, ob ... Weiß David über die Geschichte mit Jon und Martin Bescheid?«

»Nein.«

Aileen stieß sich von der Birke ab. »Das war alles, was ich wissen wollte.« Sie lief den Weg wieder ein Stück bergauf, dann blieb sie stehen. »Rosie, Jon ist wieder allein. Rick ist fortgegangen.« Sie drehte sich um und sah in Roses erschrockenes Gesicht. »Ich wusste nicht, ob du das weißt.«

»Fortgegangen? O nein! Ich dachte – bei den beiden schien doch alles geregelt zu sein!« Sie ging zu ihrer Mutter und nahm sie in den Arm. »Du musst ja schreckliche Weihnachten gehabt haben. Arme Mutter. Und arme Jon. Ich hätte nicht gedacht, dass er das noch einmal tun würde. Ich dachte, er wollte jetzt an seiner Ehe arbeiten.«

»Er hat sich also nicht bei dir gemeldet?«

»Bei mir? Natürlich nicht.« Rose entzog sich ganz sanft der Umarmung. »Warum um Himmels willen hätte er das tun sollen?«

»Nun, du bist die ... Familiendiplomatin. Ich hab mich lediglich gefragt ... ich habe gehofft ...«

»Ich glaube, ich habe ihm damals in Newcastle klar zu verstehen gegeben, dass ich mich künftig aus den Angelegenheiten der beiden heraushalten werde.« Rose fragte sich, ob ihre Mutter sie vielleicht in Jons Namen um etwas bitten wollte. Nicht noch einmal! Es würde doch ganz sicher nicht noch ein drittes Mal passieren?

Aileen sagte nur: »Ich gehe zu ihr, Rosie. Ich werde bei ihr wohnen. Sie kann mit Georgie niemals allein fertig werden.«

»Was kann sie nicht?« Rose wurde mit einem Mal richtig wütend. »Sie hat von dir verlangt, dein Haus und deine Unabhängigkeit hier aufzugeben, um dort oben als unbezahlte –«

»Nein!« Aileen machte abrupt einen Schritt zurück. »Sag jetzt nichts mehr, Rose. Es würde dir später nur Leid tun! Sie hat mich nicht gefragt. *Ich* habe ihr den Vorschlag gemacht. Ich kann sie dort nicht allein lassen. Sie ist – sie ist mein Baby!«

»Sie ist erwachsen, Mutter! Wir beide haben sie verzogen – sie selbst hält sich heute noch für das *enfant terrible*. Du würdest ihr keinen Gefallen damit tun, nach Newcastle zu ziehen und sie wieder zu umsorgen.«

Aileen ging weiter. Sie ließ Rose einfach stehen. Über die Schulter sagte sie noch: »Du weißt, warum ich zu ihr gehen muss, Rosie. Wenn es dir nichts ausmacht, werden wir über dieses Thema nicht mehr sprechen.«

»Aber –« Rose stieg keuchend ihrer Mutter hinterher. »Du musst mit mir darüber reden, Mutter! Wenn du ... Was wird aus dem Schneewittchen-Haus? Du kannst nicht von hier weggehen, du bist hier doch glücklich.«

»Ich kann auch bei Jon glücklich sein.« Aileen blieb endlich stehen, brachte sogar ein leichtes Lächeln zustande. »Aber um das Haus *mache* ich mir natürlich tatsächlich Sorgen. Ich habe Angst, deine Großmutter könnte es vielleicht verkaufen wollen, wenn ich erst einmal draußen bin. Und es würde einfach gut tun, zu wissen, das Haus ist da. Für den Fall, dass wir uns entscheiden, wieder nach Hause zurückzukommen.«

Ihr Lächeln breitete sich nun übers ganze Gesicht aus. »Ist schon gut, Liebling. Ich werde dich nicht darum bitten, zu ihr zu gehen und dich für mich einzusetzen. Ich weiß, dass du deinen Teil getan hast. Aber falls sie dich darauf anspricht, würdest du dann ein gutes Wort für mich einlegen?«

»O Mutter ...« Rose war zum Heulen zumute. Es kam alles so plötzlich, so unerwartet – und war so unnötig! Sie begann laut zu überlegen: »Rick kommt zurück. Im Grunde kommen sie gut miteinander klar. Sie haben ihre Querelen – das weiß ich ja alles, aber die beiden können ohne einander nicht leben.«

Aileen sagte traurig: »Es liegt diesmal genauso wenig an Rick wie beim letzten Mal. Es liegt allein an Jon. Sie hatte eine – eine Affaire mit diesem jungen Burschen aus Indien.«

Rose stöhnte auf. »Doch nicht etwa Ali Raschid?« Sie erinnerte sich an den gepflegten jungen Inder, der seine vier Jahre an der Universitätsklinik absolvieren sollte. Sie hätte Jon in diesem Moment gut und gern erdrosseln können.

»Doch. Und die Raschids sind ausgezogen. Jon steckt in einer reichlich unerfreulichen Klemme.«

»Oh ...« Rose schaute hinauf zu den Kindern, die kreischend und jauchzend auf ihrem Teetablett herumrutschten. Dann richtete sie ihren Blick in den grauen Himmel, die Wolken schienen voller Schnee. Sie schloss die Augen. »Oh ... *verdammt*!« Erst Martin, den ihre Schwester unglücklich gemacht hat. Und nun die Raschids.

Sie nahm den Arm ihrer Mutter und drückte ihn tröstend. »Das Schneewittchen-Haus wird auf dich warten, mach dir darüber jetzt mal keine Sorgen«, sagte sie. »Du solltest dir über gar nichts Sorgen machen. Bis zum nächsten Frühjahr werdet ihr alle wieder hier sein. Rechtzeitig, um die Schlüsselblumen auf dem Hügel blühen zu sehen.«

Aileen setzte wieder ihr sanftes Lächeln auf, erwiderte jedoch nichts.

Am nächsten Morgen brachte Rose sie und Georgie zum Bahnhof nach Cheltenham. Als der Zug anfuhr, beugte sich Aileen aus dem Fenster und sagte: »Rose ... es tut mir leid. Versuch mir zu vergeben, Liebling.«

Rose hatte keine Ahnung, wovon Aileen gesprochen hatte.

☆

Jon war all die Jahre über nicht annähernd so glücklich, wie Rose es gehofft hatte. Sie war damals mit einer gewissen Neugier nach Newcastle gegangen; eine Hälfte tief in ihr war dankbar, wieder zu Rick zurückkehren zu können, die andere Hälfte voller Trotz und Uneinsichtigkeit. Schließlich war sie immer noch der Meinung, sie wäre niemals auf den Gedanken gekommen, mit Martin zu flirten, wenn Rick mit einem zweiten Baby einverstanden gewesen wäre. Und hätte Martin sie nicht so ernst genommen, wäre das Ganze niemals so weit gegangen. Und wie hatte Rick es überhaupt wagen können, sie zu verlassen, weil sie mit einem anderen Mann im Bett war, wo er selbst doch mit ihrer Schwester geschlafen hatte? Und dann war ihr schmerzlich bewusst geworden, dass Rose irgendwie nicht ›richtig‹ ihre Schwester war.

Hinzu kam noch, dass sie sich selbst dafür hasste, ihre Verzweiflung an David ausgelassen zu haben; aber das hatte ja anscheinend keinerlei Auswirkung gehabt. David war offensichtlich damit einverstanden gewesen, dass Rose nach Newcastle fuhr – in vollem Bewusstsein, dass sie einen ganz besonderen Einfluss auf Rick ausübte. Womöglich waren die beiden gar wieder zusammen im Bett gewesen, als Rose bei ihm war? Vielleicht war das David egal?

Bei ihren Besuchen in Gloucester in den darauf folgenden Jahren hatte Jon stets krampfhaft versucht, herauszuhören, ob die Lage angespannt war, aber es war nur zu offensichtlich, dass alles in Ordnung war. Trotz allem, was dagegen sprach, waren Rose und David immer noch zufrieden. Sie führten zwar ein eintöniges, angepasstes Leben, aber sie waren glücklich. Es ergab einfach keinen Sinn.

Und Rick hatte sich so sehr verändert. Ihr wurde bewusst, dass er sich durch Rose verändert hatte, und das machte es nicht gerade einfacher. Wie ein Märchenonkel redete er auf sie ein, dass sie doch versuchen sollten, ihre Ehe »am Leben« zu erhalten.

Sie antwortete ihm: »Deshalb bin ich überhaupt nur hier, Rick. Ich wollte schon vorher, dass unsere Ehe funktioniert. Dir schien das unmöglich, weil ich schwanger war. Jetzt bin ich nicht mehr schwanger. Na, also!«

Er schaute sie lange an, ehe er nickte. Und sie gingen mit Georgie zum Spielplatz von Topps Green und trafen sich später noch mit den Raschids. Und wie zuvor auch schon Rose fand Jon Gefallen an Newcastle mit seiner ständig frischen Brise und all den freundlichen Menschen. Sie hatte sogar zeitweise geglaubt, es würde sich vielleicht alles wieder einrenken.

Es war Mina Raschid, die ihr diesen Job im Salon vermittelte. Jon selbst bezeichnete sich als Rezeptionistin; aber so, wie sie die Termine der Kundinnen koordinierte, war sie auch dafür zuständig, die Waschbecken und den Boden zu putzen, ehe sie am Morgen öffneten. Als sie erstmals auf den Besitzer traf, erzählte sie ihm, sie sei ausgebildete Kosmetikerin. Er wusste, dass sie nicht die Wahrheit sagte, fragte sie aber trotzdem nach ihrem Diplom. Und so verbrachte sie zwei Abende mit Zeichentusche und indischer Tinte und gab ihren kompletten Lohnvorschuss dafür aus, ihr Werk ordentlich rahmen zu lassen. Er akzeptierte es ohne weitere Fragen, wies sie an, ihr »Werkzeug« mitzubringen und einen Tag pro Woche eine der Kabinen zu übernehmen.

Rick sagte: »Du bist eine Närrin, Jon. Er weiß, dass du lügst. Es ist nur ein dummes Spiel, bei dem ihr beide mitspielt. Ich kann diesen Typen nicht leiden.«

Sie war ziemlich überrascht. »Ich war durchaus der Meinung, dass du ihn magst! Als er sagte, er würde dich und Georgie mit zu dem Spiel nehmen, hast du dich doch gefreut!«

»Klar, er hat uns zu einem Sitzplatz im Stadion verholfen, aber das ...«

»Es ist noch gar nicht so lange her, da hättest du das toll gefunden. Mit einem gefälschten Diplom zu einem Job zu kommen, meine ich! Komm schon, Rick, es schadet doch keinem! Und ich werde gute Arbeit leisten – das weißt du.«

»Vermutlich.«

☆

Das tat sie wirklich. Es dauerte nicht lange, da schickte Stan McKee sie auch in seine anderen Filialen, sogar bis nach Cullercoats. Er war Ex-Fußballer. Seiner Mutter hatte der kleine Friseursalon in Topps Green gehört. Er war gerade Mitte zwanzig, als sich seine Fußballerkarriere ihrem Ende zuneigte. Er hatte damals ein hübsches Sümmchen auf der hohen Kante, aber keine Arbeit. Seine Mutter nahm das Geld und gab ihm Arbeit. Er sollte die beiden neuen Geschäfte betreuen, die sie gekauft hatte. Und überraschenderweise entwickelte er sogar reges Interesse daran, die Salons zu managen; er mochte die Belegschaft – überwiegend junge, attraktive Mädchen. Und da er in Newcastle durchaus noch einen Namen hatte, blühte das Geschäft.

Jon mochte er vom ersten Augenblick an, und später wuchsen ihm auch Georgie und Rick ans Herz. Er hätte sie alle drei unter seine Fittiche genommen, wenn Rick es zugelassen hätte. Doch weil der sich nun einmal dagegen sträubte, hatte er sich mit Jon begnügt.

Zum ersten Mal in ihrem Leben verdiente Jon ihr eigenes Geld. Es war ein wundervolles Gefühl. Ihre Lebenshaltungskosten waren niedrig, und Rick verdiente gut; sie konnte ihren kompletten Verdienst für sich selbst ausgeben. Sie kaufte sich neue Kleider, färbte sich die Haare und ging mit Stan zum Tanzen aus. Es steckte nichts dahinter, aber natürlich machte Rick großen Wirbel darum und rächte sich, indem er in den Pub ging.

Das spielte weiter keine Rolle. Georgie war in Mina Raschids Händen besser aufgehoben als bei seiner eigenen Mutter. Doch dann – ganz plötzlich – bekam Mrs. Raschid einen verkniffenen Gesichtsausdruck und teilte Jon mit, dass sie in Zukunft nicht mehr Babysitter sein würde. Das war etwa zu der Zeit, als Ali begann, auf eigenen Füßen zu stehen.

Jon wusste, dass Ali ein Auge auf sie geworfen hatte. Er war nur ein Jahr älter als sie selbst und hatte sein ganzes bisheriges Leben hinter Büchern verbracht. Für ihn war Jon die Verkörperung der westlichen Welt. Sie war hübsch, nicht reich, aber hatte doch Geld zum Ausgeben. Sie war sorglos und immer auf der Suche nach Vergnügungen. Und sie liebte das Gefühl, Macht über Ali zu haben. Ein Gefühl, das sie bei Rick nicht hatte. Auch nicht bei Stan. Ali hingegen himmelte sie mit seinen großen dunklen Augen an, und wenn sie lächelte, lächelte auch er. Wenn sie traurig schaute, schaute auch er traurig. Es war etwas völlig Neues. Wie auch das eigene Geld.

Stan hatte nicht gewollt, dass sie dieses Weihnachtsfest nach Churchdown fuhr.

»Wozu soll das denn gut sein? Es gefällt dir dort doch sowieso nicht – das hast du mir oft genug erzählt.«

Sie zuckte mit den Schultern. »Ich finde es nicht besonders aufregend. Aber ich muss einfach hinfahren.«

»Warum, um Himmels willen?«

»Weil ich zu ihnen gehöre.«

»Du gehörst zu niemandem. Zu denen genauso wenig wie zu Rick.«

Sie lachte. »Du kennst mich nicht, Stan. Ich gehöre zu Mutter und Rose. Und ohne Rick und Georgie kann ich nicht leben.« Sie waren zum Dinner mit anschließendem Tanz ausgegangen – in ein Hotel in Whitley Bay, wo Stan hoffte, das eröffnen zu können, was er inzwischen seine »Schönheits-Boutique« nannte. Jon hätte diesen Abend um nichts in der Welt verpassen wollen, aber das würde sie Stan gegenüber niemals zugegeben.

Er sagte nicht ganz zu Unrecht: »Du bist jetzt ja auch nicht bei ihnen. Du hattest die freie Wahl und hast dich dafür entschieden, mit mir auszugehen.«

Sie entgegnete ihm knapp: »Rick ist nicht zu Hause. Und Georgie ist im Bett. Also kann ich genauso gut hier sitzen.« Sie zuckte wieder mit den Schultern. »Wie auch immer. Weihnachten fahre ich nach Hause, und damit basta.«

»Fährt Rick wieder nicht mit?«

Ihr gefiel diese Unterhaltung nicht; was sie an Stan so mochte, war, dass er gewöhnlich keine Fragen stellte.

»Wahrscheinlich nicht.«

»Wer ist heute Abend bei eurem Kind?«

»Ali Raschid.«

»Ich wette mit dir, dass Rick das gar nicht passt!«, sagte er und grinste sie herausfordernd an.

»Ach, halt doch den Mund, Stan! Rick würde sowieso nicht mit mir tanzen gehen, und du tust es! Und Ali schreibt seine Berichte, während er bei uns in der Wohnung sitzt. Es macht also beiden nichts aus.«

»Ali nicht. Rick schon.«

Sie wünschte, sie könnte ihm sagen, dass ihn das nichts anginge, aber er war ein guter Arbeitgeber, und sie mochte ihren Job. Also hielt sie ihren Mund. Er verstand ihr Schweigen als Zustimmung und lachte. Sie war einfach nur froh, dass dieses Verhör vorbei war. Er war nicht der Typ, der tiefer ging. Gott sei Dank.

Sie hatten einen amüsanten Abend. Er stellte sie dem Manager des noblen Hotels vor, in dem der Tanzabend stattfand, und schlug ihm bei der Gelegenheit vor, dass es zu jedermanns Vorteil wäre, wenn er hier eine neue Filiale von McKee's eröffnen würde. Jon schüttelte dem Manager die Hand und lächelte ihn mit der richtigen Mischung aus Freundlichkeit und Vertrauen an.

»Und Mrs. Johnson würde die Boutique leiten?«, erkundigte er sich.

»Mrs. Johnson ist unsere Kosmetikerin. Sie würde Termine nach Vereinbarung übernehmen.«

Der Manager nickte und wollte wissen, an welche Art finanzieller Arrangements er denn gedachte habe. Stan wusste es besser, als jetzt allzu begierig zu klingen.

»Wenn Sie wirklich Interesse haben, könnten wir darüber später sprechen«, sagte er. »Ich wollte Ihnen heute Abend lediglich einen Vorschlag unterbreiten. Mrs. Johnson und ich sind vornehmlich zur Unterhaltung hierher gekommen.« Er lächelte. »Um unseren jüngsten Erfolg zu feiern.«

Als sie später tanzten, brüstete er sich: »Er hat angebissen. Er scheint beinahe zu einfach, meinst du nicht? Besser, als jeden Tag ein matschiges Fußballfeld auf und ab zu rennen!«

»Das meinst du doch wohl nicht ernst«, entgegnete Jon.

»Jedenfalls ernster, als du es meinst, wenn du mir erzählst, du hättest den Segen deines Ehemannes für den heutigen Abend«, schlug er zurück.

☆

Sie kam spät nach Hause. Als sie Stan von der Tür des Hauses in Topps Green aus zuwinkte und ihren Schlüssel so leise wie möglich ins Schloss steckte, war es fast drei Uhr.

Sie schlich den Flur entlang ins Hinterzimmer. Sie würde unten schlafen und Rick am nächsten Morgen erzählen, sie sei bereits um Mitternacht zurückgekommen, habe ihn aber nicht stören wollen. Als sie das Licht angeknipst hatte, schlug sie sich vor Schreck die Hand vor den Mund. Ali räkelte sich dort im Sessel und blinzelte wie eine Eule.

Er lächelte. »Ich bin eingeschlafen. Tut mir leid, Jon. Aber wenn Georgie aufgewacht wäre, hätte ich ihn bestimmt gehört.«

»Du meinst, deine Mutter hätte ihn gehört und wäre gekommen, um dir Bescheid zu sagen!« Sie lächelte. »Es ist geradezu albern, wie sie sich weigert, auf Georgie aufzupassen – es ist doch klar, dass er sie als Erstes aufwecken würde!«

Er zuckte mit den Achseln. Er hatte nicht die geringste Lust, jetzt über das Verhalten seiner Mutter zu diskutieren. »Wieviel Uhr ist es denn?«

»Es ist sehr spät geworden. Ich möchte mich bei dir dafür entschuldigen, Ali. Ich dachte, Rick würde spätestens nach Hause kommen, wenn die Pubs zumachen. Er hat offensichtlich für heute Nacht ein anderes Bett gefunden.«

Sie versuchte zu vermeiden, dass ihre Stimme allzu verbittert klang. Doch er merkte, wie verletzt sie war, und senkte seine riesigen, zerschmelzenden Augen.

Sie sagte noch einmal »Es tut mir wirklich Leid. Du machst jetzt schnell, dass du nach oben kommst. Ach, du meine Güte, du hast gerade noch vier Stunden, ehe du wieder aufstehen musst. Deine Mutter wird mich umbringen!«

»Ich habe geschlafen – du hast doch gesehen, dass ich geschlafen habe.« Er schaute wieder auf und sagte trotzig: »Ich bin ein erwachsener Mann. Wenn ich entscheide, die ganze Nacht aufzubleiben, dann ist das ganz allein mein Problem.«

Er war älter als sie. Trotzdem hatte er etwas sehr Jungenhaftes an sich. Seine Verehrung für sie glich der Schwärmerei eines Schuljungen.

»Ich koche mir noch Tee. Möchtest du auch eine Tasse?«

»Lass mich das machen.« Er kletterte aus dem Sessel. »Setz dich hier hin, Jon, du bist ja völlig durchgefroren.«

»Psst, du weckst noch das ganze Haus auf. Du schürst den Kamin noch einmal an, und ich bin gleich wieder da.«

Sie ging in die Küche. Mina hielt sie sehr sauber. All ihre Kochtöpfe standen fein säuberlich der Größe nach sortiert und blitzblank im Regal. Jons Töpfe standen noch vom Vortag im Abtropfgitter. Sie holte zwei Tassen aus dem Schrank und stellte sie übereinander auf ein Tablett. Es war bitterkalt; sie ging zum Fenster und schaute in den Himmel, in Erwartung es würde schneien. Doch die Nacht war rabenschwarz. Sie schmiegte sich tief in ihre kurze Pelzjacke, während sie darauf wartete, dass das Teewasser kochte. Ali hatte inzwischen Holz im Kamin nachgelegt, und so war es wenigstens im Hinterzimmer mollig warm. Sie stellte das Tablett auf den kuscheligen Teppich vor dem Kamin, hängte ihre Jacke über eine Stuhllehne und ließ sich auf dem Boden nieder.

»Milch? Zucker?«, fragte sie.

»Du weißt, dass ich meinen Tee ohne alles trinke.« Er blickte auf ihre nackten Schultern, ging zum Feuer zurück und stocherte in der Glut.

»Oh, ja natürlich weiß ich das. Verzeih mir.«

Sie goss den Tee ein und reichte ihm eine Tasse. Er lehnte sich in seinem Sessel zurück und drehte die warme Tasse zwischen seinen Händen hin und her. Sie setzte sich mit dem Rücken gegen seine Armlehne. So konnte er auf ihr Haar schauen, das sie frisch mit Henna gefärbt hatte. Und wahrscheinlich auch in ihren Ausschnitt. Sie hatte nicht die geringste Absicht, ihre Erfahrung mit Martin zu wiederholen. Aber sie war so wütend auf Rick, weil er über Nacht wegblieb. Und außerdem dachte sie, würde es Ali auch gut tun.

Lange Zeit herrschte Stille – nur ihr Atmen war zu hören. Sie starrte in das flackernde Feuer und sagte sich, wie gut es ihr doch momentan ginge. Natürlich hatte sie es nur so weit gebracht, weil Stan sie »mochte«. Daran gab es keinen Zweifel. Aber diesmal hatte sie wenigstens alles im Griff. Solange sie sich selbst und andere darüber hinwegtäuschen konnte – Rick hätte nichts dagegen, dass sie mit ihrem Chef ausging – konnte sie ihren vollen Nutzen daraus ziehen. Endlich würde alles in Ordnung kommen.

Alis Stimme durchschnitt die Stille, als er beinahe wütend sagte: »Dein Mann ist ein Narr!«

Sie war überrascht, denn sie hatte angenommen, Ali würde diese gemeinsamen Augenblicke einfach nur genießen. Sie blickte in sein verärgertes Gesicht und lächelte. Es war äußerst tröstlich, jemanden so vollkommen auf seiner Seite zu haben.

»Warum?«, fragte sie naiv.

»Er weiß dich nicht zu schätzen! In erster Linie sollte er dich nicht mit Mr. McKee ausgehen lassen! Selbst wenn es ... aus taktischen Gründen sein sollte, dann sollte er wenigstens hier sein und sich um dich kümmern, wenn du nach Hause kommst!«

Er war so offen und ehrlich, dass sie ihm nicht länger etwas vormachen konnte. Sie lehnte sich wieder zurück und sagte mit trauriger Stimme: »Dafür müsste aber eine Voraussetzung gegeben sein, Ali. Ihm müsste etwas an mir liegen. Er müsste mich lieben. Und das tut er nicht.«

Weil er daraufhin nichts sagte, nahm sie an, er müsste es bereits gewusst haben. Es musste sowieso für alle offensichtlich sein.

Sie wollte weiterreden, einmal ehrlich zu jemandem sein. Sie sagte: »Es ist nicht seine Schuld. Jedenfalls nicht nur. Ich habe ihn geliebt und gedacht, das würde reichen – er müsste mich allein dafür auch lieben. Aber so war es nicht.«

Ali sagte sanft: »Oh, Jon. Es tut mir so Leid für dich.«

»Muss es nicht. Ich denke, jetzt, wo ich meinen eigenen Lebensunterhalt verdiene – und das nicht schlecht –, wird er mich wenigstens respektieren. Und das ...« Sie verdrehte ihren Hals und schaute ihn an. Seine Augen funkelten so sehr, dass sie hätte denken können, er habe Tränen in den Augen. Sie schaute wieder weg und sprach weiter: »Gegenseitiger Respekt ist wichtig in einer Ehe, weißt du? Wie bei deinen Eltern, Ali. Wie bei meiner Schwester und ihrem Mann. Rick hat mich nie respektiert.«

Nachdem sie eine Weile geschwiegen hatte, meinte er im Spaß: »Das verstehe ich nicht.«

Sie seufzte. »Nein. Aber so ist es.« Sie dachte an die Vergangenheit und sagte: »Wir haben ... Fehler gemacht, alle beide.«

»In diesem Fall...« Er versuchte so sehr, sie zu verstehen. »In diesem Fall hat es auch auf beiden Seiten Vergebung gegeben.«

»Ja. Vermutlich hast du Recht.« Sie war plötzlich schrecklich müde. Sie sagte leise: »Vielleicht wäre alles anders gekommen, wenn ich einen Vater gehabt hätte.«

»Oh, Jon.« Er versuchte zu lachen, jedoch vergeblich. »Jeder Mensch hat einen Vater. Rick selbst hat mir erzählt, deiner sei im Krieg gefallen.«

»Nein. Er denkt, dass es so war. Aber in Wahrheit weiß ich nicht, wer mein Vater war. Ist.« Sie nickte. »Das ist mein Problem, Ali. Ich weiß nicht mehr, wer ich bin. Ich habe keinen Respekt mehr vor mir selbst. Deshalb hat auch Rick keinen Respekt vor mir. Ich habe das vorher nie so gesehen, aber das ist der wahre Grund dafür.«

Sie drehte sich wieder zu ihm um. Ihre dunklen Augen spiegelten sich in den seinen.

Er sagte: »Ich respektiere dich, Jon.«

»Oh, Ali.« Er hatte genau das Richtige gesagt. Sie sah immer noch in seine Augen. Sie saugte förmlich die Anbetung auf, die sie darin fand.

Dann legte er seine helle Handfläche auf ihren Scheitel, als wolle er sie segnen. Sie schloss ihre Lider, lächelte verträumt. Er ließ sich aus dem Sessel zu ihr auf den Boden gleiten, kniete vor ihr nieder und zog sie an sich. Sie hielt ihre Augen geschlossen, fragte sich in ihrem Schwips, ob sie jetzt wohl miteinander beten würden.

Und dann, mit einer Plötzlichkeit, die sie reichlich überraschte, und mit einer Sachkenntnis, wie sie sie von einem Arzt nicht anders erwartet hatte, zog er ihr das Kleid von den Schultern und ließ seine Lippen über ihren Hals und hinunter zwischen ihre Brüste gleiten. Es war genau wie mit Martin – in der einen Minute hatte sie die Kontrolle, in der nächsten schon nicht mehr. Er war ganz und gar von seiner Anbetung in Anspruch genommen; wenn sie schreien oder ihm eine herunterhauen würde, könnte sie ihn vielleicht stoppen. Sie sah keinen anderen Ausweg. Sie öffnete ihren Mund zum Schrei und holte mit dem Arm weit aus. Da ging die Tür auf.

Mina schrie an ihrer Stelle. Und dann erstickte sie ihren

Schrei, in dem sie sich die Hand auf den Mund presste, und drehte ihr Gesicht zur Wand.

Ali kletterte umständlich auf seine Füße, ohne jede Würde. Jon sank auf dem Kaminvorleger zusammen und ließ, erfüllt von einer Art Hoffnungslosigkeit, den Kopf hängen. Ihr Kleid hing irgendwo in der Gegend ihrer Hüften, ihre Haare standen in alle Richtungen ab. Das Wort Respekt erschien nur noch lächerlich.

Ali stotterte – wie auch Martin einst: »Mutter, ich liebe Joanna. Ich will sie heiraten und bis an unser Lebensende für sie sorgen.«

Mina antwortete ihm in ihrer eigenen Sprache, und er hielt den Mund. Dann blickte sie auf Jons bloßen Rücken hinunter und sprach in Englisch weiter.

»Möchtest du das? Meinen Sohn heiraten?« Und als ihr Jon keine Antwort gab, sprach sie wieder zu Ali. Und dann verließen sie den Raum.

☆

Rick tauchte vor dem nächsten Nachmittag nicht auf. Sie hatte gleich nach dem Aufstehen Stan angerufen und sich krankgemeldet. Er hatte ihr das genauso wenig abgenommen wie das Kosmetikerinnen-Diplom, doch er hatte ihr Fernbleiben gnädigerweise hinnehmen müssen.

»Lass mich aber nicht zu lange hängen. Hörst du, Mäuschen?«, sagte er. Der drohende Unterton in seiner Stimme überraschte sie nicht weiter. Er befand sich in der Warteschleife; falls Rick überhaupt nicht wieder nach Hause käme, könnte er diese Lücke problemlos schließen. Ihr war endlich bewusst geworden, dass sie selbst die Schuld daran tragen würde, wenn sie Rick jetzt ein zweites Mal vertrieben hätte.

Sie schaffte es irgendwie, aus dem Bett zu kommen, ehe Georgie aufwachte. Sie kochte ein Ei für ihn und brachte ihn wie üblich nur mit viel Schimpfen und Nörgeln dazu, sich anzuziehen und zu waschen – gerade so, als wäre alles wie immer.

»Wo ist Dad?«, fragte er. »Er hat doch nicht Frühschicht, oder?«

Jon konnte sich in diesem Moment nicht entsinnen, welche Schicht Rick gerade hatte. Sie sagte: »Nun, er ist gegangen, bevor du aufgewacht bist. Also wird es vermutlich so sein.«

Georgie war Rick so ähnlich. Sein rotes Haar war ein strohiger Teppich aus kleinen Locken, und seine blassen, blauen Augen hatten die gleiche hypnotische Fähigkeit.

»Wann fahren wir endlich zu Elli und Blue?«, wollte er wissen.

»Sobald du Weihnachtsferien hast. Aber nur, wenn du brav bist.«

»Kommt Dad mit?«

»Nein. Das weißt du doch.«

»Warum nicht?«

»Er bekommt nicht lange genug frei, um mit uns zu fahren.«

»Was wird er denn hier machen, so ganz allein?«

Sie hatte gute Lust, ihm die Wahrheit zu sagen. »Er wird Weihnachten mit diesen neuen Freunden verbringen, die er hat. Und er wird viel schlafen.«

»Meinst du, er geht ohne mich ins Fußballstadion?«

»Das fragst du ihn besser mal selbst.«

Sie ging mit ihm quer durch den Park und schaute ihm nach, wie er den Gehsteig entlangschlenderte und durchs Schultor verschwand. Sie hatte keinen Anlass zu glauben, Rick sei endgültig von zu Hause fortgegangen. Doch ihre Stimmung war derart auf den Nullpunkt gesunken, dass sie das Gefühl hatte, auf nichts und niemanden mehr zählen zu können.

Eigentlich hatte sie sich wieder hinlegen wollen, wenn sie zu Hause war, doch im Treppenhaus kamen ihr die Raschids mit Matratzen im Huckepack entgegen. Sie huschte schnell über den unteren Flur und verschwand im Wohnzimmer. Über ihr herrschte großes Geklapper und Gepolter. Sie brauchte mehr Holz und Kohle für das Feuer, aber sie wollte ihnen in der Küche nicht über den Weg laufen, also schlotterte sie den ganzen Vormittag über in ihrem Mantel. Um die Mittagszeit klopfte es an der Tür. Es war Mina.

»Ich bin gekommen, um Ihnen zu sagen, dass wir in eine andere Wohnung ziehen.« Sie reichte ihr einen Zettel. »Für den Fall, dass noch Post für uns kommt.«

Jon konnte spüren, wie sie langsam in sich zusammenfiel.

»Mina, Sie können nicht gehen. Es ist doch nichts passiert. Ich hätte das gar nicht zugelassen.«

»Das habe ich gesehen«, sagte Mina hölzern.

»Das ist die Wahrheit! Wenn Sie nicht hereingekommen wären –«

»Sie haben meinem Sohn völlig den Kopf verdreht. Es ist besser, wir entfernen uns aus Ihrer Gegenwart. Wir werden Ihren Mann vermissen. Und Ihren Sohn.«

Sie drehte sich um, und Jon begann zu weinen.

»Mina. Bitte. Ich schaffe es nicht ohne Sie, gehen Sie nicht weg. Ich brauche Sie so.«

Mina sah sie unter dem Rand ihres Schleiers hervor an. Dann sagte sie: »Sie verletzen die Menschen, die Ihnen helfen, Mrs. Johnson. Das habe ich jetzt über Sie gelernt. Sie sollten mehr Rücksicht auf die Gefühle anderer nehmen.« Sie zupfte den Schleier zurecht. »Auf Wiedersehen.«

Sie ging zur Haustür. Von Ali oder Mr. Raschid war keine Spur zu sehen. Als Jon ihr durch den Flur folgte, sah sie, dass das Vorderzimmer bereits komplett leergeräumt war. Auf der Straße wartete ein Lastwagen. Mina stieg ein, und er fuhr weg. Jon klammerte sich an die Türklinke und weinte jämmerlich.

☆

Rick kam um drei Uhr nach der ersten Schicht nach Hause. Es sah aus wie immer, trug einen Overall, eine Mütze, war müde.

Sie fragte vorwurfsvoll: »Wo warst du? Ich musste Georgie erzählen, du hättest das Haus schon verlassen, bevor er aufgewacht ist.«

Er unterbrach sie erschöpft: »Was ich ja auch getan hätte, wenn ich hier gewesen wäre. Also wird deshalb ja wohl nicht die Welt untergehen.« Er warf seine Jacke übers Geländer und sah sie jetzt genauer an. »Was ist los?«

»Ist es denn nicht schon genug, dass du die ganze Nacht weg warst, und ich keine Ahnung hatte, ob du überhaupt noch am Leben bist?« Sie schnaubte. »Ich muss jetzt Georgie abholen gehen. Und wir haben nichts zum Tee.«

»Warum bist du nicht bei der Arbeit? Bist du krank?«

»Nein. Ja.« Sie beruhigte sich etwas. »Um ehrlich zu sein, ich fühle mich völlig ausgelaugt.«

Er folgte ihr ins Hinterzimmer und betrachtete die kalte Asche unterm Ofenrost.

»Kein Wunder. Hast du hier den ganzen Tag ohne Feuer gesessen? Mein Gott, Jon, sie haben Schnee angesagt! Wenn du schon meinst, du brauchst kein Feuer, dann solltest du wenigstens an Georgie denken.«

Er stürzte umgehend von der Küche in die Kohlenkammer. Sie hörte, wie er einen Blecheimer füllte. Er blieb draußen stehen. Sie schauderte, schlang ihre Arme um ihre Schultern.

Er erschien im Türrahmen.

»Mina Raschids Töpfe sind weg.« Er setzte den Kohleneimer ab und ging nach nebenan. Als er zurückkam, war sein Gesicht starr. »Sie sind gegangen, nicht wahr? Und ich kann mir auch denken, warum.« Sie wollte etwas sagen, aber er schnitt ihr umgehend das Wort ab, hörte gar nicht hin. »Glaub ja nicht, dass ich nicht wusste, was hier die ganze Zeit vorging. Ali ist dein Sklave. Ich habe mich schon gefragt, wie lange es wohl noch dauern würde, bis du ihm auch mal einen Gefallen tust. Mina hat euch erwischt, hab ich Recht?«

Ricks Worte kamen der Wahrheit so erschreckend nahe, dass Jon der Atem stockte. War denn wirklich alles so offensichtlich gewesen? Von Anfang an?

Er nahm den Eimer und ging an ihr vorbei; vor dem Rost kniete er sich hin und griff nach der Schachtel mit den Streichhölzern. Sie sagte: »Rick, ich möchte dir erzählen, was passiert ist. Ehrlich. Wirst du mir zuhören?«

Er atmete tief ein und mit einem gedehnten Seufzer langsam wieder aus.

»Nein. Tut mir leid, Jon. Ich will es nicht hören. Vergiss es ganz einfach, okay? Kann ich davon ausgehen, dass diesmal nicht wieder die Gefahr besteht, dass du ein Baby bekommst?«

Sie schnappte noch einmal nach Luft, dann fauchte sie wütend: »So weit ist es nicht gekommen! Das hab ich Mina auch schon versucht klarzumachen. Und selbst, wenn sie nicht hereingekommen wäre, wäre es nicht so weit gekommen. Ich wollte gerade losschreien und ihm eine runter–«

»Es reicht. Das ist alles, was ich wissen muss. Und jetzt halt den Mund.«

Das tat sie. Sie musste allerdings erst noch ein weiteres Mal nach Luft schnappen – um dann in ein erbärmliches Schluchzen zu verfallen. Sie setzte sich hin und schaute zu, wie er mit ausgesprochener Sorgfalt Feuer machte, sich nach den Streichhölzern auf dem Kaminsims reckte, das Papier anzündete. Es kam ihr fast vor, als habe sie bereits den ganzen Tag damit verbracht, anderen bei etwas zuzuschauen, als hätte sie ihre eigene Kraft verlassen.

Er setzte sich auf seine Fersen.

»Bis Georgie wiederkommt, wird es warm genug sein.« Er warf ihr einen Blick zu. »Hör auf, so zu schauen, Jon. Das hier ist kein Film, und eine gute Schauspielerin bist du ohnehin nicht.« Er setzte sich jetzt auf einen Stuhl. »Und damit du's weißt. Ich war heute auch nicht bei der Arbeit.«

»Was?« Sie ließ die Hände auf die Armlehnen ihres Stuhles sinken. »Warum bist du denn dann nicht nach Hause gekommen? Mein Gott – das alles wäre nicht passiert, wenn du nur hier gewesen wärst.«

Er lächelte bitter. »Vielleicht wäre es dann stattdessen sogar zu einem Mord gekommen!« Er schaute auf die Uhr. »Zieh deinen Mantel an. Wir werden Georgie zusammen abholen.«

»O Gott. Ich kann nicht. Mir ist so kalt.«

Er stand auf. »Dann geh ich eben. Und während ich weg bin, kannst du noch einmal gründlich über uns nachdenken. Ich bin von den kanadischen Behörden als legaler Immigrant anerkannt worden. Ich habe vor längerer Zeit für uns alle einen Antrag gestellt. Aber ich musste dort erst eine Arbeitsstelle bekommen. Einer der Schweißer, der mit mir in der Werft gearbeitet hat, ist dort jetzt Holzfäller. Er hat mir einen Job besorgt. Ich muss in einem Camp arbeiten, aber an den meisten Wochenenden werde ich nach Calgary zurückfahren können. Du könntest mit Georgie dort wohnen.«

»Was?« Das kam alles zu schnell, zu unerwartet für sie, um es wirklich begreifen zu können. »Georgie ... ich ... ganz allein in einem fremden Land?«

»So fremd auch nicht, immerhin sprecht ihr die Landessprache. Denk darüber nach.«

»Du hast das alles auf eigene Faust geplant, ohne mit uns darüber zu reden –«

»Meine Pläne stehen fest, Jon. Ich werde gehen. Es liegt jetzt an dir, ob du mitkommst oder nicht.«

»Du meinst ... Aber wenn ich hier bleibe – Georgie –«

»Ich werde nicht um ihn kämpfen. Ich liebe Georgie. Aber bis er erwachsen ist, sollte er besser bei dir und deiner Familie sein. Er liebt seine Cousinen.«

»O mein Gott, du meinst es also tatsächlich ernst.«

Jetzt war er damit an der Reihe, überrascht zu sein. Er hatte sich schon so lange Zeit mit diesem Gedanken befasst, dass er jeden Schritt klar und deutlich vor Augen hatte.

Er sagte: »Du wirst dich schnell damit abfinden. Du kannst dir ruhig ein paar Tage mit der Entscheidung Zeit lassen.«

Er ging zur Tür. Sie flehte aufgebracht: »Geh nicht fort. Rick, meinst du die Frage ehrlich, ob ich mit dir kommen möchte? Möchtest du das wirklich? Ehrlich?«

Er sagte tonlos: »Ja, ich will, dass du mit mir kommst.«

Dann ging er. Er hatte nicht gerade überzeugend geklungen.

Bis er mit Georgie wiederkam, hatte sie sich dazu aufraffen können, Tee und Toast zu machen, ihr Haar zu kämmen, ihr Gesicht zu waschen. Er hatte dem Jungen nichts gesagt. Jon schloss daraus, dass er nicht wirklich wollte, dass sie mit ihm kamen. Sie ertappte sich dabei, wieder nur zuzuschauen, Rick zu beobachten und nach Anzeichen zu suchen, dass er ihr etwas vormachte.

Als Georgie vor dem Fernseher sass, kam Rick in die Küche und begann mit dem Abwasch.

Weil er das sonst so gut wie nie machte, nahm sie an, er wollte ihr die Möglichkeit geben, über die Bombe zu sprechen, die er hatte platzen lassen. Doch Jon brannte etwas ganz anderes auf der Zunge: »Rick, als ich begonnen habe zu arbeiten – ganz am Anfang, mit Mina –, da hast du das doch gut gefunden, oder?«

Er polierte mit äußerster Sorgfalt ein Glas und stellte es in das Regal, in dem Mina sonst ihre Töpfe aufbewahrt hatte. »Ja. Ja, durchaus.«

»Würdest du sagen, dass du mich dafür respektiert hast?«

Er schaute sie an und hob die Augenbrauen. »Dich respektiert? Schon möglich. Ich weiß nicht. Ich dachte, es sei immer noch besser, als wieder in einen Tennisclub einzutreten!« Er versuchte zu lachen, und für einen Moment hüpfte ihr Herz. Doch sie ließ sich nicht vom Thema abbringen, bohrte noch tiefer.

»Wenn Stan mir eine Stelle als Schönheitsberaterin anbieten würde, dann wärst du darauf nicht so erpicht, oder?«

»Nein. Ich trau' Stan nicht. Er ist einer von diesen neureichen Geschäftemachern.«

»Das heißt, als ich begann, mich hochzuarbeiten, hast du aufgehört, mich zu respektieren?«

»Damit hatte das überhaupt nichts zu tun, Jon.« Er nahm eine Hand voll Besteck aus dem Abtropfgitter. »Es war die Art und Weise, wie du dir Stans Gunst verschafft hast. Die Urkunde, die du –«

»Aber es hat Zeiten gegeben, da hättest du das toll gefunden.«

»Ja, das mag schon sein. Aber wir sind hierher gekommen, um noch einmal von vorn anzufangen, weißt du das denn nicht mehr? Wir wollten ein anständiges –«

Sie hatte sich blind umgedreht, um nach einer Flasche Geschirrspülmittel zu greifen und ihm dabei versehentlich das Besteck aus der Hand geschlagen. Sie warteten beide, bis das Geklapper verklungen war. Georgie schrie aus dem Wohnzimmer: »Was ist passiert?« Rick rief zurück: »Ich hab die Gabeln und die Messer runtergeschmissen. Kein Grund zur Aufregung.«

Jon sagte: »Ich weiß nicht, woran ich bei dir bin, Rick. Ich versuche so zu sein, wie du mich haben willst. Es funktioniert einfach nicht.« Sie schaute ihn an. »Ich kann so nicht mehr weiterleben.«

Er starrte sie an. »Siehst du das wirklich so? O Jon, welch ein Durcheinander. Es ist meine Schuld. Das sehe ich ein.«

»Ich bin bereit, meinen Teil der Schuld auf mich zu nehmen, aber ich weiß nicht mehr, was ich tun soll, um die Dinge wieder ins Lot zu bringen.«

Er bückte sich langsam und begann das Besteck aufzusammeln. Sie blickte auf seinen Hinterkopf hinunter und dachte: Ich kann ohne ihn nicht leben.

Ohne seinen Blick vom Boden zu nehmen, fragte er: »Falls du

dich entscheidest, hier zu bleiben, wie willst du dann zurechtkommen?«

»Ich weiß es nicht.«

»Wird deine Mutter kommen? Oder wirst du zurück nach Churchdown gehen?«

»Auch das weiß ich nicht.«

»Aber eins von beiden?«

»Vermutlich. Ja.«

»Das war das Einzige, worauf ich gehofft habe. Ansonsten ...«

Sie ging in die Hocke, um mit ihm auf gleicher Augenhöhe zu sein. Es hätte immer noch alles in einer weiteren Versöhnung – in der langen Reihe ihrer Versöhnungen – enden können. Doch Rick redete weiter.

»Mir wäre es lieber, du würdest nach Churchdown zurückgehen. So könnte Georgie auch etwas von Rose und David haben.«

Zuvor hatte er von Blue und Ellie gesprochen. Jetzt waren es nur noch Rose und David.

Sie sagte: »Mir wäre es lieber, Mutter würde hierher kommen. Dann könnte ich weiterhin in meinem Job arbeiten.«

Und sie stand auf und erledigte den restlichen Abwasch. Das war das Ende.

11

Sie vermissten Aileen; natürlich vermissten sie sie. Doch ihr Familienleben ging reibungslos weiter, ohne jede Unterbrechung ihrer angenehmen Routine. Rose fühlte sich schuldig, weil sie erleichtert darüber war, dass Jon anscheinend nichts dazu bewegen konnte, ins Schneewittchen-Haus zurückzukehren. Hinzu kam, dass sich Großmutter überraschend zuvorkommend verhielt, was das Haus betraf.

»Ich kann es genauso gut möbliert lassen und kurzfristig vermieten«, sagte sie mürrisch, als Rose das Thema anschnitt. »Bei dem Lebensstil, den Joanna führt, ist es mehr als wahrscheinlich, dass die arme Aileen eines Tages noch einmal ein Dach über dem Kopf brauchen wird.«

Rose nahm ihren Mut zusammen und sagte vorsichtig: »Es wäre schön für sie, wenn sie ab und zu hierher kommen und ihre Ferien im Schneewittchen-Haus verbringen könnten.«

»Du verlangst also mit anderen Worten, dass ich auf jegliche Mieteinnahmen, die ich damit machen könnte, verzichten soll, um es für einen gelegentlichen Urlaub freizuhalten?« Großmutter sah immer grimmig aus, aber in diesem Moment sah sie noch grimmiger als sonst aus.

»Vielleicht könntest du es ja als Ferienhaus vermieten. Es liegt geradezu ideal im Zentrum der Cotswolds.«

»Wer um alles in der Welt will schon seinen Urlaub in einem Haus wie diesem verbringen?« Als Großmutter Roses betrübtes Gesicht sah, fuhr sie schnell fort: »Und wer sollte es für mich verwalten? Ich bin nicht mehr dazu in der Lage, ein Haus zu putzen. Und Doreen genauso wenig.«

»Ich würde es putzen. Das würde mir Spaß machen. Und Mrs. Whittie würde ein Auge auf die Gäste haben.«

»Du hast dir bereits alles genauestens überlegt, hab ich recht, Rosamund?« Der Groll war aus der Stimme der alten Dame verschwunden, sie brachte sogar ein kühles Lächeln zustande. »Also gut. Ich werde dir die volle Verantwortung für das Haus überlassen. Wir werden ein Konto bei der Bank eröffnen, dort zahlst du die Mieten direkt ein.« Und sie fügte streng hinzu: »Und ich will ordentliche Belege und Quittungen sehen!«

»Ja, Großmutter«, antwortete Rose geduldig. Und sie wunderte sich, warum es ihr doch immer wieder gelang, ihre Großmutter herumzukriegen.

☆

Rose entwickelte größtes Interesse an ihrer Arbeit als Verwalterin des Schneewittchen-Hauses. Immer wenn eine Gruppe von Gästen ausgezogen war, fuhr sie mit der Kutsche den steilen Hügel hinauf und überprüfte das Inventar. Sie plante die Buchungen mit weiser Voraussicht und sorgte stets dafür, dass das Haus leerstand, wenn Jon, Georgie und ihre Mutter auf Urlaub kamen. Es war wie ein Knobelspiel und sehr zeitraubend. Und so kam es auch, dass sie die Halbtagsstelle in der Bezirksbibliothek ablehnte, die ihr Mrs. Marchant anbot. Das hätte zudem auch bedeutet, dass sie und David nicht mehr so ohne weiteres für ein Wochenende hätten »flüchten« können. Und das hätte ihr nicht gefallen.

☆

Als die Zwillinge ihren achten Geburtstag feierten, veranstalteten sie ein großes Picknick auf dem Hügel. Jon hatte keinen Urlaub mehr, also kamen Aileen und Georgie ohne sie und wohnten im Schneewittchen-Haus, was bedeutete, dass Rose Martin und June mit den Jungs einladen konnte. Georgie lief mit Arney um die Wette und prahlte bei Tisch lautstark damit, dass »Stan« ihm ein Kevin Keegan-Shirt besorgen würde.

Charles sagte: »Wir im Internat stehen eher auf Rugby. Natürlich haben wir auch eine Fußballmannschaft, aber –«

»Tu doch nicht so. Wahrscheinlich weißt du nicht einmal, wer Kevin Keegan ist. Bist du jetzt etwa so ein Internatsschnösel geworden?« Georgie hatte weder den blassesten Schimmer, was das Wort Schnösel eigentlich bedeutete, noch hatte er jemals ein

Internat von innen gesehen. Aber Charles lief hochrot an und sagte gar nichts mehr. Blue legte ihr Sandwich vorsichtig auf den Teller zurück, drehte sich um und versetzte Georgie einen Hieb in den Magen. Er schrie wie am Spieß und krümmte sich über seinem Teller.

»Blue – was um alles in der Welt erlaubst du dir da?«, fragte David.

Doch Aileen sagte: »Schimpf doch nicht mit ihr. Sie hat heute schließlich Geburtstag. Und Georgie war wirklich ganz schön frech.«

Georgie bekam wieder genug Luft, um zu protestieren.

»Ich war nicht frech, Granny! Charles hat ehrlich keine Ahnung, wovon er spricht.«

Ellie sagte: »Ach, du armer Georgie. Möchtest du etwas zu trinken, damit du nicht so husten musst?«

Rose überblickte die Szene und traf Davids klaren braunen Blick. Sie zwinkerte ihm zu und erwartete, dass er das Gleiche tun würde. Er tat es aber nicht. Er senkte den Blick auf seinen Teller, wo sein Sandwich lag; unangetastet. Stattdessen erhaschte sie irgendwie Martins Blick. Und der lächelte bloß gelangweilt. Sie schaute weg.

Als die Kinder nicht länger stillsitzen konnten, dachte sich Martin ein ausgeklügeltes Versteckspiel aus.

Aileen sagte: »David, hättest du nicht Lust, mich zum Haus zu bringen und drinnen in Ruhe eine Tasse Tee mit mir zu trinken? Die Sonne ist heute beinahe unerträglich.«

Rose stellte die Platte mit den restlichen Sandwiches beiseite, um ihrer Mutter einen Arm zum Unterhaken anzubieten. Doch David war schneller, und schließlich konnte sie auch June und Maud nicht ohne weiteres allein sitzen lassen.

Sie fragte: »Was meinst du, Maud? Ob mit Mutter wohl alles in Ordnung ist? Es ist so gar nicht ihre Art, an einem so herrlichen Tag wie diesem lieber reingehen zu wollen.«

»Vielleicht möchte sie mit David in Ruhe etwas besprechen«, gab Maud zu bedenken.

»Ja. Möglicherweise.«

In Rose stieg ein deutliches Unbehagen auf. Wenn Mutter mit David unter vier Augen reden wollte, konnte das nur mit Jon zu tun haben. Und sie wollte nicht länger, dass David sich um ihre Familie Sorgen machen musste.

Als hätte sie ihre Gedanken gelesen, sagte June: »Hoffentlich ist Jons Noch-Ehemann nicht plötzlich wieder aufgetaucht. Das hätte uns jetzt gerade noch gefehlt.«

»Wir haben hier unten ein angenehmes Leben und haben es alle nicht schwer, June«, wies Maud sie streng zurück ... »Du tust gerade so, als schlitterten wir am Rande einer Katastrophe entlang.«

June kniete sich auf die Picknickdecke und legte ihre Hand über die Augen, um sie vor dem grellen Sonnenlicht zu schützen. »Ich wünschte, Martin würde sich seinem nun doch schon reiferen Alter angemessen benehmen«, stöhnte sie, als Charles am anderen Ende des Gartens seinem Vater ins Dickicht nachsprang.

Rose nahm die Platte mit den restlichen Sandwiches wieder auf. Manchmal fragte sie sich, ob sie nicht mit der Zeit zu selbstgefällig wurde. Tief in ihrem Innern spürte sie, wie sich die alte Schuld meldete. Sie zerpflückte Davids Sandwich, das er nicht angerührt hatte, und warf es den Vögeln zum Fressen hin.

»Ich wünschte, David würde mehr essen. Er wird genauso hager wie sein Vater.«

Maud sprach ohne Ausdruck in der Stimme. Rose schaute sie prüfend an, sagte aber nichts. Ihr war weder Davids mangelnder Appetit aufgefallen noch dass er besonders abgemagert aussah. Das Schuldgefühl kroch ihr jetzt bis in den Hals.

An diesem Abend fragte sie ihn direkt. »Wer von euch beiden musste heute Nachmittag aus der Sonne? Mutter? Oder du?«

Er saß auf der Bettkante und zog sich die Schuhe aus. Sein braunes Haar war schon immer trocken und strähnig gewesen, dennoch fand sie, dass auffallend viel von seiner Kopfhaut durchschimmerte. Er war vierunddreißig. Er war noch jung.

Er blickte auf und lächelte. »Dir entgeht auch nichts, oder? Aileen wollte wissen, ob wir uns die letzten beiden Wochen der Sommerferien um Georgie kümmern könnten. Sie selbst hat das Gefühl, sie sollte besser wieder zu Jon fahren.«

»Warum?« Rose schaute ihn verblüfft an. »Der einzige Grund, warum Aileen in Newcastle ist, ist doch, weil sie sich um Georgie kümmern muss. Und wenn Georgie hier ist –«

»Wie es scheint, ist es nicht ganz so.« Er grinste. »Sie sieht sich selbst wohl auch als eine Art Anstandsdame, wie ich das herausgehört habe. Dieser Kerl, Stan, lässt anscheinend keine Gelegenheit aus, sich an Jon ranzumachen!«

Rose schnaubte: »Jon wird wissen, wie sie mit ihm fertig wird, kann ich mir vorstellen.«

»Tut sie das?«

Sie ging zum Fenster, löste den Riegel und lehnte sich in den Garten hinaus. Draußen war es genauso schwül wie drinnen. Sie dachte daran, wie leicht Jon bei Martin schwach geworden war. Aber davon wusste David ja wiederum nichts. Sie zog ihren Kopf zurück und zog die Vorhänge wieder zurecht.

»Die meisten Frauen wissen, wie man sich diese Art von Männer vom Hals hält.«

»Tun sie das?«

»So wörtlich habe ich das nicht gemeint.« Sie war alarmiert. »Hält es Mutter für möglich, dieser Stan könnte gewalttätig werden?«

»Ich weiß nicht. Ich habe ihr gesagt, dass Georgie bei uns bleiben kann. Ist das in Ordnung?«

»Ja, natürlich.«

Sie zog sich rasch aus und schlüpfte unter die Bettdecke. Sie hatte vergangenen Monat das Federbett auf dem Speicher verstaut. Es tat gut, nur das kühle, leichte Laken zu spüren. David bot ihr seinen Arm als Kopfkissen an, machte aber keinerlei Anstalten, sie zu küssen.

Sie flüsterte: »Was ist los, Liebling? Stimmt etwas nicht mit dir?«

Er antwortete: »Nein. Die Matratze ist etwas verlegen, findest du nicht?«

»Da kannst du Recht haben.« Sie setzte sich auf. »Lass mich dich festhalten, David. Komm schon, leg deinen Kopf an meine Schulter.« Sie fasste mit dem anderen Arm um ihn herum und begann, ihm das Kreuz zu massieren. Maud hatte recht gehabt. Er war mager.

Sie sagte: »Du hast bei unserem Picknick nicht ein einziges Sandwich gegessen. Und dein Abendessen hast du auch nicht angerührt.«

»Ich habe heute Nachmittag einen Milchshake getrunken.«

»Einen *Milchshake*?«

Er hatte über das Lieblingsgetränk der Zwillinge immer die Nase gerümpft.

»Manchmal kriegt man eben kein Brot oder andere harte Sachen hinunter. Du hast das doch bestimmt auch. Manchmal.«

»Wie lange dauert dieses ›Manchmal‹ bei dir schon?«

»Ach, ich weiß es nicht, Rose. Ein paar Tage.« Er klang müde und schlapp. Außer natürlich, er wollte sich nur ihren Fragen entziehen.

»Weißt du, dass du dünner geworden bist?«

»Ich doch nicht. Georgie, der schießt in die Höhe. Wird immer schlaksiger. Aber doch nicht ich.«

Sie schaute in sein Gesicht. Im schimmernden Mondlicht der warmen Sommernacht konnte sie sehen, dass er seine Lider geschlossen hatte. Sie küsste ihn zärtlich.

»Wir werden morgen früh darüber reden.«

☆

Es kostete sie weniger Überzeugungskraft, als sie gedacht hatte, ihn zu einem Besuch bei Dr. Boardman zu bewegen. Allerdings musste er dann noch eine Woche warten, um einen Termin für eine Röntgenuntersuchung zu bekommen.

»Vermutlich ein Geschwür«, sagte der Arzt mit seiner typischen Gleichgültigkeit. »Mit einer Diät einfach zu behandeln. Bleiben sie bei der Flüssignahrung und viel Milch, wie Sie das bisher schon gemacht haben.«

Sie packte Georgies Kleider zusammen und brachte ihre Mutter zum Bahnhof. Sie erwähnte nichts von der Röntgenuntersuchung. Wenn Mutter schon Georgie hier zurückließ, um zu Jon zu fahren, dann musste es dort ernste Probleme geben, und sie wollte sie nicht noch zusätzlich belasten. Doch Aileen schien an diesem Augustnachmittag völlig entspannt. Sie stand munter am Bahnsteig und schaute dem Zug nach, der in Richtung London rollte. Die Hände hatte sie in den Taschen ihrer Strickjacke und die grauen Strähnen ihres Haares unter einem Strohhut versteckt. Sie verzog scherzhaft das Gesicht über die laute und stinkende Diesellok und plauderte von den Dampflokomotiven, die einst in Churchdown gehalten hatten.

Der kleine Bahnhof dort war inzwischen stillgelegt worden, und das Haus des Bahnhofsvorstehers stand zum Verkauf.

»Zu schade, dass das Schneewittchen-Haus nicht größer ist. Ihr hättet sonst dort einziehen können. Du hast es immer schon geliebt, und David würde es gut tun, der stickigen Luft von Gloucester zu entkommen.« Sie schaute Rose unter dem Rand ihres Hutes hervor an. »Liebling, hat Großmutter dir das Haus überschrieben?«

»Gütiger Gott, nein. Das hätte ich sowieso nicht angenommen.«

»Warum nicht? Du bist so gern dort oben auf dem Hügel.«

»Schon. Aber wenn sie es irgendjemandem geben würde, dann müsstest du das sein. Es ist dein Zuhause, Mutter!«

Aileen lachte. »Hör doch schon auf, Rosie. Du weißt, dass sie das Haus niemals mir überlassen würde. Aber ich bin wirklich überrascht, dass du es nicht längst bekommen hast. Es gibt doch wohl keinen einschlägigen Grund, dich solange warten zu lassen, bis sie den Löffel abgibt!«

»Mutter, du wirst immer, immer –«, Rose lachte und suchte nach dem richtigen Wort, »respektloser! Das muss davon kommen, dass du mit Jon zusammenlebst.« Sie drückte ihrer Mutter den Arm. »Großmutter behält das Haus um deinetwillen, meine Liebe. Ehrlich. Sie denkt an die Zeit, wenn du dich danach sehnst, wieder nach Hause zu kommen. Mit oder ohne Jon.«

»Ich glaube nicht, dass Jon noch einmal dort leben möchte.«

»Eines Tages wirst du vielleicht zurückkommen.«

Aileen zuckte kaum merklich die Schultern. »Vielleicht. Ich glaube aber nicht. Wie auch immer, ich sollte da sein, wo Jon ist. Ich hätte gleich mit ihr nach Newcastle gehen sollen.«

»Aber warum?«

Der Lautsprecher ertönte über ihren Köpfen. Rose konnte an den Bewegungen ihrer Lippen sehen, dass Aileen ihre Frage beantwortete. Der Lautsprecher verstummte, und Aileen schrie beinahe: »Jon ist doch in der gleichen Lage wie ich damals.« Sie sprach schnell leiser. »Ich hatte dich. Und noch einen weiteren guten Grund, uns ein neues Zuhause aufzubauen und sich darin zu vergraben.«

»Aber ...« Rose war völlig verwundert. »Ich war doch erst fünf, Mutter.«

»Du hast mir Halt gegeben. Ich kann dir das nicht erklären.«

Der Zug nach Edinburgh war eingefahren und kam dicht neben ihnen zum Stehen. Die Vakuumbremsen quietschten ohrenbetäubend. Die Türen gingen auf, Lautsprecherdurchsagen ertönten erneut über ihnen.

Rose hievte den Koffer ihrer Mutter ins Gepäcknetz über dem Sitz und fand für sie einen Platz in Fahrtrichtung. Sie kämpfte gegen dieses plötzliche Gefühl an, ausgeschlossen zu sein.

»Mutter, wenn du wiederkommst, müssen wir reden. Ausführlich.«

»Ja. Natürlich, Rosie.« Aileen setzte ihren Hut ab. »Du steigst jetzt besser wieder aus, Liebling. Ich habe jedes Mal Angst, der Zug fährt an, während du noch drinnen bist.«

»Sie laden noch Pakete ein.«

Rose stieg dennoch aus und stand auf dem Bahnsteig. Aileen schloss die Tür ihres Abteils und lehnte sich aus dem Fenster.

»Lass dich von Georgie nicht unterkriegen. Wir sehen uns in drei Wochen. Oder Jon kommt; mal sehen. Eine von uns beiden.«

☆

Am darauf folgenden Donnerstag bekam David die Untersuchungsergebnisse. Sie hatten festgestellt, dass etwas seine Speiseröhre blockierte. Im Krankenhaus sollten weitere Tests mit ihm durchgeführt werden, anschließend wollten sie seine Speiseröhre operativ weiten. Weil er momentan allerdings zu schwach dafür war, sollte die Operation aufgeschoben werden. Die ganze Familie stand unter Schock, und Rose war wie gelähmt vor Angst. Martin bot an, Georgie umgehend nach Hause zurückzubringen.

»Ich glaube nicht, dass du mit ihm jetzt auch noch fertig werden kannst, Ros. Und selbst wenn, für Mutter ist es auf jeden Fall zu viel. Sie kann sich um die Zwillinge kümmern, während du bei David bist, aber nicht auch noch um Georgie.«

Rose sagte kraftlos: »Nicht du. Du darfst nicht dort hinfahren.«

»Es gibt aber sonst niemanden, der das machen könnte.« Wenigstens tat er nicht so, als wüsste er nicht, was sie meinte. »Ich werde Jon wahrscheinlich ohnehin nicht sehen. Sie wird bei der Arbeit sein.«

Jons Name kam ihm nur mühsam über die Lippen. Rose leistete nicht länger Widerstand. Noch vor so kurzer Zeit war sie sich ihrer selbst so sicher gewesen, ihr Schicksal in der Hand zu halten. Nun wurde ihr plötzlich alles aus den Händen genommen. David musste ins Krankenhaus; Maud versorgte die Zwillinge; Martin brachte Georgie nach Newcastle zurück. Sie fühlte sich, als würde sie körperlich in lauter kleine Stücke zerfallen.

David ging an diesem Freitag noch zur Arbeit, als sei überhaupt nichts passiert. Und als er am Abend nach Hause kam, legte ihm Martin seinen Plan dar.

»Eine Spitzenidee. Dank dir, Bruderherz. Ist das nicht großzügig von Martin, was meinst du Ros?«

Sie sah in das von ihr so geliebte Gesicht. Es war nur noch Haut und Knochen.

»Es ist wunderbar«, stimmte sie ihm zu und nickte lächelnd, als wären sie wieder einmal dabei, Pläne für einen ihrer Wochenendtrips zu schmieden.

In dieser Nacht, als David eingeschlafen war, stützte sie sich auf einen Ellbogen und sah ihn an. Sie versuchte, sich sein Gesicht einzuprägen. Für immer.

☆

Die Untersuchungen im Krankenhaus dauerten einen Tag. Rose holte ihn um fünf Uhr ab. Er war angezogen und grinste von einem Ohr zum anderen.

»Ich habe ein Schinken-Sandwich gegessen! Ohne Probleme!«, verkündete er.

»Was haben sie festgestellt? Was werden sie jetzt mit dir machen?« Rose küsste ihn auf die Wange. Er roch eigenartig. »Soll ich mit jemandem reden? Einer Schwester? Einem Arzt?«

»Mein Arzt ist eigentlich ein Professor!«, prahlte David.

»Das heißt?«

»Nun, das heißt, dass er eine Stufe über einem Arzt steht.«

»Werde ich nun mit ihm reden?«, sagte sie geduldig.

»Nein. Die Ergebnisse sind noch nicht da.«

»Warum nicht?«

»Sie haben eine Gewebeprobe entnommen. Die muss eingeschickt werden.«

Er sah ihren Gesichtsausdruck und küsste sie geschwind. »Ros, ich war unter – ich habe überhaupt nichts mitbekommen. Und wenn es eindeutig gewesen wäre, würden sie mich wohl kaum nach Hause gehen lassen, oder?«

Sie gab ihm keine Antwort. Ein Mann, der in Hörweite saß, rief: »So schlimm kann es mit ihm nicht sein, Missis! Sie hätten ihn mal hören sollen, als er frisch aus der Narkose aufgewacht ist!«

Die anderen Patienten lachten. Einige von ihnen hingen am Tropf und fuhren die Infusionsflasche an einem Gestell neben sich spazieren. Rose schauderte trotz der stickigen Hitze auf der Station.

David sagte: »Komm, lass uns von hier verschwinden. Dieser Rentnerclub hier wird mir sonst zu viel.«

Überraschenderweise nahm er ihren Arm, als sie den Korridor erreichten. Sie redete sich ein, er sei sicherlich von der Narkose noch sehr erschöpft.

»Ich wollte eigentlich einen besonderen Tee besorgen – zum Feiern. Aber ich war mir nicht sicher, ob dir überhaupt danach ist«, sagte sie munter während sie ihn zum Parkplatz bugsierte.

»Mich würde nach einem frischen Salat gelüsten. Aus unserem Garten.« Er war knapp bei Atem und stützte sich am Dach der Zauberkutsche, um Luft zu holen. »Kopfsalat – ich weiß, der fängt schon an zu schießen, aber meinst du, wir finden noch genug, um einen knackigen Salat zu machen?«

Er hatte seit Wochen nichts Rohes mehr zu sich nehmen können.

Sie sagte voller Freude: »Natürlich. Und deine Mutter hat ein paar schöne Strauchtomaten auf der Fensterbank in der Küche.«

»Oh, wie schön.«

Sie lehnte sich über den Beifahrersitz, um ihm die Tür aufzumachen – und, um die Tränen zu verbergen, die ihr plötzlich in die Augen schossen. Er merkte dennoch, dass sie weinte. Er hielt ihren Arm fest und küsste sie zärtlich.

»Vielen Dank für alles, meine liebe Ros. Meine hübsche Rosamund«, sagte er.

Sie schluckte verzweifelt. »Gern geschehen.« Sie räusperte sich. »Ich tue das doch alles gern für dich«, wiederholte sie nachdrücklich.

☆

Es wurde ein wundervoller Abend. Sie waren beinahe hysterisch vor Freude darüber, David wieder essen zu sehen. Er aß zwar nicht viel, erklärte ihnen, dass sein Körper erst die Narkose »verdauen« müsste, ehe er wieder ordentlich »reinhauen« könne. Er aß mehr als Blue – jedoch weniger als Ellie. Ellie sagte: »Ich wünschte, Georgie wäre noch hier und könnte das sehen.« Blue, die versucht hatte, die Kerne und die Haut von ihrer Tomate zu entfernen und am Ende gar nichts mehr auf ihrem Teller hatte, versuchte angestrengt, ihrer Schwester nicht zu widersprechen. David hob die Augenbrauen und sagte: »Wahre Hassliebe, was meint ihr?«

Maud nickte: »Blue vermisst ihn mehr als Ellie.«

Blue feuerte endlich zurück: »Tu' ich nicht!«

David drückte sie an sich. »Du hast niemanden, den du verhauen kannst, wenn er nicht hier ist«, neckte er sie.

Rose räumte die Teller ab und servierte einen zauberhaften Nachtisch.

»Ooh, Mummy!«, hauchte Ellie ehrfurchtsvoll.

»Großmutter hat ihn gemacht«, sagte Rose.

Rose hatte nichts weiter getan, als von einem Zimmer ins andere zu laufen und in den Garten hinaus zu starren. Maud war mit den Mädchen spazieren gegangen und hatte irgendwie auch noch Zeit gefunden, diesen Nachtisch zuzubereiten.

Dann klingelte das Telefon. Es war Maud, die aufstand und den Hörer abnahm. June war dran, wollte sich nach Davids Befinden erkundigen. Kurz darauf klingelte es wieder, und es war Aileen. Dann rief Miss Westlake an. Dann die Murchisons aus Churchdown. Und Mrs. Whittaker. Rose, die die Telefonate beantwortete, hörte ihre eigene Stimme, hell und eine Tonlage höher als sonst. Sie wunderte sich darüber, wie das passieren konnte. Sie wunderte sich darüber, was eigentlich passiert *war*.

☆

Die folgenden zwei Wochen verliefen – oberflächlich betrachtet – normal. David ging wieder zur Arbeit, und die Zwillinge gingen nach den großen Ferien wieder zur Schule. Sie waren in der Klasse von Miss Baldwyn. Jeden Nachmittag, wenn sie nach Hause kamen, wedelten sie wichtigtuerisch mit ihren Hausaufgabenheften herum. Rose war immer noch orientierungslos, versuchte aber angestrengt, fest an diese unwirkliche Normalität zu glauben. Nach dieser seltsamen Lethargie, die sie an jenem Tag überfallen hatte, als David im Krankenhaus gewesen war, versuchte sie jetzt jede Minute des Tages auszufüllen.

David schaffte es nicht mehr, den schweren Lagonda zu lenken, und so setzte sie ihn jeden Morgen vor dem Büro ab und fuhr anschließend die Mädchen zur Schule. Sie plante die Mahlzeiten mit größter Sorgfalt: möglichst wenig Masse bei möglichst hohem Nährwert. David nahm ein halbes Pfund zu, und sie war überglücklich.

Maud sagte zögernd: »Es muss alles in Ordnung sein, Ros. Zwei ganze Wochen. Wenn es ... du weißt schon ... gewesen wäre ..., hätten wir doch sicher schon längst etwas gehört.«

»Er sieht besser aus, findest du nicht auch?«

»Ja«, sagte Maud.

☆

Es war an ihrem Geburtstag; sie wurde zweiunddreißig. Rose erhielt Karten und Geschenke und Anrufe aus Newcastle. Georgie sagte: »Kevin Keegan ist in der englischen Nationalmannschaft, Tante Rose!« Blue, die sich den Hörer mit ihrer Mutter teilte, sagte spöttisch: »Na und!« Und Georgie grunzte so laut ins Telefon, dass ihnen beinahe das Trommelfell platzte. Rose musste tatsächlich darüber lachen. Sie konnte an diesem Abend tatsächlich sagen: »Es war ein wunderschöner Geburtstag, David. Danke für alles.«

Am nächsten Tag kam ein Brief vom Krankenhaus. Sie legte ihn auf das Tablett mit dem Frühstückstee und ging nach oben zu David. Sie konnte in diesen Nächten nicht besonders gut schlafen und nahm ihre Ruhelosigkeit als Ausrede dafür, dass sie ihm sein Frühstuck ans Bett brachte.

Er las den Brief und reichte ihn ihr. Es klang wie eine formelle Einladung zum Dinner: »*... werden Mr. und Mrs. Fairbrother morgen um 14 Uhr im Büro des behandelnden Arztes erwartet.«*

David ging ins Badezimmer. Sie zog energisch die Vorhänge zurück und riss alle Fenster weit auf. Trotzdem konnte sie noch hören, wie er sich übergab. Das waren natürlich die Nerven. Ihr war selbst ganz schlecht.

David rief Miss Westlake an und bat sie, seine Termine so zu verlegen, dass er sich zwei Wochen frei nehmen konnte. Er gab keine Erklärungen ab – weder Miss Westlake, noch Rose gegenüber.

Sie schaffte es irgendwie, die Kinder in der Kutsche zu verstauen und zur Schule zu bringen. Als sie wieder nach Hause kam, hatte Maud ebenfalls den Brief gelesen. Sie wienerte auf

Händen und Knien den Boden im Flur, als würde ihr Leben davon abhängen. Sie sagte: »David ist im Garten.« Und Rose ging durchs Haus, ohne ein Wort zu sagen.

Er stand hinterm Gartenhaus, wo die verwelkten Dahlienblüten immer noch darauf warteten, verbrannt zu werden. Die Buchen verloren bereits ihre Blätter. Eines davon war auf Davids Kopf gelandet. Er schaute sie an, als sie um den Schuppen herum kam und streckte seine Arme nach ihr aus. Sie ging zu ihm und legte ihre Arme um ihn, sodass ein Teil seines Gewichtes auf ihr ruhte. Er schwieg eine ganze Weile. Sie hatte das Gefühl, Teil seines Körpers zu werden, sein körperliches Unwohlsein zu spüren. Leichte Übelkeit überfiel sie, aber auch nagender Hunger und unendlicher Durst.

Er sagte: »Weißt du, ich mache mir keine Sorgen.«

Sie hätte ihn gern gefragt, ob sie sich Sorgen hätten machen sollen. Der Arzt hatte doch bestimmt gute Nachrichten für sie. Doch sie sagte nichts. Sie wünschte, sie könnten hier und jetzt beide sterben. Gemeinsam.

☆

Sie verließen am nächsten Tag viel zu früh das Haus. Es war plötzlich sehr kühl geworden, und Rose konnte ihre Handschuhe nicht finden. Sie geriet darüber aus der Fassung, obwohl es doch im Grunde kaum eine Rolle spielte. Maud sagte: »Borg dir einfach meine«, und steckte ein Paar schwarzer Strickhandschuhe in Roses Manteltasche. David sagte: »Wir nehmen die Kutsche, Liebling, sie ist einfacher einzuparken.« Er saß schon auf dem Beifahrersitz, als sie um den Wagen herumgelaufen kam. Also ging sie zurück zur Fahrerseite und stieg dort ein. Ihre Hände zitterten merklich, als sie das Steuer umfasste. Sie kramte nach Mauds Handschuhen und zog sie sich über. Als sie langsam die Southgate Road entlangzuckelten, sagte David: »Viel Verkehr für Mittwoch.«

»Die Geschäfte schließen morgen früher«, antwortete sie und hielt an einer roten Ampel an.

Er sagte: »Lass uns hinterher eine Tasse Tee bei Lawrence's trinken gehen, ja?«

»Das wäre schön.«

Das Büro des Professors war seltsam heimelig mit seinem Läufer um den Schreibtisch und zwei Sesseln davor. David nahm in einem davon Platz, Rose in dem anderen. Professor Carter saß auf einer Ecke des Schreibtisches und hielt ein Bündel Papiere in der Hand. Eine Krankenschwester stand neben ihm.

Der Professor sagte: »Ich habe schlechte Nachrichten, Mr. Fairbrother. Ich muss es Ihnen schonungslos direkt sagen, weil Sie wirklich Bescheid wissen müssen. Sie haben ein großes malignes Karzinom – eine bösartige Geschwulst – in ihrer Speiseröhre. Deshalb fällt Ihnen das Essen und Trinken so schwer. Es kann operativ entfernt werden. Und damit ist die Sache dann hoffentlich ausgestanden. Aber es ist sehr groß, und ehe ich nicht das vollständige Ausmaß der Wucherung gesehen habe, kann ich keine Versprechungen machen.«

Irgendwann inmitten dieses nüchternen Vortrages horte Rose ein Stöhnen und spürte Davids Hand auf ihrer. Sie umklammerte seine Hand ganz fest, weil sie annahm, das Stöhnen sei von ihm gekommen. Die andere Schwester, die dicht neben ihr stand und ihr tröstend den Arm auf die Schulter gelegt hatte, gab ihr jedoch zu verstehen, dass sie gestöhnt habe. Sie ließ ihr Kinn auf die Brust sinken. Ihre ganze Sorge konzentrierte sich darauf, sich selbst im Griff zu haben. Sie hörte Davids Stimme gefasst fragen: »Was würde passieren, wenn ich mich keiner Operation unterziehen würde? Gibt es Alternativen? Bestrahlung?«

»Tut mir leid. Dieser Tumor ist zu groß, um mit Strahlenbehandlung erfolgreich bekämpft werden zu können. Nach der Operation empfehlen wir allerdings eine Chemotherapie, damit wir sicher sein können, dass der ganze Bereich sauber ist.«

David erwiderte: »Ja. Ich verstehe.« Er schaute Professor Carter direkt ins Gesicht und wiederholte langsam: »Was würde also passieren, wenn ich mich keiner Operation unterziehen würde?«

Es herrschte kurzes Schweigen, dann sagte der ältere Herr: »Dann hätten Sie nach meinen Schätzungen noch sechs Wochen zu leben.«

Rose merkte, wie sie vom Stuhl glitt. Die Krankenschwester richtete sie wieder auf und schob sie auf ihren Platz zurück. »Ich hole Ihnen ein Glas Wasser«, sagte sie, während sie sie immer noch festhielt. »Nein«, erwiderte Rose. Und dann herrschte wieder Stille im Raum.

David sagte schließlich: »In diesem Fall bin ich natürlich mit der Operation einverstanden.«

Rose spürte, wie ihr Tränen der Erleichterung warm über die Wangen liefen. »Ich danke dir, Liebling«, sagte sie.

Professor Carter ging um den Schreibtisch herum, setzte sich und warf einen kurzen Blick in seinen Terminkalender. Er sagte geschäftig: »Nun, dann sehe ich Sie Montagmorgen, Mr. Fairbrother. Ich werde Ihnen dann unseren Anästhesisten vorstellen, der Ihnen noch einiges erklären wird, und wenn sie fit genug sind, operieren wir Sie am Dienstagmorgen.« Er blickte vom Schreibtisch auf. »Wir werden Sie zwei bis drei Tage auf der Intensivstation behalten. Anschließend kommen Sie noch für eine Woche, vielleicht auch zehn Tage auf die normale Station. Dort päppeln wir Sie dann wieder auf, füttern Sie gut.« Er lächelte. »Und dann, würde ich vorschlagen, fahren Sie mit ihrer Frau in Urlaub.« Er lächelte noch breiter. »Wie klingt das?«

Nach dieser Horror-Diagnose klang das segensreich normal. Aufpäppeln. Urlaub. Zu ihrer eigenen Überraschung konnte Rose spüren, dass sie selbst lächelte. Und als sie David anschaute, sah sie, dass auch er lächelte.

☆

Dieses Gefühl der Erleichterung hielt nur kurz an, aber es reichte immerhin bis zu Lawrence's und der ersten Tasse Tee. Doch als David den Tee nicht hinunterbrachte, war die Euphorie verflogen. Rose war beinahe wütend auf ihn.

»Er ist flüssig. Dünnflüssig.«

»Ich könnte ihn runterzwingen. Aber er schmeckt mir nicht wirklich.«

»Mach mir nichts vor, bitte. Wir müssen da gemeinsam durch ... durch diese ganze Sache. Sag mir, warum du den Tee nicht trinken kannst.«

»Er ist zu heiß.« Er rührte ihn mit diesem Ausdruck der Hilflosigkeit um, der sie rasend machen konnte.

»Du hörst dich an wie Blue! Er wird abkühlen!«

»Vielleicht trinke ich lieber etwas Spritziges. Ja. Ich werde mir ein Glas Sprudel bestellen. Oder so etwas.«

»Ich werde es dir holen.« Sie hätte es nicht ertragen, zuzusehen, wie er die Bedienung herbeigerufen und mit seinem unschuldigen Gesichtsausdruck etwas bestellt hätte, was er eigentlich überhaupt nicht wollte.

»Nein. Ros. Lass mich –«

Aber da war sie bereits an der Theke und sagte leise zu der Dame dort: »Könnten Sie uns bitte eine kleine Flasche Zitronenlimonade an den Tisch bringen?« Sie wartete erst gar keine Antwort ab, ging zu ihm zurück und setzte sich lächelnd auf ihren Stuhl.

Er sagte: »Das hättest du nicht tun sollen, Rose. Ich weiß nicht, ob ich es wirklich schaffe, das zu trinken.«

»Du musst doch wenigstens etwas trinken.« Sie hatte das Gefühl, er würde sich nicht genug anstrengen. »Und außerdem sollte das hier doch so eine Art Feier sein.«

Er goss die kleine Flasche Limonade in ein Glas und führte es mehrere Male zum Mund. Aber sie konnte sehen, dass der Inhalt des Glases nicht weniger wurde.

Er fragte: »Wo sollen wir hinfahren?«

»Nach Hause, vermutlich. Obwohl wirklich keine Eile besteht. Deine Mutter holt Ellie und Blue von der Schule ab.«

»Ich spreche von dem Urlaub. Hinterher.«

»Oh. Nun, ich weiß nicht so recht. Wir werden erst einmal abwarten müssen und sehen.«

»Lass uns Pläne schmieden. Jetzt, Ros. Wie für einen unserer Wochenendausflüge. Lass uns ins Ausland fahren.«

»Ins Ausland? Du meinst nach Frankreich?«

»Nein. Irgendwo hin, wo es heiß ist. Richtig heiß. Spanien. Oder auf eine Insel. Eine griechische Insel.«

»Das ist so weit, David.«

»Wir werden fliegen. Vier oder fünf Stunden. Und heutzutage wird man auf solchen Flügen reichlich umsorgt. Bekommt Essen serviert und so.«

Sie versuchte angestrengt, mit ihm mitzuhalten; sie wusste, dass er das jetzt brauchte.

»Sag mir, wohin du am liebsten möchtest, und ich werde mich nach Angeboten umschauen«, sagte sie bereitwillig.

Er lächelte dankbar. »Sonne. Glühende Hitze. Kein Wind. Kein Regen. Keine Sehenswürdigkeiten. Vier-Sterne-Hotel. Strand oder Pool. Diese großen Liegestühle mit Sonnenschirm.«

»In die Karibik?«

»Ja, bitte.«

»Gebongt. Wir fliegen nach Weihnachten.«

»Nein. Vor Weihnachten. Wir werden auf dem Nachhauseweg ins Reisebüro gehen und Prospekte besorgen.« Er zog einen Kugelschreiber aus seiner Jackentasche und begann auf seine Papierserviette zu kritzeln. »Die Operation ist am fünfundzwanzigsten September.«

»Ist es nicht der vierundzwanzigste?«

»Das ist der Montag. Da werde ich aufgenommen. Am Dienstag werde ich operiert. Zwei Wochen später werde ich entlassen.

Das wäre der neunte Oktober. Wir könnten dann am darauf folgenden Samstag fliegen.«

Sie schluckte und fragte sich, wie ernst er das alles meinte.

»Wozu diese Eile?«

Er lächelte sie schelmisch an und zitierte: »Pflücket die Rose, eh' sie verblüht ...«

»In Ordnung.« Sie lächelte diesmal nicht. »Ich werde mich damit abfinden. Wenn du deine Limonade austrinkst.«

Sein Gesichtsausdruck wechselte zu dem eines kleinen Jungen, der sich entschuldigen möchte.

»Erspare es mir. Dieses eine Mal.«

»Nein, so lautet die Abmachung«, sagte sie hartnäckig.

Er verzog das Gesicht, nahm das Glas hoch und trank es in einem Zug leer. Sie triumphierte.

»Siehst du. Du kannst es, wenn du dich anstrengst.« Sie lehnte sich über den Tisch. »Liebling, du musst dich jetzt anstrengen. Du musst stark sein für die Operation. Versuche nicht, mir etwas vorzumachen – ich meine das ernst. Wir müssen kämpfen, David. Du musst kämpfen.« Sie umklammerte sein Handgelenk.

Er nickte. »Ich weiß.«

Doch noch bevor sie überhaupt das Reisebüro erreichten, wurde ihm so schlecht, dass er sich in die Plastiktüte übergeben musste, die sie stets für die Kinder im Handschuhfach bereit hatten. Sie hielt an einer Bushaltestelle an. Sie weinte fast vor Reue.

»Liebling, es tut mir so Leid ... so schrecklich Leid.«

Er war erschöpft vom Würgen.

»Ist schon in Ordnung, Ros.« Er lehnte sich im Sitz zurück und schloss die Augen. Sie nahm ihm die Tüte ab und wischte ihm mit ihrem Taschentuch liebevoll den Mund ab.

Sie gingen nicht ins Reisebüro.

☆

Miss Westlake kreuzte mit einem Topf Chysanthemen auf, der so groß war, dass man sie dahinter kaum sehen konnte.

»Wir wussten, dass etwas nicht mit dir stimmt, David. Dass es etwas wirklich Schlimmes sein musste«, sagte sie streng. »Aber wir konnten dir nicht eher helfen, als dass du es selbst zugelassen hättest.«

David lächelte und erzählte Rose später, dass sie ihn im Büro stets mit »Sie« und »Mr. Fairbrother« ansprach, aber privat mit »du« und »David«. Sie war seine Patentante. Aber er war jetzt schließlich ihr Chef.

»Was hätte es denn genutzt, wenn ich euch früher gesagt hätte, was los ist?«

Miss Westlake sagte einfach: »Wir hätten für dich beten können, David.«

Er wusste nicht, was er darauf sagen sollte. Er hob die Schultern. »Meine Güte, es hätte ja auch gar nichts sein können. Nur eine Verengung, oder so etwas.«

»Egal. Wir hätten trotzdem beten können.« Sie spürten plötzlich, dass Miss Westlakes starker Glaube das war, was sie jetzt brauchten.

Maud sagte: »Beten ist so gut für die Menschen, Enid. Vielleicht kann ich am Sonntagabend mit dir kommen?«

»Du weißt, dass du jederzeit willkommen bist. Ich werde dir einen Platz freihalten. Es ist immer sehr voll.« Sie sagte das voller Stolz; schließlich konnte man das heutzutage nicht mehr von vielen Kirchen behaupten.

Ellie war in diesem Moment hereingestürzt und übernahm das letzte Wort.

»Ich will mit dir und Miss Westlake zur Kirche gehen, Granny«, sagte sie. »Ich möchte ein Gebet für meinen Daddy aufsagen.«

Alle sahen David an, nur nicht Miss Westlake. Die sagte unerschütterlich: »Natürlich kommst du auch mit, Blue.«

Ellie protestierte: »O Miss Westlake. Ich bin Ellie. Sie bringen uns andauernd durcheinander.«

Und Miss Westlake sagte ohne eine Miene zu verziehen: »Meinst du nicht vielmehr ›darcheinunder‹, Ellie?«

Ellie fing an, aus vollem Herzen zu lachen. Und Blue, die ihrer Schwester ins Wohnzimmer gefolgt und gerade zur Tür hereingekommen war, wollte wissen, was denn so lustig gewesen sei. Ellie erzählte es ihr. Die beiden sahen tatsächlich gleich aus, wie sie da nebeneinander standen und ihre braunen Köpfe zusammensteckten. Rose nahm die beiden zum ersten Mal seit den letzten Wochen überhaupt richtig wahr. Sie war in diesem Moment zutiefst dankbar, dass die beiden Davids durchsichtige braune Augen geerbt hatten.

»Werden Sie noch eine Tasse Tee mit uns trinken, Miss Westlake?«, fragte sie und lächelte warmherzig. Manche Menschen konnten so gut und freundlich sein; David und sie mussten lernen, sich mehr auf diese Leute zu stützen.

☆

Sie blieb fast den ganzen Montag über bei ihm auf der Station. Als Professor Carter mit dem Narkosearzt hereinkam, ging sie schnell zur Toilette, um sich das Gesicht zu waschen. Es war furchtbar schwül im Krankenhaus, und ihre Augen fühlten sich ganz verklebt an. Weil David vor der Operation nichts mehr zu sich nehmen durfte, verschwand sie noch zwei weitere Male, um für sich selbst in der Caféteria Tee und Sandwiches zu holen. Um vier kam ein Pfleger aufs Zimmer, um David zu rasieren.

Sie ging wieder aus dem Zimmer, während er an David seine Arbeit verrichtete.

»Ich habe jetzt eine Glatze auf der Brust!«, flüsterte David, als sie wieder hereinkam. Sie machten noch lange Witze darüber.

Und als es Zeit war, zu gehen, fürchtete Rose, sie habe nicht alles gesagt, was sie hätte sagen sollen.

»Ich werde die ganze Zeit in Gedanken bei dir sein«, sagte sie, als er sie noch den Flur entlang begleitete. »Sprich mit mir. Schließe deine Augen und sprich mit mir. Wirst du für mich das tun?«

»Natürlich.« Sie waren am Treppenabsatz angelangt. Er hielt sich am Geländer fest und schaute sie an. »Du sollst wissen, dass ich auch bei dir bin, Liebling. Geh und mach alles so wie immer.«

»Ja. Das werde ich.«

»Ich sehe dich dann übermorgen. Mittwoch früh. Okay?«

»Ja, es wird alles gut gehen, David. Ich spür das.«

»Ja. Ich spüre es auch.«

Sie ging die Treppe hinunter und drehte sich auf jeder zweiten Stufe um, um ihm zu winken. Es fiel ihr schwer, nach all dem grellen Neonlicht im Krankenhaus auf dem stockdunklen Parkplatz etwas zu erkennen. Keine Sterne, kein Mond. Es hatte geregnet, doch davon hatte sie nichts mitbekommen. Nach der stickigen Krankenhausluft schlotterte sie im kühlen Abendwind, hörte ihre Zähne aufeinander klappern, hatte kaum ihre zitternden Glieder unter Kontrolle. Sie sperrte die Kutsche auf und drehte sich noch ein letztes Mal um. Im zweiten Stock zeigte eine lange Reihe erleuchteter Fenster den Flur an, den sie eben noch mit David entlanggegangen war. Und da stand er, winkend, obwohl er sie unmöglich im Dunkeln sehen konnte. Sie betätigte die Zündung und blinkte mit den Scheinwerfern. Er winkte jetzt überschwänglich mit beiden Armen und warf ihr Luftküsse zu, und sie ließ wieder die Scheinwerfer aufblinken. Dann startete sie den Motor und fuhr weg. Sie wollte, dass er in sein Bett zurückging und schlief.

Sie umklammerte das Steuer, lehnte sich darüber und blinzelte durch die Nacht.

»Lieber Gott«, raunte sie durch ihre zusammengebissenen Zähne. »Ich glaube an Dich. Ich weiß, dass Du ihn retten kannst. Tu es. Tu's einfach.«

Als sie zu Hause die Haustür aufschloss, hatte sie ein zuversichtliches Lächeln auf den Lippen. Maud hatte die Mädchen noch nicht ins Bett gebracht.

»Wie geht's Daddy?«, fragten sie im Chor. »Wir haben in der Schule Karten für ihn gebastelt! Und Miss Baldwyn hat ein Gebet für ihn gesprochen.«

»Es geht ihm gut. Im Krankenhaus ist allerhand passiert. Die Ärzte kamen herein, um mit ihm zu sprechen. Ja, zwei. Und ganz viele Krankenschwestern. Und eine von ihnen kannte mich noch aus der Zeit, als wir zur Schule gegangen sind ...«

Sie hatte von alledem den Tag über kaum etwas wahrgenommen; nun schien es auf einmal sehr wichtig zu sein.

»Kannst du uns vor dem Einschlafen eine Krankenhausgeschichte vorlesen, Mummy?«

»Mummy ist müde«, sprang Maud ein. Doch Rose meinte: »Ich fühle mich gut. Ich habe doch den ganzen Tag nicht viel gemacht. Lasst uns an den Kamin setzen und alle zusammen noch etwas trinken – ihr müsst mir eure Neuigkeiten ja auch noch erzählen. Und dann kann ich euch immer noch eine Krankenhausgeschichte vorlesen.«

Maud sah erschöpft aus. Rose bereitete die Getränke zu und brachte sie herein. Es war kalt im Flur, und es lag dieser leichte Sulphatgeruch in der Luft, der die ersten Nebel ankündigte, die vom Fluss heraufstiegen. Sie meinte: »Eigentlich solltet ihr ab jetzt ›Schwester‹ zu mir sagen. Ich werde mich um Daddy kümmern müssen, wenn er entlassen wird, wie eine richtige Krankenschwester. Und ihn vielleicht an einen wärmeren Ort bringen, damit es ihm bald besser geht. Würdet ihr drei allein zurechtkommen, wenn ich das tun würde?«

Die Zwillinge schauten sie verwirrt an, aber Maud nickte eifrig, während sie Kakao in die vier mit Milch gefüllten Gläser einrührte.

»Nehmen Sie Platz, Schwester Fairbrother«, sagte sie förmlich. »Möchten Sie ein Biscuit zum Kakao?«

Ellie kicherte, aber Blue spielte gleich mit.

»Morgen werden wir dir ein richtiges Häubchen basteln, Schwester«, sagte sie. »Und ich hätte gern ein Biscuit. Sehr gern sogar.«

Ellie beeilte sich, zu sagen: »Ich auch.« Rose drückte die Mädchen an sich und wünschte, sie könnte sie morgen zu Hause behalten. Sie machten es leichter, sich wie immer zu verhalten.

☆

Sie hätte sich darüber gar keine Gedanken machen müssen. Normalität schien ohnehin ein Ding der Unmöglichkeit. Den ganzen Tag über gingen die Besucher ununterbrochen ein und aus. Der Versicherungsvertreter aus der Firma nahm die Stroud Road einfach in seine Tagestour auf und brachte aufmunternde Karten für David und Blumen und Obst für die Familie vorbei. Mr. Murchison rief an und erkundigte sich, ob er David wohl später besuchen könne. Rose gab ihm die Telefonnummer der Station, auf der David lag, und versprach, sich wieder bei ihm zu melden, sobald sie Näheres wüsste. Und dann, kurz vor drei, als sie schon die Minuten zählte, bis sie endlich im Krankenhaus anrufen konnte, tauchte ein Kopf in der Küchentür auf. Es war Jon.

Rose flog förmlich zur Tür und wickelte ihren Körper um ihre jüngere Schwester. Maud war losgegangen, um die Mädchen von der Schule abzuholen, so war das Haus vorübergehend still und leer. Rose weinte unkontrolliert, und es dauerte eine ganze Weile, bis Jon nach und nach erfuhr, was eigentlich passiert war.

»Warum hast du uns das denn nicht wissen lassen?«, fragte sie aufgebracht.

Rose schluchzte. »Wir haben gedacht – gehofft – wir wollten nicht, dass ihr euch Sorgen macht.«

»Und er wurde tatsächlich heute operiert?«

»Ja. Nein. Ich weiß nicht. Ich muss um halb vier im Krankenhaus anrufen.«

»Dem Himmel sei Dank!« Jon nahm Rose die Hände vom Gesicht und wischte ihr mit überraschender Fürsorge mit einem Taschentuch das Gesicht ab. »Ich habe schon für einen Moment gedacht –« Sie senkte den Kopf und schaute ihrer Schwester grinsend in die Augen. »Jetzt komm schon, Rosie-Posie. Du bist doch sonst nicht so. Die werden David schon wieder hinbekommen.«

»Ich habe dir nicht die ganze Wahrheit erzählt.« Rose rang um ihre Fassung. »Es ist Krebs. Ziemlich schlimm. Aber du hast Recht, er wird schon wieder.« Sie brachte ein zaghaftes Lächeln zustande. »Es ist nur – hier ging es den ganzen Tag zu wie auf einem Bahnhof! Das Telefon stand nicht still. Die Leute gaben sich die Türklinke in die Hand. Schau dir nur all die Blumen an!«

»Die sind doch hübsch!«, sagte Jon, nachdem sie sie flüchtig gemustert hatte. »Schau, du solltest dir jetzt keine Sorgen mehr machen. Ich werde mich von nun an um die Anrufe kümmern. Das ist schließlich meine Stärke, mit Leuten umzugehen!« Sie drückte Rose das Taschentuch in die Hand. »Hier. Schnäuz dich erst mal. Ich nehme an, die Mädchen werden jeden Augenblick hier sein. Du willst doch nicht, dass sie dich so sehen.«

»Nein.« Rose schnäuzte sich gehorsam. »Wo ist Georgie? Warum bist du überhaupt hier? Du hast weder angerufen, noch sonst etwas.«

»Georgie ist natürlich bei Mutter.« Sie drückte Rose sanft auf einen Stuhl und kniete vor ihr nieder. »Liebling, Georgie hat heute Geburtstag. Als heute Morgen keine Karte von euch im Briefkasten war, da wussten wir, dass etwas nicht in Ordnung sein konnte. Mutter wollte eigentlich kommen –«

Rose war entsetzt. »Georgies Geburtstag. O mein Gott. Das tut mir Leid, Jon! Ich habe total vergessen –«

»Sei still, meine Liebe«, sagte Jon sanft. »Georgie ist alt genug, um das zu verstehen. Er wollte, dass ich fahre.« Sie hockte sich auf die Fersen. »Ist das okay Rose? Macht es dir nichts aus, dass ich hier bin?«

Rose weinte von neuem. »Ich bin so froh, dich zu sehen«, schluchzte sie. »So froh.«

Jon schloss für einen Moment die Augen über dem dunklen Haar ihrer Schwester. Alles würde wieder gut werden.

Sie sagte: »Tee. Lass uns Tee machen.«

Rose sagte: » Das ganze Geschirr ist benutzt. Steht im Waschbecken.«

»So viele Besuch?« Jon ging zur Tür. »Schau, warum rufst du nicht in Ruhe im Krankenhaus an? Ich finde mich schon zurecht.«

»Danke, Jon«, sagte Rose dankbar, stand auf und ging zum Telefon.

Die Stimme am anderen Ende der Leitung klang fröhlich.

»Ja. Mr. Fairbrother ist bereits aus dem OP raus. Die Operation war erfolgreich. Ja, in jeder Hinsicht, Mrs. Fairbrother. Aber kommen Sie nicht vor heute Abend. Wir richten ihn gerade erst auf der Intensivstation ein. So ab sieben dann?«

Rose saß in der kleinen Nische unter der Treppe, wo Arnold Fairbrother – den sie nie gekannt hatte – seinen Schreibtisch gehabt hatte. Sie senkte den Kopf und fuchtelte mit dem Hörer herum, bis sie ihn endlich wieder auf der Gabel platziert hatte. Zum ersten Mal an diesem Tag ließ sie es zu, sich Davids ungeschützten Körper vorzustellen, regungslos und hilflos, auf einem Tisch liegend wie ein Stück Fleisch, umgeben von Fingern in Handschuhen, von Tupfern, Zangen, Lampen. Und jetzt richteten sie ihn auf der Intensivstation ein. Was bedeutete das? Noch mehr Schläuche ... ein Katheter in seine Blase ... ein Tropf? Sie fragte sich, ob sie wohl das Richtige getan hatten. Die Alternative – sechs Wochen des langsamen Dahinsterbens, aber womöglich mit einem ganzen Körper und mit bewahrter Würde – schien ihr jetzt nicht mehr unmöglich.

An der Haustür war ein Poltern zu hören. Die Zwillinge stürzten an ihr vorbei in Richtung Frühstückszimmer, wo Jon mit ausgebreiteten Armen im Türrahmen stand. Mauds Gesicht tauchte über dem Schreibtisch auf.

»Was haben sie gesagt?« Ihr stand die Angst ins Gesicht geschrieben.

Rose flüsterte: »Es ist alles in Ordnung. Die Operation war erfolgreich.«

Jon vernahm die Nachricht über die Köpfe ihrer Nichten hinweg.

»Hurrraaa!«, rief sie aus vollem Hals.

Die Mädchen wussten noch nicht, worum es ging, aber sie liebten diesen Schwung, den ihre verrückte Tante aus dem Norden ins Haus brachte. Sie schrien ebenfalls aus voller Kraft los und rannten den Flur auf und ab, und Jon lief ihnen nach. Maud kauerte sich zu Rose hinunter und hielt ihre Hand.

Rose sagte ruhig: »Alles wird gut, Mutter.«

Maud nickte.

Sie gingen ins Frühstückszimmer, wo Jon bisher nicht mehr gefunden hatte, als eine Tischdecke und das Brotschneidebrett. Ausgelassen machten sie sich daran, Tee zu brühen. Während sie am Tisch beisammen saßen, klingelte das Telefon mehrmals. Nur jetzt brachten Rose die vielen Anrufe nicht mehr aus der Fassung. Sie spürte, wie ihre Stimmung sich immer weiter hob – bis an den Rand der Hysterie. David war in Sicherheit.

12

Die Station, auf die sie sie führten, war luftig, hell und hatte hohe Decken. Die Betten waren in den unterschiedlichsten Winkeln geneigt und von modernster Technologie umgeben. Davids Bett war in 45-Grad-Neigung aufgerichtet. Seine Augen waren geschlossen, über seinem Mund und seiner Nase lag lose eine Sauerstoffmaske. Das war ein Schock für Rose. Mit den anderen Apparaten hatte sie gerechnet, aber nicht mit der Maske. Sie schaffte eine gewisse Distanz zwischen ihnen.

Als sie sich auf den Besucherstuhl neben seinem Bett setzte, lag David oberhalb ihrer Sichtgrenze. Also stand sie wieder auf, beugte sich leicht über ihn, beobachtete ihn beim Atmen, stellte fest, dass sich seine Augen unter den geschlossenen Lidern hin- und herbewegten.

Dann, ohne Vorwarnung, öffnete er plötzlich die Augen. Sie beugte sich noch tiefer zu ihm hinunter, damit er sie anschauen konnte. In seinem Blick waren keine Anzeichen übermäßigen Medikamenteneinflusses zu erkennen. Es war, als sähe sie in eine Tasse Tee ohne Milch. Sie lächelte und sagte leise: »Hallo, mein Liebster. Du hast es geschafft.«

Es dauerte noch einen Moment, dann verzog sich sein Gesicht Millimeter für Millimeter zu einem Lächeln. Es war der wundervollste Anblick, den Rose je in ihrem Leben gesehen hatte. Es brachte ihn von seiner Dämmerwelt zurück in die Wirklichkeit. Es zeigte, dass sein Himmelreich hier bei ihr war. Dann führte er seine Hand zum Gesicht und zog sich die Maske ab.

»O Ros.« Seine Stimme war kräftig. »Ros, küss mich.«

Sie berührte seine Lippen flüchtig mit den ihren.

»Lass mich dir die Maske wieder aufsetzen.«

»Nein. Ich möchte nicht, dass irgendetwas zwischen uns ist.«

Eine Krankenschwester kam näher. »Er kann sie ruhig weglassen, wenn er das Gefühl hat, dass es auch ohne geht, Mrs. Fairbrother. Wir haben ihn im Auge. Seien Sie ganz unbesorgt.«

Es war ein wunderbares Gefühl. Alle Sorge war von ihr genommen, die Verantwortung lag in den Händen anderer. Sie küsste ihn noch einmal, zart wie die Berührung eines Schmetterlings, um ihn beim Atmen nicht zu behindern. Dann hauchte sie: »Wie fühlst du dich?«

Seine Antwort war erstaunlich: »Prächtig. Als gehöre mir die Welt. Ich könnte ... ich könnte Bäume ausreißen. Berge versetzen.«

»Psst, mein Schatz. Du solltest nicht so viel sprechen. Du darfst dich jetzt nicht überanstrengen, hörst du.«

»Das unglaublich Schöne ist ja: Was ich am allerliebsten tun will, ist, mein Leben mit dir zu verbringen. Und das kann ich jetzt.«

»David, ich liebe dich. Du wirst wieder gesund werden.«

»Ja. Das werde ich ganz bestimmt – wieder gesund.«

Sie schwebte über seinem Kopf, lächelte ihn an, und er lächelte zurück. Fünf Minuten lang murmelten sie bedeutungslose Sätze. Sie waren erfüllt von Verzückung. Dann tauchte die Schwester wieder auf.

»Ich fürchte, für den ersten Besuch ist das jetzt wirklich mehr als genug«, sagte sie, lächelte aber dabei. »Werden Sie es aushalten, bis morgen zu warten, Mrs. Fairbrother?«

»Ich möchte jetzt schlafen«, sagte David. »Aber wenn ich wieder aufwache, wirst du dann da sein?«

Rose zögerte. Sie wollte kein Versprechen abgeben, das sie womöglich nicht halten konnte. Die Schwester nahm ihr die Antwort ab. »Sie wird da sein, wenn Sie aufwachen«, sagte sie feierlich.

David ließ umgehend die Lider sinken. Sein Lächeln lag noch immer auf seinem Gesicht. »Gut«, murmelte er. Und dann war er eingeschlafen. Die Krankenschwester wartete noch einen Moment, dann stülpte sie ihm wieder die Sauerstoffmaske übers Gesicht.

»Er steht natürlich noch unter dem Einfluss starker Beruhigungsmittel. An all das wird er sich morgen nicht mehr erinnern können.« Sie schaute zu Rose, aus deren Gesicht das Lächeln mit einem Mal verschwunden war. »Aber ab halb zehn können Sie morgen jederzeit kommen, Mrs. Fairbrother.«

Rose musste etwas von Davids Medikamentenrausch abbekommen haben, denn sie antwortete förmlich: »Wie nett von Ihnen.« Sie drehte sich noch einmal um, um einen Abschiedsblick auf David zu werfen. Das Licht spiegelte sich auf seiner Maske. Das Lächeln schien ihm ins Gesicht graviert.

Sobald sie nach Hause kam, würde sie den Mädchen alles erzählen.

☆

Es war, als sei sie betrunken. Sie konnte einfach nicht aufhören, zu erzählen und zu lachen. »Ich kann es gar nicht mehr erwarten, bis ihr ihn alle sehen könnt!« Sie nahm dankbar den Sherry an, den ihr Jon eingeschenkt hatte. »Er sieht so gut aus! Er hat sofort gelächelt, sein wunderschönes Lächeln eben – nun, ihr wisst ja, wie er lächeln kann – es ist einfach ... David wie er leibt und lebt! Seine Augen waren klar und seine Haut rosig, ein bisschen durchsichtig. Nein, nein, so meine ich das nicht, Mutter. Leuchtend, ja. Sie glühte eher.« Sie kicherte hemmungslos. »Es war, als hätte ich ihn zum ersten Mal gesehen! Ich meine das allererste Mal! Nicht, wie ich ihn gesehen habe, als ich ihn zum ersten Mal traf – das meine ich nicht. Das ... allererste ... Mal.« Sie betonte sorgfältig jedes einzelne ihrer Worte. Was sie sagte, schien ein äußerst wichtiger Aspekt für sie zu sein.

Jon sagte: »So habe ich dich ja noch nie gesehen. Nicht mal, als du ihn kennen gelernt hast – dich in ihn verliebt hast.«

»Ich verliebe mich jetzt gerade!« Rose trank ihren Sherry in einem Zug aus. »Wir beide! Wir verlieben uns gerade ineinander!« Sie schaute zu Maud. »Mutter. Ich bin so glücklich. Ich möchte, dass du ihn siehst. Dann wirst du auch glücklich sein.«

»Aber sie haben doch gesagt, in den ersten drei Tagen nach der Operation darfst nur du ihn sehen, Rose.« Maud lächelte jetzt auch, allerdings äußerst zögerlich und ängstlich.

»Ich weiß. Aber sobald ... vielleicht am Wochenende. Vielleicht auch schon eher. Ich werde sie noch einmal fragen. Er ist voll da. Er ist so sehr er selbst!« Sie strich ihr Haar zurück, weil ihr mit einem Mal unglaublich heiß wurde. »Die Schwester hat gesagt, er werde sich morgen nicht mehr daran erinnern, was wir heute miteinander geredet haben. Aber das ist absolut lächerlich. Er weiß bestimmt noch alles.«

Jon sagte mit Nachdruck: »Ich glaube, du gehst jetzt besser zu Bett, Schwesterherz. Wenn du morgen früh um halb zehn im Krankenhaus sein sollst, brauchst du deinen Schönheitsschlaf.«

»Ja, in Ordnung. Hast du Mutter angerufen?«

»Ja. Ihr geht es bestens. Und Georgie auch. Sie richten beide liebe Grüße an David aus – und sind übrigens immer noch ein bisschen sauer auf dich, weil du uns nicht Bescheid gesagt hast. Trotzdem ... ich werde noch bis zum Wochenende hier bleiben, bis ich ihn sehen kann, und dann wieder nach Hause fahren. Okay? Könnt ihr es bis dahin mit mir aushalten?«

»O Jon. Dummes Mädchen.«

Rose ging schlafen und träumte von David, wie sie miteinander Liebe machten. Es war so echt. Sie sagte zu ihm: »Die Haare auf deiner Brust sind immer noch nicht nachgewachsen. Die Haut ist ganz glatt und weich. Wie lange wird es wohl noch dauern, ehe all die vielen Haare nachgewachsen sind?« Und er lächelte immerzu und bewegte sich in ihr, bis sie – einen kurzen Augenblick vor dem Orgasmus – aufwachte. Minutenlang lag sie da und hätte vor Enttäuschung heulen können. Dann kehrten ihre Gedanken zu ihm zurück. Sie lächelte vor sich hin, legte einen Arm auf seine Seite des Bettes und schlief zufrieden wieder ein. In dieser Nacht hatte sie keine Träume mehr. Als sie am Morgen erwachte, war der Himmel vor ihrem Fenster dunkelgrau, und ein kalter Luftzug pfiff zum Fenster herein, das über Nacht einen Spalt geöffnet war. Sie schämte sich ein wenig für ihren erotischen Traum, wollte ihn jedoch unbedingt als etwas bewahren, wovon sie David erzählen konnte, wenn er nach Hause kam. Sie spielte noch mit dem Gedanken, sie hätten sich irgendwo getroffen, wären zusammen gewesen. Doch dann steckte Blue schon den Kopf zur Tür herein und teilte ihr mit, Ellie würde mit Tante Jons Lippenstift herumspielen.

»Sag das Tante Jon, nicht mir«, brummelte sie, und kroch widerwillig unter der Bettdecke hervor.

»Die will aber nicht richtig aufwachen, Mummy. Eben hat sie gesagt, ich soll spielen gehen.«

Rose zurrte ihren Morgenmantel zu und ging, um nach dem Rechten sehen. Sie schmunzelte, als sie sah, wie ihre Schwester eingeigelt in der Mitte des Gästebettes lag. Sie hatte gestern der Himmel geschickt, überraschend, mit ihrer ganz besonderen Art der Aufregung, die sie mitbrachte.

Im kühlen elektrischen Licht dieses Novembermorgens wusste Rose, dass Jon ihre eigenen egoistischen Gründe dafür gehabt hatte, unangemeldet hier aufzutauchen. Einer davon könnte ihr Verlangen gewesen sein, Martin wiederzusehen.

Rose nahm Ellie den Lippenstift aus der Hand und legte warnend den Zeigefinger auf den Mund, während sie ihre Töchter aus dem Zimmer bugsierte. Sie wuschen sich alle drei gemeinsam im Badezimmer, zogen sich leise an und schlichen nach unten. Sie kochte Tee und drückte Ellie eine der dampfenden Tassen in die Hand.

»Bring das rauf zu Tante Jon. Vergewissere dich, dass sie auch wach ist, und sag ihr, dass es dir Leid tut, mit ihren Schminksachen gespielt zu haben.«

Sie musste grinsen, als sie sich mit Blue zu Cornflakes und Toast an den Tisch setzte. Jon mochte vielleicht schrecklich besorgt um David sein, aber das konnte sie noch lange nicht davon abhalten, ihren Schlaf zu genießen. Es würde ihr recht geschehen, von Ellie aufgeweckt zu werden – und Rose wusste, wie hartnäckig ihre Tochter sein konnte.

☆

Als sie um Punkt halb zehn ankam, schlief David. Er lag noch genau so da wie am Abend zuvor, als sie weggegangen war. Doch seine Haut sah anders aus. Sie hatte sich irgendwie dichter um die Knochen gelegt und sah wächsern aus; seine Wangen waren eingefallen.

Eine Krankenschwester mit kräftigem, kastanienbraunem Haar, das ihr Häubchen ein Stück anhob, sagte zu ihr: »Ich habe ihn extra nicht geweckt, Mrs. Fairbrother. Denise sagte mir, sie würden das selber machen.«

»Denise?«

»Die Schwester, die gestern Abend Dienst hatte, als sie hier waren. Mein Name ist Jean.«

»Oh.« Rose lächelte eilig. »Wie ... schön.« Der Gedanke erschien ihr in diesem Moment wundervoll, dass sich eine Denise und eine Jean um ihren David kümmern würden; und beide strotzten sie vor Lebendigkeit und Gesundheit.

Jean nahm ihm die Sauerstoffmaske ab und flüsterte: »Warum wecken Sie ihn nicht mit einem Kuss auf?«

In diesem Augenblick wurde Rose seine Krankheit wieder voll bewusst. Sie streifte flüchtig seine Lippen. Er öffnete ganz langsam die Augen und starrte sie an – für einen Moment, der ihr wie eine Ewigkeit vorkam, erkannte er sie nicht. Dann lächelte er endlich.

»Ach, Ros.«

Sie küsste ihn noch einmal flüchtig und ergriff seine Hand. »Geht es dir immer noch gut?«

Er antwortete nicht gleich. Sein Blick wanderte schläfrig über ihr Gesicht. Sein Lächeln kam und ging, als könne er es nicht lange halten. Dann sagte sie mit gewissem Nachdruck: »Es scheint gerade erst fünf Minuten her zu sein, dass du mir vom Flur aus zugewunken hast.«

Sie war maßlos enttäuscht. Sie hatte so fest daran geglaubt, dass er sich an ihre Verzücktheit vom Vortag erinnern würde.

»Fühlst du dich wohl, mein Liebster?«

»Ja. Absol ... ja.«

»Gut.« Und weil ihr das noch nicht hinreichend erschien, fügte sie noch hinzu: »Gott sei Dank.«

Sein Blick schweifte immer noch um ihr Gesicht. Er schwieg, während sie seine Hand hielt und ihn anlächelte. Dann sagte er: »Und?«

»Was und? Was meinst du David?«

»Die OP. Haben sie mich operiert? Ist alles gutgegangen?«

»Oh, Liebling. Natürlich. Es tut mir Leid, ich hätte dir das gleich sagen sollen. Alles ist gutgegangen. Die Operation war erfolgreich. Du hast dich prima geschlagen.«

Er schloss die Augen, öffnete sie wieder. Sein Lächeln kehrte zurück und blieb ihm im Gesicht stehen.

»Ich liebe dich«, flüsterte er.

»David ...«, es erschien ihr unerlässlich, ihm das jetzt auf der Stelle zu erzählen. »Ich hatte vergangene Nacht einen Traum. Von uns. Zusammen. Und du warst sehr stark.«

Er wusste nicht gleich, was sie meinte. Dann verstand er, und sein Lächeln wurde noch breiter.

Jean kam herein. »Die Post ist gerade gekommen, Mr. Fairbrother. Karten in Hülle und Fülle für unseren Starpatienten. Möchten Sie sie aufmachen?«

Zunächst erschien es Rose eine totale Verschwendung ihrer

knappen gemeinsamen Zeit. Doch als sie sah, wie sich Davids Gesicht vor Freude erhellte, öffnete sie den ersten Umschlag.

»Das hier sieht nach Blues Handschrift aus«, sagte sie verdutzt. Ellie und Blue hatten ihr nichts von einer Karte erzählt.

Es war eine kunterbunte Papiercollage, die von allen Kindern unterschrieben war, die mit den Zwillingen in die Mädchenklasse gingen. Rose kämpfte mit den Tränen als sie David die Reihe der Namen vorlas.

David sagte heiser: »Bin ich nicht ein glücklicher Mensch?«

Es war sogar eine Karte von Charles dabei, die er aus dem Internat in Wales geschickt hatte. Sie war froh, dass June und Martin es ihm erzählt hatten. Von Großmutter war eine hübsche Blumenkarte gekommen, von den McIntyres eine diskrete mit einem Bibelzitat. Jean befestigte die Karten an der Vorhangschnur, wo David sie gut sehen konnte.

»Professor Carter ist schon auf dem Weg zur Visite, Mrs. Fairbrother. Würden Sie bitte in einer Stunde wiederkommen?«

Rose ging gemächlich die Gänge entlang, die ihr inzwischen schon vertraut waren. Sie blieb an der Stelle stehen, wo David vorgestern Abend gestanden hatte, und schaute hinunter auf den Parkplatz, wo die Kutsche stand. Die wilden Striche, die die Mädchen mit dem Pinsel auf den Lack gemalt hatten, waren schreiend grell. Jetzt wunderte sich Rose auch nicht mehr darüber, dass David sich so lange mit dem alten Lagonda abgeplagt hatte.

Sie begegnete Professor Carter auf dem Flur. Im Vorübergehen teilte er ihr nüchtern mit, dass der Tumor vollständig entfernt worden sei. Er habe die Leber untersucht und keine Anzeichen »weiterer Kontamination« feststellen können. Mr. Fairbrother würde morgen oder übermorgen auf die normale Station verlegt werden. Und er würde noch eine weitere Woche künstlich ernährt werden. Dann würden sie einen »Schlucktest« machen. Wenn dieser erfolgreich ausfiele, könne er dann im Laufe der nächsten zwei bis drei Tage entlassen werden. Innerhalb der dann folgenden zwei bis drei Wochen bekomme er einen Termin, um mit der Chemotherapie zu beginnen. Es klang so sehr nach Routine, dass es sich wie ein Kinderspiel anhörte. Er war übern Berg.

Sie kam und ging den ganzen Tag über. Die Infusion von Kochsalzlösung zeigte bereits Wirkung und löste seine Haut von den Knochen. Er konnte sogar schon wieder den Kopf drehen. Er hatte keine Schmerzen – einer der unzähligen Schläuche, die in die Kanüle in seinem Unterarm führten, sorgte dafür. Allerdings schmerzte ihn die Einstichstelle, wo die Nadel mit einem Pflaster befestigt war, sehr.

Er machte sich über sich selbst lustig: »Dieses Stechen und Jucken macht mich unruhig wie ein Baby. Vielleicht entwickle ich mich ja zurück.«

Am nächsten Tag klagte er immer noch über seinen Arm. Und sein Hintern fühle sich taub an, sagte er. »Ich bin froh, wenn ich morgen auf die normale Station verlegt werde«, sagte er. »Die sind hier ja alle ganz nett, aber ich würde die anderen gern wiedersehen. Zwei Betten weiter lag ein Kerl – Bill Masters. Der hatte das gleiche eine Woche vorher. Ich würde mich gern mit ihm unterhalten.«

Es ist ein übliches Verhaltensmuster von Krankenhauspatienten, ihr Interesse nach innen zu richten, allerdings hätte Rose nicht erwartet, dass dies auch bei David der Fall sein würde. Sie war davon ausgegangen, dass sie die einzige Gesellschaft sei, die er jetzt haben wollte. Denise – Jean hatte ihren freien Tag – begleitete sie noch zur Tür.

»Das ist ein gutes Zeichen«, sagte sie im Plauderton. »Wenn ein Patient nur seine Nächsten und Liebsten sehen will, dann müssen wir uns ernsthafte Sorgen machen.«

Rose lächelte. »Danke«, sagte sie.

☆

David wurde wie vorgesehen auf die normale Station verlegt und konnte endlich Besuch empfangen. Alle wollten sie ihn sehen. Sie musste einen sorgfältig ausgearbeiteten Besuchsplan aufstellen. Wenn Mr. Murchison, dem sein weißer Priesterkragen jederzeit als Passierschein diente, am Vormittag antanzte, konnte David am Nachmittag keinen weiteren Besucher empfangen. Wenn am Nachmittag mehr als zwei Leute anriefen, mussten am Abend strenge Richtlinien eingehalten werden. Er ermüdete sehr schnell. Und wenn die Kombination eines Besucherpaares nicht zusammenpasste, konnten sein Gesicht hektisch rot anlaufen und seine Augen fiebrig glänzen. Er wollte, dass Martin und June getrennt kamen, also kam June mit Maud und Martin später – unklugerweise – mit Jon. Rose konnte nie herausfinden, wie dies hatte zustande kommen können. Jon behauptete hinterher, es sei Davids ausdrücklicher Wunsch gewesen. Das alles spielte für Rose ohnehin keine Rolle mehr. Sicher, Maud und die Zwillinge waren real vorhanden, aber sie waren in den Hintergrund ihres Lebens getreten. Sie fühlte sich, als seien all ihre Energie, all ihre Gedanken auf David gerichtet. Sie hatte sich gefreut, Jon zu sehen, aber sie war auch froh, als sie wieder ging. Sie musste sich nun uneingeschränkt auf David konzentrieren.

An dem Tag, als der Schlucktest durchgeführt werden sollte, brachte sie keinen Bissen hinunter. Es war die erste große Hürde nach der Operation: David sollte vom Tropf loskommen. In der Nacht zuvor war die Flasche nicht ganz leer geworden. Wie sich herausgestellt hatte, war die Nadel verrutscht gewesen. Der Dienst habende Arzt – jung, nervös – hatte fast eine Stunde damit zugebracht, die Nadel wieder an Ort und Stelle zu bringen. Davids Arm hatte sich bis zum Morgen an der Innenseite vom Ellbogen bis zum Handgelenk dunkelblau gefärbt.

Als sie um zwei Uhr im Krankenhaus ankam, musste sie noch vor der Stationstür warten, bis die Besucherglocke ertönte. Gelegentlich hatte sie ihre Nase gegen die Scheibe in der eisernen

Schwingtür gedrückt und versucht, etwas zu erkennen. Davids Vorhänge waren geschlossen.

Die Tür ging auf, und Bill Masters kam langsam heraus. Vor sich her schob er an einem Gestell seinen Tropf. Er hätte seinen Schlucktest schon vor einer Woche haben sollen; Rose traute sich nicht zu fragen, was passiert war.

Er grinste sie an.

»Zerbrich dir nicht den Kopf, Mädchen. Es geht ihm gut. Er hat schon einen Humpen Suppe geschlürft. Die haben gejubelt, als hätte er einen Marathon geschafft!«

»Ehrlich? Eine ganze Tasse?«

»Gewiss doch. Bis zum Wochenende ist der draußen. Wirst schon sehen.«

»Aber die zwei Wochen sind erst am nächsten Dienstag um.«

»Die werden ihn rausschmeißen. Brauchen die Betten.«

Die Glocke ertönte. Er grinste noch einmal und trottete in Richtung Telefon. Sie hatte die Stationstür passiert und war fast bei den Vorhängen angekommen, als sie aufgezogen wurden, und eine Krankenschwester zum Vorschein kam.

»Gedulden Sie sich nur eine Minute, Mrs. Fairbrother.« Sie war ein junges Ding, hatte nichts von Jean oder Denise. »Die Bettpfanne«, erklärte sie ihr über die Schulter hinweg. »Geht ganz schnell.«

Es dauerte zehn nervtötende Minuten lang. Dann öffnete die Schwester den Vorhang, während sie immer noch damit beschäftigt war, das Laken um David herumzustopfen. »Nichts«, sagte sie empört und verschwand mit der Pfanne unter einem Handtuch.

David sah gezeichnet aus. Die Anstrengung der vergangenen zehn Minuten war ihm an der Haltung seines Nackens anzusehen.

»Dich endlich ohne diesen verdammten Tropf zu sehen ...«, frohlockte sie.

Sie küssten sich. Er hielt ihre Hand und klopfte neben sich aufs Laken, um ihr anzuzeigen, sie solle sich zu ihm aufs Bett setzen.

»Bleib für eine Weile bei mir. Ganz nahe. Noch näher.«

Sie tat es. »Was ist los, David. Bist du erschöpft? Bill Masters hat mir erzählt, du hast schon Suppe getrunken.«

»Es ist nur ... weißt du ... ich hatte – wie sie hier sagen – keinen Stuhlgang.« Er lächelte gequält. »Tut mir Leid, Schatz.«

»Du musst dich doch dafür nicht bei mir entschuldigen. Nicht bei mir.« Sie küsste seine Stirn; sie war feucht und kalt. »Meinst du, das kommt davon, dass du dein erstes richtiges Essen zu dir genommen hast?«

»Weiß nicht. Mein Hintern ist wund.«

»Wund gelegen?«

»Weiß nicht.«

Sie sagte: »Schatz, Bill meint, sie schicken dich vielleicht schon am Wochenende nach Hause. Und wenn du erst einmal in deinem eigenen Bett liegst, werden wir auch deine wunden Stellen los. Und wir werden dich aufpäppeln. Und dein Arm wird besser. Es wird dir schon bald wieder gut gehen. Dafür werde ich sorgen, das verspreche ich dir.«

»Ich weiß. Wenn ich erst einmal zu Hause bin ... Aber zuerst muss ich laufen können. Vielleicht baden sie mich heute Abend. Das wäre schön.«

»O mein Liebster. Du bist ein Held. Ich wünschte, sie würden ... Preise vergeben. Oder so etwas.« Sie lächelte unter Tränen. »Du verdienst das Victoria-Kreuz, mein Schatz.«

Er wollte an diesem Abend niemand anderen mehr sehen. »Nur dich. Bring niemanden mit, Liebling. Bitte.«

Sie erinnerte sich, was ihr Denise erst vor einer Woche noch gesagt hatte, und sagte: »Aber was ist mit Mutter? Sie wird enttäuscht sein.«

»Ich weiß. Aber ich glaube nicht, dass ich heute noch irgendjemanden ertragen kann.«

»Wie du meinst«, meinte sie.

Er verlor kein Wort über die Suppe. Wenn er doch am Morgen

noch außer sich vor Freude darüber war, was war dann inzwischen passiert, fragte sie sich. Schlecht war ihm jedenfalls nicht. Und als sie ihm Tee brachten, trank er seine Tasse leer und aß eine Scheibe Brot mit Butter dazu.

☆

Sie badeten ihn und brachten ihn dazu, langsam über die Station zu laufen. Am Nachmittag des darauf folgenden Tages saß er draußen im Flur, als sie kam. Und am Abend brachte sie ihm eine Hose und ein Hemd von zu Hause mit und half ihm, sich anzuziehen. Es war das erste Mal, dass sie seine wund gelegene Haut zu Gesicht bekam. Er hatte Schwierigkeiten, sich hinzusetzen. Es war eine offene Wunde. Sie fragte nach Professor Carter, aber der war vor nächster Woche nicht wieder im Hause. Die Schwester war in einer Besprechung. So sprach sie mit der kleinen, quirligen Schwester, die den Flur entlanggestürmt kam. Sie hatte Mühe, mit ihr Schritt zu halten. Ja, sie wüssten durchaus, dass Mr. Fairbrother wund gelegen sei, bekam Rose zu hören. Die Heilung würde ihre Zeit dauern.

☆

Am Sonntag holte sie ihn nach Hause – weniger als zwei Wochen, nachdem sie ihn ins Krankenhaus gebracht hatte. Sie hatte ihm einen aufblasbaren Schwimmreifen mitgebracht, den er sich auf den Autositz legen konnte; dennoch stöhnte er bei jeder Unebenheit, über die sie fuhren, auf. Sie bremste rechtzeitig herunter, ehe sie sich den alten Straßenbahnschienen am Stadtpark näherten, und hielt dadurch den ganzen Verkehr auf. Sie dachte gar nicht daran, auch nur einem der Fahrer, die sich an ihr vorbeischlängelten, entschuldigend zuzuwinken.

David aß unter den überwachenden Blicken seiner Töchter

ein kleines Stück Fisch zu Abend. Dann wollte er zu Bett gehen.

»Du weißt gar nicht, wie sehr ich mich auf dein altes Federbett freue«, sagte er zu Maud und versuchte dabei zu grinsen.

Ihr Lächeln zitterte für einen Moment. »Martin hat einen kleinen Fernsehapparat für dich in deinem Schlafzimmer aufgestellt«, sagte sie. »Er war heute Morgen hier. Es sollte eine Überraschung für dich sein.«

»Eine großartige Idee«, rief Rose an Davids Stelle begeistert.

David nickte ohne großes Interesse. »Genau. Ich denke, ich mach' mich jetzt auf den Weg ins Schlummerland.«

Die Mädchen lachten schallend. Das letzte Mal, als ihr Vater das gesagt hatte, hatte er es zu ihnen gesagt.

»Guter alter Daddy!«, sagte Ellie burschikos und klang dabei genau wie Georgie.

Rose nahm den größten Teil von Davids Gewicht auf ihre Schultern, als sie die Treppe hochstiegen. Sie war glücklich damit. Es fühlte sich so wirklich an.

Sie drehte sich über die Schulter zu den Zwillingen um, die hinter ihnen herstapften. »Könntet ihr für Schwester Fairbrother bitte die *Radio Times* nach oben bringen?«, sagte sie in ihrer höchsten Stimmlage. »Sie möchte nämlich ihr Lieblingsprogramm sehen!«

Bis die Mädchen kichernd wieder nach unten gelaufen waren, die *Radio Times* und die für ihre Mutter gebastelte Papierhaube gefunden hatten, war David bereits tief ins Federbett gesunken, einen Ausdruck der Glückseligkeit auf seinem schmalen Gesicht. Noch lange vor dem Ende von *Coronation Street* war er eingeschlafen.

Maud schickte die Mädchen noch ins Badezimmer, den Rest schafften sie dann allein. Abwechselnd war immer wieder ein fiepsiges »Psst, Daddy schläft!«, von den beiden über den Flur zu hören. Rose machte den Fernseher aus und schlüpfte – komplett angezogen – äußerst vorsichtig unter die Bettdecke. Sie wollte auf jeglichen Notfall vorbereitet sein. Sie hängte einen

Schal über die Nachttischlampe auf ihrer Seite des Bettes, sodass gerade noch genug Licht durchschimmerte, um die Umrisse des Zimmers und Davids Gesicht erkennen zu können. Doch so erschöpft, wie er war, schlief er die ganze Nacht durch. Sein Atem war so flach, dass Rose mehrere Male ihr Ohr an seinen Mund halten musste, um sich zu vergewissern, dass er noch lebte. Und als er aufwachte teilte er ihr umgehend mit, es ginge ihm bereits »besser«.

»Das war alles, was ich gebraucht habe. Einmal eine lange Nacht tief und fest durchzuschlafen. Und wenn erst einmal mein verdammter wund gelegener Hintern verheilt ist, bin ich wieder vollkommen in Ordnung!«

Sie starrte ihn fassungslos an. Er hatte wieder dieses seltsame, gesunde Aussehen wie schon am Tag der Operation. Seine Augen waren klar und lebhaft.

☆

Sie ging ins Badezimmer, um etwas gegen ihr zerzaustes Haar und den üblen Geschmack in ihrem Mund zu unternehmen. Sie ließ sich auf dem Rand der Badewanne nieder und legte ihre Hände aufs Gesicht. Alles würde gut werden.

»Danke, lieber Gott«, flüsterte sie. »Vielen Dank.«

13

David bastelte ein Dominospiel für Martin und June. Er ging völlig in seiner Arbeit auf. »Jetzt brauche ich noch ein schönes Kästchen oder eine Schachtel. Maßgeschneidert für die Dominosteine«, sagte er, während er die sauber gearbeiteten Holzrechtecke aufeinander stapelte. »Dann ist das ein gar nicht so schlechtes Geschenk.«

»Vielleicht kann ich dir eine Schachtel machen.« Rose dachte an die Abermillionen Sachen, die sie vor Weihnachten noch erledigen musste, und nickte. »Ja, ich schätze, ich könnte eine passende Schachtel machen. Ich habe einmal in einem Bibliothekarinnen-Kurs gelernt, wie man Schachteln aus Pappe ausschneidet, faltet und zusammenklebt.«

»Sie müsste eine Idee breiter sein als die Steine, damit die Steine leicht einzusortieren sind. Und dieses schöne Klappergeräusch machen, wenn man die Schachtel schüttelt.«

Rose wusste, dass die Dominosteine ein wichtiger Schritt in Davids Heilungsprozess waren. Sein wunder Po kümmerte ihn nicht mehr so sehr, und die Farbe seines Unterarmes war bereits in helles Lila übergegangen. Dr. Boardman hatte ihnen eine Pflegerin vorbeigeschickt. Schwester Gordon schien die Antworten auf all die Fragen, die sie auf dem Herzen hatten, in ihrer schwarzen Ledertasche parat zu haben. Sie saß auf dem Tweedsofa und zeichnete ihnen ein Diagramm auf, das zeigte, wie es in Davids Innern jetzt aussah. Sie schaute sich Davids wunde Stellen an – in Roses Anwesenheit natürlich – und erklärte ihnen, dass sie momentan offen gehalten werden müssten, damit sie von innen nach außen heilen könnten, und nicht umgekehrt. Sie zeigte Rose, wie sie sie sachkundig behandeln sollte. Sie ließ ihnen eine Packung Schmerztabletten da, die tatsächlich sehr gut wirkten. Sie schrieb ihnen geeignete Speisen auf und gab ihnen eine Telefonnummer für den Notfall. Und schließlich schlug sie vor, David solle sich doch mit etwas »beschäftigen«.

»Malen Sie?«, fragte sie ihn. »Oder stricken oder nähen Sie? – Lachen Sie nicht, viele Männer können das, und manche sind darin sogar besser als wir Frauen! Oder wie wäre es, etwas aus Holz zu fertigen? Haben Sie eine Laubsäge? Sie könnten ein Dominospiel machen. Als Weihnachtsgeschenk.«

»Vielen Dank, Schwester Gordon.« Rose hatte sie zur Tür begleitet. »Ich kann Ihnen gar nicht sagen, wie sehr viel besser es mit allem geht, seit wir Sie haben.«

Die Schwester lächelte. Sie war jünger als Rose. »Sagen Sie Mary zu mir. Ich würde gern Ros und David zu Ihnen sagen, wenn Ihnen das Recht ist.«

Ihr Name schien so passend. Mary.

☆

Rose schnitt sich in den Daumen, als sie an der Schachtel für die Dominosteine bastelte, und musste weinen – heimlich im Badezimmer. Als sie zurückkam, hatte sie die Tränen abgewischt.

»Ein kleiner Kratzer«, winkte sie ab, als David besorgt ihr Pflaster betrachtete. »Das ist mein Kartoffelschäl-Daumen. Er ist immer im Weg!«

»Meine Schuld«, murmelte er. »Weil ich so ein Theater um diese blöden Dominosteine gemacht habe!«

»Die sind überhaupt nicht blöd. Sie sind dein Meisterwerk.« Und während sie ihn küsste, schloss sie die Augen und dachte, wenn es nach ihr ginge, könnte David an allem schuld sein ... solange er nur hier wäre.

In dieser Nacht wollte er mit ihr schlafen und konnte es nicht. Sie bettete seinen Kopf auf ein Kissen, küsste ihn und versicherte ihm – der Wahrheit entsprechend –, dass das für sie überhaupt keine Rolle spiele.

Er flüsterte: »Ich werde nicht immer invalide sein, Ros. Ich spüre, wie ich immer kräftiger werde.«

»Ja, ich weiß, dass du nicht immer invalide sein wirst. Natürlich nicht. Du bist auch jetzt nicht invalide. Und überhaupt – was für ein Wort!«

»Ich wollte ... mit dir Liebe machen. Wie in deinem Traum«, sagte er.

Sie hatte größte Mühe, ihre Tränen zurückzuhalten. Sie stützte sich auf einen Ellbogen und küsste ihn wieder. »Liebling, denkst du nicht auch, dass wir uns jetzt näher sind, als wir es jemals waren?« Sie umschloss seine Wange mit ihrer Hand. »Hör zu. Fast alles, was wir tun, steht doch für etwas. Symbolisch, meine ich. Nicht wahr? Ich meine, die normalen Dinge – essen, schlafen und so – die sind dazu da, uns am Leben zu halten. Aber Worte, Gesten der Zuneigung zeigen doch ... sie stehen doch für mehr.«

Er drehte den Kopf und küsste ihre Hand. »Du wirst mir zu tiefsinnig, Ros.«

»Stimmt gar nicht. Ich meine nur, dass Sex Nähe symbolisiert. Und du und ich – o David –, wir machen andauernd Sex. Mit jedem Atemzug.«

Er streckte sich und streichelte ihr Haar. Sie konnten im Dunkeln kaum das Gesicht des anderen erkennen. »Das Odem der Liebe. Liebe Ros«, hauchte er.

Sie wusste, dass er weinte. Sie zog seinen Kopf an ihre Schulter und hielt ihn fest. Wie damals, im Park.

Als sie merkte, dass er sich bewegte, sagte sie: »Danke, David. War es schön für dich?«

Einen Moment hatte es ihm die Sprache verschlagen. Dann fing er an zu lachen. Er rappelte sich hoch und sagte: »Perfekt. Du hattest Recht. Wir haben gerade Liebe gemacht, und es war perfekt.«

Sie schliefen ein.

☆

Den ersten Medikamentencocktail bekam David kurz nach Guy Fawkes Day. Die Räume, wo die Chemotherapie stattfand, waren schon über und über mit Laternen und Tannenzweigen dekoriert. Sie warteten – wie sie wahrscheinlich auch beim Zahnarzt gewartet hätten – zusammen mit einem halben Dutzend anderer

Leute. Manche von ihnen plauderten, als seien sie beim Kaffeekränzchen, andere saßen nur schweigend da und starrten vor sich hin. Ein Mann behielt seinen Hut auf. Eine Frau teilte allen stolz mit, sie würde eine Perücke tragen, und wollte wissen, ob irgendjemand einen Unterschied merke.

Als David in die Kabine gerufen wurde, nahm eine Sprechstundenhilfe Rose beiseite und erklärte ihr, es könnten möglicherweise Nebenwirkungen auftreten. Übelkeit. Erschöpfung. Und später, vielleicht nach der dritten oder vierten Injektion, Haarausfall.

»Wir können bei der Krankenkasse eine Perücke beantragen, wenn ihr Mann das möchte«, sagte sie. »Und natürlich wachsen die Haare alle wieder nach.« Sie lächelte. »Manchmal wachsen sie sogar richtig lockig nach.«

Rose schüttelte den Kopf. »Das ist nicht so schlimm. Aber die anderen Symptome, wie lange halten die wohl an?«

»Etwa eine Woche. Vielleicht auch weniger.«

»Aber er bekommt diese Injektionen alle drei Wochen.«

»Ja. Jeweils eine Woche vor der nächsten Behandlung wird er wieder auf dem Damm sein – seien Sie unbesorgt. Er wird sich so weit erholen, dass er hierher kommen kann.«

»Ja. Ich dachte nur –«

»Nehmen Sie's, wie es kommt«, riet ihr die Sprechstundenhilfe. »Manche haben überhaupt keine Nebenwirkungen.«

Rose betete, David möge einer von ihnen sein.

☆

Kurz dachte sie schon, er wäre einer von ihnen. Er fuhr den Wagen nach Hause. Trank mit allen Tee im Frühstückszimmer. Telefonierte mit Martin. Schnitt sogar das Holz für sein nächstes Dominospiel zu. Doch in der Nacht musste er sich immer und immer wieder übergeben. Am nächsten Tag war er sehr erschöpft, nahe am Delirium. Sie rief Schwester Mary an, die innerhalb von zehn Minuten da war.

»Ach, David.« Sie saß bei ihm auf der Bettkante und machte mit ihm all diese Sachen, die einen zuversichtlich stimmten. Mit dem Thermometer im Mund und ihren kühlen Fingern ums Handgelenk, brachte er ein schiefes Lächeln zustande.

Sie sagte: »Es mag vielleicht komisch klingen, bei Ihrem Zustand von ›normalen Symptomen‹ zu sprechen. Aber der Gedanke, an dem Sie sich jetzt festhalten müssen, ist: Wenn die Medikamente schon so eine verheerende Wirkung auf ihre normalen Zellen haben, was müssen sie dann erst mit denen anstellen, die nicht in ihren Körper gehören!« Sie lächelte warmherzig. »Das wird nur einige Stunden andauern. Je aggressiver die Wirkung, um so schneller ist es auch wieder vorbei.« Sie nahm ihm das Thermometer aus dem Mund, überprüfte die Anzeige und schüttelte es ohne Kommentar wieder herunter. »Sie müssen jetzt so viel trinken, wie Sie nur können, um eine innere Austrocknung zu vermeiden. Alles ist jetzt recht – jede Fruchtlimonade. Verschwenden Sie in diesem Stadium erst gar keinen Gedanken an so etwas wie Sportler-Aufbaunahrung.« Sie stand auf. »Wir werden Sie jetzt waschen und ihr Bett machen.«

Es war erstaunlich, wie dankbar David dieses Angebot der Schwester annahm – als Rose versucht hatte, ihn mit einem feuchten Waschlappen abzureiben, hatte er sie an nicht mehr herangelassen als seine Hände und sein Gesicht. Mary wusch ihn und half ihm dann in einen Sessel, wo er sitzen blieb, während sie das Bett aufschüttelte. Sie redete dabei ununterbrochen leise auf ihn ein. Es schien ihn von der Krankheit abzulenken.

Im Hinausgehen sagte sie zu Rose: »Rufen Sie mich an, wenn Sie mich brauchen. Aber ich glaube, er hat das Schlimmste überstanden.«

Die Übelkeit kam später wieder, aber diesmal war es harmlos, verglichen mit den vorherigen Anfällen. Und dann, für die nächsten drei Tage, lag er da wie ein toter Gegenstand. Er schlief und wachte Tag und Nacht, ohne wirklich einen Unterschied wahrzunehmen. Am fünften Tag nach der Behandlung kam er wieder zu sich.

»Ein Patient wie aus dem Lehrbuch«, gratulierte ihm Mary, während sie den Umschlag auf seinen wunden Stellen wechselte. »Schauen Sie nur, wie schön das heilt!«

Rose schaute gehorsam hin. Sie konnte keinen Unterschied erkennen, abgesehen davon, dass der rote Rand um die Wunden nicht mehr so schlimm aussah.

Mary rollte ihn zurück.

»Ich glaube, heute ist es Zeit, sich ein bisschen anzustrengen.« Sie lächelte, um ihren Worten den Schrecken zu nehmen. »Sie werden mit den anderen unten zu Mittag essen. Ein wenig Suppe. Oder ein Ei. Vielleicht etwas Obst zum Nachtisch. Und wir ziehen Ihnen viele bequeme Sachen übereinander an. Sie werden frieren.«

Es war schwer, seine Temperatur angenehm für ihn zu halten. Saß er vor dem Kaminfeuer und schlotterte dennoch, überfiel ihn im nächsten Moment eine Hitzewallung und trieb ihm die Röte und den Schweiß ins Gesicht. Doch am Ende zweier leidvoller Wochen ging es ihm merklich besser, und er machte sich an sein zweites Dominospiel.

»Sobald ich die Therapie hinter mir habe, werden wir diese Reise machen. Irgendwohin, wo es heiß ist«, sagte er. »Ich habe noch nie so viel gefroren.«

»Wenn ich das nächste Mal einkaufen gehe, bringe ich Prospekte mit.«

Es war jedoch nicht leicht, Zeit zum Einkaufen zu finden. Maud und June brachten ihnen alles, was sie brauchten, und sie wollte David nicht allein lassen, wenn sie nicht unbedingt musste.

Ihnen graute vor dem nächsten Termin für die Chemotherapie.

David aß soviel er konnte, um sich selbst aufzubauen. Diesmal wusste er schließlich vorher, dass ihn diese elende Spuckerei unheimlich schwächen würde. Rose bezog das Bett frisch und legte so, dass es David nicht sehen konnte, Berge frischer Handtücher bereit.

Diesmal war es noch schlimmer. Er war kaum zur Haustür drinnen, als ihn diese schreckliche Übelkeit überfiel. Mary kam und setzte sich zu ihm, während Rose versuchte, etwas zu essen. Maud löste sie ab und war beleidigt, als Rose sie wieder von ihrem Platz vertrieb, sobald sie mit dem Essen fertig war. Die Mädchen und ihr Schulleben gerieten völlig in den Hintergrund. Sie sahen betrübt und blass aus. Sie mussten die grässlichen Würgegeräusche in der Nacht und in den frühen Morgenstunden gehört haben. Rose fragte sich kurz, ob sie um sie besorgt sein müsste – aber sie war es nicht. Es gab Tage, da bekam sie sie nicht einmal zu Gesicht. Sie dankte Maud mit einem dicken Kuss auf die Wange, als sie ihr in der Küche über den Weg lief. Dabei bemerkte sie, dass Maud ebenfalls fürchterlich aussah.

»Er kann das unmöglich so bald schon wieder durchstehen.« Sie faltete ihre Hände vor der Brust, als würde sie beten. »Bis heute ist er ja noch nicht einmal fähig, ins Bad zu gehen. Wie kann er da nächste Woche ins Auto steigen und wieder so eine Behandlung durchstehen?«

Mary zögerte, ehe sie schließlich sagte: »Schauen Sie. Ich kann Ihnen wirklich nicht sagen, ob es klug wäre, die Behandlung aufzuschieben. Warum lassen Sie sich nicht einen Termin geben und sprechen selbst mit dem Arzt? Ohne David?«

Rose seufzte aus Erleichterung über diesen Vorschlag. »Denken Sie, das ginge?«

»Selbstverständlich. Jederzeit, Ros. Wir sind alle da, um Ihnen zu helfen.«

»Sie sind wie eine Freundin zu uns. Aber da sind doch noch so viele anderer Patienten.« Rose wollte es nicht allein darauf beruhen lassen, dass Mary ihr nochmals versicherte, es sei in Ordnung. »Ich habe den Arzt bisher noch nicht gesehen. Weiß nicht einmal, wie er heißt.«

»Doktor Patrick. Doktor Julia Patrick ist der Name der Ärztin, die für Davids Behandlung zuständig ist. Soll ich für Sie einen Termin bei ihr machen?«

Rose hatte nicht gewusst, dass Davids Arzt eine Frau war. Sie nickte wortlos.

Mary rief sie noch am selben Abend an. Sie hatte für den nächsten Tag um drei Uhr einen Termin ausgemacht. Professor Carter würde ebenfalls da sein.

Mary sagte: »Warum gehen Sie nicht eine Stunde früher von zu Hause los und laufen zum Krankenhaus? Sie brauchen frische Luft, Sie brauchen auch mal eine Pause. Anschließend könnten Sie vielleicht Weihnachteinkäufe machen und dann die Mädchen von der Schule abholen.«

»So lange möchte ich nicht wegbleiben.«

Sie erzählte David, was sie vorhatte.

»Ich möchte erreichen, dass sie die nächste Behandlung einige Tage verschieben, Liebling. Bis du ein bisschen kräftiger bist.«

David schaute sie an, als hätte sie ihm gerade eine schwere Last von den Schultern genommen. »O Ros«, sagte er nur, »das wäre wunderbar.«

Es war ein Eingeständnis, wie krank er tatsächlich war. Sie reichte ihm etwas zu trinken und sagte, sie würde seine Mutter rufen.

»Nein, Schatz, bitte nicht. Ich möchte eine Weile allein sein. Und sag Mutter, keine Besuche. Bitte.«

Sie sagte: »Dann läute die Glocke, wenn du sie brauchst. Sie möchte bei dir sein, David.«

»Ich weiß. Es tut mir ja auch Leid.«

Sie wusste, dass er nicht nach ihr läuten würde; sie wusste, dass er wieder einschlafen würde, noch ehe sie das Haus verlassen hatte. Und Maud war fest entschlossen, nicht zu zeigen, wie verletzt sie war.

»Ich lass die Tür auf, dann höre ich die Glocke bestimmt. Mach dir keine Sorgen.« Sie lächelte aufmunternd. »Die Mädchen werden sich so freuen, wenn du sie von der Schule abholst. Wie in alten Zeiten.«

Rose musste sich anstrengen, sich diese alten Zeiten ins Gedächtnis zu rufen. Sie erinnerte sich, wie sie am Schultor gestanden hatte. Wie sie unter den anderen Kindern endlich ihre beiden Mädchen entdeckte, wie sie quer über den Hof auf sie zugestürmt kamen, während sie sich im Laufen noch schnell ihre Mäntelchen zuknöpften. In gewisser Hinsicht waren sie einsame Kinder, weil sie keine Freunde brauchten. Da waren andere kleine Mädchen, die ihnen zum Abschied nachwinkten und neidisch die Zauberkutsche beäugten; äußerst selten luden sie einmal eines der Mädchen ein, ins Wageninnere zu kommen und ihre Puppen und Bilder zu bewundern. Rose fragte sich, ob sie alle nicht viel zu egoistisch gelebt hatten, eingeschlossen in ihrer kleinen, zufriedenen Welt. Sie dachte an Jon, die über das Meer des Lebens schaukelte, immer auf der Suche nach einem Anker. Genauso fühlte sich Rose in diesem Moment auch. In diesem neuen Leben gab es keine Häfen, keine Anlegestellen.

Als sie vorm Krankenhaus geparkt hatte, blieb sie noch eine Weile im Wagen sitzen und versuchte, ihr Zittern unter Kontrolle zu bringen. Es hatte in diesem Winter zwar noch nicht geschneit, doch es wehte ein bitterkalter Wind. Wenn sie später noch Zeit haben sollte, wollte sie beim Reisebüro vorbeifahren und Prospekte besorgen. David hatte recht, sie mussten Sonne tanken.

Sie stieg umständlich aus und versuchte, ihren wehenden Mantel um ihre schlotternden Knie zu wickeln. Sogar das Türschloss war hart und eisig, und sie musste ihre Handschuhe ausziehen, um den Schlüssel wieder herauszubekommen. Ihre Fingerspitzen wurden umgehend taub. Während sie die langen

Krankenhausflure entlangging, massierte sie sich die Hände; so hatte sie wenigstens eine Beschäftigung, etwas, worauf sie ihre Gedanken lenken konnte.

Sie hatte damit gerechnet, noch warten zu müssen, aber außer ihr war niemand im Wartezimmer. Die Tannenzweige sahen inzwischen ziemlich vertrocknet aus, doch auf dem Tisch, neben dem Zeitschriftenstapel, standen frische Blumen. Sie saß auf der Kante eines Stuhles, angespannt wie eine Sprungfeder. Sie presste die Knie, die Waden, sogar die Zehen aneinander, um dieses fürchterliche Zittern zu unterdrücken.

Eine Frau kam herein, die sie hier noch nicht gesehen hatte. Sie war ebenso dunkel wie Rose selbst, gertenschlank, hatte knochige Hände mit hervorstehenden Venen.

»Mrs. Fairbrother?«, sagte sie. »Ich bin Doktor Patrick. Ich habe die erste Behandlung bei ihrem Mann durchgeführt.«

David hatte sie mit keinem Wort erwähnt. Rose wurde mit einem Mal bewusst, dass David nie mehr von seiner Therapie erzählt hat, als ein Nüchternes: »Sie stecken drei Nadeln rein, deshalb nehme ich an, sie geben mir einen Cocktail!«

Rose stand auf. »Wie geht es Ihnen?«, fragte sie höflich.

Patrick nahm ihre Hand und ließ sie nicht wieder los.

»Wir sind froh, dass sie gekommen sind. Wir wollten mit ihnen sprechen. John Carter und mein Kollege Mark Weston warten in meinem Sprechzimmer. Kommen Sie mit?«

»Ja. Aber –«

Die Ärztin drückte Roses Hand. »Wir haben keine guten Nachrichten. Sie müssen das vermutet haben. Seien Sie jetzt stark. Um ihres Mannes willen, seien Sie stark.«

An der Hand geführt wie ein Kind, betrat sie das Sprechzimmer. Ein Platz wurde für sie gefunden, Dr. Patrick wich nicht von ihrer Seite. Professor Carter las in seinen Notizen, und der andere Mann – Rose hatte seinen Namen bereits schon wieder vergessen – beugte sich nach vorn.

»Mrs. Fairbrother, uns liegt hier der Bericht von Schwester Gordon vor. Wir haben mit ihr über Ihren Mann gesprochen. Der anhaltend schlechte Zustand Ihres Mannes kommt nicht von den Medikamenten, die wir ihm verabreichen. Wir müssen befürchten, dass sich bereits sekundäre Krebsgeschwüre gebildet haben.«

Professor Carter blickte von seinen Unterlagen auf. »Mrs. Fairbrother. Ich habe bei der Operation alle erkennbaren Wucherungen entfernt. Ich habe Sie und Ihren Mann nicht angelogen. Was ich nicht erwähnt habe, ist, dass solche Karzinome sich über die Lymphdrüsen im ganzen Körper verteilen. Es gibt keine Möglichkeit, sie unter Kontrolle zu halten.«

Es herrschte Stille, dann vernahm sie ihre eigene Stimme – hölzern, fast höhnisch: »Also gab es keinerlei Hoffnung. Warum haben Sie ihn dann noch operiert? An ihm herumgeschnitten? Das hätten Sie uns ersparen können.«

Dr. Patrick sagte leise, dicht neben ihrem Ohr: »Es gab jeden Grund für diese Operation, meine Liebe. Der Tumor war so groß, dass er durch keine andere Methode hätte entfernt werden können. Und wir hatten die Hoffnung, die Chemotherapie würde die restlichen Metastasen beseitigen, ehe sie dieses Stadium der Streuung erreichten.« Sie zögerte, dann fügte sie hinzu: »Es besteht die Möglichkeit, dass eine erhöhte Dosis –«

»Nein!« Rose schrie jetzt fast. Sie versuchte aufzustehen, konnte aber nicht. »Keine Behandlungen mehr. Er ist zu krank.«

»Wenn wir ihn ins Krankenhaus bringen würden –«

»Nein.« Sie klang ein wenig ruhiger. »Ich werde mich jetzt um David kümmern. Als er zuvor hier war, hat er sich wund gelegen. Das werde ich nicht noch einmal zulassen.«

Die beiden Männer tauschten Blicke miteinander. Dr. Patrick sagte: »Es ist verständlich, dass Sie wütend auf uns sind –«

Rose fiel ihr ins Wort. Sie fühlte sich unbeschreiblich erschöpft. Es war nun zwei Wochen her, seit sie zum letzten Mal eine ganze Nacht durchgeschlafen hatte. »Ich bin nicht wütend auf Sie. Ich bin wütend auf mich selbst. Er hat um meinetwillen dieser Operation zugestimmt. Ich hätte ihn gehen lassen sollen. In Frieden. Und in Würde.«

»Tod und Würde gehen selten miteinander einher«, sagte jemand.

»Das ist nicht wahr«, entgegnete Rose. »Mein Schwiegervater und mein Großvater sind beide sehr würdevoll gestorben. Und wenn mein Mann sterben muss, werde ich alles tun, was in meiner Kraft steht ...« Ihre Stimme zitterte. Sie konnte nicht fassen, was sie eben gesagt hatte. Aufgelöst fuhr sie fort: »Aber er wird nicht sterben! Ich werde das nicht zulassen!« Sie drehte sich um und starrte in Dr. Patricks dunkle Augen. »Das ist doch lächerlich!« Sie lachte. »David und ich ... wir sind ein Team. Wir werden mit allem fertig, wenn wir zusammen sind!«

Sie stand auf und riss sich von Dr. Patricks langer schmaler Hand los.

»Sagen Sie jetzt nichts mehr. Ich will es nicht wissen.«

Sie lief zur Tür. Jemand war dicht hinter ihr. Sie sagte: »Lassen Sie mich gehen! Ich will allein sein!«

Sie eilte mit langen Schritten den Flur entlang und hackte ihre Absätze in die Fliesen, als wolle sie sie durchlöchern. Draußen spürte sie den beißenden Wind kaum mehr. Der Wagen schloss sich praktisch von selbst auf. Sie stieg ein, blieb einen Moment ganz still sitzen und redete sich ein, sie müsse sich jetzt zusammenreißen. Lediglich eine Formalität, denn sie fühlte sich äußerst klar im Kopf. Sie fuhr zum Reisebüro und holte so viele Prospekte, wie sie nur unter den Arm packen konnte. Anschließend machte sie sich auf den Weg zur Schule, wo sie dann noch eine halbe Stunde wartete, bis die Glocke läutete. Sie unterdrückte jeden Gedanken, der versuchte, sich in ihren Kopf zu schleichen. Die Mädchen hatten sie bereits entdeckt, noch ehe sie ganz zur Tür draußen waren. Als sie auf Rose zugesprungen kamen, hielt sie ihnen die hintere Wagentür auf und machte eine tiefe Verbeugung.

»Ihre Kutsche steht bereit, M'ladies«, sagte sie mit tiefer Stimme.

Die beiden waren von diesem Spiel begeistert. Auf dem Nachhauseweg machte Rose mit ihrer kleinen Vorstellung noch weiter. »Die Pferde strengen sich heute besonders an, um uns geschwind nach Hause zu bringen ... Sie können sie natürlich nicht sehen, M'ladies. Sie sind da vorn unter der Motorhaube!«

Ellie sagte: »Daddy geht's besser! Deshalb ist Mummy so aufgedreht!«

Blue war still, bis sie die Garageneinfahrt erreicht hatten. Dann sagte sie: »Unsere Mutter ist ein Clown, aber wir können sie ja schlecht umtauschen!«

Ellie gluckste vor Lachen, und Rose überreichte Blue die Haustürschlüssel: »Zum Tor ihres Palastes, M'ladies!«, meinte sie brummend. Sie waren gerade alt genug, um das Schloss aufzuschließen. Sie wurden größer. Aber sie waren dennoch erst acht. Wie lange würde es wohl dauern, ehe sie anfingen, David zu vergessen?

»Er hat die ganze Zeit geschlafen. Ich habe ihm gerade etwas Brei hingestellt«, sagte Maud und erkundigte sich, was bei Roses Besuch im Krankenhaus herausgekommen sei.

»Daddy wird es bald wieder besser gehen!«, verkündete Ellie, ehe Rose auch nur den Mund aufmachen konnte. »Und deshalb ist Mummy total aufgedreht!«

Maud schaute sie noch immer erwartungsvoll an. Ihr Informationsbedarf war noch nicht gesättigt.

»Es stimmt. Diese scheußliche Chemotherapie ist zu heftig für ihn. Sie lassen den jetzigen Termin ausfallen und verringern dann beim nächsten Mal die Dosis.«

Sie glaubte beinahe selbst, was sie sagte. Sie nahm jeweils zwei Stufen auf einmal, für den Fall, dass David zugehört hatte.

Er hatte sich selbst im Bett hochgezogen und lehnte auf der Seite, um seine wund gelegenen Stellen zu entlasten.

»Du hast eine Gnadenfrist bekommen! Du darfst diesen Termin ganz ausfallen lassen, und beim nächsten Mal verringern sie die Dosis!« Sie lief zum Bett und küsste ihn. Sie wusste, dass ihre Augen leuchteten und ihre Wangen glühten. »Ist das nicht wunderbar, Schatz? Und sie sind sehr zufrieden mit dir. Das alles war nicht umsonst – deshalb kannst du jetzt auch ein bisschen warten!«

Er glaubte ihr und sank mit einem Seufzer der Erleichterung in sein Kissen zurück.

»O Ros, du bist ein Schatz. Was würde ich nur ohne dich machen?«

Es gab so vieles, was sie darauf hätte sagen können, doch sie konnte nicht anders, als es zu ignorieren. Sie küsste ihn und ließ ihre Hand an seiner Wirbelsäule entlang hinuntergleiten. Sie spürte jeden einzelnen seiner Rückenwirbel unter ihren Fingern. Sie massierte ihn ganz sanft und küsste abermals seinen Scheitel.

»Sie waren sehr beeindruckt davon, dass dir keine Haare ausgefallen sind«, murmelte sie gegen seine Kopfhaut. »Das kann nur bedeuten, dass du die Verfassung eines Pferdes hast.«

Er erwiderte nichts darauf. Sie nahm den Kopf zurück und sah, dass seine Augen geschlossen waren und er selig lächelte.

Sie sagte: »Ich werde dich jetzt umdrehen und dich mit Marys Spezialsalbe einreiben.«

»Das wäre schön«, murmelte er.

Sie arrangierte die Kissen um ihn und machte alles so, wie es ihr Schwester Mary gezeigt hatte. Obwohl ihm bei der ersten Berührung ein leidvolles Stöhnen entwich, sank sein Oberkörper dann doch entspannt auf die Matratze. Sie verzog das Gesicht voller Mitgefühl, sagte aber nichts. Die Salbe war so gut wie flüssig, sodass sie mit ihren Fingerspitzen kaum Druck ausüben musste. Die Haut löste sich in Fetzen von seinem Körper. Er musste unsägliche Schmerzen haben. Sie strich zuerst kaum merklich über seinen Po und seinen Rücken, dann rieb sie die Salbe ein.

»Oh, das tut gut«, sagte er. Es war das meiste, was er ihr über seine Schmerzen überhaupt mitteilte. Sie wünschte, er würde manchmal einfach klagen.

Als Maud vom Flur her rief, antwortete Rose: »Komm rein«, und setzte schnell ein Lächeln auf. Maud versuchte angestrengt nicht geschockt auszusehen, als sie Davids entblößten Körper sah. Sie sagte: »Was haltet ihr beide von einer Tasse Tee?«

Rose lächelte. »Eine ausgezeichnete Idee. Und, ist von der Götterspeise noch etwas da?«

»O ja, reichlich.« Über solche Kleinigkeiten freuten sie sich in dieser Zeit alle.

Rose deckte die Wunden wieder ab, zog Davids Pyjama zurecht, schüttelte die Kissen auf und setzte ihn aufrecht davor.

Er sagte: »Liebling, sei mir bitte nicht böse, aber ich schaffe keine –«

Sie sagte schnell: »Also gut. Limonade für dich. Ich trinke deinen Tee.«

»Ich meinte eigentlich –«

»Solange du etwas von Mutters Götterspeise probierst, will ich mich auch nicht beschweren«, sagte sie gutmütig, während sie die Limonade einschenkte. »Ich möchte, dass du kräftig genug bist, um ein Bad zu nehmen, wenn Mary morgen kommt.«

Sie hasste es, diesen gequälten Ausdruck in sein Gesicht zurückkehren zu sehen.

Sie sagte: »Mach dir keine Sorgen, Liebling. Du wirst dich morgen schon besserfühlen. Das verspreche ich dir.«

Sie flößte ihm zwei Löffel von der Götterspeise ein. Er schüttelte mit vollem Mund energisch den Kopf. Sie ließ Gnade walten und stopfte ihm keinen weiteren Löffel in den Mund. Sie hatte Angst, er müsste sich sonst wieder übergeben. In dieser Nacht, als er wieder in einen erschöpften Tiefschlaf gefallen war, legte sie sich dicht neben ihn, legte ihre Hand flach auf seinen Bauch und versuchte angestrengt, sich auf die Krankheit in seinem Körper zu konzentrieren.

Sie sprach in Gedanken, gleichmäßig, ohne Emotion. »Ich weiß alles über freien Willen. Ich weiß, dass deine Vorfahren dieses Übel über uns gebracht haben. Mit dir hat das nichts zu tun. Aber du kannst Einfluss darauf nehmen. Du kannst über mich Einfluss darauf nehmen. Ich bitte dich nicht darum ... ich befehle es dir. Es ist nur gerecht. Es ist fair. Lass es entweichen. Los, raus aus seinem Körper. Auf der Stelle.«

Sie hielt ihren eigenen Körper eine halbe Stunde lang in dieser unbequemen Position. Ihr Kopf tat weh, als hätte ihr jemand einen Nagel in die Stirn gebohrt. Endlich rollte sie sich auf den Rücken. Sie hatte die Schmerzen angezogen. Das musste ein Zeichen sein. Ein Zeichen, dass die Krankheit aus ihm gewichen war.

☆

Drei Tage später, sie wollte ihm gerade sein Frühstück bringen, fand sie ihn im Bad. Er hatte die Tür offen gelassen, stand vorm Spiegel und rasierte sich.

»Ich komme runter«, verkündete er hinter seinem Schaumbart hervor. Ich fühle mich schon viel kräftiger. Ich frühstücke mit euch unten.«

Sie staunte und war gleichzeitig besorgt.

»Schaffst du das denn?« Er hatte in den vergangenen zehn Tagen das Bett ausschließlich verlassen, um zu baden. »Ich bleibe hier und helfe dir«, sagte sie.

»Nein!« Sie konnte in seinem Blick diese alte Spitzbübigkeit aufflackern sehen. »Ich brauche etwas Ruhe, will das allein machen. Ich sperr die Tür nicht ab, aber du darfst nicht hereinkommen. Und lass mich meine Socken selber anziehen, Ros. Bitte!«

Sie schwebte förmlich nach unten.

»Er kommt zum Frühstück herunter!«, teilte sie Maud mit, die verdutzt am Fuße der Treppe stand.

Ellie rief: »Juhu!«

Blue lächelte ihr stilles Lächeln.

»Ich stelle ihm ein Tablett ins Wohnzimmer, dort ist es wärmer«, schlug Maud vor.

Rose schüttelte den Kopf. »Er möchte bei uns sein. Hier. Er möchte ins normale Leben zurückkehren.«

Doch sie selbst konnte sich nicht normal verhalten; wie ein Schulmädchen konnte sie kaum stillsitzen. Sie konnte nichts essen. David saß zwischen den Mädchen und nippte an seiner Limonade. Sein hohlwangiges Gesicht strahlte alle an. Als Blue ihren Kopf gegen seinen Arm lehnte, sagte Rose hastig: »Nicht doch, Schatz.« Und David entgegnete ihr leise: »Lass sie, Ros. Ich brauche das jetzt.«

Maud brachte die Kinder zur Schule; sie waren noch zigmal an den Frühstückstisch gekommen, um ihrem Daddy auf Wiedersehen zu sagen, ehe sie sich endlich losreißen konnten. Sie sahen niedlich aus in ihren wollenen Mützen und den dazu passenden Schals und Fausthandschuhen. David konnte sich gar nicht sattsehen an ihnen.

»Ich hatte vergessen, wie schön sie aussehen. Und du auch Mutter. So schön.«

Rose spielte die Eingeschnappte. Sonst hätte sie heulen müssen. »Du hast mich vergessen!«

»So unbescheiden bin ich nicht.«

Sie schaute ihn an, zog die Augenbrauen hoch. »Das kapier' ich nicht!«

»Wenn ich dich ansehe, sehe ich mich selbst. Dich zu bewundern, bedeutet, mich selbst zu bewundern.«

Sie gab sich keine Mühe, das scherzhaft aufzufassen. Als sie seine Hand nahm, wurde ihr nur ein weiteres Mal bewusst, wie knochig er war. Sie spürte, wie eine dieser inzwischen üblichen

Attacken des blanken Entsetzens ihren Körper durchfuhr, ehe sie antwortete. »Dann bewundere dich selbst, David.«

Er beugte sich nach vorne und küsste sie sachte. »Danke, Ros.«

☆

Sie war sich gewiss, dass wenigstens der liebe Gott auf ihrer Seite war. Mary, die Einzige, die die Wahrheit über ihren Besuch bei Dr. Patrick kannte, sprach ihr Mut zu.

»Es gibt Spontanheilungen. Die Medizin tappt mit ihrer Forschung noch so weit im Dunkeln. Er ist ...«, sie warf einen Blick über die Schulter, in Davids Richtung, der damit beschäftigt war, sein Dominospiel fertig zu stellen, »... er ist ganz wunderbar«, beendete sie ihren Satz.

Doch das war Rose nicht genug. »Ja, schon. Aber er sieht auch besser aus. Finden Sie nicht?«

Nachdem sie noch einen Augenblick gezögert hatte, nickte Mary.

»Er verliert viel Haut«, sagte sie unerwartet. »Ich gebe Ihnen noch eine Tube von dieser Salbe. Und jetzt, wo er auch aufsteht, sollten Sie den Umschlag zweimal am Tag wechseln. Wir wollen doch mal sehen, ob wir die Wunden nicht vollständig ausheilen können.«

»Ich glaube, die Hautfetzen auf seinem Laken kommen auch von seiner Narbe. Die juckt ihn sehr.«

»Ja, natürlich. Aber reiben Sie seinen Rücken und seinen Po mit der Salbe ein. Das lindert seine Schmerzen.«

☆

Weihnachten kam und ging. Sie nahm es kaum wahr. Sie und Maud stopften am Abend für die Mädchen Socken mit Süßigkeiten voll und schauten am nächsten Morgen zu, wie sie sie wieder auspackten. Später kam Martin vorbei und nahm Maud und die Kinder mit. Rose legte Holz im Kamin nach und rückte Davids Sessel dicht ans Feuer heran. Am späten Nachmittag bekam er etwas Hühnchen hinunter, legte sich dann aber schlafen.

Rose schlich sich verstohlen in die kalte Küche. Mit nagenden Schuldgefühlen setzte sie sich an den Tisch, riss das Hühnchen in Stücke und würgte es trocken hinunter. Ihr Hunger reichte für sie beide – es war wie damals, als sie schwanger gewesen war.

Um Mitternacht wachte er auf und tastete nach ihrer Hand. »Schneit es?«, flüsterte er in die Dunkelheit hinein.

»Ich weiß nicht.« Sie verstellte ihre Stimme, als ob sie schläfrig wäre, obwohl ihr eine Magenverstimmung den Schlaf raubte.

»Das würde alles noch weihnachtlicher machen.«

»Das ist unmöglich. Es war das weihnachtlichste Weihnachten, das ich mir denken kann«, widersprach sie ihm.

Sein Atem wurde langsam wieder flach und gleichmäßig, und sie wusste, dass er wieder in den Schlaf hinüberdriftete. »Im nächsten Jahr wird es besser«, murmelte er noch. »Ich werde dafür sorgen, dass es besser wird.«

☆

Am nächsten Morgen schneite es tatsächlich, und der Schnee hielt den ganzen Januar über an. Der Schnee ließ die Mädchen völlig außer Rand und Band geraten. Sie rannten schreiend im Garten umher und ließen ihr Haar im Wind wehen. Sie bauten Schneemänner und zogen einander auf ihren Schlitten den Gartenweg auf und ab. David schien indes irgendwie zusammenzuschrumpfen.

»Ist der Jänner hell und weiß, kömmt der Frühling ohne Eis«, zitierte Maud. »In ein paar Wochen wird der Schnee geschmolzen sein, und die Schneeglöckchen werden kommen.«

David betrachtete die fertigen Dominosteine, die auf dem Tisch aufgereiht lagen.

»Sie sind nicht gerade sehr gut gelungen. Ich habe die Ecken nicht kantig genug hinbekommen.«

»Sie sind toll – was um alles in der Welt redest du nur!« Maud nahm einen Stein in die Hand und strich mit dem Finger darüber. »Sie – sie liegen so schön in der Hand!«

»Sie sind nicht kantig genug«, wiederholte er stur.

Rose lächelte. »Ellie und Blue werden sie lieben. Sie spielen so gern Domino.« Sie hängte die Anoraks der Mädchen über eine Stuhllehne. »Ich werde dir noch eine Schachtel basteln, dann wirst du mit dem Gesamtwerk schon zufrieden sein.« Sie öffnete die Tür. »Blue! Ellie! Zeit für die Schule!«

David sah im Lichtkegel, der durch die offene Tür hereinfiel, noch elender aus. Sie machte die Tür schleunigst wieder zu, wütend auf sich selbst, wie sie nur hatte so gedankenlos sein können.

»Auf geht's, junger Mann. Lass uns dich noch für eine Stunde ins Bett packen. Du kannst herunterkommen, wenn das Haus etwas wärmer und stiller geworden ist. Wie wäre das?«

Er lächelte dankbar. »Wundervoll.« Er erhob sich mit größter Mühe von seinem Stuhl und ging schnell in den Flur, bevor Ellie und Blue wieder die Tür aufreißen konnten. Rose warf einen Blick auf sein Glas – er hatte seinen Fruchtsaft nicht angerührt. Er nahm nahezu nichts mehr zu sich. Sie verdrängte diesen Gedanken schnell; seine Krankheit war in der Remissionsphase. Hatte Mary das nicht selbst gesagt, und musste sie es nicht wissen?

☆

In dieser Nacht durchrüttelte der Wind das alte Haus bis auf die Grundmauern. Rose drehte sich vorsichtig zu David um und sah, dass seine Augen offen waren.

»Kannst du nicht schlafen, Schatz?«, flüsterte sie.

Er sagte klar und verständlich: »Ros, gibt es in diesem Haus einen Computer?«

»Einen Computer?«, fragte sie verdutzt. »Meinst du eine von diesen Addiermaschinen? Hattest du davon nicht irgendwo eine herumstehen? Was willst du denn jetzt damit?«

Er sagte: »Wenn irgendwo ein Computer steht, schaffe ihn aus dem Haus. Er übernimmt die Macht.«

Sie schaute ihn an, plötzlich angespannt. »Hier ist kein Computer, Liebling«, sagte sie leise. »Du hast geträumt. Hier sind nur du, ich, Maud und die Kinder.«

Er starrte noch einen Moment in die Dunkelheit, dann senkten sich seine Lider. Nachdem er zwanzig weitere lange Sekunden starr dagelegen hatte, fasste sie ihn an. Er schlief.

Am nächsten Morgen fragte sie ihn, ob er sich an seinen Traum erinnern könne. Doch er konnte es nicht.

»Ist schon gut. Du hast etwas gesagt, was ich wohl nicht richtig verstanden haben muss.«

Er fragte: »Schneit es?«

Sie zog die Vorhänge zurück. »Nein. Und der Wind hat auch ein wenig nachgelassen.«

»Es ist so kalt. Macht es dir etwas aus, wenn ich im Bett bleibe, bis die Mädchen in der Schule sind?«

»Sehr vernünftig, Liebling. Ich mache im Wohnzimmer ein schönes Feuer, und dann werden wir unser Kreuzworträtsel später zusammen lösen. Wie klingt das?«

»Wundervoll.«

Doch als sie um zehn Uhr nach oben kam, war er wieder eingeschlafen, eine Wange in eine Handfläche gebettet. Maud war in ihrem Zimmer und machte das Bett, und Rose rief sie.

»Komm, und schau ihn dir an. Er schläft.«

Maud kam und betrachtete ihren Sohn; ihr Kinn begann zu vibrieren.

Rose flüsterte: »Mutter. Ich dachte, es würde dir gut tun, ihn so behaglich daliegen zu sehen.«

Maud drehte sich weg. »So hat er immer geschlafen, als er ein

Baby war.« Sie umklammerte den Geländerpfosten am Treppenabsatz und schaute Rose mit feuchten Augen an. »Ros. Er wird doch wieder gesund, oder?«

»Ja!«, antwortete Rose wie aus der Pistole geschossen. Dann, als sie merkte, dass Maud mehr als das verdient hatte, fügte sich noch hinzu: »Ich weiß, dass er wieder gesund wird. Aber sie – Professor Carter und Doktor Patrick und noch ein anderer Arzt, sie glauben ... sie haben gesagt ...« Ihre Stimme versagte.

Maud sagte: »All diese Ärzte, Ros. Wenn die alle da waren, im Dezember, als du dort warst, um Aufschub für Davids Behandlung zu erreichen – ich meine ... waren die alle da, um mit dir zu sprechen?«

Rose nickte. Sie konnte in Mauds Gesicht lesen, dass sie begann, eins und eins zusammenzuzählen, und sagte schnell: »Aber, hör zu, Mutter. Die Krankheit hat doch nachgelassen. Frag Mary, wenn sie morgen kommt. Man sieht, dass es ihm besser geht – man sieht es richtig!«

Sie dachte, Maud würde ohnmächtig werden. Ihr Griff um den Geländerpfosten löste sich, ihre Hand rutschte ab. Sie wollte Mauds Zustimmung hören, dass David besser aussah. Doch wie hätte ihr Maud zustimmen können, nachdem sie ihn gerade in eben der Haltung hatte schlafen sehen, in der er auch als Baby geschlafen hatte? Als würde er sich zurückentwickeln. Dorthin, wo er auch immer hergekommen sein mochte.

Rose nahm Mauds Arm und hielt sie fest. »Mutter, ich habe gespürt, dass die Tumore seinen Körper verlassen haben. Ich habe ihm meine Hand aufgelegt und ... und ... ihnen befohlen, zu verschwinden.« Gott konnte sie jetzt nicht erwähnen. Sicher, Maud war gläubig – sie ging manchmal mit Miss Westlake in die Sonntagsschule –, doch der Name Gottes fiel nur selten in ihren Gesprächen.

Sie lehnte sich rückwärts gegen das Geländer und legte den Kopf auf Roses Schulter.

»Ist schon gut, Ros. Nur eine vorübergehende ...« Und als Maud den Kopf hob, konnte Rose ihre eigene Entschlossenheit im Gesicht ihrer Schwiegermutter wieder erkennen. »Selbstverständlich wird er wieder gesund!«

Sie gingen zur Schlafzimmertür zurück und warfen einen Blick hinein. David lag noch genauso da wie zuvor. Sie gingen zu ihm, er öffnete die Augen und sah sie erwartungsvoll an.

»Habt ihr ihn gefunden?« Seine Stimme war kratzig, als hätte er eine Kehlkopfentzündung. »Schafft ihn weg. Er wird die Macht übernehmen. Schafft ihn raus!«

Maud fragte ihn: »Was meinst du, Liebling?«

Rose sagte hastig: »Er träumt.« Sie beugte sich übers Bett. »Wach auf, mein Schatz. Es wird jetzt Zeit, nach unten zu gehen. Im Wohnzimmer brennt ein schönes Feuer.«

David verdrehte die Augen, um sie sehen zu können. Er schien zu schwach, um den Kopf zu drehen. »Rose, du musst mir die Wahrheit sagen. Gibt es hier einen Computer?«

»Nein, David. Es gibt keinen Computer in diesem Haus«, sagte sie bestimmt. »Du hast geträumt. Die Mädchen sind in der Schule. Nur Maud und ich sind hier. Wir sind beide bei dir.«

Maud gab ein leises Wimmern von sich und legte ihm eine Hand auf die Schulter. »Mach dir keine Sorgen, Liebling. Es besteht kein Grund zur Sorge.«

Doch das Gespenst schien nach wie vor in seinem Kopf herumzuspuken; er hatte nicht die Kraft, es zu verscheuchen. Er bewegte sich nicht, aber aus seinem Mund kam ein Schwall heiserer Worte, manche völlig unverständlich. Es schien, als würden ihm Science-Fiction-Szenen im Kopf herumschwirren. Als Maud zu weinen begann, brachte Rose sie vom Bett weg und nahm Davids Hand unter der Wange hervor.

»Jetzt ist alles gut, David«, sagte sie laut. »Schau mich an und hör mir zu. Da ist nichts, wovor du Angst haben müsstest. Überhaupt nichts.« Sie wiederholte diese Worte immer und immer wieder, unterbrach ihn, wenn er ansetzte, etwas zu sagen, hielt seine Hände in den ihren, vertrieb die bösen Geister.

Als er endlich still war, drang Mauds Wimmern an sein Ohr.

»Mutter? Was ist mit Mutter los?« Er versuchte den Kopf zu heben. Die Schmerzen verzerrten sein Gesicht.

Rose sagte: »Du hast uns Angst eingejagt, Liebling. Du konntest dich nicht aus deinem Traum reißen.«

Er starrte sie an. Seine Augen waren immer noch trüb. »Werde ich langsam wahnsinnig, Ros?«, fragte er leise.

»Nein. Es sind nur Träume, nichts weiter. Hartnäckige Träume.«

Als ihr bewusst wurde, dass sie ihn anstrahlte, als würden sie einen heimlichen Scherz miteinander teilen, fragte sie sich, ob sie vollkommen herzlos war.

Sie drehte sich zu Maud um. »Mutter, David geht es jetzt gut. Komm näher, damit du ihn sehen kannst.« Sie wollte, dass David seine Mutter sehen konnte, damit er wusste, dass er von Liebe umgeben war.

Maud tastete sich zum Bett vor und kniete sich nieder. Sie sagte nichts.

David räusperte sich. »Mutter. Rose. Ich möchte euch jetzt sagen, dass es mir bald besser gehen wird. Sehr bald.«

Maud nickte. Nach einer Weile sagte Rose: »Natürlich. Das wissen wir, David.«

Die nächsten Minuten verbrachten sie mit andächtigem Schweigen und wünschten, es könnte bis in alle Ewigkeit andauern. Und dann sagte Maud: »Ich werde uns jetzt Tee machen.« Und Rose sagte: »Das wäre wunderbar. Wir trinken ihn hier oben bei David. Und vielleicht schafft er es ja, ein bisschen Limonade zu trinken.«

Er schaffte gar nichts mehr. Als Rose seine Hand losließ, schob er sie gleich wieder unter seine Wange. Noch ehe sie ihren Tee ausgetrunken hatten, war er wieder eingeschlafen.

☆

Sie riefen Mary an, und sie kam mit einem Arzt vorbei; eine Krankenvertretung: ein Ire mit leuchtend blauen Augen und lockigem Haar. Er stellte sich ihnen als Dr. Gallagher vor. Er ging mit David auf die gleiche behutsame Weise um wie Mary. Als er ihm Blut abnehmen wollte, hatte er Schwierigkeiten, eine Vene zu finden. Er entschuldigte sich bei David, ihn so quälen zu müssen.

»Es tut nicht weh«, murmelte David mit dieser neuen kratzigen Stimme.

Mary strich ihm gütig übers Haar. »Er beklagt sich nie«, sagte sie leise.

Rose verzog keine Miene, als sie ihr mitteilten, eine Bettpfanne wäre für eine Weile ratsam.

»David braucht viel Ruhe«, sagte Dr. Gallagher. »Wir werden diese Symptome wie eine schwere Grippe behandeln. Viel Flüssigkeit, Wärme und strengste Bettruhe.« Er beugte sich übers Bett. »Es wird nicht lange dauern, alter Mann«, sagte er zu David.

»Ich weiß«, antwortete die Reibeisenstimme.

Am Treppenabsatz sagte Dr. Gallagher: »Ich werde Sie die Ergebnisse der Blutuntersuchung wissen lassen, Mrs. Fairbrother. Und ich würde an Ihrer Stelle versuchen, heute Nachmittag etwas Schlaf zu bekommen. Sie brauchen Ihre Kraft.« Er gab Mary einen Zettel. »Bei Schmerzen«, sagte er bestimmt.

Sie gingen nach unten und tranken noch eine Tasse Tee zusammen.

Rose sagte nachdrücklich: »Er war gestern noch auf – wie gewöhnlich.«

Mary nickte. »Ja. Er ist ein ungewöhnlicher Mann.«

Für den Bruchteil einer Sekunde hätte Rose wild losschreien können: »Sie glauben wohl, ich weiß das nicht!« Sie hätte schreien und heulen können, bis jemand sie ins Krankenhaus gebracht und sich um sie gekümmert hätte.

Doch sie sagte: »Danke, Mary. Danke, Herr Doktor. Sie waren sehr freundlich.«

Dann begleitete sie sie zur Tür, kam zurück, wusch die Tassen und Untertassen ab und saß da und hielt Mauds Hand, bis es Zeit fürs Mittagessen war.

»Ich werde etwas Haferschleim nach oben bringen«, sagte sie. Sie wussten beide, dass es keinen Zweck hatte. Lange bevor Dr. Gallagher an diesem Abend vorbeikam und ihnen sagte, dass es nur noch eine Sache von vierundzwanzig Stunden sei, wussten sie, dass David im Sterben lag.

☆

Rose rief erst Martin, dann Jon an. Martin kam binnen einer halben Stunde, Jon wollte am nächsten Tag da sein.

Sie konnte es immer noch nicht ganz glauben. Sie war innerlich gespalten – die eine Hälfte wusste, dass es geschehen würde, akzeptierte es, schaute zurück und realisierte, dass es die ganze Zeit über nie wirklich Hoffnung gegeben hatte. Die andere Hälfte war widerspenstig und eigensinnig und weigerte sich, eine Welt ohne David in Erwägung zu ziehen.

Die beiden Hälften verschmolzen hin und wieder, wie an diesem Abend, als Martin nach unten kam, nachdem er eine Stunde allein mit seinem Bruder verbracht hatte.

Martin stand mitten im Frühstückszimmer, wo Rose gerade dabei war, eine Vitrine zu putzen.

»Ich denke, es wäre vielleicht das Beste, wenn ich die Mädchen mit zu mir nach Hause nehmen würde, Ros«, sagte er. »Sie sollten nicht hier sein, wenn ... wenn es passiert.« Seine Anstrengung, die Tonlage zu halten, ließ ihn kalt und hart klingen.

Zum ersten Mal dachte sie über Ellie und Blue nach, die ihr junges Leben in einem Todeshaus verbrachten. Der Gedanke war unerträglich. Der Gedanke, sie wegzubringen, war noch schlimmer. Sie gehörten zu David.

Sie stand langsam auf, umgeben von den aufgestapelten Sachen aus der Vitrine. Als sie mit der Zehenspitze gegen eine Konservendose stieß, kullerte sie über den Boden. Pfirsichhälften in Sirup eingelegt – vor einem Jahr noch Davids Lieblingsfrüchte.

Sie sagte leise: »Sie sollten hier sein. Bis zum Ende.«

Er räusperte sich. »Rose, es ist schon so weit. Es wird heute Nacht geschehen. Das weißt du.«

Sie schrie auf: »Eben nicht – ich weiß es eben nicht! Es kann überhaupt nicht – ich würde nicht Schränke auswischen, wenn David heute Nacht sterben würde!«

Er zog sie in seine Arme und sie weinte gegen seine Brust; und dann, ganz plötzlich, war sie still.

Er schluckte. »Er wird immer bei dir sein, Ros. Das weißt du doch.«

Sie nickte, ohne den Kopf zu heben. Sie wusste, dass er auch weinte.

Sie flüsterte: »Das Problem ist ... die Welt wird so anders sein ohne ihn. Diese Dosen da unten ... schau sie dir an, Martin. Es sind Dosen mit Früchten und Gemüse und Fleisch und Suppe. Das ist alles. Man nimmt sie nicht einmal wahr, solange David da oben liegt ... und atmet. Aber wenn er das nicht mehr tut, drängen sie sich einem plötzlich ins Bewusstsein. Fremde Gegenstände. Die Angst wird sich ausbreiten ... überall. Und das Entsetzen.« Sie presste ihren Kopf gegen sein Hemd. »Ich weiß nicht, ob ich mich dem stellen kann.«

Seine Stimme wurde fest, und er sagte mit größter Zuversicht: »Du wirst dich all dem stellen, Ros. Genauso, wie du dich allem anderen gestellt hast.« Er gab einen Laut von sich, der ein Lachen hätte sein können. »Selbst June gibt zu, dass du mit allem fertig wirst, was dir das Leben beschert.«

Ihr starrer Blick wollte sich nicht von den herumstehenden Dosen lösen. »Aber siehst du denn nicht, dass das alles nur mit David gemeinsam so einfach war?«

»Er wird bei dir sein, Ros«, versuchte er es noch einmal.

Es war ein Teufelskreis. Sie richtete sich, begleitet von einem gedehnten Seufzer, auf.

»Ich muss wieder zu ihm, bei ihm sitzen. Er wird nicht sterben, wenn ich bei ihm bin.« Der Glaube daran gab ihr Kraft. Sie sagte: »Also gut. Nimm die Mädchen mit. Maud wird ihnen Schlafanzüge und das Nötigste einpacken.« Sie tätschelte seinen Arm. »Danke, Martin. Aber bring sie morgen wieder zurück. Früh. Versprichst du mir das?«

»Ja, natürlich. Jon wird dann da sein.« Er schaute sie entschuldigend an. »Nicht, dass ich ... ich meine, die Mädchen lieben sie, und sie wird ... du weißt schon.«

»Ich weiß.«

Sie ging wieder nach oben. David war wach und schien zu wissen, was vor sich ging. Seine Augen waren jetzt nicht mehr trüb, im Gegenteil. Rose war von ihrer unbeschreiblichen Klarheit beeindruckt.

Er flüsterte: »Nimmt Martin die Mädchen mit?«

»Woher weißt du das? Hast du wieder gelauscht?« Sie schaffte es sogar, zaghaft zu lächeln. »Nur für heute Nacht. Mutter braucht mal Pause.«

»Ich bin so ein verdammter Quälgeist«, flüsterte er. Dann bewegte er den Kopf. »Ich weiß, dass dir das nichts ausmacht. Du brauchst mir das nicht zu versichern, Liebling.« Als sie aufstehen wollte, um das Licht anzumachen, hielt er ihre Hand mit überraschend festem Griff fest.

»Geh nicht weg, Ros.«

Sie blieb, wo sie war. »Ich gehe nicht weg.«

Er sagte: »Ich weiß, dass ich mich ... blöd verhalten habe. Ich werde mich jetzt anständig benehmen.«

»Du hast dich die ganze Zeit anständig benommen.« Sie war froh, dass es dunkel im Zimmer war; es war so schwer, die Tränen zurückzuhalten, die er nicht sehen sollte.

»Wenn ich dich doch nur davon überzeugen könnte, dass alles

in Ordnung sein wird. Ich wünschte, du könntest mir glauben, Ros.«

»Ich glaube dir.«

»Es wird nicht wirklich etwas ausmachen. Du wirst schon sehen.«

Darauf erwiderte sie nichts; sie schloss für einen Moment die Augen.

Als er sanft ihre Hände drückte, öffnete sie sie wieder. Seine Augen funkelten, leuchteten beinahe im dunklen Schlafzimmer.

Sie fragte mit fester Stimme: »Ist dir warm genug? Soll ich das Licht anmachen?«

»Ich möchte nicht, dass du gehst.«

»Nur, um das Licht anzumachen, Liebling.«

»Nein. Bleib bitte hier, Ros.«

Sie beugte sich zu ihm hinunter und legte ihre Wange an seine. Sie musste immerzu schlucken; er musste es gewusst haben. Sie sagten jetzt beide nichts mehr.

Die Tür ging auf. Rose drehte den Kopf und sah Martin, der mit den Mädchen im Türrahmen stand.

Martin legte den Zeigefinger auf seine Lippen. »Daddy schläft. Sagt ihm ganz leise gute Nacht.«

»Gute Nacht, Daddy«, sagte Blue.

»Gute Nacht, Daddy«, kam Ellies Echo.

Martin flüsterte: »Gute Nacht, alter Mann. Wir sehen uns morgen früh.«

Sie waren gegangen. Davids Augen leuchteten noch immer. Sie beugte sich wieder zu ihm hinunter. Das Haus wurde jetzt ganz still und knarzte um sie herum, wie schon so viele Male zuvor. Sie hörten, wie Maud die Milchflaschen rausstellte. Sie hörten Marys Wagen die Einfahrt hochkommen; später, wie sich Mary mit Maud unterhielt. Sie kamen beide die Treppe herauf; sie wollten David zu dritt für die Nacht umdrehen.

Rose flüsterte: »Hast du Schmerzen, Liebling?«

David bewegte seinen Kopf hin und her wie zu einem Nein.

Sie sagte: »Schließ die Augen. Das Licht wird ihnen wehtun.«

Er sagte nichts, doch als Mary klopfte und dann hereinkam und das Licht anknipste, waren seine Lider gehorsam geschlossen. Noch während sie ihren Regenmantel auszog, überprüfte Mary mit einem raschen, professionellen Blick die Lage. Maud wartete am Fuße des Bettes. Sie sah so alt aus; schrumpelig und alt.

Mary sagte: »Ich gehe hinter das Bett, und Sie stellen sich jede auf eine Längsseite. Wir sind so vorsichtig, wie wir können, David.«

Er lächelte, die Augen immer noch geschlossen.

Sie zogen und schoben mit vereinten Kräften das Bett von der Wand, und Mary stellte sich ans Kopfende und griff unter Davids Arme. Rose und Maud steckten ihre Arme unter seinen Rücken und hakten ihre Finger ineinander.

Mary sagte leise: »Okay, jetzt.«

Als sie David nach oben zog, sah es aus, als würde er sich aufbäumen. Sein Kopf hob sich, und seine Augen öffneten sich weit. Er starrte an seiner Mutter vorbei in eine Ecke der Decke. Ein lautes, schmerzerfülltes Stöhnen entwich seinem geöffneten Mund. Und dann schlossen sich seine Lider, und er rollte sich auf die Seite.

Maud presste sich die Hand auf den Mund, um einen Aufschrei zu unterdrücken. Rose fragte leise: »War's das?«

Mary kam ums Bett herumgelaufen, setzte sich auf das Kissen neben David, legte ihre Finger auf seinen Hals und sagte: »Ja.« Sie sah Rose an. »Er kann Sie hören. Reden Sie mit ihm.«

Rose kniete sich neben das Bett. Sie streichelte das ihr so teure Gesicht und küsste die geschlossenen Lider. »Ich weiß, was du gemeint hast, mein Liebster. Du hast mir ein Versprechen gegeben, nicht wahr? Und du hast in deinem Leben noch nie ein Versprechen gebrochen. Also glaube ich dir.« Eine Träne tropfte auf seine Stirn.

Mary sagte: »Maud. Sprechen Sie mit ihm. Er ist noch bei uns.« Ihre Finger lagen jetzt um sein Handgelenk.

Maud sagte: »David, ich kann nicht glauben ... mein Sohn ... mein Sohn ...«

Rose streckte ihren freien Arm nach Maud aus und zog sie zu sich herunter. David machte einen Atemzug. Den ersten seit dem Stöhnen. Maud schluchzte und meinte verzweifelt: »O David, das kannst du nicht machen. Bleib bei uns.«

Rose näherte sich ihm und hauchte in den offenen Mund. Sie sagte: »Danke, David. Danke. Danke. Danke.«

Und sie sagte immer noch »danke«, als Mary sie unterbrach. »Er hat uns verlassen, Rose. Kommen Sie beide mit mir, während ich den Arzt anrufe?«

Maud fragte heiser: »Können wir hier bleiben?«

»Selbstverständlich.«

Mary verließ das Zimmer. Die beiden Frauen blieben am Bett knien und hielten einander fest. Maud weinte und stützte sich mit einer Hand auf das Bett. Rose nahm die Hand, legte Mauds Arm um ihre eigene Schulter und drückte die alte Frau eng an sich. Sie war eine schwere Last, doch Rose war froh, sie zu spüren. Sie nahm das Gewicht von Davids Mutter auf sich und starrte mit trockenen Augen hinauf in die Ecke der Decke, wo Davids letzter Blick geruht hatte. Sie schaute nicht noch einmal zurück in sein Gesicht. Er war nicht mehr da. Ein Teil ihres Ichs fragte sich, wo er wohl hingegangen war. In diese Ecke der Decke? In den Körper seiner Mutter, wo er vor erst fünfunddreißig Jahren hergekommen war?

Als Mary zurückkam und sie aus dem Zimmer bugsierte, verschwand Rose im Badezimmer. Sie setzte sich auf den Klodeckel. Der Kummer schüttelte ihren Körper so stark, dass sie sich am Waschbecken festhalten musste, um nicht auf den Boden zu fallen. Und dann, ganz plötzlich, verschwand die Qual. Sie durchzuckte ihren Körper ein letztes Mal und entwich ihm. Sie war vollkommen ruhig, starrte nur die Tapete an.

Und da wusste sie, wo David hingegangen war.

Sic hauchte: »Danke. Danke. Danke.« Und die ganze Zeit über, während der Arzt da war, sagte sie im Geiste »danke«. Und auch noch während der Anrufe bei Martin und Jon und Miss Westlake und Großmutter. Dann auch noch, während die Mitarbeiter des Beerdigungsunternehmens da waren. Dann während sie auf den beiden Tweedsofas zwei Betten herrichtete, damit sie und Maud unten schlafen konnten, nah beieinander. Und erstaunlicherweise fanden sie tatsächlich Schlaf. Erschöpft und verzweifelt hielten sie sich über den breiten Kaminvorleger hinweg die Hände. Für fast eine halbe Stunde lagen sie so da, hellwach. Doch dann, recht plötzlich, entspannten sich gleichzeitig ihre ineinander verschlungenen Finger und lösten sich langsam voneinander. Sie waren eingeschlafen.

14

Rose konnte sich nur verschwommen an die Beerdigung erinnern. Sie sagte Ellie und Blue, Daddy sei jetzt im Himmel, und dass sie ihn natürlich vermissen würden und es deshalb völlig in Ordnung sei, ab und zu zu weinen; allerdings nicht zu oft, denn wie könnte Daddy dort oben sonst glücklich sein. Und weil sie fest entschlossen war, den Mädchen zu zeigen, dass sie auch meinte, was sie sagte, lächelte sie selbst so viel sie nur konnte und vergewisserte sich, dass sie sang, wenn sie kochte oder das Geschirr abwusch. Sie sang einfältige, heitere Lieder wie »Mein Hut, der hat drei Ecken« oder »Hey, Mister Porter«.

Doch wenn sie schlafen ging und die Lieder in ihrem Kopf verstummten, kamen die Tränen wieder. Sie hatte keine Angst mehr vor ihrem Kummer, sondern ließ, wenn sie allein war, ihrer Trauer freien Lauf. Nach einiger Zeit hatte sie die Erfahrung gemacht, dass der Kummer ihren Körper durchfuhr wie einer dieser tosenden Schneestürme im Januar und sie ruhig und gestärkt zurückließ.

Das Gesicht, das andere von ihr zu sehen bekamen, machte es den Menschen in ihrer Umgebung schwer, ihre eigenen Tränen zu zeigen. Aileen und Jon, die am Tag nach Davids Tod eingetroffen waren, sahen aus, als sei ihr Gesichtsausdruck eingefroren. Mauds Gesicht geriet gelegentlich außer Kontrolle. Martin fand seinen Trost darin, alles für sie zu organisieren; er brachte ihnen die Formulare, die sie unterschreiben mussten, begleitete Rose zum Standesamt und anschließend zum Finanzamt, zu Dr. Gallagher und ins Krankenhaus. June, Charles und Arney waren die Einzigen, die es sich erlaubten, während der Beerdigung ihren Kummer zu zeigen.

Rose, die sich noch gut an Mauds Zusammenbruch bei Arnold Fairbrothers Feuerbestattung erinnerte, hatte sich für Erdbestattung entschieden. Sie fand, es lag ein gewisser Trost darin, sich nach generationenalter Tradition ums Grab zu versammeln. Und letzten Endes war David ihnen allen nur einen Schritt voraus.

Sie bat Aileen und Jon inständig, doch wieder nach Newcastle zurückzufahren. Georgie war dort in den Händen dieses allgegenwärtigen Stan, und sie hatte plötzlich Angst um ihn. Doch Aileen und Jon wiederum bestanden darauf, noch so lange zu bleiben, dass sie sich um den Ansturm der ersten Kondolenzbesucher kümmern konnten. Schließlich ließen sie sich unter der Bedingung darauf ein, zurückzufahren, dass Rose die Mädchen über Ostern zu ihnen brachte. Sie standen mit gepackten Koffern in der Halle und warteten auf das Taxi. Als es klingelte, öffnete Rose die Tür und wollte sie sofort wieder zumachen. Der junge

Mann mit dem schlabbrigen Anzug und dem College-Haarschnitt, der davor stand, konnte nur einer dieser neuen Mormonen-Missionare sein.

Er erblickte Aileen in ihrem dunkelblauen Mantel und Hut und lächelte erfreut.

»Sagen Sie, Sie sind doch bestimmt Mrs. Harris?«

Aileen starrte ihn an. Nach den schrecklichen Ereignissen der vergangenen Wochen fühlte sie sich sehr alt. Sie konnte regelrecht ihr Gehirn rattern hören, bemüht das Rätsel um diesen jungen Mann zu lösen, der hier so plötzlich hereingeschneit kam. Ein Handlungsreisender? Oder einer dieser Versicherungsvertreter, die sie hatte, ehe sie David kannten?

Er sagte: »Sie können sich nicht an mich erinnern. Ich war noch ein Kind, als wir uns das letzte Mal gesehen haben.« Er genoss den Anblick seines völlig perplexen Publikums und wandte sich an Rose, während er immer noch die Tür festhielt.

»Sie müssen Rose sein. Das schwarze Haar und die strahlend blauen Augen ... noch genauso wie damals.«

Sie antwortete mit dieser förmlichen Stimme, die sie sich für die Kondolierenden zugelegt hatte: »Tut mir Leid, ich kann mich nicht an Sie erinnern.«

Er lachte. »Das überrascht mich nicht! Eric. Eric Laben. Ich bin geschäftlich hier in Europa und habe eure Adresse von Mrs. Steedman bekommen. Die Leute oben in Churchdown haben mir gesagt, dass Mrs. Rose Fairbrother sich um das Haus kümmert, wenn Feriengäste ein- oder ausziehen. Sie haben mir auch diese Adresse hier gegeben. Und hier bin ich!«

Als Aileen Rose ansah, bemerkte sie deren weißes, vollkommen regungsloses Gesicht. Eric Laben hätte kaum zu einem ungeeigneteren Zeitpunkt kommen können.

»Ich kann mich an die Labens erinnern. Natürlich«, entgegnete sie. »Ihr Großvater war lange vor dem Krieg mit Joe aus Deutschland gekommen, dem Mann meiner Schwester. Joe Lange.« Sie schaute wieder zu Rose. »Vielleicht ... möchten Sie hereinkommen?«

»Das ist nett von Ihnen.«

Eric Laben wurde langsam klar, dass etwas nicht stimmen konnte. Er stand verunsichert in der Halle, während Rose die Haustür hinter ihm schloss.

»Mrs. Steedman sagte, ich müsste euch einfach aufsuchen. Ich könnte nicht zurückkommen und ihr erzählen ... Ich bin auch nur auf der Durchreise nach Deutschland. Morgen früh muss ich schon weiter.«

Rose sagte: »Kommen Sie ... Komm ins Wohnzimmer, Eric.« Sie schaffte es mit Müh und Not, ihm über die Schulter zuzulächeln, während sie ihn in den mit Blumen überfüllten Raum führte. Die anderen folgten ihnen.

Aileen sagte: »Das war wirklich nett von dir, die Mühe auf dich zu nehmen, und uns ausfindig zu machen. Aber wer ist Mrs. Steedman?«

»Du meine Güte, dann haben Sie es also noch nicht gehört?« Nun war es an ihm, erstaunt dreinzuschauen. Die Blumen – alle aus dem Treibhaus – lagen sogar auf den Stühlen. Rose hatte nicht gewollt, dass sie auf dem Friedhof erfroren und hatte sie am Tag der Beerdigung mit zurückgenommen.

»Ihre Schwester hat Senator Steedman geheiratet. Sie kennen ihn wahrscheinlich nicht, aber –«

»Ich habe viel von ihm gehört. Ich habe ihn auch einmal getroffen.« Aileen hätte jetzt gern Roses Gesicht gesehen. Nicht, dass sich das Kind an diesen fürchterlichen Abend erinnern könnte, als sie das Kriegsende gefeiert hatten. Und selbst wenn, war jetzt nicht die richtige Zeit, um Scherze zu machen. Doch eben das war es nun einmal: Mabe hatte endlich ihren Senator bekommen.

Sie nahm ein Blumengebinde von einem der Stühle. »Nimm doch bitte Platz, Eric.« Sie sah sich Hilfe suchend um. »Dies ist meine zweite Tochter, Joanna. Jon, Eric war Roses Freund in

Amerika.« Sie kramte einen Satz aus ihrem Gedächtnis, den sie drüben so oft gehört hatte. »Warum lernt ihr beide euch nicht etwas näher kennen, während Rose und ich Tee machen?«

Das gehörte zu den Dingen, die Jon in vollen Zügen genoss, selbst unter Umständen wie diesen. Sie nahm ihren Hut ab und schüttelte ihr Haar.

»Warum nicht? Wir können den nächsten Zug nehmen.« Sie streckte ihre schlanken manikürten Finger aus. »Das ist eine wunderbare Gelegenheit. Mutter und Rose sprechen nie über Amerika. Du musst mir alles erzählen!«

Aileen nahm Roses Arm, und sie gingen hinaus.

»Jon wird es ihm erklären«, sagte sie leise. »Mach dir keine Gedanken, Liebes. Er wird zum Aufbruch bereit sein, bis wir den Tee servieren.«

»Würde es dir etwas ausmachen, wenn ich nach oben gehe, Mutter?«, antwortete Rose hölzern. »Ich brauche ... ich brauche ...«

»Geh nur, Liebes.«

Aileen sah ihrer älteren Tochter nach, wie sie die Treppe hinaufstieg – Stufe um Stufe, wie eine alte Frau. Sie konnte nur vage schätzen, wie viele Male Rosie diese Treppen förmlich hinaufgestürmt war, um nach David zu sehen. O Gott, es war einfach zu schrecklich. Und dann dieser Mann, der einfach so aus der Vergangenheit auftauchte ... Nahm denn der Schrecken gar kein Ende mehr?

Rose ging ins Badezimmer, setzte sich auf die Toilette und beugte sich vornüber. Ein weiteres Mal durchfuhr der Kummer ihren Körper vom Kopf bis zu den Zehen. Als sie spürte, dass er ihren Körper verlassen hatte, richtete sie sich auf und hielt sich mit geschlossenen Augen am Rand des Waschbeckens fest. Und wie immer flüsterte sie: »Danke, David.«

☆

Jon fand es ganz und gar nicht als schrecklich, dass Eric Labens aufgetaucht was; für sie war das eine willkommene Ablenkung von all diesem Schrecklichen. In ihrem neuen langen Kleid saß sie in einem Sessel beim Kamin und fragte diesem Fremden Löcher über die Vergangenheit ihrer Schwester in den Bauch.

Er nahm an, sie müsse wohl eine Art Floristin sein und beantwortete alle Fragen so diplomatisch er konnte. »Nun, ich glaube, eure Tante war immer schon wohlhabend. Ja. Sicherlich. Aber jetzt – sagen wir mal, ist sie noch wohlhabender.«

»Ihr neuer Mann – ist er ein Politiker?«

»Kann man wohl sagen, ja.« Erics Tonfall wurde ironisch. »Ja. Er ist natürlich pensioniert. Er muss Mitte achtzig sein. Sie bewohnen das älteste Haus im Ort. In den Staaten gibt es viele Orte namens Georgetown, weißt du, Joanna. Dieses Georgetown soll in seinem ursprünglichen Zustand erhalten werden. Für die Nachwelt, gewissermaßen. Gibt es hier auch so etwas?«

»O ja. Erhaltenswürdige Orte und Landschaften, denkmalgeschützte Gebäude, unsere prächtigen Häuser. Mir war gar nicht klar, dass Amerika alt genug für so etwas ist.«

»Klar. Das Georgetown in Connecticut hat weiße Häuser aus Holz, Vordertreppen, Gehsteige und Bäume – ein wirklich hübsches Städtchen.«

»Und da wohnst du?«

»Nein. Ich bin nach New York gezogen, als ich geheiratet habe. Jetzt bin ich wieder zu Hause bei meinem Großvater. Du weißt wahrscheinlich, dass mein Bruder und ich von unseren Großeltern großgezogen wurden. Deshalb standen wir uns sehr nahe. Als meine Großmutter dann starb, erschien es mir irgendwie widersinnig, ganz allein in meiner New Yorker Wohnung zu bleiben. Und so bin ich nach Connecticut zurückgegangen. Wir wohnen etwa zehn Meilen von Georgetown entfernt. Es war ein recht ansehnliches Anwesen vor dem Krieg. Aber Großvater hat einen Großteil des Landes verkauft.«

»Du und deine Frau – seid ihr geschieden?«

»Ja. Hat nicht funktioniert.«

»Ich bin auch geschieden. Ich wohne oben in Newcastle mit meinem kleinen Sohn. Und meiner Mutter.«

»Deine Mutter war eine bezaubernde Frau, damals in den Vierzigern, als ich sie kannte. Irgendwie auch sehr romantisch. Und traurig. Ich habe manchmal davon geträumt, ihr bei einem Flugzeugabsturz das Leben zu retten und mich dann um sie zu kümmern!«

»Und Rose?«

»O sicher, Rose. Sie war noch ein Kind – ein Baby. Sie rannte den ganzen Tag in Latzhosen umher, zusammen mit dem farbigen Mann, der bei eurer Tante angestellt war. Doch am Abend der Siegesfeier sah sie aus wie Schneewittchen. Sie konnte sogar tanzen.«

Jon spürte einen Stich in der Brust. Ein sehr starkes Gefühl überkam sie. Dieses – ihr sehr vertraute – Gefühl, von etwas Aufregendem ausgeschlossen zu sein. Sie schlang die Arme um ihre Knie und dachte an die Rose heute. Würde sie vielleicht nach Amerika zurückgehen? Dieser Mann war unvoreingenommen und offensichtlich voller romantischer Vorstellungen von ihrer Schwester. Das Problem mit Rose war allerdings, dass sie keinen anderen Mann anschauen würde, nun wo David tot war.

Aileen tauchte mit einem Teewagen auf.

Sie sagte: »Ich fürchte, Rose wird nicht mehr herunterkommen.« Sie lächelte gezwungen. »Hast du es Eric erzählt, Jon?«

Jon biss sich auf die Lippe. Es war so angenehm gewesen, für fünf Minuten nicht an die Tragödie zu denken.

»Nein«, sagte sie ohne eine Entschuldigung.

Aileen blickte sie strafend an, dann wandte sie sich an Eric.

»Roses Mann ist vergangene Woche gestorben«, sagte sie direkt. »Vorgestern war die Beerdigung. Daher auch all die Blumen. Du musst sie jetzt entschuldigen.«

»Das – das tut mir aufrichtig Leid, Mrs. Harris«, stammelte er. Er versuchte aufzustehen, aber Jons Hand auf seinem Knie drückte ihn in den Sessel zurück.

»Es gibt etwas, was du für uns tun könntest.« Sie griff nach einer Tasse. »Trink das bitte, iss eine Kleinigkeit und unterhalte dich ein bisschen mit uns.«

Er war zwar zunächst etwas verlegen, kam aber Jons Bitte nach. Und unerwarteterweise genossen sie alle die Unterhaltung. Die Zwillinge waren noch mit Maud bei Martin, und der nächste Zug nach Newcastle würde nicht vor zwei Uhr fahren. Als er aufstand, um sich zu verabschieden, sorgte Jon dafür, dass er ihre Hand länger als notwendig hielt und drängte ihn, doch auf dem Rückweg aus Deutschland noch den Nordwesten Englands zu besuchen.

»So lange kann ich nicht wegbleiben.« Er schaute in diese blauen Augen, die ihn so unverschämt anstarrten. »Joanna, Mrs. Harris. Wenn ihr irgendwann einmal eure Tante besucht, dann wäre es mir eine Ehre, euch auch als meine Gäste begrüßen zu dürfen. Das meine ich ganz ehrlich. Großvater wäre außer sich vor Freude. Und ich auch.«

Obwohl Aileen gerade dabei war, ihm zu erklären, dass dies eher unwahrscheinlich sei, nickte Jon hocherfreut. »Ich bin ganz sicher, dass wir uns wiedersehen, Eric. Die Sterne wollen es so!«

Als sie später im Zug in Richtung Norden saßen, machte Aileen ihr Vorhaltungen.

»Wie konntest du ihm nur diese Einladung aus der Nase ziehen? Wir werden nie nach Amerika gehen – deine Tante würde uns nie im Leben in ihr Haus einladen, soviel steht fest!«

»Das habe ich mir schon gedacht, nach dem, was du mir erzählt hast«, antwortete Jon. »Deshalb dachte ich ja gerade, dass es vielleicht ganz nett wäre, noch einen anderen Anlaufpunkt zu haben – abgesehen von ihrem miesen Haus und ihrem miesen neuen

Ehemann!« Sie kicherte. »Sie würde sich in den Arsch beißen, wenn wir nur zehn Meilen weiter bei den Labens wohnen würden, meinst du nicht? Hey, was hältst du davon, wenn du mit dem alten Mann anbandelst und ich mir Eric unter den Nagel reiße?«

»Wie kannst du nur so leichtfertig sein, nach allem ...« Aileen fühlte wieder Tränen aufsteigen und sprach schnell weiter: »Wie auch immer, ich dachte, du lebst gern in Newcastle? Du hältst mir doch ständig vor, wie wunderbar aufregend es dort ist, nachdem du dein ganzes Leben in einem verschlafenen Nest verbracht hast!«

Jon beugte sich über den Tisch und griff nach der Hand ihrer Mutter. »Warum ich das sage?«, fragte sie rhetorisch. »Ich weiß nicht. Ich will nicht aus Newcastle weg. Aber die obere Hälfte von Amerika heißt Kanada. Ich dachte ganz einfach ...«

»Rick. Verstehe.« Sie seufzte wieder. »Vielleicht solltest du ihm einen Brief an diese letzte Adresse, die du hattest, schreiben und ihm von David berichten. Vielleicht kommt er dann nach Hause.«

Aileen wusste nicht, was zwischen Rick und Rose vorgefallen war. Doch Jon war sich dessen ganz sicher. Und eben weil sie sich dessen ganz sicher war, würde sie Rick sicher nicht schreiben, um ihm zu sagen, dass Rose jetzt frei war.

☆

Rose war immer wieder von neuem darüber erstaunt, wie das Leben weiterging. Sie wusste, dass es weitergehen musste. Dass es tatsächlich geschah, war etwas anderes. Die Zwillinge vermissten ihren Vater, aber dank der Sonntagsschule und Miss Westlakes nachdrücklicher Versicherung wussten sie, dass er im Himmel war. So waren ihre kleinen Seelen nicht vollkommen von Traurigkeit erfüllt. Martin fand Trost darin, sich mit einer Geschäftigkeit um den Haushalt in der Stroud Road zu kümmern, die manchmal beinahe erdrückend wirkte.

June wurde schon bald wieder so unerträglich wie vorher. Sie weihte Rose sogar vertrauensvoll in Martins schlechte Angewohnheiten ein. »Ich kann dir jetzt schon sagen, er *wird* seine Gartenschuhe direkt vor der Tür stehen lassen, meine Liebe! Im Grunde genommen hat er all diese klassischen Macken – er schraubt die Zahnpastatube nicht zu, klappt den Klodeckel nicht herunter – na, du wirst es selber wissen!«

Manchmal sah Rose sie einfach nur mit ihren tiefblauen Augen an, und sie merkte, was sie daherredete und hielt den Mund. Allerdings nicht für lange.

Mrs. Whittaker zog in die Stadt, in eine Wohnanlage für Senioren, und wurde ein regelmäßiger Gast in der Stroud Road. Für eine Weile saß sie dann ruhig in einem Sessel, erzählte von ihrer Vergangenheit, schwelgte in Erinnerungen, was angenehm beruhigend war. Doch dann konnte sie plötzlich aufgebracht anfangen, sich über die alte Dame in der Wohnung über ihr zu beschweren. Und über die Drainage ums Haus, die so alt und verrottet war, dass nach jedem kleinen Regenschauer der Innenhof unter Wasser stand. Dann über die hoffnungslos schlechte Heimleitung.

Selbst die Murchisons schienen zu glauben, David könnte schon nach wenigen Monaten der Vergangenheit angehören. Sie redeten über Konzerte und Bingo-Abende und versuchten sie zu überreden, sie zu begleiten.

Nur Maud teilte mit ihr dieses Gefühl der totalen Unwirklichkeit. Sie konnten zusammen in der Küche arbeiten, Mahlzeiten besprechen oder über neue Kleider für die Schule reden, über alle möglichen alltäglichen Dinge, und waren sich dennoch die ganze Zeit Davids Abwesenheit bewusst. Das Haus, das Leben selbst, schien plötzlich überdimensional. Alles war wie immer. Und trotzdem war alles ganz anders.

Ihre Arbeit fürs Schneewittchen-Haus gab Rose neue Kraft, die Buchungen der Sommergäste mussten koordiniert und bestätigt, die Räume gelüftet und geputzt werden. Die Enge des kleinen

Hauses war tröstend – Rose erinnerte sich daran, welche Freude ihre Mutter gehabt hatte, als sie dort eingezogen waren. Mrs. Whitties Cottage nebenan blieb leerstehen, obwohl es längst verkauft worden war. So wirkten das Haus und der Garten noch stiller. Die meisten Häuser gehörten Ehepaaren, die tagsüber in der Stadt arbeiteten. Churchdown war zu einer begehrten Wohngegend geworden, und an Mietern mangelte es nicht.

Rose genoss es, das Haus zu putzen und sich um den Garten zu kümmern. Manchmal nahm sie die Zwillinge mit. Sie tobten auf dem Hügel, schlugen auf der alten Skipiste Purzelbäume und spielten zwischen den Grabsteinen im Kirchhof Verstecken. In allem, was sie dort oben tat, lag Trost – nicht Tod oder Angst.

Am Ende dieses Sommers, als die Zwillinge neun waren und begannen, aufgeregt übers Gymnasium zu reden, bestellte Großmutter Rose in ihr Haus nach Cheltenham.

Wenn das Schneewittchen-Haus für Rose einen Schritt in die Vergangenheit bedeutete, dann erst recht das Haus in der Rodney Road. Doreen, inzwischen ein verschrumpelter, kleiner Drache, trug noch immer ein weißes Spitzenhäubchen und eine Schürze über ihrem schwarzen Kleid und brachte die Besucher ins Morgenzimmer, wo sie warten mussten, bis Großmutter sich entschieden hatte, ob sie sie sehen wollte oder nicht. Unter jeder Schale und unter jeder Vase lag ein Spitzendeckchen.

Paradoxerweise war Großmutter jedoch stets auf dem Laufenden, wenn es ums Geschäftliche ging.

»Du hast in dieser Saison gute Arbeit geleistet, liebe Rosamund«, sagte sie, während sie einen unbequemen Holzstuhl gegenüber ihrem Parker-Knoll-Schlafsessel positionierte. »Ich habe mich gefragt, ob du nach diesem schrecklichen Verlust wohl das Interesse verlieren würdest, aber die Einnahmen sind höher als im vergangenen Sommer.«

»Martin hat mir geraten, die Mieten zu erhöhen, Großmutter. Steigende Lebenshaltungskosten.«

»Und du hast weiter deine Stammgäste. Du musst das Haus wirklich gut in Schuss halten.«

»Das hoffe ich.«

Rose fragte sich, ob Großmutter mit dem Gedanken spielte, ihr das Cottage zu überschreiben. Martin hatte so viele Bemerkungen darüber gemacht, ihr eingeredet, die Mieten würden eine gute Ergänzung zu ihrem Einkommen sein. Das nicht gerade enorm war, wenn man bedachte, dass sie die Ausbildung der Zwillinge damit finanzieren musste.

Unerwartet durchfuhr sie eine leichte Welle der Aufregung. Entgegen dem, was sie ihrer Mutter vor noch gar nicht allzu langer Zeit gesagt hatte, würde sie das Schneewittchen-Haus inzwischen liebend gern komplett übernehmen. Vielleicht könnten sie im nächsten Sommer alle zusammen für vierzehn Tage dort oben wohnen. Sie musste Martin fragen, ob das Haus ein »rentables Vorhaben« war, wie er sich ausdrückte.

»Ich habe veranlasst, dass dir dein Anteil aufs Konto überwiesen wird, Rose. Und zusätzlich ein kleiner Bonus.«

Rose drückte ihre Dankbarkeit aus und wartete, bis Doreen den Teewagen hereingerollt und das Teelicht unter dem Stövchen angezündet hatte. Abgesehen vom Klappern des Teegeschirrs herrschte Stille. Eine Stille, die Doreen und Großmutter wunderbar vertrugen, die für Rose jedoch kaum auszuhalten war. Großmutter hielt nichts von Konversation vor dem Dienstpersonal, und nach mindestens fünfzig Jahren war Doreen immer noch ein Dienstmädchen. Rose presste ihre Handflächen aneinander und überlegte, wie sie Maud diesen Nachmittag beschreiben sollte. Dem Himmel sei Dank für Maud, die David so ähnlich war und völlig unkritisch über solche Geschichten lachen konnte.

»Es gibt verschiedene Dinge, die ich dir mitteilen möchte, Rosamund«, verkündete Großmutter, sobald sich die Tür mit dem schweren Samtvorhang hinter Doreen geschlossen hatte.

»Das habe ich mir gedacht«, sagte Rose trocken.

»Sei nicht vorlaut, meine Liebe. Ich mag vielleicht alt sein, aber ich funktioniere immer noch recht gut.« Großmutter entkräftete diesen Satz mit einem kleinen Lächeln, und Rose wurde warm ums Herz. Großmutter war doch eine gute Frau. Sie war so tapfer mit Großvaters Tod fertig geworden. Nur als Beispiel.

»Zuerst, das ist mir am wichtigsten, die Ausbildung von Elizabeth und Ellen.«

»Darum musst du dir keine Sorgen machen, Großmutter«, begann Rose. Doch Großmutter brachte sie mit einer Handbewegung zum Schweigen.

»Lass mich ausreden.« Die alte Lady nahm den Kessel von der Flamme und goss siedendes Wasser in die Teekanne. Dann in die Tassen, um sie anzuwärmen. »Ich werde die Verantwortung dafür übernehmen. Ich bestehe darauf, Rosamund. Es war der Wunsch deines Großvaters, dass jede deiner Angelegenheiten in unserer primären Verantwortung liegen würde. Er hat die Zwillinge nie kennen gelernt, aber er hätte sie über alles geliebt. Sie sind« – sie schluckte und klapperte geschäftig mit den Tassen –, »sie sind beide das Abbild von Jonathan.«

Rose, die in den Mädchen immer nur David gesucht hatte, wurde plötzlich bewusst, dass durchaus auch eine Ähnlichkeit mit diesem ewigjungen Mann auf den Fotos bestand. Jon und sie hatten beide das dunkle Haar ihrer Mutter geerbt, doch ihre blauen Augen musste sie von ihrem Váter haben. Und sie hatte immer gedacht, das Erbe würde hier aufhören. Die Zwillinge hatten Davids hellbraunes Haar und auch seine durchsichtigen braunen Augen. Aber ihre hohe Stirn und die langen Hälse gingen auf ihren Großvater zurück, den sie nicht kannten.

Sie räusperte sich. »Ich hätte nicht gedacht –«

»Warum hättest du auch? Wirst du mir dennoch diese Freude erlauben?«

»O Großmutter. Natürlich. Es tut mir Leid, ich habe das nie so betrachtet. Ich wollte nur nicht, dass du denkst – oder irgendjemand sonst –, wir bräuchten Unterstützung.«

»Das denke ich überhaupt nicht, Rose. Ich weiß, dass du tüchtig arbeiten würdest, um deine Familie zu versorgen. Wenn du müsstest.«

»Es wird bald so weit sein ... Ich bin mir sicher ... Martin rät mir –«

»Ich habe noch immer ein Wörtchen bei der Gesellschaft der Auktionäre mitzureden. Ich habe neulich erwähnt, welch eine ausgezeichnete Verwalterin für Ferienhäuser du seist. Das ist natürlich dein Großvater in dir. Tüchtig, ruhig, machst keinen großen Wirbel.«

Rose blieb beinahe die Luft weg. »Wie überaus freundlich.«

»Das wäre vielleicht etwas für die Zukunft. Nicht nur unter finanziellen Gesichtspunkten, Rose. Wenn deine Töchter in der Schule sind, brauchst du wahrscheinlich etwas, um deinen Geist zu beschäftigen.«

»Ich – ja – vielleicht. Wenn sie älter sind.«

Großmutter goss Tee ein und reichte ihr Kuchen. Sie lehnte sich zurück und fixierte Rose.

»Ich habe sie in Greystone einschreiben lassen. Für 1975. Dann sind sie elf. Sie brauchen Sicherheit, Disziplin. Es ist eine ausgezeichnete Schule. Früher nur für Jungen. Jetzt haben sie dort auch eine Mädchenschule. Manche Fächer werden gemischt unterrichtet. Ich dachte, das sei eine gute Sache – es wird so wenige Männer im Leben der Mädchen geben.«

Rose unterbrach sie abrupt. »Entschuldige, Großmutter. Kein Internat. Die Mädchen werden bei mir bleiben.«

Die sorgsam gepuderten Wangen liefen rot an. »Ich wusste natürlich, dass du ... alles, was ich von dir verlange, ist, darüber nachzudenken, Rose.«

»Ich muss darüber nicht nachdenken, Großmutter. Ich will

nicht undankbar sein. Ich wünschte, ich hätte mit dir um meines Vaters willen einer Meinung sein können. Aber David würde wollen, dass wir zusammenbleiben. Es tut mir Leid.«

Rose stellte ihre Tasse ab und nahm ihre Handtasche. Sie dachte, die Unterhaltung sei zu Ende.

Das war sie keineswegs.

Großmutter sagte: »Ich habe immer noch einiges zu sagen, Kind. Doch ehe ich fortfahre, wirst du mir versprechen, mein Angebot zumindest in Erwägung zu ziehen? Elizabeth und Ellen – besonders Elizabeth – sind intelligente Mädchen und brauchen das Beste, was wir ihnen geben können. Solltest du tatsächlich unnachgiebig bleiben, würde ich natürlich die Gebühren für jede Schule deiner Wahl übernehmen. Aber ich habe die Prospekte aller Schulen im Umkreis von Meilen gelesen und befunden, dass Greystone verhältnismäßig progressiv ist. Ich denke, es ist das beste Internat in der Umgebung. Es liegt in den Cotswolds, ihrer Heimat, die sie lieben. Es bietet alle Freiluftsportarten an – Reiten, Schwimmen – alles. Es gibt gesellschaftliche Anlässe, Veranstaltungen zusammen mit der Knabenschule. Obwohl ich diese moderne Freizügigkeit oder wie man das auch immer nennen mag – Freischein wäre passender – bedauere, habe ich doch feststellen müssen, dass eine Absonderung von den Jungen die Dinge noch schlimmer macht. Wochenendbesuche von der Familie werden unterstützt. Und das Internat hat ein wunderbares akademisches Programm.«

»Nein. Es tut mir Leid.« Rose hatte das Gefühl, wenn sie diese Worte jetzt noch ein weiteres Mal aussprechen müsste, würde sie schreien. »Ich kann die Mädchen nicht wegschicken.«

Großmutter stellte ihre Tasse auf den Teewagen zurück und schaute ihre vom Leben gezeichneten Hände an. Sie sagte leise: »Manchmal – du weißt das selbst nur zu gut, Rosamund – müssen wie unsere Lieben gehen lassen. Und wenn wir dies guten Herzens tun können, halten wir sie näher, als sie uns zuvor waren.«

Sie straffte ihre Schultern und blickte auf. Dann nahm sie wieder ihren Geschäftston auf. »Die andere Angelegenheit, über die ich mit dir sprechen möchte, erscheint geradezu trivial im Vergleich zu dem, was wir eben besprochen haben.« Sie nahm ein Stück Kuchen und zupfte das Zellophanpapier ab. »Ich habe Haus Nummer zwei, Railway Villas, erstanden. Mrs. Whittakers Haus.«

Rose riss die Augen weit auf. Das war eine Riesenüberraschung, aber sie war froh, dass sie wenigstens das Thema gewechselt hatten.

»Wie aufregend. Wirst du das jetzt auch vermieten?«

»Nein. Zumindest nicht in nächster Zukunft. Dort sind jede Menge Renovierungsarbeiten erforderlich. Ich rechne damit, dass diese mindestens ein Jahr in Anspruch nehmen werden.«

»Wirklich? Ich hatte ja keine Ahnung, dass Mrs. Whittie das Haus so hat herunterkommen lassen. Meinst du, es wird dadurch im nächsten Sommer für die Gäste im Schneewittchen-Haus sehr laut werden?«

»Oh, wir können dort in der nächsten Saison keine Gäste aufnehmen, Rose.«

Rose war bestürzt. »Vielleicht könnte es dann wenigstens die Familie nutzen – Mutter und Georgie. Und ich dachte, Maud und ich könnten mit den Mädchen dort zwei oder drei Wochen verbringen. Es wäre eine willkommene Abwechslung – wenn du nichts dagegen hättest.«

»Ich hätte nichts dagegen, aber das Haus wird für eine Weile unbewohnbar sein. Verstehst du, ich werde die beiden Häuser miteinander verbinden. Es wird natürlich zwei Badezimmer geben, eine großzügige Küche, wahrscheinlich fünf Schlafzimmer. Und ich dachte an ein Panoramafenster an der Rückseite des Hauses, damit man von dort aus einen Ausblick auf den Hügel hat. Es wird vermutlich ein Luxushaus, wenn es erst einmal fertig gestellt ist!«

Ihre Wangen waren noch röter geworden, diesmal allerdings vor Freude. Sie lehnte sich zurück und wartete regelrecht auf ihren Applaus.

Rose war entsetzt. Ihr Zuhause, ihre Zuflucht – klein, gemütlich, abgeschieden – sollte es bald nicht mehr geben. Und sie hatte geglaubt, Großmutter würde eine Schenkungsurkunde aus der Schublade ziehen!

Sie sagte vorsichtig: »Es würde natürlich immer noch mit den anderen beiden Häusern verbunden sein. Die Miete würde dementsprechend niedrig gehalten werden müssen. Ich glaube, unter diesen Umständen wäre es vermutlich profitabler, zwei getrennte Cottages zu vermieten, als ein riesengroßes!«

»Blödsinn!« Großmutter grinste, als würde sie etwas verheimlichen. »Warte nur ab, mein Mädchen! Wenn die Handwerker erst einmal fertig sind, wirst du es nicht mehr wieder erkennen!«

Rose fühlte sich unbeschreiblich elend.

☆

Maud und sie waren enger zusammengerückt als je zuvor. In den folgenden Monaten entwickelten sie eine Beziehung, die einen enormen Anteil der Belastungen, die noch kommen sollten, ausgleichen würde.

Martin präsentierte ihnen endlich eine Aufstellung ihrer Einnahmen und Auslagen, und es war offensichtlich, dass Letztere erstere überstiegen.

Maud begann wieder zu nähen und war begeistert darüber, dass ihr erster großer Auftrag die Telefonkosten für ein halbes Jahr decken würde.

Rose erhielt einen Brief von einer alteingesessenen Immobilien-Firma in Gloucester. Sie fragten an, ob sie als Verwalterin für ihre *Cotswold Feriencottages* arbeiten wolle. Sie wusste, dass

Großmutter ihre Finger im Spiel hatte, und wollte einen ganzen Tag lang das Angebot ablehnen. Dann wurde ihr bewusst, wie wenig Stolz hier zählte, und sie nahm den Job dankbar an. Sie würde nur sieben Anwesen betreuen, und die lagen verstreut in abgelegenen Dörfern, wo es schwer war, Teppichleger und Elektriker hinzubekommen. Aber dafür bekam sie ein ordentliches Kilometergeld, und schließlich hatte Rose eine überzeugende Art.

Sie verkauften den alten Lagonda, und sie benutzte die sehr viel wirtschaftlichere Kutsche. Wenn sie mit der unterwegs war, lächelten die Leute sie freundlich an und beachteten sie. Und so wurde sie in Birdlip und Cranham schon bald in ihrem grellbunt verzierten Wagen mit den Blumenvorhängen an den Fenstern zu einer bekannten Erscheinung.

Heimlich hielt sie stets ein Auge auf den Verlauf der Umbauarbeiten am und im Schneewittchen-Haus. Im Herbst 1974 war es schließlich fertig. Es war bezaubernd. Aber es war nicht mehr ihr altes Zuhause. Es war ein Teil der »Schrecklichkeit«.

Rose wartete darauf, dass Großmutter sie wieder zu sich bestellte und ihr auftrug, im Immobilienteil der Zeitung zu inserieren. Doch sie wartete vergeblich. Und als sie das Thema nebenbei bei einem ihrer gelegentlichen Sonntagstees ansprach, gab sich Großmutter äußerst zurückhaltend.

»Ich denke daran, das Haus wieder dauerhaft zu vermieten, meine Liebe. Meinst du nicht auch, dass das besser wäre? Es ist zu groß für dich, um ein Auge auf alles haben zu können. Und ich will bestimmt nicht, dass es irgendwelche Urlauber verwüsten und die ganze schöne Arbeit wieder zunichte machen!«

Rose war verletzt und wütend.

Die letzte »Schrecklichkeit« passierte dann im darauf folgenden Jahr.

Rose hatte damit gerechnet, die Zwillinge würden den verhassten Aufnahmetest bestehen und auf ihre alte Schule in Gloucester gehen. Es bescherte ihr eine nostalgische Freude, sich vorzustellen, wie die beiden am selben Tisch saßen wie sie und Margaret Ellenbury keine zwanzig Jahre zuvor. Sie erinnerte sich an ihren Lieblingssatz: »Die tägliche Umdrehung der Erde.« Er erschien ihr wieder passend.

Als die Ergebnisse bekannt waren und Blue bestanden hatte und Ellie nicht, konnten sie es gar nicht fassen. Blue, mit ihren langen dünnen Beinen und ihrem wissbegierigen Blick, war noch bleicher als Ellie.

»Mummy, Großmutter – ich kann dort unmöglich allein hingehen! Ich kann wirklich nicht! Ellie und ich, wir müssen in dieselbe Schule gehen! Das meine ich ernst! Und wenn Ellie nicht –«

Ellie sagte angespannt: »Hör zu. Du bist schlau und ich nicht. Du kannst deinen Platz nicht wegen mir sausen lassen.«

»Bin ich nicht. Du Vollidiot!« Blue war plötzlich aufgebracht. »Kein Wunder, dass du nicht bestanden hast! Kapierst du denn nicht? Ich gebe ihn für mich selbst auf, und nicht für dich!«

»Nenn mich nie wieder Vollidiot!« Ellie ging, was ganz untypisch für sie war, auf ihre Schwester los. Und Blue, die weitaus besser daran gewöhnt, körperliche Angriffe abzuwehren als Ellie, ließ es geschehen.

Maud und Rose hatten Schwierigkeiten, die beiden auseinander zu bringen, und Rose sagte erschöpft: »Es gibt einen Ausweg. Lasst es erst einmal darauf beruhen. Und in ein paar Tagen werden wir in aller Ruhe darüber reden.«

☆

Sie unterhielt sich an diesem Abend mit Maud darüber. »Ich vermute, mein blöder Stolz ist an allem schuld«, sagte sie traurig, nachdem sie ihr erzählt hatte, was Großmutter ursprünglich für die Mädchen geplant hatte.

»Mit Stolz hat das gar nichts zu tun.« Maud ließ auch nicht einen Funken der Kritik an ihrer Schwiegertochter zu, nicht einmal von Rose selbst. »Mir scheint es, dass du damals – und das ist jetzt fast zwei Jahre her, nicht wahr? – nur ein Ziel hattest: uns als Familie zusammenzuhalten. Die Dinge – Umstände – haben sich inzwischen geändert. Das ist alles.«

»Ich weiß nicht, was ich machen soll, Maud. Wir würden uns in diesem Haus hier wie zwei Erbsen in einer Trommel vorkommen, wenn die Mädchen weggingen.«

»Vielleicht könnten wir etwas Kleineres finden?«

»Die Miete ist festgesetzt, solange wir hier wohnen. Denk daran, was Martin gesagt hat.«

»Hör zu. Versuch jetzt erst einmal eine Weile nicht daran zu denken. Ich werde mit Martin reden. Was hältst du davon?«

»Ich liebe dich. Du bist eine wundervolle Frau. Weißt du das?«

So, wie Maud in diesem Augenblick dreinschaute, sah sie genau aus wie David.

»Schmeichlerin«, meinte Maud.

☆

Doch noch ehe sie mit ihrem Sohn reden konnte, geschah etwas, das ihnen die Entscheidung aus der Hand nahm. Zunächst kam ein Anruf von Großmutters Freundin, Emily McIntyre. »Rosamund? Hallo, meine Liebe. Wie geht es dir?«

Roses Herz pochte gegen ihre Rippen. »Ist etwas mit Großmutter?«, fragte sie ohne Umschweife. »Ist etwas passiert?«

Emily lachte. »O nein. Was bist du doch für eine Pessimistin, meine Liebe! Obwohl es unter den gegebenen Umständen wohl kaum verwunderlich ist, dass du schwarz siehst!« Sie lachte wieder. Roses Körper zitterte, als die Anspannung langsam nachließ. Sie schnitt eine Grimasse in den Spiegel im Flur.

»Ich dachte nur, ich möchte gern mit dir in Verbindung bleiben, das ist alles«, plauderte Emily weiter. Sie hatte anscheinend völlig vergessen, dass sie sich in den vergangenen drei Jahren auf den Kontakt mit Großmutter beschränkt hatte, um »in Verbindung« zu bleiben.

»Danke, Mrs. McIntyre«, sagte Rose höflich. »Und wie geht es Ihnen?«

»Gar nicht gut, meine Liebe. Ich habe erst neulich zu Edith gesagt, sie ahne ja gar nicht, wie froh sie sein könne, noch laufen zu können.«

»Ich wusste nicht – das tut mir sehr leid.«

»Ich komme kaum mehr bis zum Ende der Straße. Und Mr. McIntyre macht so ein Theater um sein Essen. An den meisten Tagen muss ich einkaufen. Heutzutage liefert ja kein Mensch mehr ins Haus.«

Rose fletschte ihrem Spiegelbild die Zähne, dann sagte sie gelassen: »Man hat es nicht leicht, nicht wahr?«

»Oh, meine Liebe. Ich bin froh, dass du Mitgefühl mit mir hast. Ich fürchte, Edith wird langsam ungeduldig mit mir. Natürlich, sie ist jetzt ja auch schon über achtzig. Nicht anders zu erwarten, dass sie manchmal gereizt ist.«

Rose hatte wieder einen dieser untypischen Anflüge von Mitleid für ihre Großmutter.

Emily senkte ihre Stimme, als ob Edith sie vielleicht hören könnte. »Aber warum ich eigentlich persönlich mit dir sprechen wollte, meine Liebe: Ich weiß, dass du nach Churchdown zurückziehen wirst, und du wirst dich schließlich von einem Teil deiner Möbel trennen müssen. Ich dachte etwa an diesen hübschen kleinen Sekretär, der bei euch unter der Treppe steht. Edith bat mich, dich nicht darauf anzusprechen, aber ich bin mir sicher, dir macht das nichts aus. Ich würde natürlich dafür bezahlen.«

Roses Spiegelbild blickte ihr leichenblass entgegen. »Umziehen? Zurück nach Churchdown?«

»In das neue Haus. Das umgebaute Haus. So habe ich das verstanden.«

Rose sagte: »Nein. Wir ziehen nicht um, Mrs. McIntyre.« Sie betrachtete sich im Spiegel. »Sie müssen mich jetzt entschuldigen. Ich muss auflegen. Ich habe etwas auf dem Herd stehen.«

Sie legte auf und ging in die Küche. Es war später Nachmittag, und sie hatte an diesem Tag überhaupt nichts gekocht. Maud schaute von ihrer Nähmaschine auf, die sie in die Küche heruntergebracht und auf dem großen Tisch aufgestellt hatte, um mit den riesigen Überwürfen hantieren zu können, die sie gerade anfertigte.

»Du siehst erschüttert aus, Ros. Was ist denn passiert?«

Rose erzählte es ihr. »Großmutter will uns das Cottage überlassen. Nur, es ist nicht mehr das Cottage. Ich könnte dort jetzt nicht mehr leben.« Sie lachte. »Das kommt etwas spät, nicht wahr?«

Maud legte ihr Nähwerk beiseite und starrte Rose über den Rand ihrer Brille hinweg an.

»Aha. Es fängt an, einen Sinn zu ergeben, Ros. Ich habe mich schon längst gefragt, ob sie nicht einen Hintergedanken hatte, als sie Mrs. Whitties Haus dazugekauft hatte. Sie hat gemerkt, dass das Schneewittchen-Haus für uns vier zu klein wäre. Und nicht nur das, sie wollte nicht, dass du zu sehr in Aileens Fußstapfen trittst.« Sie schob ihre Brille auf ihrer langen Nase nach oben. »Verstehst du denn nicht, Liebes? Sie möchte, dass du noch einmal einen Neuanfang machst. Und ich auch. Und die Mädchen.«

»Sie kann sich ihren Neuanfang an den Hut stecken. Uns geht es gut, so wie es ist.«

Maud schwieg für eine Weile. Rose füllte den Wasserkessel und stellte ihn mit unnötiger Wucht auf den Herd.

Schließlich sagte Maud leise: »Uns geht es gar nicht so gut, Liebes. Meinst du nicht auch? Wir können uns dieses große Haus nicht mehr länger leisten. Es sind einige Ausbesserungsarbeiten zu machen – und die Firma wird das nicht übernehmen. Unsere Miete deckt ohnehin kaum die Unkosten. Wir brauchen all diesen Platz nicht, das Haus wächst uns über den Kopf, Ros.« Sie nahm ihre Brille ab und streckte eine Hand aus. »Liebes, hör auf, mit den Teetassen zu klappern und hör mir zu. Die Mädchen sind gern dort oben. Dies ist kein Akt der Wohltätigkeit. Deine Großmutter will einfach nur, dass du ihr Erbe antrittst, solange sie noch lebt! Es ergibt einen wunderbaren Sinn, Ros.«

Rose ließ sich auf einen Stuhl fallen, als würde sie sich geschlagen geben. »Verstehst du nicht, Maud? Wenn wir dort oben wohnen, wird Ellie die Mittelschule besuchen. Und Blue wird allein in die Stadt hinunterfahren müssen, um aufs Gymnasium zu gehen.«

Maud hob leicht die Schultern.

»Du hast versprochen, dass es dafür einen Ausweg gibt. Du musst dabei an die Internatsplätze in Greystone gedacht haben, die dir deine Großmutter angeboten hat.«

»Ich ... ja, möglicherweise. Aber ich lehne es entschieden ab, zu einer Entscheidung gedrängt zu werden.«

Maud lehnte sich zurück und lächelte. »Oh, Ros.«

»Oh ...« Rose musste jetzt über sich selbst schmunzeln und rang nach Worten, um ihren plötzlichen, wahrscheinlich ohnehin unvernünftigen Frust zu beschreiben. »O verflixt!«, war alles, was ihr dazu einfiel. Aber es brachte Maud zum Lachen. Und dann musste auch Rose lachen. Und plötzlich fanden sie sich in einem munteren Gespräch über den Umzug wieder, darüber, welche Möbel sie in das große Wohnzimmer mit dem riesigen Panoramafenster stellen würden.

Sie konnten es kaum erwarten, den Zwillingen davon zu erzählen.

☆

Es war im Grunde nicht schlecht, dass die taktlose Emily Rose vorgewarnt hatte. Denn als Großmutter ihr in ihrem geschäftlichen Stil ihre Pläne unterbreitete – »Auf diese Weise sparst du Erbschaftsteuern, Rosamund. Die einzige Bedingung ist, dass ich noch sieben Jahre leben muss!« –, konnte Rose unerschrocken ihre ungetrübte Freude zeigen.

»O Großmutter«, säuselte sie. »Du wirst natürlich noch eine Ewigkeit leben!«

Großmutter lächelte. »Nun, jetzt habe ich ja einen Grund dazu, nicht wahr?« Dann fing sie überraschend an zu kichern. »Ich werde Emily McIntyre glatt noch überleben. Welchen Grund hat sie schon, noch bis neunzehnhundertzweiundachtzig auszuhalten? Gar keinen!«

Und mit einem Mal schien die »Schrecklichkeit« von Tag zu Tag ein wenig mehr aus ihrem Leben zu weichen, und sie schmiedeten Pläne und akzeptieren die Hilfe, die ihnen von allen Seiten für den Umzug angeboten wurde, und sie ließen es zu, aufgeregt darüber zu sein. Charles und Arney kamen für die Sommerferien nach Hause und freuten sich, von Greystone zu hören.

»Das ist eine ganz ordentliche Schule«, informierte der eingebildete Charles seine Cousine Blue. »Ihr könnt wirklich von Glück sagen, dass sie das Internat jetzt auch Mädchen zugänglich gemacht haben.«

Blue meinte: »Ehrlich gesagt ist es uns egal, wie es dort ist. Wir werden zusammen sein und wir können an den Wochenenden nach Hause kommen.« Sie sah Ellie an. »Für uns ist die Welt wieder in Ordnung. Nicht wahr, Ellie?«

Ellie nickte. Rose und Maud, die in Hörweite gestanden hatten, schauten einander an und nickten ebenfalls. Und im Geiste sagte Rose: »Danke, David. Ich danke dir.«

☆

Sie hatten sich gerade eingerichtet, und Georgie sollte zum elften Geburtstag der Mädchen kommen. Da kam der Telefonanruf von Jon. Aileen war im Schlaf gestorben.

15

Nach Aileens Einäscherung kamen Jon und Georgie mit Rose ins Schneewittchen-Haus zurück. Es schien ihnen das einzig Denkbare. Jon fühlte sich leer. Ausgehöhlt. Sie konnte es fast in sich klappern hören, wenn sie sich bewegte. Sie wusste, dass sie sich schuldig fühlen sollte, und sie versuchte, sich schuldig zu fühlen. Vielleicht war ja Schuld an sich hohl, denn das Klappern wollte gar nicht mehr aufhören.

Rose fuhr nach Newcastle und kümmerte sich um verschiedene Angelegenheiten. Rose war zauberhaft. Sie erwähnte ihre eigene Trauer mit keinem Wort. Ihre Sorge galt allein Jon und den Kindern. Aileens Asche erreichte Churchdown mit der Post. Nicht einmal Rose hatte es fertig gebracht, die Urne zwischen Kleidern, Spielsachen und Sandwiches in ihrem Koffer zu verstauen. Sie besprach den Ablauf des kurzen Gottesdienst mit Reverend Murchison, fuhr Jon und Georgie zu einer Gärtnerei und ließ sie einen Strauch aussuchen, der auf das Grab gepflanzt werden sollte. Sie nahm die beiden auch mit, wenn sie etwas in einem »ihrer« Ferienhäuser zu erledigen hatte, und bezog sie eifrig in die Planung der Renovierungsarbeiten mit ein, die die Immobilien-Firma fürs nächste Jahr vorsah.

Jon wünschte sich oft, sie könnte mehr wie ihre Schwester sein. Vielleicht hatte Davids Tod ihr Übung darin gegeben, Schmerz auszuhalten. Vielleicht konnte man sich an Schmerz gewöhnen. Vielleicht würde eine Zeit kommen, in der sie nichts mehr spürte ... überhaupt nichts mehr. Vielleicht war Rose aber auch leer, vollkommen leer, und Jon sollte für ihre eigene Leere dankbar sein. Und dann hörte sie Georgie eines Tages sagen: »Ohne Granny sieht nichts mehr aus wie früher. Nicht wahr, Tante Rosie?« Und Rose antwortete in sehr gefasstem Ton: »Nein. Was wären wir doch froh, wenn wir sie noch bei uns hätten!« Da wusste Jon, dass Rose keineswegs leer war.

☆

Großmutter übertraf in diesem Sommer alle Erwartungen. Sie kam sie eines Sonntagnachmittags besuchen, musterte das Haus in ihrer üblichen, sich selbst beglückwünschenden Art und sagte dann grimmig: »Ich vermute, euer Großvater hätte gewollt, dass ich das tue. Also habe ich es getan. In Greystone ist für Georgie ein Platz in der Jungenschule reserviert, falls er ihn will.«

Jon war sprachlos und bewegte sich nicht. Sie wartete darauf, dass Georgie selbst etwas sagte. Georgie war hin und weg. Es war ein neuer Anfang für ihn. Er konnte es gar nicht fassen.

»Ich dachte, wir müssten wieder nach Newcastle zurück ... ich hasse die Schule dort. Und Stan –«

Jons sagte geschwind: »Heißt das, du würdest gerne nach Greystone gehen?«

»Oh ...« Georgie hatte in den Rängen des Fußballstadions ein ganzes Repertoire unflätiger Worte aufgeschnappt, und Jon hielt ängstlich die Luft an. »Oh, mein Gott! Das wäre wundervoll. Fabelhaft.« Er schaute die Frau an, die für ihn immer seine Urgroßmutter gewesen war. »Bist du dir sicher? Es wird nicht billig, uns alle drei dort hinzuschicken.«

Großmutter lächelte mürrisch. »Aber es wäre doch ungerecht, für die Mädchen zu bezahlen und für dich nicht, oder?«

Georgie meinte treuherzig: »Aber sie wohnen hier, und ich nicht.«

»Noch nicht«, sagte Jon. »Vielleicht werden wir ja bald hier wohnen.«

Später, als die Kinder draußen waren, hatte Jon das Gefühl, sich pflichtgemäß bei der alten Dame bedanken zu müssen. Doch es war hoffnungslos. Großmutter meinte nur: »Du wirst dich eifrig darum bemühen müssen, rechtzeitig eine Schuluniform für ihn zu besorgen. Lass die Rechnung an mich schicken.« Auf dem Weg nach draußen, wo ihr Taxi bereits wartete, drehte sie sich noch einmal um. Ihr Gewicht ruhte schwer auf ihrem Stock. Unerwartet sagte sie: »Ich mochte Aileen. Es ist nicht wirklich von Bedeutung, was geschehen ist. Sie war ein gutes Mädchen, und ich mochte sie.«

Maud, die jetzt ein eigenes Nähzimmer hatte, ließ aus Georgies Hosen den Saum heraus und kürzte die Röcke der Mädchen. Aileens Tod hatte sie bis ins Mark erschüttert. Und genau wie für Rose, war es auch ihr Allzweck-Heilmittel, sich zu beschäftigen. Großmutter wollte die Arbeitszeit in Rechnung gestellt haben, aber das ließ Maud nicht zu. »Es ist der einzige Beitrag, den ich dazusteuern kann«, sagte sie.

»Gute alte Granny!«

Es war Georgie, der das sagte. Er hatte Maud immer »Granny« genannt, wie die Zwillinge; es war ein großer Trost für sie.

☆

Jon fand Arbeit. Allerdings fand ihr selbstgebasteltes Kosmetikerinnen-Diplom in den größeren Salons keine besondere Beachtung, und sie musste sich mit der Art von Arbeit abfinden, wie sie auch Mrs. Raschid verrichtet hatte. Sie fand diese Stelle in einer kleinen, engen »Boutique« in der falschen Hälfte von Gloucester. Der Laden lag nicht weit von Ricks alter Junggesellenbude in der St. James' Street entfernt. Sie ging eines Tages daran vorbei und erinnerte sich an Georgies Geburt.

Als die Kinder schließlich während der Woche alle drei im Internat waren, wurde ihr grausam bewusst, dass aus ihrer inneren Leere ein tiefes Unglücklichsein geworden war. Sie kam an den Abenden erschöpft nach Hause und konnte nachts dennoch nicht schlafen. An den Freitagachmittagen fuhr Rose nach Greystone hinauf, um die Kinder abzuholen. Jon freute sich immer sehr, Georgie wiederzusehen. Aber im Laufe der Wochen merkte Jon, wie gut er sich eingelebt hatte, und dass er sie immer weniger brauchte. »Wenn ich für die Junioren-Fußballmannschaft aufgestellt werde, kann ich an den Wochenenden nicht nach Hause kommen«, sagte er ohne großes Bedauern.

Nicht zum ersten Mal in ihrem Leben fühlte sich Jon vollkommen überflüssig. Sie schickte immer noch weiterhin die Miete an den Vermieter ihrer Wohnung in Newcastle. Es schien absurd, doch irgendwie gab ihr das ein Stück Unabhängigkeit.

Im November erhielt sie einen Telefonanruf von Martin und einen Brief von Stan. Beide fassten sich kurz. Martin bot ihr eine Stelle bei sich im Büro an, wo sie das Doppelte von dem verdienen würde, was sie jetzt bekam. Stan benutzte in seinem Brief dreimal das Wort »verantwortlich.« Er fühlte sich zum Teil für Aileens Tod verantwortlich. Er fühlte sich aufgrund ihrer Freundschaft und ihres Arbeitsverhältnisses für Jon verantwortlich. Und er fühlte sich für Georgie verantwortlich. Er beendete seinen Brief mit der Bitte, ihm zu schreiben. Er habe ihr eine »potenzielle Arbeitsmöglichkeit« offen gelassen, indem er eine Aushilfskosmetikerin beschäftigt habe, wobei er es jedoch nicht mehr allzu lange belassen könnte.

Martin gab sie zur Antwort, er solle sich nicht lächerlich machen. Stans Brief schenkte sie etwas mehr Aufmerksamkeit; genauer gesagt, las sie ihn sogar mehrere Male. Sie wusste, dass dies seine Art war, seinen Kummer und sein Bedauern auszudrücken. Aber er sagte ihr auf diese Weise ebenso, sie solle schleunigst wieder zurückkommen. Das Schlimme war, sie tendierte selbst dazu. Aber wie konnte das möglich sein? Sie war bei ihrer Familie. Sie konnten sich gegenseitig über Aileens Verlust hinwegtrösten. Sie konnte in ihrem alten Zuhause wohnen, jedes Wochenende ihren Sohn sehen. Und dennoch wollte sie in eine enge, einsame Wohnung im Norden zurückkehren? Es schien lächerlich.

Sie schrieb Stan, dass sie einen Job gefunden habe und in Churchdown bleiben würde. Daraufhin hörte sie nichts von ihm.

Weihnachten kam und ging. Die Zwillinge liebten Greystone. Georgie musste noch einigen Lehrstoff nachholen, aber er war vom Sportangebot begeistert. Er war inzwischen in die Fußballmannschaft aufgenommen worden und blieb an den Wochenenden im Internat, um zu trainieren.

Im Januar 1976 kam ein zweiter Brief von Stan. Er hatte herausgefunden, dass sie immer noch Miete für die Wohnung in Newcastle bezahlte.

Wann kommst Du also nach Hause? Es sieht ganz danach aus, als würde sich der Kabeljau-Krieg verschärfen, und sie sagen, die Arbeitslosigkeit wird hier oben bald schlimmer werden als irgendwo sonst im Land. Aber wir können immer noch Geld machen, Mäuschen. Die Burschen von den Bohrinseln kommen mit Geldbündeln so dick wie Bücher hierher. Sie wollen teure Geschenke für ihre Frauen und Freundinnen kaufen. Wir bieten in unseren Schönheits-Boutiquen die Luxusgüter an, die sie haben wollen. Hier oben tut sich was, seit sie draußen vor der Küste nach Öl bohren. Komm nach Hause. Komm nach Hause und werde meine Frau.

Sie sprach mit Rose darüber, aber nicht mit Maud. War Maud vielleicht daran schuld, dass sie sich überflüssig fühlte?

Rose hatte schweigend zugehört. Als Jon bei Stans Heiratsantrag ankam, fragte sie: »Bist du in Stan verliebt, Schwesterherz?«

»Nein. Natürlich nicht. Und versteh mich nicht falsch: Ich werde ihn niemals heiraten. Ich werde überhaupt nie wieder heiraten. Aber ... ich kann dir den Unterschied zu hier schwer erklären, Rosie. Ich hatte dort endlich das Gefühl, etwas zustande gebracht zu haben. Aus eigener Kraft. Natürlich wird mir jetzt auch klar, dass es nicht wirklich aus eigener Kraft war. Aber offensichtlich braucht mich Stan für sein Geschäft – wenn ich nicht so gut auf meinem Gebiet wäre, glaube mir, dann würde er mich nicht zurückhaben wollen. Dafür denkt er zu sehr ans Geschäft.«

Nach einer weiteren Pause sagte Rose: »Selbst wenn ich das in Betracht ziehe – deine Arbeit meine ich –, kann ich dich immer noch nicht verstehen. Du würdest auch hier mit der Zeit einen besseren Job finden.«

»Aber irgendwie ist hier kein Platz für mich.« Als Jon das Gesicht ihrer Schwester sah, sagte sie schnell: »Ich meine das nicht so, wie es sich vielleicht anhören mag. Es ist nur ...« Wie brachte man seiner Schwester bloß bei, dass man sich wie Judas Ischariot vorkam? Sie versuchte es.

»Ich vermute ... in gewisser Hinsicht ... ich habe das Gefühl, ich sollte ...« Sie hielt inne, holte tief Luft, und plötzlich sprudelten die Worte nur so aus ihr heraus: »O Gott, Rosie! Ich bin an allem schuld. Dass Ma so sterben musste. Stans Schuld – meine Schuld, dass ich ihn kenne – ihn im Glauben gelassen habe, er gehöre zur Familie – ich muss meine Schuld bekennen – ich muss – diese verdammte Schuld sühnen, oder was weiß ich!«

Unerwartet schossen ihr die Tränen aus den Augen, und sie vergrub ihr Gesicht in beiden Händen. Rose saß dicht neben ihr auf dem Sofa, aber Jon lehnte die tröstende Schulter ab, die sie ihr hinhielt. Sie kauerte sich in eine Ecke und keuchte alles aus sich heraus, so schnell sie nur konnte.

»Georgie hat diese Schule gehasst. Es war hart – er dachte, er sei ein starker Junge, aber er hat all diese Jahre mit Ma und mir gelebt, und er ist genauso weich – genauso weich wie ich!« Sie lachte zögernd, schnappte nach Luft und redete hastig weiter. »Er ist in die falschen Kreise geraten. Sie haben ihn dazu überredet, Sachen bei Woolworth zu klauen. Als Mutprobe. Es gab eine Szene – oh, du kannst es dir vorstellen. Stan nahm die Sache in die Hand. Ja, das waren seine Worte. Er nahm die Sache in die Hand. Für ihn bedeutete es, ihn zu schlagen, Rosie! Er hat Georgie geschlagen! Als er einmal die Schule geschwänzt hat, hat Stan tatsächlich seinen Gürtel genommen und ihm damit ein paar übergezogen!«

Ihre Tränen ließen nach, und ihre Stimme fing sich wieder. Sie nahm die Hände vom Gesicht und blickte der Vergangenheit ins Auge. »Er dachte, wenn die Scheidung erst einmal durch sei, würden wir heiraten. Er hat versucht, Macht über uns zu gewinnen. Ich hätte mich damals gleich von ihm losreißen sollen. Das wird mir jetzt klar. Aber der Job ... und er hat mich ausgeführt, manchmal sogar in teure Nobelrestaurants. Und er war zu Georgie so gut wie zu ... Wie auch immer, dann haben die Jungs aus einer anderen Bande Georgie verprügelt, und Stan ist losgezogen und hat die Sache geregelt.« Sie lachte wieder. »Georgie hat ihn geliebt! Das hat er wirklich! Er hat nie etwas Schlechtes über Stan gesagt. Er hat immer gesagt, Stan sei ein richtiger Mann!«

Sie blickte Rose an, beinahe trotzig. »Und das ist er auch. Abgesehen von all dem, was ich gerade über meine Unabhängigkeit und die Arbeit und so gesagt habe, was ich an Stan mag, ist, dass er mit allem fertig wird. Mit jedem. Er hat immer nach meinem Auto geschaut.« Sie versuchte wieder zu lachen. »Und nach der Wohnung. Und er hat Ma Blumen mitgebracht und sie zum Essen ausgeführt, wenn ich gearbeitet habe – sie hat ihn auch geliebt.«

Nach einer kurzen Pause sagte Rose leise: »Sie hat jeden geliebt.«

Jon weinte wieder. Dann zwang sie sich, weiterzusprechen. »Ich war in Whitley Bay und hatte eine Autopanne. Ich habe ihn angerufen. Er hat mich nach Hause geholt. Wir haben uns die ganze Fahrt über gestritten. Georgie und Ma haben im Park herumgealbert, als wir zu Hause ankamen. Wie es aussah, waren sie auf dem Weg zum Einkaufen. Ma hatte Georgie gesagt, er könne zu Hause bleiben und ihr dabei helfen, die Koffer für die Ferien hier zu packen. Doch Stan dachte, Georgie habe wieder die Schule geschwänzt. Und auf mich war er ohnehin schon wütend – er war auf alle wütend. Er stieg aus, holte aus, und ... schlug Georgie so heftig, dass er am Boden lag und keine Luft mehr bekam.«

Das erschütterte selbst Roses stoische Ruhe, und sie zog die Luft scharf durch die Zähne.

»Ja, das war ziemlich hart. Ma griff ein – wir haben ihn ins Krankenhaus gebracht. Er hatte zum Glück nichts. Ich habe nicht zugelassen, dass Stan uns nach Hause brachte. Wir haben eine Stunde auf den Bus gewartet. Der Volvo stand auf der anderen Seite der Straße. Georgie konnte nicht begreifen, was in uns gefahren war – er hat Stan nichts nachgetragen. Ich war erschöpft, und ich wusste, das Ma auch erschöpft war.«

Sie stand plötzlich auf und ging zu dem großen Fenster, von dem aus man den Hügel überblicken konnte. »Ma ist in dieser Nacht gestorben«, sagte sie leise.

Es herrschte wieder eine Pause, dann ging Rose zu ihr und legte ihr tröstend den Arm um die Schultern. »Schwesterherz, verstehst du denn nicht? Mutter wollte gebraucht werden. Und in Newcastle wurde sie gebraucht. Sie war glücklich. Sie war einer der zufriedensten Menschen, die ich je gekannt habe.«

»Verstehst du denn nicht, was ich dir sagen will?«

»Ich fürchte, nein. Ja, vielleicht, wenn Mutter hier geblieben wäre, ein ruhiges, ereignisloses Leben geführt hätte, dann wäre sie noch bei uns. Aber sie würde nicht gebraucht werden.«

»Wenn diese schreckliche Geschichte nicht passiert wäre –«

»Es war nicht deine Schuld, Jon. Das wäre genauso, als wenn ich sagen würde, David hat Krebs bekommen, weil ich ihn immer gedrängt habe, seinen Teller leer zu essen!«

Jon drehte sich leicht zur Seite, schaute ihre Schwester an und fragte gedehnt: »Denkst du das etwa?«

Rose zog schnell ihren Arm zurück. »Natürlich nicht!« Sie

rieb Jons Schulter, dann sagte sie leise: »Einmal ... habe ich darauf bestanden, dass er ein Glas Limonade trank. Und danach war ihm speiübel.«

»O mein Gott.« Jon drehte sich um und legte ihre Arme um die Taille ihrer Schwester. »Nach all dieser Zeit kannst du dir selbst noch immer nicht vergeben.«

Rose klopfte Jon auf die Schulter. »Natürlich vergebe ich mir selbst. Und das wirst du auch können.« Sie lenkte das Gespräch energisch auf Jons Probleme zurück. »Es gibt nichts wirklich Wichtiges, was dort oben in Newcastle auf dich wartet. Und hier sind wir. Wir können alles miteinander teilen.«

»Nein.« Jon spürte eine Traurigkeit, die tiefer ging als das Gefühl, unglücklich zu sein. »Nein. Wir teilen, was wir verloren haben. Aber wir teilen nicht unsere Trauer. Ich trauere anders als du.« Sie ließ ihre Arme sinken und ging zum Sofa zurück, um ein Taschentuch zu holen. »Ich habe einiges in Newcastle zurückgelassen ... unabgeschlossen. Ich tue das immer.« Sie schneuzte sich und lächelte ihre Schwester unter dem Taschentuch hervor an. »Diesmal ... diesmal, Rosie, muss ich die Sache selbst zu Ende bringen.«

Rose sagte stur: »Meine Liebe, es *ist* vorbei! Siehst du das denn nicht ein? Dein Zuhause ist jetzt hier. Mit deinem Job wird sich etwas tun, und in der Zwischenzeit –«

Jon spielte ihren Trumpf aus. »Es hat sich bereits etwas getan, Schwesterherz. Martin hat angerufen. Er hat mir eine Stelle bei sich im Büro angeboten. Siehst du, ich muss wirklich von hier weg.«

Rose holte tief Luft. »Ich verstehe.« Sie schaute ihre Hände an. »Armer Martin.«

Jon wiederholte trocken: »Ja, armer Martin.« Die alte Jon hätte wahrscheinlich protestiert, dass sie schließlich auch etwas Mitleid verdient hätte, nach diesem Fiasko mit Martin. Aber die leere, ausgehöhlte Jon hätte nicht einmal protestieren können, wenn sie es versucht hätte. An diesem Abend rief sie sich all ihre schrecklichen Erfahrungen ins Gedächtnis – Martin und Rick und der Glockenturm –, und da wusste sie, dass sie nie wieder in Churchdown leben konnte. Rose mochte vielleicht glauben, sie könne sie, Jon, verstehen. Aber sie würde nie verstehen, warum Jon ihre Bitte, zu bleiben, zurückwies. Rose war nie zurückgewiesen worden. Rose war die rechtmäßige Tochter von Aileen und Jonathan Harris, sie hatte Großeltern gehabt, ein guter Mann hat um sie geworben und sie bekommen, und ihre Kinder waren eheliche Kinder, wie es sich gehörte. Jon hatte keines dieser Privilegien gehabt. Ihr Mann hatte sie zurückgewiesen, weil er Rose bevorzugte.

Sie schrieb Stan noch am selben Abend einen Brief.

Lieber Stan, wenn du damit einverstanden bist, dass wir dort weitermachen, wo wir aufgehört haben, dann komme ich nach Hause. Ich kann dich nicht heiraten. Aber ich vermisse dich und meine Arbeit. Bis bald, Jon.

Eine Stunde, nachdem er den Brief erhalten hatte, rief er an. »Komm zurück, Mäuschen. Wir werden gute Freunde sein. Wir waren immer gute Freunde.«
Und so kam es, dass Jon nach Newcastle zurück ging.

16

Wenn Jon geglaubt hatte, sie hätte mit ihrer Rückkehr auf irgendeine Weise ihre Schuld gesühnt und es würde ihr besser gehen, wurde sie enttäuscht. Die Wohnung war deprimierend wie eine Gruft, aber ihre Mutter hatte sie zu einem Zuhause gemacht. Jon versuchte krampfhaft, es ihr nachzutun, doch das war ein Ding der Unmöglichkeit.

Sie fragte Stan, ob er ihr nicht etwas anderes suchen könnte.

»Warum heiraten wir nicht, Mäuschen? Dann könntest du bei uns einziehen.«

Sie musste beinahe lachen. »Deine Mutter würde das niemals zulassen!«

Er war enttäuscht. »Also gut, wenn die Geschäfte wieder besser laufen, können wir uns ein Haus unten an der Küste leisten. Das würde dir doch gefallen? Und ich würde ein guter Ehemann sein.«

Sie sah ihn schweigend an, und er zuckte mit den Schultern.

»Entschuldige, Mäuschen. Ich weiß, ich habe es dir versprochen, nicht wahr? Also gut, ich werde ein guter Junge sein.«

»O Stan. Du weißt, wie ich mich fühle.« Sie fragte sich, ob sie sich jetzt auch entschuldigen sollte. Es war alles so kompliziert. Sie versuchte es noch einmal: »Ich frage mich, ob es woanders vielleicht einfacher wäre. Die Wohnung ist so dunkel.«

»Aber die Wohnung hat alle möglichen anderen Vorzüge, Mäuschen. Die Miete ist bezahlbar, du hast sie bereits so eingerichtet, wie du sie haben willst, und sie liegt günstig zum Laden in der West Road.«

Er hatte natürlich Recht. Sie konnte nicht einerseits da anknüpfen wollen, wo sie aufgehört hatte, gleichzeitig aber mehr erwarten. Aber es war nicht mehr so wie vorher; sie war jetzt allein. Es war harte Arbeit, ihre alte Kundschaft zurückzugewinnen – in den sechs Monaten, in denen sie weg gewesen war, waren ihre Kundinnen natürlich woanders hingegangen. Am Anfang hatte sie noch viel freie Zeit in ihrem Terminkalender. Trotzdem war sie zu erschöpft, um sie zu nutzen.

Die Hausarbeit hatte sie vor langer Zeit Aileen überlassen, und so war es etwas völlig Neues für sie, nach Hause zu kommen, sich etwas zu kochen und sauber zu machen. Und es war ein neues Gefühl, so viel Platz in der Wohnung zu haben. Aileen und

Georgie hatten die Räume schon allein mit ihrer Anwesenheit ausgefüllt. Manchmal stellte sie sich vor, die beiden im Zimmer nebenan miteinander lachen zu hören. Es kam vor, dass sie mit einem Kartoffelmesser in der Hand in der Küche stand, auf den langen Gartenstreifen vor dem Fenster starrte und sich fragte, was ihre Mutter wohl in all diesen Stunden gedacht hatte, die sie hier gestanden hatte. Oder sie ertappte sich etwa dabei, wie sie beim Staubsaugen mit dem verhedderten Kabel kämpfte und dann auf den schnurlosen Teppichkehrer umstieg, weil Aileen den schließlich auch benutzt hatte.

Als aus dem Frühling langsam Sommer wurde, hatte sie wieder mehr Kundentermine in den verschiedenen Boutiquen, und es ging ihr in vieler Hinsicht besser. Aber sie schaffte nicht alles. Der Garten verwilderte, und sie fand keine Zeit zum Hausputz. Das Schlimmste war, dass die Mädchen, die in die Wohnung der Raschids gezogen waren und fast nie die Küche benutzt hatten, durch eine andere Familie aus Pakistan ersetzt worden waren, die so ganz anders war als die Raschids. Sie arbeiteten alle sehr lange, ließen das fettige Geschirr im Spülbecken stehen und gingen im Flur an ihr vorüber, als sei sie eine Aussätzige.

So kam es schließlich, dass sie sich mehr auf Stan stützte, als es eigentlich ihre Absicht gewesen war. Weil er nicht jeden Abend kam, empfing sie ihn stets sehr warmherzig, wenn er vor der Tür stand. Er nutzte ihre Einsamkeit nicht aus. Diesen ganzen heißen Sommer lang war er für sie das, gab er ihr all das, was sie sich nur wünschen konnte. Sie hätte nicht von ihm erwartet, dass er so anspruchslos sein konnte, so rücksichtsvoll. Er brachte ihr Blumen – das hatte er früher nie getan –, fuhr mit ihr an den Sonntagnachmittagen zu ihrer Lieblingsbucht hinaus, und er half ihr sogar, neue Kleider für ihren gemeinsamen Sommerbesuch bei Georgie auszusuchen. Sie nahm ihn auf den Arm, sagte, nur Männer mit schlechtem Gewissen würden ihren Geliebten Blumen bringen, und nur die alten Kurtisanen hätten es ihren Liebhabern erlaubt, ihre Kleider auszusuchen. Er antwortete mit einem Achselzucken. »Du weißt, was du dagegen tun kannst, Mäuschen.« Sie fasste dies als Werbung auf. Sie war fest entschlossen, Stan niemals zu heiraten, aber manchmal während dieser Sommermonate ertappte sie sich dabei, ziemlich ernsthaft mit diesem Gedanken zu spielen.

In der letzten Juliwoche fuhren sie gemeinsam nach Cheltenham. Sie übernachteten im »Queens«, gingen mit Georgie zum Cricket und ins Freibad. Er freute sich, Stan wiederzusehen. Und die Mädchen mochten ihn ebenfalls. Es hätte kaum besser sein können. Wenn sie in ihn verliebt gewesen wäre, wäre es die schönste Zeit ihres Lebens gewesen.

Es war schwer zu sagen, wann genau er begann, sich zu verändern. Vielleicht hätte sie nicht bis zum Ende der Sommerferien bleiben sollen. Er hatte erwartet, dass Georgie noch für zwei Wochen mit ihnen nach Newcastle kam. Doch Georgie hatte jetzt seine Leidenschaft für Cricket entdeckt und Freundschaft mit einem Jungen geschlossen, dessen Vater für Gloucestershire spielte. Sie hatte gefragt: »Kannst du meine restlichen Termine für August absagen, wenn du zurück bist, Stan? Ich werde den Rest der Ferien im Schneewittchen-Haus verbringen, wenn Georgie nun einmal lieber hier bleiben möchte.«

Und er hatte nichts dagegen gehabt. Zumindest nicht wirklich. Alles, was er gesagt hatte, war: »Was zum Teufel ist denn das Schneewittchen-Haus?«

Sie war überrascht. Er hatte doch zumindest Aileen oder Georgie davon reden hören müssen.

»Das Haus in Churchdown.« Sie lächelte. »Nummer vier mit der schneeweißen Tür!«

»Ihr seid doch alle übergeschnappt.« Das klang nicht gerade freundlich. »Eure Mutter hat natürlich damit angefangen. Aber von euch Schwestern ist die eine nicht besser als die andere!«

Sie war verwirrt, nicht gekränkt. »Wovon um alles in der Welt redest du? Mutter war der vernünftigste Mensch der Welt!«

»Nicht nur das Haus, euer ganzes Leben war ein Märchen. Das wahre Leben ist doch an euch vorbeigegangen. Ihr habt doch keine Ahnung, wie das ist, oder?«

»Du machst wohl Witze! Mutter musste uns beide allein großziehen! Rose ist jetzt in der gleichen Lage.«

»Ach. Und ihr nennt dieses zusammengesteckte Legohaus Schneewittchen-Haus. Und die kleine Anhöhe draußen ist die Skipiste. Und dieser verdammte alte Karren ist eine Kutsche!«

»Sie haben lediglich zwei Cottages miteinander –«

»Das ist auch so etwas!«, schnappte er. »All dieser teure Aufwand, diese Arbeit an zwei gewöhnlichen Reihenhäusern! Nur, um so eine Art Traum wahr werden zu lassen! Ihr werdet die Kosten nie wieder reinholen!«

Sie sagte müde: »Ich glaube auch nicht, dass Rose das im Sinn hat.«

Er hatte die Diskussion schließlich aufgegeben. Doch als sie im September endlich wieder nach Newcastle kam, standen keine Blumen auf dem Tisch, und es war offensichtlich, dass er nicht ein einziges Mal auch nur einen Blick in die Wohnung geworfen hatte. Sie machte ihm keine Vorwürfe, es war ihr egal. Irgendwie. Doch das musste der Zeitpunkt gewesen sein, von dem an die Dinge anders liefen.

Sie war den ganzen Herbst über so beschäftigt, dass sie Stan kaum sah. Sicherlich, sie gingen jetzt nur noch selten zum Tanzen aus, aber das kam ihr ganz gelegen. An den meisten Abenden war sie hundemüde, wenn sie nach Hause kam. Und wenn sie es nicht war, versuchte sie Vorhänge im Waschbecken auszuwaschen oder neue Kissenbezüge zu nähen. Und sie entdeckte etwas, was ihre Mutter und Rose schon immer gewusst hatten: Gewöhnliche Hausarbeit konnte äußerst zufrieden stellend und tröstend sein.

Im November wurde Stans Mutter krank, und sie bekam ihn noch weniger zu Gesicht. Sie dachte besorgt darüber nach, was wohl geschehen würde, wenn die Alte sterben würde. Ob Stan dann mit ihr draußen in South Shields leben wollte? Jon fürchtete, dass eine weitere Entscheidung auf sie zukam. Sie beendete ihren äußerst verspäteten Frühjahrsputz und begann mit ihren sehr frühen Weihnachtseinkäufen.

Sie wusste, dass Mrs. McKee sie nicht sehen wollte. Dennoch rief sie Stan fast jeden Morgen an, um sich zu erkundigen, wie es ihr ging. Er schien ihr das hoch anzurechnen. Eines Abends hatte sie so ein komisches Gefühl und rief sehr spät noch bei ihm an. Es ging niemand ans Telefon. Sie ließ es nicht oft klingeln, für den Fall, dass er versuchte, zu schlafen. Am nächsten Morgen bestätigte er ihr, er sei früh zu Bett gegangen. »In den meisten Nächten muss ich zwei- oder dreimal raus«, erklärte er ihr.

»Ich wünschte, ich könnte dir helfen«, meinte sie.

»Tut mir leid, Mäuschen. Aber du weißt ja, wie sie ist.«

»Ja, natürlich. Ich meine nur ... kannst du dir denn keinen Pflegedienst für sie leisten?«

»Unmöglich.« Er klang schwermütig. »Und wenn sie ins Altersheim geht, muss ich das Haus verkaufen.«

Jon war fest überzeugt, dass die alte Mrs. McKee das ein oder andere gutgepolsterte Konto hatte, doch sie sagte nichts mehr dazu.

An diesem Samstag ging sie ins Kino, rief Georgie und Rose an und ging zu einem Friseur in der Nähe der Universität. Dort war es auch, wo sie anonym in einer Reihe anderer Frauen sitzend, abgeschirmt von ihrer Zeitschrift, Stan an der Rezeption entdeckte.

Sie war zunächst amüsiert darüber. Sie vermutete, er habe ein Auge auf den Salon geworfen; als sie allerdings merkte, dass es die Empfangsdame war, auf die er ein Auge geworfen hatte, war sie gekränkt. Mehr aber auch nicht. Aus ihrem sicheren Versteck unter der Trockenhaube konnte sie beobachten, wie er diese Masche abzog, die ihr so vertraut war. Sie konnte ihm praktisch von den Lippen ablesen, was er sagte. Als Miss Langbein ihren Mantel holte und mit ihm nach draußen ging, wo der Volvo schon wartete, sagte ihr ihre innere Stimme, dass dies nicht das erste Mal war. Sie starrte ihnen nach. Und plötzlich wurde sie doch wütend. Nicht, weil er mit einer anderen Frau ausging, sondern weil er ihr nicht die Wahrheit sagte.

Sie ging nach Hause und dachte darüber nach, was sie eigentlich erwartet hatte und ob es ihr etwas ausmachte. Das Problem war, Stan war wie ein bequemer Mantel: Er bot ihr Wärme und Komfort; sie hatte sich an ihn gewöhnt. Wenn er nicht zurückkäme, würde sie ihn vermissen. Klar. Doch andererseits, wenn er zurückkäme, was dann?

☆

Er kam zurück. Es war, als wäre nichts geschehen. Als sie sich nach dem Befinden seiner Mutter erkundigte, runzelte er die Stirn und sagte, er wüsste nicht, was er wegen ihr unternehmen sollte. Sie sagte ihm, das Geschäft habe nachgelassen, gerade als sie eigentlich damit gerechnet hatte, dass es anziehen würde. Und er antwortete ihr, er würde wissen, woran das liegen könnte. Mitte Dezember würde jede verdammte Frau in Newcastle zum Friseur und zur Kosmetikerin gehen. Er holte einen Stapel Unterlagen aus seiner Tasche und blätterte darin.

»Du hast alles ordentlich zusammengehalten, das muss ich dir lassen«, gab er beinahe widerwillig zu. »Aber verdammt, die Einnahmen sind in der Tat heruntergegangen. Schau dir das an!« Er schob ihr eine Liste mit den Einnahmen aus den vier Boutiquen hin. »West Road und Newgate zeigen überhaupt keinen Profit, während Whitley Bay und Cullercotes nicht schlecht laufen laufen.«

»Das hätte ich dir auch so sagen können.« Sie verteilte Handcreme zwischen ihren Fingern. »Hier unten haben die Leute kein

Geld für Luxus – es herrscht eine zu hohe Arbeitslosigkeit. Die Leute, die Geld ausgeben wollen, sind die Männer von der Bohrinsel.«

»Das habe *ich dir* gesagt!« Er schob die Blätter zu einem ungeordneten Haufen zusammen. »Herrgott noch mal. Die Franzosen geben Millionen aus, um die Concorde zu bauen, damit die Leute noch schneller nach Amerika kommen. Die Amerikaner geben Milliarden für die Raumfahrt aus, damit sie die Marsoberfläche untersuchen können. Und wir machen nicht einmal genug Geld, um uns ein neues Auto leisten zu können.«

»Ein neues Auto? Was ist mit dem alten Volvo?«

»Nichts. Aber wenn wir uns auf dem gehobeneren Markt behaupten wollen, müssen wir auch etwas darstellen. Du musst diesen verdammten Mini loswerden. Wir werden in ein gemeinsames, anständiges Auto investieren und dafür sorgen, dass wir unsere Termine entsprechend koordinieren!«

»Nun ... ja, von mir aus. Aber ich will den Mini behalten. Auch wenn ich ihn nicht geschäftlich nutze.«

»Warum das denn?« Er schaute sie verständnislos an. »Und hör um Gottes willen auf, dir die Hände zu massieren, wenn ich mit dir rede!«

Sein Ausbruch an jenem Tag im vergangenen Jahr war so lange her, und sie erkannte die Anzeichen nicht. Sie rieb die Crème weiterhin sorgfältig in kleinen Kreisen um ihre Knöchel. Zarte Hände waren schließlich ihr Kapital. »Er ist einfach praktisch zum Einkaufen. Busfahren ist fürchterlich.«

»Es gibt genug Geschäfte in deiner Nachbarschaft.«

»Das heißt aber auch, dass ich meine Nachbarn beim Einkaufen treffe. Und du weißt, was die von mir denken.«

Er sagte wohl überlegt: »Sie denken, dass ich mir dich halte, als Mätresse.«

Sie schaute auf, puterrot im Gesicht: »Nun, so ist es aber nicht, oder? Wir beide wissen das!«

»Kommt darauf an. Wenn man damit Aushalten meint!« Er grinste sie eiskalt an. »Ich habe dir einen Job besorgt. Ich habe dich mit den richtigen Leuten zusammengebracht, damit du noch mehr Kundinnen bekommst. Ich führe dich aus und sorge für dein Vergnügen. Ich bin wie ein verdammter Versicherungsschein für dich. Nur, dass du keine Prämien zahlen musst!«

Sie war unsagbar verletzt. »Mein Gott, Stan! Ich habe mir buchstäblich die Finger wund gearbeitet, um deinen stinknormalen, kleinen Friseurgeschäften ein besonderes Image zu geben! Das sind meine Prämien – wie du es so elegant ausdrückst!«

»Und wer hat für den Besuch in Cheltenham bezahlt? Und damit du es gleich weißt, es gibt kein Geld, um Weihnachten dorthin zu fahren! Und sowieso – ich kann Mum keinesfalls allein lassen.«

Sie versuchte ruhig und vernünftig zu klingen. »Das ist völlig in Ordnung. Ich bleibe bei Rose und Maud.« Sie griff nach einem Papiertuch und wischte sich die Hände ab. Sie wollte keinen Streit. Etwas in ihr sagte ihr, ein Streit würde das Ende bedeuten. Und wie ihre Mutter schon vor Jahren immer gesagt hatte, konnte Stan rachsüchtig sein. Außerdem könnte ein Streit auch damit enden, dass sie in Newcastle ohne Job dastünde. Sie fragte sich – nur für einen schrecklichen Augenblick –, ob nun der richtige Moment gekommen sei, sich von Stan küssen zu lassen. Sie verdrängte den Gedanken schnell, tauchte ihre Fingerspitzen wieder in die Crème und verrieb sie in ihren Handflächen.

Das gab ihm offensichtlich den Rest. Er beugte sich vor und riss ihre Hände auseinander. Weil er ihre rutschigen Finger nicht greifen konnte, packte er stattdessen ihre Handgelenke.

»Du hörst mir nicht zu, stimmt's? Du willst mir überhaupt nicht zuhören. Nie.« Er zog sie ruckartig an sich. Sie landete auf den Knien vor ihm auf dem Boden. Es war wie mit Ali und Martin – nur umgekehrt: Stan demütigte *sie*.

»Wenn ich daran denke, wie ich dir in den vergangenen neun Jahren nachgelaufen bin«, fauchte er. »Und du hast dich vor mir gewunden wie eine verdammte Möhre vor einem verdammten Esel.«

»Lass mich los, Stan!«, keuchte sie. »Du weißt, dass das nicht stimmt, ich war immer ehrlich zu dir! Schon von Anfang an, als du Rick und Georgie mit ins Fußballstadion genommen hast.«

»Genau! Du hast dir von mir genommen, was du kriegen konntest. Hast mich nie fortgeschickt.«

»Du hast es genossen, das hast du selbst gesagt! Du hast Rick gemocht! Und Georgie auch!«

»Oh, sicher. Und dich habe ich auch gemocht!«

»Wir waren Freunde. Du warst mein Chef und –«

»Und das bin ich immer noch! Das scheinst du zu vergessen! Komm her!« Als er wieder grob an ihrem Handgelenk zerrte, geriet sie plötzlich in Panik und fing an zu schreien.

»Sei still, du brüllst die ganze Nachbarschaft zusammen!«

Sie schrie weiter. »Warum gehst du nicht in den Friseursalon bei der Uni! Und holst wieder dieses Mädchen ab, wie du es letztes Wochenende getan hast? Und das Wochenende davor? Ich vermute, deine Mutter ist nicht einmal wirklich krank. Wahrscheinlich ist das alles Teil deines Plans.«

Er ließ sie plötzlich los und schlug ihr quer ins Gesicht. Sie fiel nach hinten in den Sessel und riss dabei den Crèmetiegel von der Lehne. Ihr Geschrei endete mit einem erschrockenen Kreischen.

Im Nachhinein fragte sie sich, was sie getan hätte, wenn er sich umgehend bei ihr entschuldigt hätte. Aber er tat es nicht. Er schaufelte die Notizbücher und Listen in seinen teuren ledernen Aktenkoffer, schnappte sich seinen Mantel von der Stuhllehne und ging.

Sie rührte sich lange Zeit nicht vom Fleck. Er hatte einen Schlüssel und hätte vielleicht zurückkommen können. Aber er kam nicht zurück. Und obwohl sie Angst hatte und sich schrecklich isoliert vorkam, war sie dennoch auch froh.

☆

Aileen hätte niemals gesagt: »Das habe ich dir doch gesagt.« Nichtsdestotrotz hatte sie Recht behalten, was Stans Rachsucht anging. Jon hatte am nächsten Tag Termine im Whitley Bay Hotel und fuhr dort wie gewöhnlich mit dem Mini hin. Eine große Frau, die ihr irgendwie bekannt vorkam, begrüßte sie. »Haben Sie für heute Morgen einen Termin? Leider hat Mrs. Johnson Newcastle verlassen. Aber ich übernehme ihre Arbeit. Ich bin voll qualifiziert.«

Jon warf einen Blick auf das eingerahmte Diplom an der Wand. Es war eine Nachbildung ihrer eigenen Urkunde. Stan hat es ohne Zweifel von dort kopiert. In gewisser Hinsicht war das komisch.

Sie sparte sich die Mühe, die Boutiquen in Cullercotes oder der West Road anzurufen. Sie fuhr bis nach Newbiggin hinauf, parkte ihren Wagen gegenüber den Wohnwagen und schaute auf die Nordsee hinaus. Die beiden gewaltigen Tölpel draußen auf dem Wasser waren das einzige Anzeichen von Leben. Die riesige Spannweite ihrer Flügel war beeindruckend, als sie zur Landung ansetzten. Sie sprach mit ihnen, wie sie damals vor achtzehn Monaten mit den Möwen gesprochen hatte. »Was zum Teufel mache ich jetzt bloß?« Es kam keine Antwort

Beim Nachhausefahren fiel ihr plötzlich ein, wo sie die neue Kosmetikerin zuvor schon einmal gesehen hatte. Es war die Empfangsdame, die letztes Wochenende mit Stan in den Volvo gestiegen war.

Ein Gedanke jagte den anderen. Sie würde nach Amerika fahren und bei Eric Laben wohnen und Tante Mabe in die Verlegenheit bringen, sie einladen zu müssen. So wie sie es ihrer Mutter schon vor vier Jahren vorgeschlagen hatte. Ihr Herz machte einen Sprung. Noch war sie erst dreißig. Alles Mögliche konnte passieren. Vielleicht könnte sie Tante Mabe auf ihre alten Tage Gesellschaft leisten und dann das Geld des alten Senators erben. Oder sie könnte Eric Laben heiraten. Sie schnitt eine Grimasse in den Rückspiegel – nein, das nicht. Aber auf jeden Fall könnte sie endlich sehen, wo Rose und Aileen fünf bedeutsame Jahre verbracht haben. Sie würde sehen, wo sie selbst gezeugt worden war. Und dann kam ihr der überwältigendste Gedanke überhaupt: Möglicherweise ... vielleicht ... ja, vielleicht würde sie ihren Vater finden!

Der Mini schleuderte leicht auf der Straße. Sie umklammerte das Steuer fester. Es war ein bitterkalter Tag, vielleicht war ja Glatteis. Aber sie wusste, dass die Straße trocken war. Es war dieser letzte Gedanke, der ihre Hände einen unfreiwilligen Ruck machen ließ. Plötzlich wusste sie, worauf sie wartete, wonach sie suchte: nach einem Vater.

Sie presste die Lippen aufeinander und drosselte die Geschwindigkeit, als sie die Stadt erreichte. Sie würde morgen gleich in der Früh nach Hause fahren. Sie würde so viel sie nur konnte in den Mini packen, ihrem Vermieter eine Notiz schreiben, voll tanken und einfach losfahren. Wenn es der Wagen nicht so weit machen würde, wäre es schade. Aber er würde schon durchhalten.

Sie parkte den Mini vor dem Haus ein und nahm sich Zeit, sich umzuschauen. Möglicherweise sah sie Topps Green nie mehr wieder. Sie war hier – in gewisser Weise – glücklich gewesen. Oder, wie sie ihrer Mutter einmal gesagt hatte, zumindest nicht unglücklich. Georgie hatte hier seine Kindheit verbracht, war hier aufgewachsen. Sie und Rick hatten gedacht, sie könnten hier alles wieder in Ordnung bringen.

Sie ging langsam zur Tür und steckte ihren Schlüssel ins Schloss. Am Ende des langen Flures hatte Rick einst einen Spiegel angebracht, um das Oberlicht zu reflektieren. Sie betrachtete sich darin. Aus dieser Entfernung sah ihr die Frau entgegen, die sie so lange gespielt hatte: immer noch jung, aber nicht jugendlich; schlank und elegant in ihren kniehohen Stiefeln, dem langen Tweedrock und der Pelzjacke. Seit Aileens Tod hatte sie ihre kurzen Locken wachsen lassen und trug sie zurückgekämmt und in einem französischen Knoten. Diese Frisur ließ mehr Gesicht frei und gab ihr so die Möglichkeit, ihr Make-up dramatischer einzusetzen.

Sie schloss die Haustür hinter sich und nahm die Kämme und Nadeln aus ihrem Haar. Es fiel ihr in großen Locken auf die Schultern. Dann ging sie in die Küche und wusch sich das Gesicht unter dem kalten Wasserhahn. So war es besser. Sie wollte sich nicht länger verstellen. Wäre Rose jetzt hier gewesen, hätte sie ihr zugestimmt.

Sie lächelte beinahe traurig. Sie würde Rose nichts davon erzählen, dass sie nach ihrem Vater suchen würde. Es würde ihr Geheimnis sein. Aber Rose würde es nicht verstehen, sondern hätte alle möglichen Einwände. Jon ging langsam nach oben und begann zu packen.

☆

Ihr blieb nichts anderes übrig, als Rose gleich zu sagen, dass sie Newcastle endgültig den Rücken gekehrt hatte – ihr Mini, bis zum Dach mit allem möglichen Kram voll gepackt, hätte sie ohnehin verraten. Doch Rose war froh darüber.

»Und George wird sich erst freuen.« Sie bückte sich, um durch die Fenster die kunterbunte Sammlung im Wageninnern zu inspizieren.

»Mutters Strickkorb! O Jon. Und das kleine Tischchen, an dem wir im Winter immer Tee getrunken haben!«

»Alles wieder zurück, wo es hingehört.« Jon grinste. »Schließlich kommt das alles ja von hier.«

»Vermutlich schon. O Jon, geht es dir gut? Gab es Streit?«

»Nein. Doch.« Jon lachte. »Es hat mir nichts ausgemacht. Ehrlich gesagt.«

»Das kann ich sehen.«

Rose hob einen Karton durch das offene Faltdach und machte sich damit auf den Weg ins Haus. »Maud ist unterwegs. Überzüge für irgendwelche Stühle im Pub anpassen. Ich packe ihre Geschenke ein, solange sie weg ist.«

Jon folgte ihr mit einem zweiten Karton. »Klingt spannend. Mach das ruhig zu Ende, während ich den Rest auslade. Dann können wir uns unterhalten.«

Rose lungerte noch ein paar Minuten herum, dann verschwand sie in der großen Küche.

Jon lief durch das alte Wohnzimmer, das jetzt der großzügige Eingangsbereich war, hin und her. Sie war so sehr daran gewöhnt, Selbstgespräche zu führen, dass sie laut sagte: »Ich bin wieder zu Hause, Ma. Nur dass es nicht mehr mein Zuhause ist, nicht wahr?« Sie kippte beinahe aus den Schuhen, als Rose von der Küchentür her antwortete: »Das habe ich zuerst auch gedacht. Aber es ist irgendwie doch das Zuhause, weißt du. Es riecht sogar noch genauso.« Sie lachte. »Tut mir leid, Schwesterchen. Ich wollte wirklich nicht lauschen. Ich dachte nur zuerst, du würdest mit mir sprechen.«

Jon hob die Tasche auf, die sie erschreckt fallen gelassen hatte. »Hab ich auch«, sagte sie. Dann schüttelte sie den Kopf. »Nein. Ich habe mit Ma gesprochen. Das tue ich oft.«

»Ich auch.« Rose kam zu ihr, nahm Jon die Tasche ab und legte ihr den Arm um Schultern. »Jon, ich weiß, dass ich in den letzten vier Jahren eine Mauer um mich herum gebaut habe. Ich konnte nicht anders. Niemand wusste, wie ich mich gefühlt habe. Nur Maud. Verstehst du das?«

Jon hatte einen Kloß im Hals. Sie wünschte sich in diesem Moment, sie hätte ihre eigene Mauer einreißen können. Aber diese Mauer würde wohl für den Rest ihres Lebens bestehen bleiben müssen.

»Natürlich.« Sie erwiderte die Umarmung ihrer Schwester. »Willst du mir damit sagen, dass es dir – ich weiß nicht, wie ich sagen soll – besser geht?«

»Mir ging es nie schlecht. Nicht wirklich. Ich bin nur so unendlich dankbar, ihn gekannt zu haben. Dasselbe gilt für Mutter. Wir haben solches Glück gehabt, Jon. Nicht wahr?«

Jon nickte. Ihrer Stimme hätte sie jetzt nicht getraut.

»Ich glaube, ich habe diese Mauer um mich herum aufgebaut, weil ich ... weil ich in mich hineinschauen wollte. Dahin, wo er war. Das machte Sinn. Draußen, ohne ihn, machte nichts Sinn.«

»Oh, Rosie. Nicht doch.«

»Ist schon gut. Ich empfinde inzwischen nicht mehr so. Und ich freue mich so sehr, dass du nach Hause gekommen bist. Ich freue mich so.«

»Ich bleibe vielleicht nicht, meine Liebe. Im Grunde genommen ... habe ich schon konkrete Pläne. Für die Zeit nach Weihnachten.«

»Kannst du mir davon erzählen?«

Die neue Ehrlichkeit zwischen ihnen ermöglichte es Jon, zu sagen: »Nein. Noch nicht.«

»Das ist in Ordnung. Aber wenn ich dir helfen kann, lass es mich wissen. Und du bist dir ganz sicher, dass du es verkraften kannst, dass du aus Newcastle weggegangen bist ... und Stan –«

»Das ist okay für mich. Wirklich. Keine Beziehung kann schließlich stillstehen, oder? Unsere wäre entweder übergekocht oder eingefroren. Sie ist eingefroren.«

»Das überrascht mich sehr.«

»Dass unsere Beziehung eingefroren ist?«

»Nein, dass du nach Hause gekommen bist, ohne völlig außer dir zu sein!« Rose lächelte verlegen.

»Meinst du, ich bin nach solchen Erlebnissen sonst immer völlig außer mir?«, wollte Jon wissen. Sie schüttelte den Kopf, als Rose protestieren wollte. »Nein, nein. Ich weiß genau, was du meinst, Rosie. Und auch, wenn du das nur schwer glauben kannst: Stan und ich waren ehrlich nur Freunde. Seit der Sache mit Martin war ich Rick treu.«

Rose sah jetzt noch verlegener aus. »Ich dachte ... Mutter hat etwas von Ali Raschid erzählt. Ich sollte das jetzt nicht sagen, aber wir waren so offen und ehrlich zueinander –«

»Mit Ali war nichts. Ehrlich. Nun, es war schon etwas, aber es ist nicht so weit gegangen.« Jon lachte. »Ehrlich, Rosie! Wir sind beide über dreißig und reden daher wie viktorianische Internatsschülerinnen.« Sie ging einen Schritt zurück, hob eine Hand wie zum Schwur und sagte: »Ich war mit keinem Mann im Bett, seit Rick mich verlassen hat. Okay?«

Rose küsste sie spontan. »Okay«, sagte sie. Und Jon merkte, dass sie sich tatsächlich aufrichtig freute. Wie eigenartig die Menschen doch waren.

☆

Sie erlebten ein so großartiges Weihnachtfest, dass sich Jon dabei ertappte, als sie sich fragte, ob das wohl ihr letztes Weihnachten sein und sie jung sterben würde. Georgie, der in den vergangenen achtzehn Monaten zwei und zwei zusammengezählt haben musste, war froh, dass Stan aus ihrem Leben verschwunden war.

»Versteh mich nicht falsch, Mum«, sagte er mit seiner neuen brüchigen Stimme. »Ich bin mit Stan gut ausgekommen. Nun, du kannst dich ja daran erinnern. Und wenn du ihn geheiratet hättest, hätte ich mich gefreut. Aber Granny war nie begeistert davon. Und Granny hat gesagt, du würdest ihn nie heiraten. Also war das Ganze ohnehin ziemlich ... sonderbar.«

Georgie war in letzter Zeit so konventionell geworden, dass alles, was auch nur ein bisschen außerhalb der Norm lag, in seinen Augen »sonderbar« war.

Sie lächelte. »Denk nur immer daran, dass er sehr gut zu uns war, mein Schatz.«

»Ja. Das war er. Mum ...?«

»Was denn, mein Schatz?« Sie waren in der Küche und machten Hackfleischpastete. Die Mädchen kicherten im Nebenzimmer. Die

Zwischentür stand offen, aber sie hatten sich hinter dem Sofa verkrochen und verpackten offenbar ein Geschenk. Jon rieb das Nudelholz mit Mehl ein und blickte durch die offen stehende Tür zum riesigen Panoramafenster hinaus auf den Hügel. Und die Skipiste.

Georgie senkte diskret die Stimme. »Glaubst du, dass du je wieder heiraten wirst?«

Sie antwortete mit einem klaren »Nein«.

Es herrschte arbeitsame Stille. Dann räusperte er sich. »Du warst natürlich noch sehr jung, als du Dad geheiratet hast, nicht wahr?«

»Siebzehn.«

»Oh.« Er war offenbar enttäuscht. »Doch nicht so jung.«

»Eigentlich ganz schön alt, wenn man so recht darüber nachdenkt«, neckte sie ihn.

»Sei nicht albern, Mum«, bat er sie streng. »Ich habe mich nur gefragt ... ich meine, wir haben jetzt Biologie. Und es ist offensichtlich so, dass man, wenn man die Pubertät erreicht hat, dazu fähig ist, Kinder zu haben.«

»Offensichtlich«, sagte sie mit ernster Miene.

Er war wieder still, kleckste ohne großes Interesse teelöffelweise Fleischfüllung in die bereitgestellten Förmchen. Blues Stimme war plötzlich laut von nebenan zu hören: »Wage es bloß nicht, ihm das zu erzählen, Ellen Fairbrother!« Und Ellies Antwort: »Und du kommandier mich nicht so herum!«

Jon schaute Georgie an, weil sie mit ihm ein Grinsen teilen wollte, und sah, dass er rot angelaufen war. Sie schloss leise die Tür.

Er suchte ihren Blick. »Es ist nur ...«, er schluckte Luft und japste: »Blue und ich ... es ist möglich ... wir könnten ineinander ... verliebt sein?« Er schaute sie mit weit aufgerissenen, fragenden Augen an. »Meinst du, das wäre möglich?«

Sie wusste nicht, was sie sagen sollte. Am liebsten hätte sie laut losgelacht. Sie konnte es kaum erwarten, Rose zu suchen und es ihr zu erzählen. Aber sie war bis zu den Ellbogen voller Mehl, und Georgie stand vor ihr und wartete auf eine Antwort.

»Ihr habt immer gekämpft wie Hund und Katze«, sagte sie und versuchte, Zeit zu gewinnen.

»Aber doch nur, weil wir uns – irgendwie – du weißt schon – gemocht haben.«

»Indem ihr euch gehauen habt?« Sie schaffte es gerade noch, nicht das Gesicht zu verziehen.

Er fragte ungeduldig: »Mum, wir könnten doch ineinander verliebt sein, oder?«

Sie räusperte sich. »Biologisch«, fing sie hochtrabend an, »ist das möglich. Aber wie auch immer, wir lassen uns schließlich nicht von der Biologie leiten.«

Er platzte heraus: »Du schon. Du musst dich von der Biologie haben leiten lassen. Du warst sechzehn, als ...«, seine Stimme schnappte vor Aufregung über, und seine Worte blieben ihm im Hals stecken.

»Als du gezeugt wurdest?« Sie stützte sich mit ihren weißen Händen auf den Tisch und schaute ihn an. Sein Gesicht schien vor Röte beinahe zu zerspringen. Sie nickte langsam. »Ja. Das stimmt, Georgie. Ich wollte Dad. Ganz verzweifelt. Du weißt wahrscheinlich schon, wie ich mich gefühlt habe.« Sie holte Luft. »Ich habe es geschafft, ich habe ihn herumgekriegt. Tut mir Leid, das klingt in deinen Ohren vielleicht unanständig. Aber das war es, worauf es hinauslief. Ich habe bekommen, was ich wollte. Und ich habe es seit diesem Tag bereut.«

Er zuckte zusammen. Sie sagte schnell: »Nicht wegen dir. Niemals wegen dir. Aber wenn ich gewartet hätte, wärst du später immer noch zur Welt gekommen, mein Lieber. Und wenn ich gewartet hätte, wäre Daddy jetzt vielleicht noch bei mir. Ergibt das einen Sinn?«

Die Mädchen mussten zugehört haben. Es war mucksmäuschenstill hinterm Sofa. Georgie krächzte: »Tut mir leid, Mum.«

»Das muss dir nicht Leid tun. Du hast das absolute Recht, mich alles zu fragen, was du wissen willst. Ich hätte dir nicht zu antworten brauchen. Aber ich glaube, du bist alt genug, um es zu verstehen und zu verarbeiten.« Sie ging zu ihrem Nudelholz zurück und fügte leise hinzu: »Und vielleicht daraus zu lernen!«

Die Schiebetür ging auf, und Rose und Maud kamen mit einem Arm voller Tannenzweige herein.

»Das pikst.« Rose lachte. Sie ging ins Wohnzimmer und lud ihre Zweige auf dem Feuerrost ab. Dann sagte sie: »Was um alles in der Welt macht ihr beide denn hinter dem Sofa?« Sie lachte wieder. »Ich habe mich früher auch liebend gern hinter Möbeln versteckt.« Sie schüttelte den Kopf, als wolle sie eine Erinnerung aus der Vergangenheit loswerden. »Obwohl ich mich gar nicht mehr daran erinnern kann, wann ich das getan haben soll – wir hatten im Schneewittchen-Haus nie genug Platz für ein Sofa!«

☆

An diesem Abend lachten die drei Frauen sentimental über die Geschichte mit Georgie und Blue. Maud hatte allerdings Bedenken. »Das könnte sie später verunsichern. Die beiden verbringen so viel Zeit miteinander.« Mehr konnte sie nicht sagen. Sie wollte Jon nicht beleidigen, doch Jon lachte.

»Keine Sorge. Sobald Georgie alt genug ist, bringe ich ihn weit weg!«

Rose schaute von einem Stapel Prospekte auf, sagte aber nichts.

Jon berührte ihren Arm. »Drängt es dich nie, einmal zu verreisen, Rosie? Frankreich? Amerika? Sollen wir zusammen verreisen?«

»Nein.« Rose klang ziemlich entschlossen. »Hier bin ich geborgen. Ich gehöre hierher. Abgesehen davon könnte ich es mir gar nicht leisten, zu verreisen.«

Es war Maud, die sagte: »Ich könnte dir Geld leihen, Ros. Es würde dir vielleicht guttun. Du solltest ab und zu einmal von hier wegkommen. Du bist zu jung, um die ganze Zeit hier mit mir herumzusitzen.«

Rose schüttelte den Kopf. »Das hat nichts mit dem Alter zu tun.« Sie legte die Prospekte auf den Boden. »Ich komme doch ziemlich herum, wenn ich nach den Cottages sehe – das ist für mich reisen genug!« Sie schaute wieder Jon an. »Denkst du daran, ins Ausland zu fahren?«

Jon zuckte mit den Schultern. »Vielleicht.«

»Kannst du dir das leisten?«

»Gerade so.«

Rose schaute zur Seite. »Verstehe.«

Jon wünschte plötzlich, sie könnte ihr alles erzählen, damit sie wirklich verstehen könnte.

Als die Kinder wieder im Internat waren, schrieb sie Eric Laben einen Brief, beantragte einen Reisepass, schmiedete Pläne. Und sie weihte Rose endlich ein.

»Du wirst mich doch Ostern hier gut vertreten, Liebling?«, schmeichelte sie sich ein. »Georgie wird es nichts ausmachen, dass ich so weit wegfahre. So hat er wenigstens etwas, womit er vor seinen Freunden prahlen kann!«

Rose war entsetzt. »Wo wirst du denn wohnen?«

Jon flunkerte ein wenig. »Ganz in der Nähe von Tante Mabe. Eigentlich. Eric Laben hat ein Zimmer für mich besorgt. Aber ich hoffe – ich erwarte –«, sie kicherte, »– dass mich Tante Mabe zu sich einladen wird!« Es hätte nicht gut getan, Rose zu sagen, dass sie in Wahrheit im Haus der Labens wohnen würde. Rose hätte sich wahrscheinlich daran erinnert, dass die beiden Männer allein wohnten.

»Jon, du bist immer noch – unmöglich!« Immerhin lächelte Rose, wenn auch ziemlich ängstlich.

»Ein *enfant terrible*?«

»Nun, ja. Aber Liebes, du wirst auf dich aufpassen, hörst du?

Die Amerikaner haben etwas – ich weiß auch nicht – Gefährliches an sich.«

»O Rosie!«

»Es ist lange her – ich kann mich kaum noch daran erinnern –, aber das war der Eindruck, den ich hatte. Es war gefährlich.«

Jon spürte eine warme Welle der Zuneigung für ihre Schwester. »Ich werde auf mich aufpassen«, versprach sie. Sie fragte nicht noch einmal, ob Rosie mitkommen wollte. Einer der Gründe, warum sie nach Amerika wollte, war es schließlich, sich von ihren persönlichen Schuldgefühlen zu befreien, nicht wahr?

☆

Die ganze Reise war furchtbar aufregend. Es war sehr traurig, nach Greystone zu fahren und Georgie Auf Wiedersehen zu sagen. Er versuchte, so zu tun, als würde es ihm nichts ausmachen – im Grunde freute er sich ja auch für sie. Aber er war blass um die Nase und wiederholte mehrmals: »Du kommst doch wieder zurück, Mum, oder?« Der Abschied von Rose in Heathrow war beinahe noch schlimmer. Aber dann waren die Aufregung und die Vorfreude doch größer.

Nach dem ganzen Umtrieb bis zum Abheben der Maschine merkte sie jetzt erst, wie ausgehungert nach Abenteuer sie war. Ihr Leben war in vielerlei Hinsicht zu ereignisreich gewesen, die Ereignisse selbst waren jedoch nicht aufregend gewesen, sondern allzu oft tragisch.

Oft war sie erfüllt von Anspannung, Einsamkeit, blanker Angst. Es hatte nichts gegeben, dem sie hätte entgegenfiebern können – außer man gab sich mit Geburtstagsfesten in der Familie und dem Weihnachtsfest zufrieden. Das Gefühl, eine Außenseiterin zu sein, war immer dabei. Irgendwie hatte sie jetzt das Gefühl, zu ihren wahren Ursprüngen zurückzukehren. Sie würde ihren Vater finden. Und selbst wenn er tot sein sollte: Es würde ihr eine neue Identität geben. Einen Ursprung. Wahrhaftigkeit. Sie war Amerikanerin.

Sie hatte nicht damit gerechnet, dass Eric sie am Kennedy-Flughafen abholen würde. Ihn winken zu sehen, versetzte sie in Spannung. Das Allerbeste war, draußen im Wagen saß sein Großvater, der alte Mr. Laben. Er war wirklich alt. Er sah wie Hundert aus mit der ledrigen, gesprenkelten Haut und seinem schwarzen Homburg, der ihm viel zu groß war und ihn sofort als Europäer erkennen ließ.

Er versuchte ihre Hände mit seinen zu umschließen, was sich jedoch als schwierig herausstellte, weil sie in beiden Händen eine Tasche hatte.

»Genau wie deine hübsche Mutter«, sagte er. »Sie muss etwa in deinem Alter gewesen sein, als ich sie zum letzten Mal gesehen habe.«

»Lass uns erst das Gepäck im Kofferraum verstauen, Großvater«, sagte Eric lachend. »Dann kannst du dich nonstop mit Joanna unterhalten!« Er hievte Jons monströsen Koffer in den riesigen Kofferraum und nahm ihr die beiden Taschen ab. Sie ließ sich neben dem alten Mann auf den Rücksitz gleiten.

»Sag, bist du dir sicher, dass du nicht lieber bei mir vorne sitzen willst?«, fragte Eric und grinste die beiden provozierend an.

»Ich möchte gerne hören, was dein Großvater über meine Mutter zu erzählen hat, Eric.«

»Ha, siehst du, ich habe die schöne Lady für mich gewonnen!«, krähte der alte Mr. Laben voller Freude. »Du musst dich sowieso auf den Highway konzentrieren, mein Junge!«

Es folgte noch viel Geplänkel dieser Art. Unter normalen Umstanden hätte es Jon zu Tode gelangweilt, doch nicht jetzt. Eric manövrierte den Wagen durch den regen Verkehr und bog schließlich auf den vierspurigen Highway ein, der sie aus New York hinausführte. Bei dem Versuch, sich höflich am Gespräch zu beteiligen und gleichzeitig ein paar Blicke auf die Skyline von Manhattan zu erhaschen, wurde es Jon ganz schwindelig.

»Empire State zu deiner Rechten. Und wenn du dich umdrehst, müsstest du den Hudson sehen«, sagte Eric knapp.

»Du könntest mit Joanna an einem anderen Tag noch einmal nach New York fahren und ihr all die Sehenswürdigkeiten zeigen, Eric. Heute schenkt sie dem alten Mann hier ihre Aufmerksamkeit.«

»Jede Aussicht ist einfach toll!«, sagte sie, während sie versuchte, sich umzudrehen, um aus dem Rückfenster zu schauen. Sie setzte sich wieder gerade hin. »Es ist so großartig, dass ihr mich abgeholt habt. Ich habe das nicht erwartet. Ich hätte ein Hotelzimmer genommen und wäre morgen mit dem Zug gekommen.«

»Das konnten wir nicht zulassen.« Mr. Laben schüttelte schwerfällig den Kopf. »Wir sind damals vor dreißig Jahren schon nicht zum Hafen gegangen, um deine Mutter zu verabschieden. Es war das Mindeste, was wir tun konnten.«

»Jetzt werd nicht rührselig da hinten!« Eric zog links heraus und überholte einen Lastwagen, der hundert Fuß lang gewesen sein musste.

»Nein. Ich will alles hören, woran Sie sich erinnern können. Deshalb bin ich schließlich extra hierher gekommen. Ich habe das Gefühl, dies ist *wirklich* mein Land. Letzten Endes liegt hier ja auch der Ursprung meines Lebens!«

Sie lachten beide, ohne zu bemerken, wie ernst sie das tatsächlich gemeint hatte.

☆

Das Haus, in dem Jon tatsächlich gezeugt worden war, trug den Namen Redgrove. Es hatte ein säulengestütztes Vordach und eine Eingangshalle, von der aus auf beiden Seiten eine geschwungene Treppe nach oben führte und in einen freischwebenden Flur mündete. Rose hatte ihr all das genau so beschrieben. Aber sie hatte immer vom »Haus« der Labens gesprochen. Sie hatte nie erwähnt, dass es ein prachtvolles Herrenhaus war.

»Sah Tante Mabes Farm auch so aus?«, fragte sie, als sie beeindruckt am Fuße der Treppe stand.

»Das Haupthaus der Farm ist in einem Stil erbaut, den man ›Saltbox‹ nennt und der charakteristisch für die Neuengland-Staaten ist. Früher gehörte dazu Land, so weit das Auge reichte. Dann wurde das Land nach und nach für Bauplätze verkauft«, erklärte Eric. »Joe hat immer noch eine Herde Jersey-Milchkühe. Als er pensioniert wurde, hat er versucht, das Land selbst zu bewirtschaften, aber dazu musste er ein Ehepaar einstellen. Die Leute sind nicht besonders tüchtig.«

»Er lebt dort allein? Hat er nicht wieder geheiratet, nachdem sich Tante Mabe von ihm hat scheiden lassen?

»Nein.«

»Er muss einsam sein.« Ihr Geist arbeitete schon an diesem neuen Aspekt.

»Ich glaube, das ist er. Aber sie sind noch immer gute Freunde. Er geht jeden Samstagabend zum Dinner zu ihr. Und unter der Woche kommt er an den meisten Abenden hierher, um mit Großvater Backgammon zu spielen. Du wirst ihn also bald kennen lernen.«

Dann tauchte eine Frau mittleren Alters in Jeans und kariertem Hemd auf. Sie hatte ein warmes Lächeln auf den Lippen.

»Maria«, sagte Eric und nahm Jons Gepäck wieder hoch. »Das ist unsere Freundin aus England. Joanna.« Er erreichte die erste Stufe. »Maria wohnt zusammen mit ihrem Mann hier. Sie machen einfach alles, kochen sogar. Sie kochen sogar ausgesprochen gut!«

Maria schnappte sich eine der Taschen und folgte ihm. Jon trottete hinterher. Es war offensichtlich, dass zwei Männer, die allein in einem solchen Haus wohnten, Hauspersonal brauchten, aber sie hätte sich nie jemanden wie Maria vorgestellt. Sie erinnerte sich vage an einen farbigen Mann, den Rose erwähnt hatte.

Er hatte bei Tante Mabe gearbeitet, so eine Art Butler. An Maria war nichts Formelles. Sie gehörte eindeutig zur Familie.

Sie hatten für sie ein hübsches Zimmer im ersten Stock vorbereitet, mit einem Ausblick auf Hügel, die die Malvernen hätten sein können. Im Zimmer stand ein Doppelbett mit Himmel.

Eric verschwand, und sie und Maria plauderten unbeschwert miteinander, während sie auspackte und Maria die Vorhänge zurechtzog und die Tagesdecke vom Bett nahm.

»Es gibt hier bestimmt sehr viel zu tun.« Jon konnte jetzt von ihrem Fenster aus sehen, dass das Haus nach hinten noch weiterging. »Ich werde versuchen, Ihnen nicht noch mehr Arbeit zu machen.«

Die Frau ging zur Tür. Sie war allem Anschein nach italienischer Abstammung. »Das ist kein Problem, Mrs. Johnson. Und Mr. Laben und Eric haben sich so sehr auf ihren Besuch gefreut.« Sie zog ihr Hemd tiefer über ihre Jeans. »Es ist gut, dass Sie hier bei uns Urlaub machen können, nach so viel Unglück.« Dann verschwand sie.

Jon starrte auf die geschlossene Tür. Natürlich musste Eric ihnen von Davids Tod erzählt haben. Und sie wussten, dass Aileen im vergangenen Jahr gestorben war. Doch von Rick konnten sie nichts wissen. Ebenso wenig konnten sie den wahren Grund kennen, warum sie hier war.

Sie biss sich auf die Lippe. Wie lange konnte ein Urlaub dauern? Wie sollte sie vorgehen? Wie sollte sie anfangen, etwas herauszufinden?

Sie schaute sich im Zimmer um. Ihr Blick blieb an dem riesigen Himmelbett hängen. Ihre Mutter hatte etwas von einer Ballnacht zur Feier des Kriegsendes erzählt. Hier, in diesem Haus. Und von einem One-Night-Stand. Ob es in diesem Bett passiert war?

Sie stand auf und ging zum Fenster. Sie fragte sich, in welcher Richtung wohl die Farm lag, wo Rose gespielt und versucht hatte,

Tante Mabe aus dem Weg zu gehen. Tante Mabe war inzwischen weg, und Onkel Joe – natürlich nicht blutsverwandt – war dort nun ganz allein.

Sie lächelte in sich hinein und fragte sich, ob der Alte wohl etwas Gesellschaft gebrauchen könnte. Eine Art Hausmädchen. Vielleicht sogar eine Krankenschwester.

17

Jon schrieb Briefe. Manche waren an Georgie gerichtet, manche an Rose. Meistens kamen mehrere Briefe in einem Umschlag. Während der Osterferien wurden sie *en famille* vorgelesen. Ihr Ton variierte je nachdem, an wen sie adressiert waren. Die Briefe an Georgie beschrieben das Leben in Amerika als aufregend, beinahe wie Hollywood es in den vergangenen fünfzig Jahren dargestellt hatte. In den Briefen an Rose versuchte sie Amerika als ziemlich langweilig darzustellen. Als wäre sie an einem Platz der Erde, wo niemals etwas Außergewöhnliches passierte, wo sie selbst sich äußerst konventionell benahm.

»Hör zu, was sie hier geschrieben hat!«, rief Georgie überschwänglich, wobei er Blue immer wieder einen verstohlenen Blick zuwarf, um zu sehen, ob sie irgendeine sichtbare Reaktion zeigte.

»Wir hatten heute einen super Tag. Eric ist mit mir ausgeritten. Ja. Auf einem Pferd – Volltreffer! Ich habe mich gar nicht blöd angestellt, aber nach vier Stunden im Sattel tut mir jeder Muskel weh. Du würdest es hier draußen lieben. Es ist wie Churchdown, damals, als Tante Rose und ich Kinder waren. Nur, dass es immer weitergeht, so weit das Auge reicht. Es gibt hier kleine Ansied-

lungen, ähnlich wie unsere Dörfer in England, nur sind sie hier viel isolierter und auch weiter verstreut. Georgetown, wo deine Großtante Mabel wohnt, ist so sauber und hübsch, dass ich es kaum glauben kann. Nicht ein schäbiges Haus ist zu sehen. Oder Unkraut am Straßenrand. Sag Tante Rose, Mabel lässt ihr liebe Grüße ausrichten. Aber ich muss dir sagen, mir gegenüber verhält sie sich ziemlich kühl!«

Ellie meinte treuherzig: »Ich verstehe nicht, wie jemand kühl zu Tante Jon sein kann.«

Und Georgie bemerkte spitz: »Großmutter Harris ist ziemlich kühl zu ihr.«

»Nun, das ist sie zu jedem.«

Blue sagte: »Tante Jon scheint ziemlich viel Zeit mit Eric Laben zu verbringen. Ist er nett, Mummy?«

»Ich kann mich kaum an ihn erinnern.« Rose legte den letzten Brief, den sie bekommen hatte, auf den Tisch zu den anderen. »Aber eines ist sicher, sie wohnt inzwischen nicht mehr im Haus der Labens. Sie schreibt hier, dass Tante Mabe darauf bestanden hat, dass sie nach Georgetown zieht.«

»Das klingt aber nicht kühl«, warf Georgie nachdenklich ein. »Ich sage dir«, meinte Ellie, »Tante Jon hat ihr Herz erobert.«

Rose überlegte. Als Jon England im Februar verlassen hatte, wollte sie in einem Zimmer unterkommen. Dieses Zimmer musste offensichtlich im Haus der Labens gewesen sein, denn sie hatte keinen anderen Ort erwähnt, wo sie gewohnt haben könnte. Sie musste dort mindestens sechs Wochen gewesen sein. Nun wohnte sie bei Tante Mabe. Rose hatte das sichere Gefühl, keine von beiden würde die andere länger als weitere sechs Wochen ertragen. Also war es möglich, dass Jon bis Mai wieder zu Hause war. Rechtzeitig zu ihrem Geburtstag.

☆

Doch der dritte Mai kam und ging. Jons Briefe wurden nun von woanders abgeschickt: von der Farm, auf der Rose ihre frühe Kindheit verbracht hatte und die den Namen Rosebridge trug. Sie verbrachte dort »einige Tage« bei Onkel Joe, der nun über achtzig war und eine »Portion liebevoller Zuwendung« brauchte, wie Jon es ausdrückte. Dann hörten sie lange nichts mehr. Bis zu dem Tag Mitte Juni, als zwei Briefe auf einmal ankamen; einer war von Jon, der andere von Tante Mabe.

☆

Liebste Schwester, schrieb Jon in ihrer großzügigen Kritzelschrift. *Ich wohne jetzt gerade erst einen Monat hier und kann mir schon nicht mehr vorstellen, irgendwo sonst auf der Welt zu leben! Ist das nicht erstaunlich? Es ist, als wäre ich nach Hause gekommen. Als würde ich diesen Ort aus einem anderen Leben instinktiv wieder erkennen. Vielleicht habe ich ja hier gelebt, in einem früheren Zeitalter. Oder vielleicht kommt es mir auch so bekannt vor, weil du und Mutter davon erzählt habt. Ich bin hier in dem Zimmer, in dem du die ersten fünf Jahre deines Lebens geschlafen hast! Kannst du dir das vorstellen, meine Liebe? Jeden Morgen, wenn ich aufwache, denke ich: Das war es, was Rose gesehen hat, als sie ein kleines Mädchen war. Und jeden Abend gehe ich die Treppen ganz langsam hoch und zähle die Stufen, genau so, wie du mir erzählt hast, dass du es immer getan hast. Weil du geglaubt hast, dass oben am Treppenabsatz etwas Schreckliches auf dich warten würde, wenn du das nicht machst!*

Rosie, ich bin so aufgeregt. Ich komme einer Sache näher, die mir sehr viel bedeutet. Es ist so schwer zu erklären, aber vielleicht wirst du es ohnehin auch so verstehen. Du musst dich gefragt haben, warum Mutter das damals getan hat – ja, was sie eben getan hat. Und ich habe das Gefühl, dass ich es jeden Moment herausfinde. Mach dir um mich keine Sorgen, Rosie. Onkel

Joe ist ein wahrer Schatz – er hat mich neulich gefragt, ob ich ihn heiraten will! In der Zwischenzeit bin ich so eine Art Haushälterin, Gesellschafterin, Freundin, nenne es, wie du willst. Er sagt, ich bin sein Gast, aber alle zwei oder drei Tage stellt er Schecks mit gewaltigen Summen für mich aus, um die Haushaltskosten zu decken. Und er weigert sich, das Wechselgeld anzunehmen! Er hat mich gebeten, Greta und Clark unter meine Fittiche zu nehmen – das sind die beiden Hausangestellten. Sie sind furchtbar. Und er hat mich gebeten, für ihn zu kochen, und ich bin wirklich ausgezeichnet darin, Greta herumzuscheuchen! Aber am liebsten hat er es, wenn ich ihn zum Lachen bringe. Und das ist so einfach, liebe Rosie. Er freut sich so über jede Kleinigkeit, die ich ihm erzähle. Ich habe ihm vom Schneewittchen-Haus erzählt und von Mutter und von Georgie ... Weißt du, Rosie, er ist auch mein Onkel Joe. Wirklich – er ist genauso mein Onkel wie deiner, nicht wahr? Ich weiß, dass Tante Mabe ebenso meine Tante ist, aber ich kann sie nicht besonders gut leiden. Eigentlich hat mir Onkel Joe gestern gesagt, ich würde ihn an Mabel erinnern, als er sie damals geheiratet hat! Als ich ihn entsetzt angeguckt habe, hat er gelacht und gesagt, sie habe auch immer gewollt, dass etwas um sie herum passiert, genau wie ich, und ich solle besser versuchen, einige Lektionen von ihr zu lernen! Wie auch immer, es ist ein wahres Honigschlecken hier, Liebste. Ich liebe das Leben hier. Ich liebe die Farm, ich liebe die Gegend, ich liebe Onkel Joe – er nennt dich sein »Küken«. Ich könnte den Rest meines Lebens hier verbringen!«

In dem anderen Brief stand: *Meine liebe Rose, ich hasse es, mich zu beschweren, Kleines. Es liegt einfach nicht in meiner Natur. Aber ich fürchte, deine Halbschwester hat mich in eine sehr schwierige Lage gebracht. Es war schon schlimm genug, dass sie die Gastfreundschaft der Labens ausgenutzt hat – du kannst dir sicher vorstellen, wie peinlich es für mich war, dass meine Nichte bei jemand anderem wohnt. Und auch noch in solch einem merkwürdigen Haushalt. Es gibt nicht einmal eine Dame des Hauses – außer natürlich, man sieht sie in Maria Rivolo, die Rudolph Laben wie eine Tochter behandelt, obwohl sie kaum Englisch spricht.*

Zuerst dachte ich, Joanna hätte es auf Eric Laben abgesehen, der sich vor zwei oder drei Jahren hat scheiden lassen. Doch sie hat mir versichert, sie würde nie wieder heiraten! Ich habe ihr gesagt, dass sie ihrem Ansehen nichts Gutes tut, und sie gebeten, umgehend zu mir zu kommen. Und ich bin froh, dir mitteilen zu können, dass sie dies dann auch endlich getan hat, nachdem sie den Ernst der Lage erkannt hatte.

Aber mein liebes Kind, deine Schwester ist so anders als du und deine Mutter. Ich kann bei ihr keinerlei Ähnlichkeit zu einem Mitglied unserer Familie feststellen. Ich nehme daher an, sie muss vollkommen nach der väterlichen Seite kommen. Mir ist es äußerst unangenehm, diesen Aspekt zu erwähnen, der ja auch tief in der Vergangenheit begraben liegt. Nichtsdestoweniger bedeutet dies eine weitere Schande für mich. Doch wie auch immer, nun ist es zum Schlimmsten gekommen. Nachdem Joanna und ich eine kleine Auseinandersetzung hatten, sie ist zu meinem Ex-Mann, Joseph Lange, gezogen, den du zweifellos als einen ziemlich ungehobelten Kerl in Erinnerung haben wirst, und der gut dazu in der Lage ist, das Beste – oder besser gesagt das Schlechteste – aus dieser Situation zu machen. Um zwei Dinge mache ich mir nun ernsthafte Sorgen: Um mein Ansehen als die Ehefrau des Senators, und um Joannas Rolle auf der Farm.

Ich habe mit beiden gesprochen, Rose, und sie scheinen tatsächlich beide zu denken, die Situation sei zum Lachen. Ich kann dir versichern, sie sind die Einzigen, die so denken. Und darum appelliere ich an dich. So wie ich es sehe, hast du in der Vergangenheit bereits mehrmals mit Joannas Eskapaden fertig werden müssen und weißt deshalb, wie sie zur Vernunft zu bringen ist.

Ich lege etwas Geld bei. Das müsste genügen, die Kosten für deinen Flug und einige Kleider, die du vielleicht brauchen wirst, zu decken. Komm zu mir, Rose, meine Liebe. Ich habe mich ohnehin schon lange danach gesehnt, dich wiederzusehen. Ich wünschte nur, die Umstände wären glücklicher.

Sie hatte etwas Platz unter ihrem Namenszug gelassen und dann ein *P.S.* daruntergekritzelt: *Deine Halbschwester hat mich darüber in Kenntnis gesetzt, dass du diese Einladung nicht akzeptieren wirst. Rose, ich bitte dich um deiner Mutter willen darum, hierher zu kommen. Ich möchte dich auch daran erinnern, dass ich nun siebenundsiebzig bin und nicht mehr mit derlei Problemen belastet werden sollte.*

☆

Über diesen Satz musste Rose beinahe laut lachen. Andere Aspekte in diesem Brief waren hingegen alles andere als komisch. Sie reichte Maud den Brief, zusammen mit dem horrenden Scheck, und beobachtete ihren Gesichtsausdruck, während sie die Zeilen las.

Maud schien ebenfalls weniger zum Lachen zumute zu sein. Im Gegenteil, sie sah eher besorgt auf, als sie den Brief zu Ende gelesen hatte.

»O mein Gott. Unsere arme Jon. Was wirst du denn jetzt tun?«

Sie saßen in dem Zimmer, in dem Maud jetzt nähte. An diesem perfekten Junitag hatten sie die Fenster weit geöffnet. Die Post war spät gekommen, und Rose hatte sie zusammen mit einer Tasse Kaffee nach oben gebracht.

Sie hob die Augenbrauen. »Nun, nichts. Jon kann gut auf sich allein aufpassen, Maud. Und was Tante Mabe angeht – sie hat jahrelang nichts mit uns zu tun haben wollen! Es ist ein bisschen unverschämt, von mir zu erwarten, dass ich mal eben ins Flugzeug steige, um ihr Leben in Ordnung zu bringen! Sie glaubt, Jon wäre eine gesellschaftliche Blamage, das ist alles. Jons Brief klingt ganz danach, als würde es Onkel Joe gut tun und ihr nicht schaden, dass sie bei ihm wohnt.« Jetzt musste sie doch lachen. »Klingt nach einem Sturm im Wasserglas!«

Maud strich Jons Brief glatt und lächelte zaghaft. »Ja. Vermutlich hast du Recht. Du glaubst doch nicht, dass sie diesen Onkel Joe tatsächlich heiraten würde, oder?«

»Natürlich nicht! Er ist weit über achtzig!«

»Ja, schon. Aber ... nun, du weißt schon. Wenn er ihr verspricht, Geld zu hinterlassen ...«

Rose sagte überzeugt: »Ich weiß, dass Jon manchmal den Eindruck erweckt, ständig auf ihren Vorteil aus zu sein. Aber so ist sie nicht wirklich. Sie ist ein sehr großzügiger Mensch. Sie ist offensichtlich eine sehr große Hilfe für Onkel Joe.«

☆

Maud legte die Briefe beiseite und steckte sich ihren Fingerhut wieder auf. »Es klingt jedenfalls nicht danach, als würde sie in absehbarer Zeit wieder nach Hause kommen«, sagte sie. »Ich frage mich, wonach sie dort drüben sucht, wenn sie sagt, sie hat das Gefühl an einer Sache nahe dran zu sein.« Maud rückte ihre Brille zurecht und begann damit, zwei Bahnen Brokat zusammenzuheften. Nach einer kurzen Pause des Schweigens sah sie wieder auf. »Ich meine ... ich meinte nicht ...« Sie nahm ihre Brille ab. »Ros, es tut mir leid. Ich weiß, dass die liebe Aileen Jon einige Jahre nach dem Tod deines Vaters zur Welt gebracht hat. Aber das geht mich natürlich nichts an.«

Rose sagte warmherzig: »Meine Angelegenheiten sind auch deine, Mutter. Das weißt du. Und ich glaube, die Frage nach Jons Ursprung gehört zu meinen Angelegenheiten.« Sie zögerte. »Seltsam genug ist, dass ich immer versucht habe, das zu vergessen. Jons Ursprung, meine ich. Ich denke, ich habe mir so sehr eine Schwester gewünscht, dass ich mich geweigert habe, mir einzugestehen, dass sie meine Halbschwester ist.«

Sie nahm den Brief wieder in die Hand. »Ich weiß, dass Jon mit Mutter darüber gesprochen hat. Vielleicht hat ihr Mutter etwas erzählt. Ich habe ehrlich gesagt genauso wenig eine Ahnung, was sie mit dieser Andeutung meint.«

»Ich hoffe nur, Jon holt nicht etwas aus der Versenkung, was sie verletzen könnte«, meinte Maud. »Vielleicht ist es das auch, was deine Tante befürchtet.«

»Vielleicht.« Rose ging zum Fenster. Sie fragte sich, warum sie selbst über all das nicht gern sprechen wollte. Vielleicht, weil Aileen nie darüber gesprochen hatte? Letzten Endes ging es außer Aileen niemanden etwas an. Und Aileen war tot. Aber Jon lebte. Natürlich ging es sie etwas an. Sie seufzte laut und sagte: »Ich muss heute noch nach Temple Guiting fahren. Die Feriengäste dort haben sich über die Abflüsse beschwert. Möchtest du mitkommen?«

Maud lachte: »Du traust wohl deiner eigenen Nase nicht. Ich muss diese Kissenüberzüge hier fertig machen.« Sie setzte ihre Brille wieder auf. »Hör zu, Ros. Falls du deine Meinung darüber ändern solltest, nach Connecticut zu fliegen, ich komme hier hervorragend zurecht. Und Martin wäre in Windeseile hier, wenn es irgendein Problem gäbe.«

»Ich werde meine Meinung nicht ändern, Mutter. Abgesehen davon werden die Kinder in wenigen Wochen nach Hause kommen, und dann müssen wir beide hier sein.«

»Du meinst wegen Blue und Georgie?«

»Daran habe ich jetzt gar nicht gedacht. Aber, ja, vermutlich auch deswegen.«

Maud biss einen Faden durch. »Ich hatte gehofft, dass Jon bis dahin wieder zu Hause ist, um Georgie irgendwohin mitzunehmen.«

Rose dachte daran, wie durchsetzungsfähig ihre Tochter sein

konnte, und sagte: »Blue hätte das ohnehin nie zugelassen.« Und da mussten sie beide lachen.

☆

Die Sommerferien waren allerdings alles andere als zum Lachen. Ellie brachte zum ersten Mal eine Freundin mit nach Hause, was nur heißen konnte, dass Blue und Georgie mehr Zeit als gewöhnlich miteinander verbrachten. Ihre unbestrittenen Gefühle füreinander äußerten sich in unentwegtem Gezänk und Streit. Und Georgie musste mindestens einmal die Woche zu einem Kricketspiel kutschiert werden. Und er hatte im Internat zu joggen angefangen und verschwand nun manchmal für Stunden; Blue fuhr ihn jedes Mal wild an, sobald er endlich wieder auftauchte.

Georgie war im Wesentlichen ein gelassener Junge. Er erklärte Blue, dass ihm Steve Biko und die Lage in Südafrika durchaus am Herzen lagen, dass er jedoch beabsichtige, weiterhin Kricket zu spielen und joggen zu gehen, bis er alt genug sei, etwas dagegen zu unternehmen. Blue hätte vor Aufregung über jede Ungerechtigkeit auf dieser Welt platzen können. Sie konnte es gar nicht erwarten, alt genug zu sein, um an Demonstrationen und Friedensmärschen teilzunehmen. Wie schon Aileen, konnte Rose durchaus sehen, dass Blue einmal eine gute Partie werden könnte. Aber bis dahin machte ihr Blues Temperament das Leben schwer.

In der Zwischenzeit waren noch weitere Briefe von Tante Mabe und Jon gekommen. Jons Briefe bestanden mehr oder weniger aus einer Auflistung der Arbeiten, die sie auf der Farm verrichtete. Maud hingegen spielte Jons Engagement auf der Farm in ihren Briefen zu einem Beweis für Jons »Promiskuität«, wie sie sich ausdrückte, hoch.

Eric Laben hält sich fast jeden Tag dort auf, schwärzte sie sie an. *Die Farm gleicht langsam einer Kommune!*

Und dann, als die Kinder wieder im Internat waren und die Inventur der Cottages nach dem Auszug der letzten Sommergäste erledigt war, kam der entscheidende Brief von Jon.

Liebste Rosie,
ich glaube, ich bin in einer Sackgasse angekommen. Eric Laben scheint davon überzeugt, dass du die Einzige bist, die mir jetzt noch weiterhelfen kann! Meine Liebste, ich habe dir noch nicht erzählt, was ich hier eigentlich mache. Ich versuche, meinen Vater zu finden. Ich weiß, dass man schlafende Hunde nicht wecken soll – ich habe praktisch in den Ohren, wie du sagst, dass Ma mir mehr erzählt hätte, wenn sie gewollt hätte, dass ich über meinen Vater Bescheid weiß, und so weiter, und so weiter. Das Schlimme ist, ich glaube nicht, dass Ma selbst viel über ihn gewusst hat. Vielleicht seinen Namen und dass er verheiratet war und einen Sohn hatte. Für sie hat das ausgereicht, um sich zurückzuziehen. Aber mir reicht das nicht, Rosie. Ich muss es einfach wissen. Wirklich. Bitte glaube mir – es ist mir schrecklich, schrecklich wichtig.

Wie auch immer, Rosie, ich muss jetzt einfach zuversichtlich bleiben. Tante Mabe schien mir diejenige zu sein, die mir noch am ehesten Hinweise hätte geben können. Ich habe schon versucht, sie dazu zu bringen, sich an irgendetwas zu erinnern. Jedoch ohne Erfolg.

Die Labens waren wundervoll. Der gute alte Mr. Laben hat seine Passion als Detektiv entdeckt und mir von dem Abend der Siegesfeier erzählt. Aber weder er, noch Eric konnten sich daran erinnern, wer an diesem Abend mit Ma getanzt hatte. Dann bin ich zu Onkel Joe gegangen. Er war Feuer und Flamme für mein Vorhaben, aber keine große Hilfe. Tante Mabe ist die Einzige, die mir jetzt noch weiterhelfen könnte. Aber sie sagt kein Wort. Onkel Joe hat gesagt, wenn ihr Mund aussieht wie ein Entenarsch, kann man es gleich vergessen! Er ist zum Schreien, Rosie. Ich mag ihn wirklich. Wenn er nur fünfzig Jahre jünger wäre, könnte ich mir vorstellen, ihn zu heiraten. Aber er ist auch der Meinung, dass du sie vielleicht umstimmen könntest. Du weckst angeblich irgendeine weiche Ader in ihr. Warum? Weil du ein eheliches Kind bist? Und konventioneller als ich? Ich habe mich dagegen gesträubt, dich zu bitten, hierher zu kommen. Ich weiß ja, wie sehr du es hasst, das Schneewittchen-Haus zu verlassen. Aber Eric glaubt, dass du und Lennox Laben ihn gesehen habt. Ist das möglich? Er sagt, Lennox sei dir durchs ganze Haus nachgerannt oder so etwas, und du seist zu Ma ins Zimmer geflüchtet. Kannst du dich erinnern, ob jemand bei ihr war, Rose? Wenn das nämlich so war, dann ist dieser Mann mein Vater. Lennox können wir nicht fragen. Er hatte einen Zusammenbruch und befindet sich in irgendso einem Sanatorium. Eric sagt, auf ihn wäre ohnehin kein Verlass. Aber du, du bist der zuverlässigste Mensch der Welt, Rosie.

Zwei Dinge, Liebste: Erstens, könntest du für mich tief in deinem Gedächtnis graben und versuchen, dich an irgendetwas von diesem Abend erinnern? Und zweitens, könntest du bitte, bitte hierher kommen und nett zu Tante Mabe sein und sie fragen, ob sie sich an irgendetwas erinnern kann?

Meine liebste Rosie. Ich bin durchaus nicht nur egoistisch. Hier ist es so ... gut. In dieser Luft fühlt man sich einfach besser. Ich glaube, du solltest ein wenig von zu Hause fort. Ganz ehrlich.

Es war so albern. Rose konnte sich an überhaupt nichts erinnern; sie war erst fünf gewesen – noch nicht einmal fünf. Aber sie wünschte, Jon hätte Lennox Laben nie erwähnt. Sie hatte ihn vollkommen aus ihrem Gedächtnis gestrichen und versuchte das auch gleich wieder, nachdem sie den Brief zu Ende gelesen hatte. Doch sie wurde dieses komische Gefühl nicht los, dass er der mögliche Grund gewesen sein könnte, warum für sie der Start ihrer Ehe so schwer gewesen war. Doch selbst das kam ihr lächerlich vor.

Sie las Maud den Brief zu großen Teilen vor und war sehr erstaunt über ihre Reaktion.

»Ich glaube, du solltest hinfliegen, Ros.« Maud sprach jetzt äußerst betont und ernst. »Es ist nun fünf Jahre her, dass David gestorben ist. Ich glaube, du solltest anfangen, deinen Blick wieder nach draußen zu richten.«

Rose schaute sie fassungslos an; sie bekam es plötzlich mit der Angst zu tun. »Ich dachte, das hätte ich getan. Meine Arbeit für die Makler – der Neuanfang hier oben –«

»Rosamund, das Schneewittchen-Haus war dein Zuhause.«

»Aber es ist nicht mehr dasselbe.«

»Es ist sogar noch besser. Du hast selbst gesagt, dass du das alte Haus noch riechen kannst.« Maud stand auf und ging zum Fenster. »In gewisser Weise lebst du das Leben deiner Mutter nach. Wenn die Mädchen im Internat sind, hält dich nichts davon ab, dich in deine eigene Gedankenwelt zurückzuziehen, und darin bist du wirklich ein Meister.« Sie drehte sich um und sah ihre Schwiegertochter an. »Und ich unterstütze das auch noch. Das ist nicht richtig. Du bist erst siebenunddreißig. Du hast immer noch einen großen Teil deines Lebens – deines wahrhaftigen Lebens – vor dir.«

»Mutter, ich dachte, wir wären glücklich!«

»Das sind wir ja auch. Wir können auch weiterhin glücklich sein. Aber denk mal an Ruth und Naomi.« Rose sah sie verdutzt an, und Maud lächelte. »Aus der Bibel. Ruth verbrachte ihr Leben auch mit ihrer Schwiegermutter, nachdem ihr Mann gestorben war. Und Naomi hat sie losgeschickt, um sich nach einem neuen Mann umzuschauen. Und Ruth fand Boaz.«

»Du willst also, dass ich nach Amerika gehe und Boaz finde?« Rose versuchte zu lachen.

»Wenn es so sein soll, ja.«

Rose fühlte sich, als hätte Maud ihr einen Dolch in die Brust gestoßen. »Mutter!«

»Und abgesehen davon gibt es ja auch einen praktischen Grund. Du wird dort drüben gebraucht. Du musst die Wogen glätten. Das ist deine Stärke.«

»Ich fliege nicht«, erwiderte Rose, plötzlich so widerspenstig wie eines ihrer kleinen Mädchen.

☆

Sie hatte weder einen Reisepass noch ein Visum. Aber sie hatte die doppelte Staatsbürgerschaft. Sie musste Formulare ausfüllen, und das hasste sie. Sich selbst als Witwe zu deklarieren – ein hässliches Wort, das Vorstellungen von Spinnen und schwarzen Kleidern weckte. Bei jeder kleinsten Schwierigkeit sagte sie, sie würde nicht fliegen. Doch Maud und Martin halfen ihr mit den kleinen Problemen, und bis zu ihrem Geburtstag sah es so aus, als würde sie tatsächlich fliegen; wenn auch nur für vierzehn Tage.

Telefonanrufe über den Atlantik wurden gemacht, einige neue Kleider gekauft und ein neuer Koffer, um die Kleider einzupacken. Und ein Medaillon des heiligen Christophorus von den Mädchen, ein Tonband von Georgie, das sie Jon anstelle von Briefen geben sollte, und eine Reiseapotheke von Martin und June.

Sie konnte nicht glauben, dass es wirklich passierte. Sie selbst versuchte sich immer wieder einzureden, dass sie doch nur für zwei Wochen weg sei, oder höchstens für einen Monat. Doch der Art nach zu schließen, wie ihre Familie ihr Lebewohl sagte, war es offensichtlich, dass sie glaubten, sie würde auf eine Expedition zum unentdeckten Amazonas gehen und vielleicht nie wieder zurückkehren.

»Bis zu den Weihnachtsferien bin ich wieder hier«, wiederholte sie zum vierten Mal.

»Ja. Ja.« Ellie teilte sich den Telefonhörer mit Blue. »Aber falls nicht, kann ich dann Janet wieder mit nach Hause bringen? Und kann ich Reitunterricht nehmen, wenn Großmutter einverstanden ist?«

Blues Stimme übertönte den letzten Teil. »Hör zu, wenn du nach Washington kommst, musst du unbedingt versuchen, mit dem neuen Präsidenten – Jimmy Carter – zu reden wegen Steve Biko.«

Rose erwiderte standhaft: »Ich werde die ganze Zeit in Connecticut verbringen. In Georgetown. Mit Tante Mabe. Ihr habt meine Adresse und Telefonnummer. Und bis zu den Weihnachtsferien bin ich wieder da.«

»Okay, Mummy. Wir sehen uns dann«, sagten sie im Chor. Die beiden schienen nichts Katastrophales darin zu sehen, dass sie nach Amerika flog. Selbst Maud schien der ganzen Sache gegenüber optimistisch eingestellt zu sein.

»Du wirst eine wunderschöne Zeit erleben«, sagte sie munter und wich Roses flehendem Blick aus diesen tiefblauen Augen aus. »Und merke dir jede kleine Einzelheit. Ich werde alles genauestens wissen wollen, wenn du nach Hause kommst.«

»Ich werde dich anrufen.«

»Mach das.«

Maud sah so aristokratisch aus in ihrem altertümlichen Flanellkostüm und dem Hut. Rose fiel ihr plötzlich um den Hals und schnappte nach Luft. »Hör zu. Falls ... nur für den Fall ... Ich möchte dir danke sagen. Ich liebe dich so sehr. Deinen Teil von David. Und ich danke ihm jede Minute eines jeden Tages. Genauso muss ich auch dir danke sagen.«

Maud blieb ganz ruhig. »Du weißt, dass ich deine Gefühle erwidere, nicht wahr? Aber ... Ros ... David würde wollen, dass du dein Leben weiterlebst, dass du nach vorne schaust. Das weißt du doch, oder?«

Rose nickte, doch das hatte nicht viel zu bedeuten.

Die ganze Prozedur der Abfertigung in Heathrow war für sie

entsetzlich. Doch dann spürte sie völlig unerwartet die Aufregung über ihren ersten Flug in sich aufsteigen. Die Maschine war eine Boeing. Und die Stewardess, die zu Rose an den Platz kam, um sie über die Sicherheitsgurte und die Mahlzeiten zu informieren, sprach mit leichtem amerikanischen Akzent – obwohl sie Engländerin war. Doch sie lebte, wie sie sagte, in New York, seit sie zehn war. Rose hatte keine Ahnung, warum ihr das Mädchen diese Dinge anvertraut hatte. Doch als sie über dem Wolkenmeer waren, wusste Rose, dass sich dieses Mädchen für ihren Beruf entschieden hatte, weil er sie in ihr altes und in ihr neues Land führte. »Man kann nie an zwei Orten gleichzeitig sein.« Die Stewardess schenkte ihr ein professionelles Lächeln. »Aber mein Beruf kommt dem ziemlich nahe!«

Im Gegenzug erzählte ihr Rose: »Ich bin in Amerika geboren, aber ich konnte es nicht abwarten, nach England heimzukommen. Und ich hatte nie das Bedürfnis, zurückzugehen.«

»Warten Sie erst einmal ab.« Ihr Lächeln wurde geheimnisvoll. »Wenn wir erst einmal gelandet sind, werden Sie sich wundern, wie sie nur so lange wegbleiben konnten.«

Rose, furchtbar englisch in ihrem marineblauen Kostüm, hatte bereits Heimweh nach Maud und dem Schneewittchen-Haus. Doch sie erwiderte das Lächeln höflich und hoffte, dass ein Funken Wahrheit in dem lag, was das Mädchen gesagt hatte.

Einige Passagiere wirkten ängstlich, als das Flugzeug am Kennedy-Flughafen zum Landen ansetzte. Doch Rose war nicht nervöser als zuvor. Sie schloss die Augen und schluckte, als der Druck auf ihren Ohren stärker wurde. Es war nicht schlimmer, als den langen Berg durch die Cranham-Wälder hinunterzufahren. Ihr Herz schlug ihr während der ganzen Zeit bis zum Hals, als sie von Bord ging, fremde, zusammenhangslose Stimmen um sich herum vernahm und in der Menschenmasse durch die Schlangen gedrängt wurde, wo die Zollbeamten auf sie warteten. Doch selbst jetzt, als sie sich nach Jon umschaute, wusste sie, dass die Atmosphäre – die Luft die sie einatmete – ihr tief in ihrem Unterbewusstsein vertraut war. Es mochte vielleicht anders sein, aber es war nicht eigenartig, und es war ihr bestimmt nicht fremd.

Jon tauchte aus dem Nichts auf und kam auf sie zugestürmt. Sie trug Denimjeans und eine weiße Weste und sah aus wie eine weltgewandte Fünfzehnjährige. Rose freute sich so sehr, sie zu sehen, dass sie es sogar zuließ, in aller Öffentlichkeit herumgewirbelt zu werden.

»Jon, du siehst toll aus!«, japste sie. »Oh, Ich freue mich so – du siehst aus wie damals als Schulmädchen.«

»Das macht die harte Arbeit!« Jon lachte ebenfalls und sah Rose mit ihren dunklen Augen an, die immer unerforschbar und nie so klar wie Davids waren.

»Du riechst sogar wie früher!«, stellte Rose fest. »Nach Heu und Mutters besonderer Seife. O meine liebe Jon. Es tut gut, dich zu sehen. All dieser Wirbel, all das wird zwischen uns nichts ändern, stimmt's? Wir sind Schwestern!«

Jon bekam feuchte Augen. Sie umarmte Rose wieder. »Danke, dass du gekommen bist«, sagte sie noch einmal leise. »Ich weiß, dass es nicht leicht für dich war. Aber ich habe nicht nach dir gerufen, damit du mir aus der Klemme hilfst. Ich sage vielmehr, lass uns etwas über uns selbst herausfinden. Zusammen.«

Rose sah sie an, dann nickte sie. »Abgemacht. Deshalb bin ich hier.«

Jon nahm Roses Handgepäck und lenkte sie durch den Menschenstrom. »Zu wissen, dass du kommst, hat mir so viel Mut gemacht, dass ich in den Schoß der Gemeinde zurückgekehrt bin. Vorübergehend!« Sie grinste Rose von der Seite an. »Wir werden beide bei Tante Mabe wohnen. Dort ist alles so ehrbar und anständig. Und es ist nicht halb so schön wie bei Onkel Joe. Ich werde nie verstehen, warum sie den alten Steedman ihm vorgezogen hat!«

»Was ist mit meinem großen Koffer?«

»Der Chauffeur kümmert sich darum. Ja, der Chauffeur. Es ist so luxuriös, dass es kaum wahr sein kann. Mabs hat mich in der Limo hergeschickt. Schwesterchen, der Wagen ist absolut elegant. Warte, bis du ihn mit eigenen Augen siehst!«

Rose nickte, wenig überrascht. Sie erinnerte sich vage an das Haus der Labens, an eine Halle mit geschwungenen Treppen und einem riesigen Kronleuchter. Sie konnte sich vorstellen, wie erst das Haus des Senators aussehen musste.

Der Chauffeur war weiß und Jon zufolge ein Klugscheißer. Sie schloss die gläserne Trennscheibe zum Fahrerraum und setzte sich auf die Sitzbank mit dem Rücken zum Fahrer.

»Der mischt sich sonst nur ein«, sagte sie. »Das ist das Problem hier. Jeder steckt seine Nase in die Angelegenheiten der anderen.«

Rose sagte: »Er ist nicht der Mann, den ich insgeheim erwartet habe. Aber der wäre jetzt auch schon viel zu alt.«

»Ich vergesse immer wieder, dass du ja schon einmal hier warst!«, kicherte Jon. »Wer, dachtest du denn, hätte es sein können?«

Rose runzelte die Stirn. »Ich kann mich nicht mehr an seinen Namen erinnern.« Sie seufzte. »Er war bezaubernd. Er war mein Freund.«

»O Rosie – sei doch nicht so traurig. Das hier ist so ein wundervolles Fleckchen Erde. Wenn du hergekommen bist, um mich zu retten, wirst du mir auf immer und ewig dankbar sein! Wir holen die Mädchen und Georgie rüber und leben alle zusammen hier!«

»Du bist genauso verrückt wie immer!« Rose lächelte.

Sie fuhren durch die New Yorker Vororte, um auf den Highway zu gelangen. Die Bäume in dem Park, an dem sie vorbeifuhren, trugen bereits rote und gelbe Blätter; es war Herbst geworden. Dieser Anblick erinnerte sie an einen Herbst der Vergangenheit:

als sie und David hinter dem Gartenhaus in der Strout Road standen und wussten, dass sich ihre gemeinsame Zeit dem Ende zuneigte.

Sie fröstelte plötzlich in dem klimatisierten Wagen. »Kannst du das Fenster herunterkurbeln oder irgendetwas? Schau dir die Bäume an. Schau dir diese riesigen Farmen an. O Jon.«

Jon drückte auf einen Knopf, und beide Fenster senkten sich. Ein Luftzug wehte ihnen durchs Haar. Sie sagte durch den Wind: »Bist du okay, Schwesterherz? Es tut mir Leid. Wirft dich das alles hier zu sehr aus der Bahn? War die Reise sehr schlimm?«

»Das ist es nicht. Ich habe nur gerade an David gedacht. Ich konnte David *fühlen.*« Rose holte tief Luft, dann lehnte sie sich zurück und schloss die Augen.

»O mein Gott.« Jon wechselte die Seite, um dicht bei Rose sitzen zu können. »Das tut mir aufrichtig Leid, Rosie. Du sprichst nie über ihn.« Sie nahm Roses Hand. »Ich habe so sehr gehofft, es würde dir nicht mehr wehtun.«

»Es tut nicht mehr weh. Ich war immer nur ... dankbar.« Rose konzentrierte sich angestrengt darauf, nicht das Bewusstsein zu verlieren. Sie sagte: »Nur jetzt gerade. Es ist so über mich gekommen. Das ist alles.«

Jon war besorgt. »Liebste, manchmal musst du es rauslassen. Wenn es jetzt sein soll, dann lass es jetzt sein.«

Rose öffnete die Augen und lächelte. »Ganz ehrlich, ich bin okay.« Die Limousine raste an Landschaften vorbei, die wie England aussahen. Sie sagte leise: »Mach dir keine Sorgen, Jon. Ich habe mich nur noch nicht ganz zurechtgefunden.«

Jon sagte hoffnungsvoll: »Es könnte der Jetlag sein. Der stellt komische Dinge mit einem an.«

Rose nickte und lächelte und setzte sich endlich wieder aufrecht hin. Sie sagte entschlossen: »Lass uns reden. Jetzt.« Sie hielt immer noch Jons Hand und schüttelte sie, um ihren folgenden Worten Nachdruck zu verleihen. »Dir ist doch klar, dass es bei mir keinerlei Hoffnung gibt, was Erinnerungen angeht? Ich kann mich erinnern, dass Tante Mabe ekelhaft zu unserer armen Mutter war, und dass ich nach England zurück wollte. Und ich wollte, dass dort endlich das Baby kommt, ohne dass irgendjemand weiß, dass etwas nicht damit stimmte. Ich vermute zumindest, dass ich das gedacht habe.« Sie lächelte. »Mutter und ich haben nicht darüber gesprochen, niemals. Wir haben es aus unserem Gedächtnis gestrichen!« Sie lachte. »Aber ich kann Tante Mabe wahrscheinlich überreden, etwas auszuspucken. Wenn auf ihre alten Tage in ihrem Hinterstübchen noch etwas übrig geblieben ist, was sie ausspucken könnte.«

Jon sagte mit glühenden Augen: »Sie selbst sagt Nein.« Sie drückte wieder auf einen Knopf, und das Fenster auf ihrer Seite schloss sich. »Was war das mit dir und diesem garstigen Lennox Laben? Wart ihr tatsächlich bei Ma im Zimmer?«

Rose sagte: »Ich glaube nicht. Es ist alles so konfus.«

Jon tätschelte ihr ermutigend die Hand. »Vergiss das jetzt mal für eine Weile. Vielleicht fällt dir wieder etwas ein, wenn du mit Mabe gesprochen hast. Okay? Lass uns jetzt einfach nur genießen, dass wir beieinander sind.«

Rose lächelte. »Klingt gut«, sagte sie.

Die Schwestern schwiegen, und der Wagen raste weiter über den Highway. Jon schloss nun auch das andere Fenster und öffnete eine Klappe. Gläser, Flaschen und kleine eingewickelte Sandwiches kamen zum Vorschein. Rose schüttelte den Kopf, als Jon sie fragend ansah.

Jon sagte: »Hast Recht. Ich warte auch. Das Dinner wird gigantisch – zu deinen Ehren. Dir ist hoffentlich klar, dass Mabe so tut, als käme die Queen zum Tee!«

»Wie ist es dort? Wenn du sagst, luxuriös –«

»Ich meine riesengroß, pompös. Säulenfront. Das Haus war früher einmal das Gerichtsgebäude. Bevor es der Senator umgebaut hat, natürlich. Es liegt genau im Zentrum der kleinen Stadt.

Georgetown. Es gibt Tausende von Georgetowns in den Staaten, aber dieses wurde geradewegs aus der Kolonialzeit in die Gegenwart katapultiert. Du wirst es mögen.«

»Liegt es in der Nähe der alten Farm?«

»O ja. Onkel Joe geht einmal im Monat zum Dinner aus. Heute Abend kommt er natürlich auch.«

Rose sagte leise, beinahe wie zu sich selbst: »Wie ... merkwürdig.«

»Es kommt einem in Wirklichkeit gar nicht so merkwürdig vor. Sie gehen alle sehr freundlich miteinander um. Auch die Labens sind sehr nett. Natürlich sind sie alle so um die hundertfünfzig.«

»Na ja, nicht ganz, hm?«

»Fast. Der Senator sieht aus, als hätten sie ihn letzte Woche einbalsamiert.«

Rose fing an zu kichern, und Jon sagte: »So gefällst du mir schon viel besser, Schwesterherz.«

Rose fühlte sich tatsächlich viel besser. Sie beugte sich nach vorn und starrte wieder aus dem Fenster. Sie waren nun über eine Stunde auf dem Highway unterwegs, und sie fragte sich, ob sie erwartete, die sanfte Hügellandschaft am Horizont wieder zu erkennen. Ihr schoss ein Name durch den Kopf: Miss Millward. Wer um alles in der Welt war Miss Millward gewesen?

Sie sagte: »Früher gab es auf der Farm Kühe und Pferde. Und Schweine und Hühner.«

»Jetzt nur noch Kühe. Eine Herde Rassekühe – Jerseys. Eigentlich könnten wir auch Hühner halten. Ich würde mit den Hühnern schon fertig werden, wenn Clark Bedenken hat.«

»Clark!«, spottete Rose.

»Und Greta. Ja. Vergiss die Kühe. Die beiden melken lieber Joe! Und das schon seit Jahren.«

»Tante Mabe hat Angst, du könntest eine Beziehung mit Onkel Joe anfangen.«

»Ja. Ich weiß. Sie schämt sich zu Tode wegen uns. Ich habe versucht, sie zu erpressen – muss ich zugeben.«

»Jon! Was um Himmels willen willst du damit sagen?«

»Hab ihr erzählt, ich würde mich benehmen, wenn sie mir hilft, meinen Vater zu finden.«

»Und was hat sie daraufhin gesagt?«

»Oh. Sie ist immer noch verschwiegen wie ein Grab. Momentan beschämt es sie mehr, dass die ganze Sache von damals wieder aufgewühlt wird, als dass ihre verrückte Nichte mit ihrem Ex-Mann zusammenzieht!«

Rose versuchte vergeblich, geschockt auszusehen. Aber sie sagte: »Jon, hör zu. Das mag sich jetzt vielleicht komisch für dich anhören, aber du weißt, wie sich die Leute den Mund zerreißen können. Und wenn du hier bleiben möchtest ...«

»Keine Sorge. Ich bin die Diskretion in Person.«

Rose rollte die Augen gegen die Wagendecke. Sie konnte Tante Mabes Standpunkt nur zu gut verstehen.

Jon sagte: »Weißt du, was das Gute ist, was bei dieser ganzen Rumwühlerei und Rumforscherei bisher herausgekommen ist? Ich weiß Großmutter jetzt viel mehr zu schätzen. Ich kann jetzt verstehen, warum sie so gegen Ma und mich war. Wenn sich Tante Mabe die ganze Sache schon so zu Herzen nimmt, muss es für Großmutter noch viel schlimmer gewesen sein. Sie muss mich als einen Akt der Untreue gegenüber ihrem Sohn empfunden haben. Und trotzdem hat sie Georgie nach Greystone geschickt.«

Rose nickte langsam. »Ich habe mich früher immer gewundert, warum ich so offenkundig ihr Liebling war. Das hat mich manchmal beinahe verunsichert.«

»Als du versuchen musstest, für mich und Rick eine Wohnung zu bekommen?«

»Gar nicht mal so sehr. Eher bei Kleinigkeiten.« Rose nickte wieder. »Ja, du hast Recht. Vielleicht hätte ich all diese Jahre über nicht den Kopf in den Sand stecken sollen.«

Jon drückte die Hand ihrer Schwester. »Ist schon gut!«, sagte sie. »Wir werden das hier jetzt gemeinsam durchstehen. Ich fühle mich großartig!«

»Ja.« Rose lächelte. »Ich fühle mich auch nicht schlecht.«

☆

Sie fuhren um die Front des Hauses herum und durch einen Torbogen in den Innenhof, wo früher die Stallungen gewesen waren. Der Innenhof hätte genauso gut zu Hunderten von Gutshöfen in England gehören können – abgesehen davon, dass hier alles weiß angestrichen war. Selbst die stillgelegte Brunnenpumpe in der Mitte des gepflasterten Hofes. Nur die Blumen waren ungezähmt und schienen nicht die leiseste Ahnung zu haben, dass es bereits Herbst war. Geranien, Astern und Chrysanthemen so groß, wie Rose sie noch nie zuvor gesehen hatte, rankten an den Wänden hoch und um die Pumpe herum. Und entlang der Randsteine sprossen violette Lobelien. Rose hatte schon eine ganze Reihe entzückter Ausrufe von sich gegeben, als sie durch das Dorf gefahren waren. Aber jetzt, als sie langsam aus dem Wagen ausstiegen und neben der Pumpe standen, sagte ihr hingerissenes Schweigen mehr als alle Worte.

»Rosie, das ist Jason«, stellte Jon vor. »Jason, wenn Sie bitte Mrs. Fairbrothers Gepäck nach oben in das Stallzimmer neben meinem bringen würden? Wir werden gleich reingehen und die Oldies begrüßen.«

Jason war jung, blond, germanisch. Er sagte: »Willkommen an Bord, Mrs. Fairbrother. Ich schätze, ich hätte Sie vor dem Haupteingang aussteigen lassen sollen. Aber ich habe mir gedacht, dass Ihnen das hier gefallen würde.«

Rose war gerührt. »Oh, ja. Das tut es. Vielen Dank. Es ist so sehr wie zu Hause. Und die Blumen!«

»Vollkommen windgeschützt, reichlich Sonne. Die Blüten

werden sich noch bis November halten.« Er sammelte die Taschen zusammen. »Wir sehen uns dann beim Dinner.«

Jon nahm Roses Arm. »Du schläfst neben mir, in einem der Ställe«, sagte sie und zeigte auf das schmuckvoll umgebaute Gebäude hinter ihnen. »Ich weiß, es klingt etwas daneben, aber es ist wirklich wundervoll. Dort sind wir wenigstens von den Oldies weg.«

»Und Jason isst mit uns?«, fragte Rose und dachte bei sich, dass sich doch einiges geändert haben musste, seit sie hier gewesen war.

»Gütiger Himmel, nein! Mabe glaubt an das Prinzip, dass das Personal bleiben soll, wo es hingehört! Er wird uns das Essen servieren!«

Sie gingen durch eine Küche, ganz aus Edelstahl mit weißen Oberflächen. Jon rief: »Hallo, Cookie! Ich gehe mit meiner Schwester eben Mabs begrüßen, dann kommen wir zu dir!«

Eine Frau mit schmalem Gesicht kam hinter einem der überdimensionalen Kühlschränke hervor. Sie erwiderte weder Jons flapsige Begrüßung noch machte sie Anstalten, Rose ein Lächeln zu schenken. Sie war sanftbraun, wie Fak es gewesen war; aber der war keineswegs das Urbild eines Hausangestellten. Rose wäre bei diesem Gedanken beinahe über ihre eigenen Füße gestolpert. Fak. So hatte er geheißen. Sie wollte sich genauer an ihn erinnern. Sie hatte ihn und er hatte sie gemocht. Später sollte ihr alles über ihn wieder einfallen. Aber jetzt wollte ihr das einfach nicht gelingen.

Sie durchquerten einen holzgetäfelten Raum. Er war kühl und roch nach Möbelpolitur. Zu ihrer Linken führte eine flach ansteigende Treppe nach oben, zu ihrer Rechten befand sich eine weiß gestrichene Tür mit einer auf Hochglanz polierten Klinke. Diese Tür öffnete Jon. Eine Stimme sagte: »Da seid ihr ja! Ich habe gesehen, wie Jason in den Hinterhof gefahren ist. Typisch, wenn wir alle vorne warten!«

Rose verzog das Gesicht automatisch zu einem Lächeln. Diese

Stimme kam ihr vertraut vor. Sehr vertraut. Sie ging ihr durch Mark und Bein. Diese Frau war einer der ersten Menschen, die sie in ihrem Leben gekannt hatte.

Tante Mabe saß in einem Stuhl mit hoher Lehne, umringt von kleinen Tischchen, auf denen alles stand, was sie anscheinend griffbereit haben musste. In der Kürze der Zeit nahm Rose eine Ansammlung von Medikamentenflaschen wahr, Tücher, Parfüm und einen Gobelinring, aus dem Seidengarne in den unterschiedlichsten Farben quollen. Dann breitete Tante Mabe die Arme aus, und sie beugte sich hinunter, um sich umarmen zu lassen. Vor ihren Augen tauchte in Nahaufnahme faltige Haut und mattroter Lippenstift auf, ehe sie ihr Gesicht unsicher gegen das dünne weiße Haar presste.

»Mein liebes, liebes Kind. Ich dachte, wir würden dich nie wiedersehen.« In ihrer Stimme lagen Tränen. »Rose. Aileens Kind – und auch mein Kind. O meine Liebe, meine Liebe. Es ist so lange her.«

Rose war überrascht. Sie waren sich nie nahe gewesen.

»Schön, dich zu sehen«, murmelte sie unangemessen in das parfümierte Spitzendeckchen über der Lehne.

»So viel Trauer ... so viele Tragödien ...« Tante Mabe weinte jetzt eindeutig. »Wenn ich nur hätte helfen können ... hätte da sein können ... niemand versteht so etwas mehr als ich ...«

Rose zog sich aus der Umarmung zurück.

»Mach dir um mich bitte keine Sorgen, Tante Mabe. Ich bin umgeben von, Jon, den Kindern, Mutter –«

Der faltige Kopf zuckte zurück. »Von deiner Mutter? Rose – liebes Kind.«

Rose sagte hastig: »Davids Mutter, Maud Fairbrother. Wir stehen uns sehr nahe.«

Sie hatte das Gefühl, als gefiele das ihrer Tante nicht besonders. Ihrer Vorstellung nach hätte Rose einsam, bedrückt und schmerzerfüllt sein müssen.

Tante Mabe murmelte etwas, doch die rührselige Atmosphäre ihrer Begrüßung war zerstört. Sie erlaubte Rose, aufzustehen, hielt aber noch immer eine Hand in ihrer. Sie setzte ein besorgtes Lächeln auf und sagte: »Nun geh und begrüße den Senator. Du kannst dich selbstverständlich noch an ihn erinnern. Aber du hast dich natürlich ziemlich verändert seit damals; er kann unmöglich auch nur die geringste Erinnerung an dich haben!«

Das Sich-nicht-aneinander-erinnern-Können war gegenseitig. Die kleine, verhutzelte Gestalt in dem riesigen Ohrensessel auf der anderen Seite des von Blumensträußen überquellenden Kamins erschien Rose vollkommen unbekannt. Sie fragte sich, wie sie ihn anreden sollte. Jon merkte das offenbar und sagte grinsend: »Rose – Senator. Senator – Rose.«

Als die Gestalt versuchte, sich mühevoll aus dem Sessel zu erheben, beugte sich Rose eilig zu ihm hinunter. »Bitte behalten Sie doch Platz – äh – Senator. Sehr freundlich von Ihnen, dass Sie mich in Ihrem Hause aufnehmen. So kurzfristig.« Sie griff nach der ausgestreckten, gichtigen Hand, besorgt, sie könne sich in Staub auflösen.

Sie rechnete kurz nach: Tante Mabe war achtzig, und der Senator war damals auf dieser schrecklichen Party eindeutig ein ganzes Stück älter gewesen als sie. Sie lächelte und nickte dem alten Mann zu, während er etwas herunterbetete, was sich sehr nach einer einstudierten Begrüßungsrede anhörte. Sie konnte sich nur sehr dunkel daran erinnern: Der liebe Fak. Eine Torte. Und Tante Mabe, die mit dem Senator getanzt hatte.

Jemand rollte einen Servierwagen mit elfenbeinfarbenem Teeporzellan herein. Dazwischen stand eine Spirituslampe und ein kleiner silberner Teekessel. »Ich hege und liebe immer noch meine englische Teestunde«, sagte Tante Mabe mit nostalgischer Traurigkeit in der Stimme.

Jon sagte munter: »Du hättest hin und wieder nach England kommen sollen, Mabs. Kontakt halten. Diese Muffins gestern waren nicht gut, so gar nicht wie die richtigen. Unsere sind zäh, und man bekommt chronische Magenverstimmung, eine halbe Stunde, nachdem man sie gegessen hat.«

Tante Mabe schüttelte den Kopf. »Joanna genießt es, mich zu ärgern«, sagte sie – jetzt sogar noch trauriger.

»Ich mag es, wenn ich alle glücklich machen kann. Nicht wahr Senator?« Jon legte dem Senator vertraut eine Hand aufs Knie. Der Senator lachte tatsächlich. Und Tante Mabes Mund wurde ganz spitz.

Rose sagte: »Du wärst uns immer herzlich willkommen gewesen. Vielleicht kannst du uns ja nächsten Sommer besuchen kommen?«

»Vielleicht, vielleicht.« Tante Mabe teilte die Teetassen aus. Jon reichte eine davon dem Senator. Rose setzte sich hin und begann, die Eindrücke auf sich wirken zu lassen. Als Jon dies alles als »pompös« beschrieben hatte, hatte sie den Nagel auf den Kopf getroffen. Sie hatten die holzgetäfelten Wände und den Parkettboden im Originalzustand belassen. Aber die viktorianischen Möbel waren augenscheinlich neu gepolstert worden; die Gemälde an der Wand waren Originale, die Teppiche orientalisch, ebenso wie die Vorhänge. Nichts war dem Komfort zum Opfer gefallen – es war in der Tat alles sehr pompös.

Tante Mabe wollte, dass sie ihr von Aileen erzählte. Jon habe ja nicht einmal ein Bild von ihrer armen lieben Mutter mitgebracht, beklagte sie sich. Zum Glück hatte Rose ein ganzes Bündel Fotos dabei. Das letzte, das von Aileen aufgenommen wurde, zeigte sie vor dem Schneewittchen-Haus vor dem Umbau. Es sah jetzt mit einem Mal so klein aus, beinahe armselig.

Tante Mabe war aufrichtig gerührt. »Schau dir das an, Kind! War sie nicht das hübscheste kleine Wesen, das du jemals gesehen hast?« Sie blickte auf. »Nicht wie ihr beiden Mädchen«, fügte sie hinzu, ohne absichtlich gehässig sein zu wollen. »Aber den Bildern zufolge sieht es ganz danach aus, als kämen deine Töchter nach ihr, Rose. Wäre das nicht einfach wundervoll?«

Rose, die stets ihren David in den Mädchen gesucht hatte, lächelte zurückhaltend.

Jon sagte: »Georgie ist genau wie sein Vater. Rotes Haar, blaue Augen, unwiderstehlicher Charme. Alles. Missverständnisse ausgeschlossen. Wollen wir hoffen, dass das Gleiche auch auf mich zutrifft.«

Tante Mabe seufzte und sah zu Rose hin. »Also hat sie es dir erzählt, nicht war? Hast du jemals schon einmal etwas Lächerlicheres gehört? Wir haben das Kriegsende gefeiert, Herrgott noch mal! Aileen hatte getrunken und ist ziemlich aus sich herausgegangen. An diesem Abend waren mindestens ein Dutzend Männer nach ihr verrückt. Niemand außer Aileen weiß, mit welchem von ihnen sie nach oben verschwunden ist!« Tante Mabe ließ die Luft aus ihren aufgeblasenen Backen. »Und sie hat niemals gesagt – sie hat uns gesagt, sie wolle ihn niemals wiedersehen! Nicht einmal Joe konnte sie dazu überreden, und den hatte sie immer sehr gemocht. Warum hast du sie denn nicht gefragt, als sie noch lebte?«

Jon antwortete: »Sie hat nicht viel darüber geredet. Und« – sie schluckte hörbar – »wir ahnten nicht, dass sie so früh sterben würde. Es war so plötzlich.« Sie stand auf und ging zum Fenster. Eine der Fensterscheiben war aus Flaschenglas. Sie umkreiste das Muster mit dem Finger.

Rose stand jetzt ebenfalls vom Tisch auf. »Jon –«

Jon winkte sie, ohne sich umzudrehen, zu sich. »Ich bin okay. Bleib hier bei mir stehen. Es ist nur so, niemand scheint wirklich zu merken, wie wichtig es mir tatsächlich ist, meinen Vater zu finden. Selbst wenn er tot sein sollte!«

Der Senator räusperte sich. »Du bist noch so jung, und es geht dir doch gut. Und wenn du jetzt vielleicht die Vergangenheit –«

Jon sagte knapp: »Nein. Verzeiht mir. Nicht gut genug.«

Tante Mabe seufzte wieder und wandte sich an Rose. »Sie scheint zu glauben, wir müssten diesen Mann kennen! Wie sollten wir denn nur, Rose? Sag du ihr doch bitte, dass das ein lächerliches Schulmädchen-Vorhaben ist, das niemals zu etwas führen kann.«

»Nun, ich kann dir da nicht ganz zustimmen«, entgegnete Rose. »Ich meine, ich hatte die ganze Geschichte nun so lange völlig aus meinem Bewusstsein verdrängt, aber einzelne Bruchstücke kommen wieder. Vielleicht kann ich mich an diesen Mann erinnern. Ich meine, es muss doch eine Gästeliste gegeben haben.«

»Rose, ich kann doch unmöglich den armen alten Rudolph Laben nach einer Gästeliste von neunzehnhundertfünfundvierzig fragen!«

»Ich habe ihn schon gefragt«, sagte Jon knapp. »Selbst wenn es eine gab, er kann sie nicht finden.«

Tante Mabe sagte: »Und wenn er eine hätte und du selbst jeden Kellner darin aufgelistet finden würdest, dann wüsstest du immer noch nicht –«

»Ich weiß vielleicht etwas.« Rose schloss ihre Lieder halb. Sie konnte den verhassten Lennox beinahe sehen. Sie erinnerte sich daran, gerannt zu sein, von Panik erfüllt eine Tür aufgerissen zu haben. Sie fuhr fort: »Siehst du, Tante Mabe, ich war an diesem Abend bei ihnen im Schlafzimmer. Ich habe Mutter mit einem Mann im Bett gesehen. Er hatte dunkles Haar. Und braune Augen. Ich glaube, wenn man mir Zeit lässt, würde ich ihn vielleicht wieder erkennen.«

Tante Mabe gab einen widerwilligen Laut von sich. »Du?«, fing sie an. »Im selben Zimmer mit – O mein Gott!«

Doch im selben Moment kreischte Jon auf und stürzte zu ihrer Schwester. Und der Senator lächelte, geradeso als würde er sich freuen, dass möglicherweise bald etwas Interessantes passierte.

☆

Das Dinner an diesem Abend war einer dieser Anlässe, die Tante Mabe »zwanglos« nannte. Doch mit zwölf Personen an einem langen Tisch im ehemaligen Gerichtssaal, konnte Rose nicht anders, als das Ganze in der Tat sehr formell zu finden. Tante Mabe erklärte ihr, dass sie oben auf der Galerie über dem alten Saal ein kleines Orchester aufspielen ließen, wenn sie eine richtige Dinnerparty gaben. Und der Zeugenstand sei dann voller Blumen, anstelle von Flaschen, wie an diesem Abend. Sie würden dann auch Hilfe zum Kochen und Servieren von außen kommen lassen.

Für diesen Abend hatte die sauertöpfische Cookie eisgekühlte Suppe und Maryland-Hühnchen zubereitet. Jason brachte das Essen auf einem Servierwagen herein, und alle bedienten sich selbst, während er die Getränke einschenkte. Der Raum, drei Stockwerke hoch mit riesigen Oberlichtern im Dach, schien das Tischgespräch aufzusaugen wie ein Schwamm. Als es dunkel wurde, brachte Jason Kerzen, und die Motten kamen zu den Oberlichtern herein, die einen Spalt geöffnet waren, und kreisten selbstmörderisch über den Flammen.

Rose wurde langsam müde. Sie begann, sich isoliert und einsam zu fühlen. Gestern Abend hatte sie noch mit Maud im Schneewittchen-Haus gesessen. Was war nur in sie gefahren, dass sie hierher geflogen war?

Obwohl Onkel Joe zu ihrer Linken genauso aussah und klang, wie sie ihn in Erinnerung hatte. Besonders, wenn er sagte: »Nun, mein kleines Küken – erinnerst du dich noch daran, wie ich dich immer ›mein kleines Küken‹ gerufen habe?«

Sie nickte und bemühte sich zu lächeln. Der lange Zeitraum zwischen damals und heute begann langsam zu schrumpfen.

»Ich wusste, dass du dich noch daran erinnern kannst. Wir waren gute Freunde. Und wie geht es dir jetzt, mein kleines Küken? Mabs hat mir erzählt, dass es das Leben in den letzten Jahren nicht gut mit dir gemeint hat?«

Rose war überrascht. »Oh, aber das hat es doch. Ich hatte ein wundervolles Leben. Wundervoll.« Sie spannte ihre Augenmuskeln an, um ihre Tränen zurückzuhalten.

»Du *hattest* ein wundervolles Leben? Du spricht in der Vergangenheit, ist es jetzt etwa vorbei?«

Sie hatte immer gewusst, dass er eine gute Seele hatte; sie hatte nicht gewusst, dass er so schrecklich sensibel sein konnte. Ihr Lächeln war reuevoll, aber auch schon viel wärmer.

»Hör zu«, sagte er eindringlich. »Ich weiß, dass du hierher gekommen bist, weil du versuchen willst, Joanna davon abzubringen, nach ihrem Vater zu suchen – Mabs passt die Stöberei in der Vergangenheit nicht. Joanna passt ihr nicht. Aber sie ist ein großartiges Mädchen, Rose. Du kannst stolz auf sie sein. Sie hat mir viel erzählt ... über ... über bestimmte Dinge. Ihren Ehemann. Die anderen. Sie ist eigenwillig und unglücklich, aber du kannst immer noch stolz auf sie sein!«

Rose blinzelte und lächelte. »Danke, Onkel Joe. Die Leute erkennen nicht immer ...«

»Rose, ich will nicht, dass sie zurückgeht. Ich möchte, dass ihr beide zu mir kommt und bei mir wohnt. So lange ihr wollt.«

»Danke.« Sie meinte das ehrlich. »Aber ich habe zwei Töchter, die zu Hause auf mich warten. Und eine wundervolle Schwiegermutter.«

»Hol sie rüber. Hol sie alle rüber. Schick die Mädchen auf eine gute amerikanische Schule. Lass sie gute amerikanische Jungs heiraten.«

»Ich glaube nicht, dass Tante Mabe von dieser Idee begeistert wäre.«

Er grinste. »Das würde es ja noch besser machen! Ich wette, es geht ihr auch gegen den Strich, wie du sie Tante Mabe nennst, meinst du nicht? Joanna nennt sie Mabs, wie ich festgestellt habe.«

»Ich hätte nicht gedacht – ich weiß wirklich nicht –«

»Hör zu. Ich hatte eine großartige Idee. Ich hätte gern, dass Jon ihren alten Onkel Joe heiratet.« Er erhob sein Weinglas und lachte. »Das würde die alte Mabs die Wände hochtreiben! Ich habe zu Jon gesagt, ich werd nicht mehr so lange hier sein, und dann kannst du die Farm und das Geld haben.« Und er lachte wieder.

Rose sagte gedehnt: »Ich dachte, du und Tante Mabe, ihr wärt Freunde? Für mich klingt das eher danach, als würde es dir nicht besonders viel ausmachen, eure Freundschaft aufs Spiel zu setzen.«

»Natürlich würde mir das etwas ausmachen. Aber ich wusste immer, dass es einmal so kommt. Komischerweise seit diesem Abend, an dem wir das Kriegsende gefeiert haben. Seitdem weiß ich das. Sie wollte ihn auf Biegen und Brechen haben. Und was Mabs will, das bekommt sie gewöhnlich auch alles.« Er sah plötzlich traurig aus. »Abgesehen von einer eigenen Familie. Dafür gibt sie mir die Schuld.«

»Oh ... das tut mir Leid.«

»Das muss dir nicht Leid tun. Der alte Steedman hat Jahre ausgeharrt. Ich dachte damals, ich könnte sie halten – allein, weil es eben so war, wie es war.«

Rose sagte: »Onkel Joe, jetzt mal ganz im Ernst. Du hilfst Jon – nimmst sie bei dir auf – nur, um Tante Mabe eins auszuwischen?«

Er schüttelte energisch den Kopf. »Das ist nur der Zuckerguss auf der Torte! Ich will aus vielerlei Gründen Jons Vater finden. Aus Neugier. Und etwas hat es auch damit zu tun, für die kleine Aileen etwas wieder gutzumachen.«

Rose starrte in die Kerzenflammen. Der Zuckerguss auf der Torte. Irgendwo in ihrem Gedächtnis schwirrte noch eine weitere Erinnerung herum. Sie blinzelte.

Er redete weiter: »Das ist jetzt so lange her. Mabs hat versucht, es als etwas ... Schmutziges hinzustellen. Aber Aileen war nicht so. Es muss etwas ganz Besonderes gewesen sein.« Er schaute über den Tisch zu Jon, die sich angeregt unterhielt. »Und schau doch – es *war* verdammt etwas Besonderes, wenn sie dabei herausgekommen ist. Wenn wir ihr einen Vater geben, Rose – selbst, wenn es ein toter Vater ist –, dann geben wir ihr Würde. Geben Aileen Würde.« Er blinzelte ebenfalls. »Macht das Sinn, was ich da rede?«

Sie nickte, unfähig zu sprechen.

Er schien einen Teil seiner Zuversicht gleich wieder einzubüßen. Er hustete und sagte: »Wir sprechen hier über zweiunddreißig Jahre. Das ist eine verdammt lange Zeit.«

Sie nickte wieder. Eine Torte. Und Fak ... der liebe Fak.

Sie fragte mit belegter Stimme: »Was ist aus Fak geworden, Onkel Joe?«

»Fak?«

»Tante Mabes Faktotum. Eine Art Butler.«

»Mein Gott, du meinst Tom. Der ist gestorben. An einem gebrochenen Herzen nehme ich an, sein Sohn war verdorben.«

Eine weitere Erinnerung wurde in ihr aufgewühlt, doch sie war zu müde, um ihrem Gedankenblitz nachzugehen. Onkel Joe schaute sie von der Seite an und tätschelte ihre Hand.

Auf der anderen Seite von Onkel Joe kam ein bläulich gefärbtes Gesicht zum Vorschein.

»Du bist also aus dem wilden Norden Englands?«

Rose lächelte und erklärte höflich, dass Joanna diejenige sei, die in Nordengland wohne; sie selbst lebe in Gloucestershire.

»Und wo ist das, junge Frau?« Die Lady mit der bläulichen Gesichtsfarbe klang wieder versöhnlich.

Rose spürte, wie sie sich innerlich zurückzog. »Gewissermaßen links und ein Stückchen hoch.«

Alle lachten. Und die anderen Gäste mussten natürlich hören, was Rose da eben gesagt hatte.

Sie war in der Tat sehr müde.

☆

Bis sie sich jeden Abend zum Dinner versammelten, war das Leben im alten Gerichtsgebäude wie das Leben in einem Hotel. Die Leute kamen und gingen; zum Frühstuck und zum Lunch bediente man sich in der Küche selbst; der Teewagen wurde jeden Nachmittag in den vorderen Salon gerollt, doch Tante Mabe war nicht immer anwesend, und der Senator war zwar immer da, trank aber keinen Tee. Dinner konnte nur mit der Familie sein, oder es wurden manchmal bis zu vier Gäste dazu eingeladen. Waren es mehr als vier, musste Cookie vorgewarnt werden. Und so wie es war, war es für die Köchin kein Zuckerschlecken. Nach drei Tagen verstand Rose, warum sie immer so grimmig dreinschaute.

Tante Mabe machte viele Besuche und lud im Gegenzug viele Leute zu sich ein. Sie benutzte dafür immer noch Einladungskarten im Kupferdruck, die sie von einer altertümlichen Druckerpresse im Ort anfertigen ließ. Auf ihre Art war sie wie Aileen: Sie wollte immer, dass die Zeit stillstehen, sich sogar zurückdrehen würde.

Rose verstand auch bald, warum Tante Mabe Jon so schnell wie möglich loswerden wollte. Jon schwamm auf der Welle der Siebziger – noch schlimmer, sie war im freizügigen England der Sechzigerjahre aufgewachsen. Die Legende vom England der Sechziger war hier geboren, und Rose tat sich schwer, Tante Mabe davon zu überzeugen, dass die Gruppen langhaariger Hippies, die friedlich singend durchs Dorf gezogen waren, das meiste war, was England von den anrüchigen Sechzigern gesehen hatte.

»Ich sage dir trotzdem, diese Joint-Raucherei und diese bewusstseinserweiternden Drogen haben in San Francisco und in London und noch so manch anderen Städten beängstigend überhand genommen«, hatte sie am zweiten Abend protestiert. »Aber in Georgetown und in Churchdown ging das Leben ohne Haschisch oder – oder wer weiß was weiter«, hatte Rose gesagt und

Tante Mabe tröstend die Hand getätschelt. »Unser Leben in Churchdown war von den Jahreszeiten bestimmt – wie eures hier auch. Erinnerst du dich an diese Zeile aus dem Gedicht von Wordsworth über die tägliche Umdrehung der Erde?«

»Jon ist die Ausnahme«, sagte Tante Mabe entschieden. »Sie ist ein Störenfried. Das kannst du ja wohl nicht abstreiten, Rose.«

Rose sagte leise: »Jon hat schwere Zeiten hinter sich, Tante Mabe. Und ich möchte nicht auf diese Weise über sie reden, wenn sie nicht hier ist. Wenn dir das nichts ausmacht.«

»Nun, ich kann nicht mehr sagen, als das: Wenn dir irgendetwas zu Aileens verteufeltem Liebhaber einfällt, dann versuche in Gottes Namen, ihn zu finden und bereite dieser ganzen Sache ein Ende!« Als sie Roses Gesichtsausdruck sah, fügte sie rasch noch hinzu: »Ihr seid beide willkommene Gäste in meinem Haus – das weißt du –, aber je eher Jon aufhört, Fragen zu stellen, desto besser! Es wundern sich schon alle, was um alles in der Welt dahintersteckt!« Sie tupfte sich mit einer Serviette das Gesicht ab. »Und nenn mich bitte Mabs, meine Liebe. Wie alle anderen auch. Mabe klingt so ... gewöhnlich.«

Wie bereits Aileen vor vielen Jahren, spürte jetzt auch Rose die Armseligkeit ihrer Beziehung. Als sie später an diesem Abend über den Innenhof zu ihren Zimmern schlenderten, nahm sie Jon zur Seite. »Hör zu, Jon. Ich weiß nicht, wo wir anfangen sollen, aber anfangen müssen wir. Würde sich Eric Laben für uns mit seinem Bruder treffen?«

Jon machte bei der weißlackierten Pumpe halt und blickte in den Himmel. Er war dunkelviolett und mit Sternen übersät. »Rosie, es ist so großartig, dass du hier bist. Ich wünschte –«

»Was?«

»Nichts.«

Jon schüttelte den Kopf. »Nur, dass ich ein besserer Mensch wäre.« Sie sprach weiter. »Ich habe heute Kontakt zu einem Detektivbüro aufgenommen. Gebrüder Barnes. Ich habe sie ausgewählt, weil ich finde, dass es einem leicht über die Lippen geht. Findest du nicht? Versuch es. Gebrüder Barnes.«

»Na ja, zumindest klingt es ... okay. Aber du hast nichts, worauf sie sich stützen könnten.«

»Nur, woran du dich erinnern kannst.« Jon seufzte hörbar. »Ich wünschte nur, du wärst nicht so verdammt gut darin, Dinge tief in deinem Unterbewusstsein zu vergraben. Ich dachte, nach einigen Tagen hier, fällt dir vielleicht noch mehr ein. Aber heute bist du schon den vierten Tag hier, und –«

Rose schwieg eine Weile. Sie starrte in den Himmel und fragte sich, ob David irgendwo dort oben war.

Sie lächelte blind in die Dunkelheit. »Hör zu. Morgen gehen wir zur Farm und besuchen Onkel Joe. Ich werde mit ihm über Fak reden. Vielleicht kann ich mich dann noch an mehr erinnern.«

☆

Am nächsten Morgen machten sie sich auf den Weg zur Farm. Jason kutschierte Tante Mabe – Mabs, wie Rose sie jetzt nennen sollte – zu ihrem Besuch bei einer alternden Schauspielerin. Aber sie hatten den Senator herumkriegen können, die Schlüssel zum »Sportflitzer« herauszurücken – was, wie sich dann herausstellte, ein Oldtimer war. Jon fuhr und versicherte Rose dabei immer wieder, dass Jason sie bereits bei mehreren Gelegenheiten ans Steuer gelassen hatte. Es stimmte, sie kam mit dem Schlitten beachtlich gut zurecht. Sie erreichten die Farm etwa eine Stunde, nach dem sie mit Onkel Joe telefoniert hatten, und trafen ihn im Kuhstall an. Er gab vor, sich für den Milchertrag zu interessieren.

Es strömte nur so über Rose herein. Sie erkannte alles wieder. Die Zimmer erschienen ihr jetzt kleiner – logischerweise. Verglichen mit dem Schneewittchen-Haus waren sie allerdings immer noch groß. Es war inzwischen ersichtlicher als damals, dass die Farm auch bewirtschaftet wurde. Das Ehepaar, das sich um die Tiere kümmerte, durfte in der Küche essen. Ihre Stiefel standen auf der Veranda an der Rückseite des Hauptgebäudes, und ihre Stimmen waren aus dem Esszimmer zu hören. Bald würde es ihre Farm sein, und Onkel Jon würde in ein Zimmer abgeschoben werden. Rose konnte verstehen, warum Jon so willkommen war: Greta und Clark sprangen praktisch dienstbereit auf, als sie durch die Tür kam.

Nachdem sie Kaffee getrunken hatten, führte Onkel Joe sie auf der Farm herum.

Rose fragte: »Was ist mit Fak passiert, Onkel Joe?«

»Fak? Du meinst den alten Tom?« Er grinste. »Ich hatte ihn völlig vergessen, bis du ihn dann neulich beim Dinner erwähnt hast. Er mochte dich sehr gern.« Er schüttelte den Kopf. »Er war nicht so alt wie ich, aber er hatte Schwierigkeiten in der Familie. Daran ist er wohl zerbrochen.«

»Er war ... mein Freund.« Rose wandte den Kühen den Rücken zu. Die hatten nicht zu Faks Domäne gehört. Sie sagte: »Hast du mit Mr. Laben gesprochen? Über die Party in seinem Haus zur Feier des Kriegsendes?«

»Das habe ich in der Tat.« Onkel Joe legte einen Arm um Jons Schultern, den anderen um Roses. »Ihr habt ja keine Ahnung, was das für uns alte Knacker bedeutet. Die Möglichkeit, über alte Zeiten zu reden, ohne als senil abgestempelt zu werden! Und dann auch noch Detektiv spielen zu dürfen!«

Jon fragte bestimmt: »Hast du irgendwelche Namen herausbekommen, Onkel Joe?«

»Nein.« Das Gewicht des alten Mannes lastete schwer auf ihren Schultern. »Die Hälfte der Leute, die an diesem Abend da waren, haben sie sowieso nicht gekannt. Tauchte irgendjemand in einer Uniform auf, war er schon drin! So einfach war das.«

Jon ließ sichtlich den Kopf hängen.

»Ich dachte ... habe gehofft, du hättest vielleicht einen Anhaltspunkt für uns.«

»Nun, ich habe nicht gesagt, dass ich das nicht habe!« Die Arme wurden noch schwerer. »Ich habe etwas für euch. Am besten kommt ihr rein und schaut es euch mit eigenen Augen an.«

Sie folgten ihm wieder ins Haus. Auf dem Weg mussten sie hier und da Mistklumpen zur Seite kicken. Rose erinnerte sich daran, wie flott derartige »Beweisstücke« in früheren Zeiten beseitigt worden waren.

Onkel Joe atmete hörbar schwer, bis sie endlich im Wohnzimmer angelangt waren. Sie luden ihn in einem Sessel ab, und er grinste schelmisch. »Hinter der Uhr. Der große Umschlag. Hab ich im Schreibtisch gefunden.« Er nickte in Richtung des Kaminsimses. Jon eilte hinüber und holte den Umschlag. Rose fragte: »Geht es dir gut, Onkel Joe?«

»Natürlich geht es ihm gut! Er lacht sich nur ins Fäustchen – er hat etwas ganz Besonderes in petto«, sagte Jon schnell.

»Ich bin in Ordnung, Küken.« Der alte Mann tastete nach einer Fotographie, zog sie in Zeitlupe aus dem Umschlag und überreichte sie Jon. Rose schaute ihr über die Schulter. Es zeigte den Kronleuchter und die geschwungenen Treppen. Unterhalb des anmutigen Treppenbogens waren rund fünfzig Personen zum Gruppenfoto aufgestellt. Sie erspähte ihr langes Kleid zwischen zwei Paar Hosenbeinen. Und noch jemanden: Lennox Laben. Rose schauderte und ließ ihre Augen die Reihe entlang schweifen, in der ihre Mutter – sehr jung, sehr zerbrechlich – zwischen Tante Mabe und noch jemandem saß. Einem Mann. In Navy-Uniform. Dunkel.

Sie sagte leise: »O mein Gott. Das ist er. Jon. Das ist der Mann ... das Foto ist unscharf, ich weiß, aber natürlich war er in der Navy. Vater war in der Navy – sie fühlte sich sofort zu diesem Mann hingezogen. Ich bin mir sicher: Dieser Mann ist dein Vater.«

Jon japste nach Luft. Und Onkel Joe auch.

Sie schauten ihn an. Er war in seinem Sessel nach vorne gekippt, sein Kopf lag auf der Armlehne. Seine Lippen hatten die Farbe reifer Pflaumen, und seine Haut sah aus wie Wachs. Es war ganz offensichtlich: Onkel Joe hatte einen Herzanfall gehabt.

18

Onkel Joe war nicht tot. Er wollte nicht einmal ins Krankenhaus. Bis der Krankenwagen kam, hatten Rose und Jon ihn bereits mit Gretas und Clarks Hilfe auf das Sofa unterm Fenster gebettet. Er war wieder zu Bewusstsein gekommen und versicherte ihnen, er sei okay. Er hatte immer noch ein blödes Grinsen auf den Lippen, und Rose war sich ganz und gar nicht sicher, ob es tatsächlich nur eine spastische Verkrampfung seiner Gesichtsmuskeln war. Er musste sicherlich gewusst haben, dass er nun bekam, was er wollte. Rose und Jon konnten ihn jetzt schlecht allein lassen; das hätte nicht einmal Tante Mabe erwartet. Und wenn sie beide bei ihm wohnten, blieb schließlich ihrer aller Ansehen unversehrt. Es hätte nicht besser ausgehen können, wenn er es von langer Hand geplant hätte.

Rose merkte selbst schnell, wie sehr Jon hier gebraucht wurde und welch großer Segen es für ihn sein musste, sie wieder zurückzuhaben. Greta und Clark waren weit entfernt von dem Ehepaar, das zu Roses Zeiten die Farm bewirtschaftet hatte; das waren echte Farmer gewesen. Greta und Clark waren, was ihre zukünftige Rolle auf der Farm betraf, besorgt.

»Ich bin keine Krankenschwester«, erklärte Greta ihnen, während sie Onkel Joes Beine aufs Bett hob. »Und Clark ist ebenso wenig ein Arzt.«

»Das verlangt ja auch niemand«, beruhige Rose sie. Sie und Jon stopften Sofakissen unter Joes Kopf. Sie hatten ihm den Hemdkragen geöffnet und wussten, dass der alte Mann noch einmal davongekommen war.

»Jon, gib Clark die Autoschlüssel, damit er das Auto vor der Tür wegfahren kann, um für den Krankenwagen Platz zu machen.«

Doch Onkel Joe weigerte sich, ins Krankenhaus zu gehen. »Ruft den Kurpfuscher an, er soll kommen«, flüsterte er kraftlos. »Wenn ich schon sterben muss, dann soll es hier sein. Auf der Farm.«

Und so schickten sie den Krankenwagen wieder weg, und der Hausarzt kam zur Farm. Nachdem er eine halbe Stunde allein mit dem alten Mann verbracht hatte, kam er zu den Mädchen in die Küche. Greta und Clark hatten sich unbemerkt in ihre eigenen Räume über der Garage verzogen. Die Mädchen hatten in der Zwischenzeit Aschenbecher geleert, Zeitungen vom Boden aufgehoben, die Spülmaschine eingeräumt und Tee gekocht.

Der Arzt nickte. »Ja, er kann gleich eine Tasse haben.« Er setzte sich an den frisch geschrubbten Küchentisch. »Wissen Sie irgendetwas über die Pflege eines Herzpatienten?«

Jon sagte unerwartet: »Ja. Er muss sich viel ausruhen. Keinen Lärm und keinen Trubel. Leichte, regelmäßige Mahlzeiten. Aufmunternde Gesellschaft ...«

Der Arzt lächelte. »Das ist so ziemlich alles, was Sie tun können. Ihr Onkel ist über achtzig. Er möchte hier bleiben. Was sagen Sie dazu?«

»Natürlich«, erwiderte Jon. »Wir tun gern alles, um es ihm zu ermöglichen, zu Hause zu bleiben.« Sie schaute Rose nicht an. »Kein Problem.«

»Oh, die Probleme werden noch kommen.« Der Arzt grinste. »Ihr Onkel wird schon dafür sorgen. Aber wir können es zumindest eine Weile versuchen und sehen, wie es klappt.«

Er stand auf und streckte die Hand aus. »Jeff Blatt. Ich bin neu hier in der Gegend. Ich habe Mr. Lange bereits zweimal behandelt. Und die Labens habe ich auch in meiner Kartei.«

Jon griff nach seiner Hand und lächelte herzlich. »Ich habe vollstes Vertrauen in Sie ...«

Auch Rose ließ sich die Hand schütteln.

»Ich werde Ihnen das Rezept ausstellen und es noch heute Abend vorbeibringen«, sagte er. »Wenn der Patient Schmerzen hat, eine Tablette unter die Zunge legen.«

»Ja, das sagten Sie bereits.« Jon begleitete ihn hinaus, lehnte sich gegen das Geländer der Veranda und winkte ihm noch eine Weile hinterher. »Nur, um einen bleibenden Eindruck zu hinterlassen«, murmelte sie durch die Zähne. »Und hör endlich auf, so besorgt auszusehen, Rosie! Er ist okay. Und ich verpflichte dich zu nichts – ich kann allein hier bleiben, und du kannst zu Mabs nach Georgetown zurückgehen.«

»*Darüber* bin ich weniger besorgt! Irgendwie ist es eine Erleichterung, von Tante Mabe wegzukommen – es ist so offensichtlich, dass wir dort nicht willkommen sind. Aber das hier ... das könnte noch ein Nachspiel haben.«

Jon schloss endlich die Tür hinter sich und kam an den Küchentisch. »Eines nach dem anderen, Rosie. Komm, lass uns zu Onkel Joe reingehen und ihm eine Tasse Tee bringen, dem armen Kerl. Er hat uns ein ganzes Stück weitergebracht, und jetzt kann er nicht einmal seinen Erfolg genießen. Wir müssen ihn in jeden Schritt miteinbeziehen. Lass uns dieses Foto holen und mit ihm darüber reden, lass uns ihm zeigen, wie sehr wir uns freuen, dass er es ausgegraben hat.«

Rose betrachtete die verschmierte Zuckerdose, stand auf und holte eine neue. Dabei fand sie im Küchenschrank auch Stoffservietten. Sie nahm eine davon heraus und legte das Tablett damit aus. Dann arrangierte sie das Teegeschirr, wie sie es so oft für David getan hatte.

Sie gingen zu Onkel Joe ins Wohnzimmer zurück. Er grinste immer noch. Rose stellte ein Tischchen und zwei Stühle neben sein Bett. Als sie wieder aufschaute, sah sie, wie Jon ihm seine Tasse an den Mund hielt und mit sanfter Stimme sagte: »Lass mich das machen, Joe. Nimm kleine Schlucke. Ganz vorsichtig. Sag nichts. Du hattest für heute genug Aufregung.« Sie konnte ihm immerhin eine halbe Tasse des gesüßten Tees einflößen. Dann wischte sie ihm das Kinn ab und lächelte ihn warmherzig an. »Also. Kannst du zuhören? Interessiert es dich?«

Er nickte langsam aber entschieden. Jon nickte ebenfalls, wie zur Bestätigung, dass sie ihn verstanden hatte.

»Dann erzähle ich dir jetzt, was wir geplant haben. Und wenn es dir nicht passt, sagst du einfach nein. Einverstanden?«

Dieses idiotische Grinsen blieb in seinem Gesicht stehen wie eingraviert, aber er sagte: »Klingt gut.«

Rose lehnte sich zurück. Aus der Küche klang das Summen der Spülmaschine. Sie versuchte, das gleichmäßige Geräusch beruhigend in ihre Gedanken einfließen zu lassen. Letzten Endes bestand überhaupt kein Grund zur Aufregung. Mit Onkel Joe war es nicht wie mit David. Er würde nicht sterben. Und wenn, dann musste sie nicht wieder alle Grenzen übertreten, wie nach Davids und Aileens Tod. Onkel Joe bedeutete ihr nichts, zumindest nicht wirklich. Und es war immer noch besser, auf der Farm zu wohnen und sich um ihn zu kümmern, als nicht zahlende, ungewollte Gäste im Haus des Senators zu sein. Doch irgendwie erschien ihr ihr Zuhause mit einem Mal so schrecklich weit weg.

Jon sagte: »Greta und Clark sind in den zwei Wochen, seit ich hier weggegangen bin, zu ihren alten Gewohnheiten zurückgekehrt, Joe. Weißt du das?« Er nickte einmal. Sie sprach mit sanfter Stimme weiter: »Wir können das wieder hinkriegen. Wir werden mit ihnen fertig. Und mit Dr. Blatt. Und dir. Was sagst du dazu?« Sein Grinsen wurde breiter. Er nickte wieder, dann schaute er Rose an.

»Nun zu dem Foto. Es ist genau das, was uns gefehlt hat. Was wir dringend gebraucht haben, Joe. Du hast ein Wunder vollbracht, indem du es gefunden hast. Ich habe bereits ein Detektivbüro mit Nachforschungen beauftragt. Aber, wie Rose ganz richtig bemerkt hat, hatte ich nichts, was ich ihnen als Anhaltspunkt hätte geben können. Und jetzt habe ich etwas. Dank deiner Hilfe, Joe!« Sie schaute wieder zu Rose und hob die Augenbrauen. »Da stimmst du mir doch zu, nicht wahr Schwesterherz?«

Was blieb ihr da anderes übrig, als zu nicken? Schließlich wollte Rose nicht allein zu Tante Mabe zurück. Jon sprach aufgeregt weiter: »Rosie, irgendwie befreit es deinen Kopf, und du kannst dich nun an mehr Details erinnern, nicht wahr?«

Rose zögerte. »Vermutlich hast du Recht. Obwohl ich glaube, dass ich schon mein Bestes gegeben habe, Jon.«

Jon sagte überzeugt: »Aber ich glaube das nicht. Als du dir das Foto angesehen hast, konnte ich es praktisch in deinem Gehirn rattern hören, Rosie. Und wenn du meinen Vater wiedererkannt hast, dann erkennst du vielleicht noch weitere Gesichter auf dem Foto. Oder dir fällt ein Name ein. Oder irgendetwas anderes.«

Rose konnte keinen klaren Gedanken mehr fassen. Sie erinnerte sich an dieses »amerikanische Gefühl« aus ihrer Kindheit: ein Gefühl, in Eile zu sein, in Dinge hineingedrängt zu werden. Wo war Fak jetzt, um sie an die Hand zu nehmen und in ihr eigenes, sicheres Zimmer zu bringen?

Jon verstand ihr Schweigen als Einverständnis und kippte ihren Tee hinunter, als sei es Whisky – sie warf ihren Kopf ruckartig in den Nacken. Dann wandte sie sich wieder an Onkel Joe: »Es ist alles unter Dach und Fach. Du musst dir um überhaupt nichts Gedanken machen.«

Er lehnte sich in die Kissen zurück. Jon ging zum anderen Ende des Zimmers und begann die Bücher in einem Regal zu ordnen. Rose räumte das Teegeschirr zusammen. Onkel Joe hatte aufgehört zu grinsen und war eingeschlafen.

Sie betrachteten ihn, wie er so dalag. Jon flüsterte: »Ich frage mich ... ich meine, gibt es so etwas wie einen selbst herbeigeführten Herzanfall?«

Rose schüttelte den Kopf. Doch Jon legte einen Finger auf ihren Mund und bedeutete ihr, sie in die Küche zu begleiten. Dort beugte sie sich über den Tisch und lachte leise. »Ich dachte nur, das wäre doch ziemlich gerissen gewesen von ihm. Und der alte Joe ist schließlich ein Opportunist, wie er im Buche steht. Rosie, ich habe den Verdacht, der Alte hatte das alles genauestens vorbereitet, bevor er das Foto aus der Schublade gezogen hat! Dieser gerissene Kerl!«

»Dr. Blatt –«, fing Rose an.

»Oh, ich habe nicht gesagt, dass er alles gespielt hat. Er hat sich wahrscheinlich schon lange hundeelend gefühlt. Hätte sich längst untersuchen lassen sollen.« Jon richtete sich auf und sah sich in der Küche um. »Weißt du, Schwesterherz, ich mag dieses Haus sehr. Solange Joe uns nicht wegstirbt, könnten wir nicht besser dran sein, meinst du nicht? Ich werde die Farm bald wieder auf Vordermann gebracht haben. Du kannst dich vollkommen entspannen, meine Liebe. Das verspreche ich dir. Das wäre doch gar nicht so schlecht, oder?« Sie schaute Rose flehend an, und Rose konnte nicht anders, als traurig zu lächeln.

☆

Die plötzliche Wendung der Dinge kam Tante Mabe in der Tat sehr gelegen. Sie kam noch am selben Abend mit Jason zur Farm gefahren, brachte ihnen ihre Kleider, Arme voller Blumen für Joe und eine Dose *Pâté de foie gras* fürs Abendessen.

Jon hatte Greta und Clark schon längst ihre Anweisungen erteilt, und so hatte Greta genug Zeit gehabt, ihnen zwei Gästezimmer herzurichten. Nun wies sie Greta an, die vielen Blumen im ganzen Haus zu verteilen. »Und morgen werden wir damit beginnen, das Silber und das Messing zu polieren«, verkündete sie. »Sie und Ihr Mann können morgens nach dem ersten Melkgang in der Küche frühstücken. Ihre anderen Mahlzeiten werden Sie dann in Ihrer Wohnung einnehmen.«

»Aber wenn wir für Mr. Lange kochen, erscheint es ziemlich unsinnig, das Essen über den Hof zu tragen.«

»Sie werden nicht für Mr. Lange kochen«, sagte Jon höflich. »Das werde von nun an ich übernehmen.«

»Immer kochen? Für Sie alle drei?« Greta schniefte laut. »Ich weiß, Sie haben vorher gelegentlich schon mal kleine Sachen zubereitet. Aber Sie werden schnell feststellen, dass dies eine Ganztagsbeschäftigung ist.«

Jon nickte und sagte mit einem Lächeln: »Wenn Sie das hier jetzt bitte in die Waschküche bringen und die Maschine anstellen. Wir kommen dann für heute Abend allein zurecht.« Sie lächelte wieder. »Ich sehe Sie dann morgen frisch und munter in aller Frühe. Danke, Greta. Und sagen Sie Clark von mir ebenfalls vielen Dank für seine Hilfe.«

Tante Mabe, die den letzten Satz überhört hatte, sagte bewundernd: »Joanna, du klingst so ... englisch. Ich wusste gar nicht –«

Jon sagte: »So haben die Inderinnen im Schönheitssalon mit mir gesprochen, Mabs.« Sie roch an einem riesigen Krug voller Chrysanthemen. »Mmh, vom Stallhof, stimmt's? So werden Rosie und ich mit demselben Duft in der Nase einschlafen wie vergangene Nacht.« Sie lächelte. »In vierundzwanzig Stunden kann viel passieren, Mabs.«

»Ja.« Die alte Dame setzte sich schwerfällig an den Küchentisch. »Ich möchte mich bei euch Mädchen bedanken. Wenn Joe heute Nachmittag irgendetwas zugestoßen wäre ... ich hätte ihn sehr vermisst.«

Jon warf Rose einen verdutzten Blick zu, und Rose zuckte ratlos mit den Schultern. Die Vorstellung, dass der Kampf der Gefühle selbst mit achtzig noch weiterging, erschien ihr irgendwie anstrengend.

☆

Später studierte sie noch einmal gründlich das Gruppenfoto, allerdings ohne ein weiteres Ergebnis. Und so steckten sie es schließlich in einen Umschlag und schickten es an die Gebrüder Barnes. Doch es war noch am selben Abend, als sie plötzlich sagte: »Miss Millward. Natürlich. Sie hat mir das Tanzen beigebracht!« Und Jon schaute triumphierend Onkel Joe an. »Es kommt wieder, Onkel Joe! Stück für Stück kommen die Erinnerungen zurück!«

Rose traf sich mit dem alten Rudolph Laben. »Mir ist durchaus bewusst, dass Lennox krank ist, Mr. Laben. Aber glauben Sie, es wäre mir dennoch möglich, ihn zu besuchen? Verstehen Sie, er war älter als ich. Und er muss an diesem Abend bei mir gewesen sein, als ... er muss dabei gewesen sein.«

Mr. Laben sagte: »Wenn es irgendwie möglich ist, ohne Lennox weiterzukommen ...« Er wandte sich zum Fenster. »Ich halte es für keine gute Idee, zu ihm zu gehen, Rosamund. Ich glaube fest, dass er nicht imstande ist, euch zu helfen.«

Rose fixierte den gekrümmten Rücken des alten Mannes. Also war Lennox tatsächlich so ekelhaft, wie sie ihn in Erinnerung hatte – sie hatte vollkommen recht getan, die Erinnerung an ihn zu scheuen. Doch dann passierte etwas Eigenartiges: Ermutigt durch die Tatsache, plötzlich zu wissen, dass ihre Angst von damals gerechtfertigt war, konnte sie es endlich zulassen, dass die Erinnerungen an Lennox wiederkamen. Ja. Er hatte an ihrem hübschen Schneewittchen-Kleid gezerrt. Und dann war er ihr nachgerannt. Viele unendlich lange Korridore entlang.

Sie fragte abrupt: »Darf ich nach oben gehen und mich umschauen, Mr. Laben?«

»Natürlich, mein Kind. Maria wird dich –«

»Nein. Ich muss allein sein.«

Rose lief im Haus umher. Sie hatte es als riesig in Erinnerung, beinahe als eine Art Labyrinth. Jetzt waren die Treppen und Gänge gar nicht mehr überdimensional. Am Ende des ersten Flurs führte eine weitere Treppe nach oben, der sie folgte. Oben angekommen, betrat sie das Zimmer, dessen Tür nur angelehnt war. Ja, hier war es, wo Mutter und sie in dieser Nacht geschlafen hatten. Und wo Lennox sie gefunden hatte. Sie lief im Zimmer umher, dann ging sie zurück zur Tür. Auf der Suche nach ihrer Mutter war sie diese Treppe hinuntergerannt. Und hier, einen Stock tiefer, hatte sie die dritte Tür nach dem Treppenabsatz aufgestoßen. Lennox war dicht hinter ihr gewesen. Sie hatte mitten im Zimmer gestanden. Nein. Es war nicht Lennox gewesen. Es war überhaupt nicht Lennox gewesen. Jemand hatte Lennox erwischt, ihm eine ordentliche Tracht Prügel verpasst und war ihr dann nachgelaufen.

Sie stand jetzt am Fuß des Himmelbetts und erinnerte sich an Mutters Gesicht in der Armbeuge eines Mannes. Sie drehte sich langsam um und sagte: »Es war nicht Lennox. Es war überhaupt nicht Lennox. Es war ein anderer Junge. Es war der Junge, der aus der Torte gesprungen kam!«

Sie rannte nach unten, plötzlich furchtbar aufgeregt.

»Die Torte?«, fragte Mr. Laben verwirrt. »Kind, wovon redest du?«

»Ich habe Mutter gesucht. Lennox war hinter mir her. Ich bin in ihr Schlafzimmer gerannt und dachte, er sei mir dicht auf den Fersen. Aber es war dieser andere Junge. Er hatte es irgendwie geschafft, Lennox abzuhängen, und war mir nachgelaufen, um mich zurück zu den anderen Gästen zu bringen. Und dann – später – ist er aus der Torte gesprungen. Und Fak hat mir gesagt, er sei weggegangen. Auf eine andere Schule.«

Mr. Laben starrte sie an. Er sagte leise: »Mein Gott. Das hatte ich völlig vergessen. Was das für ein Theater war. Er war der Sohn vom Butler deiner Tante. Tom. Sein Name war ... lass mir eine Sekunde Zeit – sein Name war Abraham. Ja, genau, Abraham. Er wurde in eine Reformschule für schwer erziehbare Kinder gesteckt – eine Besserungsanstalt. Ich weiß nicht, was dann mit ihm geschehen ist. Ich glaube, Tom starb, ehe er entlassen wurde.«

»Abr'am. So hieß er. Abr'am.« Rose spürte, wie sich ihre Augen mit Tränen füllten. »Faks Sohn. Er hat mich gerettet. Wie habe ich ihn nur vergessen können?« Sie wandte sich zur Tür, beinahe wütend. Durch den Türspalt konnte sie den Flur sehen und die Spitze des Kronleuchters. Sie sagte: »Ich muss ihn finden. Ich muss Abr'am finden.«

Sie hörte, wie Mr. Laben hinter ihr aufgeregt sagte: »Rosamund, jetzt habt ihr es vielleicht! Dieser Junge – er war damals ungefähr zwölf, ja? Es ist gut möglich, dass er weiß, wer Joannas Vater ist!«

»Ich muss ihn so oder so finden. Mich bei ihm entschuldigen.«

»Wofür? Mein liebes Kind –«

»Dafür, dass ich ihn vergessen habe!« Rose kam ins Zimmer zurück. »Mr. Laben, versuchen Sie, sich an seinen vollen Namen zu erinnern. Und wo man ihn auf diese Schule geschickt hat. Gibt es nicht noch irgendetwas anderes über ihn, woran sie sich erinnern können?«

»Vielleicht – deine Tante? Es ist so lange her, mein Kind. Und damals, zu der Zeit, waren farbige Bedienstete –«

»Ich wusste nicht, dass er ein Farbiger war. Ich wusste nicht, dass Fak ein Farbiger war.«

»Aber sicher doch – Rose, meine Liebe –, du hast womöglich eine Menge Dinge vergessen.«

»Das nicht. Ich habe ihn natürlich gesehen. Aber er war einfach ein Mann. Einfach Fak. Und sein Sohn ... Er war einfach wunderbar.« Rose schluckte. Sie wusste, dass sie sich vollkommen lächerlich machte. »Er war wie ein Ritter auf einem weißen Schimmel!«, sagte sie.

Mr. Laben schüttelte verzweifelt den Kopf. Ihre Mutter war ebenfalls sehr romantisch gewesen. Daran jedenfalls konnte er sich noch gut erinnern.

☆

Tante Mabe schwor, Faks Nachnahmen vergessen zu haben, falls sie ihn überhaupt jemals gewusst hatte. In diesem Moment, als sie vor Entsetzen über Roses neueste Suche die Hände über dem Kopf zusammenschlug, war sich Rose ganz sicher, dass sie den Namen absichtlich zurückhielt.

»Meine Liebe, ich weiß, wir schreiben das Jahr 1977, und vor Gott sind wir alle gleich! Ja, das weiß ich alles – und auch, dass er dein Freund war! Aber kannst du denn nicht verstehen, dass ich mich persönlich unmöglich in Zusammenhang mit ... Der Senator würde das niemals zulassen!«

Aber Onkel Joe murmelte: »Natürlich erinnere ich mich daran, meine Liebe. Hieß er nicht Brown? Nein, das war der in dem Buch, glaube ich.«

Jon konnte ganz schön grob werden, wenn sie wollte: »Schlaf jetzt nicht ein, Joe!«, sagte sie barsch. »Es muss doch irgendwo noch irgendwelche Notizen geben.«

»Die Gehaltslisten«, sagte Joe und grinste seine beiden Vernehmungsbeamtinnen an. »In der Schreibtischschublade in meinem Büro.«

Der Inhalt der Schubladen war chaotisch. Joe hatte sie offensichtlich auf der Suche nach dem Foto durchwühlt. Rose und Jon verbrachten einen ganzen Abend damit, die Sachen Blatt für Blatt, Mappe für Mappe zu ordnen. »Ich kann verstehen, warum Mabs ihn für den Senator sitzen gelassen hat«, meinte Jon. »Er hat die Farm und diese Aktien hier. Aber ansonsten ...«

»Hier ist sie, die Liste.« Rose hatte ihre Schwester kaum gehört. Sie war jetzt ebenso wild entschlossen, wie Jon es gewesen ist. »Thomas William McKenzie.« Sie schaute verblüfft auf. »Ein Schotte? Bestimmt nicht!«

»Hat er einen Schottenrock getragen?«, fragte Jon mit ernstem Gesicht.

»Halt den Mund, Jon. Er war etwas Besonderes. Etwas wirklich Besonderes.« Sie hockte sich auf ihre Fersen. »Thomas McKenzie. Ich weiß nicht, inwiefern uns das weiterbringen soll.«

Anstelle einer Antwort, griff Jon in ihre Handtasche, zog ein Notizbuch heraus und blätterte darin. Sie hob das Telefon ab, das auf dem Schreibtisch stand, und wählte. Nach einer langen Wartezeit rümpfte sie die Nase: »Einer dieser neuen Anrufbeantworter«, sagte sie. Dann, mit affektiertem englischen Akzent: »Mrs. Johnson hier. Wir sind auf einen neuen Anhaltspunkt gestoßen. Ich brauche den aktuellen Aufenthaltsort von ... Abraham McKenzie. Geboren ...« Sie schaute Rose Hilfe suchend an, die zuckte jedoch mit den Schultern und sagte: »Um 1930, würde ich mal schätzen.« Jon gab dies so weiter, dann fügte sie hinzu: »Farbig. Er wurde 1945 auf eine Reformschule geschickt.« Sie schaute noch einmal fragend zu Rose, die wieder mit den Schultern zuckte. »Das wär's dann. Sie erreichen mich ab sofort unter der Vorwahl von Georgetown und dann vier-acht-fünf-null-neun. Vielen Dank.«

Sie legte den Hörer auf. »Ich werde morgen früh dort anrufen. Da können sie sich sicher sein. Die guten alten Gebrüder Barnes.«

Rose bezweifelte, dass sie so schnell schon eine Antwort bekommen würden. Doch als am nächsten Morgen um acht Uhr das Telefon klingelte und sie den Hörer abnahm, sagte die männliche Stimme am anderen Ende tatsächlich: »Hier ist William Barnes. Spreche ich mit Mrs. Johnson?«

»Hier ist Mrs. Johnsons Schwester.« Rose spürte, wie ihr Geist munter wurde. »Sie haben doch nicht etwa schon irgendwelche Ergebnisse?«

»Ich glaube, ich spreche besser mit Mrs. Johnson persönlich«, sagte die Stimme bestimmt.

Rose holte Jon ans Telefon und tänzelte neben ihr im Kreis, während Jon mit dem Detektiv sprach. Es war unmöglich, aus Jons Antworten herauszuhören, was ihr Mr. Barnes erzählte. »Ja. Ja, das würde ich zumindest so annehmen. Ja. Punkt ein Uhr. Ja.« Endlich legte sie den Hörer auf.

»Also.« Sie schaute Rose an. »Es sieht ganz so aus, als hättest du hier einen dicken Fisch an der Angel, Rosie. Angeblich sollte uns Abe McKenzie bekannt sein. Er war bereits im britischen Fernsehen wie auch hier in den Staaten.«

»Ein Fernsehstar?« Rose spürte einen schrecklichen Stich der Enttäuschung in der Magengegend.

»Wohl kaum. Ich vermute mal, du würdest eher sagen, ein Politiker. Er war einer der Anwälte, die die Bürgerrechtsgesetze und die Wahlrechte ausgearbeitet haben. Was auch immer das ist.«

Rose musste bei beidem passen. Sie runzelte die Stirn. »In dem Jahr, als wir geheiratet haben ... erinnerst du dich an den Washingtoner Marsch? Bevor Martin Luther King ermordet wurde?«

»War das damals? Ja, ich habe davon gehört.«

»Ich glaube – ich bin mir fast sicher, dass kurz danach, es muss etwa zu der Zeit gewesen sein, als die Zwillinge geboren wurden – einige wichtige Gesetze erlassen worden sind.« Sie schüttelte ratlos den Kopf. »Ich fürchte ...«

Jon sagte schnell: »Wie auch immer, wenn es derselbe Abe McKenzie ist, hat er ein Büro in New York, und der gute alte William Barnes würde sich freuen, uns dort hinzubringen, wann immer wir wollen. Er wittert wahrscheinlich seine Chance, diesen Mann zu treffen, vermute ich mal.«

»Es kann nicht derselbe Mann sein«, sagte Rose, die so gern überzeugt gewesen wäre.

»Nun, dieser Abe McKenzie hatte einen Vater namens Thomas Williams. Und er wurde im Alter von vierzehn Jahren in eine Besserungsanstalt gesteckt. Und er hat sich selbst durchs College und dann durchs Jurastudium gebracht. Er war der Jüngste in seiner Klasse, der sich qualifiziert hat. Er ging direkt nach Memphis, um seine Dienste –«

Rose fragte: »Wann kann Mr. Barnes mich nach New York bringen?«

»Hast du nicht gehört, was ich gesagt habe? Punkt ein Uhr.«

Rose nickte. »Wir werden früher zu Mittag essen. Sag das Onkel Joe.«

»Das wird ihm gefallen«, sagte Jon und ging an den Herd.

☆

Rose saß auf dem Beifahrersitz des überlangen Kabrioletts. Das Verdeck war offen, und sie hatte Schwierigkeiten, sich gegen den Wind zu verständigen. Mr. Barnes entpuppte sich als Mann mittleren Alters, der sich mit »William Barnes zu Ihren Diensten. Ehemaliger State Police Officer. Privatdetektiv seit vierzehn Jahren. Keine Reklamationen« vorstellte. Rose gab sich damit zufrieden. Nicht, dass es ihr gleichgültig gewesen wäre, ob Barnes möglicherweise Frau und Kinder hatte, doch im Moment wollte sie sich nur auf die eine Sache konzentrieren und dabei nicht gestört werden.

Sie nahmen einen anderen Highway als Jason vor gerade erst zehn Tagen, und sie erreichten die Stadt von Norden her. Aus den Hügeln westlich des Connecticut Rivers herunterkommend, fuhren sie der weltberühmten Skyline entgegen. Rose genoss diesen ungewöhnlichen Anblick der Wolkenkratzer, die sich vom Atlantik abhoben, allerdings wünschte sie sich schon jetzt, sie hätte vorher angerufen und einen Termin ausgemacht. Sie fragte sich bereits, warum sie auf dem Weg zu ihm war: Um sich bei ihm für das zu bedanken, was er vor zweiunddreißig Jahren für sie getan hatte? Um ihm zu sagen, wie toll das war, was er erreicht hatte? Um ihn zu fragen, ob er sich an ein bestimmtes Gesicht in einem bestimmten Bett erinnern könnte? Trotz des frischen Herbstwindes spürte sie, wie ihr Gesicht glühte. Sie hätte anrufen sollen. Das wäre viel weniger peinlich gewesen. Aber es war zu spät für solche Gedanken. Sie hatte sich nun einmal entschieden, zu ihm zu gehen.

William Barnes brüllte ihr etwas zu, und sie beugte sich zu ihm hinüber, um verstehen zu können, was er sagte. »Werde das Verdeck reparieren lassen, während Sie bei Mr. McKenzie sind!«

Sie war davon ausgegangen, das offene Verdeck sei ein selbstgewähltes Vergnügen gewesen, und schrie zurück: »Wegen mir müssen Sie das nicht tun!«

Er lächelte zum ersten Mal. Sie fragte sich, ob ihr Haar tatsächlich so sehr zerzaust war.

Sie fuhren durch Queens, Brooklyn und nach Yonkers hinein. Die hohen Apartmentblocks machten das Gittersystem der Straßen der Stadt deutlich. Sie fuhren an einem kleinen Park vorbei, dem es an Gras fehlte, und bogen dann links ab. Mr. Barnes fuhr rechts in eine Haltebucht, um einen Blick auf den Stadtplan zu werfen. »Falsch abgebogen«, meinte er knapp und setzte sicher in eine Einfahrt zurück. Sie fuhren denselben Weg zurück, den sie gekommen waren, bogen diesmal jedoch in entgegengesetzter Richtung ab. Die Apartmentblocks am Ende dieser Straße gaben überraschend den Blick auf eine Zeile brauner Backsteinhäuser frei. Ihre Vorderfronten schauten auf eine Baumgruppe, die wohl zu dem Park gehören musste. Geländer säumten kleine Kellereingänge; vor manchen Fenstern waren Blumenkästen mit vertrockneter Brunnenkresse angebracht. Sie fuhren näher heran, und Mr. Barnes las die Hausnummern laut vor: »Zweihundertachtundvierzig. Fünfzig. Zweiundfünfzig.« Er zog die Handbremse an. »Hier ist es, Mrs. Fairbrother. Ich nehme an, er gibt nicht viel auf das äußere Erscheinungsbild.«

Es war tatsächlich ein bescheidenes Büro für jemanden, der geholfen hatte, amerikanische Geschichte zu schreiben. Das Haus war sogar noch schmaler als die Nachbarhäuser. Das oberste Stockwerk musste im Nachhinein hinzugefügt worden sein, was dem Haus ein komisches Aussehen verlieh. Die vier Schiebefenster, eines über dem anderen, bildeten eine Linie mit der Haustür. Hinter jeder Scheibe hingen Bilder von Martin Luther King.

Als Rose sich nicht von der Stelle bewegte, stieg Mr. Barnes aus, ging ums Auto herum und öffnete ihr die Tür. »Ich warte noch eine Weile, für den Fall, dass Sie jetzt nicht gleich zu ihm rein können«, sagte er taktvoll. »Wenn Sie in zehn Minuten nicht zurück sind, fahre ich zu der nächstgelegenen Werkstatt und lasse das Verdeck richten.«

»Aber bitte nicht auf meine Rechnung«, meinte Rose und durchkämmte selbstbewusst mit den Fingern ihr Haar. Er lächelte nur.

Sie hatte das Kostüm an, das sie auch auf dem Flug getragen hatte, und als ein Mädchen in Jeans und T-Shirt dic Kellertreppe hochkam, kam sie sich übertrieben angezogen vor. Das Mädchen trug einen Karton Akten vor sich her, lächelte Rose kurz an und eilte dann im Laufschritt die Straße hinunter.

Rose schluckte und stieg die Treppe zur Eingangstür hinauf. Sie las das Messingschild neben der Tür: DONAVAN UND MCKENZIE. RECHTSANWÄLTE. Sie fühlte sich plötzlich an das Büro der Providential in der St. John's Lane erinnert. Sie schloss die Augen und klopfte. Ihre Lider waren noch geschlossen, als die Tür aufging.

»Was kann ich für Sie tun?«

Die Stimme hatte den traditionell melodiösen Tonfall des Südens. Als Rose die Augen öffnete, sah sie eine junge Frau, größer als sie selbst, mit Wangenknochen wie poliertes Ebenholz, einer Wolke von schwarzem Haar und perfekten Zähnen.

Sie sagte: »Ich hatte gehofft, natürlich nur ganz kurz, mit Mr. McKenzie sprechen zu können.«

Das Lächeln des Mädchens wurde breiter. »Niemand bekommt mehr als das an einem Freitagnachmittag!« Sie hielt Rose die Tür auf. »In einer Stunde wird Abe hier raus sein – außer natürlich, Jimmy Carter persönlich ruft an! Sie haben ausgesprochenes Glück, momentan ist niemand bei ihm.« Sie bugsierte Rose durch einen langen Flur, der scheinbar auf die andere Seite des Hauses führte. Das Mädchen ging auf eine schmale Holztreppe zu.

»Sie sind aus England«, sagte sie über die Schulter. »Sie haben keinen Termin. Und Sie sehen aus, als würden Sie schlafwandeln.« Sie war am Treppenabsatz angekommen und drehte sich um. »Sie sind von einer britischen Zeitschrift und wollen Abe McKenzie für die Frauenseite porträtieren!«

Rose klammerte sich an den runden Pfosten und schnappte nach Luft. »Nun, ich bin aus England, ja. Und ich habe keinen Termin.« Sie lächelte plötzlich. Sie mochte dieses Mädchen sehr. »Aber ... ich habe keinen Job. Und ich will Mr. McKenzie auch nicht interviewen. Ich habe ihn vor vielen Jahren kennen gelernt. Am Tag, als wir das Ende des Krieges gefeiert haben. Und ich wollte ihn etwas fragen. Es wird nur fünf Minuten dauern. Wenn er die Frage nicht beantworten kann, noch weniger!«

»Hey, ich liebe geheimnisvolle Dinge.« Das Mädchen streckte ihr die Hand hin. »Eugenie Porter. Und wie heißen Sie?«

»Rose Fairbrother. Ich hieß Rose Harris ... vorher.«

Eugenie nickte, lächelte wieder, als wüsste sie, dass Rose Bestätigung brauchte, und öffnete eine Tür.

»Boss, eine Lady, die Sie sehen möchte. Sie will nicht mehr als fünf Minuten Ihrer Zeit. Persönliche Angelegenheit. Ihr

Name ist Rose Fairbrother – als Sie sie damals gekannt haben, hieß sie Rose Harris.«

Eine männliche Stimme sagte: »Rose Harris? Nie gehört. Außerdem ist es drei Uhr.«

Eugenie ging in das Büro, zog die Tür ein Stück hinter sich zu und sprach mit gedämpfter Stimme weiter. Die Männerstimme erwiderte etwas; es klang resigniert. Eugenie kam wieder heraus.

»Gehen Sie direkt rein«, sagte sie.

Rose ging hinein. Wenn sie erwartet hatte, er würde in einen Freudentaumel ausbrechen, wurde sie enttäuscht. Doch sie hatte nicht gewusst, was sie erwartet hatte. Der Mann hinter dem großen Schreibtisch sah älter aus als die sechsundvierzig, die er sein musste. Er sah älter aus, als Fak ausgesehen hatte. Er war sehr stattlich und untersetzt, sein krauses Haar war fast weiß. Und als er seine dunklen Augen von dem Papierstapel vor sich hob, blickte er sie nur höflich an.

Sie ging einige Schritte auf ihn zu. Das Büro musste einst ein geräumiges Schlafzimmer gewesen sein. Die Decke war mit Stuck verziert, von der Mitte hing eine Lampe an einer langen Schnur herunter – die einzigen Überbleibsel aus der Vergangenheit. Die venezianischen Rollos vor dem Schiebefenster, die metallenen Bücherregale an den Wänden, die Bürostühle und der Teppich waren eindeutig aus den Siebzigern.

Sie stand direkt unter der Lampe. Sie wusste nicht, was sie sagen sollte; sie hatte sich völlig darauf verlassen, dass er sie wieder erkennen würde. Doch wenn sie ihn schon nicht wiedererkannt hatte, wie sollte er sich da an sie erinnern? Sie war damals vier Jahre gewesen.

»Was kann ich für Sie tun, Mrs. Harris?«, fragte er ungeduldig.

»Mrs. Fairbrother. Rosamund Harris war mein Mädchenname«, erwiderte sie.

Er runzelte die Stirn. »Sie sind Engländerin?«

»Ja. Aber ich bin hier geboren. In Amerika. Während des Krieges. Im Haus meiner Tante in Connecticut, Mrs. Mabel Lange.«

Er lehnte sich in seinem ledernen Bürosessel zurück. Er hatte sich mit Bleistift Notizen gemacht. Nun klemmte er den Bleistift zwischen die Spitzen seiner Zeigefinger und balancierte ihn über dem Papier. »Aha«, entgegnete er ihr.

»Ich habe Ihren Vater gekannt. Er war mein Freund.«

Was er daraufhin sagte, schien äußerst merkwürdig. Er balancierte jetzt den Bleistift auf seinem rechten Daumen und fragte mit weicher Stimme: »Und waren Sie auch seine Freundin?«

Sie war verblüfft darüber, wie sich das Blatt gewendet hatte. Sie schaute ihn hilflos an. »Ich – ich glaube schon. Ich weiß nicht. Ich war noch ein Kind. Was meinen Sie damit?«

Er zuckte mit den Schultern. »Ich habe mich nur gefragt, ob Sie sich – nachdem Sie nach England zurückgegangen sind – in Ihren Briefen an Ihre Tante nach ihm erkundigt haben? Sie wissen schon, wie man das unter Freunden so macht.«

Sie wurde rot. Seine Ungeduld war verschwunden, ersetzt durch eine Feindseligkeit, die beinahe greifbar war.

»Ich wollte Tante Mabe nicht schreiben. Und ich glaube meine Mutter wollte das ebenso wenig. Verstehen Sie, wir wurden in Ungnade nach Hause geschickt.«

Er war jetzt still und regungslos, schaute sie an, diesmal ohne Argwohn. Der Bleistift auf seinem Daumen fiel plötzlich auf den Papierstapel vor ihm. Er sprang für einen so stämmigen Mann erstaunlich schwungvoll auf und zog einen der Plastikstühle neben seinen Schreibtisch.

»Setzen Sie sich, Mrs. Fairbrother.«

Sie gehorchte ihm. Ihre Knie zitterten, und ihr war sehr heiß. Für die Fahrt im offenen Wagen war ihr Leinenkostüm zu dünn gewesen, jetzt war es viel zu warm. Sie hatte sich vollkommen falsch angezogen.

Er ging zum Fenster, zog die Lamellen des Rollos auseinander, blinzelte hindurch und sagte: »Unglaubliches Wetter für Oktober. In diesem Büro gibt es keine Klimaanlage. Soll ich das Fenster für Sie aufmachen?«

»Nein. Alles bestens.«

Er drehte sich um und kam zum Schreibtisch zurück. Er lächelte, allerdings noch immer ohne jede Spur von Freundlichkeit.

Er sagte: »Mein Vater hat oft von Ihnen gesprochen. Er hat sich immer gefragt, wie es Ihnen geht.«

Sie stockte: »Es tut mir so Leid. Als wir erst einmal in England waren, war es ein vollkommen anderes Leben.«

»Natürlich. Das musste es auch gewesen sein.«

Um sich ein wenig zu verteidigen, meint sie: »Er hätte mir schreiben können.«

Der korpulente Mann wandte sich ab, das Lächeln war wieder aus seinem Gesicht verschwunden. Er nahm den Bleistift wieder in die Hand und schaute ihn an.

»Er konnte nicht schreiben«, sagte er leise.

»Aber ... es war Mitte des Jahrhunderts! Sie klingen ja geradezu, als ob – er war Angestellter meiner Tante! Er hat sich um Rechnungen und Konten gekümmert – und derartige Sachen!«

»Ja. Er war sehr intelligent.« Er begann, auf ein Stück Papier zu kritzeln. »Er wurde 1898 geboren. Okay. Er war also kein Sklave. Sollen wir sagen, er hatte immer noch einen Sklavenkomplex?«

Ihr Bedürfnis, sich verteidigen zu müssen, war verschwunden. Sie dachte an Fak. Er war weise gewesen. Und würdevoll. Und einfallsreich. Er hatte Tante Mabe klein und unwürdig erscheinen lassen. Und er war derjenige gewesen, bei dem sie, Rose, stets Zuflucht gesucht hatte.

»Fak war kein Sklave«, sagte sie bestimmt. »Er war ein wundervoller Mensch. Ich werde ihn nie vergessen.«

»Aber das haben Sie bereits.« Seine Stimme wurde lauter und klang äußerst vorwurfsvoll.

Sie hätte seinen Groll jetzt leicht mit ihrer eigenen Wut beantworten können, aber es war, als wäre Fak im Raum gewesen. Sie war kurz davor, sich umzudrehen und zur Tür zu sehen, ob er dort stand – wie es so oft gewesen war, wenn die Stimmen lauter geworden waren. Sie schmunzelte in sich hinein.

»Nicht wirklich. Und er hätte Verständnis dafür gehabt.«

Er musste ihrer Stimme angehört haben, dass sie heimlich gelächelt hatte, und das machte alles nur noch schlimmer. Die Bleistiftspitze brach auf dem Papier ab.

»Ich dachte, wir würden über Gerechtigkeit sprechen«, sagte er und starrte auf das, was er gemalt hatte.

Sie war überrascht. »Haben wir das? Wenn wir schon über derart Abstraktes geredet haben sollten – wobei mir nicht bewusst war, dass wir das getan haben –, dann war es doch sicherlich Freundschaft, worüber wir gesprochen haben.«

Er schwieg lange. Dann warf er den Bleistift auf den Schreibtisch und drehte seinen Stuhl um neunzig Grad, um ihr von Auge in Auge gegenüberzusitzen.

»Schon möglich. Also, was kann ich nun für Sie tun, Mrs. Fairbrother? Sind Sie gekommen, weil Sie von mir wissen wollen, wo mein Vater begraben liegt?«

Sie wurde wieder rot. »Nein. Die Angelegenheit, in der ich gekommen bin, ist weniger abstrakt als vielmehr sehr ... irdisch.« Sie wünschte, sie hätte gehen können, ohne diesen merkwürdigen und aggressiven Mann nach irgendetwas fragen zu müssen. »Es geht um diesen ... Abend. Den Abend der Siegesfeier.«

»Aha.« Er schien jetzt umgänglicher. »Ich bin ebenfalls sehr vergesslich, was diesen Abend angeht. Er ging nicht gerade glücklich für mich aus. Ich neige dazu, die ganze Sache aus meiner Erinnerung auszublenden.«

Sie konnte ihm nicht in die Augen schauen. Sie erinnerte sich jetzt an den Moment, als sie ihn zum ersten Mal gesehen hatte. Unterm Sofa. Und obwohl sie damals erst vier Jahre alt war, hatte sie ihn nicht verraten.

Sie sagte bestimmt: »Sie werden die Geschichte natürlich gehört haben. Meine Mutter hat an diesem Abend jemanden kennen gelernt. Meine Schwester, Joanna, wurde geboren, als wir wieder in England zurück waren. Fak muss es gewusst haben, auch wenn es meine Tante, wie es scheint, vor allen anderen geheim gehalten hat.«

»Warum nennen Sie ihn Fak? Sein Name war Tom. Wie in *Onkel Toms Hütte*.«

»Er war der oberste Faktotum, der Chef-Butler im Haus. Er hat alles gemanagt. Er spielte eine wichtige Rolle. Ich hätte ihn bei seinem vollen Namen genannt, wenn ich ihn gekannt hätte.« Sie zog die Augenbrauen hoch und sah ihm direkt in die Augen. »Es war, als würde man ihm einen Titel verleihen.«

Diesmal war er derjenige, der seinen Blick sinken ließ. Doch er entschuldigte sich nicht. »Fahren Sie fort«, wies er sie schroff an.

»Meine Schwester ist – ich vermute, ein Psychologe würde sie als unsicher bezeichnen. Sie hat unüberlegt und viel zu jung geheiratet – sie war schwanger. Ihr Sohn ist jetzt vierzehn. Und sie ist einunddreißig.«

»Hat sie einen Amerikaner geheiratet?«

»Nein, einen Waliser. Eric Johnson. Er ist inzwischen nach Kanada ausgewandert.«

»Und weiter«, drängte er.

»Nachdem ihr Mann sie verlassen hatte, gab es einen anderen Mann.« Sie wurde wieder rot.

Er sagte ungeduldig: »Sie hat nach einer Vaterfigur gesucht.«

Rose war abermals sehr überrascht. »Ja, ich glaube, das hat sie. Woher wussten Sie das?«

Er zuckte mit den Schultern. »Das ist ein ziemlich bekanntes Syndrom. Was ist mit Ihnen?«

»Mit mir?«

»Ja. Sie sind ebenso in einem vaterlosen Haus großgeworden wie Ihre Schwester.«

»Aber ich hatte einen Vater, Fotos. Und seine Eltern, die hatte ich auch. Jon hatte nichts dergleichen. Sie muss immer gewusst haben, selbst als kleines Kind, dass sie sie abgelehnt haben. Und als sie dann alt genug war, erfuhr sie schließlich, warum.«

»Sie haben also geheiratet. Und wie zu vermuten ist, glücklich.«

Ihre Stimme klang bedrückt. »Ja. Ja, das habe ich.«

»Ist er bei Ihnen, dieser Mann?«

»Nein. Er ist gestorben. Vor fünf Jahren.« Sie fuhr hastig fort. »Es ist okay. Ich habe gelernt, zu ... Und mir blieb auch gar nicht viel Zeit. Ich habe zwei Töchter, Zwillinge. Sie sind diesen Sommer dreizehn geworden. Und dann ist da noch Georgie, mein Neffe, Jons Sohn, von dem ich eben gesprochen habe. Und ich habe die beste Schwiegermutter, die man sich überhaupt ...« Ihre Stimme versagte, als ihr bewusst wurde, dass sie ins Plappern verfallen war. Sie gab einen seltsamen Laut von sich, der ein Lachen hätte sein können, und sagte: »Entschuldigung.«

Er bemühte sich nicht, ihr zu versichern, dass es okay sei. Stattdessen fragte er: »Was ist mit ihrer Mutter, Aileen?«

Daran konnte er sich also erinnern.

»Sie starb kurz nach David. Sie hatte ein schwaches Herz. Ich glaube, das muss sie schon immer gehabt haben. Aber Jon gibt sich dafür ebenfalls die Schuld ...« Sie verlagerte ihr Gewicht auf die andere Seite des Stuhls und versuchte, so vernünftig zu klingen, wie sie nur konnte. »Schauen Sie. Es geht darum, ob Sie sich an diesen Abend erinnern oder nicht. Sie waren dort. Sie waren in einem Raum mit mir, meiner Mutter und ... Jons Vater.«

Er verlagerte nun ebenfalls sein Gewicht, woraufhin sich sein Stuhl quietschend zur Seite drehte. Er griff wieder nach dem abgebrochenen Bleistift und sagte: »War ich das tatsächlich?«

Jetzt wurde sie ungeduldig. »Ja. Ich hatte Fak nicht verraten, dass Sie sich unter dem Sofa versteckt hatten und über und über mich Kuchenkrümeln voll waren. Deshalb dachten Sie, Sie seien mir dafür etwas schuldig. Und da haben Sie diesen schrecklichen Lennox abgehängt, der hinter mir hergerannt war, und sind mir ins Schlafzimmer meiner Mutter gefolgt. Und als Sie gesehen haben, was sich dort abspielte, haben Sie mich wieder herausgeholt.«

»Hab ich?«

Sie sagte matt: »Ja, das haben Sie.«

»Warten Sie mal. Das war im Jahr 1945. Jetzt haben wir 1977. Zweiunddreißig Jahre? Vor zweiunddreißig Jahren, habe ich meinem Vater ausgeholfen. Ich war nicht einmal offiziell engagiert oder habe Geld dafür bekommen. Und Sie erwarten von mir, dass ich mich an ein Gesicht erinnere, das ich, wenn überhaupt, zwei Sekunden gesehen habe? Können Sie sich denn an das Gesicht erinnern?«

Sie sagte: »Ich war vier, und Sie waren vierzehn. Ich wusste nicht, was vor sich ging. Sie vermutlich schon.«

Sein fleischiger Mund zuckte angesichts des offensichtlichen Sarkasmus'. Er ließ den Bleistift wieder fallen und wandte sich zu ihr. Er sagte aufrichtig: »Hören Sie. Ich kann mich sowieso kaum an diesen ganzen chaotischen Abend erinnern. Aber was hinterher geschehen ist, hat die Ereignisse auf diesem Ball etwas überschattet. Ich bin überzeugt, Sie verstehen das.«

Sie schaute ihm direkt in die Augen. Dann sagte sie: »Ich glaube, Sie waren mir lieber, als Sie unverschämt waren. Da waren Sie wenigstens ehrlich.«

Er kniff die Augen zusammen. »An diesem Abend waren sehr viele Leute da. Weiße. Die sahen für mich alle gleich aus.«

»Für mich auch«, sagte sie und lächelte endlich. »Aber vielleicht sehen alle Erwachsenen einfach nur wie Erwachsene aus, wenn man ein Kind ist.«

Er lehnte sich wieder zurück. »Interessante Theorie. Hilft aber in diesem Fall nicht weiter.«

»Sie waren fast erwachsen. Vierzehn.« Sie nahm ihre Handtasche auf den Schoß und öffnete sie. »Ich habe hier ein altes Foto. Mr. Laben hat es gemacht, glaube ich. Alle Gäste, die auf dem Ball waren, müssten hier drauf sein. Erkennen Sie irgendjemanden darauf wieder?«

Er nahm das Foto, beinahe widerwillig. Dann legte er es auf den Schreibtisch und drehte seinen Stuhl, um es genauer zu betrachten. Sie fing an, im Geiste zu zählen. Sie war bei vierundzwanzig angekommen – und dabei hatte sie sehr langsam gezählt –, als er in seine Jackentasche griff und sich eine dicke Brille auf die Nase setzte. Sie zählte weiter. Als sie im Geiste gerade »vierunddreißig« murmelte, begann er zu sprechen.

»Absolut faszinierend. Ein anderes Zeitalter. Sie sehen aus wie Schneewittchen.«

Wieder diese Überraschung. Sie platzte heraus: »Wir haben unser Haus Schneewittchen-Haus getauft. Wir wohnen immer noch dort.«

Ohne einen Kommentar dazu abzugeben, starrte er weiter auf das Foto – als würde er es in sein Gedächtnis einspeichern wollen.

Endlich gab er es ihr zurück. Sein Daumen lag auf dem Kinn des Mannes in der Navy-Uniform, der neben Aileen stand.

»Das ist er«, sagte er nur.

Sie starrte auf das Foto. Also hatte sie Recht gehabt. Jons Vater.

Sie sagte: »Ich nehme an, Sie lassen nicht viel Spielraum für Zweifel?«

»Richtig.«

Sie lächelte, ohne dabei den Blick von dem Abbild des Mannes zu nehmen, der Jons Vater war.

»Jon ist nach Amerika gekommen, um nach ihm zu suchen.

Meine Tante hat sich für sie geschämt – sie ist so direkt, so aufrichtig, schwer zu beschreiben. Meine Tante schickte mir einen Brief, so etwas wie ein SOS. Und Maud – meine Schwiegermutter – dachte, es wäre gut für mich, rauszukommen. Umgehend.« Sie schaute auf, immer noch lächelnd. »Alles, was ich will, ist, wieder nach Hause zurückzugehen. Wie meine Mutter damals. Und mich mit meinen Kindern im Schneewittchen-Haus zu verkriechen. Also muss ich diesen Mann finden.« Sie stand auf. »Vielen Dank für Ihre Hilfe. Jetzt kann der Privatdetektiv wahrscheinlich –«

Doch er sagte: »Lassen Sie mir das Foto hier. Ich werde ihn für Sie finden.«

Diesmal war sie so überrascht, dass sie sich beinahe wieder gesetzt hätte. »Aber ich dachte, Sie würden mich schleunigst loswerden wollen.«

»Wie es scheint, werden Sie nicht eher abreisen, bis Sie ihn gefunden haben. Und das kann ich schneller als jedes Detektivbüro.«

An dieser Beleidigung hatte sie hörbar zu schlucken. »Nun. Ich ...« Sie streckte ihm zitternd das Foto hin. Er nahm es und ging wieder zum Fenster. War sie entlassen?

Als sie den Stuhl zurück an die Wand stellte, musste sie an seinem Schreibtisch vorbei. Er hatte eine Torte gekritzelt. Eine Torte, von der ein großes Stück herausgerissen war.

Sie ging zur Tür.

Er sagte über seine Schulter: »In Wahrheit habe ich Sie nie vergessen, Rose. Und ich habe Sie im ersten Moment wiedererkannt, als Sie zur Tür hereingekommen sind. Ihre Augen haben sich nicht verändert. Sie sind noch immer sehr blau – passen nicht zu den schwarzen Haaren.«

Sie sah ihn mit funkelnden Augen an.

Er sagte: »Hinterlassen Sie Eugenie eine Telefonnummer, hören Sie? Ich rufe an, sobald ich etwas weiß.«

»Ja. In Ordnung.«

Sie ging.

Eugenie fragte entschuldigend: »War er unverschämt? Er ist zuerst immer unverschämt. Anscheinend glaubt er, so der Wahrheit näher zu kommen, oder so etwas. Konfrontations-Theorie. So in der Art.«

»Ja, ich glaube, er war unverschämt. Aber er wird mir helfen.« Rose strahlte die attraktive Sekretärin an. Sie fühlte sich plötzlich wunderbar, als hätte sie eine schwere Last abgeschüttelt.

»Er ist ein wundervoller Mann«, sagte Eugenie. »Ein wahrhaft wundervoller Mensch.«

Welch ein Amerikanismus. Ein wundervoller Mensch. Alle Menschen sind wundervoll, Dinge zum Wundern, Wunder auf zwei Beinen.

Sie überquerte den Gehsteig, wo Mr. Barnes ihr die Tür des Kabrioletts aufhielt. Das Verdeck war geschlossen. So würde sie der Wind nicht mehr bis auf die Knochen frieren lassen oder ihr das Haar zerzausen. Ein bisschen spät, aber so war es nun einmal. Jetzt würde alles gut werden. Sie war sich durchaus sehr bewusst, dass zwei Stockwerke über ihr Abe McKenzie am Fenster stand und ihr zuschaute, wie sie in den Wagen stieg.

19

Rose war von nun an vollkommen von den Ereignissen in Anspruch genommen. Sie war gleichzeitig fasziniert und gefesselt. Endlich war in ihrem Bewusstsein die Verbindung zu ihrer Kindheit wiederhergestellt; die Tatsache, dass der Junge, der sie vor Lennox Laben gerettet hatte, inzwischen ein angesehener Anwalt war, ließ die ganze Sache wie einen Roman erscheinen. So war es für sie manchmal auch, als würde sie alles in einem Buch lesen. Sie konnte darüber nachdenken, als wäre sie gar nicht daran beteiligt, sondern konnte über die Drehungen und Wendungen des Schicksals – des Lebens – lächeln. Es schien völlig normal und in Ordnung, neugierig auf ihn zu sein und darauf, was in den vergangenen zweiunddreißig Jahren passiert war und ihn zu dem Mann gemacht hatte, der er war.

Aber genauso intensiv war auch das Bewusstsein, Teil dessen zu sein, was um sie herum geschah, nicht mehr länger nur als Gast. Der besondere Geruch New Yorks nach verbranntem Zucker, die hohen Gebäude, vom Bürgersteig aus der Ameisenperspektive betrachtet, und dann von oben, von den Hügeln Conneticuts; der Anblick der Sonne, wie sie an diesem Abend zwischen den Wolkenschichten versank, die aussahen, wie eine flauschige Bettdecke, die die Stadt umhüllte – all dessen war sie sich schrecklich bewusst. Ihr Wahrnehmungsvermögen lief auf Hochtouren. Auf halber Strecke nach Hause bat sie William Barnes, anzuhalten und das Verdeck wieder aufzuklappen.

»Es ist ziemlich windig heute Abend, Madam«, sagte er spröde.

»Ich weiß.« Sie versuchte es ihm zu erklären. »Der Wind trägt einen irgendwie in alles hinein, was um einen herum ist. Meinen Sie nicht?«

»Oh, sicher. Es ist nur so, dass die meisten Frauen – Verzeihung, Ladys – stets um ihre Frisur besorgt sind.«

»Oh, das ist durchaus okay. Ich habe sowieso keine ordentliche Frisur.« Sie überlegte, noch zu sagen »und eine Lady bin ich auch nicht«, entschied aber dann, es zu lassen. Er hätte womöglich annehmen können, sie hätte getrunken. Eigenartigerweise fühlte sie sich tatsächlich leicht beschwipst.

☆

Jon hatte auf der Farm die Zügel voll in der Hand. Onkel Joe war bereits im Bett, doch noch am Nachmittag hatte sie Clark und Dr. Blatt dazu bringen können, das Tagesbett so am Fenster zu platzieren, dass er die Arbeit draußen auf der Farm beobachten konnte. Das hatte sie auch als Vorwand benutzt, den ursprünglichen Hof hinterm Haus wieder herrichten zu lassen. Clark hatte den ganzen Vormittag damit verbracht, die Pflastersteine mit dem Schlauch abzuspritzen. Sie machte sich nicht gerade beliebt, doch es hatte bisher weder einen Streik gegeben noch hatten die beiden resigniert.

»Auf diese Weise wird er sich darin bestätigt fühlen, dass er immer noch der Boss ist«, sagte sie zu Rose, als sie zu ihrem späten Abendessen in der Küche saßen. »Und es hilft Clark vielleicht, seine eigenen Ansprüche höher zu schrauben. Die sind nämlich äußerst niedrig.« Rose musste lachen, weil Jon so jammerte.

»Du willst für alle nur das Beste, Jon«, meinte sie.

Jon grinste zwar, sagte aber ernst: »Mach dich ruhig über mich lustig, Rosie! Aber ich könnte mich hier wirklich richtig reinknien. Das kannst du mir glauben.«

Und Rose antwortete nicht weniger ernst: »Heißt das, dir ist es egal, ob wir deinen Vater jemals finden? Oder ob er – wenn wir ihn gefunden haben – gar nichts von dir wissen will?«

Jon überlegte kurz und runzelte die Stirn. »Ich bin mir nicht sicher. Du hast heute Abend so optimistisch geklungen, Rosie. Meinen Vater zu finden, ist zu einer konkreten Hoffnung geworden, anstatt ... nun, vielleicht nur ein Wunschtraum zu sein. Mir wird jetzt aber auch langsam klar, dass der Mann auf dem Foto genauso gut schockiert sein könnte bei dem bloßen Gedanken, eine zweiunddreißigjährige Tochter und einen vierzehnjährigen Enkel zu haben!«

Rose lehnte sich über den Tisch. »Du meinst, es wäre vielleicht sogar besser, es bei einem Wunschtraum zu belassen?«

»Ich weiß nicht. Ich weiß es eben einfach nicht. Nicht, bevor es nicht wirklich passiert ist. Wie sollte ich auch? Ich wünschte nur, ich würde mehr auf eigenen Beinen stehen – ich will nicht, dass er denkt, ich bin auf seine Unterstützung aus.« Als sie Roses Gesicht sah, schüttelte sie den Kopf. »Ich meine das nicht so, wie du jetzt vielleicht denkst. Aber ich habe in meinem bisherigen Leben noch nichts Richtiges zuwege gebracht!« Und weil Rose sie immer noch ungläubig ansah, schüttelte sie abermals den Kopf. »Na schön, ich habe viel gemacht. Zuviel. Aber ich habe nichts erreicht.« Sie schaute auf den Grund ihrer Kaffeetasse. »Ich dachte, er – der Mann, mein Vater – wäre der Grund dafür, dass ich dieses Gefühl habe. Aber wenn ich versuche, das Ganze auch mal aus seiner Sicht zu sehen, merke ich langsam, dass das stimmt.«

Rose umfasste Jons Handgelenk. Sie fühlte sich zuversichtlich, beinahe übermütig. Sie sagte: »Hör zu, Schwesterchen. Freilich weißt du nicht, was du glauben oder fühlen sollst. Du musst jetzt einfach alles – jeden einzelnen Tag – auf dich zukommen lassen und dir nicht ständig den Kopf über Dinge zerbrechen, die du nicht vorhersehen kannst. Wenn dieser Abe McKenzie überhaupt etwas herausfinden kann, dann ist immer noch Zeit, Entscheidungen zu treffen.«

»Und du glaubst, er wird etwas herausfinden?«

Rose lächelte. »Wenn es irgendetwas herauszufinden gibt, dann wird er es herausfinden!«

»Eine ziemlich starke Persönlichkeit, oder? Hat er dir irgendetwas darüber erzählt, wie er dazu gekommen ist, aus dieser Torte zu springen? Für mich klingt das ja ein bisschen nach Hokuspokus!«

»Er sagt, er hat die ganze Geschichte aus seinem Gedächtnis verdrängt. Aber er hat das exakte Abbild der Torte auf seinen Notizblock gekritzelt, während ich mit ihm gesprochen habe!«

Jon sagte traurig: »Schade, dass er schwarz ist.«

Rose war baff. Sie zog ihre Hand langsam zurück und setzte sich aufrecht hin. »Was um alles in der Welt willst du damit sagen?«

»Nun ...« Jon wich ihrem Blick aus. »Es ist jetzt fünf Jahre her, dass David gestorben ist, und ...«

»Mein Gott, Jon!« Rose sprang auf. »Ich hätte dich für feinfühliger gehalten!« Sie schob ihren Stuhl unter den Tisch und schnappte ihre Handtasche. »Erstens habe ich ihn gar nicht als Schwarzen wahrgenommen. Und zweitens werde ich nie einen anderen Mann anschauen! Wie könnte ich das nach David?« Sie war so wütend, dass sie fürchtete, sie könnte Jon eine runterhauen.

Jon stammelte: »Rosie. Tut mir leid.«

»Mach dir gar nicht erst die Mühe, dich zu entschuldigen, es hat sowieso keinen Sinn, da wir anscheinend nicht die gleiche Sprache sprechen!«

Sie war aus der Küche gestürzt. Sie hatte nicht einmal angeboten, den Tisch abzuräumen. Als Jon eine halbe Stunde später an ihre Tür klopfte, stellte sich Rose schlafend. Ihre ganzen Empfindungen drehten sich jetzt alle um ihren grundlosen Zorn, und sie kam nicht zur Ruhe. Bis zum Morgengrauen hatte dann ein anderer Gedanke von ihrem fiebrigen Kopf Besitz ergriffen: Sie hatte vielleicht nicht Abe McKenzies Hautfarbe wahrgenommen, er aber ihre. Und die Tatsache, dass sie weiß war, hatte seine Aggression noch verstärkt.

Sie fing an zu weinen. Sie versuchte, ihr Schluchzen zu dämpfen, indem sie sich ein Kissen aufs Gesicht drückte, bis sie sich beinahe selbst erstickt hätte. Als Clark zum Melken in den Stall ging, driftete sie fiebrig und erschöpft in einen leichten Schlaf.

☆

Als sie am Vormittag nach unten kam, war die Küche aufgeräumt und blitzblank, und Eric Laben saß am Frühstückstisch.

»Jon bringt gerade Joe sein Frühstück«, teilte er ihr mit, während er sich höflich erhob, um sie zu begrüßen. »Sie sagte, du und Joe hättet eine miese Nacht gehabt, und wir sollten euch ausschlafen lassen.«

Roses Kopf pochte, als hätte sie einen Kater. Sie sank auf einen Stuhl und vergrub die Finger in ihren Haaren. »Joe auch?«, fragte sie. »Das tut mir Leid. Wie geht es ihm?«

Eric schenkte Kaffee ein und schob ihr die Tasse hin. »Ich fürchte, nicht besonders. Er hat nach seinem Anwalt und dem Arzt verlangt.«

Rose schaute auf. »Ich dachte, der Doktor war gestern erst da?«

»War er auch. Er war gerade hier, als ich am Vormittag angerufen habe.«

Jon kam in die Küche. Sie warf Rose einen kurzen Blick zu, dann ging sie zum Spülbecken.

»Es hat jemand für dich angerufen, Rosie. Ein Mädchen namens Eugenie. Aus New York.«

»Eugenie? Hat sie mir eine Nachricht hinterlassen?«

»Nur, dass du sie zurückrufen sollst. Nummer steht auf dem Block neben dem Telefon.«

»Danke.« Rose trank ihren Kaffee aus und brachte die Tasse zum Spülbecken. Leise sagte sie: »Entschuldigung.«

»Es gibt nichts zu entschuldigen«, erwiderte Jon.

»Doch. Ich weiß, dass du es nur gut gemeint hast, aber –«

»Erledige jetzt lieber deinen Anruf, Rosie. Wenn sie etwas herausgefunden haben, heißt das, dass du nach Hause kannst.« Auf dem Weg zur Tür strich sie Eric im Vorbeigehen über den Kopf. »Komm, ich brauch' dich. Du kannst Joe stützen, während ich ihm den Rücken einreibe.« Sie hielt ihm die Tür auf. Als er draußen war, drehte sie sich noch einmal um. »Aber es stimmt, was ich gesagt habe. Fünf Jahre, Rosie. Und du bist nicht so wie Mutter.«

Diesmal fragte Rose nicht nach, wie sie das gemeint hatte. Sie schwenkte ihre Tasse aus, ging zu dem Telefon in Joes Büro und wählte die Nummer, die ihr Jon auf dem Block notiert hatte.

Eugenie hob sofort ab.

»Ich habe gehofft, dass Sie es sind. Darf ich Sie Rosamund nennen? Wir sind da auf etwas gestoßen, Rosamund. Der Boss ist gestern Abend nicht zum See rausgefahren, wie er es eigentlich geplant hatte. Stattdessen hat er einen alten Kumpel besucht, der fürs Pentagon arbeitet. Er hat ihm das Foto gezeigt. Der Typ hat ihm einen Namen genannt, und jetzt fragt sich Abe, ob der Ihnen vielleicht etwas sagt.«

»Meinen Sie Mr. McKenzie?«

»Meine Güte! Abe! Alle nennen ihn Abe!«

»Er hat sein Wochenende sausen lassen, um sich mit diesem Mann zu treffen? Ich fühle mich schrecklich!«

»Nun, das müssen Sie nicht, Rosamund. Sie kennen unseren zukünftigen Präsidenten nicht sehr gut, stimmt's? Er macht, was er will, oder wovon er glaubt, dass es der Sache dient.«

»Der Sache?«

»Der Verwirklichung der Gleichberechtigung aller Rassen. Das, was wir eigentlich bereits haben sollten, wovon wir aber in Wirklichkeit noch weit entfernt sind.«

Rose schnappte nach Luft. »Und Sie sagten, der zukünftige Präsident?«

»Er will der erste farbige Präsident der USA werden. Ich dachte, sie hätten Ihre Hausaufgaben gemacht!«

»Ich habe überhaupt keine Hausaufgaben gemacht. Ich wusste überhaupt nichts über Mr. ... über Abe. Abgesehen davon, dass er aus einer Torte gesprungen ist, als er vierzehn war.«

»Er ... hat was gemacht?«

»Dazu müssen Sie ihn selber befragen.« Sie verspürte wieder diese Lust zu lachen. Ihrem Kopf ging es schon wesentlich besser. Sie fühlte sich wundervoll. Er würde es vielleicht sogar schaffen, der erste farbige Präsident zu werden.

»Möchten Sie, dass ich wieder nach New York komme, Eugenie?«

»O nein. Er hat mich lediglich gebeten, Ihnen diesen Namen telefonisch durchzugeben, damit Sie ihn sich ein paar Tage durch den Kopf gehen lassen können.«

Rose war auf lächerliche Weise enttäuscht. Sie hatte bereits mit dem Gedanken gespielt, Tante Mabe anzurufen, um sie zu fragen, ob Jason sie in die Stadt fahren könnte.

Eugenie sprach weiter: »Er ist Commander, seit fünf Jahren pensioniert. Name, Philip Duddington. Verheiratet. Ein Sohn; in Vietnam umgekommen. Seine Frau starb 1974. Seit er nicht mehr aktiv bei der Navy ist, hat er einen beratenden Posten im Pentagon inne. Marineverteidigung. So kam ihm Abe natürlich auch auf die Spur.«

»Aber er wusste doch überhaupt nicht ... er hätte genauso gut gleich nach dem Krieg die Navy verlassen haben können ...«

»Der Boss vergisst nichts, Rosamund. Er hätte damals wahrscheinlich die Namen der meisten Leute, die auf dem Foto sind, sagen können. Von Platzkarten und so.«

»Aber er war erst vierzehn!«

»Er kam schon gerissen zur Welt.« Sie machte eine Pause. »Er ist ein sehr, sehr komplizierter Mensch, Rosamund.«

»Ja, diesen Eindruck hatte ich gestern auch.« Rose nahm den Hörer in die andere Hand und strich sich die Haare hinter die Ohren. »Duddington. Philip Duddington. Nein. Der Name sagt mir überhaupt nichts.«

»Okay. Kein Grund zur Panik. Er hat sich schon gedacht, dass Ihnen der Name nichts sagt. Aber es hätte ja sein können. Er wird sich nächste Woche mit Ihnen in Verbindung setzen.«

»Ja, gut. Danke, Eugenie. Und bitte sagen Sie ihm auch herzlichen Dank von mir.«

»Das mache ich ganz bestimmt. Bye bye.«

Nachdem Eugenie längst aufgelegt hatte, stand Rose noch lange mit dem Hörer in der Hand da und starrte aus dem Fenster, ohne wirklich etwas zu sehen.

☆

Der Tag zog sich hin, obwohl es allerhand zu tun gab. Rose war erstaunt, wie enthusiastisch Jon für Joes Wohlbefinden sorgte und wie reibungslos unter ihren Fittichen die Arbeit auf der Farm ablief. Und die Kocherei. Joe hatte kürzlich von einem Obstkuchen gesprochen, den seine Mutter immer gemacht hatte, als er ein Junge war. Und so stand Jon, wie üblich an einem Sonntagmorgen, früh auf und machte einen Obstkuchen. Er war köstlich.

»Reiner Zufall, dass er mir gelungen ist«, sagte sie bescheiden.

Joe strahlte glücklich, den Mund voller Krümel. »Du hast deinen Beruf verfehlt, Jon.«

Jon antwortete mit einem gequälten Lächeln: »Ja, das glaube ich allerdings auch. Das ist ja mein Problem.«

Jon war empfindsamer als früher und wusste, dass es Rose schwer fiel, die Zeit auf der Farm totzuschlagen.

»Warum fährst du nicht nach Georgetown, plauderst mit Mabs – das würde ihr gefallen.«

Rose sagte: »Du klingst so amerikanisch, Jon. ›Mit Mabs plaudern.‹ Du liebst das Leben hier, nicht wahr?«

»Ja. Bevor du gekommen bist, ist Jason mit mir nach New York gefahren. Wir waren auf dem Empire State Building und auf dem World Trade Center. Und wir waren im Battery Park und im Civic Center. Rose, es ist wundervoll. Wenn du nächste Woche hinfährst, um dich mit Abe McKenzie zu treffen, dann schau, dass du so viel wie möglich von der Stadt mitbekommst.«

»Aber du bist auch gern hier, nicht wahr? Du hast die Farm nicht verlassen, seit wir letzten Dienstag hierher gekommen sind.«

»Nun, das ist die alte Geschichte, Rosie. Es ist ein großartiges Gefühl, gebraucht zu werden.« Sie lachte. »Ich war so sehr damit beschäftigt, Rick eine aufregende Geliebte zu sein, dass ich nie dazu gekommen bin, seine Ehefrau zu sein.« Sie zuckte mit den Schultern. »Mutter hat für uns gekocht und meistens auch geputzt. Ich war immer noch das verwöhnte Kind.« Sie lachte wieder, beinahe verlegen. »Wie auch immer«, fügte sie hinzu, »vergiss nicht, dass ich nur einen Steinwurf von hier entfernt gezeugt worden bin. Ich bin amerikanischer als du!«

Rose erwiderte nichts darauf, sondern schaute Jon zu, wie sie ein Tablett mit Onkel Joes Mittagessen herrichtete. Diese Art von Arbeit hätte normalerweise sie gemacht. Doch in Amerika war nichts normal. Nichts war gewöhnlich.

Am Montag stattete sie Mabs einen Besuch ab. Und am Dienstag rief sie Maud an und erkundigte sich nach Neuigkeiten von den Mädchen und Georgie. Maud klang nicht weiter entfernt, als Eugenie in New York.

»Geht es dir gut?« Ihre Stimme klang überraschend tief und aristokratisch. Rose fühlte sich an die Zeit erinnert, als sie Maud kennen gelernt hatte, mit ihren ziemlich eigenartigen Hüten und ihren streng geschnittenen Kostümen. Damals, vor vierzehn Jahren.

»Es geht mir ausgezeichnet, Mutter. Hier ist immer etwas los. Ich hatte überhaupt noch keine Zeit, Heimweh zu haben oder Angst. Ich habe ein furchtbar schlechtes Gewissen, weil ich dich eine ganze Woche nicht angerufen habe.«

»Wie hättest du das auch machen sollen, bei all dem Wirbel um deinen Onkel mit seinem Herzanfall? Wie geht es Jon?«

»Sie wird besser mit all der Aufregung fertig als ich. Sie hat die Farm – alles und jeden hier – völlig im Griff.«

»Sie ist dir ähnlicher, als ihr bewusst ist.«

»Und du? Wie geht es dir?«

»Ich komme zurecht. Aber ich muss dir gestehen, Rose, ich bin verdammt einsam.«

»O Mutter.« Rose presste den Hörer fest ans Ohr. »Es wird jetzt nicht mehr lange dauern. Ich kann dir das am Telefon nicht in allen Einzelheiten erzählen, aber ich bin hier fast fertig.«

»Ich wollte nicht ... Ros, bitte nimm dir die Zeit, die du brauchst und mach dir um mich keine Gedanken. Ich war schließlich diejenige, die dich praktisch dazu gedrängt hat, zu fahren!« Sie wollte Rose zwar ein Lachen ins Ohr hauchen, doch es klang sehr traurig, als sie flüsterte: »Ich wollte nur, dass du weißt, dass du von ganzem Herzen vermisst wirst!«

Rose dachte an den Flur im Schneewittchen-Haus, wo das Telefon stand. Es musste dort jetzt um die Mittagszeit sein und wahrscheinlich schon ziemlich kalt.

»Wie ist das Wetter?«, fragte sie.

»Regnerisch. Grau.«

Rose betrachtete die blutrote Herbstsonne über der Scheune. Sie sagte: »Ich komme bald nach Hause. Rechtzeitig zur Guy Fawkes Night.«

»Törichtes Kind«, antwortete Maud.

Rose lächelte, als sie den Hörer auflegte. Hier dachte niemand an sie als ein Kind; nicht einmal Tante Mabe. Sie schlenderte in die Küche, wo noch der Teewagen mit den letzten Krümeln vom Obstkuchen stand. Jon war im Garten, goss ein kleines Kräuterbeet, das sie unter dem Bürofenster entdeckt hatte. Dr. Blatt war mit dem Anwalt bei Onkel Joe. Rose fragte sich, ob Joe etwa irgendwelche edelmütigen Gedanken hegte, seinen letzten Willen zugunsten seiner beiden Nichten zu ändern. Sie hoffte nicht. Es hätte Tante Mabe den Rest gegeben.

☆

Am Mittwochmorgen klingelte das Telefon, und Eugenie war dran. »Rosamund? Schön, Ihre Stimme zu hören. Der Boss würde Sie gerne sprechen.«

»Oh.« Rose legte eine Hand über die Sprechmuschel und sagte in Jons Richtung: »New York. Neuigkeiten.« Jon lächelte, nickte und ging aus dem Zimmer.

Eugenie sagte: »Sie sind jetzt durchgestellt, Abe. Und ich habe Grunbaum heute Vormittag untergebracht und alle weiteren Termine abgesagt. Okay?«

Abe sagte: »Prima.« Rose zog den Stuhl unter dem Schreibtisch hervor und setzte sich schnell hin.

»Hallo – sind Sie dran, Mrs. Fairbrother?«

»Ja.« Sie hielt wieder die Sprechmuschel zu und räusperte sich. »Ja, ich bin dran. Ich möchte mich bei Ihnen bedanken, dass sie letzte Woche so schnell gehandelt haben.«

»Deshalb rufe ich an«, unterbrach er sie ungeduldig. »Können Sie Ihre Tasche packen und für einige Tage in die Stadt kommen? Ich glaube, ich möchte, dass Sie Commander Duddington treffen, bevor wir Weiteres unternehmen.«

»Nun ja. Ich glaube schon. Ich muss natürlich erst Jon fragen, was sie davon hält.«

»Ich werde so um die Mittagszeit da sein, um Sie abzuholen. Ich muss mit Ihrer Schwester sprechen. Wir sollten die Sache sensibel angehen, Mrs. Fairbrother.«

Sensibel? Dieses Wort passte kaum zu Abe McKenzie.

»Na gut. Einverstanden. Warum kommen Sie nicht zum Lunch? Wir können auf Sie warten. Und vielleicht können Sie mir ein kleines Hotel empfehlen –«

»Ich habe für Sie ein Zimmer im Pierre reserviert. Es hat einen guten Ausblick auf den Central Park. Ich denke, es wird Ihnen gefallen.«

»Aber es hätte doch sein können, dass ich gar nicht von hier weg kann!«, maulte sie.

»Das hätte in diesem Fall bedeutet, dass Sie den Vater Ihrer Schwester letzten Endes gar nicht finden wollen.« Als keine Antwort kam, sagte er schnell: »Haben Sie von New York überhaupt schon etwas gesehen?«

»Nein.«

»Das habe ich mir gedacht. In diesem Fall gibt es zwei gute Gründe für Ihren Aufenthalt hier.« Sie hörte ein Geräusch im Hintergrund. Er sagte hastig: »Mein Klient ist gerade gekommen, Mrs. Fairbrother. Ich werde gegen halb zwei bei Ihnen sein. Danke für Ihre Einladung zum Lunch. Ich nehme sie gern an.«

Rose legte den Hörer sehr vorsichtig auf die Gabel zurück. Letzten Freitag hatte sie nicht gewusst, was sie empfand. Heute wusste sie es immer noch nicht. Aber sie war glücklich darüber, mit Abe McKenzie wieder in Kontakt zu sein.

☆

Onkel Joe mochte ihn gleich. Er erinnerte sich an die Torten-Aktion und lachte schallend – was ihm nicht gerade gut bekam. Er sank keuchend und käsig in die Kissen zurück.

Abe sagte: »Sachte, sachte, Mr. Lange. So lustig war das für mich gar nicht.«

»Nein, es war ungeheuerlich!« Onkel Joe prustete wieder los. »Ich kann mich noch gut entsinnen, wie dein Vater dem Jugendrichter gesagt hat, er hätte keine Kontrolle über dich. Ich möchte wissen, welcher Vater jemals Kontrolle über seinen vierzehnjährigen Sohn hatte!« Er seufzte. »Armer alter Tom. Du hast ihn an diesem Tag sehr verletzt, Junge.«

Abe warf Rose einen Blick zu und lächelte zaghaft, sagte aber nichts. Es war Jon, die das Wort ergriff. »Ich glaube, Mr. McKenzie ist ein ziemlich reifer Mann, Joe. Du kannst doch nicht ›Junge‹ zu ihm sagen!« Sie lachte und tat so, als sei ihr die Bedeutung von Joes Worten nicht bewusst. »Und außerdem ist das

Essen fertig. Wenn Sie also mit Joe etwas besprechen möchten, tun Sie das besser, bevor er in seinen Mittagsschlaf sinkt!«

Abes Lächeln wurde breiter. Rose war froh, dass er Jon mochte. Froh – und überrascht.

»Commander Duddington ist ein mittlerer Fisch im Pentagon. Er ist Vorsitzender einer Reihe von Komitees und beeinflusst durchaus die Meinung anderer. Sein beruflicher Werdegang ist astrein.« Abe legte die Fingerspitzen aneinander, und Rose konnte sich bildhaft vorstellen, wie er das auch im Gerichtssaal tat. »Zuerst müssen wir ganz sicher sein, dass er auch der Mann ist, nach dem wir suchen. Dann müssen wir herausfinden, ob er seine Tochter anerkennen möchte oder nicht. Er hat eine Position zu verlieren. Eine uneheliche Tochter könnte in diesem Stadium ... schwierig sein.« Er schaute Onkel Joe an. »Ihre Schwägerin hat möglicherweise irgendwann einmal einen Namen erwähnt. Könnte es Philip gewesen sein?«

Onkel Joe zwickte die Augen zusammen. »Ich kann mich nicht erinnern, dass sie jemals einen Namen genannt hat. Genau genommen war sie vielmehr verdammt darum bemüht, keinen Namen fallen zu lassen. Mabs sagte einmal, wenn sie wüsste, wer der Mann ist, würde sie ihn auspeitschen. Da hat sich Klein-Aileen, glaube ich, entschieden, wohl besser ihre Klappe zu halten.«

Jon sagte mit dünner Stimme: »Arme Ma. Sie hat einiges auf sich genommen, nur um ihn zu schützen.«

Abe sagte entschieden: »Oder um Sie zu schützen. Wir wissen nicht viel über ihn. Es liegt jetzt an Mrs. Fairbrother, mehr herauszufinden.«

»Und wie hatten Sie sich das genau vorgestellt?«

»Er hat ein Büro in Manhattan. Dort wird er erwartet, um auf seinem Weg nach Washington, wo er bei seiner Schwester wohnen wird, noch einige Unterlagen abzuholen. Ich denke, wir sollten die Gunst der Stunde nutzen. Suchen Sie ihn dort auf – ich werde das für Sie arrangieren. Erzählen Sie ihm, Sie würden sich von der Party her an ihn erinnern. Und dass Ihre Mutter von ihm erzählt hat und Sie ihn schon immer kennen lernen wollten. Und dann sehen wir weiter.«

»Werden Sie nicht mit dabei sein?«

»Nein. Ich bin Anwalt, und er weiß das. Es würde ihm das Gefühl geben, sich verteidigen zu müssen, ehe wir überhaupt angefangen haben. Das muss vollkommen ungezwungen ablaufen. Sie besuchen hier in den Staaten alte Bekannte aus Ihrer Kindheit. Es liegt dann ganz an Ihnen, in welche Richtung Sie das Gespräch lenken, nachdem Sie seine Reaktion gesehen haben.«

Sie schluckte. »Ihr großes Interesse an der ganzen Sache ist durchaus ehrenwert. Aber ich glaube, wir sollten Sie jetzt nicht länger in Anspruch –«

»Sie würden mir nur einen Gefallen tun. Ich will selbst mehr über Mr. Duddington erfahren. Und später, wenn Sie eine Basis geschaffen haben, können Sie mich ihm vielleicht vorstellen.«

Rose schaute ihn durchdringend an. Sie hatte plötzlich das Gefühl, dass Abe McKenzie gar nicht so hilfsbereit war, wie sie anfangs angenommen hatte.

☆

Er war mit einem offenen Wagen gekommen.

»Ich habe gesehen, dass das Auto, in dem Sie das erste Mal nach New York gekommen sind, auch ein Kabriolett war. Und so habe ich angenommen, Sie mögen diese Autos«, sagte er, während er ihren Koffer auf dem Rücksitz verstaute.

»Ja, das stimmt tatsächlich, ich mag es, offen zu fahren.«

Sie lächelte. Das Verdeck von William Barnes Wagen war offen gewesen, als sie angekommen, nicht aber, als sie weggefahren waren. Also hatte Abe McKenzie sie von Anfang an gesehen. Seine Überraschung war geheuchelt gewesen. Sie hatte immer noch dieses beschwingte Gefühl, aber sie war immer noch unsicher. Allerdings hatte sie ihn ein kleines Stückchen durchschaut. Es war eine Schlacht. Sie hatte keine Ahnung, wofür sie kämpfte oder warum, aber wenigstens wusste sie, wer ihr Gegner war. Sie schaute ihn an, wie er konzentriert nach links sah und auf die Mautschranke zufuhr. Sein Nacken und seine Schultern waren untersetzt, aber er hatte die feine lange Nase und die vollen, weichen Lippen seines Vaters. Ihr kam plötzlich etwas in den Sinn, was Maud gesagt hatte, und sie lächelte in den Wind.

Er wandte sich zu ihr. »Gibt's was zu lachen?«, rief er.

»Ein Witz. Meine Schwiegermutter ... nur ein Witz. Über einen Mann namens Boaz.«

Er schwieg, während sie eine riesige Familienlimousine überholten. Dann sagte er: »Habe ich Sie an diesen Typen erinnert? An Boaz?«

»Nein. Nicht wirklich.«

Er sagte abrupt: »Ihre Mutter hat Sie gut versorgt zurückgelassen, und Ihre Schwiegermutter beteiligt sich an den Kosten für den Lebensunterhalt Ihrer Familie?«

Sie antwortete: »Erste Frage nein, zweite ja.« Sie schaute ihn unverwandt an. »Sie brauchen sich nicht um Ihr Honorar zu sorgen. Ich kann Sie bezahlen.«

»Das weiß ich. Ihre Großmutter väterlicherseits hat Geld.«

Sie sperrte Mund und Nase auf und war außer sich. »Woher wissen Sie das? Das sind meine persönlichen –«

»William Barnes.«

»William ... der Detektiv?«

»Privatdetektiv.«

»Aber er weiß das doch gar nicht. Außer Jon ... und überhaupt, es war *vertraulich*!«

»Genau wie die Philip Duddington-Angelegenheit.«

Sie war still, aber sie kochte innerlich.

Er sagte: »Hören Sie. Ich habe das nicht alles von Barnes.

Ich habe mich mit Ihrem Onkel unterhalten, während Sie zu Mittag gegessen haben. Ich habe mit Jon gesprochen, während Sie den Koffer geholt haben ... Ich muss so viel wie möglich wissen.«

»Warum?«, platzte sie heraus. »Ich – wir sind Ihnen dankbar für das, was Sie getan haben. Aber jetzt ist Ihr Teil vorbei. Selbst wenn Sie mit diesem Mann eventuell zusammentreffen, halte ich es für ziemlich überflüssig, dass Sie alles über mein Familienleben wissen.«

»Mrs. Fairbrother.« Seine Stimme war ruhig, aber streng. »Ich habe einen Ruf zu wahren. Nicht um meinetwillen. Aber das, was ich tue, wird auf die Organisation reflektiert, die ich repräsentiere. Ich habe einige Fäden gezogen, um etwas über Philip Duddington herauszufinden, und das habe ich für Sie getan. Um der alten Zeiten willen, wenn Sie so wollen. Für meinen Vater. Also muss ich auch wissen, ob sich mein Einsatz ... lohnt.«

»Habe ich den Test bestanden?«, fragte sie absichtlich sarkastisch.

Er nahm eine weite Kurve, und unter ihnen tauchten plötzlich der Ozean und New York in Miniatur auf. Er sagte leise. »Ja. O ja. Sie haben den Test bestanden.«

☆

Sie fuhren die Fifth Avenue entlang und hielten unter der Markise des Pierre. Ein Luxushotel. Ein Mann im roten Spenzer öffnete Rose die Beifahrertür. Sie strich sich mit der Hand die Haare glatt und kam sich plötzlich schäbig vor. Abe übergab einem anderen Mann die Schlüssel, der Wagen wurde weggefahren, und sie gingen nach oben in das beste Hotelzimmer, das Rose je gesehen hatte. An den Wänden hingen Kunstdrucke, in der Fensternische – von dort aus konnte man den Central Park überblicken – stand ein wunderschöner Schreibtisch, es gab ein eigenes Bad, einen Fernseher und eine Kaffeemaschine und ... einfach alles.

Sie sagte: »Es ist wundervoll. Jetzt verstehe ich, warum Sie über meine finanzielle Situation Bescheid wissen mussten. Dachten Sie, ich hätte es mir vielleicht nicht leisten können?«

Sie spürte seinen plötzlichen Groll.

»Die Firma kommt für Ihre Ausgaben auf, Mrs. Fairbrother. Sie sind unsere Klientin. Ich habe Ihnen bereits gesagt, dass ich Ihren Hintergrund ermitteln musste, um mir Ihrer Integrität sicher zu sein.«

»Ich wünschte«, murmelte sie leise vor sich hin, »ich hätte vergleichbare Garantien.« Sie ging zum Fenster. »Wann werden Sie mir die Rechnung geben?«

»Ich sagte doch –«

Sie ging um ihn herum. »Sie sagten, ich sei Ihre Klientin. Also habe ich doch eine Rechnung zu erwarten, Mr. McKenzie. Wie Sie ganz richtig ermittelt haben, habe ich Zugang zu Mitteln und kann für meine Kosten aufkommen – genauer gesagt: Ich bestehe sogar darauf!«

Er starrte sie an. Seine Augen waren unergründlich. Er hätte niemals einen Menschen in seine Seele gelassen so wie David.

»Also, wenn es denn so sein soll.«

Sie ließ die Luft aus ihren aufgeblasenen Wangen, dann lächelte sie. »Danke.« Sie lief im Zimmer umher. »Ich werde das hier genießen. Ich glaube, ich werde hier oben zu Abend essen und fernsehen.«

»Ach. Ich dachte – ich habe Eugenie gefragt, ob sie sich heute Abend um Sie kümmern könnte. Ich muss leider schon woanders hin, sonst ...«

Sie schaute ihn überrascht an. Seine Stimme klang plötzlich so anders.

»Das ist schon in Ordnung. Ich würde mich liebend gern mit

Eugenie treffen, wenn sie die Zeit entbehren kann. Aber wenn nicht –«

»Es ist alles arrangiert.«

»Oh.« Sie lächelte ihn verschmitzt an und sagte: »Verstehe.«

Er lachte sogar unerwartet. Dann streckte er ihr die Hand hin. »Wissen Sie, dass Sie sich nicht verändert haben? Gute Nacht, Mrs. Fairbrother.«

Sie nahm seine Hand und schüttelte sie förmlich. »Gute Nacht, Mr. McKenzie.«

☆

Das Abendessen mit Eugenie war wundervoll. Sie quetschte sie schamlos über Abe McKenzie aus. Und obwohl Eugenie bis zu einem gewissen Grad ehrlich zu sein schien, wusste Rose, dass sie ihr nur die Informationen gab, die Abe bewilligt hatte. Als ihre *Crêpes suzettes* kamen, wurde die attraktive Sekretärin gesprächig: »Warten Sie. Sie wissen, dass Abe 47 aus der Reformschule kam. Da war er sechzehn. Er sagt nie, warum sie ihn in diese Schule gesteckt haben. Er hatte sich irgendwie einen schlechten Namen gemacht, und die Bullen müssen ihm etwas angehängt haben. Er ist darüber ziemlich verbittert. Wie auch immer, er hat sich auf eigene Faust durchs College geboxt und war etwa in der Mitte seines Jurastudiums, als sein Vater starb. Dann ist er der Kommunistischen Partei beigetreten und kam wegen umstürzlerischer Aktivitäten in den Knast. Er hat während der McCarthy-Hexenverfolgung auf dem Campus Flugblätter verteilt. Er saß im State Pen ein, wo sie eine gute Bücherei haben. Er hat dieses eine Jahr nicht verschwendet. Er ging zurück auf die Uni und wurde zum besten Studenten seines Jahrgangs. Er war gerade vierundzwanzig. Das Leben war für ihn bis dahin ein ganz schöner Hammer gewesen. Die Kommunisten predigten Gleichberechtigung, praktizierten sie aber nicht. Sein Vater – er hat seinen Vater vergöttert – war sein Leben lang Hausangestellter gewesen und starb, ehe er fünfzig war. Seine Mutter war tot, bevor er sie kennen lernen konnte. Aber er hatte seinen Verstand und seinen Ehrgeiz. Das gereichte ihm zum Erfolg, ja. Aber etwas fehlte ihm. Und er wusste nicht, was das war, bis er dann den Doktor getroffen hat.«

Eugenie betrachtete gedankenverloren die paar Krümel, die noch auf ihrem Teller lagen. »Martin Luther King. Er war seine Inspiration. Er war für alle eine Inspiration. Auch für die Weißen – nur, daran will Abe nicht glauben.« Sie seufzte. »Abe hat ihn zu der Zeit getroffen, als er sich gerade mit Evan Donovan niedergelassen hatte. Abe hat sich gut geschlagen – zivile Fälle, nichts Politisches. Doch Donovan hat ihm vertraut und ließ ihn in die Firma einsteigen, sobald er etwas Geld gemacht hatte. Er war immer noch nicht zufrieden – wusste immer noch nicht so recht, wonach er auf der Suche war. Dann traf er Doktor King, und das war's. Dann wusste er, was er wollte.«

Sie schaute auf und lächelte. »Er spricht von der ›Sache‹, die alten Kreuzritter müssen so geredet haben. Es ist seine Religion. Insbesondere seit Doktor King ermordet wurde.« Sie seufzte aus tiefstem Herzen. »Ich kann mich an den Washingtoner Marsch erinnern, wissen Sie. Meine Eltern ließen mich nicht hinfahren und mitmachen – wir lebten unten in Tennessee. Aber in den Nachrichten haben sie den ganzen Tag ausführlich darüber berichtet. Abe war ganz vorne mit dabei. Er war bereit, sich zwischen den Doktor und mögliche Gewehrkugeln zu werfen. Er wollte für Luther King sterben. Nach der Ermordung, als ihm klar wurde, dass er für die Sache leben und nicht sterben musste, wurde er ziemlich schwermütig und zog sich für lange Zeit in sich zurück.«

Der Weinkellner kam an ihren Tisch und füllte die Gläser nach. Eugenie setzte sich zurück und schweifte wieder in die Vergangenheit ab.

»Ich hatte damals gerade in der Kanzlei angefangen. Ich dachte, ich würde Abe heiraten, ihm ein neues Leben schenken – seine Inspiration sein – all diese Flausen.« Sie lachte. »Ich bin immer noch eine allein stehende Lady.«

Rose bemerkte ziemlich unpassend: »Sie müssen ihn sehr gut kennen.«

Eugenie zuckte mit den Schultern. »Ich habe ihn zu meiner Aufgabe gemacht. Aber natürlich kenne ich nicht den wahren Menschen. Ich bezweifle, dass den irgendjemand kennt. Man kann die Fakten zusammenzählen, aber sie ergeben nicht eher eine Summe, bis man einen Spezialschlüssel hat, um sie in den richtigen Zusammenhang zu bringen.« Sie lächelte. »Ich habe zu viel geredet. Aber Sie wollten schließlich etwas über ihn erfahren, und Abe hat mich nicht angewiesen, meinen Mund zu halten, also haben Sie bekommen, was Sie wollten!«

Sie lachte, und Rose sagte: »Mit anderen Worten, er wollte, dass ich über ihn Bescheid weiß. Ich frage mich, warum.«

Eugenie schaute überrascht. »Sie sind schließlich auch nicht auf den Kopf gefallen, oder? Nun ... Sie haben eine ehrliche Antwort auf Ihre Frage verdient. Er will, dass Sie wissen, wo Sie in dieser ganzen Angelegenheit stehen. Er hat den Auftrag um der alten Zeiten willen angenommen. Aber das ist es, was es ist – ein Auftrag.« Sie faltete ihre Serviette mit übertriebener Sorgfalt. »Abe hat eine Schwäche, Rosamund. Er glaubt, er wolle Gleichheit für alle Menschen. Aber er ist selbst voreingenommen. Und er weiß es nicht.« Sie lächelte gezwungen. »Hinter seiner Logik und seinem Sinn für Gerechtigkeit und all dem anderen verbirgt sich immer noch Wut. Aufs Leben, denkt er. Aber ich denke, auf die Weißen.«

»Vielleicht kann man ihm das nicht zum Vorwurf machen.«

Eugenie lehnte sich vor und sagte nachdrücklich: »Verstehen Sie nicht, es wird so nicht funktionieren! Eine Rasse über der anderen – ob weiß oder schwarz –, das ist nicht das, was Doktor King wollte!« Sie starrte für einen langen Moment in Roses blaue

Augen, dann verlagerte sie ihr Gewicht auf dem Stuhl. »Sorry, gewöhnlich denke ich nicht darüber nach. Es ist Zeit, sich darüber den Kopf zu zerbrechen, wenn Abe im Weißen Haus ist! Aber es ist in letzter Zeit wieder hochgekommen – Ihretwegen.« Sie lachte. »Er wollte Ihnen helfen, Rosamund. Aber er hätte Sie an dem Tag, als Sie das erste Mal zu ihm gekommen sind, beinahe hochkantig hinausgeworfen. Weil Sie weiß sind.«

Rose faltete ebenfalls ihre Serviette. Sie sagte leise: »Ich weiß.«

»Sie wissen das?«

»Ja.« Sie lächelte das attraktive Mädchen an. »Verstehen Sie, er hat mir schon einmal geholfen. Er hatte es nicht gewollt, aber er war mir etwas schuldig. Also hat er es getan. Diesmal ist er mir nichts schuldig. Also fällt es ihm natürlich schwerer.«

Eugenie betrachtete sie erstaunt. »Hey, Sie kennen ihn ziemlich gut, Rosamund Fairbrother!«

Rose schüttelte den Kopf. »Nein, aber soviel weiß ich.«

Eugenie sagte: »Lassen Sie uns noch einen Kaffee bestellen, und dann den Tag beschließen, ja? Sie sehen geschafft aus, und wir haben morgen ein voll gestopftes Programm.«

»Wirklich?«

»Klar. Ich hole sie um zehn ab, dann gehen wir in die Zweiundvierzigste Straße, um uns beim Fremdenverkehrsamt Literatur zu besorgen. Dann suchen wir uns eine Route aus. Sie sollte das Woolworth Building und die St. Paul's-Kapelle einschließen, und das Custom House ... All diese Dinge eben, die Sie sehen müssen. So gegen vier kommen wir dann hierher zurück und schauen nach, ob irgendwelche Nachrichten für uns hinterlegt worden sind. Und dann sehen wir weiter.«

Rose war lächerlich enttäuscht. Sie hatte sich ausgemalt, Abe würde ihr New York zeigen.

Sie fragte: »Und was ist mit Ihrer Arbeit?«

Eugenie lächelte: »Das ist meine Arbeit. Habe ich es da nicht gut getroffen?«

»Aber es muss doch so viel anderes geben, was Sie zu erledigen haben. Und ich kann mir die Sehenswürdigkeiten auch ganz gut alleine anschauen.« Rose hasste die Vorstellung, dass Abe sie auf die Ebene einer Klientin degradierte, obwohl er sich bereits auf der Fahrt größte Mühe gegeben hatte, ihr das klarzumachen.

»Hören Sie,« Eugenie sprach mit gespielt strenger Stimme, »wenn der Boss mir einen Auftrag gibt, dann fange ich nicht an zu mosern.« Sie lachte. »Machen Sie das Beste daraus, Rosamund. Wenn er nämlich Ihren Philip Duddington aufspüren kann, dann sind Sie ganz vorne mit dabei, glaube ich!«

Rose nahm die Tasse Kaffee an, die ihr der Kellner hinstellte, und fragte sich, was Maud wohl gerade machte. Und wie Blue und Ellie in der Schule zurecht kamen. Und ob sich wohl Georgie zu benehmen wusste. Und was zum Teufel sie eigentlich hier machte, im Speisesaal des Hotels Pierre, und in der Vergangenheit herumzustochern.

20

In dieser Nacht schlief Rose wieder schlecht. Sie weinte zwar nicht, aber sie war sehr aufgewühlt. Ein Gefühl kroch in ihr hoch, das Angst hätte sein können. Ihr Verdacht, dass Abe McKenzie diese ganze Situation für seine persönlichen Zwecke ausnutzte, verstärkte sich. Hatte Eugenie nicht das Wort »gerissen« benutzt, als sie seine Schlauheit beschrieben hatte? Selbst wenn nicht, hatte sie ihn als Opportunisten hingestellt. Und ihr plötzliches Auftauchen, als eine Erinnerung an die Vergangenheit, hatte ganz bestimmt etwas Opportunistisches. Und sie hasste den Gedanken, dass er ihre Hautfarbe »wahrnahm«. Für sie war es nicht so, es war niemals so gewesen.

Sie stand auf, ging zum Fenster und beobachtete die Jogger unten im Park. Die Bäume verloren nun ihre Blätter, und trotz der hermetisch verriegelten Fenster stellte sie sich vor, sie könne hören, wie die Blätterhaufen unter den Füßen der Läufer raschelten. Als die Sonne am Horizont aus dem Wasser stieg, machte sie sich Tee und versuchte den Mädchen zu schreiben. Es wurde ein schwacher Versuch. Sie hatte unten im Foyer einen Ständer mit Postkarten entdeckt und ein halbes Dutzend ausgesucht, die sie in einen Luftpostumschlag steckte. Es war sieben Uhr. Sie ging zurück ans Fenster und starrte wieder hinaus. Drüben, zu ihrer Rechten, trotteten einige Reiter gemächlich auf ihren Pferden den Weg entlang. Sie sagte laut: »Du bist in einem Land und weißt nicht warum. Amerika passt letzten Endes nicht zu dir. Je eher du wieder zu Hause in deinem eigenen Trott bist, desto besser ist es. Alles, was du bis dahin tun kannst, ist, dich nach diesem eigenartigen Rhythmus hier zu richten und zu hoffen, dass es einigermaßen funktioniert.« Obwohl sie es sich sagte, wusste sie gleichzeitig auch, dass sie sich so prickelnd lebendig fühlte wie schon seit Jahren nicht mehr. Vielleicht war das ja gerade das Problem. Vielleicht war es das, was ihr Angst machte.

Sie ging ins Badezimmer, duschte und zog sich an. Sie betrachtete sich in dem großen Spiegel. Da stand sie. Sie war nicht mehr Schneewittchen, ihre dunklen Haare waren unübersehbar mit grauen Strähnen durchsetzt, ihre Augen nach dieser schlaflosen Nacht dunkel unterlaufen. Bald würde sie vierzig werden. Sie war noch umgeben von einer Familie, die sie liebte. Sie kam zurecht. Sie redete wieder laut, diesmal zu ihrer Mutter.

»Hast du dich auch so gefühlt, Mutter? Du hattest Jon und mich und die Geborgenheit und Stille, die du gewollt hattest. Aber hattest du auch – nur manchmal – das Gefühl, nicht gebraucht zu werden?«

Ihr Spiegelbild starrte sie an, sie bekam keine Antwort. Sie spannte ihre Muskeln und musterte sich selbst, so wie andere Frauen es taten, prüfte ihre Kleidung. Dann zog sie das marineblaue Kostüm aus und steckte ihre langen Beine in Jeans.

☆

Eugenie war eine großartige Stadtführerin, daran bestand kein Zweifel. Sie hatten sich im Fremdenverkehrsbüro mit Stadtplänen und der Beschreibung einer Route mit dem Motto »Auf den Spuren der europäischen Siedler« eingedeckt.

»Was halten Sie von einem gemütlichen Spaziergang, Rosamund? Was hier beschrieben ist, liegt alles in ›lower Manhattan‹.

»Liebend gern. Das ist heute genau das Richtige für mich«, sagte Rose begeistert. »Das Pierre hat einen Haken – genau wie alle anderen Hotels in dieser Stadt: Man kann wegen der Klimaanlage die Fenster nicht öffnen.«

»Stimmt. Aber im August und im Januar wären Sie dafür sehr dankbar.« Eugenie lächelte. »Im Büro haben wir keine Klimaanlage, und glauben Sie mir, das ist etwas, womit man ganz schön zu kämpfen hat!«

»Und davon gibt es vermutlich einiges, wie ich mir vorstellen kann.«

Eugenie nickte.

Sie benutzten die Fußgängerunterführung in der Lexington Avenue und kamen an der Brooklyn Bridge wieder heraus. Von dort aus konnten sie auf der anderen Straßenseite das Civil Center sehen. Als sie an der Fraunces Tavern vorbeikamen, war es Mittag, und sie kehrten zum Lunch ein. Eugenie rief im Pierre an, um zu sehen, ob Abe etwas für sie hinterlassen hatte. Es lagen keine Nachrichten vor. Also setzten sie am Nachmittag ihre Tour zum Hanover Square fort und schlossen sie mit einer Besichtigung der alten Segelschiffe im South Street Seaport ab.

Als sie ins Hotel zurückkehrten, war es bereits sechs Uhr, und Rose machte sich Sorgen, dass Eugenie Überstunden machte.

»Schätzchen, wenn Sie für Abe McKenzie arbeiten, existiert so etwas wie Überstunden nicht. Es ist ein Vierundzwanzig-Stunden-Job. Und sowieso –«, Eugenie schenkte ihr ihr bezauberndes Lächeln, »– diese Art von Arbeit mag ich!«

Als sie dann allerdings aus der kleinen Telefonkabine im Hotelfoyer im Büro anrief, konnte Rose sehen, wie sie besorgt die Stirn runzelte und offensichtlich eine Auseinandersetzung mit ihrem Arbeitgeber hatte. Sie kam mit einem um Entschuldigung bittenden Blick zurück.

»Rosamund, ich weiß, dass ich gerade gesagt habe, ich sei rund um die Uhr für Abe einsatzbereit, aber Tatsache ist nun einmal, dass ich heute Abend eine Verabredung habe – alte Bekannte aus Tennessee. Ich kann ihnen einfach nicht absagen. Und ich dachte, Abe würde mich, na ja, sagen wir, ablösen. Aber er steckt noch bis über beide Ohren in Arbeit. Würde es Ihnen etwas ausmachen, wenn Sie den Abend allein verbringen müssten?«

Rose kämpfte gegen das Gefühl an, allein gelassen zu werden.

»Um Himmels willen, Eugenie! Ich bin siebenunddreißig Jahre alt. Und ich war fast den ganzen Tag auf den Beinen! Ich bin kaputt – Dinner in diesem zauberhaften Zimmer und dann früh schlafen gehen – mit Vergnügen!«

Doch als sie dann oben in ihrem zauberhaftes Zimmer war, kam es ihr in der Tat einsam und von der Außenwelt abgeschnitten vor. Das verschwommene Summen des Hotellebens um sie herum gab ihr mehr denn je das Gefühl, eine Außenstehende, allein gelassen worden zu sein.

Sie machte Tee. Sie hatte keinen Hunger. Sie wäre vielleicht müde gewesen, aber sie war rastlos. Sie schaltete das Fernsehprogramm rauf und runter, nahm ein ausgiebiges Bad und kuschelte sich in ihren Morgenmantel. Es war halb acht.

Plötzlich fasste sie einen Entschluss. Sie zog ihren Morgenmantel und ihr Nachthemd wieder aus und schlüpfte in Jeans und T-Shirt. Sie zog sich Jons Jacke über, schnappte ihre Tasche und ging wieder nach unten.

Das Mädchen an der Rezeption war professionell freundlich.

»Chinatown? Sicher, dort gibt es einige wirklich ausgezeichnete Restaurants, Mrs. Fairbrother. Wir empfehlen das Shanghai.« Ihr Lächeln blieb unverändert. »Sobald Mr. McKenzie hier ist, werde ich Ihnen ein Taxi rufen.«

Rose schaute sie überrascht an. Der persönliche Service hier war beinahe zu gut: Nicht nur, dass sie sich an ihren Namen erinnern konnte, sondern auch noch an den Abes.

»Mr. McKenzie? O nein, er kommt nicht hierher. Würden Sie mir bitte gleich ein Taxi bestellen?«

Das Mädchen nickte, und Rose schwirrte in Richtung Tür ab und wartete unter der Markise, bis das Taxi heranfuhr und ihr der Portier feierlich die Tür aufhielt.

»Wo soll's hingehen, Ma'am?«, fragte der Fahrer.

»Chinatown, bitte.«

Doch der Fahrer wollte eine genaue Adresse haben.

»Das weiß ich noch nicht genau«, sagte Rose. »Können Sie einfach ein bisschen herumfahren?«

Er sagte verdrossen: »Sie sind Engländerin. Und Sie wollen Chinesisch essen gehen. Na schön, ich weiß Bescheid.«

Er fuhr los. Rose beschloss, sich alles ganz genau zu merken, um es Ellie, Blue und Maud erzählen zu können. Zu ihrer Linken sah sie die beleuchtete Brooklyn Bridge.

»Das hier ist die Canal Street«, rief ihr der Fahrer über die Schulter zu. »Schauen Sie da – die erste dieser besonderen Telefonzellen.«

Rose betrachtete aufmerksam die Telefonzelle in Form eine Pagode am Straßenrand.

»Das ist die Bayard Street. Wie wär's mit dem Flaming Dragon?«

»Ich suche etwas Kleines und Ruhiges. Kennen Sie das Shanghai? Das hat mir das Hotel empfohlen.«

»Klar.« Er wendete das Taxi fachmännisch und fuhr noch mehr schmale malerische Straßen entlang. Sie sah überall diese kunterbunten chinesischen Seidenbanner und Drachen, Papierlaternen und Lotusblüten.

Der Fahrer hielt in einer Einbuchtung vor einer schmalen Ladenfront.

»Hier sind wir, Lady.« Er drehte sich um. »Hören Sie, ich halte nicht viel davon, dass eine Lady ohne männliche Begleitung in solche Läden geht. In London mag das ja okay sein, nach Einbruch der Dunkelheit allein draußen herumzuspringen, aber hier ist es das gewiss nicht. Ich werde zehn Minuten warten, ehe ich wegfahre. Ist in Ordnung, geht nicht auf das Taxameter.«

Sie war überwältigt von so viel Aufmerksamkeit und gab ihm reichlich Trinkgeld. Als sie den kleinen Raum hinter der roten Tür betrat, überkam sie eine gewisse Ruhe. Sie war China-Restaurants gewöhnt, die dem Westen angepasst waren. In diesem hier wies rein gar nichts auf sein Gastgeberland hin. Ein Kellner, der schrecklich wie Charlie Chan aussah, brachte sie an einen Tisch, an dem bereits zwei andere Gäste aßen. Sie schauten nicht auf, als sie sich zu ihnen setzte. Sie hatten beide graues Haar und waren ganz in Schwarz gekleidet, bis hin zu den kleinen schwarzen Hüten, die sie aufhatten.

Der Kellner schwirrte ab und kam mit einer henkellosen Tasse aus exzellentem Porzellan zurück, zur Hälfte gefüllt mit etwas, in dem Rose lemonenfarbenen Tee zu erkennen meinte. Sie lächelte ihm dankend zu, er verbeugte sich und reichte ihr eine Speisekarte in chinesischen Schriftzeichen. Bevor sie ihm begreiflich machen konnte, dass sie der Zeichenschrift nicht mächtig war, verschwand er wieder. Sie schlürfte verlegen einen winzigen Schluck ihres Tees. Er war köstlich. Sie durchsuchte beunruhigt die Speisekarte nach irgendwelchen Anhaltspunkten und dachte dankbar an den Taxifahrer, der draußen wartete.

Da tauchte eine Hand am oberen Rand ihrer Speisekarte auf, und sie schaute verdutzt auf. Die Hand gehörte einem der beiden Männer, die bei ihr am Tisch saßen. Er lächelte sie aufmunternd an.

»Weiter, weiter«, sagte er. Hätte er nicht seine Hand auf ihrer Speisekarte gehabt, hätte Rose das womöglich für eine Art Beschwörungsformel gehalten. Sie blätterte die Seiten gehorsam um, und da waren die Speisen, fein leserlich in Englisch aufgeführt.

»Oh, vielen Dank.« Sie strahlte ihn an und vergaß darüber umgehend ihren Taxifahrer. »Ich dachte schon, ich müsste hungrig nach Hause gehen!«

»Nach Hause gehen? O nein. Sie bleiben schön hier. Sie sind uns sehr willkommen.«

Bei genauerem Hinsehen bemerkte sie jetzt, dass die beiden Männer schon ziemlich alt waren. Als sie sie anlächelten, kamen ihre gelben Zähne zum Vorschein, die so abgenutzt waren wie die eines Pferdes.

»Danke.« Und weil sie nicht aufhörten zu nicken und sie erwartungsvoll anzulächeln, sagte sie – beinahe schmunzelnd über ihr eigenes Verhalten: »Kommen Sie oft hierher?«

Der andere sprach ohne jeden Akzent, nicht einmal einem amerikanischen.

»Wir sind heute zum ersten Mal hier. Wir haben etwas zu erledigen – Sie würden wahrscheinlich sagen, wir haben eine Mission zu erfüllen.«

»Eine Mission?«

»Wir sind Priester. Aber wir tragen keine Gewänder, weil wir bei unseren Leuten hier in New York leben und arbeiten – Briefe schreiben, uns mit Anwälten herumschlagen – und dann an einem Abend wie diesem schließlich im Shanghai landen!«

Rose nickte. »Ja, das würden wir wohl eine Mission nennen. Wie lange werden Sie bleiben?«

»Ein Jahr, nach Ihrer Zeitrechnung. Zum nächsten chinesischen Neujahrsfest gehen wir wieder zurück.«

»Mir war gar nicht bewusst ... wie faszinierend«, sagte Rose, inzwischen vollkommen entspannt.

Sie bestellte Hühnchen mit Reis und Mandeln und schaute sich um. Ihr Hotel hatte sie gut beraten. Das kleine Restaurant schien voller älterer Menschen zu sein. Sie wickelte ihre Stäbchen aus und fragte sich, ob sie wohl damit umgehen konnte. Einer der beiden Priester beugte sich zu ihr herüber, legte ihr die Stäbchen zwischen die Finger, wie es sich gehörte, und ermutigte sie, zu üben, bis das Essen kam. Irgendwie erinnerte sie das alles an Mrs. Raschid und die Küche in Newcastle. Sie fühlte eine warme Welle der Sympathie für diese beiden alten Chinesen, die sie so unvoreingenommen an ihrem Tisch willkommen geheißen hatten. Genau wie Mrs. Raschid. Genau wie Fack. Aber nicht wie Abe McKenzie.

Als hätte sie ihn mit ihren Gedanken herbeigezaubert, erklang seine Stimme hinter ihr.

»Da sind Sie! Endlich habe ich Sie aufgespürt!«

Sie schaute verblüfft auf. »Was um alles in der Welt machen Sie denn hier? Eugenie hat gesagt –«

»Genau. Darf ich mich dazusetzen?« Er hatte gar nicht erst auf den Kellner gewartet. Sie schaute zu ihren Tischgenossen, die leutselig herüberlächelten. Er hatte bereits neben ihr Platz genommen. Er lächelte, klang beinahe fröhlich, aber sie wusste instinktiv, dass er verärgert war. Sie hatte nicht die leiseste Ahnung, woher oder warum sie das wusste, aber sie war sich ganz sicher.

»Wie haben Sie mich gefunden?«, fragte sie, noch immer erstaunt über sein plötzliches Erscheinen.

Er wandte ihr sein lächelndes Gesicht zu, und sie fragte sich, wie schwarze Augen so kalt sein konnten.

»Ich bin beim Pierre angekommen, kurz nachdem Sie weggefahren waren. Das Mädchen an der Rezeption hat Ihnen doch sicherlich gesagt, dass ich angerufen habe?«

»Nein.« Rose runzelte die Stirn; sie hatte etwas gesagt, das vielleicht so gemeint gewesen sein könnte. »Ich glaube zumindest nicht.«

»Sie glauben nicht?« Er verlor sein Lächeln für eine Sekunde, bekam es jedoch – wenn auch etwas schief – wieder hin. »Entweder sie hat es Ihnen gesagt oder nicht, Mrs. Fairbrother!«

»Nun ... wie auch immer. Wie haben Sie mich also gefunden?«

»Sie sagte mir, Sie hätten ein Taxi nach Chinatown genommen und seien wahrscheinlich hier im Shanghai. Ich habe ebenfalls ein Taxi bestellt und bin umhergekurvt, bis ich Ihr Taxi endlich hier vor der Tür gesehen habe. Ich habe mit dem Fahrer gesprochen ... Sie sehen also, es war nicht allzu schwer.«

»Nun, also ...«, sie wusste nicht, was sie sagen sollte. »Der Kellner bringt Ihnen gleich Tee und die Karte. Ich nehme an, Sie erlauben mir, Ihnen ein Essen –«

Er sagte sehr leise: »Wir können nicht hierbleiben. Wo ist Ihr Mantel?«

»Ich bin ohne Mantel gekommen. Nur in Jons Jeansjacke.«

»Wo ist sie?«

»Ich weiß nicht. Ich werde hierbleiben, Abe. Ich habe Hühnchen mit Mandeln und Reis bestellt.«

Er sagte grimmig: »Wir werden ins Hotel zurückgehen. Ich will mit Ihnen sprechen.«

»Ich bleibe hier.« Sie kochte innerlich, spielte aber sein Spiel mit und lächelte. »Möchten Sie meine neuen Bekannten kennen lernen? Sie sind buddhistische Priester. Sie haben hier in New York eine Mission zu erfüllen. Ist das nicht interessant?« Sie beugte sich über den Tisch. »Das ist mein Anwalt, Mr. Abraham McKenzie.«

»Aha.« Sie verbeugten sich augenscheinlich erfreut über ihren

Tellern. Derjenige, der besser Englisch sprach, ergriff das Wort. »Wir haben hier oft mit dem Rechtssystem zu tun, Sir. Es ist ausgesprochen gut. Rücksichtsvoll und gerecht.«

»Hmm ... schön.« Abe verlagerte seine beachtliche Masse auf dem Stuhl, als der Kellner abermals mit einem Schälchen auftauchte. »Ich denke nicht –«

»Dieser Tee schmeckt köstlich«, versicherte ihm Rose. »Und so rein und unverfälscht ... meinen Sie nicht?«

Er nahm den Tee und die Speisekarte entgegen und schaute sie an. »Okay. Sie haben gewonnen. Es tut mir Leid.« Er sagte das so schlicht, dass sie ihren Ärger vergaß. Er beugte sich nun ebenfalls über den Tisch und begann sich mit den beiden alten Männern zu unterhalten. Sie beobachtete ihn. Er war so aufmerksam und freundlich, und sie konnte verstehen, warum er beruflich einen solchen Erfolg hatte. Hätte sie nicht mehr über ihn gewusst, hätte sie schwören können, dass er ein vollkommen ernsthafter und aufrichtiger Mensch war.

Ihr Essen kam zur gleichen Zeit. Abe war geschickt im Umgang mit Stäbchen, sie bekam es irgendwie hin. Es schmeckte köstlich.

Die Priester machten sich zum Aufbruch fertig. Es gab viel gegenseitiges Verbeugen und Lächeln. Sie hofften, ihre Pfade würden sich wieder einmal kreuzen. Rose wünschte, sie würden noch bleiben, sie wollte plötzlich nicht mit Abe McKenzie allein sein.

»Möchten Sie noch etwas?«, fragte er sie, während er seinen Stuhl leicht von ihr wegrückte, dorthin, wo die beiden alten Chinesen den Platz freigemacht hatten.

Sie wollte eigentlich nichts mehr, aber in diesem kleinen intimen Restaurant konnten sie wenigsten keinen Streit anfangen.

»Ich hätte gern noch eine Schale von diesem köstlichen Tee,« sagte sie und klang dabei wie Tante Mabe kurz vorm Überschäumen.

Er bestellte den Tee. Er wurde diesmal mit einem Teller kleiner Biskuits serviert.

»Chinesische Glückskekse«, sagte er. »Zum Glück ohne diese albernen Zettelchen. Etwas, das Sie nicht kennen, Rose. Die gab es in den Vierzigern hier noch kaum.«

Sie war verblüfft zu hören, wie er sie ansprach – nicht Rosamund, sondern Rose. Fack hatte sie wahrscheinlich Rose genannt.

Sie sagte: »Wir hatten sie zu Hause in England auch. Sie fanden allerdings wenig Anklang.«

Er nahm einen Keks vom Teller und biss eine Ecke ab. Er sagte: »Rose, haben Sie meine Nachricht erhalten und sind ausgegangen, um mir aus dem Weg zu gehen?«

Der Angriff kam so plötzlich und unerwartet, dass Rose beinahe ihren Tee verschüttet hätte. Sie setzte sich aufrecht hin. »Gütiger Gott! Ich bin nicht eine Ihrer südlichen Schönheiten, die sich von ihrem Ärger leiten lassen, Abe! Ich hatte natürlich nicht die leiseste Ahnung, dass Sie ins Hotel kommen würden. Warum um alles in der Welt sollte ich –«

Er legte seine Hand auf ihren Unterarm, um sie zu unterbrechen. Seine Hand war sehr warm und sehr trocken.

»Es tut mir Leid. Verzeihung. Ich hätte nicht gedacht, dass ich Sie falsch beurteilen könnte. Sie sind so aufrichtig. Das hatte ich lediglich für einen Moment vergessen.«

Sie starrte ihn an, immer noch wütend. Als er sie anlächelte, begann ihr Ärger zu verfliegen.

»Also gut. Entschuldigung angenommen.« Als er seine Hand von ihrem Arm nahm, presste sie schnell ihren Ellbogen in ihre Seite. Sie hätte ihm gern gesagt, dass seine geistige Uhr im neunzehnten Jahrhundert stehen geblieben war, aber sie tat es nicht. »Sie sind auf etwas Wichtiges gestoßen, habe ich Recht?«

Er antwortete ihr nicht gleich. Dann schaute er weg und nahm sich noch einen Keks.

»Ja. Ich fürchte, Ihr Commander Duddington macht sich auf den direkten Weg macht Washington. Seine Sekretärin wird ihm die Unterlagen dorthin nachbringen. Sie können sich also nicht in seinem Büro in Manhattan mit ihm treffen.«

»Oh ...« Sie wusste nicht so recht, wie sie diese Nachricht aufnehmen sollte. »Nun, ich hätte diesen Tag heute um nichts auf der Welt verpassen wollen. Eugenie war einfach bezaubernd.«

Er nickte. »Sie ist ein gutes Mädchen. Ich wusste, dass Sie sich gut verstehen werden.«

»Können wir nicht ... ich meine, wir geben doch jetzt sicherlich nicht auf, oder?«

Es tat richtig gut, ihn so strahlen zu sehen. »Gut gemacht Rose. Sie haben Blut geleckt, was?« Er nahm sich noch einen Keks. »Er wird morgen in Washington sein. Ich dachte, wir könnten ihn dort treffen, wenn Sie nicht zu müde sind.« Er grinste wieder. »Eugenie sagte, Sie hätten sich heute beide die Füße platt gelaufen.«

»Überhaupt nicht. Es hat großen Spaß gemacht.« Sie nahm sich ebenfalls einen Keks. Sie verstanden sich jetzt so gut, dass sie wagte, seinem Beispiel zu folgen. Sie hielt den Keks über ihren Tee und meinte: »Sie können sich sparen, mich zu fragen. Sie haben den Flug ja ohnehin schon gebucht. Um wie viel Uhr soll es losgehen?« Sie tunkte gelassen ihren Keks ein und schob ihn sich in den Mund. Es passierte nichts. Sie schluckte den Keks hinunter und schaute ihn an.

Er war nicht im Geringsten verstimmt. Er lächelte und zeigte ihr seine ebenmäßigen weißen Zähne. »Volltreffer. Ich schließe daraus, Eugenie hat Ihnen einiges über meine Vorgehensweise bei der Arbeit erzählt? Ich dachte, wir könnten den Zug nehmen. So sehen sie mehr von der Landschaft. Morgen früh um sieben von der Penn Station aus. Ich hole Sie um halb sieben im Hotel ab. Ist das in Ordnung?«

»Bestens.« Sie hielt die Schale mit dem Tee zwischen den Fingerspitzen und stützte dabei die Ellbogen auf den Tisch. »Und machen Sie sich keine Sorgen darüber, was Eugenie mir erzählt hat. Ich habe genau das zu hören bekommen, was Sie wollten, das ich höre. Nicht mehr und nicht weniger.«

Er schien sich unbehaglich zu fühlen. »Gut. Eugenie ist eine ausgezeichnete Assistentin.«

»Und – natürlich – in sie verliebt.«

Endlich hatte sie ihn am Wickel. Sein dunkles Gesicht bekam einen violetten Schimmer.

»Was für ein Unsinn! Und so typisch Frau! Kommt so etwas wie einfache Loyalität in Ihrer Vorstellung nicht vor, Mrs. Fairbrother? Muss eine Frau zuerst verliebt sein, ehe sie sich die Vorstellungen eines Mannes zu Eigen machen kann?« Er stand auf. »Diese Vorstellung der arischen Rasse von Unterdrückung ist schon eigenartig und nicht auszurotten.« Er nahm seine Jacke von der Stuhllehne. »Ich werde dafür sorgen, dass ein Taxi auf Sie wartet, wenn Sie hier fertig sind. Es macht Ihnen ja bestimmt nichts aus, allein zum Hotel zurückzufahren, wo sie ja offensichtlich so unabhängig sind.«

Er ließ sie mit ihrer Teeschale in der Hand sitzen. Sie hätte einen großen Triumph verspüren sollen, dass sie ein wenig an seiner Schale gekratzt hatte, aber es war nicht so. Sie fühlte sich vielmehr verlassen, und ihr war kalt.

☆

Die Fahrt nach Washington dauerte drei Stunden. Im Taxi durch Manhattan, im Gewühl der Pennsylvania Station und während der Suche nach einem Platz im Speisewagen des Sieben-Uhr-Amtrak-Metroliners war nicht mehr möglich, als reine Höflichkeiten auszutauschen. Dann fragte Abe sie, ob sie Frühstück möchte. Sie hätte gern abgelehnt, aber die würzige Herbstluft am frühen Morgen und der Anblick der anderen Fahrgäste, die um sie herum frühstückten, hatte sie hungrig gemacht.

»Diese nach Butter duftenden Dinger ...«, sagte sie leise.

»Waffeln«, ergänzte er. »Möchten Sie so eine? Und Kaffee?«

»Tee, wenn möglich.«

»Sicher.« Er grinste jetzt plötzlich freundschaftlich. »Vergeben und vergessen?«

Sie schüttelte den Kopf. »Vergeben, ja. Aber niemals vergessen. Es ist leicht, zu vergeben, wenn man unter Amnesie leidet.«

Er warf seinen Löwenkopf in den Nacken und lachte. »Rose, ich habe noch nie jemanden getroffen, der so fest mit beiden Beinen auf dem Boden steht wie Sie.« Er seufzte kaum hörbar, hatte aber noch immer dieses Grinsen auf den Lippen, als er noch hinzufügte: »Na gut, solange wir nicht wieder dahin zurückkehren müssen, uns mit Mrs. Fairbrother und Mr. McKenzie anzusprechen.«

Sie nickte. »Komisch. Bevor ich Sie zum ersten Mal gesehen habe, hatte ich irgendwie die Vorstellung, ich könnte Sie Fack nennen. Aber Sie sind nicht wie Ihr Vater.«

»Nein.« Er rückte etwas vom Fenster ab, damit ihm die Sonne nicht so grell ins Gesicht schien. »Nein, Tom war ein Heiliger. Ich bin kein Heiliger.«

»Eugenie sagt, Sie möchten der erste farbige Präsident der Vereinigten Staaten werden?« Sie schaute ihn an und bemerkte, dass ihm das Lächeln vergangen war. Sie sagte schnell: »Abe, ich möchte mich für diesen Ausrutscher über Sie und Eugenie gestern Abend entschuldigen. Das war scheußlich von mir. Mir war gar nicht bewusst –«

»Das wusste ich. Ich habe beschlossen, eine Ausnahme zu machen.« Er machte Platz für den Kellner, der das Frühstück servierte. Dann beugte er sich vor, um ihr Tee einzuschenken. »Hören Sie, es gibt gewisse Dinge – Themen – die mich aus der Fassung bringen. Das ist mein Schwachpunkt, und das akzeptiere ich so. Wäre es nicht einfacher, wir könnten uns diese Themen einfach schenken?«

Sie warf ihm einen überraschten Blick zu. Er konnte so aufrichtig sein, war gerade so aufrichtig gewesen, dann war er plötzlich wieder so verschlossen. War es wegen Eugenie? War er in sie verliebt?

Sie sagte: »Es tut mir Leid.«

»Es muss Ihnen nicht Leid tun. Es war meine Schuld.«

Doch sie hätte ihm noch gern gesagt, dass es ihr Leid tat, mit ihm nicht über alle Themen offen sprechen zu können.

Sie lächelte. »Vergessen wir die Schuldfrage. Sagen Sie mir lieber, was heute passiert. Und was dieses himmlische, zähflüssige Zeug auf den Waffeln ist?«

»Ahornsirup. Und wie möchten Sie Ihren Tee?«

»Mit Milch, ohne Zucker. Macht das alles nicht unglaublichen Spaß?«

»Ja.« Er lächelte sie wieder an. »Wie lange ist es her, dass Sie das gesagt haben?«

Sie dachte zurück. »Ich muss es oft gesagt haben, wenn wir oben auf dem Hügel mit den Zwillingen und Georgie gepicknickt haben.« Ihr Blick schweifte an ihm vorbei. »Ich kann mich erinnern, dass ich es einmal in Lynmouth gesagt habe. Vor langer Zeit.« Sie kam wieder in die Gegenwart zurück. »Mag sein, dass ich diesen Wortlaut in letzter Zeit nicht genau so verwendet habe. Nicht, seit David gestorben ist. Ich glaube, ich nehme meine Verantwortung ein bisschen zu ernst.«

Er nickte. »Ich auch. Wir sehen das Leben als eine Schlacht an, die es zu schlagen, anstatt ein Stück Kuchen, das es zu genießen gilt.«

Sie lachte. »Genau! Jon, meine Schwester, gehört in die letztere Kategorie!«

»Ja. Sie kann sehr froh darüber sein, nicht wahr?«

»So habe ich das nie betrachtet. Aber, ja. In gewisser Hinsicht ist sie das auch. Aber es hat sie bisher nicht sehr glücklich gemacht.«

»Hat sie den Kuchen zu hastig gegessen? Hat sie eine Magenverstimmung?«

Rose lachte. »Könnte sein. Sie ist jetzt sicherlich glücklich. Sie liebt dieses Land. Und die Arbeit auf der Farm – alles zu organisieren, sich um Onkel Joe zu kümmern. Es scheint ihre Berufung zu sein.«

»Jeder braucht es, gebraucht zu werden. Hat sich vorher vielleicht nie jemand auf sie verlassen?«

»Nein. Sie war so viele Jahre einfach nur das Kind. Irgendwie hat sie sogar selbst noch für Rick das Kind gespielt. Sobald sich jemand auf sie stützen wollte, hat sie sich zurückgezogen.« Sie dachte dabei an Martin und Ali.

Er sagte: »Natürlich. Sie war in dieser Rolle gefangen. Doch jetzt, wo sie so nahe dran ist, einen Vater zu finden, muss sie diese Rolle nicht mehr spielen.«

»Ich kann Ihnen da nicht folgen. Ich fürchte, ich bin nicht besonders helle.«

Er schaute sie an. »Sie müssen diese Rolle für mich ebenso wenig spielen, Rose. Sie sind sehr gescheit.«

»Nein.« Sie wurde rot. »Ich meinte ... ich bin so gewöhnlich. All dieses komplizierte Zeug, sich selbst zu beobachten, zu interpretieren – das ist nichts für mich.«

Er lächelte, ging aber nicht näher darauf ein. Stattdessen fragte er: »Was ist mit Jons Mann?«

Rose schaute aus dem Fenster. »Sie hat ihn geliebt. Sie liebt ihn vielleicht immer noch.« Sie hob die Augenbrauen beim Anblick eines Sees, der sich weit in die Landschaft erstreckte. Sie sagte – sich dessen zum ersten Mal wirklich bewusst: »Ich hab alles kaputt gemacht.«

Er betrachtete sie schweigend. Sie riss ihren Blick von dem vorbeiziehenden See los und sagte: »Das ist so lange her. Sie haben mir immer noch nicht gesagt, wo ich Philip Duddington treffen werde.«

Er wartete noch einen Augenblick ab, dann schenkte er Tee nach und sagte: »Es gibt da etwas, was ich Ihnen gestehen muss.« Er schob ihr die Tasse hin und schaute sie mit seinen undurchdringlichen schwarzen Augen an. »Ich hätte Ihnen das gleich sagen sollen, aber ... ich war mir zuerst nicht sicher, ob ich Ihnen wirklich helfen wollte. Tatsache ist, dass ich diesen Mann auf dem Foto gleich erkannt habe. Ich habe ihn ungefähr dreimal getroffen. Bei Kongressen, die mit dem Bürgerrecht zu tun hatten. Ich wusste, dass ich in der idealen Position war, Sie ihm vorzustellen. Heute Nachmittag findet in der Südafrikanischen Botschaft ein Empfang statt. Eine Goodwill-Sache, um uns wegen der Sanktionen milder zu stimmen. Ich wurde bereits vor mehreren Monaten dazu eingeladen, habe aber abgelehnt. Ich würde die Embargos gerne noch verschärfen, anstatt sie zu lockern. Doch gestern habe ich gehört, dass Philip Duddington dort sein wird. Er repräsentiert die Navy.« Er schüttelte den Kopf. »Ich kann den Zusammenhang auch nicht sehen, aber er wird jedenfalls dort sein. Und ich werde nun ebenfalls hingehen. Mit meinem Gast.« Er machte eine höfliche Verbeugung in ihre Richtung. »Aber ehe Sie nicht tatsächlich selbst mit ihm gesprochen haben, ist es vielleicht besser, er weiß davon nichts. Er könnte Ihnen gegenüber sonst vielleicht voreingenommen sein.« Er grinste über seine eigene Ausdrucksweise. Dann fuhr er fort. »Mir scheint, Rose, dass wir ehrlich über dieses Treffen sprechen können – bis zu einem gewissen Grad. Sie sind hier, um alte Bekannte zu besuchen. Ihre Tante, die Labens, mich – Sie haben meinen Vater gut gekannt – et cetera. Ihre Mutter hat oft vom Commander gesprochen. Dies war eine wunderbare Gelegenheit, ihn zu treffen. Sie wissen, was ich meine?«

»Ja.« Sie war unheimlich erleichtert, dass er die Karten auf den Tisch gelegt und ihr gestanden hatte, dass er Philip Duddington bereits kannte. Sie hatte gewisse Vermutungen gehabt. Und wenn sie politische Gegner waren, war es natürlich besser, ihre Verbindung zu ihm zunächst zu verschweigen.

Er fuhr fort: »Ob Sie ihm von Ihrer Schwester erzählen wollen, müssen Sie selbst entscheiden, Rose. Ich kann Ihnen da nicht helfen. Sie müssen sich auf Ihren Instinkt verlassen. Es wäre ideal, wenn er ein weiteres Treffen vorschlagen würde – es würde Ihnen Gelegenheit geben, die Situation besser abzuschätzen. Wenn er das allerdings nicht tun sollte, hätten Sie nur eine Chance, die Katze aus dem Sack zu lassen – oder Sie lassen die Sache auf sich beruhen.«

»Es klingt ganz danach, als wäre das für den Moment alles, was wir tun können: abwarten, wie sich die Situation entwickelt.« Sie war auf eine einfache Art und Weise glücklich. Sie grinste. »Ich hatte es im Gefühl, dass Sie mehr wissen, als Sie sagen wollen.« Sie beugte sich über den Tisch. »Abe ... danke, dass Sie mir helfen. Es muss in Ihren Augen trivial erscheinen. Aber ich kann Ihnen die Schwierigkeiten und komplizierten Zusammenhänge nicht genau erklären. Es ist wichtig für unsere Familie. Sehr wichtig.«

»Bisher ist noch nichts passiert, Rose«, sagte er mahnend. »Er ist nicht der einfachste. Ich kenne ihn natürlich nur dienstlich, aber –«

»Zerbrechen Sie sich nicht den Kopf. Sie haben Ihren Teil beigetragen. Ich möchte nur, dass Sie wissen, wie dankbar ich bin – und Jon ebenfalls.«

Er sagte wirsch: »Trinken Sie Ihren Tee, ehe er kalt wird. Und schauen Sie die Bäume an. Washington soll im Herbst die blättrigste Stadt der Welt sein, wusssten Sie das? Sie wehen durch die Straßen ... und sind einfach überall.«

Er hatte das Thema gewechselt. Sie bewunderte ihn mehr als je zuvor. Sie betrachtete die vorbeiziehende Landschaft. Es war alles ganz ... wundervoll.

☆

Abe bestellte einen Mietwagen zur Union Station und kutschierte sie vor dem Mittagessen noch ein wenig durch die Stadt. Sie fuhren vom Lincoln Memorial aus am Washington Monument vorbei, von dort zum Capitol und zur Library of Congress. Sie wollte unbedingt das Vietnam War Memorial sehen und ging zu Fuß an der steinernen Wand entlang, schaute die Namen an und fühlte eine eigenartige innere Verbundenheit zu diesem unfassbar weiten Land, in dem sie geboren worden war. Ihr ging der Gedanke durch den Kopf, dass es ein ebenso großes – wenn nicht sogar noch größeres – Privileg sei, Trauer zu teilen wie Glück.

Er schien ihre Stimmung zu spüren und fuhr sie über die Brücke zum berühmten Friedhof von Arlington. Und anschließend nach Georgetown, ein weiteres Georgetown, wo er zwei Zimmer in einem kleinen Hotel gebucht hatte. Es schloss links und rechts an die Nachbarhäuser an und hatte kein Säulenportal, wie so viele andere dieser alten Residenzen. Es hätte ebenso gut ein privates Wohnhaus sein können.

»Das hier –«, Rose zeigte die ansteigende, von Bäumen gesäumte Straße hinauf, »– das ist so niedlich hier. Ein bisschen wie Bath zu Hause. Oder Cheltenham. Oder –«

»Und dieser Stadtteil ist wahrscheinlich auch nicht sehr viel jünger als die Orte, die Sie gerade aufgezählt haben«, unterbrach Abe sie lachend. »Die ersten Senatoren haben sich in Georgetown niedergelassen und sind jeden Tag mit der Pferdekutsche nach Washington hineingefahren.«

Sie sah ihn plötzlich ernst an. Er besaß diesen amerikanischen Stolz, erfreute sich an seinem Land, liebte es, sie herumzuführen. Es bereitete ihm ebenso viel Vergnügen wie ihr. Eugenie hatte sie gewarnt, dass er eine komplexe Persönlichkeit hatte, und das wusste sie. Aber im Moment war er einfach Amerikaner.

Er hörte auf zu lachen und schaute sie an. »Was ist?«, fragte er verblüfft.

Sie lachte und zuckte mit den Schultern. »Ich weiß auch nicht.

Ich glaube, ich habe gerade den Jungen vor mir gesehen, der über und über voller Kuchenkrümel war. Der Junge, der aus der Torte gesprungen kam und den amerikanischen Sieg für alle forderte.«

»Dieser Junge steckt immer noch in mir, Rose.«

»Nein, nicht immer. Sie sind ein Mann der großen Politik.«

»Politik ist einfach nur ein Wort, um ein soziales System zu beschreiben, Rose.«

»Und um das System ihrer Wahl zu schaffen, drehen und wenden sich die Politiker und gehen Kompromisse ein.«

Er lachte, allerdings weniger amüsiert. »Sind sie gegen Kompromisse?«

»Sehen Sie, wie sie sich auf dieses Wort stürzen?« Sie überquerte den breiten Bürgersteig, wo eine riesige Platane stand, die im Laufe der Jahre gelb geworden war. Sie legte eine Hand auf den rauen Stamm, als könne sie so eine Verbindung in die Vergangenheit herstellen. »Dieser Junge wusste nichts von Kompromissen. Er war ... fantastisch!«

Sie erwartete, dass er zurückfeuerte, und ärgerte sich gleichzeitig über sich selbst, diesen Schlagabtausch überhaupt angefangen zu haben. Doch er überraschte sie wie üblich wieder einmal. Er kam auf sie zu und berührte sanft den Ärmel ihrer Jacke.

»Kommen Sie. Lassen Sie uns einchecken und für den Empfang fertig machen.« Sein Lächeln war herzzerreißend. »Und, Rose, ich weiß, was Sie meinen, und Sie haben damit natürlich Recht. Wenn ich so meine Verhandlungen führe, rede ich mir ein, dass der Zweck die Mittel heiligt. Aber ich weiß, dass das nicht immer stimmt. Also: Erinnern Sie mich ab und zu an diesen Jungen.« Er hielt ihr die Tür auf und trat einen Schritt zur Seite, um sie in die kleine Lobby eintreten zu lassen. Beinahe schüchtern fügte er noch hinzu: »Ich habe an diesen Jungen vorher noch nie als ... fantastisch gedacht.«

☆

Sie hatte nicht gewusst, was sie einpacken sollte. Es kam ihr so vor, als würden amerikanische Frauen entweder Jeans tragen oder sich sehr formell kleiden, dazwischen schien es nichts zu geben. Sie lag mit ihrer Kleidung meist dazwischen. Sie entschied sich schließlich für das Kleid, das sie im letzten Herbst zur Eröffnung des Schuljahres in Greystone getragen hatte. Es war schlicht und einfach, wie es sich für einen Elternteil bei solch einem Anlass gehörte. Es war aus hellgrauer Seide, hübsch geschnitten, das Oberteil betonte ihre schmale Taille, der Rock umspielte ihre immer noch schlanken Hüften und endete leicht glockig knapp unter dem Knie, so wie sie es mochte. Nachdem sie geduscht und sich angezogen hatte, schnitt sie übermütig vor dem Spiegel Fratzen und twistete durchs Zimmer, sodass ihr Rock in die Höhe flog wie bei Marylin Monroe. Dann ging sie zum Bett und setzte sich, um ihre Ohrringe anzulegen. Sie war ein bisschen beschämt über sich selbst, weil sie wusste, dass diese Aufregung und dieses kribbelnde Gefühl im Bauch nichts damit zu tun hatten, dass sie Philip Duddington treffen würde. Diese ganze Angelegenheit schien ihr nun zweitrangig. Die Hauptsache spielte sich woanders ab, es hatte etwas damit zu tun, dass sie sich wieder jung fühlte – wirklich jung. Vielleicht so jung wie mit vier Jahren.

☆

Was es auch immer war, es gab ihr Zuversicht. Die Botschaft war prachtvoll und im alten Kolonialstil eingerichtet. Das Gebäude erinnerte sie an die große Eingangshalle mit dem Kronleuchter im Haus der Labens. Sie wurde dem Botschafter vorgestellt, der ein bisschen aussah wie General Smuts zu Kriegszeiten; dann stellte Abe sie einer hoch gewachsenen Dame mit langen Handschuhen vor und sagte: »Mrs. Fairbrother würde gerne Pip Duddington treffen. Glauben Sie, Sie könnten sie Mrs. Corcoran vorstellen?« Und die hoch gewachsene Frau nahm sie beim Ellbogen und steuerte sie von Abe weg, ohne ein Wort zu sagen. Als wäre das alles irgendwie geprobt.

Sie schlängelten sich durch mehrere Grüppchen herumstehender Gäste und stießen schließlich auf eine ältere Lady in Cashmire und mit Perlen, die sich gerade mit dem Kellner darüber unterhielt, ob es möglich wäre, chinesischen Tee herbeizuschaffen.

»Ah, Dorothy.« Die Frau mit den Handschuhen bewegte den Kopf auf und ab, wie eine Henne, die nach Körnern pickte. »Meine Liebe, das ist Mrs. Fairbrother aus England. Sie möchte Commander Duddington treffen.«

»Pip? Wie wundervoll! Er wird sich freuen!« Sie nahm Roses Arm. »Geh du ruhig, Helen. Geh deinen anderen Verpflichtungen nach. Mrs. ... äh ... und ich werden uns schon miteinander bekannt machen.«

Sie bugsierte Rose auf einen Tisch zu.

»Meine Liebe, ich liebe London ganz einfach. Selbst wenn es regnet – im Grunde gerade, wenn es regnet! Ich kann mich an London noch aus der Zeit erinnern, als sie dort noch Kohlefeuer hatten, der Rauch zog durch die Straßen, die ohnehin schon voller Nebel hingen. Das war was. Man kam sich vor wie in einem Sherlock Holmes-Krimi. Ich habe es einfach geliebt, ein Taxi am Embankment entlang zur nächsten Party zu nehmen und Geschichten über Schreie im Nebel zu hören.«

Rose schaute sich Hilfe suchend um. Abe war verschwunden. Und die Dame mit den Handschuhen ebenfalls.

»Eigentlich kenne ich persönlich London gar nicht so gut«, sagte sie. »Ich lebe in Gloucestershire. Aber ich wurde während des Krieges hier geboren.«

»Wie *zauberhaft*! Ich dachte, Sie müssen Pip getroffen haben, als er Marineattaché in London war. Doch Sie haben ihn hier kennen gelernt?«

Sie erreichten den Tisch und ließen sich in den Ledersesseln nieder.

»Ja. Eigentlich nicht persönlich.«

»Gemeinsame Freunde?« Mrs. Corcoran tippte den Kellner an, der gerade vorbei kam. Sie sprach wieder von Tee. »Drinks um diese Uhrzeit sind nichts für mich. Nehmen Sie Lapsang? Oder Ceylon?«

»Ceylon wäre wunderbar.«

»Nun. Mrs. ... Ich habe vergessen, wie Helen sagte, dass ihr Name ist.«

»Fairbrother. Rosamund Fairbrother.«

»Und Sie haben Freunde, die Pip kennen?«

»Meine Mutter kannte ihn. Vor langer Zeit.«

»Und Ihr Mädchenname war wie?«

»Harris.«

»Harris. Harris. Kenne ich Ihre Familie?«

Rose schluckte, ihr war sehr heiß. »Mrs. Steedman ist meine Tante.« Rose unterbrach sich selbst. »Ich fürchte, ich habe Ihren Namen auch nicht mitbekommen.«

»Dorothy Corcoran. Ich bin Pips Schwester. Und wissen Sie was, ich habe Ihre Tante tatsächlich schon getroffen. Einmal. Ich glaube, sie hat Senator Steedman sehr spät im Leben geheiratet?«

»Ja, sie war vorher mit Onkel – Mr. Joseph Lange verheiratet. Ich habe als Kind bei ihnen in Connecticut gewohnt.«

»Meine Liebe, wie zauberhaft!« Mrs. Corcoran reichte ihr Tee. Ihre Augen waren sehr durchdringend, als sie Rose mit einer Reihe kurzer Blicke musterte.

Rose lächelte. »Werde ich hier unter die Lupe genommen, Mrs. Corcoran? Ich dachte, ich würde gerne Ihren Bruder treffen, wenn auch nur kurz. Ich habe es geschafft, zu den meisten Leuten, die meine Mutter und ich hier gekannt haben, Kontakt herzustellen. Aber das ist alles so lange her. An dem Abend, als wir das Ende des Krieges gefeiert haben, um genau zu sein.«

Mrs. Corcoran schrie vor Lachen. »Unter die Lupe genommen. Sagen Sie, ist das nicht köstlich. Das muss ich mir merken.« Sie nippte an ihrem Tee und hörte auf zu lachen. »Ihre Mutter kannte Pip?«

»Ich glaube ja.«

Mrs. Corcoran trank ihren Tee. Ihre plötzliche Schweigsamkeit war zermürbend. Um sie herum standen überall Menschen, die sich angeregt unterhielten, doch sie waren an ihrem Tischchen vollkommen isoliert.

Die ältere Dame setzte klappernd ihre Tasse ab und streckte den Finger in die Luft. Ein Kellner kam herbei.

»Holen Sie bitte den Commander und frischen Tee? In dieser Reihenfolge.« Sie lächelte Rose an. »Es wird Pip gut tun, an diese Zeiten erinnert zu werden. Er hat den Krieg genossen.« Sie beugte sich vor. »Seine Frau ist vor kurzem gestorben, Mrs. Fairbrother. Er ist ... sehr verletzlich.«

Rose nickte, um ihr zu zeigen, dass sie ihre Mahnung akzeptierte. »Ich verstehe.«

Mrs. Corcoran sagte: »Ah, da ist er ja schon. Pip, mein Lieber. Eine junge Lady aus England möchte dich gerne treffen. Mrs. Fairbrother.«

Rose stand auf und drehte sich um. Der Mann trug eine Uniform mit unzähligen goldenen Litzen. Sein Haar war dünn, seine Ohren waren dominant, und er hatte Tränensäcke unter den Augen. Ihr war ganz schwindelig vor Aufregung. Trotzdem fiel ihr etwas an ihm auf.

Seine Schwester sprach gegen das verschwommene Gemurmel der Gespräche der anderen Gäste an. »Du hast sie vielleicht besser als Rose Harris in Erinnerung, Pip. Sie war damals noch ein recht kleines Mädchen, stelle ich mir vor. 1945, am Tag, als wir das Kriegsende gefeiert haben.«

Er lächelte förmlich und griff nach Roses Hand. »Es ist mir ein Vergnügen. Jeder aus dieser Zeit ... Sie müssen hierher evakuiert worden sein. Habe ich recht, Mrs. ...?«

»Fairbrother«, ergänzte Rose. »Und, nun ja, in gewisser Hinsicht schon.«

Er ließ ihre Hand los und ging um den Tisch herum. Sie nahmen wieder Platz.

Mrs. Corcoran sagte: »Ich habe Tee nachbestellt. Ich bin jetzt richtig froh, dass ich doch mitgekommen bin. Das ist das Beste, was mir seit langen Jahren auf solch einem Empfang passiert ist!«

Die beiden lachten. Plötzlich wusste Rose, dass sie vollkommen offen sein musste, was dieses Zusammentreffen betraf, und sagte: »Es war solch ein glücklicher Zufall, dass Mr. McKenzie Sie kannte, und so freundlich von ihm, mich hierherzubringen, damit ich Sie treffen kann.«

»Abe McKenzie?« Philip Duddington schaute sie unter seinen schweren Lidern hervor direkt an.

»Ja.« Sie lächelte. »Es ist schon in Ordnung. Ich weiß, dass Sie politische Gegner sind. Aber dass ich Sie sehen möchte, hat überhaupt nichts mit Politik zu tun. Mr. McKenzie war – ist – der Sohn des alten Chef-Butlers meiner Tante. Also habe ich Kontakt zu ihm aufgenommen und gehofft, er könnte mir helfen, Sie zu finden. Und er hat Sie gekannt! Hatte ich da nicht Glück?«

»Ja. Das können Sie wohl sagen.«

Es herrschte eine lange Pause. Rose konnte spüren, dass das Geschwisterpaar ihre Anspannung teilte.

Schließlich sagte Philip Duddington: »An diesem Abend gab es eine Party zur Feier des Sieges über Japan. Im Hause von –«

»Rudolph Laben.«

»Dort war es. Genau. Ich habe diese Party nie vergessen. War Mr. Laben ein Verwandter von Ihnen, Mrs. Fairbrother?«

»Nein. Meine Tante war mit den Labens befreundet. Ich habe manchmal mit den Jungs gespielt. Fack – Tom – hat sich um mich gekümmert, als ich ein Kind war. Ich mochte ihn sehr gern.

Als ich vergangenen Monat in die Staaten gekommen bin, wollte ich so viele Leute wie möglich zu finden ... Tom ist tot, und man hat für mich Kontakt zu seinem Sohn hergestellt.«

Mrs. Corcoran sagte gelassen: »Mrs. Fairbrother und ich haben ein wenig geplaudert, Pip. Ich habe ihre Tante schon einmal getroffen. Sie ist mit Senator Steedman verheiratet.«

»Ah.« Der Commander schien sich leicht zu entspannen. Er lächelte Rose wieder an. »Wir haben uns seitdem also nicht wiedergesehen?«

Der Tee kam. Rose schüttelte den Kopf und entdeckte aus dem Augenwinkel Abe, der in einer Gruppe von Männern stand, die sich um den Botschafter versammelt hatte. Er schaute nicht in ihre Richtung.

»Das dachte ich mir. Ich hätte mich an Sie erinnert, da bin ich mir ganz sicher.«

»Wie lange bleiben Sie in Washington, Mrs. Fairbrother?«, erkundigte sich Mrs. Corcoran.

»Nun, da ich Ihren Bruder ja jetzt getroffen habe, werde ich morgen nach Connecticut zurückfahren und wahrscheinlich in einer Woche oder so nach Hause fliegen. Mein Onkel ist krank, und ich würde gern sehen, dass es ihm besser geht, ehe ich nach Hause zurückkehre.«

»Sie sind extra nach Washington gekommen, um mich zu treffen?« Rose konnte verstehen, warum sich ihre Mutter umgehend zu diesem Mann hingezogen gefühlt hatte; seine durchdringenden Augen blitzten sie über den Rand seiner Teetasse an, und er strahlte eine Wärme aus, die einem das Gefühl gab, beschützt zu sein. Was sie allerdings nicht verstehen konnte, war, warum Aileen niemals Kontakt zu ihm aufgenommen hatte, nachdem sie wusste, dass sie schwanger war.

Sie nickte und erwiderte sein Lächeln. »Ja. Ich habe immer von Ihrer Existenz gewusst. Und ich wollte Sie gern kennen lernen.«

Er fragte vorsichtig: »Was meinen Sie damit – von meiner Existenz gewusst?«

Sie erzählte ihre erste Lüge. »Meine Mutter hat von Ihnen gesprochen, Commander.«

Da fiel bei ihm der Groschen. »Natürlich! Das ist es! Sie waren – sind – die Tochter der kleinen Aileen Harris. Habe ich recht?«

Sie musste ihm nicht die Erstaunte vorspielen, sie war es. »Sie können sich an ihren Namen erinnern? Sie können sich an sie erinnern?«

Er antwortete – förmlich galant: »Wie hätte ich sie vergessen können?«

»Aber ... aber Sie hat niemals Kontakt zu Ihnen aufgenommen, oder? Und es ist zweiunddreißig Jahre her!«

Er lachte. »Vielleicht gerade deshalb. Die einzige Frau, die nie Ansprüche gestellt hat.« Er setzte sich in seinem Sessel zurück, und seine Gedanken schweiften in die Vergangenheit. »Ich wurde zwei Tage später wieder zum Dienst befohlen. Und meine Frau ... sie stellte sehr viele Ansprüche. Ich war damals kein sehr guter Briefeschreiber. Aber nach Weihnachten wollte ich Aileen besuchen. Die Labens erzählten mir, sie sei nach England zurückgegangen. Und das war's dann.« Er schaute auf. »Aileen. Wie geht's ihr? Mein Gott – ich bekomme sicher keine zweite Chance bei ihr?«

Rose schluckte. »Tut mir leid. Sie ist gestorben. Vor zwei Jahren.«

Er sah aufrichtig traurig aus. Mrs. Corcoran, die offensichtlich nur mit halben Ohr zugehört hatte, bemerkte spitz: »Sie muss noch sehr jung gewesen sein?«

»Ja. Sie war Mitte fünfzig. Sie hatte ein schwaches Herz. Wir glauben inzwischen, dass sie es seit Jahren gewusst haben musste und deshalb ein so ruhiges Leben geführt hat.« Sie warf dem Commander einen Blick zu. »Wir sind nach England zurückgegangen, um uns dort zurückzuziehen. Aber Sie sollten keinen falschen Eindruck bekommen. Wir waren sehr glücklich, sie im Besonderen. Meine Schwiegermutter hat einmal über sie gesagt, dass sie ein in sich ruhender und zufriedener Mensch war.«

Mrs. Corcoran sagte: »Und Ihr Mann, Mrs. Fairbrother? Begleitet er Sie nicht auf dieser ... Pilgerfahrt?«

Rose schaute die ältere Frau an. »Er starb noch vor meiner Mutter.« Sie räusperte sich, lieferte die wenigen fehlenden Details nach. »Ich habe Zwillingstöchter. Sie sind jetzt dreizehn. Sie sind zu Hause im Internat. Meine Tante hat mich gebeten, hierher zu kommen, und ich hatte das Gefühl, dass ich das vielleicht tun sollte.«

»Also *ist* es eine Art Pilgerfahrt?« Mrs. Corcoran lächelte triumphierend. »Schauen Sie, es ist hoffnungslos, sich gegen dieses Stimmengewirr zu unterhalten. Warum essen Sie nicht heute mit uns zu Abend? Pip wohnt bei mir, und wir haben uns vorgenommen, uns einen ruhigen Abend zu machen – nur wir beide. Wir würden uns freuen, wenn Sie uns Gesellschaft leisten würden, Mrs. Fairbrother.«

Der Commander beugte sich wieder vor. »Ich stimme meiner Schwester von ganzem Herzen zu!« Er lächelte schelmisch. »Mit anderen Worten, darf ich mich der Einladung anschließen?«

Rose hatte gehofft, zusammen mit Abe noch mehr von Washington sehen zu können, aber sie konnte diesem Mann einfach nichts abschlagen. Plötzlich wurde ihr bewusst, warum er so einnehmend war: Seine Augen, die sie mit einer Art Zaghaftigkeit anschauten, waren voller Charme und so sehr wie die Augen von Jon. Sie brauchte keine weiteren Beweise, dass dieser Mann Jons Vater war. Sie lächelte und nickte. »Vielen Dank. Ich nehme Ihre Einladung mit Vergnügen an.«

☆

Abe freute sich ebenfalls. Wenn er das auch nicht gerade schmeichelhaft ausdrückte.

»Beeilen Sie sich nur nicht, zurückzukommen. Haben sie Sie gefragt, ob Sie über Nacht bleiben möchten?«

»Natürlich nicht! Er hat seine Frau verloren, und sie denkt, es wäre ein interessanter Abend für ihn. Mehr nicht.«

»Dorothy Corcoran ist die suspekteste alte Schlange diesseits des Ohio Rivers! Ich dachte schon, die Verbindung zu mir würde uns einen Strich durch die Rechnung machen!«

»Sie haben doch gesagt, ich soll meine Bekanntschaft mit Ihnen herunterspielen. Das habe ich getan.«

»Haben Sie den alten Sack etwa um den Finger gewickelt?«, machte er sich lustig.

»Halten Sie den Mund, Abe. Er ist nett. Ich kann verstehen, warum Mutter ... Und er ist wie Jon – oder besser, sie ist wie er.«

»Sie sind also überzeugt, dass er derjenige ist?«

»Ja. Aber ich bin mir nicht sicher, wie er die Neuigkeit aufnehmen wird.«

»Das kann ich Ihnen sagen. Er wird die Schotten dicht machen. Er wird es abstreiten. Bevor Sie Ihre Schwester überhaupt erwähnen, müssen Sie ihn dazu bringen, zuzugeben, dass er mit Ihrer Mutter geschlafen hat.«

Sie war entsetzt. »Wie könnte ich nur! Ehrlich Abe! Jon hat ihr Einverständnis dazu gegeben, dass wir seine Entscheidung akzeptieren, wenn er sie nicht sehen will! Ich denke nicht im Traum daran, auf diese Art und Weise mit ihm umzugehen. Das ist ja gerade so, als würde ich ihn in eine Falle locken!«

Er sagte nichts. Sie waren in Roses Zimmer, von dessen Fenster aus man die hübsche Häuserzeile auf der anderen Straßenseite überblicken konnte. Er ging zum Fenster und starrte hinaus.

Sie sagte langsam: »Sie wollen, dass ich ihn in die Falle locke, stimmt's? Es steckt noch mehr dahinter. Mehr als Jons Glück und Frieden.«

»Ich denke nur, dass er seine Vaterschaft zugeben sollte«, sagte er hartnäckig. »Selbst, wenn er dann vor dem tatsächlichen Zusammentreffen einen Rückzieher macht.«

»Warum? Ich kann verstehen, dass das für Jon wichtig ist. Aber warum ist es so wichtig für Sie?«

Er drehte sich um und kam auf sie zu. »Rose. Es hat etwas mit uns zu tun. Ich weiß noch nicht recht, was es ist, ich verstehe es nicht. Noch nicht. Aber es schließt die Vergangenheit ab. Beendet ein Kapitel? Öffnet ein neues?« Er breitete seine Arme aus. »Ich kann es nicht erklären. Vielleicht bin ich später einmal dazu in der Lage. Doch jetzt ... ist es zu früh.«

Sie starrte ihn an. Sie fühlte plötzlich eine Welle überwältigender Zärtlichkeit durch ihren Körper fließen – eine wahre körperliche Gefühlsflut. Am liebsten hätten sie sich schnell hingesetzt, ehe ihre Beine nachgaben. Sie wandte sich von ihm weg und ging zum Schrank, um einen Cardigan zu holen. Ihr war kalt. Sie wusste genau, was gerade passierte, selbst wenn Abe es noch nicht gemerkt hatte. Und er durfte es auch nie merken. Sie durften es niemals zulassen.

Sie sagte, ohne sich zu ihm umzudrehen: »Es ist das Ende eines Kapitels. Wir wollen sichergehen, dass es zu Ende ist. Für immer.«

Sie hatte Schwierigkeiten, mit ihren Armen in den Cardigan zu schlüpfen, trotzdem bewegte sie sich keinen Schritt vom Schrank weg.

Hinter ihr fragte Abe heiter: »Nun, was werden Sie heute Abend anziehen?«

Sie hatte nur ein langes Kleid dabei. Sie nahm es aus dem Schrank und warf es lässig aufs Bett.

»Ich treffe meine Wahl nach dem Hobson-Prinzip«, sagte sie beschwingt. Und er lachte über diese britische Redensart, vielleicht sogar ohne sie zu verstehen. Der Moment war vorüber. Sie betrachtete das Kleid. Es gehörte Jon. Obenherum war es hellgrün, nach unten ging es fließend in Dunkelgrün über. »Das muss es tun«, fügte sie betont schicksalsergeben hinzu. Und er lachte wieder.

☆

Das Problem war, sie schloss das ältere Geschwisterpaar mehr und mehr in ihr Herz, je weiter der Abend fortschritt. Mrs. Corcorans Haus war überraschend schlicht, dem kleinen Hotel in Georgetown sehr ähnlich. Der Butler, der sich offensichtlich um alles Mögliche kümmerte, Mrs. Corcorans Garderobe eingeschlossen, erinnerte sie an Fack. Die ältere Lady sagte während des einfachen Dinners: »Wissen Sie, Jameson, dieses Kleid wird kleiner, wenn ich esse!« Und er antwortete ihr ernsthaft: »Ich habe Ihnen zu dem blauen geraten, Madam.«

Philip Duddingtons Blick traf Roses Augen, und sie amüsierten sich gemeinsam darüber.

Als der Kaffee serviert wurde, zogen sie auf die bequemen Stühle vor dem offenen Feuer um. Die Flammen waren blau gesprenkelt, und Rose sagte gedankenverloren: »Heute Nacht gibt es Frost.«

»Tatsächlich?« Mrs. Corcoran riss die Augen auf. »Sind Sie auch Meteorologin?«

Rose lachte. »Das haben wir als Kinder immer gesagt, wenn die Flammen blau waren.«

»Wenn man Sie so reden hört, klingt Ihre Kindheit wie aus dem Bilderbuch, meine Liebe. Sie haben einen Ofenschirm aus Messing erwähnt, als Sie dieses offensichtlich sehr hübsche Cottage beschrieben haben – wie haben Sie es genannt – Schneewittchens Cottage? Wir hatten als Kinder auch solche Ofenschirme, lange bevor Sie geboren wurden.«

»Wir haben versucht, uns unsere eigene kleine Welt zu schaffen. Es muss so traurig für meine Mutter gewesen sein. Der Verlust ihrer Eltern, dann der ihres Mannes. Dann ... sind wir nach Hause zurückgegangen.« Rose schüttelte den Kopf. »Sie hat sich regelrecht verschanzt und diese Welt für uns geschaffen.«

Mrs. Corcoran schenkte Kaffee nach und sah ihren Bruder an.

Er räusperte sich. »Rose ... darf ich Sie Rose nennen?« Er verbeugte sich leicht, als sie ihm ihr Einverständnis anzeigte, und fuhr fort: »Bitte nennen Sie mich Philip, wenn Ihnen das genehm ist.« Sie nickte ebenfalls, wenngleich sie sich nicht sicher war, ob sie ihn tatsächlich so ansprechen könnte. Er sagte langsam: »Sie haben mehrmals angedeutet, dass es in dieser kleinen Welt, die Ihre Mutter für Sie geschaffen hatte, noch Geschwister gab, Rose. Ist das so?«

Sie schluckte. »Ja. Eine Schwester. Joanna. Eigentlich habe ich diesen Namen für sie ausgesucht, weil ich sie Jon nennen wollte. Mein Vater hieß Jonathan, und er wurde Jon gerufen.«

Rose nippte an ihrem Kaffee und wusste, dass sie keine Ausflüchte machen konnte, so wie Abe es ihr geraten hatte. Wenn er wollte, würde Philip Duddington abstreiten können, dass er Jons Vater war. Sie hätte ihm so oder so von Jon erzählen müssen.

Sie räusperte sich. »Das Schiff meines Vaters wurde während des Krieges im Atlantik versenkt. Er war natürlich schon einige Zeit tot. Aber im Unterbewusstsein muss ich gewusst haben, weshalb meine Mutter in Ungnade gefallen war. Ich vermute, es war mein Versuch, Gerede zu vermeiden.«

Mrs. Corcoran übersprang die nächste Frage und sagte direkt: »Hat Ihre Tante ihre Mutter gezwungen, zu gehen, als sie herausgefunden hatte, dass sie schwanger war?«

»Das glaube ich nicht. Sie hatte natürlich gewollt, dass meine Mutter nicht länger in ihrem Hause blieb. Sie kannte damals bereits den Senator und legte großen Wert auf die Wahrung ihres Rufs. Aber Mutter hat sich um meinetwillen entschieden, nach England zurückzugehen. Ich wusste, dass wir dort in Sicherheit sein würden.«

Mrs. Corcoran sagte: »Dem Himmel sei Dank für ein bisschen Barmherzigkeit! Ich hätte sie sicherlich von meiner Weihnachtsliste streichen müssen, wenn sie so etwas getan hätte!«

Rose musste beinahe lachen. Sie konnte sich vorstellen, wie Mabs gekocht hätte, wenn sie für etwas bestraft worden wäre, was zweiunddreißig Jahre her war und wofür sie ohnehin nichts konnte.

Philip Duddington sagte: »Ihre Schwester – Joanna –, wollen Sie damit sagen, dass sie mein Kind ist, Rose? Ist das so?«

Rose sprach so ruhig, wie sie konnte. »Ich glaube, ja. Mutter hat es nie tatsächlich gesagt. Aber die Ähnlichkeit ist da.«

Er sagte: »O Gott.«

Mrs. Corcoran lehnte sich vor, als wollte sie ihn berühren, doch er wich ihr aus. »Einen Augenblick, Pip. Sag jetzt nichts.« Sie wandte sich an Rose. »Woher wollen Sie das wissen? Ihre Mutter hätte eine ganze Reihe Männer kennen können.«

Philip sagte heiser: »Dorothy! Sei still! Rose, meine Schwester meinte das nicht –«

»Es hat nur einen Mann gegeben«, erwiderte Rose gefasst. »Wenn Sie meine Mutter gekannt hätten, würden Sie diese Frage gar nicht erst gestellt haben.« Sie setzte ihre Tasse ab. »Es tut mir Leid. Ich habe Sie beide durcheinander gebracht. Ich werde Ihnen noch erzählen, was passiert ist, und dann werde ich gehen, und Sie können die ganze Angelegenheit hinter sich lassen. Meine Schwester war irgendwie ... von ihrem Weg abgekommen. Ihr Wunsch, ihren Vater zu finden, wurde sehr stark. Sie kam hierher zu meiner Tante, aber natürlich konnte ihr niemand weiterhelfen. Niemand wusste irgendetwas. Also haben sie mich gebeten, zu kommen. Weil ich dort war. Die Labens haben ein Foto. Sie waren auf diesem Foto, und ich habe Sie wiedererkannt. Ich hatte Sie damals mit meiner Mutter ... ertappt. An diesem Abend.«

Er sagte leise: »Ich erinnere mich. Es tut mir Leid.«

»Ich war erst vier. Es hat nichts für mich bedeutet. Ich konnte mich an kaum etwas erinnern. Aber da war noch jemand bei mir. Abe McKenzie, der Sohn des Faktotums meiner Tante. Er war damals vierzehn. Ich habe mit ihm gesprochen, und er hat sich an Sie erinnert und gesagt, er würde uns einander vorstellen. Und das tat er dann ja auch. Das ist alles. Wenn Sie Jon nicht sehen wollen, dann wird sie mit mir zurückfliegen. Bisher wurde kein Schaden angerichtet.«

Mrs. Corcoran raunte: »Abe McKenzie. Natürlich.«

Philip Duddington fragte gequält: »Was wissen Sie über Abe McKenzie, Rose?«

»Dass er Anwalt ist in New York. Er hat die Bürgerrechte zu seiner Sache gemacht. Er war einer der Protégés von Martin Luther King.«

»Wussten Sie, dass man in Betracht zieht, ihn zu einem der Richter im Supreme Court zu ernennen?«

»Nein.« Rose fühlte sich völlig verloren.

»Diese hohen Richter werden vom Präsidenten ausgewählt. Aber der hat natürlich seine Berater. Und einer dieser Berater bin ich. Ich war gegen Abe McKenzie, weil ich ihn auf seine Art für – rassistisch – halte.«

Rose schaute ihn mit aufgerissenen Augen an. Dieses Gefühl, verloren zu sein, wurde noch stärker, wurde zum Schmerz, der ihren ganzen Körper befiel.

Sie sagte leise: »Ich werde jetzt gehen. Vergessen Sie, dass Sie mich jemals gesehen haben.«

Er beugte sich vor und legte ihr eine Hand auf den Arm. Mrs. Corcoran griff nach der Kaffeekanne. »Wenigstens wissen wir, dass Sie nicht in die McKenzie-Sache verwickelt sind, Rose. Ich darf Sie doch immer noch Rose nennen?«

Rose spürte, wie ihre Augen gefährlich zu zucken anfingen.

»Auf gewisse Weise *bin* ich darin verwickelt. Ich habe gedacht – mich gefragt – ich hatte von Anfang an den Verdacht, dass Mr. McKenzie einen Hintergedanken hat.«

Philip Duddington sagte ruhig: »Sie haben damit nichts zu tun, Rose. Das ist es, was für uns zählt. Und Sie müssen auch verstehen, dass Sie sich jetzt nicht einfach wieder aus meinem Leben wegzaubern können. Ich muss meine Tochter kennen lernen.«

Mrs. Corcoran reichte ihr eine Tasse frischen Kaffee. Er war stark und schwarz. Rose trank ihn dankbar.

Er fuhr fort: »Abe McKenzie hofft natürlich, dass ich die Sache verborgen halten will. Der Skandal und so weiter.«

Rose sagte: »O mein Gott.«

Er sprach weiter: »Ich hätte meine Tochter auf jeden Fall sehen wollen, ob mit oder ohne Mr. McKenzie. Das steht fest, Rose.« Er lehnte sich zurück. »Ob ich es im Stillen hätte tun wollen, ist nun eine rein theoretische Frage.« Er nahm jetzt auch eine Tasse des heißen Kaffees und nippte nachdenklich daran. »Die Frage, wie ich jetzt damit umgehe, ist, ob ich zuerst als Berater zurücktrete oder nach dem ganzen Wirbel ... Zuerst, glaube ich.«

Rose war entsetzt. »Das wird doch sicherlich nicht notwendig sein?« Sie schloss die Augen. »Ich glaube nicht, dass ich das durchstehen kann.«

Mrs. Corcoran sagte schnell: »Pip wollte ohnehin kürzer treten, meine Liebe. Es ist für ihn längst höchste Zeit, sich endlich ganz in den Ruhestand zurückzuziehen. Dies wird es lediglich –«

»Aber diese Schande –«

»Kann auf ein Minimum reduziert werden«, ergänzte Mrs. Corcoran mit ruhiger Stimme. »Im Endeffekt könnte es sich sogar positiv auswirken. Die Frage der Ehre, es wäre doch ein ehrenhaftes Verhalten!«

Philip lächelte kurz. »Dorothy, du bist wundervoll. Mit diesem Aspekt habe ich in keiner Hinsicht Probleme. Das kann ich euch beiden in aller Aufrichtigkeit versichern. Ich habe die Arbeit, die auf mich zukam, immer nach bestem Können erledigt. Allein darauf kommt es an.« Er nippte wieder und seufzte. »Ich fürchte, was mir allerdings etwas ausmacht, ist, dass es gut sein kann, dass es Abe McKenzie tatsächlich in den Supreme Court schafft – unbeschadet all des Wirbels, der da kommen mag.« Er presste grimmig die Lippen zusammen. »Aber er wird es nicht schaffen, indem er mich erpresst. Das steht fest!«

Rose kämpfte gegen das Gefühl der totalen Orientierungslosigkeit an. Sie war in etwas verwickelt, das weit jenseits ihrer Erfahrung lag. Und das machte ihr sehr viel Angst. Am meisten empörte es sie, dass Abe McKenzie sie die ganze Zeit über ausgenutzt hatte. Die Zugfahrt, die Besichtigungstour durch Washington, der Moment im Hotel in Georgetown ... Sie fühlte sich krank.

Mrs. Corcoran sagte unerschütterlich: »Hör zu, das ist wieder ein anderes Problem. Das hat mit Rose überhaupt nichts zu tun. Und ich habe so ein Gefühlt, dass diese junge Lady so schnell wie möglich aus Washington wegkommen möchte!« Sie lächelte. »Wie wäre es, wenn wir uns über ... Joanna unterhalten? Das war doch der Name Ihrer Schwester, nicht wahr, Rose?«

Rose schluckte. Es war schwierig, ihre Gedanken zu Jon und ihre Besessenheit, einen Vater zu finden, zurückzulenken.

»Ja, Joanna«, sagte sie mit dünner Stimme.

»Erzählen Sie uns von ihr«, ermunterte sie die ältere Frau.

Philip Duddington beugte sich nach vorn. »Ja.« Er schenkte ihr wieder dieses warmherzige Lächeln. »Erzählen Sie uns von meiner Tochter, Rose. Bitte.«

Also begann sie, von Jon zu erzählen. Dem verzogenen Mädchen, das immer auf der Suche nach Abenteuern war und später dann nach Liebe und Geborgenheit. Und das nie gefunden hatte, wonach es suchte. Und als sie sie so nach ihr ausfragten, wurde ihr klar, dass sie Jon nun besser verstehen konnte als jemals zuvor. Weil nun auch sie sich in einen Mann verliebt hatte, der ihre Liebe nicht erwiderte.

21

Den restlichen Abend hatte Rose nur vage in Erinnerung. Mrs. Corcoran hatte ihr eine Visitenkarte mit ihrer Adresse und Telefonnummer gegeben. Jon sollte sich melden und ein Treffen vorschlagen, wo und wann immer es ihr lieb war.

»Aber denk dran«, warnte seine Schwester vorsichtig, »ihr seid beide – und Joanna ganz besonders – sehr aufgeregt, was dieses Treffen angeht. Jeder hat seine Erwartungen. Ihr solltet Schritt für Schritt vorgehen. Lass Joanna die Zeit und den Ort bestimmen. Und du, Pip, vergiss nicht, dass dieses Mädchen ihr ganzes bisheriges Leben ohne dich gelebt hat. Sie war verheiratet und hat einen Sohn.«

»Ich war auch verheiratet, und ich hatte einen Sohn«, erinnerte er sie.

»Ja, schon. Ihr war stets bewusst, dass sie einen Vater hat – welch unbekannte Größe er auch immer in ihrem Leben gewesen sein mag. Du hingegen weißt von ihrer Existenz erst seit wenigen Stunden.« Dorothy Corcoran schaute Rose Hilfe suchend an, und Rose nickte energisch. Sie wollte nichts wie weg. Von ihnen allen. Sie wollte allein sein.

Ein Taxi brachte sie gegen Mitternacht zum Hotel in Georgetown zurück. Sie hatte Angst, dass Abe auf sie gewartet haben könnte, doch sie fand eine Nachricht an ihrer Tür, auf der stand: »Hoffe alles ist okay. Gute Nacht.« Sie zerknüllte den Zettel und warf ihn in den Papierkorb neben der Kommode. Die Versuchung, sich bei Nacht und Nebel davonzumachen, war groß. Doch eine überstürzte Abreise um diese Uhrzeit wäre zu umständlich gewesen. Außerdem wollte sie ihm nicht die Genugtuung geben, ihm zu zeigen, wie sehr sie verletzt war. Also ging sie zu Bett. Sie dachte zuerst, sie würde wieder die ganze Nacht wach liegen, doch noch ehe sie überhaupt angefangen hatte, sich im Geiste vorzusagen, sie müsse sich entspannen, war sie eingeschlafen. Es war der gleiche Tiefschlaf wie damals, nachdem David gestorben war, die totale Erschöpfung. Als sie am nächsten Morgen aufwachte, fragte sie sich, ob sich ihr Gehirn womöglich automatisch abgeschaltet hatte, weil es mit so viel Kummer nicht fertig wurde. Körperlich fühlte sie sich nach dieser Nacht nicht gerade erholt, sie war lediglich für einige Stunden ohne Bewusstsein gewesen.

Abe merkte, dass etwas nicht in Ordnung war. Sie musste ihm allerdings zugute halten, dass er wenigstens keine seiner Taktiken anwandte, um herauszufinden, was es war. Er wollte wissen, ob sie sich noch einmal mit Duddington treffen würde. Und als sie den Kopf schüttelte, bot er ihr an, noch einen Tag dranzuhängen, um Mount Vernon zu besichtigen oder gar Richmond.

Sie sagte leise: »Ich würde gern ins Hotel zurückfahren, meine Sachen zusammenpacken und zu Jon zurückkehren. Wenn das für Sie in Ordnung ist.«

»Totaler Fehlschlag gestern Abend?«, fragte er mitleidig.

Rose schaute in ihre Kaffeetasse. Ja, in gewisser Hinsicht war es das gewesen. Ihr eigener Instinkt hatte sie betrogen, ihre eigenen Gefühle. Sie schaute auf und sagte freundlich: »Überhaupt nicht. Aber der nächste Schritt liegt jetzt an uns. Ich muss unbedingt zurück und mit Jon sprechen.«

Er starrte sie an, seine dunklen Augen waren plötzlich so verständnisvoll. Er sagte leise: »Sie haben von Sara erfahren. Jemand hat Ihnen von Sara und Tom erzählt.«

Sie konnte ihm nicht ins Gesicht sehen. Sie starrte auf ihre Waffeln, die vor Ahornsirup trieften. Ihre Wirbelsäule drückte sich steif gegen die lederbezogene Lehne ihres Stuhles.

Er sagte ruhig: »Ich habe Eugenie gebeten, sie nicht zu erwähnen. Aber ich hätte mir denken können, dass Ihnen jemand von ihnen erzählt. Rose, ich habe Sara damals auf dem Marsch hier in Washington kennen gelernt. Sie war auf der Suche nach Spaß und Abenteuer gewesen, aber das wusste ich nicht. Ich war allein und voller Idealismus. Wir haben kurz vor Toms Geburt geheiratet. Er ist inzwischen zwölf.«

Ihre Hände lagen flach auf der dicken Leinentischdecke; der Stoff warf unter ihrem Teller Falten, die sie wie unter Zwang immer wieder glatt strich.

Er sagte eindringlich: »Rose, hör mich wenigstens an. Sara und ich leben unter einem Dach. Um Toms willen. Das ist alles.«

Sie sagte tonlos: »Das hat nichts mit mir zu tun. Es ist für mich von keinerlei Interesse.«

Er unterbrach sie: »Geh nicht von mir weg, Rose. Nicht so!«

»Ich kann wohl kaum –«

»Du läufst weg! Deine Mutter ist weggelaufen, als sie erfahren hat, dass Duddington verheiratet ist und ein Kind hat. Und du tust das Gleiche!«

Sie wiederholte hölzern: »Ich muss mit Jon reden.«

»Ich werde dich heute Nachmittag zur Farm bringen.«

Sie strich wieder über die gestärkte Tischdecke und nahm ihre Gabel in die Hand. Sie sagte: »Ist schon in Ordnung. Du hast genug getan. Ich werde selbst für meine Rückreise sorgen.«

Er schaute sie an. In seinem Gesicht war nichts zu lesen. »Ich verstehe«, sagte er gedehnt.

Im Zug tauschten sie lediglich Höflichkeiten aus. Auf dem Tischchen vor ihnen lagen Zeitschriften. Sie nahm sich eine davon, las sie von vorne bis hinten und konnte sich hinterher an kein einziges Wort davon erinnern. Vor der Pennsylvania Station in New York stiegen sie gemeinsam in ein Taxi, und er ließ sie vorm Pierre aussteigen, ohne ein weiteres Treffen vorzuschlagen. Er schüttelte ihr nicht einmal die Hand, als sie ging. Der Page trug ihre Tasche durchs Foyer zum Aufzug, und sie schaffte es gerade noch, Trinkgeld für ihn aus ihrer Tasche zu kramen, ehe ihr die Tränen kamen. Sie stand mitten im Zimmer und schlang die Arme um den Körper, als wolle sie ihre Qual unter Kontrolle halten. Sie redete sich ein, es sei verletzter Stolz, das Gefühl, betrogen worden zu sein – es war beides. Aber es war auch noch etwas anderes. Es war ein weiterer Verlust. Ein weiterer Trauerfall.

Sie schaute auf die Uhr. Es war jetzt Abend in England. Sie setzte sich aufs Bett, griff nach dem Telefon und gab der Vermittlung die Nummer in Churchdown durch, um sich verbinden zu lassen. Maud nahm nach dem ersten Läuten ab.

»Wie geht es den Mädchen?«, fragte Rose.

»Gut. Ich wusste, dass du anrufst. Ich habe neben dem Telefon gewartet. Was ist passiert?«

»Ich habe ihn getroffen. Er ist wirklich sehr nett. Er will Jon sehen.«

»Wunderbar. Wann kommst du nach Hause?«

»Nach diesem Zusammentreffen. Ich weiß es nicht.«

»Was ist los?«

»Nichts. Ich bin müde. Die vielen Sehenswürdigkeiten, die vielen fremden Leute. Du weißt schon.«

»Ich weiß, dass etwas nicht stimmt. Ist es Boaz?«

»Boaz?«

»Ja. Boaz. Hat er sich als Jons Vater entpuppt oder so?«

»Oh ... Boaz! O Mutter, du bist so ... verständig.«

»Erzähl's mir.«

Sie wollte Maud eigentlich anlügen, ihr etwas vormachen. Doch dann sagte sie: »Ja. Es ist wegen Boaz. Und nein, es ist nicht Philip Duddington. Es ist jemand anders. Und er hat mich für seine eigenen Zwecke ausgenutzt, deshalb bin ich etwas enttäuscht.« Sie versuchte, die Schwermütigkeit aus ihrer Stimme zu nehmen. »Es wird wunderbar sein, wieder nach Hause zu kommen.«

»Möchtest du, dass ich zu dir komme?«

»O Mutter ...« Rose fing an, laut in den Hörer zu schluchzen. »Das würde ich mir mehr als alles andere wünschen. Aber ich werde zu Hause sein, bevor du dir überhaupt ein Flugticket kaufen könntest. Und jemand muss für die Mädchen da sein. Und für Georgie. Ich werde Jon erzählen, was passiert ist, und dann meinen Rückflug buchen. Morgen. Oder übermorgen. Ich muss verrückt gewesen sein, hierher zu kommen.«

Mauds Stimme am anderen Ende der Leitung klang streng. »O nein. Ich wollte, dass du fliegst. Ich hatte es im Gespür, dass es passieren würde. Liebling, es spielt keine Rolle, ob er dich enttäuscht hat. Was mit dir passiert ist, allein darauf kommt es an. Du musstest Davids Tod akzeptieren. Du musstest akzeptieren, dass es für dich eine Zukunft gibt. Eine persönliche Zukunft. Die nichts mit mir oder deinen Töchtern zu tun hat. Verstehst du das denn nicht?«

»Nicht jetzt.« Doch sie hätte fast gelächelt, wenn ihr Mund nicht so gezittert hätte. »Lass uns darüber reden, wenn ich zu Hause bin. Ich werde jetzt ein Taxi oder was weiß ich bestellen, um irgendwie zu Jon zurückzukommen. Ich rufe dich morgen wieder an. Wie wäre das?«

»Wunderbar. Außer, es tut sich etwas mit Boaz. Dann bleib so lange du kannst. Für immer.«

»Mutter, du bist einfach wunderbar. Doch selbst wenn er mich nicht derart enttäuscht hätte, es hätte nicht funktioniert. Er will Präsident der Vereinigten Staaten werden. Und ich will eine gewöhnliche Frau sein.«

Maud lachte noch immer, als die Verbindung unterbrochen wurde.

☆

Sie hatte sich einen Mietwagen mit Fahrer genommen. Es war bereits dunkel, als sie in die Auffahrt zur Farm einbogen. Jeff Blatts Auto stand vor dem Haus, und jedes einzelne Fenster war hell erleuchtet. Als sie das Haus betrat, wusste sie, dass Onkel Joe gestorben war. Ihre Erfahrung mit dem Tod sagte ihr, dass er nicht mehr unter ihnen war. Es war eigenartig, sogar unheimlich, aber nicht entsetzlich.

Jon hatte die Haustür gehört und kam aus der Küche. Ihre Augen waren verquollen, ihr Gesicht kreidebleich. Sie hatte sich offenbar eine Dauerwelle machen lassen, während Rose weg gewesen war. Die dunklen Haare standen ihr wild vom Kopf ab, und sie trug ein knallrotes Kleid.

»Er ist vor etwa einer Stunde gestorben. Beinahe hättest du es geschafft. O Rose, das tut mir so Leid.«

Rose nahm sie in die Arme. Sie spürte, dass Jon am ganzen Körper zitterte; für sie war der alte Mann etwas ganz Besonderes gewesen. Er hatte auf besondere Weise ihr gehört.

Rose sagte: »Das ist nicht so wichtig, Liebling. Du warst diejenige, die sich um ihn gekümmert hat. Ich bin froh, dass du hier warst. Wundervoll für ihn, und eine Ehre für dich.«

Jon schaute sie aus tränenüberströmten Augen an. »O Rosie, du hättest nichts Passenderes sagen können! Es *war* eine Ehre! Mir war nicht bewusst ... war es für dich auch so bei David?«

Rose strich über die wilde Lockenmähne, während sie darüber nachdachte. »Ja. Ja, das war es«, sagte sie. Und zum ersten Mal an diesem Tag lächelte sie.

Jon brach erneut in Tränen aus. »So kommt letzten Endes auch etwas Gutes dabei heraus!« Sie schniefte an Roses Schulter. »Er wollte nicht, dass ich die Vorhänge zuziehe. Das hat er mir noch gesagt. Und er will auch nicht, dass wir Schwarz tragen. Also habe ich meine Haare zurückgekämmt, mir diesen Fummel angezogen, alle Vorhänge aufgezogen und alle Lampen angemacht.«

Rose sagte leise: »Es ist, als würdet ihr mich beide willkommen heißen, Jon. Das ist schön.«

Die Wohnzimmertür ging auf, und Jeff Blatt kam heraus. Er sah erleichtert aus, Rose zu sehen, und händigte ihr den Totenschein aus.

»Jetzt, wo Ihre Schwester da ist, wird alles gut, Mrs. Johnson.« Er ließ das Schloss seines Arztkoffers zuschnappen. »Ich kann ihnen ein Beruhigungsmittel da lassen, wenn Sie –«

»So etwas brauche ich nicht! Joe ... es war ein gutes Ende. Und er wusste, dass er stirbt. Vor ein paar Tagen – kurz nachdem du weg warst, Rose – hat er gesagt, er würde dich nicht wiedersehen.«

Rose murmelte: »Ich hatte keine Ahnung, dass das Ende so nahe war.«

»Ich bin jetzt weg«, sagte der Arzt. »Die Leute vom Beerdigungsinstitut werden Ihnen jetzt alles abnehmen.«

Jon sagte: »Ich habe sie bereits angerufen. Und Mabs. Sie sagte, da du bald nach Hause kommen würdest, würde es ja reichen, wenn sie morgen käme.«

Rose ging zur Tür und wartete dort, bis der junge Mann weggefahren war. Jon war bereits wieder in die Küche gegangen.

»Ich werde etwas kochen, Rose. Du musst hungrig sein.«

Rose kam durch den Vorraum, als Jon gerade eine Bratpfanne auf die Herdplatte stellte.

»Setz dich hin, Jon. Ich mache uns Tee, und essen können wir dann später – nachdem der Leichenwagen hier war. Du musst dich ausruhen.«

Jon verließ den Herd und fiel ihrer Schwester um den Hals. »Liebste Rosie, ich glaube, er hat mir die Farm hinterlassen! Ich wollte überhaupt nichts! Ich habe das alles nicht dafür getan! Du weißt das doch – du weißt das ganz bestimmt, nicht wahr?«

Rose streichelte das raue, verwirrte Haar. »Natürlich weiß ich das, Jon. Er war Teil deiner amerikanischen Familie. Dafür hast du ihn geliebt – und auch, weil er ein liebenswerter Mann war.«

Jon nickte energisch. »Aber Jeff Blatt ... er weiß Bescheid. Er war an dem Tag dabei, als der Anwalt hier war. Und er denkt bestimmt, ich sei eine Erbschleicherin! Und Tante Mabe wird das auch denken. Und vielleicht auch die Labens!« Sie schluchzte erbärmlich. »Das hast du doch auch gemeint, als du gesagt hast, das wäre eine heikle Situation, stimmt's, Rosie?«

»Na ja, mag schon sein. Aber Jon, er hatte außer dir niemanden, dem er die Farm hätte überlassen können. Du brauchst dich nicht schuldig zu fühlen. Es muss wunderbar für ihn gewesen sein, am Ende seines Lebens zu wissen, dass da jemand ist, dem seine Farm am Herzen liegt.«

»O ja, das hier ist mir alles so sehr ans Herz gewachsen, Rosie! Ich werde hier leben und alles wieder in Schuss bringen. Ich werde Hühner halten, so wie du erzählt hast, dass es früher war! Und vielleicht – später einmal – Pferde. Wenn ich eine ordentliche Hilfe bekomme. Aber es wird niemand etwas mit mir zu tun haben müssen, der es nicht will, Liebling.« Ihre Stimme versagte wieder. »Und ich werde so einsam sein!«

»Jon, Jon.« Rose schaffte es, sie in den nächsten Sessel zu verfrachten. »Hör zu. Die Hälfte dieser Gefühle sind Teil deiner Trauer. Und es ist gut, sie herauszulassen. Aber versuch, den Dingen ins Auge zu sehen. Wenn es dir ernst damit ist, die Farm zu übernehmen, dann wird dir Georgie helfen.«

»Nicht in den nächsten zwei oder drei Jahren!« Jon rieb sich mit der Handfläche übers Gesicht; ihr verschmiertes Mascara sah aus wie eine Kriegsbemalung. »Verstehst du nicht, es läuft wieder nach dem alten Muster ab, wie immer bei mir. Ich komme davon nicht los, Rosie. Sobald ich bekomme, was ich will, wendet es sich umgehend zum Schlechten für mich!« Sie hob den Kopf. »Weißt du, ich hatte nie Freunde. Keine richtigen, loyalen Freunde. Und als ich hierher gekommen bin, waren sie alle da – ohne mein Dazutun. Die Labens und Maria und Onkel Joe. Selbst Tante Mabe hat sich ein bisschen um mich gekümmert!« Sie schluchzte wieder. »Und jetzt werden sie sich von mir abwenden. Du wirst schon sehen. Ich habe regelrecht gespürt, was Doktor Blatt gedacht hat. Und selbst der gute alte Joe hat etwas davon geflüstert, dass Mabs den Mund verziehen und dann aussehen würde wie ein Entenarsch.« Sie versuchte vergeblich zu lächeln.

»Bleib du hier sitzen, Jon, während ich Tee mache. Und glaub mir einfach, wenn ich dir sage, dass alles gut werden wird.«

Rose füllte den Kessel mit Wasser und holte zwei Tassen aus dem Schrank. Jon saß schlaff wie eine Stoffpuppe im Sessel. Sie sah furchtbar aus. »Es macht dir doch nichts aus, oder, Rosie? Er sagte, du würdest es verstehen, weil du ohnehin alles hast, was du willst. Er dachte, ich würde die Farm brauchen.«

Rose stieß einen Ausruf der Verzweiflung aus und ging schnell wieder zu ihrer Schwester.

»Ich liebe dieses Fleckchen Erde, Rosie! Ich könnte hier leben und die Farm ordentlich bewirtschaften und ... alles wäre perfekt! Wenn er nur dir und Mabe auch etwas hinterlassen hätte, dann wäre alles in Ordnung!«

Rose beugte sich über sie und sagte streng: »Sei still, Jon. Du bist müde und überreizt. Was Onkel Joe getan hat, ist wunderbar. Er wusste, was er da tat – niemand sonst würde sich so leidenschaftlich um die Farm kümmern wie du. Und wenn du das nicht genießt, wird er sich im Grabe umdrehen.«

Jon brachte ein schiefes Lächeln zustande und rieb sich wieder die Augen. »O Rosie, ich bin so froh, dass du wieder da bist! Als du weg warst, dachte ich, dass ich stark bin, dass ich allein zurechtkomme. Ich dachte wirklich, ich würde endlich selbstständig werden. Aber ich bin es nicht.«

»Nun, ich glaube nicht, dass du einsam sein wirst, meine Liebe. Jetzt nicht mehr. Weißt du, ich glaube, dein Vater wird viel Zeit mit dir verbringen wollen.«

»Mein Vater! O mein Gott – ich hatte ganz vergessen, warum du in Washington warst! Rose, was ist passiert? Du hast mit ihm gesprochen? Er will mich sehen? O mein Gott!«

Rose lachte und ging zum Herd zurück, um endlich Tee zu kochen.

»Lass uns erst etwas Heißes trinken, Schwesterherz. Dir ist das nicht bewusst, Liebling, aber du hast einen Schock. Jemand, der dir nahe stand, ist in deinen Armen gestorben. Das ist noch keine zwei Stunden her. Du hast das ganze Haus hell erleuchtet – dich schön angezogen. Lass uns jetzt in aller Ruhe eine Tasse Tee trinken.«

Sie stellte die Tassen auf ein Tablett und sagte ernst: »Ich glaube, was du über dieses ›alte Muster‹ gesagt hast, stimmt nicht. Ich glaube, alles wird sich für dich zum Guten wenden, Liebling. Joe hat dich geliebt – und irgendwie hat er dir die Farm auch um Mutters willen hinterlassen. Er wollte etwas wieder gutmachen. Er hat schließlich gesagt, deswegen sei es auch so wichtig, deinen Vater zu finden. Weißt du, sie haben Mutter alle geliebt. Das ist es, was sie zu besonderen Menschen macht. Und deshalb passt du hierher, Jon. Sie wollen auch dich gern haben.« Sie reichte ihr den Tee. »Sie wollen, dass du mit der Farm dein Glück findest. Mach dir darum keine Sorgen.«

Jon sagte ungeduldig: »Ja. Aber was war mit Philip Duddington?«

»Ich werde es dir gleich erzählen. Aber warte einen Augenblick, ich habe ein Auto gehört. Wahrscheinlich der Leichenwagen. Trink du deinen Tee, ich werde mich darum kümmern.« Sie stand auf. »Du hast Wunder vollbracht, Jon.«

»Ich hatte einen guten Lehrmeister!« Jon schenkte ihr noch ein verheultes Lächeln und kniff Rose in die Wange. »Wir werden zu Abend essen, und du kannst mir von New York und Washington erzählen und mir helfen, über dieses Grauen hinwegzukommen!«

☆

Es war spät, als sie sich zum Essen setzten. Die Männer vom Beerdigungsinstitut mussten Kaffee trinken und ihre üblichen tröstenden Worte herunterbeten. Sie versicherten ihnen, sich um alles zu kümmern. Von den schwarz umrahmten Karten bis hin zur Todesanzeige in der Zeitung. Während Rose zuschaute, wie sie langsam mit Onkel Joe im Laderaum davonfuhren, dachte sie bei sich, dass Beerdigungsunternehmer die wichtigsten Menschen der Welt waren, wenn ein Leben zu Ende war.

Sie erzählte Jon in knappen Worten, dass Philip Duddington tatsächlich ihr Vater sei und es gar nicht erwarten könne, endlich mit ihr in Kontakt zu treten. Jon war plötzlich etwas besorgt. »Aber er ist so ein ... wichtiger Mann, Rosie! Er wird mich bestimmt geheim halten müssen. Ich meine, es würde seinem Ansehen nicht gerade gut tun.«

Rose wurde plötzlich von einer schrecklichen Müdigkeit überfallen. »Ich glaube nicht, dass sein Ansehen für ihn noch eine große Rolle spielt, Jon. Er hat seine Frau und seinen Sohn verloren. Und vorgestern hat er erfahren, dass er noch jemanden hat. Familie. Er freut sich genauso wie du.«

»O Rosie.« Jon hatte inzwischen das Gesicht gewaschen und die Haare gekämmt. Sie sah fast normal aus.

»Die Sache ist die, meine Liebe: Wenn du wirklich hier leben willst – vielleicht änderst du später deine Meinung –, dann würde dich Tante Mabe mit Sicherheit nicht fallen lassen. Nicht im Entferntesten. Wenn sie das nämlich versuchen sollte, würde Mrs. Corcoran – Pips Schwester – sie wiederum fallen lassen. Und das wäre das absolute Ende für Tante Mabe.« Rose versuchte zu lachen, doch es wollte ihr nicht so recht gelingen.

Sie beugte sich zu Jon über den Tisch und sagte mit Nachdruck: »Jon, die Hauptsache ist, er ist sehr, sehr nett. Und ich glaube, er hat Mutter geliebt. Er hat später versucht, Kontakt zu ihr aufzunehmen, aber da war sie bereits nach England zurückgekehrt. Er hat das als eine Ablehnung ihrerseits aufgefasst und wollte sie nicht weiter belästigen.« Sie stand auf und warf ihre Haare zurück. »Ich bin wirklich geschafft. Ich muss ins Bett. Ich werde dir die Details morgen erzählen. Aber eines muss ich dir noch sagen, meine Liebe: Selbst wenn er Straßenkehrer gewesen wäre, wäre er immer noch dein Vater.«

»Okay.« Jon brachte ein zaghaftes Lächeln zustande. »Das ist alles ganz wunderbar, Rosie. Aber jetzt, gerade im Moment, wünsche ich mir nichts mehr, als mit dir nach Hause zu fliegen und Georgie zu sehen.«

»Ich weiß.«

Rose hatte kaum die Kraft, sich auszuziehen, und fragte sich, wie sie erst die nächste Woche überstehen sollte. Das Zusammentreffen mit Philip Duddington zu arrangieren, dann mitzuhelfen, dass es gut über die Bühne ging ... Onkel Joes Beerdigung ... Tante Mabe ... Es war alles zuviel. Und ihr Wunsch, zu Hause zu sein, war sehr groß.

☆

Doch wie sie schon früher festgestellt hatte, war es doch erstaunlich einfach, von Stunde zu Stunde zu leben, von Tag zu Tag. Im Laufe der folgenden Woche erzählte sie Jon nach und nach fast alles, was sie in den vier Tagen ihrer Abwesenheit erlebt hatte. Sie war überrascht, wie ihr das gelingen konnte, ohne Abe mehr als zwei oder dreimal zu erwähnen. Sie half Jon, Joes Unterlagen zu sortieren und mit Tante Mabe fertig zu werden. Sie telefonierte mit Maud und Mrs. Corcoran und bereitete alles für die Beerdigung vor. Sie war so erfahren mit all diesen Arrangements. Sie dachte kaum an Abe – zumindest redete sie sich das ein.

Nach der Beerdigung gingen sie ins Haus des Senators nach Georgetown zurück. Neben den Labens waren dort noch andere Freunde und Bekannte von Joe, die Rose und Jon allerdings nicht kannten. Die Neuigkeit hatte sich wie ein Lauffeuer ausgebreitet; alle wussten, dass Jon nun die neue Besitzerin der Farm war. Und es war interessant, ihre unterschiedlichen Reaktionen zu beobachten.

Obwohl bisher noch niemand wissen konnte, dass sie die

Tochter von Philip Duddington war, schienen sie Jon ohne Vorbehalte als die neue Besitzerin zu akzeptieren. Tante Mabe stellte sie Freunden von Joe als »unsere Nichte, die extra aus England gekommen ist, um den armen Joe zu pflegen« vor. Jon erhaschte inmitten der diskret umherwandelnden Menschenmenge Roses Blick und blinzelte ihr zu. Rose schüttelte den Kopf, war aber heilfroh, dass Jon ihren Humor wiedererlangt hatte. Plötzlich hatte Jon einen Platz in der Gesellschaft. Die Leute würden mit größtem Interesse verfolgen, wie sie mit der Farm zurechtkam und Greta und Clark echte englische Disziplin beibrachte.

Während sie sich über eine Platte Windbeutel hermachte, sagte sie: »Ich fühle mich so anders, Rosie. Ich werde mich gar nicht so sehr an Duddys Schulter anlehnen müssen, wie ich gedacht hatte. Ich hätte das ohnehin nicht gewollt. Ich wollte vielmehr, dass wir uns irgendwie auf gleicher Ebene treffen.«

»Duddy?«, fragte Rose gedehnt.

»Nun, ich kann ihn schlecht Dad oder Pop nennen. Und Pip klingt zu sehr nach Pip aus *Große Erwartungen* von Dickens. Und da dachte ich an Duddy. Sein Nachname ist so ulkig, da muss man das Beste draus machen!«

Rose grinste. »Und du bist dir sicher, dass du hier bleiben willst? Du weißt, dass du die Farm für einen Haufen Geld verkaufen könntest.«

»Joe würde wollen, dass ich bleibe.« Sie winkte Eric über die Köpfe hinweg zu. »Und nicht nur das. Es gibt meinem Leben einen Sinn. Ich will das Geld nicht haben, ich will mich um etwas oder jemanden kümmern.«

»Du bist wundervoll.«

»Nein, das bin ich nicht. Du bist wundervoll. Aber du willst das einfach nicht sehen, was dich ebenso zu einem Dummkopf macht.« Jon strahlte, als sie das sagte. Dann lief sie weg, um Jason nach mehr Sherry zu fragen.

Als die letzten Gäste gegangen waren, steuerte Tante Mabe auf den kleinen Salon zu, den Senator dicht hinter sich.

»Kommt, Mädels. Du hast uns noch überhaupt nichts über deine New York-Expedition erzählt, Rose. Ich weiß, dass diese traurige Angelegenheit der ganzen Sache den – den – Spaß genommen hat. Aber Joe wäre ganz heiß darauf gewesen, zu hören, was passiert ist. Also lasst uns ein wenig zusammensitzen und plaudern – das ist ohnehin das Beste, was wir nach einem solchen Tag tun können.«

Rose konnte praktisch zusehen, wie Jon vor ihrer Tante dahinschmolz. Sie setzten sich um den Kamin, wie sie es auch am Tag ihrer Ankunft getan hatten; der Teekessel auf dem Stövchen, der Senator wie bewusstlos in seinem riesigen Ledersessel. Doch während Jons damals praktisch ständig in Verteidigungshaltung war, war jetzt all ihre Aggression weg. Rose hatte sie noch nie so entspannt gesehen.

Rose war äußerst darum bemüht, ihre eigenen Gefühle aus dem Spiel zu lassen, als sie von diesen vier Tagen, mit vielen Details ausgeschmückt, erzählte. Tante Mabe war hingerissen, zu hören, dass sie Mrs. Corcoran kannte. Selbst der Senator setzte sich gerade hin, als er das hörte.

Schließlich sagte Tante Mabe: »Nun, ihr Mädchen habt gewiss in ein Hornissennest gestochen, seit ihr hier seid! Und ich dachte, ihr wärt zwei so ruhige nette Dinger!« Sie lächelte verzeihend. »Wir sind froh, euch hier zu haben, daran besteht kein Zweifel. Ich weiß, wir können dich nicht halten, Rose. Dein einziger Wunsch war es die ganze Zeit, so schnell wie möglich wieder nach England zurückzukehren. Aber Jon, wie sieht es mit dir aus?«

Jon wollte ehrlich sein. »Ich habe mit Rose darüber gesprochen. Ich liebe die Farm. Und ich bin mir ziemlich sicher, Georgie würde es dort auch gefallen. Ich würde gern alles wieder richtig in Schuss bringen. Es ... es würde eine Aufgabe für mich sein, etwas Wertvolles. Aber wenn dieser Mann, mein Vater, mich nicht mag, könnte das möglicherweise so manches ändern. Ich weiß es jetzt einfach noch nicht.«

Mabs verzog den Mund. »So darfst du nicht denken, Jon. Du bist jetzt eine Frau, die auf eigenen Füßen steht. Vielleicht warst du vorher sogar zu sehr vom Ausgang dieses Treffens abhängig, hast dir alles Mögliche davon versprochen. Doch jetzt ...« Sie holte Luft. »Für mich sieht es so aus, als seist du in einer ausgezeichneten Position.«

Jon schaute sie lange an, dann sagte sie langsam: »Komisch. Genau so fühle ich mich auch. Vielleicht sind wir uns in mancher Hinsicht doch ähnlich. Joe hat gesagt, dass wir das sind.«

Tante Mabe stieg völlig überraschend die Röte in ihr gepudertes Gesicht.

»Das hat er gesagt?«

»O ja ...« Jon grinste. »Und dass du deinen Mund wie einen Entenarsch aussehen lassen kannst.«

Tante Mabe wurde noch röter, dann lachte sie jedoch. »Dieser alte Halunke.«

Dann fügte sie hinzu: »Und wenn Rose bis nach dem ersten Treffen mit dem Commander bleiben würde – Rose, du wärst sicher eine gute Vermittlerin –, dann wäre ich mir sicher, dass es gut läuft.«

Jon war es gar nicht in den Sinn gekommen, dass Rose eventuell schon vorher zurückfliegen könnte. Sie schaute ihre Schwester flehend an. »Du bleibst doch, nicht wahr, Rosie?«

Rose nickte. Sie war letzten Endes erst weniger als einen Monat von zu Hause weg. Es kam ihr nur wie eine Ewigkeit vor.

☆

Als Rose schließlich in Washington anrief, war Philip Duddington nicht da. Doch Mrs. Corcoran war ebenso höflich, wie sie auch vorher gewesen war. Sie ließ Grüße an Mabs ausrichten und bekundete ihnen allen ihr herzliches Beileid.

»Pip war schrecklich enttäuscht, seine Reise nach Connecticut verschieben zu müssen, aber alles in allem glaube ich, dass das gar nicht so schlecht ist. Zeit für ihn, um über alles nachzudenken.«

»Hat er in irgendeiner Hinsicht seine Meinung geändert?«, fragte Rose alarmiert.

»Nein. Aber er hat sich mit Abe McKenzie getroffen, Rose. Ich vermute, sie haben reinen Tisch gemacht.« Sie machte eine Pause, dann fuhr sie fort: »Pip hat großen Respekt vor Abe McKenzie, Rose, aber er denkt, er ist doch noch nicht bereit für den Supreme Court. Dieser Mann ist noch keine fünfzig, er hat noch Zeit genug.«

»Ich verstehe, Mrs. Corcoran.« Ihr rutschte das Herz in die Knie. Abe hatte gewonnen. Philip Duddington hatte dem Druck nachgegeben, und in einem Jahr oder so, wenn niemand mehr einen Zusammenhang vermuten könnte, würde Abe bekommen, was er wollte.

Mrs. Corcoran sagte: »Ich werde Sie wieder anrufen, um einen Ort und eine Zeit auszumachen, meine Liebe. Pip ist damit beschäftigt, seine Zelte abzubrechen und seinen Dienst zu liquidieren, aber das wird nicht mehr lange dauern. Er ist wirklich sehr darauf versessen, Ihre Schwester zu treffen.«

Rose sagte schwerfällig: »Ich bin so froh.«

Als sie den Hörer auflegte, stand Jon neben ihr.

»Ist irgendetwas nicht in Ordnung? Du hast furchtbar geklungen.«

»Nein, nein, überhaupt nicht. Mrs. Corcoran war dran. Sie bestellt liebe Grüße und herzliches Beileid. Und sie wird uns einen Tag und eine Uhrzeit für das Treffen nennen, sobald sie mit ihrem Bruder gesprochen hat.«

Jon sagte nachdenklich: »Ich sollte ihn von Anfang an Duddy

nennen. Wenn er es richtig auffasst, dann weiß ich schon allerhand über ihn. Und letzten Endes drückt es meine Zuneigung aus, und trotzdem muss es für Außenstehende nichts bedeuten.«

»Würde es dir etwas ausmachen? Wenn er nicht will, dass du ihn so nennst?«

Jon schaute aus dem Fenster und beobachtete das abendliche Ritual, die Kühe von der Weide in den Stall zu treiben. »Dank Joe nicht. Ich glaube nicht, dass es mir etwas ausmachen würde. Er hat mir eine Art Selbstachtung gegeben. Neben all dem hier –« Sie beschrieb beinahe verlegen mit der Hand einen Halbkreis durch den Raum.

Rose sagte: »Ich habe ihn als Kind geliebt. Ich hatte es so gern, wenn er mich sein kleines Küken genannt hat.«

Jon ging zum Fenster und winkte Clark zu. »Nur, um ihn wissen zu lassen, dass ich in der Nähe bin – weißt du, er hat einen gewissen Spaß daran, den Kühen mit dem Stock eines überzuziehen, um sie in den Stall zu treiben. Und das ist einfach nicht nötig. Sie wollen von selbst reinkommen und gemolken werden.« Als sie sich umdrehte, sah sie, dass Rose grinste. »Ja, schön. Ich werde ein wahrer Drache sein, ich weiß!« Sie schüttelte den Kopf. »Joe hat in uns die Kinder gesehen, die er selbst nie hatte. Ich bin so froh, dass wir hierher gekommen sind, bevor er gestorben ist, du nicht auch?«

Rose nickte nachdrücklich. »Du hast das Richtige getan, Jon. In jeder Hinsicht.« Sie drehte sich weg. »Ich wünschte nur, ich wäre nicht nach Amerika gekommen.«

Jon war ernsthaft besorgt. »Liebste Rosie, ohne dich wäre das alles gar nicht möglich gewesen! Du musstest kommen! O Rosie, war es so schlimm?«

Rose zwang sich, ihrer Schwester wieder ins Gesicht zu schauen, ihr ein beruhigendes Lächeln zu schenken. »Ich habe nur fürchterliches Heimweh.«

»Das hier ist auch dein Zuhause, Rosie. Das weißt du doch.«

Doch wenn Rose sich über eines im Klaren war, dann darüber, dass ihr Zuhause nicht hier war. Und es auch niemals sein könnte.

☆

An diesem Abend rief Philip an und sprach mit Jon. Rose, die gerade dabei war, Onkel Joes Kleider zusammenzupacken, betrachtete Jon gerührt. Ihr harter Gesichtsausdruck schmolz ebenso dahin, wie er es bei Joe getan hatte, und bei Tante Mabe nach der Beerdigung. Nach den ersten fünf Sekunden am Telefon wurde sie blass, dann lächelte sie, und schließlich brach sie in ein Lachen aus, das eine Mischung aus Erleichterung und Freude war.

»Natürlich will ich dich sehen!«, rief sie endlich aus. »Deshalb bin ich schließlich nach Amerika gekommen!« Er musste etwas über all die vergangenen Jahre gesagt haben, denn sie antwortete: »Nun, es lag an Mutter, nicht wahr? Wenn sie dir nichts sagen wollte.« Jon lauschte wieder in den Hörer; ihr Lächeln kam und ging. Dann sagte sie: »Für mich war es kein Schock. Aber du hast erst vor kurzem von meiner Existenz erfahren.« Sie lachte wieder und schaute in Roses Richtung. »Wir sehen uns natürlich schon ein bisschen ähnlich. Aber ich habe braune Augen, und Rose ... nun, du hast Rose ja gesehen.« Sie nickte mehrmals, dann sagte sie ernst: »Hör zu, Rose hat mir von ... von dir und Abe McKenzie erzählt. Ich weiß, dass du dich mehr oder weniger öffentlich zu mir bekennen musst, um ihm die Möglichkeit zu nehmen, dich zu erpressen.« Sie hielt inne und hörte nur aufmerksam zu. »Nun, so hat es aber geklungen«, warf sie ein. Sie lauschte wieder und sagte: »Wenn du dir ganz sicher bist ... da fällt mir ein Stein vom Herzen ... aber in jedem Fall hat dir Rose, als ihr telefoniert habt, glaube ich, erzählt, dass ich wahrscheinlich hier bleiben werde. Die Farm bewirtschaften ...«

Sie lächelte. »Ja. Das wäre schön. Ein weiterer Grund, hier zu bleiben. Danke ... Duddy. Ich werde dich Duddy nennen, ist das okay?« Sie lachte voller Freude über seine Antwort und sagte: »Hey, du klingst wirklich nett!«

Sie legte den Hörer auf und schaute Rose an. »Er ist genauso, wie du ihn mir beschrieben hast. Er hat gesagt, ich sollte hier bleiben, wo ich doch schon eine einheimische Familie hier hätte. Das hat er gesagt. Wen er damit wohl gemeint hat, Rosie?«

»Ach, sei doch still! Also wirst du dich mit ihm treffen?«

»Er kommt hierher. Morgen.«

»Mit Mrs. Corcoran?«, fragte Rose und dachte besorgt an den Zustand des Hofes.

»Nein. Er möchte mich zuerst allein kennen lernen.« Sie machte sich auf den Weg in die Küche. »Ich glaube, ich werde Scones backen. Und Rosie ...« Sie machte in der Tür halt. »Abe McKenzie versucht überhaupt nicht, diese ganze Angelegenheit für seine eigenen Zwecke auszunutzen. Eigentlich hat er Duddy sogar gesagt, dass er gar nicht daran interessiert ist, in den Supreme Court zu kommen.«

Rose starrte ihrer Schwester mit ausdruckslosem Gesicht hinterher.

☆

Sie sah das Auto schon lange, bevor es in die Einfahrt einbog, und wusste auch sofort, dass Abe am Steuer saß. Sie war in ihrem Schlafzimmer und schüttelte die Bettdecke aus dem Fenster. Das Auto war von der Straße abgebogen und den Zufahrtsweg hochgefahren, als würde es den Weg zur Farm ganz von selbst finden. Weder Philip Duddington noch irgendein Chauffeur wären sich über die Abzweigung so sicher gewesen. Er fuhr an den Zäunen vorbei, die die Zufahrt zum Haus der Labens abgrenzten, und bremste für zwei Hühner, die aus dem Hühnerstall weggerannt waren. Dann fuhr er die Kuhweide entlang und bog schließlich in den Hof ein. Rose sah Abes Hand am Steuer, noch ehe die Beifahrertür aufging und die große, leicht vornübergebeugte Gestalt von Duddy zum Vorschein kam.

Sie wartete am Fenster, bis Jon aus der Tür kam und dem Mann gegenüberstand, der ihr Vater war. Er streckte seine Hände aus, Jon reichte ihm ihre, und als er sie ziemlich plötzlich an sich zog, stieß sie ein kurzes Schluchzen aus. Sie wiegten einander in den Armen, als wollten sie Walzer über den Hof tanzen.

Rose konnte zwar nicht hören, was gesprochen wurde, aber nach einer kurzen Unterhaltung drehte sich Jons Vater nach Abe um, winkte ihn heran, und Jon schüttelte ihm die Hand. Dann führte sie die beiden ins Haus. Abe schaute nach oben und sah Rose. Er stand einfach da, seine Arme hingen schlaff an seinem Körper herunter. Irgendwie sah er furchtbar verletzlich aus, wie jemand, der auf seine Verurteilung wartete.

Sie zog den Kopf ins Schlafzimmer zurück und starrte für einen langen Moment auf ihr ungemachtes Bett. Sie wollte ihn nicht wiedersehen; es war zu kompliziert – er war zu kompliziert. Er war ein Mann, der für eine Sache lebte. Er war überheblich und hatte eine Portion zu viel Ehrgeiz. Sie konnte mit solch einem Mann nicht umgehen. Doch Jons Stimme rief von unten, dass Duddy gekommen sei und sie alle einen Sherry vor dem Lunch trinken würden. Sie hatte an diesem Morgen einen Pullover und einen Rock angezogen. Ihr Spiegelbild starrte sie an; irgendwie sah sie hochnäsig aus. Sie zog den Rock aus und schlüpfte in ihre Jeans. Dann zog sie auch noch den Pullover aus und ersetzte ihn durch ein kariertes Hemd. Zu guter Letzt kämmte sie ihr Haar so, dass es ihr voller ums Gesicht fiel. Und dann ging sie nach unten.

Greta, die sie hatten überreden können, wenigstens eine frische Latzhose anzuziehen, war in der Küche mit dem Gemüse beschäftigt. Sie deutete mit dem Kopf auf den Teewagen, auf dem eine Kanne frischer Kaffee und Tassen bereitstanden. Rose rollte den Wagen ins Wohnzimmer, heilfroh darüber, etwas zu tun zu haben. Sie fragte sich, was sie wohl zum Lunch servieren würden. Jon und sie hatten ein typisch englisches Menü geplant, Roastbeef, Yorkshirepudding, Rosenkohl und Kartoffeln, gefolgt von süßem Pudding zum Nachtisch. Vermutlich mochte Abe kein schweres Essen.

Das Wohnzimmer schien vor Jons und Philips Aufregung überzusprudeln. Sie freuten sich einfach über alles: Er mochte es, Duddy genannt zu werden. Sie liebte es, dass er ihren vollen Namen – Joanna – benutzte. Sie hatten gerade entdeckt, dass sie beide Laurence Oliver mochten, *Vom Winde verweht*, Mais und Wintersport.

»Erinnerst du dich noch an meine erste Lektion im Schlittschuhlaufen, Rose?« Jons Gesicht leuchtete jetzt genauso wie damals, als sie aus Birmingham zurückgekommen war. »Und unsere Wettfahrt mit dem Schlitten, den Hügel in Churchdown hinunter?«

»Wir könnten diesen Winter nach Sun Valley fahren, wenn du möchtest«, sagte er. »Ich war seit Jahren nicht mehr dort!«

Rose schenkte Kaffee ein und versuchte, Abe nicht anzuschauen, trotzdem verfolgte sie jede seiner Bewegungen. Er saß in der Fensternische, wo Onkel Joes Bett gestanden hatte. Er trug Jeans und Sweatshirt. Sie war froh, dass sie sich umgezogen hatte.

Philip sagte: »Dorothy lässt liebe Grüße ausrichten, Rose. Sie würde sich freuen, wenn du und Joanna sie noch vor Weihnachten besuchen würdet.«

Rose reichte ihm Kaffee und lächelte. »Das ist sehr freundlich von ihr. Ich fürchte allerdings, ich werde bald nach Hause fliegen. Aber vielleicht möchte Jon –«

Doch Jon wollte auch nicht so recht. »Ich glaube, ich werde besser für eine Weile hier auf der Farm bleiben, bis alles seinen Gang geht, Duddy. Ich dachte, mein Sohn könnte vielleicht kommen, wenn Rose weg ist. Ich möchte unbedingt, dass du ihn kennen lernst.«

Sie unterhielten sich über Georgie. Jon zeigte die Fotos herum, die sie dabei hatte. Als sie bei Abe ankamen, betrachtete er sie lange.

»Deine Töchter sind sehr hübsch, Rose. Verstehen sie sich gut mit ihrem Cousin?«

Rose schaute ihn zum ersten Mal seit seiner Ankunft richtig an. Das Problem mit Abe McKenzie war, dass er so unglaublich einfühlsam sein konnte.

»Ja«, sagte sie.

Er gab die Familienschnappschüsse an Jon zurück, und sie lächelte ihm zu, als sie sie entgegennahm.

»Vielen Dank, Abe. Darf ich Sie Abe nennen? Vielen Dank für alles, was Sie getan haben, um das hier möglich zu machen. Mir ist klar, dass Sie und Rosie befreundet waren, ehe ich überhaupt geboren wurde, aber das ist noch lange kein Grund, sich so große Umstände –«

Er unterbrach sie ernst: »Es waren keine großen Umstände. Es war mir vielmehr eine große Freude. Das möchte ich betonen. Es war mir eine Freude.« Er lächelte Jon an. »Ich tue alles Mögliche aus anderen Gründen. Hin und wieder tut es mir ganz gut, etwas der Freude wegen zu machen.«

Philip sagte verlegen: »Das führt mich zu meiner Rede. Rose, ich habe mich in diesem Mann völlig getäuscht. Er hatte zu keiner Zeit die Absicht, sein Insiderwissen zu irgendeinem Vorteil für sich zu nutzen. Ich möchte mich aufrichtig dafür entschuldigen, so gedacht und meinen Verdacht an Sie weitergegeben zu haben.« Er nickte in Abes Richtung. »Deshalb sind wir heute zusammen hier. Er dachte, ich könne vielleicht Verstärkung gebrauchen, und ich dachte, diese Entschuldigung wäre vor euch beiden Mädchen fällig.«

»Das ist sehr rücksichtsvoll von Ihnen, Sir.« Abe nickte ihm nun ebenfalls zu, als würden sie eine Art Abkommen treffen. »Es gibt keinen Grund, sich zu schämen, das kann ich Ihnen versichern. Wie Rose in einem unserer Gespräche ganz richtig bemerkt hat, ist die Welt der Politik ein ziemlich dunkles Labyrinth.«

»Hab ich das?«, wollte Rose sagen, aber sie wollte sich nicht auf ein direktes Gespräch mit Abe einlassen. Stattdessen murmelte sie etwas von Lunch und flüchtete in die Küche.

Es ging alles sehr gut über die Bühne. Den beiden Männern schmeckte das englische Essen ausgezeichnet, obwohl das Rindfleisch nach ihrem Geschmack wahrscheinlich zu Tode gegart war. Jon zeigte Duddy, wie sie ihren Yorkshirepudding mit Bratensoße gefüllt hatte, als sie klein war. Und Philip begann plötzlich über seinen toten Sohn zu reden, der älter als Jon wäre, würde er noch am Leben sein.

»Er war der Grund, warum eure Mutter niemals Kontakt zu mir aufgenommen hat«, sagte er unerwartet. »Das weiß ich jetzt. Ich hatte ihr erzählt, dass meine Frau und ich ... Wir haben zu jung geheiratet. Aber Aileen hatte ein Foto von Richard entdeckt, und sie hätte es niemals fertig gebracht, Vater und Kind auseinanderzubringen.« Er lächelte. »Ich habe deine Mutter nur wenige Stunden gekannt, Jon, aber in vielerlei Hinsicht habe ich das Gefühl, sie völlig gekannt zu haben. Habe ich Recht, was Richard angeht?«

»Ja.« Jon sah nachdenklich aus. »Weißt du, Duddy, wenn ich dich nicht kennen gelernt hätte, hätte ich das niemals erfahren. Jetzt erscheint es mir so offensichtlich. Aber ich hatte einfach nichts davon gewusst.« Sie schaute Rose über den Tisch hinweg an. »Sie war einfach ... großartig. Nicht wahr?«

Rose nickte.

Nach dem Lunch gingen sie alle zu Tante Mabe, damit Philip ihr seinen Respekt zollen konnte. Der Senator, der sich in der Regel bei Konversationen vollkommen heraushielt, lief zur Höchstform auf. Er und Philip unterhielten sich ernsthaft, während Mabe versuchte so zu tun, als sei Abe nicht anwesend, obwohl ihr Jon erzählt hatte, dass das alles sein Verdienst war.

»Meine Liebe«, sie sprach in sehr ernstem Ton, »du wirst eine gemachte Frau sein. Gesellschaftlich, meine ich. Die Winter in Washington – Partys –«

Jon erwiderte standhaft: »Ich will das nicht, Mabs. Ich will auf der Farm bleiben und sie zu einem richtigen Zuhause machen.«

»Aber ... Washington, Joanna! High Society!«

»Ich werde all die Gesellschaft haben, die ich brauche. Georgie, dich und den Senator. Und vielleicht kommen Rose und Maud mit den Mädchen zu Weihnachten.«

Rose sagte dazu nichts.

Mabs meinte: »Es ist ein Jammer mit deinem Ehemann, meine Liebe. Du brauchst einen Mann auf der Farm. Dieses Ehepaar – ach, Clark und Greta sind einfach hoffnungslose Fälle.«

Jon grinste. »Sie werden immer besser. Ich bringe ihnen Schliff bei!«

Abe sagte leise: »Ich glaube der Commander – und seine Schwester – würden das Leben hier draußen genießen.«

Jon strahlte. »Sie können natürlich auch zu Weihnachten kommen!«

Mabs strahlte ebenfalls übers ganze Gesicht und dachte laut darüber nach, ob sie wohl genügend Personal bekommen könnte, um eine Weihnachtsparty auf die Beine zu stellen – mit Philip und Mrs. Corcoran als Ehrengästen.

Abe fragte leise: »Rose, wann fliegst du wieder nach Hause?«

Sie drehte sich leicht von Tante Mabe weg. »Ich werde morgen bei den Reisebüros herumtelefonieren. Ich denke, ich nehme den nächsten Flug, den ich kriegen kann.«

»Wird Jon allein zurechtkommen?«

»Ich weiß es nicht. Aber ich muss meine Familie wiedersehen.«

»Ich werde für dich einen Flug reservieren. Oder besser, Eugenie wird das für dich machen. Sie wird dich dann anrufen. Mach dir keine Sorgen, sie ist Expertin darin.«

»Ich glaube, ich würde das lieber selbst erledigen. Dann weiß ich ganz genau –«

»Wäre dir übermorgen recht?« Er sprach jetzt noch leiser. »Lass mich diese letzte Sache für dich tun, Rose. Bitte.«

Sie zuckte mit den Schultern. »Wenn du das so möchtest. Du kannst es auf meine Rechnung setzen, die du mir – wie ich annehme – nach England nachschicken wirst.«

Als seine Augen zu zucken begannen, wusste sie, dass er ärgerlich war. »Ich werde dir für meine Hilfe nichts berechnen«, sagte er hölzern.

Sie sagte kühl: »Es wird nicht allzu schwer sein, deine Dienste von den Hotelrechnungen und Zugfahrscheinen zu trennen.«

»Du musst für überhaupt nichts bezahlen«, wiederholte er.

Sie starrte ihn wütend an. Er drängte sie in eine äußerst unliebsame Position. Aber sie wollte sich nicht mit ihm streiten. »Ein teures Vergnügen, das Sie sich da leisten, Mr. McKenzie«, sagte sie.

Und er sagte absichtlich im gleichen Tonfall: »Das ist mir egal, Rose Harris.«

Als sie wieder auf die Farm zurückgekehrt waren, machten sich die beiden Männer umgehend auf den Weg nach New York.

Philip sollte in ein paar Tagen wiederkommen; er musste einige Geschäfte abwickeln, bevor er sich endgültig in den Ruhestand zurückzog. Er versprach, seine Schwester mitzubringen und mindestens eine Woche zu bleiben.

Abe streckte seine Hand aus. »Ich glaube nicht, dass wir uns noch einmal wiedersehen, Joanna ... Rose. Ich bin froh, dass ich euch getroffen habe. Wie es scheint, hat das einige Veränderungen in mein Leben gebracht.«

»Das Gleiche können wir von uns sagen.« Jon schüttelte ihm warmherzig die Hand. »Und wer weiß, vielleicht sehen wir uns ja doch noch einmal wieder.«

»Amerika ist ein großes Land.« Er warf ihr noch ein Lächeln

zu, dann wandte er sich an Rose. Sie hielt seine Hand so locker wie möglich. Sie war sehr warm und sehr groß. »Auf Wiedersehen, Rose«, sagte er. »Und vielen Dank.«

Sie konnte nicht glauben, dass er auf diese Weise aus ihrem Leben verschwinden würde. Sie lächelte höflich, nickte zum Abschied und stand mit Jon winkend an der Tür, bis sie außer Sichtweite waren. Er war weg. Es war schrecklich. Erschreckend.

Jon verschwand kurz im Haus und kam mit zwei Paar Gummistiefeln zurück. »Wir werden jetzt den Hof abspritzen«, verkündete sie.

»Warum?«, fragte Rose verblüfft.

»Damit du nicht heulen musst. Oder losschreien. Oder sonst irgendetwas.«

Sie schlüpfte in ihre Gummistiefel und wartete ungeduldig, bis Rose das andere Paar angezogen hatte. Dann marschierte sie in die Scheune und kam mit dem Schlauch heraus, aus dem bereits das Wasser sprudelte. Sie drückte ihrer Schwester einen Besen in die Hand und richtete den Wasserstrahl auf den festgetretenen Mist vom Tage. Rose begann, wie in Trance hinter ihr herzuschrubben.

Jon sagte: »Du wirst mich für das, was ich dir jetzt sage, hassen. Bevor ich dich heute zusammen mit Abe gesehen habe, war ich der Meinung, das mit euch sei nichts. Nicht, weil er ein Farbiger ist – das darfst du nicht denken. Aber er lebt in einer anderen Welt. Eine Welt, die du gehasst hättest.«

Rose schrubbte, als würde ihr Leben davon abhängen. Der Abfluss war vom Dreck verstopft. Sie schrubbte immer und immer wieder energisch darüber.

»Jetzt habe ich es mit eigenen Augen gesehen. Welche Unterschiede es auch immer geben mag, sie spielen für euch keine Rolle. Du liebst ihn, Rosie. Und er liebt dich auch.«

»Nein!« Sie schaute kurz auf, dann wieder auf die Pflastersteine. »Nein. Er liebt mich nicht, und ich liebe ihn nicht. Es war eine gewisse Anziehung vorhanden, das war alles.«

»Wie zwischen dir und Rick damals?«

Es war, als würde die Erde aufhören, sich zu drehen. Rose drückte den Besenstiel an ihre Brust und stützte sich schwer darauf. Jon richtete den Strahl in die Luft, von wo aus er in hohem Bogen nahezu lautlos aufs Gemüsebeet niederregnete. Es wurde langsam dunkel. Und wieder hatte Rose erschreckend deutlich eine Erinnerung aus der Stroud Road vor sich, diesen Abend, als Maud und sie Äste für ein Feuer im Garten zusammengetragen hatten, während sie auf Neuigkeiten von David warteten.

Sie versuchte gar nicht, irgendetwas abzustreiten. Die Schuld stieg bitter wie Galle in ihrem Hals hoch. »Hast du es die ganze Zeit gewusst?«, fragte sie.

»Nein. Er hat es mir gesagt, bevor er nach Newcastle gegangen ist. Deshalb habe ich dich gebeten, zu ihm zu fahren und mit ihm zu reden. Ich wusste, dass es die Hölle für dich sein würde. Ich habe dich gehasst.«

Rose schaute auf. »Jon ... es tut mir so Leid.«

»Das ist auch der Grund, warum du so viel für mich getan hast, nicht wahr? *Schuldgefühle*?«

»Nein! Wenn ich irgendetwas für dich getan habe, dann bestimmt nicht deswegen.« Wenigstens dessen war sie sich plötzlich ganz sicher. »Jon, lass uns hier aufhören, lass uns reingehen.«

»Nein.« Jon richtete das Wasser jetzt wieder auf den gepflasterten Hof. Der Matsch spritzte Rose nur so um die Füße. »Ich war vorher nie fähig, darüber zu reden. Und vielleicht kann ich auch jetzt nicht darüber reden, wenn wir nicht irgendetwas dabei tun.« Sie schaute auf. »Schrubb weiter, Rosie. Lass Energie ab, verdammt noch mal! Ansonsten könntest du vielleicht versuchen, mich umzubringen.«

»Was meinst du damit?« Rose schickte einen kleinen Bach in Richtung Abfluss, und noch einen, und noch einen. Sie sagte: »Jon, ich glaube nicht, dass ich das durchstehe. Warum fängst du ausgerechnet jetzt davon an? Wie können wir einander aushalten, jetzt, wo du mir das gesagt hast? Wir waren uns so nahe gekommen – und du hast alles kaputt gemacht.« Sie stützte sich wieder auf den Besenstiel. »O Gott. Du hast mich all diese Jahre beschuldigt – es war meine Schuld! O Gott.«

»Halt den Mund! Du hast keine Ahnung, was passiert ist. Du verstehst überhaupt nichts. Ich habe es wegen Abe jetzt zur Sprache gebracht. Weil du so blind bist. Weil du dir selbst nie eingestehen wirst, dass du Abe liebst, weil du glaubst, das wäre David gegenüber nicht loyal. Du hast Angst davor, wieder Schuldgefühle zu haben. Wie damals, nach Rick.«

»Jon!« Sie schrie den Namen ihrer Schwester beinahe. Doch Jon hielt den Wasserstrahl wieder von sich weg aufs Gemüsebeet und sagte ganz ruhig: »Hör zu, Rose. Auch wenn das bedeuten sollte, dass du nie mehr etwas mit mir zu tun haben willst, muss ich dir dennoch jetzt die ganze Wahrheit sagen. Vielleicht wirst du mich dann – später einmal – besser verstehen. Warum ich so wütend war und es mir so schlecht ging. Wirst du mir einfach zuhören? Bitte!«

Rose starrte in die Pfütze unter ihren Füßen und begann wieder zu schrubben.

Jon sagte sehr bedacht: »Es war nicht richtig, als du David geheiratet hast, hab ich recht? Du hattest Rick im Kopf – er war in dich verliebt. Nicht in mich. Und du hast auch etwas für ihn empfunden. Doch du hattest Recht, es war rein körperlich, und als du es einmal aus deinem Körper herausgelassen hattest, war mit dir und David alles in Ordnung. Hab ich recht?«

Rose starrte sie an. Ihre Hände waren nass und taub vor Kälte. »Wie hast du das alles herausgefunden?«

»Ich konnte es sehen. Es war offensichtlich – jeden Tag, jede Minute, die ihr, du und David, miteinander verbracht habt.« Jon sah plötzlich bemitleidenswert aus. »Ich wollte mich rächen. Als meine eigene Ehe den Bach hinunter ging, als Rick mich verlassen hat und nach Newcastle gegangen war, hat mich David im Krankenhaus besucht. Und ich hab's ihm erzählt. O Gott, Rosie, ich habe David erzählt, dass du und Rick Geliebte wart. Und damit musste ich seitdem leben.«

Rose hörte auf zu fegen und sah ihre Schwester an.

Jon schluchzte plötzlich. »Deshalb habe ich dich auch fast nie besucht. Bis David krank wurde, waren wir wie Fremde! Und das Komische war«, aus ihrem Schluchzen wurde hysterisches Lachen, »du hast nicht einmal gemerkt, wie fremd wir uns waren!«

Rose glaubte, ohnmächtig zu werden. Sie starrte ins Leere.

Jon klang jetzt verzweifelt. »Hör zu, ich hätte dir das nicht zu erzählen brauchen, Rosie. Ich hätte es für mich behalten können, bis ich gestorben wäre. Aber du musst deine Augen aufmachen und erkennen, dass Abe kein zweiter Rick ist. Du bist in Abe verliebt. Wenn du so willst: Du und David seid in Abe verliebt. David ist jetzt du. Du bist nicht dieselbe Rose wie zuvor. Du bist nicht Rose Harris. Du bist Rose Fairbrother. Und Rose Fairbrother ist in Abe McKenzie verliebt. Und ich denke, dass du das zugeben solltest, auch wenn letzten Endes vielleicht nichts daraus wird. Gestehe dir ein, dass du noch Gefühle hast! Gestehe dir ein, dass du nicht versuchst, in Mutters Fußstapfen zu treten und nur für deine Kinder zu leben!«

Rose hörte überhaupt nicht auf zu starren. Jon ließ den Schlauch fallen, und er überflutete das Kohlbeet. Keine von ihnen bewegte sich. Schließlich sagte Jon: »Rose, um Himmels willen, sag doch etwas. Tu etwas! Schlag mich mit diesem Besenstiel, aber tu irgendetwas!«

»Wie könnte ich? Du hast dich normal verhalten.« Rose blinzelte heftig. »David hat mir nie ein Wort davon gesagt.«

»Natürlich nicht. Es war auch nicht nötig. Er wusste –«

»Aber am Ende hätte er doch etwas sagen können.«

»Er hatte es wahrscheinlich vergessen.«

»Sei doch nicht blöd!« Zum ersten Mal klang Rose wütend.

»Ich habe ihm versprochen, dass ich es niemals erwähnen werde. Und er sagte von sich das Gleiche.«

»Wenn er mir nur gesagte hätte, dass er mir verzeihen kann.«

»Sei doch kein Idiot, Rosie! So wie er es gesehen hat, gab es nichts zu vergeben. Du hast um seinetwillen etwas getan, was gegen deine Natur war!«

»Himmel noch mal, wenn man dich so reden hört, könnte man meinen, Ehebruch sei wie ein Geburtstagsgeschenk einzukaufen!« Roses Stimme klang jetzt weniger wütend, als vielmehr leidvoll, und Jon kam mit ausgebreiteten Armen auf sie zu.

»Rosie, Rosie –«

»Geh weg!« Rose schrie beinahe. »Verstehst du denn nicht, dass ich jetzt durchdrehe? Ich kann es ihm nicht mehr erklären, ihn nicht mehr um Verständnis bitten – nichts! Er ist tot! David ist tot! Ich werde ihn nie wiedersehen!«

Sie ließ sich plötzlich in den Matsch plumpsen. Der Besenstiel knallte aufs Pflaster.

Jon wollte sie wieder auf die Beine stellen, aber Rose wehrte sich mit Händen und Füßen gegen ihre Hilfe. Sie kauerte sich auf ihre Fersen, wiegte sich, die Arme um die Knie geschlungen, hin und her, während ihr Kopf auf den Armen ruhte.

Jon näherte sich ihr, so nah sie konnte, und sagte eindringlich: »Rosie, hör mir zu. Du musst deinen Ehemann um gar nichts bitten. Oder ihm etwas erklären. Verstehst du nicht, meine Liebe, er *hat* alles verstanden. *Immer*. Hast du denn nie kapiert, dass ich den armen Martin nur deshalb verführt habe? Weil ich jemanden wollte, der wie David ist. Ich wollte jemanden, der immer Verständnis hätte und immer verzeihen würde. Deshalb habe ich so viel Zeit mit Suchen verbracht. Deshalb wollte ich meinen Vater finden.«

Die schrillen Laute, die Rose ausgestoßen hatte, verstummten, und nach einer Weile ließ auch das Wippen nach. Als Jon jetzt tröstend den Arm um Roses Schultern legte, stieß sie ihn nicht weg.

Es war jetzt fast dunkel, und in der Wohnung über der Garage gingen die Lichter an. Gretas Stimme klang heiser über den Hof: »Alles in Ordnung, Miss? Sie sind hingefallen, was?«

»Kein Grund zur Aufregung, Greta«, rief Jon zurück. Und wieder an Rose gewandt: »Liebste Rosie, komm jetzt bitte mit rein. Du wirst dir sonst noch eine Erkältung holen, wenn du länger so im Matsch hockst.«

Rose stand gehorsam auf und ging mit hängendem Kopf und gebeugten Schultern in Richtung Haus. Jon hob den Besen auf und warf ihn in die Scheune. Sie hantierte noch am Wasserhahn herum, dann rannte sie Rose nach und erreichte noch vor ihr die Haustür. Sie keuchte, ihre Augen waren vom Licht angestrahlt, das aus der Küche kam.

Rose hob den Kopf, schaute sie an und sagte: »Es ist okay. Ich bin in Ordnung. Brich nicht in Panik aus.«

Sie waren inzwischen in der warmen Küche. »Du bist nicht okay.« Jon zog einen Stuhl unterm Tisch hervor und stellte ihn ihrer Schwester hin. »Ich habe dir praktisch ein Messer in die Brust gebohrt. Wie könntest du da okay sein?«

Rose ließ sich schwer auf den Stuhl fallen. Sie schien völlig unfähig, ihren Oberkörper aufzurichten. »Ich weiß nicht, was ich denken soll. Wie ich mich fühlen soll. Wir hatten danach sieben perfekte Jahre zusammen. Wir waren uns so nahe. Und all diese Jahre ... hat er es gewusst.«

Jon erledigte die üblichen Handgriffe. Füllte den Kessel mit Wasser, stellte ihn auf den Herd. Stapelte Tassen auf ein Tablett.

»Ich habe doch versucht, dir zu erklären, dass es für ihn keine Rolle gespielt hat!«

»Es hat eine Rolle gespielt. Er muss durch die Hölle gegangen sein. Es hat eine Rolle gespielt.«

»Na schön. Aber er hat dich *verstanden*. Er hat nicht zugelassen, dass es etwas zwischen euch kaputt macht! Und du wirst das jetzt bestimmt auch nicht zulassen. Nicht nach so vielen Jahren, hörst du?«

Rose sagte nachdenklich: »Es war praktisch eine Täuschung. Er hat mich getäuscht.«

Jon kam um den Stuhl herum und kniete sich vor sie hin. »Liebste Rosie, bitte sprich nicht so. Du klingst ziemlich böse. Wenn du jemandem Vorwürfe machen musst, dann mach sie mir. Ich war diejenige, die es ihm erzählt hat, vergiss das nicht!«

»Natürlich hast du es ihm erzählt. Als du davon erfahren hast – als Rick es dir gesagt hat, musstest du dich rächen, du musstest mich verletzen.«

Jon hockte sich auf die Fersen zurück. »Aber du hättest so etwas nie getan, Rosie!«

»Nein. Vielleicht nicht. Aber das macht mich nicht besonders bewundernswert. O Gott. Wie ich mich hasse!«

»Warum? Weil du einmal mit Rick geschlafen hast?«

»Ich glaube, ja.« Rose berührte Jons Schulter. »Liebste, wenn dir das hilft: Es war so bedeutungslos. Es hatte nichts mit Liebe zu tun. Überhaupt nichts.«

»Ich weiß. Und nachdem ich mit David gesprochen hatte, ist mir das, denke ich, auch klar geworden. O Rosie, lass das nicht zwischen uns geraten. Bitte. Ich wünschte, ich hätte es dir nie erzählt. Aber –«

»Ich bin froh, dass du es mir gesagt hast.«

Rose fragte sich, ob sie das auch so gemeint hatte. Sie tranken zusammen Tee; es stimmte, sie waren sich jetzt sehr nahe. Sie unterhielten sich noch fast die ganze Nacht durch. Rose hatte immer und immer wieder das Gefühl, den Verstand zu verlieren, wahnsinnig zu werden, und jedes Mal zog Jon sie wieder hoch und zwang sie, nur den Tatsachen ins Auge zu sehen, und nicht Millionen möglicher Bedeutungen hinein zu interpretieren.

In der Morgendämmerung sagte Rose: »Ich muss jetzt schlafen, Jon. Mir ist so schlecht, ich fühl mich so krank.«

»Aber nicht allein. Ich bleibe bei dir.«

»Bitte. Ich möchte allein sein.«

Jon biss sich auf die Lippe und wusste nichts mehr zu sagen. Sie beobachtete vom Flur aus, wie Rose langsam Stufe um Stufe die Treppe hinaufging und sich am Geländer hochzog. Oben angekommen, drehte sich Rose noch einmal um. Sie schwankte leicht, und Jon kam an den Fuß der Treppe gestürzt.

»Ist schon gut. Ich fall nicht runter.« Rose lächelte. »Hör zu, Schwesterherz. Du machst hier einen neuen Anfang. Und ich muss das Gleiche tun. Und ich werde es versuchen. Denk dran: Was ich von jetzt an auch immer tun werde, ich tue es, weil ich einen Neuanfang versuche.«

Jon nickte, ohne es wirklich zu begreifen. Sie wartete, bis die Schlafzimmertür hinter ihrer Schwester ins Schloss fiel, dann ging sie nach draußen, um ein Wort mit Clark zu sprechen. Arbeit. Das war auch Roses Antwort in der Vergangenheit gewesen. Und es machte Sinn.

22

Maud konnte sich gar nicht wieder beruhigen. »Ich dachte, du seist so unglücklich, Ros! Ich habe ein Häufchen Elend erwartet, und schau dich jetzt an, meine Liebe. Du bist das blühende Leben!«

Rose sagte gelassen: »Ja, ich fühle mich blendend, Mutter.« Sie wusste, dass sie Maud früher oder später mehr von Abe erzählen musste, aber jetzt konnte sie das noch nicht.

Wegen der Zeitverschiebung war sie in den frühen Morgenstunden auf dem Londoner Flughafen Heathrow gelandet. Kaum im Schneewittchen-Haus angekommen, legte sie sich ins Bett und schlief fast vierundzwanzig Stunden durch. Sie hatte nicht das Gefühl, dass der Jetlag daran Schuld war. Um sechs Uhr morgens, zwei Tage nachdem sie Abe und Eugenie in New York Auf Wiedersehen gesagt hatte, stand sie in der Küche des Schneewittchen-Hauses und kochte Tee, als sei sie niemals weggewesen. Es war November. Vor sechs Wochen war sie als überängstliche Frau abgereist, jetzt fühlte sie sich so anders. Sie hielt für einen Moment inne, horchte in ihren Körper und ihren Geist hinein. Da war weder Angst noch irgendeine Anspannung. Und sie hatte sich noch in anderer Hinsicht verändert. Fünf Jahre lang war sie Witwe gewesen. Jetzt war sie keine Witwe mehr.

Sie goss Maud Tee ein und lächelte. »Warum fliegst du nicht einfach mit Georgie rüber, meine Liebe? Nur um zu sehen, wie es dort so ist? Ich habe dir die Farm und was Jon damit vorhat, zwar in allen Details beschrieben, aber wahrscheinlich doch recht konfus. Bevor du das nicht alles mit eigenen Augen gesehen hast, kannst du es dir auch nicht wirklich vorstellen.«

»Vielleicht im nächsten Jahr, Ros. Ich werde für die Reise sparen.«

»Ich könnte es mir leisten, dir ein Ticket zu kaufen, Mutter. Meine eigene Reise hat mich nahezu nichts gekostet.«

»Würde ich dann Boaz kennen lernen?«, wollte Maud ohne Umschweife wissen.

Roses Lächeln wurde noch breiter: »Nein. Ich glaube nicht.«

Maud schüttelte den Kopf. »Wie auch immer, Ros, ich glaube Georgie und Jon sollten ein bisschen unter sich sein.«

»Ja, vielleicht.« Rose dachte an die Zukunft. »Blue wird traurig sein. Wir sollten über Weihnachten mit den Mädchen viel unternehmen, was meinst du?«

»Das klingt gut.« Maud nahm einen Schluck von ihrem Tee. In ihrem Blick lagen eine Million Fragen, aber sie sagte nichts.

»Es ist in Ordnung, Mutter. Es ist passiert. Ich habe mich wieder verliebt – natürlich ganz anders als bei David. Aber es war so wahrhaftig. Es ist wahrhaftig. Und ich bin nicht unglücklich darüber. Vielleicht bin ich das später. Aber es könnte nie etwas Dauerhaftes werden, also habe ich – habe ich den Moment gelebt, glaube ich. Vierundzwanzig Stunden. Fast wie Mutter damals.«

»O Ros. Ich bin so froh.«

»Wirklich?«

»Natürlich. Glaubst du, deine Mutter hat es jemals bereut?«

»Ich weiß nicht. Ihr Leben wäre um einiges einfacher gewesen ohne Philip Duddington.«

»Das meine ich nicht. Ich meine, wenn sie Philip Duddington damals abgewiesen hätte, meinst du nicht, dass sie das ihr Leben lang bereut hätte?« Rose dachte angestrengt nach. Sie runzelte die Stirn über ihrer Teetasse, als könne sie im aufsteigenden Dampf die Vergangenheit sehen.

»Ja«, sagte sie gedehnt. »Ja, vielleicht hast du Recht. Ich selbst hätte es mir bestimmt niemals verziehen, wenn ich Abe McKenzie abgewiesen hätte. Ich bin stolz auf das, was passiert ist. Ich bin stolz darauf, die Initiative ergriffen zu haben.«

Maud seufzte. »Ich bin so froh«, sagte sie schlicht. »Du hast dich für das Leben entschieden, Ros. Ich bin so froh darüber.«

Rose trank ihren Tee aus und schaute aus dem Terrassenfenster.

»Lass uns etwas Warmes überziehen und rausgehen! Der Garten ist voller mit Frost überzogener Spinnennetze. Sie sehen aus wie kleine Kunstwerke. Lass sie uns anschauen gehen!«

Maud lächelte fröhlich. »Geh du ruhig und schau sie dir an, Ros. Ich werfe stattdessen lieber einen Blick in die Zeitung!«

Rose ließ sich nicht länger halten. Der Garten erinnerte sie an den Zuckerguss auf einer Torte. Einer riesigen Torte, groß genug, um einen Menschen zu fassen. Einen ganz besonderen Menschen.

☆

Georgie war so aufgeregt, er konnte es kaum erwarten, dass endlich die Ferien begannen. Er packte seinen Koffer ein halbes Dutzend Mal ein und wieder aus und schien gar nicht zu merken, dass Blue ihn schweigsam und betrübt dabei beobachtete.

»Hat Mum gesagt, ob sie Pferde auf der Farm halten will?«, fragte er Rose. »Ich hatte im Internat Reitstunden und war gar nicht schlecht.«

Blue schnaubte, und Ellie sagte: »Du warst richtig gut. Der Reitlehrer wollte sogar, dass du am Jahresabschlussturnier teilnimmst.«

»Ich konnte nicht. Wegen Fußball.« Georgie hielt inne. »Fußball werde ich vermissen.«

Blue konnte nicht mehr an sich halten: »Du klingst, als würdest du für immer nach Amerika gehen! Ich dachte, es sei nur für die Weihnachtsferien?«

»Ist es auch.« Er schaute sie an. »Du weißt, dass ich nicht für immer gehen würde. Nicht ohne dich.«

Sie trat gegen den Sessel. »Du hast jetzt ja offensichtlich auch keine Probleme damit, ohne mich zu fliegen. Und du scheinst dich auch noch riesig darauf zu freuen.«

»Nun, ich hab Mum seit einer Ewigkeit nicht mehr gesehen. Und weißt du, die Farm – ich meine, ist das nicht eine tolle Überraschung? Wie ein Geschenk!«

»Es ist ein Geschenk. Das ist es, was eine Erbschaft nun einmal ist, du Idiot. Ein Geschenk«, erklärte ihm Blue kratzbürstig.

»Ja, aber ein Geschenk, das ich bisher noch nicht gesehen habe.« Er nahm ein Hemd aus seinem Koffer und packte ein anderes dafür ein. »Außerdem muss Mum ziemlich einsam sein, jetzt, wo Tante Rose nicht mehr dort ist.«

Blue fasste ihre Angst in Worte: »Du wirst doch nicht deine Meinung ändern und dort bleiben, oder?«

»Sei doch nicht albern. Ich muss noch so viele Kurse belegen, das dauert bestimmt noch zwei Jahre.« Er machte seinen Koffer zu und setzte sich drauf. »Aber der Direktor hat letzte Woche mit mir darüber gesprochen. Ich glaube nicht, dass ich den Universitäten hier gewachsen bin. Aber in den Staaten vergeben sie Stipendien für Sportler. Ich könnte ein Fußball-Stipendium bekommen.«

»Das würde heißen, dass ich dich drei Jahre nicht sehen würde!«

Er sah geschlagen aus. »Aber dafür würde ich studieren, Blue! Wenn ich nämlich in England bleibe – wenn ich hier einfach eine Stelle bei Martin im Büro annehme oder so etwas, dann würdest du doch auf mich herunterschauen.«

Ellie warf ein: »Nun, ich werde bestimmt nicht studieren, und ich rate ihr nicht, deshalb auf mich herunterzuschauen!«

Blue lachte gequält, und sie gingen gemeinsam nach unten.

☆

Vor Georgies Abreise erzählte ihnen Rose fast alles über ihren Aufenthalt in Amerika. Sie verbrachten ganze Abende damit. Manchmal unterbrachen die anderen sie ungläubig und konnten überhaupt nicht fassen, was sie zu hören bekamen.

»Aber das heißt ja, dass Tante Jon gar nicht deine richtige Schwester ist, Mummy!«, meinte Blue, nachdem Rose ihnen erzählt hatte, was an dem Abend passiert war, als sie das Ende des Krieges gefeiert hatten, und dann von ihrer Rückkehr nach Churchdown und der Geburt des Babys.

»In mancher Hinsicht hat uns das als Schwestern enger zusammengeschweißt. Vielleicht so fest, wie es bei euch Zwillingen ist. Ich habe meiner Mutter geholfen, Jon großzuziehen. Ich habe sie genauso als Tochter geliebt wie als Schwester.«

Georgie sagte gedehnt: »Das erklärt einiges.«

»Ja. Das habe ich auch gedacht, als ich mich an all das zurückerinnert habe.«

»Wie meinst du das – zurückerinnert? Du musst das doch die ganze Zeit gewusst haben«, meinte Ellie.

Rose versuchte zu erklären, wie es gewesen war. Manches klang weithergeholt und unwirklich. Doch Georgie nickte. »Ich mache das auch. Dinge verdrängen. Ich denke, das ist eigentlich keine schlechte Eigenschaft.«

»Manchmal nicht.«

Rose holte tief Luft und begann, ihnen von Abe zu erzählen. Maud beugte sich nach vorn und legte Holz im Kamin nach.

Georgie sagte: »Klingt super, dieser Typ. Dass er dir *so* geholfen hat. Glaubst du, dass er wirklich Präsident wird?«

»Er sagt Nein. Sein Sohn vielleicht.«

Und Rose redete weiter, erzählte ihnen von Onkel Joes Tod und wie nahe Jon ihm stand. Und von ihrer Erbschaft. »Sie liebt die Farm, Georgie. Sie könnte sie natürlich verkaufen, zurückkommen, ein Haus für euch beide kaufen. Aber sie möchte gern drüben bleiben, die Farm in Schuss bringen, richtig bewirtschaften.«

»Ja, genau. Das hat sie mir am Telefon auch erzählt.«

»Was hältst du davon?«

»Nun, es ist okay, glaube ich. Ich wünschte nur, sie wäre nicht allein. Aber ich vermute mal, dieser Vater wird sie ab und zu besuchen und einige Tage bei ihr bleiben.«

»Er ist dein Großvater, Georgie.«

»Mein Gott! Mein Großvater! Ich hätte nicht gedacht – ist das nicht eine tolle Überraschung? Ich hatte nie einen Großvater.«

»Und auch keine Tante wie Tante Mabe. Du kannst dich auf interessante Ferien gefasst machen.«

Zögernd meinte er: »Das Einzige ist, ich werde euch vermissen, Tante Rose. Und das Schneewittchen-Haus. Und wenn es überhaupt schneit, werde ich in diesem Jahr gar nicht auf die Skipiste können.«

☆

Es war nicht so schlimm ohne Georgie, wie sie gedacht hatten. Ellies Freundin Janet hatte ihre Pläne für die Weihnachtsferien umgeworfen und war doch nicht mitgekommen. Und so machten Ellie und Blue alles zusammen – wie in alten Zeiten.

Am Weihnachtstag gingen sie morgens in die Kirche, und der alte Mr. Murchison kam anschließend mit zu ihnen zum Weihnachtsessen. Es war die Zeit, um in Erinnerungen zu schwelgen, und sie redeten alle von Aileen.

Es war der alte Priester, der noch ein wenig mehr Licht in die Vergangenheit brachte.

»Wisst ihr, sie hat sich zurückgezogen – das war offensichtlich –, aber sie war niemals melancholisch oder deprimiert. Stimmst du mir da zu, Rose?«

Rose nickte. »Während meiner Kindheit habe ich immer gedacht, es sei Jon, die das Leben so aufregend machte. Aber Mutter war es genauso. Sie zeigte uns, dass sich die Welt immer weiterdrehte und das Leben voller Möglichkeiten steckte.«

Ellie sagte: »O ja. Mit Granny hatten wir immer *Spaß*! Das hätten wir dir auch sagen können, stimmt's Blue?«

»Es war die Art, wie sie die ganz normalen, alltäglichen Dinge wichtig nahm«, sagte Blue mit ihrem typischen Scharfsinn. »Teestunden vor dem Kamin, das Fotoalbum vollkleben –«

Maude mischte sich ein: »Selbst ich weiß, was du meinst, Rose, und ich habe sie nicht so lange gekannt wie du. Es waren die Rituale. Sie hat Rituale zu etwas Wichtigem gemacht.«

»Die tägliche Umdrehung der Erde«, murmelte Rose.

»Und sie war so anpassungsfähig«, sprach Maud weiter. »Ich glaube nicht, dass ich nach Newcastle hätte gehen und dort ein Zuhause in einer Mietwohnung schaffen können.«

»Und sie hat sich sehr über Großmutter Harris' Umbauarbeiten am Schneewittchen-Haus gefreut«, fügte Blue noch hinzu.

Ellie sagte: »Schade, dass du nicht mehr wie sie bist, Mummy. All dieser Wirbel um deine Reise nach Amerika!«

Rose lachte: »Ja. Aber dann wiederum bin ich doch eine ganz gewöhnliche Frau.«

Und Maud lachte ebenfalls, und dann fielen auch Blue und Ellie mit ein. Mr. Murchison schaute von einer zur andern und lächelte. »Habe ich die Pointe verpasst?«

Rose legte ihm die Hand auf den Arm. »Nur eine Alberei. Wie wäre es mit einer Tasse Tee, ehe Sie wieder aufbrechen? Danach werden wir Sie noch den Hügel hinaufbegleiten.«

»Das wäre schön.« Der alte Priester schaute sich um. »Das ist das schönste Weihnachten, seit meine liebe Frau gestorben ist«, sagte er.

Rose nickte nachdrücklich. Für sie galt das Gleiche. Genau das Gleiche.

☆

Georgie schäumte vor Begeisterung über, als er wiederkam. Tante Mabe hatte tatsächlich die Weihnachtsparty auf die Beine gestellt, die sie unbedingt hatte haben wollen. Oben auf der Galerie über dem früheren Gerichtssaal hatte ein Quartett gespielt, Jason und seine Gehilfen hatten die Tische weggeräumt, und es wurde getanzt – zwar gemächlich, aber immerhin wurde getanzt. Und weil Georgie im Internat Tanzstunden genommen hatte, hatte er jede Menge zu tun.

»Nur mit den alten Frauen!«, fügte er hastig hinzu, als er Blues Gesichtsausdruck sah.

Er nahm ihre Hand. »Dir wird es drüben gefallen, Blue. Die Farm ist spitze. Mr. Laben sagt, Mum kann noch mehr Land dazu haben, wenn sie es braucht. Sie hat schon einige Hühner, und sie verkauft all dieses Biozeug in Georgetown. Die sind da draußen ganz verrückt nach Bio-Produkten.«

»Was ist mit deinem Großvater?«, fragte Blue.

»Ich mag ihn«, sagte George überzeugt. »Aber er will alles für uns machen, und Mum sagt, das ist nicht drin. Wir müssen jetzt erst einmal auf eigene Faust zurechtkommen. Aber er sagt das alles bloß, weil wir die einzige Familie sind, die er noch hat. Sein Sohn kam in Vietnam um. Es ist wie ein neues Leben für ihn, dass er Mum gefunden hat.«

»Und dich«, sagte Blue.

»Nun, ja. Aber ich bin nicht so gescheit, wie sein Sohn es war. Ich bin mehr wie ... Dad.« Er warf Rose einen Blick zu. »Ich glaube, er könnte womöglich enttäuscht sein, wenn aus mir ein Farmer wird, meinst du nicht auch, Tante Rose?«

Rose dachte darüber nach. »Ich glaube nicht, dass er enttäuscht wäre. Keiner von euch beiden muss in eine bestimmte Schablone passen. Er braucht das nicht – er will nur, dass ihr *da* seid.« Sie nahm ihn plötzlich in die Arme. »Du weißt mehr über ihn als ich, Georgie. Ich habe ihn gerade dreimal getroffen. Aber ich habe ihn gemocht – und Gran hat ihn sehr gemocht. Reicht das für dich?«

Georgie nickte grinsend. Rose hatte sich fest vorgenommen, Aileen und Philip jetzt bei jeder Gelegenheit zur Sprache zu bringen. Georgie bemerkte das, und es gefiel ihm. Sie wollte diese so viele Jahre zurückliegende Affäre zu etwas Wichtigem und sehr Besonderem machen. Niemand sollte jemals denken, es sei etwas Schmutziges gewesen.

☆

Im neuen Jahr kam ein Brief von Eugenie.

Meine liebe Rose, Abe hat mich gebeten, Ihnen zu schreiben, also scheint es offensichtlich, dass Sie beide sich nicht schreiben. Und er ist gar nicht einmal so unglücklich, wie ich erwartet habe. Er scheint Unmengen von Energie zu haben, und er macht mich ganz verrückt. Aber was gibt es Neues? Ich hoffe, Ihnen geht es auch gut. Ich denke die ganze Zeit über Sie beide nach.

Rose, er hat mich gebeten, Ihnen zu schreiben, um Ihnen mitzuteilen, dass er Ihren Schwager gefunden hat. Es war wohl gar nicht so schwierig. Er arbeitet für eine kanadische Firma, die die Papierindustrie mit Holz beliefert. Abe konnte schnell herausfinden, dass er tatsächlich in Calgary wohnt, wie Sie gesagt haben. Er hat bereits mit ihm gesprochen. Ja, er ist persönlich hingeflogen, stellen Sie sich vor! Seinen Erzählungen zufolge war es eine heikle Mission. Mr. Johnson war, gelinde gesagt, nicht gerade kooperativ. Er hatte natürlich keine Ahnung, wer zum Teufel Abe war, und als Abe ihm sagte, dass er Ihr amerikanischer Anwalt sei, war er noch zugeknöpfter. Na ja, Abe konnte ihm jedenfalls das Wesentliche mitteilen – dass Ihr Ehemann und Ihre Mutter gestorben sind, dann von der wie soll ich sagen – Pilgerfahrt Ihrer Schwester? Und die Hauptsache, dass sie jetzt Farmerin in Connecticut ist. Er war natürlich fassungslos. Ich kann mir vorstellen, wie ihm Abe all diese Brocken vor die Füße geworfen hat, Sie auch? Konfrontations-Therapie – mal wieder. Sie haben das Gespräch einigermaßen über die Bühne gebracht, und er hat dann schließlich wohl auch richtig zugehört. Ich weiß nur nicht, wie er ihm beigebracht hat, dass Ihre Schwester zu einer Versöhnung bereit ist. Sie hatten gesagt, er solle Sie bei diesem Punkt aus dem Gespräch lassen, um ihn nicht noch mehr unter Druck zu setzen, aber er muss vermutet haben, dass Ihnen die ganze Sache sehr am Herzen liegt, wenn Sie schon Ihren Anwalt zu ihm schicken. Na ja, Abe hat es darauf beruhen lassen. Alles weitere liegt jetzt an Mr. Johnson.

Ich werde Ihnen jetzt noch etwas schreiben, obwohl er mich gebeten hat, Ihnen davon nichts zu erzählen. Sarah und Tom sind ausgezogen. Vor einer Woche, als ich angefangen habe, diesen Brief zu schreiben. Das hat ihn ganz schön getroffen. Nicht wegen Sarah, aber wegen Tom. Sie haben sich mit Sarahs Freund davongemacht, den Tom wohl gut leiden kann. Also kann es durchaus sein, dass Abe nicht mehr viel von dem Jungen zu Ge-

sicht bekommt. Es ist ja schön und gut, wenn er ein offizielles Besuchsrecht hat, aber wenn der Junge an der Westküste lebt, und Abe ist hier in New York, dann wird das nicht so einfach zu arrangieren sein.

Ich dachte, Sie sollten das wissen, Rose. Sie sagten, wenn ich ihn trösten könnte, wäre das für Sie okay. Aber ich kann es nicht. Jetzt nicht mehr. Wegen Ihnen – weil Sie ihn auf irgendeine Weise noch selbstgenügsamer gemacht haben, als er je zuvor war. Und komischerweise bin ich froh darüber. Das meine ich ernst. Was Sie auch immer für Abe getan haben, ich danke Ihnen dafür.

Rose las den Brief mehrmals, dann starrte sie blind aus dem Terrassenfenster auf den Hügel, dessen Silhouette ihr so vertraut war. Sie fragte sich, ob das irgendetwas für sie ändern würde. Oder für Abe. Und schließlich entschied sie, dass es nichts ändern würde.

An diesem Tag sollte ein großes Haus in Miserden geräumt werden, das der Immobilienfirma gehörte, für die Rose arbeitete. Möbel und alles Mögliche standen zum Verkauf. Sie sollte in dieser Gegend ohnehin ein anderes Ferienhaus besichtigen und nahm Maud mit.

»Wir werden bei dieser Versteigerung vorbeischauen. Vielleicht ist schon alles vorbei, bis wir dort ankommen. Aber sie arbeiten sich erfahrungsgemäß vom Erdgeschoss nach oben durch. Und als ich letzte Woche dort war, habe ich oben unterm Dach etwas entdeckt, was ich gern haben möchte.«

»Bilderrahmen? Einen antiken Spiegel?«, fragte Maud.

»Nein, nicht ganz.«

Maud zwängte sich umständlich auf den Beifahrersitz der Kutsche und schlug die Tür zu. »Was denn dann?«

»Nun, ich habe wunderschöne Vorhänge gesehen. Wahrscheinlich noch aus Vorkriegszeiten, sie sind etwas verschlissen. Und einen Ofenschirm.«

»Einen Ofenschirm?« Maud ließ den Sicherheitsgurt einrasten und schaute sie überrascht an.

»Ja. Wir hatten früher genau so einen.« Rose manövrierte den Wagen aus der Einfahrt auf die Straße hinunter. »Mit einem Rahmen aus Messing, weißt du?«

Maud sagte langsam: »Du meinst so einen, wie man sie für Kinderzimmer benutzt?«

»Ja.« Rose schaltete die Scheibenwischer an. Es regnete, und am Rand der Windschutzscheibe klebten noch Reste des Schnees, der vergangene Nacht gefallen war.

»Und wie sehen die Vorhänge aus?«

»Sie sind bedruckt mit Flugzeugen, altertümlichen Doppeldeckern. Sie werden sie sicher zu Schleuderpreisen verkaufen. Bei diesem Wetter wird sowieso kein Mensch bis zum Ende ausharren. Und wer interessiert sich schon für so alte Sachen?«

Maud schwieg eine ganze Weile, ehe sie sagte: »Die Vorhänge haben wahrscheinlich Mottenlöcher.«

»Deswegen wollte ich, dass du mitkommst, um sie dir genau anzuschauen.«

Während sie den Crickley Hill hinaufkrochen, schwiegen sie. Dann sagte Maud: »David hatte früher Vorhänge mit Flugzeugen drauf.«

Rose nahm ihre linke Hand vom Steuer und berührte Mauds Knie. Maud schluchzte auf und sagte: »Bist du dir sicher?«

»Ja.« Rose nickte. »Ich war letzte Woche beim Arzt. Das Baby kommt im Juli zur Welt.«

»Ich – ich weiß nicht, was ich sagen soll, Ros.«

»Bist du böse? Empört?«

»*Nein!* Niemals! Aber ... ich habe Angst um dich.«

»Deshalb habe ich wahrscheinlich keine Angst. Du nimmst mir die Angst ab.« Rose lächelte in den Spiegel. »Du weißt, wie sehr ich dich jetzt brauche?«

Sie sagte mit einem Kratzen in der Stimme: »Das ist es doch, was jeder in meinem Alter gern hören möchte, Ros. Oh, meine Liebe!«

Rose hielt an einem Feldweg, zog die Handbremse an und wandte sich ihrer Schwiegermutter zu. »Hör zu, Mutter. Ich bin so glücklich, mach dir bitte um mich keine Sorgen. Ich weiß jetzt ganz genau, wie sich meine Mutter all diese Jahre über gefühlt hat. Warum alles so aufregend für sie war.«

»Aber Jon war –«

»Jon war weiß. Dieses Baby wird ein Mischling sein. Das macht es zu etwas ganz Besonderem, Wundervollem, Mutter. Verstehst du das nicht?«

»Doch In gewisser Hinsicht schon. Was ist mit Ellie und Blue?«

»Wir werden sehen.« Rose umarmte Maud und wandte sich wieder dem Steuer zu. »Lass uns zu dieser Versteigerung fahren und sehen, ob wir die Sachen für unser neues Kinderzimmer bekommen, ja?«

Bis sie in Miserden angekommen waren, herrschte dichtes Schneetreiben. Der Auktionator war nahezu allein im obersten Stockwerk. Maude und Rose schlüpften an ihm vorbei und kletterten die Stiege zum Speicher hinauf. Sie fanden die Vorhänge in einem alten Weidenkorb. Maud schüttelte einen nach dem anderen aus.

»Die sind hübsch«, flüsterte sie. »Nicht ein einziges Mottenloch.«

»Und hier ist der Ofenschirm.« Rose zog ihn hinter einem Haufen Bretter hervor, die zu einem Kinderbett zu gehören schienen.

Maud raffte den Stoffhaufen zusammen. »Das reicht, um daraus Vorhänge und Bettbezüge zu machen«, sagte sie. »Welches Zimmer hattest du denn im Kopf? Das mit dem Fenster zur Kirche raus?«

»Ja.« Rose lächelte ihre Schwiegermutter an. »Und den hier kann ich wunderschön aufpolieren. Schau dir das Messing an, nicht eine einzige Delle!«

Sie betrachteten ihre Errungenschaften und freuten sich diebisch. Und plötzlich sagte Maud: »Rose, das ist das Aufregendste, was passiert ist, seit du und David bei mir eingezogen seid. Ich habe das Gefühl, dass das Leben noch etwas für mich bereit hält!«

Und sie lachten gemeinsam.

☆

Ein Jahr war nun vergangen, seit Jon in Amerika war. Sie erinnerte sich nur kurz daran, während sie Greta und Clark nachwinkte. Sie hatten ihr am vergangenen Mittwoch mitgeteilt, dass sie kündigen würden. Es gab auf beiden Seiten kein Bedauern, obwohl Jon noch kein Glück dabei gehabt hatte, Ersatz zu finden.

Sie schaute zu, wie das Taxi durch das schlimmste Regenwetter des Jahres über den unebenen Weg holperte. Dann ging sie um die Scheune herum zum Hühnerstall, um die Hühner zu füttern. Der Regen tropfte von der Krempe ihres Südwesters und fand seinen Weg in den Kragen ihrer Jacke. Und das Wasser sammelte sich in ihren Gummistiefeln. Der Auslauf des Hühnerstalls war ein einziger See aus Matsch, aber sie traute sich wirklich nicht, die Hühner zu den Kühen auf die Weide zu lassen, nachdem Rudolf Laben sie erst gestern noch vor Füchsen gewarnt hatte.

Alles war matschig. Sie hatte seit Weihnachten immer häufiger die vollautomatische Melkanlage in Betrieb gehabt, als hätte sie geahnt, dass sie Ärger mit Greta und Clark bekommen würde. Sie ging zum morgendlichen Ausmisten in den Stall und betrachtete seufzend den Stallboden. Dann sagte sie laut: »Das ist eine echte Herausforderung, Madam! Auf geht's! Und wenn du gute Arbeit leistest, werde ich dir erlauben, dich für ganze zehn Minuten zu einer Tasse Kaffe hinzusetzen!«

Sie hielt bis zum Ende durch, aber ihr tat jeder einzelne Muskel weh. Es war eine Wohltat, die Stiefel vor der Küchentür abzustreifen und die Wärme des Hauses zu spüren. Sie war um fünf Uhr aufgestanden, um die Kühe zu melken und die Eier einzusammeln. Sie hatte noch keine Zeit fürs Frühstück gehabt. Clark hatte sein Frühstück nie versäumt. Sie seufzte. Eine Anstellung als bezahlte Hilfe auf einer Farm hätte ihr ja nichts ausgemacht; das wäre immer noch einfacher gewesen, als eine Farm zu besitzen.

Trotzdem bereute sie es keineswegs, dass Clark und Greta weg waren. Sicher, sie hatte sie dazu anhalten können, härter zu arbeiten als jemals zuvor, aber sie waren unfähig, auch nur einen Handstrich aus Eigeninitiative heraus zu machen, sie hatte die beiden ständig überwachen müssen. Da war Eric Laben schon eher zu gebrauchen. Er war an den Wochenenden vorbeigekommen und hatte ihr geholfen, das Frühjahrs- und Sommergemüse zu pflanzen. Sogar Duddy wäre gekommen, um ihr zu helfen, hätte er sich nicht um Tante Dorothy in Washington kümmern müssen. Und überhaupt, Jon wollte immer noch – mehr als alles andere – unabhängig sein.

Mabs hatte angerufen und gefragt: »Irgendwelche Reaktionen auf die Stellenausschreibung? Nein? Hör zu, ich werde Jason sagen, er soll für ein paar Tage zu dir auf die Farm kommen und dir zur Hand gehen.« Und der alte Rudolf Laben hatte ihr versichert, dass Leo, Marias Mann, froh wäre, zu helfen, wo er konnte. Doch das war es nicht, was sie wollte. Sie lehnte die gut gemeinten Angebote dankend ab und betete inständig, dass sich jemand auf die verlockende Anzeige hin melden würde, die sie in alle Lokalzeitungen gesetzt hatte.

Sie spreizte ihre Finger und betrachtete ihre Nägel. Eine Schande! Sie würde heute Nachmittag ihre Haare waschen; davon würden auch ihre Nägel sauber werden, und sie konnte zwei Fliegen mit einer Klappe schlagen. Sie lächelte und dachte daran, wie sie sich vor noch gar nicht allzu langer Zeit so sorgfältig die Hände eingecremt hatte. In ihrem Haar, das sie mit einem Gummiband zu einem Pferdeschwanz zusammengefasst hatte, war keine Spur mehr von einer Tönung. Sie erhaschte durch die Küchentür einen Blick in den Spiegel im Flur und schnitt sich selbst eine Grimasse. Sie wurde langsam grau.

Sie zuckte zusammen, als es an der Haustür läutete. Sie hatte kein Auto gehört. Sie starrte den Flur entlang: Eine männliche Gestalt zeichnete sich hinter der matten Scheibe ab. Es musste Eric sein, der zu Fuß von Rosebridge kam. Andererseits wäre er von hinten über den Hof gekommen, um dort zuerst nach ihr zu schauen.

Es war das erste Mal, dass sie seit Onkel Joes Tod allein im Haus war. Sie schaute sich in der Küche um. Die Werkzeuge waren alle draußen, und so schnappte sie sich das Nudelholz und schlich zur Haustür.

»Wer ist da?«, rief sie.

Eine Stimme antwortete: »Ich bin's.«

Sie starrte ungläubig auf die Umrisse hinter der Scheibe. Das konnte nicht sein, obwohl es sich so anhörte. Sie öffnete vorsichtig die Tür. Da stand Rick, in Regenkleidung, und das Wasser tropfte ihm von den Augenbrauen und der Nase. Selbst seine blauen Augen sahen getränkt aus.

»*Rick!* Was zum Teufel –« Sie ließ das Nudelholz sinken. »O mein Gott, ist etwas mit Georgie?«

»Nein.« Er sprach leise, versuchte sie zu beruhigen. »Es ist alles in Ordnung, Jon. Ich bin gekommen, um dich zu sehen ... nur, um dich zu sehen. Keine Ansprüche, keine Vorwürfe. Nichts.« Er wischte sich das Wasser aus dem Gesicht und deutete grinsend auf das Nudelholz. »Sieht ganz so aus, als hättest du mich erwartet!«

»Nein. Ich –« Sie sah verlegen aus. »Tut mir Leid, Rick. Es war so vollkommen unerwartet.«

»Könnte ich ... reinkommen? Ich bin von Georgetown hierher gelaufen, und das ist weiter, als ich dachte.«

»O mein Gott«, sagte sie noch einmal. »O Rick. Natürlich. Komm rein!« Sie führte ihn in die Küche und legte das Nudelholz auf den Tisch. »Es tut mir wirklich Leid. Weißt du, ich bin allein hier. Und ich habe kein Auto gehört. Und da schien es mir besser, vorbereitet zu sein.«

Er setzte sich nicht hin. Er blieb in der Ecke neben der Tür stehen und tropfte auf den Fußabstreifer.

»Ich habe das so verstanden, dass du hier Hilfe hast«, sagte er.

»Zieh deine Regensachen aus. Ich werde noch mehr Kaffee aufbrühen. Setz dich, Rick. Bitte.«

»Ich werde nicht bleiben können. Ich habe zwei Wochen frei und wollte wissen, wie es euch geht. Georgie ... und dir.«

»Setz dich nur hin. Auch wenn es nur für zehn Minuten ist.« Sie füllte den Kessel mit Wasser und lachte. »Nicht, dass wir in zehn Minuten alles besprechen könnten. Bleib zum Lunch, Rick. Ich habe Fotos von Georgie hier. Aber es wird eine Weile dauern, bis ich sie zusammengesucht habe.«

»Ich ... in Ordnung. Danke.« Er schälte sich aus seinem Overall, während sie den Kaffee aufbrühte. Er trug dicke Seemannssocken in seinen Stiefeln, die nasse Abdrücke auf den Fliesen hinterließen.

»Ich glaube, oben sind noch Socken von Onkel Joe«, meinte Jon. »Ich werde gleich mal nachschauen.«

»Die hier sind geölt. Die sind okay. Wirklich.«

Er hatte einen leichten Akzent angenommen. Sein Haar war dunkel vom Regen, so konnte sie sehen, dass auch er langsam grau wurde. Sie dachte, plötzlich voller Furcht: »Neun Jahre ist es jetzt her, seit er fortgegangen ist ... neun Jahre.«

Er sagte noch einmal: »Ich dachte, du hättest hier jemanden, der dir hilft, Jon. Ein Ehepaar, das sich um die Arbeit draußen kümmert.«

»Die haben das Handtuch geworfen. Das hier ist eben keine Erholungskur. Sie waren von Onkel Joes Zeiten her gewohnt, den Dingen ihren Lauf zu lassen. Ich will die Farm wieder auf Vordermann bringen. Also haben sie gekündigt.«

»Und du machst jetzt die ganze Arbeit allein?«

Sie grinste. »Erst seit heute. Und ich habe inseriert. Das Problem ist, ich habe momentan sehr wenig Bargeld, deshalb kann ich mit den aktuellen Löhnen nicht mithalten. Aber über der Garage ist eine Wohnung – die ist nicht schlecht.«

»Ich dachte – vielleicht – Stan.« Er schaute sie an. »Oder sonst jemand.«

»Nein. Niemand.«

Sie weigerte sich allerdings, ihm zu sagen, wie keusch sie gelebt hatte, seit er fortgegangen war.

Sie sagte: »Also weißt du von der Farm. Und wahrscheinlich auch von Onkel Joe. Was weißt du noch?«

»Ich glaube, ich weiß alles. Ich habe so viel über Aileen nachgedacht. Sie war eine bemerkenswerte Frau. Ich wünschte, ich hätte sie noch einmal sehen, ihr das sagen können.«

»Ja.« Jon weigerte sich, sentimental zu werden. Sie schenkte Kaffee ein und schob ihm eine Tasse unter die Nase. »Aber wenn sie noch am Leben wäre, wäre ich nicht hier, und Rose hätte meinen Vater nicht gefunden. Weißt du auch über meinen Vater Bescheid?«

»Ja. Ein Kerl namens Philip Duddington. Ich nehme an, er hat sich gefreut, dass du in seinem Leben aufgetaucht bist?«

Sie nippte vorsichtig an ihrem dampfenden Kaffee. »Weißt du auch über Rose Bescheid?«

Er ließ sich lange Zeit mit einer Antwort. Er schaute in seine Tasse, dann rührte er Zucker in seinen Kaffee. Endlich sagte er: »Es war Abe McKenzie, der mich in Kanada aufgesucht hat.«

»Abe?« Sie konnte auch das kaum glauben. Seit Rose abgereist war, war aus dieser Richtung nichts gekommen. Kein Brief, kein Anruf. Sie hätte nicht gewusst, was in Roses letzten vierundzwanzig Stunden in Amerika passiert war, wenn Rose es ihr nicht geschrieben hätte. Sie holte zweimal tief Luft. »Hat er dir erzählt ... Ich meine, was hat er dir erzählt? Über Rose?«

»Dass sie ineinander verliebt sind. Dass sie sich frei gefühlt hat, ihn zu lieben, wegen etwas, was du ihr gesagt hast. Dass du ein wunderbarer Mensch sein musst, das gesagt zu haben. Das hat er mir erzählt.«

Sie atmete noch einmal tief durch. »Und ... was hältst du davon?«

»Zuerst fand ich die Vorstellung schrecklich. Zu denken, dass David gestorben ist und ich es nicht einmal gewusst habe. Und dass sie diesen Kerl liebt ... Er kam mir so *alt* vor.«

»Er ist zehn Jahre älter als sie. Sie kannte ihn, als sie ein Kind war.«

»Ja. Das habe ich gehört.« Er rührte nachdenklich seinen Kaffee um. »Ich dachte, ich hätte deine Familie aus meinem Kopf bekommen, Jon.«

»Und jetzt merkst du, dass es doch nicht so ist?«

»Ich weiß es nicht. Ich hatte gehofft, es zu wissen, sobald du diese Tür hier aufmachen würdest. Aber ich weiß es immer noch nicht.« In seinem Blick lag eine Spur seines alten, verschmitzten Lächelns. »Was ist mit dir? Wie denkst du inzwischen über mich? Hast du mich aus dem Kopf bekommen?«

Sie lächelte bedauernd. »Ich weiß es auch nicht. Es war ein solcher Schock, dich da draußen stehen zu sehen. Und dann zu hören, dass Abe dich in Kanada aufgestöbert hat. Ich weiß nicht, was ich fühlen soll.«

Sie stand auf und brachte ihre Tasse zum Spülbecken. »Ich war froh, als du fortgegangen bist, Rick. Ich hatte das alles so satt ... am meisten mich selbst. Ich war so lange von dir besessen. Es hat mich beinahe aufgefressen.« Sie drehte den Hahn auf und hielt die Tasse unters laufende Wasser. »Und danach? Ich habe einmal zu Ma gesagt, dass ich nicht wirklich glücklich war. Aber ich war auch nicht unglücklich. Sie hat Stan in Schach gehalten, und wir hatten ein zufriedenes Leben. Georgie hat sie so sehr geliebt. Es war in Ordnung. Dann, als David krank wurde, schienen Rose und ich uns wieder näher zu kommen. Sie hatte natürlich keine Ahnung, dass ich ... na ja, egal.«

»Du hast David von Rose und mir erzählt, nicht wahr?«

»O Gott. Du hast mich immer so verdammt gut durchschaut, Rick. Wie hast du es herausgefunden?«

»Ich glaube, ich habe von dem Moment an, als ich es dir erzählt habe, geahnt, dass du dich irgendwie an Rose rächen musstest. Und es war offensichtlich, dass du es auf diese Weise tun würdest.« Er nahm einen Schluck Kaffee. »Als sie dann hier bei dir war, hast du ihr gesagt, dass du es ihm erzählt hattest, nicht wahr?«

»Ja, das war es, was Abe gemeint hatte.« Jon stellte ihre Tasse kopfüber ins Abtropfgitter und schaute aus dem Fenster. »Es hatte etwas damit zu tun, dass David ihr verziehen hat – nicht mal das: er hat es ignoriert. Danach hat er sie dazu gebracht, nach Newcastle zu fahren und mit dir zu reden. So, als hätte er gewollt, dass ihr – im Nachhinein – bewusst wird, wie sehr er ihr vertraute.« Sie schüttelte den Kopf. »Ich weiß nicht. Zuerst habe ich gedacht, sie würde durchdrehen. Ich habe nie gesehen, dass der Kummer jemanden so mitgenommen hat wie Rose an diesem Abend. Wir sind nicht vor Morgengrauen ins Bett gegangen. Es war, als hätte sie sich die fünf Jahre ohne ihn aus dem Kopf geheult. Und dann ... dann ist sie zu Abe nach New York gefahren.«

Er trank seinen Kaffee aus. »Danke, dass du mir das erzählt hast.« Er stand auf. »Wenn du jetzt die Fotos holen und mir Georgies Adresse im Internat geben könntest? Ich mache mich dann wieder auf den Weg.«

Sie drehte sich zu ihm um und schaute ihn erschöpft an. »O Rick, setz dich doch bitte hin. Ich werde bestimmt nicht versuchen, dich zu verführen oder so! Setz dich hin und schau dir die Fotos an, während ich etwas zu essen koche. Dann bringe ich dich nach Georgetown zurück.«

Er lachte tatsächlich. »Ich sehe immer wieder die alte Jon durchscheinen, die ich einst gekannt habe. All das –«, er beschrieb einen Halbkreis durch dir Küche, »– eine neue Familie zu haben und das ganze Drum und Dran – hat dich nicht wirklich verändert, Jon. Wie behandeln sie dich hier?«

Sie sah ihn an. »Ob du es glaubst oder nicht, sie respektieren mich. Und darüber hinaus respektiere ich mich selbst.«

Er erwiderte ihren Blick, dann setzte er sich wieder hin.

»Ich würde gern zum Essen bleiben. Danke«, sagte er.

☆

Er erzählte ihr von sich. Er hatte genau das getan, was er vorgehabt hatte, hart mit seinen Händen gearbeitet und seine Selbstachtung wiedererlangt.

»Vielleicht waren wir nicht gut füreinander?«, warf sie ein, nachdem sie das Geschirr vom Lunch abgespült und sich mit dem Fotoalbum an den Tisch gesetzt hatten.

»Ich war nicht gut für dich. Ich war ein Betrüger, als du mich kennen gelernt hast. Nicht mehr und nicht weniger. Du warst nur ein Kind.«

»Ich glaube, ich war für dich auch nicht gut. Ich habe geklammert, war besitzergreifend ... Schrecklich.«

»Vielleicht, wenn wir gewartet hätten, wenn ich für ein paar Jahre weggegangen und wieder zurückgekommen wäre, als du etwas älter warst – vielleicht hätte es dann funktioniert?«

»Wer weiß?«

»Genau. Wer weiß.«

Er konnte kaum fassen, dass Georgie so groß geworden war. »Er sieht prima aus.«

»Das liegt an Greystone. Und Großmutters Einfluss, vermute ich. Er war in Newcastle schnell in falsche Kreise geraten. Es war schrecklich für ihn.«

»Ist er in meine Fußstapfen getreten? So war es für mich zu Hause auch. Deshalb bin ich nach Gloucester gezogen und habe versucht, etwas zu sein, was ich nicht war.«

»Georgie würde gern Farmer werden.«

»Kannst du noch so lange durchhalten?«

»Wie meinst du das?«

»Nun, wenn du keine Hilfe findest, wie willst du dann überleben?«

»Ich werde jemanden finden.«

Dann wechselte er das Thema, und kurz bevor es an diesem Februartag dunkel wurde, bat er sie, ihm die Farm zu zeigen. Sie zogen Stiefel und Regenmäntel an und stapften in den Scheunen und Ställen umher.

Er sagte: »Ich habe keine Ahnung von Landwirtschaft, aber die Farm sieht in meinen Augen ziemlich gut aus. Alles ist gut erhalten. Die Scheunen und Ställe sind wasserdicht.«

»Ich muss die Kühe bald von der Weide holen. Du kannst die Melkanlage in Aktion sehen, wenn du möchtest.«

»Wirst du das allein machen?«

»Ich mache das jetzt schon seit einer Woche – ich musste mich damit anfreunden, ehe Clark gegangen ist.«

»Du bist ein Prachtmädchen, Jon. Das hatte ich ganz vergessen.«

Sie zuckte mit den Schultern und schniefte die Regentropfen von ihrer Nasenspitze. »Du konntest das gar nicht wissen. Ich habe es nämlich selbst nicht gewusst.«

Sie liefen die Böschung hinauf auf das Gatter zu. Er hielt es ihr auf. Dann sagte er: »Schau, Jon. Ich bin nicht gleich nach McKenzies Besuch gekommen. Ich dachte, er berichtet dir davon. Und wenn ich dann am nächsten Tag erschienen wäre, hättest du vielleicht denken können ...« Er stieg über eine Pfütze, um neben ihr stehen zu können. »Ich wollte nicht, dass du den Eindruck hast, ich würde gleich hier einziehen wollen. Weißt du, weil du doch jetzt eine Art Großgrundbesitzerin bist, und all das.«

Sie grinste. »Nun. Jetzt weißt du, wie es wirklich ist.«

»Ja. Hör zu. Jon. Ich könnte für den Rest meines Urlaubs bleiben. In der Wohnung über der Garage wohnen, dir zur Hand gehen – wenn du willst.«

Sie machte nicht gleich einen Luftsprung. Da gab es so viel, worüber sie nachdenken musste, aber andererseits blieb ihr keine Zeit dazu. »Was, wenn ich dir wieder verfalle?«

Er lachte. »Du kennst mich jetzt viel zu gut. Ich glaube nicht, dass du mir gegenüber jemals wieder so intensive Gefühle haben könntest.«

»Nein«, stimmte sie ihm beinahe traurig zu. »Diese Zeiten sind für uns beide vorbei. Aber ich habe noch nicht einmal einen Blick in die Wohnung geworfen. Vielleicht haben die beiden eine rechte Müllhalde hinterlassen. Sehr wahrscheinlich sogar.«

»Darüber würde ich mir keine Gedanken machen. Du hättest manche dieser Bruchbuden sehen sollen, in denen ich während der letzten fünf Jahre geschlafen habe.«

Sie zögerte. »Mir wäre es wirklich lieber, wenn du drüben in der Wohnung schlafen würdest, eigentlich. Das klingt gemein und nicht gerade gastfreundlich. Aber ich muss noch an einigem arbeiten ... Die Sache mit der Selbstachtung, du weißt schon. Ich würde mich einfach besser dabei fühlen.«

Er nickte. »Ich weiß. Es kam alles so plötzlich. Und geht alles so schnell.«

Sie liefen in Richtung Weide, um die Kühe zu holen. Er sagte: »Ich will nicht versuchen, dir irgendetwas beizubringen oder mich einzumischen, aber die Farmer in Wales ließen ihre Kühe während der schlimmsten Wintermonate immer im Stall. Das

Gras reicht nicht – du wirst noch etwas dazukaufen müssen, um über den Winter zu kommen, oder?«

»Ja. Ich dachte, du hättest von Landwirtschaft keine Ahnung?«

»Hab ich auch nicht. Aber du warst zu Hause weder auf einer Farm noch im Bergwerk. Einige meiner Schulkameraden stammten von den umliegenden Farmen.«

Kaum hatte sie das große Gatter aufgemacht, kamen die Kühe auf sie zugetrottet.

»Es würde mir sicherlich einiges an Arbeit ersparen. Vielleicht, für eine Weile –« Sie drehte sich um, und die Kühe folgten ihr gemächlich bis in den Stall zurück. Rick ging hinter ihnen her, verriegelte das Gatter, klappste den Nachzüglern sachte aufs Hinterteil, als hätte er sein Leben lang nichts anderes getan. Und genau wie damals, als sie klein war, hatte Jon plötzlich das Bedürfnis, sich in eine Ecke zu hocken und zu kichern, bis ihr die Tränen kamen.

23

Georgie erfuhr als erster davon, dass Rick auf der Farm eingezogen war.

Die Mädchen kamen diese Ferien allein nach Hause, weil er zu einem Fußballturnier fahren sollte. Die Neuigkeiten sorgten, auch wenn sie aus dritter Hand kamen, gelinde gesagt für einigen Wirbel.

»Es ist kein Geheimnis. Genau genommen«, sagte Ellie, sobald sie in die Kutsche gestiegen waren.

»Tante Jon will nur nicht, dass irgendjemand falsche Vorstellungen bekommt, das ist alles«, fügte Blue hinzu. »Falls es nicht funktioniert.«

»Weißt du«, erklärte Ellie vorsichtig, »die beiden sind nicht verheiratet. Und sie werden auch nicht heiraten.«

Blue lächelte. »Das, sagt Georgie zumindest, hat Tante Jon gesagt.«

Rose zeigte nicht die überschwängliche Freude, die sie erwartet hatten. Es schien geradezu, als habe sie es schon eine Weile gewusst. Doch sie konnte es gar nicht gewusst haben, schließlich war es doch gerade erst passiert.

»Ich bin froh«, sagte sie. »Wie sie sich ihre gemeinsame Zukunft auch immer vorstellen, einen Versuch ist es wert.«

Blue schaute gedankenverloren aus dem Fenster. »Es ist so offensichtlich, dass sie sich lieben. Aber das würden sie natürlich nie zugeben. Noch nicht.«

»Georgie hat gesagt, wir sollen nicht zu früh aus dem Häuschen geraten«, ermahnte Ellie sie. »Momentan arbeitet Rick lediglich auf der Farm. Weil Tante Jon keine ordentliche Hilfe bekommen kann.«

»Er ist ein Dutzend Helfer wert«, sagte Blue überzeugt. »Er ist wie Georgie. Ein Typ, der gern draußen ist. Und bärenstark.«

»Woher willst du das denn wissen? Du kannst dich ja nicht einmal an ihn erinnern!«, entgegnete Ellie.

»Kann ich doch. Aber selbst, wenn ich mich nicht mehr an ihn erinnern könnte, es wäre doch nur logisch, oder? Er sieht angeblich wie Georgie aus. Und Georgie ist gut in Sport und all diesen Dingen. Außerdem hat Onkel Rick jahrelang als Holzfäller gearbeitet, er ist also richtig hartes Leben gewöhnt.«

»Trotzdem, Georgie hat Recht«, gab Rose zu bedenken. »Wir dürfen uns jetzt nicht vorstellen, dass sie einfach so glücklich bis ans Ende ihrer Tage leben, als sei nichts gewesen.«

»Mummy, sei doch nicht so pessimistisch!«, sagte Blue.

Rose lachte. »Du bist doch die Realistin in der Familie. Freu dich einfach, dass sie unter einem Dach leben und Tante Jon jemanden hat, der ihr hilft.«

Ellie meinte pedantisch: »Genau genommen leben sie nicht unter einem Dach. Onkel Rick schläft in der Wohnung über der Garage.«

»Ach, wirklich?« Rose hob die Augenbrauen, war aber alles andere als enttäuscht. Vielmehr fand sie es sogar gut, dass sich die beiden nicht gleich in die Arme gefallen waren.

»Wo ist Gran?«, wollte Ellie wissen.

»Zu Hause. Vorhänge nähen.« Rose schaute in den Rückspiegel und bog von der Hauptstraße ab.

»Für wem?«

»*Wen*. Für *wen*!«, korrigierte sie Blue genervt.

»Für wen?«, wiederholte Ellie.

»Für das kleine Zimmer überm Bad. Wo ich meine ganzen Unterlagen für die Ferienhäuser habe.«

»Wow! Wird daraus jetzt ein richtiges Büro?«

»Nicht ganz.« Rose lächelte kurz und nickte schnell mit dem Kopf in Richtung Hecke. »Schaut, Winterdorn. Und im Garten haben wir schon Salweide.«

Ellie schloss dramatisch die Augen. »Frühling«, seufzte sie. »Einfach wundervoll.«

»Mutter, können wir genug Geld auftreiben, um diesen Sommer nach Amerika zu fliegen? Bitte!«

Rose erhaschte den Blick ihrer Tochter im Rückspiegel. Ihr war durchaus nicht entgangen, dass Blue sie »Mutter« anstatt »Mummy« genannt hatte.

Sie antwortete kurz und bündig: »Nein.«

Und Blue brummelte: »Ach ... Mist!«

☆

Sie hatten sich wie immer gleich wieder ans Zuhausesein gewöhnt. Maud war stürmisch begrüßt worden, und Ellie hatte nebenbei einen Anruf von Arney abgewimmelt.

»Er wollte morgen vorbeikommen, Mummy«, sagte sie. »Ich habe ihm gesagt, dass wir nur drei Tage zu Hause sind und jeden einzelnen davon für uns brauchen!« Sie sagte naserümpfend: »Er ist viel zu alt für mich! Er ist fast siebzehn!«

Rose schaute Maud mit großen Augen an. »Hast du davon gewusst?«

Maud schüttelte bedauernd den Kopf und lachte. »Wie soll ich denn alles mitbekommen können, was in diesem Haus vor sich geht? Ich bin siebzig Jahre alt! Niemand nimmt Rücksicht auf mein fortgeschrittenes Alter!«

Blue drückte sie noch einmal herzlich. »Komm, darüber bist du doch heilfroh, oder?«, meinte sie. »Na ja.« Blue schmiss sich aufs Sofa. »Hier passiert sowieso nichts! Überhaupt nichts. Georgie wird den Sommer über in Amerika sein, und Arney kommt wahrscheinlich ständig vorbei und stiert Ellie an, die ihn ohnehin nicht leiden kann. Du wirst mich zu keiner einzigen Demo oder Kundgebung gehen lassen. Und wir können uns nicht leisten, Tante Jon und Onkel Rick zu besuchen! Echt aufregende Aussichten, was?«

Sie musterte ihre Mutter und ihre Großmutter skeptisch; die beiden schienen von einer eigenartigen Hysterie befallen zu sein.

Es war Ellie – normalerweise die weniger empfindsame –, die endlich fragte: »Was geht hier vor? Ihr seid beide irgendwie so anders. Mummy war ja Weihnachten schon so anders, als sie aus Amerika wiedergekommen ist. Und ich dachte eigentlich, sie hätte sich inzwischen wieder gefangen. Aber irgendwie ist sie immer noch so komisch. Und jetzt auch noch du, Gran.« Sie blickte zu Blue hinüber, die immer noch schmollend in der Sofaecke hing. »Ich weiß es. Tante Jon und Onkel Rick heiraten, und wir fliegen zur Hochzeit rüber! Deshalb hat dir Mummy keine richtige Antwort gegeben, als du sie gefragt hast, ob wir im Sommer nach Amerika fliegen können.«

»Ich habe ihr eine richtige Antwort gegeben«, stammelte Rose. »Ich habe Nein gesagt!«

»Ja, aber normalerweise hättest du gesagt, dass es dir furchtbar Leid tut und dass du in zwei oder drei Jahren genug Geld gespart hättest, damit wir hinfliegen können. Du sagst nie einfach nur Nein!«

Blue setzte sich jetzt auf. »Werden die beiden heiraten, Mutter? Können wir zur Hochzeit fliegen?«

Rose riss sich zusammen. »Soviel ich weiß, werden die beiden nicht heiraten. Und selbst wenn, könnten wir es uns immer noch nicht leisten, nach Amerika zu fliegen.« Sie tauschte einen Blick mit Maud, ehe sie sagte: »Es ist tatsächlich etwas passiert, meine Lieben. Ich weiß kaum, wie ich es euch sagen soll, aber wie es aussieht, ist es wohl besser, wenn ich es euch jetzt sage.« Sie seufzte aus tiefstem Herzen. »Der Grund, warum ich im Auto mit einem so klaren Nein geantwortet habe, Blue, war, dass ich in den nächsten paar Jahren überhaupt kein Geld auf die Seite werde bringen können. Wir werden jeden Pfennig brauchen.«

Blues Gesichtsausdruck war starr; sie bemühte sich, ihre Enttäuschung nicht zu zeigen. »Großmutter bezahlt unsere Internatskosten nicht mehr«, sagte sie matt. »Und du wirst dir die Finger wund arbeiten müssen, damit wir weiter nach Greystone gehen können. Nun, so läuft das nicht. Wir werden hier zur Schule gehen. Wir suchen uns Ferienjobs.«

»Natürlich machen wir das, Mummy! Du Dummkopf, du weißt doch bestimmt, dass wir dir helfen. Egal, was passiert.«

Maud stand plötzlich auf und schloss die beiden Mädchen in die Arme, dann setzte sie sich zu Rose auf die Sessellehne. Sie sagte: »Wir werden uns auf dein Wort verlassen, Ellie. Wir werden uns auf die Hilfe von euch beiden verlassen.«

Rose schüttelte den Kopf. »Nein. Du solltest ihnen nicht das Gefühl geben, zu irgendetwas verpflichtet zu sein, Mutter. Bitte.« Sie schaute die Mädchen an. »Großmutter wird auch weiterhin für eure Internatskosten aufkommen, meine Lieben. Sie ist schließlich eine faire Frau. Sie würde mich niemals durch euch bestrafen. Da bin ich mir sicher.«

Jetzt sahen die Mädchen beide besorgt aus. Blue drängte: »Was ist denn dann passiert?« Sie rutschten enger zusammen.

Jetzt, da es an ihr war, wusste Rose nicht, wie sie anfangen sollte. Sie war fest entschlossen gewesen, den Mädchen während dieser Ferien von dem Baby zu erzählen, und es kam ihr in gewisser Hinsicht auch sehr gelegen, dass Georgie nicht dabei war. Aber die beiden waren noch nicht einmal vierzehn – und sie waren Davids Töchter.

Sie räusperte sich. »Als ich in Amerika war ... Ich habe euch doch von Abe McKenzie erzählt, nicht wahr?«

Ellie meine ungeduldig: »Ja, ja. Dieser Anwaltstyp, der Jons Vater aufgestöbert hat.«

Doch Blue unterbrach sie: »Du hast ihn gekannt, als du ein kleines Mädchen warst. Er war der Sohn des Mannes, der sich um dich gekümmert hat. Du hast den Mann Fack genannt.«

Rose schaute ihre Töchter an. Ihre Augen waren klar und braun wie Tee ohne Milch. Es war, als würde sie mit David sprechen. Und sie konnte sich sicher sein, sofort zu merken, wenn sie innere Ablehnung empfinden würden oder sich betrogen vorkämen.

»Was hab ich euch noch erzählt?«

Blue überlegte kurz und sagte dann: »Er war zehn Jahre älter als du. Vierzehn. Und er kam aus der Siegestorte gesprungen und wedelte mit einer Flagge und sagte, sie hätten gemeinsam gekämpft und müssten ...« Sie hielt inne, dann fügte sie hinzu: »Er hat sich nach einem ziemlich fantastischen Jungen angehört.«

Ellie nickte. »Und er hat dich vor einem Jungen gerettet, der Lennox hieß.«

»Er ist immer noch fantastisch«, sagte Rose. »Und er ist immer noch ein Beschützer.«

Es herrschte Stille. Dann sagte Blue: »Du hast dich in ihn verliebt. Ihr werdet heiraten. Und du glaubst, dass es uns etwas ausmacht.«

Ellie platzte wieder dazwischen. »Mummy, du bist wirklich bescheuert! Hast du etwa gedacht, dass uns das etwas ausmacht? Wirklich? Es ist wundervoll – zauberhaft!«

Rose hob die Hände. »Das ist es nicht. Wir können nämlich nicht heiraten. Es spricht einfach zu viel dagegen. Aber ihr habt Recht, ich habe mich in ihn verliebt.«

»Oh ...« Blue vergaß völlig, dass sie langsam erwachsen wurde. »O Mummy! Wie schrecklich. Jetzt bist du *auch* unglücklich! Besteht denn wirklich keine Möglichkeit, dass du ihn heiraten kannst? Er würde das Schneewittchen-Haus bestimmt lieben! Er hat es nicht einfach gehabt, nicht wahr? Hast du nicht gesagt, er war auf so einer strengen Schule? Auf einer Reformschule oder so? Hier hätte er es gut.«

Rose sagte leise: »Ich bekomme ein Kind von ihm, meine Lieblinge. Im Juli.«

Der Redeschwall der Mädchen war jäh unterbrochen. Es herrschte eine abwartende Stille. Rose spürte Mauds Arm um ihren Schultern. Sie weigerte sich, sich zu entschuldigen oder ihre deutlichen Worte in irgendeiner Form abzuschwächen. Aber sie saß in ihrem Sessel, als wären die beiden ihre Richter, und sie würde auf ihr Urteil warten.

Ellie ergriff als erste das Wort, wenn auch zögernd. »Sie – er – es – wäre sozusagen unsere Halbschwester oder unser Halbbruder? Wie Tante Jon für dich?«

»Ganz genau. Wie Tante Jon für mich. Ja.«

»Und du hast dich auch um sie kümmern müssen. Ich meine –« Ellie schaute erst Hilfe suchend zu Blue, dann wieder zurück zu ihrer Mutter. »Ich meine Gran hat auch nicht wieder geheiratet, als –«

Rose nickte und sagte: »Ich habe mich um sie gekümmert. Ja.«

Ellie sagte: »Und ihr seid genauso wie richtige Schwestern.«

»Ja, ich glaube schon. In mancher Hinsicht sind wir uns vielleicht sogar näher.«

Ellie nickte. Sie schien ihren Teil gesagt zu haben. Noch wartete Rose auf Blues Reaktion. Es würde eine Ablehnung sein.

Endlich machte Blue den Mund auf. »Es ist genau das gleiche wie bei Gran und Tante Jon, nicht wahr? Wie ein Muster, das sich wiederholt. Aber du könntest alles anders machen, Mummy. Was immer du jetzt auch sagst, du könntest ihn heiraten.«

»Ist es das, was du willst?«, fragte Rose.

»Nicht wegen mir – ich meine, für uns ist es okay. Und für das Baby wäre es auch okay, genau wie für Jon damals. Sogar besser, weil allein erziehende Mütter heute von der Gesellschaft total akzeptiert werden. Wir nehmen das gerade in Soziologie durch. Wirklich, das ist völlig normal heutzutage.«

Rose sagte trocken: »Oh, dann ist es ja gut.«

»Aber sie – er – wird farbig sein. Also wäre es wirklich besser, wenn er uns für die weiße Hälfte hätte und seinen Vater für die farbige Hälfte.«

Blue hatte das so prägnant ausgedrückt, dass Rose und Maud nur mit offenem Mund dasitzen und nicken konnten.

Rose fragte vorsichtig: »Ihr wärt also bereit, seine weiße Familie zu sein?«

»Klar!« Blue warf Ellie einen Blick zu, als hätte ihre Mutter etwas ausgesprochen Dummes gesagt. »Wir haben ja wohl keine andere Wahl, oder?«

»Na ja, schon. Ihr müsstet mit dem Baby nichts zu tun haben, wenn ihr nicht wollt.«

Daraufhin explodierte Ellie. »Was redest du denn da? Es ist unser Baby! Du solltest das eigentlich verstehen, nachdem du damals Tante Jon hattest! Es wird ganz toll für uns werden! Wir können sie mit rausnehmen, mit ihr auf den Hügel gehen, ihr alles zeigen – wir machen das liebend gern.«

»Ihr macht euch nur Sorgen wegen seiner Hautfarbe?«

Blue stand plötzlich auf. »Ich nicht«, verkündete sie, als wollte sie es mit der ganzen Welt aufnehmen. »Ich werde es nicht zulassen, dass irgendjemand etwas über die Hautfarbe unseres Babys sagt! Es ist mir egal, wenn ich nicht an Demos oder Kundgebungen oder sonst was teilnehmen kann! Das hier ist jetzt unsere Sache, für die wir uns einsetzen – unsere ganz eigene Sache!« Sie sprang aufs Sofa und riss eine Faust in die Luft. »Fairbrothers vereinigt euch!«

Ellie murrte: »Da haben wir's mal wieder.« Sie rollte verzweifelt mit den Augen. »Du spuckst zwar große Töne, aber ich werde diejenige sein, die hier sitzt und Söckchen strickt; du lässt ja immer noch jede zweite Masche fallen!«

Rose wusste nicht, ob ihr zum Lachen oder zum Weinen zumute war. Sie konnte es tief in beiden Augenpaaren sehen: Da war nicht die Spur von Missbilligung oder Empörung – nur Aufregung.

Maud stand auf. »Runter von den Möbeln, Blue. Lasst uns eine Tasse Tee trinken. Und dann habt ihr vielleicht Lust, das neue Kinderzimmer anzuschauen?«

Blue sprang vom Sofa auf den Teppich wie eine Gazelle. »Aha! Das Zimmer soll überhaupt kein Büro werden! Alle Rätsel sind gelöst!« Sie wirbelte durchs Wohnzimmer. »Ich habe mich so miserabel gefühlt, weil ich ohne Georgie nach Hause kommen musste. Und jetzt ist alles so wunderbar. Und neu. Ist es das, was Babys bewirken? Kein Wunder, dass alle so rührselig auf diese kleinen Würmer reagieren!«

Ellie hockte auf dem Boden und schlang die Arme um die Knie ihrer Mutter. »Hab keine Angst, Mummy. Wenn Gran das geschafft hat, schaffst du das auch.«

Rose drückte ihre beiden Töchter fest an sich.

☆

Jon war enttäuscht, dass Georgie über Ostern nicht zu ihnen nach Amerika kommen würde. Sie gab Rick seinen Brief zu lesen, während er frühstückte. Es war ein wunderschöner Morgen, und er war schon seit drei Stunden auf den Beinen gewesen; er griff ordentlich zu.

»Vielleicht fühlt sich der Junge unsicher, weil ich hier bin?« Rick sah ihr die Enttäuschung an der Nasenspitze an. »Meinst du, es würde helfen, wenn ich mich vielleicht für zwei Wochen verziehen würde? Ich sollte sowieso noch mal nach Calgary zurück, meine restlichen Sachen holen und meinem Boss erklären, was passiert ist.«

Jon lächelte. »Es muss schrecklich sein, nicht einmal eine Minute Zeit gehabt zu haben, das alles zu erledigen.« Sie nahm den Brief in die Hand und hielt ihn an ihre Brust, als könne sie Georgie durch seine hingekritzelten Worte spüren. »Auf was für einen Tauschhandel hast du dich hier bloß eingelassen, Rick? Längere Arbeitszeiten, weniger Gehalt, unbezahlte Überstunden.«

Er sagte gelassen: »Wir kommen doch zurecht, Jon. Ich bereue es nicht. Du?«

»Natürlich nicht! Aus meiner Sicht war das ein perfekter Handel!«

»Aber ... du weißt, was ich meine.«

»Ja. Ich weiß. Und es *würde* Georgie verunsichern. Du bist sein Vater und wohnst in der Bedienstetenwohnung.« Sie schenkte Kaffee nach. »Sie finden das ohnehin alle zum Schreien – das ist dir doch klar, oder?«

»Wenn meinst du mit alle?«

»Die Nachbarn. Die Labens. Mabs und ihr heiß geliebter Senator. Alle, die sich gern ein bisschen den Mund zerreißen.«

»Nun, das kann ich aushalten. Mir gefällt der Gedanke, ein wenig Abwechslung ins Leben anderer Leute zu bringen.«

Sie sagte nichts, las noch einmal Georgies Brief, nippte an ihrem Kaffee. Er aß seine Eier auf und schob den Teller von sich.

»Ich habe das komische Gefühl, dass Jessie heute noch kalben wird.«

»Was meinst du? Sollen wir den Tierarzt anrufen?«

»Nein, ich glaube nicht.«

»Wir könnten ihn bezahlen.«

»Mit ihr ist alles in Ordnung. Ich werde sie nachher in die Scheune rüberbringen, wo sie ihre Ruhe hat, und sie im Auge behalten.«

»O Rick ... danke.« Sie schaute von Georgies Brief auf. »Geh nicht nach Kanada zurück. Jetzt noch nicht. Es ist noch zu früh.«

Er antwortete nichts darauf, sondern sah sie nur an. Dann sagte er: »Na schön. Aber vielleicht in den Sommerferien ... Du hättest dann ja Georgie, der dir bei der Arbeit helfen könnte. Und es wäre vielleicht besser für ihn, sich erst einmal wieder an dich zu gewöhnen, ehe ich dann komme.«

»Rick. Ich glaube, es wäre in Ordnung – es wäre besser –, wenn du, wenn Georgie hier ist ... könntest du ... ins Haus ziehen?«

»Nur, wenn du das auch willst.«

»Ja, ich habe es mir gut überlegt.« Sie war nervös. »Nur eine Vereinbarung um Georgies willen?«

»Möglich. Aber auch um unseretwillen – auf jeden Fall um meinetwillen.«

»Es wäre ... vernünftiger.«

»Es hat überhaupt nichts damit zu tun, vernünftig zu sein, Jon. Und mit Georgie hat es genauso wenig zu tun. Es geht hier ganz allein um dich und mich. Wie fühlst du dich dabei, wenn ich in deiner Nähe bin? Ich bin jetzt sechs Wochen hier. Wir haben uns nicht einmal gestritten. Ich denke, es hat wirklich gut funktioniert.«

»Ja. Natürlich hat es das. Es war ... großartig, Rick.«

»Für mich auch. Ich habe das Gefühl, mit meiner Hände Arbeit in dieses Land zu investieren.«

»Ja. Nun, dann ...«

»Aber, Jon, ich will wirklich nicht länger in dieser Wohnung über der Garage hausen. Ich denke jeden Abend an dich. Und morgens, wenn ich aufwache. Es tut mir Leid, ich will nicht kaputt machen, was wir haben, aber ich würde gern versuchen, einen Schritt weiter zu gehen.«

Sie sprach so leise, dass er sie kaum verstehen konnte. »Das ist das erste Mal ...«

»Das erste Mal? Was meinst du damit, Jon?«

»Das erste Mal, dass du mich um etwas bittest. Sonst war ich immer diejenige, die dich um etwas gebeten hat. Meistens über Rose.«

Er legte seine Hand auf den Tisch, dicht neben ihre. »Ich wollte dich schon früher fragen. Aber weißt du, so aus heiterem Himmel aufzutauchen, nahezu ohne Geld, und meine Beine unter deinen Tisch zu stellen – es scheint, als würde ich das immer so machen.«

»Das stimmt doch überhaupt nicht, oder? Wenn du nicht gekommen wärst, hätte ich die Farm vielleicht verkaufen müssen.«

»Ich glaube nicht, dass du das übers Herz gebracht hättest.«

»Duddy hätte ich jedenfalls nicht um Hilfe gebeten. Wenn ich meine Selbstachtung nicht verlieren will, muss ich finanziell unabhängig sein!« Sie schaute ihn an und schluckte. »Du hast mir das ermöglicht, Rick. Also sprich nicht davon, dass du deine Beine unter meinen Tisch stellst! Das ist sowieso eine fürchterliche Redensart.«

»In Wales aber weit verbreitet.« Er schaute sie an. »O Jon. Wir haben so viel Zeit verschwendet.«

»Vielleicht mussten wir diese Jahre verschwenden, um zu wissen, was wir wirklich wollen?«

»Vielleicht.« Er lächelte sanft. »Wir standen in Flammen, aber echte Wärme hat uns gefehlt. Und ich glaube, jetzt haben wir etwas Wärme. Meinst du nicht auch?«

Sie lehnte sich über den Tisch und legte ihre Hand auf seine. Sie hatten beide raue Hände. Sie lachte. »Arbeiterhände, mein Lieber. Wir haben uns sehr verändert.«

»Also ist es für dich in Ordnung? Du willst mich zurückhaben?«

Sie nickte. »Und du? Willst du mich auch zurückhaben? Eine weitere Vereinbarung, um zu sehen, wie es funktioniert?«

»Ich würde gern wieder heiraten, Jon.« Er lächelte. »Ich verspreche dir, nichts zu überstürzen. Ich werde dir jetzt auch Blumen bringen. Ich werde dir diesmal ordentlich den Hof machen. Wir werden uns bemühen, alles richtig zu machen.«

Sie drückte seine Hand ganz fest. »Ach, das wird so schön, Rick.« Sie senkte ihren Blick. »Da ist nur noch eine Sache: Rose. Bist du immer noch ... Ich meine, welche Gefühle hast du Rose gegenüber noch? Bitte sei ehrlich, Rick.«

»Als sie damals nach Newcastle kam, war es vorbei. Ich hatte sie auf ein Podest gestellt, Jon. Sie war wie jemand aus einer anderen Zeit. Kannst du das verstehen?«

»Ich glaube schon.«

»Ich war froh, als du mir erzählt hast, dass sie sich in Abe McKenzie verliebt hat. Das machte sie wieder menschlich. Aber ganz ehrlich, ich war schon Jahre vorher über Rose hinweg.«

Sie lächelte. »Ich verstehe, was du meinst. Ich habe das Gleiche mit dir gemacht. Ich war irgendwie von dir besessen.« Sie stand auf und begann das Geschirr ins Spülbecken zu räumen. Dann sagte sie nachdenklich: »Zuvor habe ich dich nur geliebt, Rick. Jetzt mag ich dich auch. Und das ist furchtbar wichtig.«

Er stand ebenfalls auf. Er versuchte nicht, sie in die Arme zu nehmen. Stattdessen fragte er: »Hast du eine Minute Zeit?«

»Ja, ich habe die Hühner schon gefüttert.«

»Eben. Und es ist so ein wunderschöner Morgen. Ich habe ein Stück hinter der Obstplantage Narzissen entdeckt. Komm und lass mich welche für dich pflücken.« Er grinste; dieses alte Funkeln in seinen Augen war noch da. »Dein erster Blumenstrauß, Jon. Von einen sehr großen Verehrer.«

Sie lachte. »Lass mich nur schnell meinen Mantel holen.«

Und dann wanderten sie Seite an Seite in den Morgen hinaus.

☆

Sie gingen anfangs noch sehr zaghaft miteinander um. Über die Osterfeiertage kam Philip zu Besuch, und Mabs und Richard Steedman kamen zum Dinner vorbei. Die Art, wie die anderen die beiden zusammen akzeptierten, schien Jon und Rick in ihrer Beziehung zu bestätigen und zu bestärken.

Mabs meinte: »Nun, das war doch wohl von Anfang an offensichtlich – ich meine, Rick hätte seine Hilfe nicht angeboten, und du hättest sie nicht akzeptiert, wenn zwischen euch nichts gewesen wäre.«

»Ich war ziemlich verzweifelt, Mabs.« Jon hatte Moussaka gemacht, und sie hatten alle reichlich davon gegessen. Das machte es einfacher, so ehrlich zu sein. »Greta und Clark hatten sich aus dem Staub gemacht, und auf meine Anzeigen hin hatte sich niemand gemeldet.«

Rick lächelte. »Aber *ich* war nicht verzweifelt. Abe McKenzie hatte mir erzählt, dass du dich hier in Amerika niederlassen würdest, und da habe ich mich gefragt, wo Georgie ist. Ich hatte ernsthaft vor, an diesem Nachmittag wieder nach Georgetown zurückzugehen und den Bus zum Kennedy-Flughafen zu nehmen.«

Aus dieser Perspektive hatte Jon das noch gar nicht gesehen. »Also hast du dich von dir aus entschieden, zu bleiben? Du musst zumindest einen Hoffnungsschimmer gehabt haben, dass es für uns noch eine Chance gibt.«

»Natürlich. Und nach einer Woche war ich mir sogar sicher,

dass es in Ordnung war, zu bleiben.« Er seufzte. »Ach Jon, wärst du damals nur Versicherungsvertreterin gewesen, dann hätte es vielleicht schon beim ersten Anlauf geklappt!«

Sie lachte. Rick erzählte Mabs von seinen Erfahrungen bei der Providential, und Mabs meinte: »Du musst dort eine starke Persönlichkeit gewesen sein, Rick.« Sie zog ihre Mundwinkel nach unten. »Ein Mann des Vertrauens, würde ich sagen.«

Rick nickte. »Gewissermaßen.« Dann fügte er reuevoll hinzu: »Aber Jon habe ich angeschwindelt.«

»Nein. Ich glaube, ich habe immer gewusst, was du für einer warst. Das Problem war nur, ich dachte, das sei toll!« Jon dachte an damals zurück. »Der einzige Mensch, dem du wirklich etwas vormachen konntest, war Ma. Sie hat viel von dir gehalten, und sie hätte sich sehr darüber gefreut, dass wir wieder zusammen sind.«

Philip Duddington sagte zu ihrer Überraschung: »Ich glaube nicht, dass sich Aileen hat täuschen lassen. Ich wette, sie hat genau gewusst, was ablief. Aber sie konnte sehen, dass sich unter der Oberfläche der wahre Rick verbarg, und dass dies der Richtige für Jon war. So einfach ist das.«

»Ich hoffe, Sie haben Recht, Sir.« Rick erhob das Glas. »Sie war die Mutter, die ich selbst niemals hatte.« Er schaute in die Runde. Sein rotes Haar kringelte sich über den Ohren, weil Jon, als sie ihm die Haare geschnitten hatte, es nicht übers Herz hatte bringen können, noch mehr von seinen Locken abzuschneiden. Seine Augen waren klar und sehr hell. Jon lief ein warmer Schauer über den Rücken als sie dachte: »Er ist glücklich, ich habe ihn glücklich gemacht.«

Er sagte: »Lasst uns auf Aileen anstoßen, ja?«

»Auf Aileen«, sagten sie im Chor, und Mabs wischte sich demonstrativ die Augen.

Dann klingelte das Telefon.

Jon schaute auf die Uhr, als sie in den Flur ging – zu Hause war es schon halb elf, Rose würde es also nicht sein. Sie war es aber doch.

»Rosie! Wie schön! Wir sitzen hier alle zusammen und haben gerade auf Ma angestoßen. Ist alles okay mit dir? Es ist ziemlich spät, für dich ...« Sie hielt inne und hörte zu. Die anderen lauschten aus dem Esszimmer.

Jon sagte: »Mein Gott! Was um alles in der Welt wirst du denn jetzt machen!«

Nach einer weiteren Pause sagte sie: »Wie kannst du nur so ruhig sein – was? Du bist nicht ruhig, du bist außer dir vor Glück?«

Rick kam in den Flur und schlich ums Telefon herum.

»Ich kann das gar nicht glauben. Die Mädchen sind auch außer sich vor Freude? Und Maud? Aber meine Liebe, du kannst doch nicht – du wirst doch damit gar nicht fertig, hast du dir das gut überlegt?« Sie starrte Rick über den Hörer hinweg an. »Was? Du verstehst jetzt, wie Mutter sich gefühlt hat? Aufgeregt? Nicht ein bisschen eingeschüchtert oder ängstlich? – Ja, schon, aber war das nicht etwas anderes? In Churchdown hat niemand wirklich gewusst, was passiert war. Und es war nicht offensichtlich, dass ...« Sie hörte wieder zu, ihr Gesicht verfärbte sich leicht. »Nein, Rosie. Ich bin nicht voreingenommen. Ich liebe Abe beinahe genauso sehr wie du! Es ist nur so ... *schwierig*!«

Rick flüsterte ihr etwas zu, und sie schüttelte geistesabwesend den Kopf.

»Hör zu, Rosie. Ich werde Abe anrufen. Ich rufe ihn jetzt gleich an, mir macht das nichts aus. Er hat ein Recht darauf, es zu erfahren. – Was? Das ist nicht dein Ernst, Rose. Du könntest nicht ... schon gut, schon gut. Ich werde ihn nicht anrufen. Ich verspreche dir, dass ich es ihm nicht sagen werde. O mein Gott. Ich wünschte, ich wäre jetzt bei dir. Ruf mich morgen wieder an. Lass mich eine Nacht darüber schlafen. Versprichst du mir, dass du mich morgen wieder anrufst? In Ordnung. Ja, in Ordnung. Ja. Schlaf gut, meine Liebe.«

Sie legte den Hörer mit größter Sorgfalt auf und sah Rick an. »Sie bekommt ein Kind von Abe«, sagte sie tonlos. »Und sie freut sich darüber.«

☆

Die Monate Mai und Juni gingen wie im Flug vorüber. Die Mädchen kamen an den meisten Wochenenden nach Hause, manchmal mit Georgie, manchmal mit Ellies Freundin Janet. Alle schienen Roses Schwangerschaft ohne Vorbehalte zu akzeptieren. Selbst June sprach ganz natürlich darüber, wenn auch mit leicht zusammengekniffenen Lippen. Großmutter seufzte nur resigniert. »Erbliche Veranlagung, vermute ich«, war das Schlimmste, was ihr dazu einfiel. Danach kamen regelmäßig Geschenke von ihr.

Maud meinte: »Wie sich nun herausstellt, habe ich mir wohl grundlos Sorgen gemacht, meine liebe Ros. Die Leute überraschen mich doch immer wieder.«

»Das ist das Boaz-Syndrom«, sagte Rose ernst und sah ihre Schwiegermutter mit leuchtenden Augen an. »Sie wissen, dass es kein Unfall war. Sie glauben, du hättest mich weggeschickt, um ihn zu finden. Die finden mich jetzt sogar ganz toll!«

Maud nahm sie lachend in den Arm. »Nun, das hätte ich ihnen auch so sagen können.«

Anfang Juli ging sie ins Krankenhaus, um sich vor dem Kaiserschnitt noch etwas zu erholen. »Das Beste daran, dass ich diesmal auch wieder eine OP haben muss, ist, dass alles ordentlich geplant werden kann«, sagte sie zu den Mädchen, als sie sie besuchten. »Ihr beiden habt damals alle Pläne auf den Kopf gestellt!«

Blue bekam es plötzlich mit der Angst zu tun. »Mummy, wir waren die ganze Zeit so aufgeregt, dass wir ganz vergessen haben, dass so eine Operation ja auch gefährlich ist.«

»Es ist nicht gefährlich.« Rose lächelte sie an. »Du hast den Weg vorbereitet für dieses Mal. Es ist nicht ein bisschen gefährlich.«

Rose war so entspannt, dass sie gleich nach der ersten Injektion einschlief. Sie hatte nicht mitbekommen, wie das OP-Personal über das Aussehen ihres Babys denken würde. Und als sie es, noch immer benommen von der Narkose, in die Arme nahm, machte sie keinerlei Bemerkung über seine Hautfarbe.

»Gütiger Gott«, sagte sie beeindruckt. »Es – es ist ein Junge!«

Und der Arzt meinte grinsend: »Das eine oder das andere musste es ja sein, Mrs. Fairbrother.«

»Ja, aber ...« Sie fing an zu lachen. Er war so anders als Blue und Ellie. Sie waren kleine menschliche Wesen gewesen, er hier war mollig und robust. Seine Augen strahlten leuchtend blau aus einem kaffeebraunen Gesicht. Und seine Stimme war gewaltig. Sie stammelte: »Ich hatte völlig vergessen, dass er eine vollständige Persönlichkeit sein würde. Von Anfang an!«

Sie wickelten ihn und legten ihn ihr in die ausgebreiteten Arme. Die Hebamme stützte seinen Kopf und unterhielt sich mit Rose, während sie sie »in Ordnung brachten«, wie sie es ausdrückte.

»Er ist niedlich. Wirklich niedlich. Und so kräftig.« Sie überhäufte sie mit Glückwünschen. »Haben Sie schon einen Namen ausgesucht?«

»Nicht wirklich. Aber ich werde ihn wohl Boaz nennen müssen.«

»Boaz?« Die Hebamme versuchte, ihrer Stimme nicht allzu entsetzt klingen zu lassen. »Das ist sehr ... ungewöhnlich, nicht wahr?«

»Ja, das ist es wohl. Aber sein Namensgeber war ein guter Mann.«

Rose schaute in das winzige Gesicht. Dieses Baby hatte keine Geburtsqualen überstehen müssen, seine Haut war glatt und seine Wangen waren voll. Sie sagte sehr zärtlich: »Hallo, Boaz. Ich bin deine Mutter. Ich freue mich so sehr, dich zu sehen.«

Und ganz plötzlich hörte er auf zu schreien.

☆

Sie liebten ihn alle, doch Georgie und die Zwillinge waren förmlich im Liebestaumel. Sie steckten abwechselnd ihre Köpfe in seine Wiege, jauchzten bei jeder Bewegung seiner kleinen Fäuste und bei jedem Lidschlag entzückt auf. Georgie erstand einen Fotoapparat und verknipste Rollen von Filmen.

»Für Mum«, erklärte er. »Es wird eine Ewigkeit dauern, bis sie ihn zu Gesicht bekommt. Ich will in jedem seiner Entwicklungsstadien Fotos von ihm machen, damit sie nichts verpasst.«

»Also fliegst du im Sommer nach Amerika?«, fragte Rose.

»Oh, ja. Jetzt ist es in Ordnung. Dad und Mum sind wieder zusammen. So richtig. Und ich werde bestimmt nicht wieder alles durcheinander bringen wie damals.«

»Georgie, das hatte nichts mit dir zu tun! Das darfst du nicht denken!«

»Nein.« Georgie erinnerte sich dunkel an Aileen, die mit ihm über seine Mutter gesprochen hatte. »Nein, aber ich wollte nicht stören, weißt du.«

Rose küsste ihn auf die Stirn. »Du wirst einmal ein richtig guter Ehemann«, sagte sie.

☆

Nach Georgies Abreise wurde es heiß. Es war Jubiläumsjahr in Churchdown, und die Straßenfeste hatten bisher alle bei Wind und Regen stattgefunden. Jetzt aber zeigte sich der Sommer endlich von seiner schönsten Seite. Sie machten die Fenster weit auf und aßen im Garten, den Kinderwagen in Reichweite neben dem

Tisch. Und sie waren auch wieder alle draußen im Garten versammelt, als es eines Tages an der Tür läutete.

Rose sagte: »Blue, sei ein Schatz. Wenn ich noch einmal aufstehen muss, zerfließe ich!«

Blue, die gerade eine Kette aus Gänseblümchen über Bos schlafendem Gesicht baumeln ließ, hauchte: »Wird keine Minute dauern, Baby«, und tänzelte durchs Haus. Durch das Flurfenster sah sie, dass ein Taxi am Gartenzaun stand. Einen wundervollen Augenblick lang dachte sie, es sei Georgie, der unerwartet nach Hause kam, und riss die Tür weit auf. Ein großer, stämmiger Mann stand vor ihr. Sein Haar hob sich erschreckend weiß von seinem dunklen Gesicht ab, und obwohl sie sofort wusste, wer er war, erschrak sie, weil sie ihn sich nicht so alt vorgestellt hatte.

Er hatte eine tiefe, beinahe schwermütige Stimme. »Hallo, du musst eine von den Zwillingen sein.«

Sie klammerte sich an den Türgriff. Sie wusste nicht, ob er eine Gefahr bedeutete. Sie krächzte: »Sie sind – Sie sind Bos Vater, stimmt's?«

Er fragte: »Bo?«

»Boaz. Unser Baby.« Sie machte die Tür wieder halb zu. »Sie bekommen ihn nicht.«

»Warte!« Dann wagte er einen Versuch. »Blue – du bist Blue, stimmt's? Ich bin nicht gekommen, um euch irgendetwas wegzunehmen. Wenn du meinst, dass ich wieder gehen soll, dann gehe ich. Aber ... wie du bereits gesagt hast, Bo ist genauso mein Sohn wie er dein Bruder ist.«

Sie zögerte und hielt die Tür zwischen ihren Ellbogen geklemmt. Es war so außergewöhnlich, dass jemand wusste, dass sie Blue war; nicht einmal Miss Westlake konnte sie und Ellie auseinander halten, es sei denn, sie hatten verschiedene Sachen an.

Sie sagte: »Wir sind glücklich. Wissen Sie, wir brauchen Sie nicht.«

Irgendwie sah er plötzlich nicht mehr so riesig aus. »Das akzeptiere ich selbstverständlich. Und ich bin froh darüber – sehr froh. Aber ich bin einen langen Weg gekommen –«

»Sie hätten uns Bescheid sagen können. Anrufen, schreiben.« Er hatte so etwas Ansprechendes an sich. Er war ganz anders als ihr Vater. Sie hatte sich gefragt, ob ihre Mutter Ersatz für ihn gefunden hatte. Er war ein einflussreicher Mann, und dennoch schien er so schrecklich verletzbar. Er sah aus, als würde er jemanden wie ihre Mutter brauchen. Und auch die anderen ... Ellie, sie selbst und Maud. Sie streckte sie. »Außerdem haben Sie Ihre eigene Familie!«

Er breitete die Hände vor ihr aus. Sie war fasziniert, wie hell seine Handflächen waren.

Er sagte schlicht: »Ihr seid meine Familie.«

Sie wusste, dass er ihre Verteidigung unterschritt. Sie sagte schnell: »Sorry, Sie können nicht reinkommen.«

»Du willst, dass ich gehe?«

»Ja«, sagte sie knapp. Und er drehte sich um und ging den Gartenweg hinunter, wo das Taxi wartete. Sie zögerte noch eine Sekunde, dann machte sie die Tür zu.

Sie lief schnell zum Flurfenster. Er sah so alt aus. Warum hatte Mutter ihnen nicht erzählt, dass er ein alter Mann war, der jemanden brauchte, der sich um ihn kümmerte? Aber sie hätte es natürlich selbst wissen müssen. Mutter war fast vierzig, also musste er fast fünfzig sein!

Sie sagte: »Verdammt!« Und machte die Tür wieder auf.

»Hey!« Sie konnte sich in diesem Moment nicht einmal an seinen Namen erinnern. Er drehte sich um und schaute sie an. Sie rief: »Was halten Sie von Steve Biko?«

»Was glaubst du wohl, was ich von ihm halte?«

Es war natürlich eine dumme Frage gewesen, nichtsdestotrotz hatte er die richtige Antwort gegeben.

»Warten Sie. Setzen Sie sich ins Gras oder so. Sie können jetzt noch nicht hereinkommen, aber ich frage die anderen.« Sie machte die Tür wieder zu und wünschte nur, Georgie wäre hier gewesen. Er ließ sich nicht auf gefühlsduselige Diskussionen ein. Er hätte die Angelegenheit in fünf Minuten geklärt gehabt. Und dann dachte sie: »Und ich habe geglaubt, es sei Georgie, der vor der Tür steht, weil er mich sehen will ...«

☆

Boaz verschlief die ganze Aufregung. Maud zog die Augenbrauen bis zum Rand ihres altmodischen Strohhutes hoch, und da blieben sie auch, während sie Rose anstarrte. Rose setzte sich gerade hin und hielt sich aus unerfindlichem Grund die Ohren zu. Ellie juchzte und kicherte überraschenderweise und wälzte sich im Gras.

Blue sagte ärgerlich: »Was ist denn mit dir los, spinnst du?«

Ellie bekam sich gerade lange genug in den Griff, um zu hauchen: »Das ist so romantisch! Wie bei Onkel Rick und Tante Jon. Er ist gekommen, um – um Mummy den Hof zu machen!«

Rose und Maud tauschten verwunderte Blicke aus. Rose stammelte: »Siehst du das so?«

Maud sagte: »Wo ist er denn, um Gottes willen?«

Blue antwortete: »Ich habe ihn zuerst weggeschickt. Dann konnte ich es aber doch nicht. Jetzt sitzt er im Gras vor dem Haus und wartet auf eure Entscheidung.«

Rose sprang auf, die Hände immer noch in Kopfhöhe. »Er hätte nicht kommen sollen. Wir waren uns einig ... Jon muss es ihm erzählt haben, aber deswegen hätte er trotzdem nicht kommen dürfen!«

Maud sagte: »Er will Bo sehen. Das ist alles.«

»Ja.« Rose ließ endlich die Arme sinken. »Natürlich.«

Ellie meinte: »Wetten, das ist nicht alles? Wetten, er will dich heiraten und mit nach Amerika nehmen.«

Da bekam Blue plötzlich große Augen. »Dann würden wir Tante Jon sehen. Und Georgie!«

Maud machte eine besänftigende Handbewegung. »Immer langsam, Mädchen. Mr. McKenzie ist bereits verheiratet und hat auch schon einen eigenen Sohn.«

»Eigentlich ...«, Rose rieb die feuchten Handflächen an ihrer Baumwollbluse ab, »... stimmt das nicht ganz. Ich habe dir das noch gar nicht erzählt. Sarah hat ihn verlassen und hat Tom mitgenommen. Kurz nach Weihnachten.«

»Ach.« Maud legte die Hände in den Schoß und wartete ab.

Blue stand auf einem Beim im Gras. »Mutter, du solltest jetzt besser da rausgehen. Du kannst ihn nicht mehr viel länger da draußen sitzen lassen. Er ist ein alter Mann. Er könnte womöglich ohnmächtig werden.«

Ellie setzte sich auf. »Mir macht Älterwerden nichts aus. Ist doch letzten Endes ziemlich aufregend, oder?«

Blue sagte knapp: »Halt den Mund.«

»Ihr müsst hier bleiben. Alle. Niemand bewegt sich von der Stelle.« Rose wandte sich an Blue. »Hol ihn rein, Schatz. Lass ihn Bo sehen.«

Blue ließ ihr keine Zeit mehr, es sich noch einmal anders zu überlegen. Sie flitzte durch das große Wohnzimmer und riss die Haustür auf. Er stand noch genau auf demselben Fleck, wo sie ihn stehen gelassen hatte. Er sah schrecklich aus.

»Sie hätten sich ruhig ins Gras setzen können«, sagte sie beinahe vorwurfsvoll.

Er lächelte kurz und schüttelte den Kopf. »Hätte ich nicht, eigentlich.«

Sie nahm an, dass er Rheuma hatte. Granny fand es auch immer ziemlich anstrengend, auf dem Boden zu sitzen, und man musste ihr jedes Mal die Hand reichen, um ihr hoch zu helfen.

»Dann kommen Sie jetzt rein. Sie dürfen Bo sehen. Er schläft allerdings, und Sie dürfen ihn auf keinen Fall aufwecken. Wir möchten ihn so spät wie möglich füttern, damit er die Nacht durchschläft.« Sie schaute ihn über die Schulter an. »Er ist noch sehr klein, um die ganze Nacht ohne Trinken durchzuhalten, wissen Sie.«

»Ja. Ja, das ist er bestimmt.«

An der Terrassentür trat sie einen Schritt zur Seite und ließ ihn vorgehen. Er schien die schöne Aussicht überhaupt nicht wahrzunehmen. Und über ihr schönes Haus hatte er auch nichts gesagt. Er hatte es natürlich nicht gesehen, als es noch kleiner war; trotzdem hatte er sich damit einen Minuspunkt eingehandelt. Und dann sein Alter. Andererseits war da die Sache mit Steve Biko.

Er schien weder den Kinderwagen wahrzunehmen noch Ellie oder Maud. Er sagte: »Hallo, Rose.«

Dann herrschte Stille.

Als die Spannung nicht mehr auszuhalten war, sagte Maud: »Warum macht ihr beiden nicht einen Spaziergang auf den Hügel und bringt die Vorverhandlungen hinter euch? Dann können Sie wiederkommen, Mr. McKenzie, und wir stellen uns einander vor und trinken Tee.«

Er sagte heiser: »Tut mir Leid.« Und Rose sagte gleichzeitig: »Ihr habt versprochen, hier zu bleiben!«

Maud nickte besänftigend. »Wir bleiben ja hier. Macht ihr in Ruhe euren Spaziergang.«

Rose zögerte, dann schien sie den Sinn hinter Mauds Vorschlag zu erkennen. Sie drehte sich abrupt um und hielt auf das Tor am anderen Ende des Gartens auf, ohne sich umzudrehen. Abe folgte ihr.

Maud schaute ihre Enkelinnen an. »Na schön!«, sagte sie. Und diesmal war es Blue, die in hilfloses Kichern ausbrach.

☆

»Du hättest es mir sagen sollen, Rose. Ich hatte ein Recht darauf, es zu erfahren.«

»Ja.« Es war nicht einfach, sich einen Weg zwischen den Maulwurfshügel zu bahnen, irgendwie war sie vom Pfad abgekommen. Sie kannte diesen Hügel, seit sie fünf war, und trotzdem hatte sie sich verlaufen.

Sie blieb plötzlich stehen und setzte sich auf einen der größeren Erdhaufen. »Abe, wie hätte ich es dir sagen sollen? Wir waren uns einig, unsere eigenen Leben weiterzuleben, zumindest bis unsere Kinder erwachsen sind. Hätte es nicht ausgesehen, als hätte ich meine Meinung geändert, wenn ich dir geschrieben hätte, um dir von Boaz zu erzählen?«

»Aber ... es war so überwältigend, Rose. Wir lieben uns, wir haben ein Kind zusammen gezeugt, und ich habe es nicht einmal gewusst!«

»Du hast mir auch nicht erzählt, dass Sarah und Tom fortgegangen sind. Also dachte ich, du willst das so.«

»Woher weißt du das mit Sarah und Tom?«

»Eugenie hat es mir mitgeteilt. Als sie mir geschrieben hat, dass du bei Rick warst. Übrigens danke dafür, Abe. Es sieht ganz danach aus, als würden sich die beiden zusammenraufen.«

Er ließ sich schwerfällig auf den benachbarten Maulwurfshügel plumpsen und betrachtete sie mit diesem für ihn typischen eindringlichen, abwartenden Blick. Dann sagte er knapp: »Gut. Und es war übrigens dein Schwager, der mir geschrieben und mir von dem Baby erzählt hat.«

»Wirklich?« Sie lächelte, für einen Moment aufrichtig erfreut, dann sagte sie: »Nun, ich verstehe, warum er das getan hat, aber ich wünschte, er hätte es sein lassen.«

»Rose, hätte es irgendeinen Unterschied gemacht, wenn ich dir von Sarah und Tom erzählt hätte? Hättest du mir dann von Boaz erzählt?«

Sie schaute ihre Hände an. »Ich weiß nicht.« Dann blickte sie zu ihm auf. »Es ist so schwierig. O Abe, meine Gefühle für dich sind unverändert. Als du vorhin durch die Tür gekommen bist, habe ich genau wieder dasselbe empfunden ... Oh, ich empfinde immer noch dasselbe für dich. Aber du lebst immer noch ...«, sie hielt inne und lächelte ihn an, »für deine Sache.«

Er lächelte ebenfalls und schien sich zu ihr beugen zu wollen, um sie zu berühren. Doch dann lehnte er sich wieder zurück.

»Rose, mein Liebling. Ich könnte dich jetzt in die Arme schließen, dich küssen, dich überzeugen, dass Liebe alles ist, was zählt, und du würdest mir niemals wirklich glauben. Und trotzdem ist es die Wahrheit.« Er schloss für einen Moment die Augen, dann fuhr er fort: »Erinnerst du dich an das Ende von *Krieg und Frieden*, als Pierre endlich bewusst wird, dass sich die ganze Welt dort, im Gesicht seines schlafenden Kindes, befindet? Kriege, Kämpfe, Grausamkeit zwischen den Menschen – mein ganzes Leben lang habe ich versucht, etwas dagegen zu tun, Rose. Aber unser persönlicher Friede liegt hier bei uns. Wir müssen nicht ausziehen, um danach zu suchen.«

»Abe, mein liebster Abe, für uns ist es so anders. Wir mussten rausgehen und für unser häusliches Glück kämpfen!«

»Oh, ich habe nicht behauptet, dass irgendetwas einfach sein würde. Aber dir fehlt es nicht an Courage, Rose. Das hat es niemals. Du hast mich gedeckt, als du mich damals unter dem Sofa gefunden hast. Und du hast nicht einfach nur geschrien, als Lennox hinter dir herrannte. Und vergangenen Herbst, als du dich über alle Konventionen und all diese verdammten Dinge hinweggesetzt hast und zu mir gekommen bist: Das hat auch Courage verlangt.«

Sie sagte nichts. Er holte wieder tief Luft und versuchte es noch einmal. »Ist es wegen deinen Töchtern? Blue scheint mir ziemlich anpassungsfähig zu sein.«

Sie lächelte wieder flüchtig. »Ja, das kann man wohl sagen. Und Maud auch, sie ist zu allem bereit. Ich kann mir nur selbst nicht vorstellen, mich in dein Leben in Amerika zu zwängen, all deinen Ehrgeiz zu –«

»Rose, in der Presse wurde bereits über uns geklatscht«, unterbrach er sie. »Und ich werde dich bestimmt nicht geheim halten. Egal, ob du mit mir zurückkommst oder nicht. Ich werde mit Stolz von dir sprechen, Liebling. Und von Boaz.«

Sie ließ ihren Blick umherschweifen, als würde sie sich in diesem Moment tatsächlich innerlich von diesem Ort verabschieden.

Dann sagte sie beinahe schüchtern: »Er ist etwas ganz Besonderes, Abe. Ich weiß, dass das alle Mütter von ihren Babys denken. Aber er ist es wirklich. Er ist erst acht Wochen alt und schläft schon die ganze Nacht durch. Und er lächelt uns schon an. Er erkennt jede Einzelne von uns. Er ist so zufrieden. Als wäre er glücklich, bei uns zu sein.«

Er schaute plötzlich auf seine Schuhe hinunter. In seinen Gesichtszügen zuckte es einen Moment. »Und du musst auf seine Augen achten, Abe. Sie sind immer noch blau. Ich weiß, dass sie sich wahrscheinlich noch verändern, aber das macht ihn so ... ungewöhnlich.«

Er sagte mit belegter Stimme: »Ich liebe dich so sehr, Rose. Ich glaube, ich habe dich immer geliebt, ohne dich zu kennen. Irgendwo tief in mir drinnen war immer dieses Gefühl von Rose.«

»Oh, Abe. Nicht doch.« Sie lachte. »Ich meine nicht, dass du mir nicht sagen sollst, dass du mich liebst. Ich meine, du musst es mir nicht sagen – weil ich es weiß.« Endlich griff sie nach seiner Hand und hielt sie fest umschlossen. »Verstehst du, ich empfinde genauso. Es ist gut, so wie es ist, Abe. Wir brauchen einander. Wir wären nicht auf diese Weise wieder zusammengeführt worden, wenn es nicht sein sollte, dass wir zusammenbleiben.

Dazu ist überhaupt kein Mut nötig. Es ist das Natürlichste, was wir tun können.«

Er klammerte sich an ihrer Hand fest wie ein Mann, der zu ertrinken drohte, und sie sah ihm in die Augen und stand von ihrem Maulwurfshügel auf, um seinen Kopf an ihre Schulter zu ziehen. »Ist schon gut, Abe. Nicht, mein Liebling. Bitte nicht. Alles wird gut. Wir sind zusammen.«

Er legte ihr den Arm um die Taille und drückte sie so fest an sich, dass sie kaum noch Luft bekam. Sie erinnerte sich an David ... und den Park ... Sie küsste sein krauses Haar, streichelte seinen Kopf. Damals hatte sie Angst gehabt. Angst davor, einen Schritt nach vorn zu machen und sich zu nehmen, was ihr so großzügig gegeben wurde. Jetzt hatte sie keine Angst mehr.

Sie wartete, bis er endlich seinen Kopf hob, dann küsste sie ihn. Und dann sagte sie: »Komm jetzt und sieh dir unser Baby an, Abe. Komm und lern deine Familie kennen. Und trink Tee mit uns. Und lass uns miteinander reden.«

Nach einer Weile standen sie auf. Rose fand den Pfad, und sie wanderten, wie so viele Liebende vor ihnen, Hand in Hand zurück.

Ellie und Blue hatten am Tor gewartet. Doch sie verschwanden, sobald sie ihre Mutter erblickten. Und so sah Abe seine Stieftöchter das erste Mal offiziell, als sie folgsam die Tabletts aus dem Haus brachten, als hätten sie die ganze letzte Stunde dort verbracht.

Maud folgte ihnen mit einer riesigen Teekanne. Sie schaute sie an und strahlte.

»Also ist alles in Ordnung?« Sie stellte die Kanne auf den Gartentisch und kam mit ausgestreckten Händen auf sie zu. »Ich freue mich, Sie endlich kennen zu lernen, Mr. McKenzie.«

»Abe, bitte«, sagte er und nahm ihre Hand.

»Mutter, Abe ist jetzt dein Sohn. Meinst du, du könntest ihm einen Kuss geben?«

Und Maud breitete ihre Arme aus und schlang sie um Abes breite Schultern. Ellie und Blue schlossen sich an. Sein stämmiger Körper bot Platz für sie alle. Die Mädchen kreischten vor Freude.

»Wir werden in Amerika wohnen, nicht wahr, Abe? Zumindest zeitweise? – Können wir kommen, wenn Georgie auch drüben ist? – Und Abe, bekommt Gran ein Nähzimmer – sie ist eine brillante Schneiderin.«

Maud versuchte, sie zu beruhigen, aber es nützte nichts. Abe selbst ließ sie ja nicht einmal los. Seine Arme schienen lang genug, um sie alle festzuhalten. Er sagte: »Stellt nur alle eure Ansprüche. Ihr kennt ja ohnehin meine Antwort!«

Es war Maud, die schließlich freundlich sagte: »Sie kommen jetzt besser und schauen sich Boaz an, Abe. Er ist aufgewacht, während ihr euren Spaziergang gemacht habt. Und er wird bald sein Fläschchen wollen und dann ins Bettchen gebracht werden.« Sie sah zu ihm auf. »Er ist wirklich so ein gutes Baby. Ich weiß, dass alle Großmütter voreingenommen sind, aber ganz objektiv: Dieses Baby ist wirklich etwas ganz Besonderes.«

Also ging Abe zum Kinderwagen und beugte sich hinunter. Leuchtend blaue Augen schauten ihn an. Rose hatte ihn vorbereitet, und dennoch hielt er beeindruckt die Luft an. Und dann passierte etwas ganz Erstaunliches. Das Baby streckte seine winzigen Fäustchen nach ihm aus und lächelte. Beinahe so, als hätte es seinen Vater erkannt.

Abe sagte leise: »Ich hätte mir keine Sorgen machen müssen, nicht war, Rose?«

»Wie meinst du das?« Sie berührte seine Hand, die auf ihrer Schulter ruhte. Er drückte sie.

»Du wärst schon bald zu mir gekommen, mein Liebling, weil es so offensichtlich ist, dass Boaz McKenzie der erste farbige Präsident der Vereinigten Staaten werden wird!«

Die Mädchen prusteten los, und Maud ging schmunzelnd zu

ihrer Teekanne. Doch Rose sah zu dem Mann, der vor so vielen, vielen Jahren aus der Siegestorte gesprungen war – und dann zu dem winzigen kleinen Jungen im Kinderwagen.

Und sie lächelte und nickte.

›Die neue Lady of Crime –
doppelbödig in bester britischer Tradition.‹
freundin

Was tun, wenn man den Verdacht hat, dass ein ehemaliger Geliebter seine Ehefrau ermordet hat? Diese Frage stellt Ursula Gretton, Archäologin an einer Ausgrabungsstätte in Bramford, ihrer Freundin Meredith Mitchell. Als Meredith Chief Inspector Alan Markby zu Rate zieht, ist dieser zuerst eher skeptisch. Doch dann findet man in der Nähe der Ausgrabungs-stätte eine Leiche. Verdächtige und mögliche Zeugen – darunter auch Meredith – gibt es viele. Als dann auch noch eine zweite Leiche auftaucht, wird die Sache immer komplizierter ...

ISBN-3-404-14566-6

BASTEI
LÜBBE

Ein gefühlvoller Roman vor der Kulisse Irlands.

Polly hat ihr Leben ihrer Ehe und ihren Söhnen geopfert. Doch eines Tages stellt sie fest, dass keiner dieses Opfer mehr haben will. Die Söhne sind flügge und ihr Mann verkriecht sich hinter seiner Arbeit. Mit dem Mut der Verzweiflung gibt die 40jährige Nur-Hausfrau Polly eine Bekanntschaftsanzeige auf. Sie verläßt Dublin und folgt einer Einladung ihres Bruders nach London. Dort trifft sie auf Michelle, die glamouröse Freundin ihres Bruders, die fortan Pollys Leben umkrempeln wird. Sie trifft sich mit dem attraktiven und einfühligen Keith, der auf ihre Anzeige geantwortet hat. Am liebsten würde sie sofort bei ihm bleiben. Doch sie weiß: Sie muss erst zurück nach Dublin und ihr Leben endlich selbst in die Hand nehmen.

ISBN-3-404-14555-0

BASTEI LÜBBE